BASTEI
LÜBBE

Von Maggie Furey sind bei
Bastei-Lübbe Taschenbücher erschienen:

Die Artefakte der Macht

20 254 Band 1: Aurian
20 267 Band 2: Windharfe
20 284 Band 3: Flammenschwert
20 326 Band 4: Dhiammara

Der Schattenbund

20 483 Band 1: Das Herz von Myrial
28 334 Band 2: Der Geist des Steines

Maggie Furey

DAS HERZ VON MYRIAL

Der Schattenbund

Roman

Ins Deutsche übertragen
von Angela Koonen

BASTEI
LÜBBE

BASTEI LÜBBE TASCHENBUCH
Band 20 483

1. Auflage: Februar 2004

Vollständige Taschenbuchausgabe der in der
Bibliothek der Phantasischen Literatur
erschienenen Paperbackausgabe

Bastei Lübbe Taschenbücher
ist ein Imprint der
Verlagsgruppe Lübbe

Titel der amerikanischen Originalausgabe:
The Heart of Myrial

Dieses Werk wurde vermittelt durch die
Literarische Agentur Thomas Schlück, 30827 Garbsen

Lektorat: Ruggero Leò / Stefan Bauer
Titelillustration: Mick van Houten
Umschlaggestaltung: QuadroGrafik, Bensberg
Satz: QuadroMedienService, Bensberg
Druck und Verarbeitung:
Imprimerie Maury, Frankreich
Printed in France

ISBN 3-404-20483-2

Sie finden uns im Internet unter
www.luebbe.de
www.bastei.de

Der Preis dieses Bandes versteht sich einschließlich der gesetzlichen Mehrwertsteuer

In Liebe meinen Eltern gewidmet,
Jim und Margaret Armstrong,
die mich immer mit Lesestoff
versorgt haben.

Kapitel 1

Ohne ein Wunder ...

Lederkleidung bei Regen ist einfach scheußlich. Sie wird steif, schimmelt und stinkt; dann braucht sie ewig, um zu trocknen, und so lange man sie trägt, klebt sie so feuchtkalt am Leib, als würde sich eine Wasserleiche an einen klammern. Abscheulicher Vergleich. Veldan erschauerte. Ihre lebhafte Fantasie war ihr schon immer ein Fluch gewesen. Mit einem Kopfschütteln rief sich die Hüterin des Wissens zur Ordnung und drängte die Vorstellung beiseite. Ich lasse mich von diesem düsteren Gebirge aus der Fassung bringen, ganz zu schweigen von dem verdammten Wetter. Regen, Regen und abermals Regen – es hat nicht ein einziges Mal aufgehört, seit wir in Callisiora sind.

Gegen die Lederkleidung konnte sie nichts tun – die übrigen Kleider im Gepäck waren inzwischen genauso vollgesogen –, aber sie konnte wenigstens die Maske abnehmen. Schließlich gab es niemanden in dieser verlassenen Gegend, der ihr Gesicht hätte sehen können. Sie schob sich das schwarze kurze Haar aus dem Nacken und tastete nach den Silberschließen der schwarzen Seide. Die Maske löste sich wie eine zweite Haut. Veldan seufzte vor Erleichterung, als die frische Luft ihr Stirn und Wangen kühlte.

»Wurde auch Zeit«, brummte ihr Partner. »Warte nur – eines Tages wirst du diesen blöden Lappen irgendwo liegen lassen, wo ich an ihn herankomme, und dann fresse ich das unglückselige Ding auf.« Kazairl drehte den Kopf zur Gänze herum und schaute seine Reiterin an. In seinen glänzenden Augen sah Veldan rot den Ärger auflodern.

»Lass mich damit in Ruhe, Kaz«, bat sie seufzend. »Du verstehst das nicht – das ist eben Menschenart. Die Leute möchten mein entstelltes Gesicht nicht sehen, und ich wünsche meinerseits nicht, dass sie es sehen. Ich will ihren Abscheu nicht spüren – und auch nicht ihr Mitleid.«

»Tschaaaa!«, schnaubte der Feuerdrache. »Sie sollen es nur wagen, dich zu bemitleiden, dann werde ich sie fressen. Du brauchst keinen lächerlichen Lumpen vor deinem Gesicht, Boss. Deine Narbe heilt gut – oder zumindest würde sie das, wenn mal Luft rankäme. Du siehst nicht annähernd so schlimm aus wie du glaubst. Außerdem fühle ich mich jedes Mal schuldig, wenn ich deine grässliche Maske sehe – und man muss schon mit einigem aufwarten, bis ein Feuerdrache sich schuldig fühlt. Wäre ich damals doch nur zur Stelle gewesen, dann stünde jetzt alles zum Besten.«

»Kaz – nicht«, entgegnete Veldan heftig. Zu oft schon waren sie diese traurige Geschichte erneut durchlitten. »Wir Hüter des Wissens kennen die Gefahren unserer Arbeit, und ich kann die Schuld nur bei mir selbst suchen. Wenn *ich* damals die Beine in die Hand genommen hätte, wäre es niemals geschehen. Aber wie auch immer, nun ist es zu spät. Wir sollten unsere ganze Aufmerksamkeit dieser Reise zuwenden, nicht der Letzten, die so traurig endete.«

»Dagegen hätte ich nichts, wenn diese Mission nur ein wenig besser verlaufen würde als die vorige«, meinte Kazairl säuerlich.

»Da hast du Recht«, seufzte Veldan. »Unsere Pechsträhne lässt sich schlechter abschütteln als ein Floh aus einer Hafenspelunke.«

Zusammen mit Aethon, dem Seher des Drachenvolkes, hatten sie die Schleierwand durchdrungen – die magische Barriere, die ein Reich vom anderen trennte. Das war über einen Monat her, und seitdem durchquerten sie das verregnete Callisiora. »Manchmal frage ich mich, ob wir es je bis nach Hause schaffen.«

»Das sollten wir besser!«, schnaubte Kaz. »Ich werde hier keinen Augenblick länger bleiben als ich muss. Dieses Land ist ein schlechter Witz. Ich bin es sterbensleid, dauernd einem Haufen verbohrter, abergläubischer Menschen niedrigster Kulturstufe auszuweichen, die nicht wissen, dass die Schleierwand nicht der Rand der Welt ist, und nichts Besseres im Sinn haben, als unsere Welt Myrial mit einem allmächtigen Gott zu verwechseln, den sie sich selbst ausgedacht haben. Die meisten dieser Idioten würden nicht einmal den eigenen Augen trauen, wenn sie mich zu Gesicht bekämen. Sie würden glauben, ich sei ein Hirngespinst, während die Übrigen mich für ein heißhungriges Ungeheuer halten würden.«

»Du bist ein heißhungriges Ungeheuer«, entgegnete Veldan trocken.

»Mittlerweile schon«, stimmte der Feuerdrache verdrießlich zu. »Hier gibt's nur Wasser von oben und von unten und herzlich wenig zu kauen.«

Bei diesen Worten warf Veldan einen Blick auf ihren zweiten Reisegefährten, den Seher, den zu schützen und zu nähren sie gelobt hatte. Ob er diese Reise überleben würde, erschien ihr zunehmend zweifelhaft.

Aethon sah erbärmlich aus. Er trottete über den steilen, steinigen Weg, obwohl er kaum noch die Kraft besaß, einen Fuß vor den anderen zu setzen. Es muss eine furchtbare Anstrengung sein, einen massigen Körper vorwärts zu bewegen, der fast so lang ist wie eine Dorfstraße, dachte Veldan. Seine schuppige Gestalt, einst so goldglänzend und schillernd wie der Ring, den Veldan an einer Kette um den Hals trug, war nun stumpf und blassgelb wie Weizenstroh.

Der Gedanke, den Drachen zu verlieren, quälte sie und machte ihr Angst; nicht etwa nur wegen der Dringlichkeit ihrer Mission. Während der langen, entbehrungsvollen Reise war ihr Aethon ans Herz gewachsen. Sie hatte sich den Seher des Drachenvolkes als ehrfurchtgebietendes Wesen vorgestellt: förmlich, einschüchternd und erhaben. Stattdessen fand sie sich einem Drachen gegenüber, der gemessen an der Lebensspanne seiner Art noch recht jung war, und trotz der schweren Bürde seiner Berufung ein angenehmer Reisegefährte. Aethons Humor, seine Intelligenz und Lebensfreude hatten ihr die langen beschwerlichen Meilen verkürzt. Doch herrschte in ganz Callisiora ein nasskaltes, trostloses Wetter, und um keiner Menscheseele zu begegnen, waren sie gezwungen, in der Wildnis zu bleiben, sodass sie nur quälend langsam vorankamen. Aethons Kraft und Lebensmut nahmen mit jedem Tag ab, und Veldan brach es das Herz, dass sie mit ansehen musste, wie er langsam dahinsiechte. Der Seher war am Ende seiner Kraft. Er hatte den ganzen Tag kein Wort gesprochen, weder telepathisch, wie es die Hüter des Wissens zu tun pflegen, noch in der Drachensprache, die sich kompliziert verwobener Farbmuster und Lichtreflexe bediente, vermischt mit einschmeichelnden, klangvollen Tönen. Veldan vermutete, dass Aethon alle Kräfte für den Marsch sparte.

»Er sieht nicht allzu vielversprechend aus, oder? Selbst ich bezweifle langsam, dass er es schaffen wird, Boss.«

»Sch, Kaz«, schalt Veldan, obwohl sie wusste, dass ihr Partner ihr seine Gedanken völlig abgeschirmt mitteilte und dass Aethon sie keinesfalls empfangen konnte.

»Was denn? Der Arme ist schon halb entrückt. Er würde nicht einmal erschrecken, wenn ich ihm Feuer ins Ohr bliese.« Der schläfrige Schimmer in Kaz' Augen nahm ein böses Glitzern an. »Ich hab' da eine Idee …«

»Die Idee ist besser, als du glaubst.« Veldan sah vergnügt, wie dem Feuerdrachen vor Staunen die Kinnlade herunterklappte. Wie immer war er darauf aus gewesen, sie zu schockieren – was ihm gewiss nur selten misslang. »Der arme Aethon ernährt sich von Sonnenlicht, wie du sehr wohl weißt«, fuhr die Wissenshüterin fort. »Zwar könnte ihm ein Feuerstrahl im Ohr ein bisschen Unbehagen bereiten, aber wenn du stattdessen einen in seiner Nähe ausstoßen würdest, wäre das vielleicht gerade das Stärkungsmittel, das er benötigt.« Dann fügte sie tadelnd hinzu: »Ich habe eigentlich angenommen, dass du ein wenig mehr Sympathie für ihn übrig hast.«

»Nur weil wir bei der evolutionären Verzweigung denselben Ast erwischt haben?«, schnarrte Kaz, wobei die Neigung seines langen, eleganten Kopfes ganz Ausdruck seines Spotts war. »Tschaaaa!« Sein angeekeltes Schnauben glich dem explosiven Zischen eines entweichenden Dampfstrahls. »Die Drachen haben irgendwann entschieden, sie seien zu intellektuell und hoch entwickelt, um Fleisch zu fressen, dadurch haben sie sich verändert – und nun besitzt er die Frechheit, den Rüssel zu rümpfen und auf *mich* herabzublicken, als würde ich einer primitiven Art angehören! Nun, sieh selbst, wohin diese Blasiertheit ihn jetzt gebracht hat!«

Veldan unterdrückte die beißende Erwiderung, die ihr auf der Zunge lag, denn damit hätte sie seine Haltung nicht im Geringsten geändert. Außerdem waren sie seit fast zehn Jahren Partner. Sie hatte längst bemerkt, dass er auf den Seher des Drachenvolkes eifersüchtig war. Überraschenderweise hatte diese Eifersucht aber nichts mit Aethons einzigartiger Begabung zu tun. Aethon konnte seinen Geist auf die Wanderung durch die pfadlosen Nebel der Zeit schicken, um einen quälenden Ausblick in die Zukunft zu erhaschen, der oft undeutlich und manchmal grausam klar war. Kaz begriff durchaus, dass eine derart lose Verankerung in der Zeit viel eher geistige Zerrüttung bedeuten konnte als dass sie ein Segen war. Aethon besaß kaum Einfluss darauf, was er zu sehen bekam. Manchmal teilten sich die Nebel, die die Zukunft verbargen, und enthüllten ihm, wonach er suchte, aber viel häufiger blieben die Visionen zusammenhanglos und waren nicht zu deuten. Auch isolierte ihn sein Talent von den anderen Drachen. Niemand wollte einer Kreatur zu nahe kommen, die eingehende Kenntnis seiner Zukunft besitzen mochte, der schlechten ebenso wie der guten – ganz zu schweigen von Zeit und Umständen des Todes. Aber auch umgekehrt galt, dass Aethon leidvoll hatte lernen müssen, engen Freundschaften auszuweichen. Das sichere, aber geheime Wissen um die verbleibende Zeit eines geliebten Gefährten wäre mehr gewesen, als er ertragen konnte. Wahrhaftig, der Seher hatte seine Gabe teuer bezahlt. Auf all ihren Reisen hatten die Hüter des Wissens keine einsamere Kreatur gesehen als Aethon.

Kazairl beneidete den Seher also keineswegs um seine Gabe, aber er war, wie Veldan bemerkt hatte, über ihre Zuneigung zu Aethon leicht verärgert, denn sie war ihm während der gemeinsamen Reise näher gekommen als sonst jemand. Außerdem kam Kaz nicht umhin, Aethon um seine Pracht zu beneiden. Zum einen war Aethon dreimal so groß wie Kazairl, der von der Nase bis zum Schwanz nur etwa achtzehn Fuß maß. Zum anderen leuchtete Aethon wie glänzendes Gold, wogegen Kaz' Schuppen ein buntes Gemisch sanft schimmernder, metallischer Schattierungen bereithielten, die er nach Belieben der Umgebung anpassen konnte. Tatsächlich fand Veldan die raffiniert changierende Färbung ihre Freundes viel schöner. Aber wenn sie ihn davon überzeugen wollte, war ihr nicht mehr Erfolg beschieden als ihm, wenn er sie überreden wollte, sich der Maske zu entledigen.

Am schwersten von allem wog, dass Kaz den Drachen bitter um seine Flügel beneidete, diese weiten, durchscheinend goldenen Schwingen, die gerippt waren wie Fledermausflügel, gesprenkelt mit dunkleren schimmernden Schuppen und durchzogen von einem Netz silberner Adern. Es ist eine Tragödie, dass eben diese Flügel wahrscheinlich der indirekte Grund für seinen Tod sein werden, dachte Veldan traurig. Weil das Sonnenlicht fehlte, das die Flügel über ihre große Oberfläche aufnahmen, starb Aethon langsam den Hungertod. Wegen der klimatischen Umwälzungen in den vergangenen Monaten stand seinem ganzen Volk dasselbe Schicksal bevor.

In der vorigen Nacht waren sie unentdeckt durch die Hauptstadt von Callisiora geschlichen, die sich Tiarond nannte. Veldan war froh, dass sie nichts hatte sehen können. Der anhaltende Regen dürfte der Stadt und ihren Bewohnern nicht gut getan haben. Sie wollte sie lieber so in Erinnerung behalten, wie sie sie zuletzt gesehen hatte: eine Stadt von strenger Schönheit, deren steile Straßen in Serpentinen zu hochgelegenen, in den Berg gehauenen Terrassen führten, und deren Mauern, Türme und Bauten allesamt mit großer Kunstfertigkeit aus dem goldgelben Gestein der Gegend erbaut waren.

Veldan seufzte. Sie waren dem Ziel so nah und doch noch so fern. Wenn wir es über den Schlangenpass schaffen, dachte sie, dann haben wir nur noch eine Tagesreise und die folgende Nacht vor uns – und wir sind zu Hause. Aethon kann an dem Rat teilnehmen, wegen dem er den ganzen Weg gekommen ist. Hoffentlich ist das Wetter in Gendival besser …

»Veldan, können wir eine Weile rasten?« Die mentalen Klänge des Drachen kamen matt und schwindend.

Bei dieser dichten Bewölkung war es schwer festzustellen, auf welche Stunde es zuging, aber Veldan nahm an, dass es früher Nachmittag war. Mist, dachte sie. Wir müssen vor Einbruch der Nacht über den Pass kommen und den Unterstand auf der anderen Seite erreichen! Wenn wir ihn jetzt rasten lassen, wird er nie wieder aufstehen. Sie suchte nach einer Antwort, mit der sie diese grausame Wahrheit abmildern konnte. »Es tut mir Leid, Aethon, aber du musst versuchen, noch ein kleines Stück weiterzugehen. Wir sind schon weit gekommen und haben nur noch ein, zwei Meilen vor uns. Wenn wir oben auf dem Pass sind, ruhen wir uns aus, das verspreche ich.«

»Sehr gut – ich will es versuchen. Ich beuge mich deiner Erfahrung.« Der Gedanke des Drachen war begleitet von einem müden Seufzer, und Veldans Herz zog sich vor Mitleid zusammen.

Sie hatten nun fast die Baumgrenze und die dichte Wolkendecke erreicht, in der die höheren Wipfel verschwanden. Veldan überlief ein Schauder. Der Schlangenpass war noch nie ein erbaulicher Flecken gewesen, doch jetzt erschien er ihr geradezu unheimlich. Zerklüftete Felsen ragten zu beiden Seiten hoch empor. Der Weg führte nun viel steiler bergan und verengte sich zu einem schmalen Pfad. Wegen des starken Gefälles stieg Veldan von Kaz herunter und ging zu Fuß weiter. Den Seher nahmen sie in die Mitte, denn er hatte große Schwierigkeiten, sich zwischen den engen Felsen voranzuschieben, und falls er stecken bliebe, würde Kaz ihn nur von hinten befreien können.

Durch den Hohlweg fegte ein eisiger Wind und peitschte den Regen vor sich her. Es schien, als wären Luft und Wasser eins. Der Wind heulte und stöhnte, und das Echo seiner schrecklichen Klage wurde von den Felsen hin und her geworfen, als schrien dort die verlorenen Seelen all derer, die an diesem rauen und gefährlichen Ort ihr Leben gelassen hatten …

»Bockmist!«, knurrte Kaz. »Vergiss das mit den verlorenen Seelen, Boss – es sei denn, du willst ihnen folgen. Mach dir lieber Gedanken über das Wasser. Hörst du es nicht?«

Tatsächlich bemerkte Veldan erst jetzt, dass da nicht nur der Wind brauste. Unter dem Heulen des Sturms hörte sie ein tiefes, hohles Tosen. Veldan murmelte einen deftigen Fluch. Irgendwo hatte sich das Wasser auf dem Plateau gesammelt, und jeden Moment würde eine Wasserwand auf den Pfad herunterdonnern und sie alle drei hinwegfegen.

»Tschaaaa!« Das verachtungsvolle Schnauben ließ sie zusammenfahren. »Ehrlich – du und deine blühende Fantasie! Dein Gehirn dagegen welkt wohl bei diesem Regen.

Wir werden nicht hinweggefegt, Schätzchen. Wenn eine Überschwemmung kommt, wird unser dicker Freund hier feststecken wie ein Korken in der Flasche. Du wirst nicht mehr abbekommen als einen kalten Guss und ein, zwei blaue Flecke, und ich – nun, ich bezweifle, dass ich überhaupt nasse Füße bekomme!«

Der Feuerdrache kicherte, und Veldan musste seufzen. Leider war er außer Reichweite. Andererseits wusste sie aus bitterer Erfahrung, genauer gesagt durch viele angeschlagene Zehen und aufgeschürfte Fingerknöchel, dass Tritte und Schläge gegen seine schuppige Haut keinerlei Wirkung erzielten, ebenso wie ihre Drohungen und Proteste nichts gegen seine scharfe Zunge und seinen merkwürdigen Humor ausrichten konnten. Zwar nannte er sie häufig ›Boss‹, aber ihre Partnerschaft gründete sich auf Ebenbürtigkeit und gegenseitigen Respekt; diese Anrede benutzte er mehr als Kosenamen, um sie aufzumuntern, wenn sie niedergeschlagen war. Er konnte sie rasch zur Verzweiflung treiben, aber sie liebte ihn herzlich.

Inzwischen hatten sie einen Abschnitt auf dem Pass erreicht, wo rechter Hand die Felsen weniger steil anstiegen. Oberhalb des Weges wuchsen die letzten Kiefern. Einige neigten sich in einem gefährlichen Winkel über den Weg, da der Regen das Erdreich allmählich unter den Wurzeln wegwusch ... Veldan erschrak. Dieser Ort war eine Todesfalle. Wie lange würde es noch dauern, bis ein Erdrutsch käme? *Wie lange noch?*

Die nächste Wegbiegung brachte sie an die Quelle des tosenden Lärms. Veldan schnappte vor Bestürzung nach Luft. Selbst Kaz fand keinen flinkzüngigen Kommentar. Auf der linken Seite, wo der Pfad eine enge Kurve beschrieb, gab es eine Lücke zwischen den Felsen und ein Geröllfeld, das zunächst sanft abfiel und dann vor einer Schlucht endete. Dies ist der größte Glücksfall, der mir seit langem zugestoßen ist, dachte Veldan mit bitterer Ironie. Auf der rechten Seite floss ein reißender Bach von der Felskante herab und nahm den kürzesten Weg nach unten, indem er den Weg auf zwanzig Schritt Breite in einen braunen, sprudelnden Fluss verwandelte und dann auf der anderen Seite in die Schlucht stürzte. Veldan trat ein Stück zurück, denn das Tosen war ohrenbetäubend.

»Also schön, die gute Nachricht: Wir sind nicht hinweggefegt worden«, sagte Kaz lakonisch. »Die schlechte: Wir müssen durch diese Flut waten ...«

»Die Pest soll sie holen! Reißt unsere Pechsträhne denn *nie* ab?«

Um alles noch schlimmer zu machen, war ihr Blick auf den überfluteten Weg plötzlich durch einen nebligen Schleier getrübt, denn ihr stiegen die Tränen der Wut und Enttäuschung in die Augen. Und sie dachte daran, dass ihr altes Ich – dasjenige, welches vor ihrem jüngsten Zusammenstoß mit dem Tod existiert hatte – mit solchen Lappalien spielend fertig geworden wäre. Vielleicht behält Cergorn am Ende doch Recht, dachte sie. Vielleicht hätte ich diese Mission noch nicht übernehmen dürfen. Ihre damalige Argumentation – dass sie schnellstmöglich wieder etwas unternehmen musste, um den Mut nicht völlig zu verlieren – erschien ihr jetzt unüberlegt und schwach.

»Komm schon, Schätzchen ...« Kaz' Stimme war überraschend sanft, und Veldan bemerkte mit Gewissensbissen, dass er sich um sie sorgte – und vielleicht schon, seit sie sich so bald nach ihrer letzten, verhängnisvollen Reise für diese Aufgabe gemeldet hatten. Die Worte des Feuerdrachen richteten sie wieder auf, wie gewöhnlich: »Wir Hüter des Wissens spucken dem Schicksal ins Auge«, erinnerte er sie. »Wir lassen uns nicht von den Parzen aufs Kreuz legen. Solange wir uns nicht geschlagen geben, wird sich unser Schicksal am Ende ganz bestimmt noch wenden.«

Lieber Kaz. Was würde ich nur ohne dich tun? Veldan behielt den Gedanken strikt für sich. Ihre eigentümliche Freundschaft war stark genug, um ohne offenes Zurschaustellen von Gefühlen zu gedeihen. »Sehr philosophisch«, erwiderte sie. »Jetzt weiß ich erst, *wie* tief wir im Schlamassel stecken.«

Kaz leckte sich mit seiner gespaltenen Zunge träge über die Lefzen, was die Feuerdrachenversion eines spöttischen Grinsens darstellte. »Sag an, Boss – willst du es riskieren oder sollen wir umkehren?«

Veldan zuckte die Achseln. »Wir versuchen es.« In Wirklichkeit hatten sie gar keine Wahl. Es gab keinen anderen Weg über das Gebirge, und sobald sie zurückwichen, hätten sie verloren. In dieser feindseligen Gegend musste der Seher Hungers sterben. Riskierten sie den Durchbruch, so blieb noch eine geringe Chance, dass die Drachen gemeinsam stark genug sein würden, um der reißenden Strömung standzuhalten. Dann erreichten sie vielleicht doch noch den Gebirgskamm, bevor Aethon die Kraft endgültig verließ.

Reiß dich zusammen, Veldan. Wir können es schaffen. Sie wischte sich den Regen aus dem Gesicht und nahm eine sorgfältige Einschätzung der Lage vor. Etwa auf zwanzig Schritt den Weg hinauf verengten sich die Felsen, sodass das Wasser mit beträchtlicher Kraft hindurchströmte. Für Aethon würden es schwierig werden, sich dem Druck der eisigen Wassermassen entgegenzustemmen. Jedoch war der Weg dort, wo sie gerade stand, breit genug und ließ Raum für ein Manöver …

»Kaz – du zwängst dich um den Seher herum und kommst nach vorne. Ich brauche dich, um einen Weg zu bahnen und die Hauptkraft der Strömung …«

»Wird gemacht.« Der Feuerdrache begann sich stückchenweise an Aethons ruhender Masse vorbeizuquetschen. »Dich lasse ich aufsitzen, Boss – und mach mir ja nicht das Leben schwer. Du könntest wenigstens ein zuversichtliches Gesicht ziehen. Aber ich weiß, dass du noch nicht ganz gesund bist. Du könntest der Strömung genauso wenig standhalten wie Aethon.«

Unwillkürlich wollte Veldan protestieren, aber wozu? Er hatte ja Recht. Sie drehte sich um. »Aethon? Aethon!

Kannst du mich hören?« Wenn er schon nicht mehr bei sich war …

»Ich … ich höre dich, Veldan …« Der Drache brachte nicht mehr als ein Flüstern hervor. »Hab keine Angst. Ich kann noch weiter …«

»Es ist nicht mehr weit«, sagte sie ermutigend. »Nur noch ein letztes Stück. Folge Kaz – und lass mich wissen, wenn es zu schwierig wird.«

»Fürchte nichts. Ich werde folgen.«

Kaz stand bereit. Am Rande des Wasser krümmte er seinen langen, schlanken Körper leicht geduckt zusammen. Sein Gesicht blieb ausdruckslos, aber das ruckartige Schlagen des Schwanzes tat seine Abneigung kund. Entgegen seiner reptilienhaften Erscheinung war Kaz ein warmblütiges Wesen, und er litt ebenso sehr unter Kälte wie seine menschliche Partnerin. Er drehte sich nach Veldan um und zuckte auf Drachenart die Schultern, indem er einmal rasch den Kopf duckte. »Jetzt gibt's nasse Füße, Schätzchen – aber nicht für dich. Hopp, hinauf!«

Veldan stellte einen Fuß auf den abgewinkelten Ellbogen seines Vorderbeins, umklammerte den letzten Stachel des Nackenkamms und schwang sich hinauf. Dabei fuhr ihr ein brennender Schmerz in die linke Schulter und bis in den Arm hinab. Wollten diese Wunden denn niemals heilen? Auf der Haut waren sie schon vernarbt, aber darunter nagte das Gift von den Waffen der Ak'Zahar, und zwar schon beunruhigend lange.

»Fertig, Boss?« Wieder lag ein Schatten der Sorge über Kaz' Gedanken. Veldan wusste, dass er ihren Schmerz gespürt hatte, unterließ es aber, darauf einzugehen.

»Los geht's.« Sie hielt sich am Nackenkamm fest, während der wogende Schritt des Feuerdrachen sie schaukelnd voranbrachte. Kaz zischte, als er in das wirbelnde, eisige Wasser ging, und ein tiefes, beunruhigendes Grollen antwortete ihm, das unmittelbar von den Felsen ringsum zu kommen schien.

Zeit, sich umzublicken erhielt sie nicht mehr. Aus den

Augenwinkeln sah Veldan das Erdreich des Berghangs in einer rollenden Woge auf sich zukommen. Mit aller Kraft klammerte sie sich an Kaz' Nacken, während der Feuerdrache mit einem Sprung der Gefahr zu entkommen suchte. Doch schon im nächsten Moment wälzte sich die Wand aus Schlamm, Wasser und Bäumen über sie hinweg, und ein mächtiger Stoß raubte Veldan den Atem. Sie wurde von ihrem Partner fortgerissen und rang verzweifelt nach Luft, doch nur Schlamm drang ihr in Mund und Nase. Unter gewaltigem Donnern hüllte sie die Dunkelheit ein. Sie wurde umhergeschleudert, als wäre sie nur eine Stoffpuppe. Instinktiv rollte Veldan sich eng zusammen und versuchte mit den Armen ihren Kopf zu schützen. Mehr konnte sie nicht tun – nur noch eins:

Mit letzter Hoffnung sandte Veldan einen gebündelten Gedankenstrahl nach Hause, nach Gendival, dem Tal der zwei Seen, Herz des Schattenbundes. Ein einziger verzweifelter Hilferuf war alles, was sie auf diese enorme Entfernung übermitteln konnte. Die Bewusstlosigkeit, die sie unmittelbar nach diesem letzten Gedankenschrei überkam, war fast willkommen.

In Tiarond, etwa zwei Wegstunden vom Schlangenpass entfernt, verebbten die Ausläufer der Erschütterung durch den Erdrutsch unbeachtet. Die Menschen dort hatten ihrerseits zu viele Probleme, um sich über die Launen der Natur außerhalb ihrer Stadt Gedanken zu machen.

Tiarond lag in der Schleife eines Flusses zwischen zwei schützenden Ausläufern des Berges Chaikar, den man hier den Thron nannte. Die Stadt war an den Berg gebaut und bildete, seiner natürlichen Form folgend, ein Dreieck. Hoch oben in der Spitze, wo die Ausläufer des Berges auseinanderzustreben begannen, befand sich eine Felsspalte, kaum breiter als achtzehn Fuß, die den Zugang in eine verborgene, von der Welt abgeschiedene herzförmige Schlucht erlaubte. Hier fand sich der Nabel

Tiaronds, denn die Kluft barg den Tempel und die Heilige Stadt des Gottes Myrial.

Im Tempel Myrials griffen die Schatten um sich, nahmen das hohe Gewölbe ein und verdichteten sich zwischen den trüben Lichtlachen der Lampen. Nur auf dem Gold und den Edelsteinen, die man den Bergen entrissen hatte, fing sich das Licht und schimmerte ein wenig. Zavahl schlich den langen Säulengang hinunter und fühlte sich klein, zum ersten Mal in seinem Leben klein unter der Größe und Pracht des Gotteshauses, das rechtmäßig seine Heimstatt war. Er verachtete sich für seine Schwäche. Zu keiner Zeit hatte er sich vor seinem Gott gefürchtet. Was hätte er auch befürchten müssen? Er war in die Rolle des Hierarchen, des Priesterkönigs von Callisiora, hineingeboren, und die Macht und Verantwortung wurden ihm mit den Windeln angelegt. Er war Stellvertreter Myrials auf Erden, der mächtigste Mann im Reich. Heute indessen näherte er sich dem Allerheiligsten zitternd und mit weichen Knien, als wäre er ein einfältiger, abergläubischer Bauer. Vor dem hohen silbernen Gitter hielt er einen Augenblick an.

Zavahl starrte durch das filigrane Schmiedewerk auf den dunklen Eingang zum Allerheiligsten, wo dem Hierarchen vom Großen Auge die Göttlichen Wünsche überbracht wurden. Früher konnte der Priesterkönig alles beobachten, was in seinem Land geschah, indem er in das Auge schaute. Jetzt aber blieb das Auge für ihn dunkel und leblos, was ein weiteres schuldhaftes Geheimnis seines Herzens war: Weil es nur dem Hierarchen selbst gestattet war, sich in die mystische Gegenwart des Auges zu begeben, wusste niemand außer ihm, dass es unter seiner Berührung nicht mehr zum Leben erwachte. Aber wie lange würde er sein Versagen noch verhehlen können?

Zavahl wusste sich keinen Rat mehr, und seine Angst wuchs. Seit mehr als einem halben Jahr hatte die Sonne nicht mehr die schwere Wolkendecke durchdrungen, die über dem siechenden Land hing; seit Monaten regnete es ohne Unterlass. Die Flüsse waren über die Ufer getreten, und viele tiefliegenden Gefilde von Callisiora waren unter den Fluten versunken, die Ernten, Höfe und Menschen gleichermaßen mit sich fortrissen.

In Tiarond verrottete die Kleidung, verfaulten die Nahrungsmittel, wucherte auf den Hauswänden der Schimmel. Die Felder waren nicht abgeerntet oder lagen unbestellt in dem Morast, der einst schönes, fruchtbares Land gewesen war. Immer mehr Vieh verendete, und die Menschen verhungerten oder starben an den Krankheiten, die sich ausbreiteten wie ein Waldbrand. In den Straßen lauerten Gewalt und Habgier wie Raubtiere auf Beute, während Trauer und Elend sich über die Stadt legten gleich dem dunklen Sargtuch der tief hängenden Wolken. Die Stadt und das ganze Reich warteten auf Hilfe von Zavahl. An ihm war es, sich bei ihrem Gott für sie einzusetzen – doch darin versagte er. Eindeutig war Myrial über seinen Diener verärgert. Das Unglück ist meine Schuld, dachte Zavahl düster. Ich habe versagt.

Würde er auch diesmal scheitern? Der Hierarch zog sich die Schuhe aus und setzte das schmale Diadem ab, dessen purpurroter Stein auf seinen Rang hinwies. Er tat einen tiefen Atemzug, schob einen Flügel des Gitters beiseite und trat barfuß und barhäuptig durch das dunkle, furchteinflößende Portal.

Der endlos erscheinende schwarze Raum, der größer war als der Tempel selbst, versetzte ihn auch nach dreißig Jahren noch in Erstaunen. Als Zavahl sich zum ersten Mal durch das Tor wagen musste, war er ein kleiner Junge von kaum fünf Jahren gewesen. Damals hatte er sich am meisten deswegen gefürchtet, weil er allein hindurchschreiten musste, denn der Hierarch ging immer allein an diesen furchtbaren, geheimnisvollen Ort, der allen verboten und ihm allein vorbehalten war – wo der Priesterkönig vor seinen Gott trat. Doch so klein er war, zum Weinen war er viel zu stolz, aber er zitterte so sehr, dass er kaum stehen konnte. Die strengen, hartgesichtigen Priester wie der alte Malacht, der ihn großgezogen hatte, aber auch die milderen, mitfühlenden, öffneten den Gitterflügel und stießen ihn hindurch. Die Erhabenheit des Tempels, sein weiter widerhallender Raum wirkten einschüchternd auf ihn, doch hatte er aus irgendeinem Grund erwartet, dass das Allerheiligste, das sich hinter einem so feinen silbernen Gitter verbarg, ein kleiner, intimer Raum sein müsse. Die anfängliche Erschütterung und Ehrfurcht bei seinem ersten Schritt in Myrials dunkles Herz war Zavahl sein ganzes Leben geblieben.

Nun fanden seine Füße mit der Sicherheit langer Jahre den Weg durch die dunkle Leere hinter dem Portal. Die Stille war so tief, dass er glaubte, sein Herz pochen zu hören. Selbst das leise Schlurfen seiner Schritte ging in der immensen Weite des Raums verloren. Vollkommen konzentriert und vorsichtig setzte er einen Fuß vor den anderen. Denn trotz der vollkommenen Dunkelheit wusste er, dass er eine Brücke überquerte, einen schmalen flachen Bogen ohne Bordstein und Geländer, der über das Nichts führte, einen Abgrund, dessen Tiefe das menschliche Begreifen überstieg.

Zavahl schlich vorwärts, schüchtern und unscheinbar wie das Kind, das er einmal gewesen war. An diesem Ort versiegten die Macht und der Schutz eines Priesterkönigs zu Nichts. Und so sollte es auch sein. Was war ein bloßer Mensch, wie mächtig er auch sei, im Vergleich zu der Gewaltigkeit des Einen, der zugleich Welt und Schöpfer war?

Unterdessen zählte der Hierarch sorgsam seine Schritte, um sich die Vorstellung zu erhalten, wie weit er gekommen war; keinen Augenblick vergaß er den unermesslich tiefen und tödlichen Abyssus, der keine Handbreit neben seinen unsichtbaren Füßen drohte. Er war schon müde vom Gehen, von der Belastung und Anspannung, als er schließlich gewahr wurde – vielleicht durch eine Veränderung des Bodens oder allein aus Instinkt –, dass er das Ende des Weges erreicht hatte.

Zuversichtlich und ohne zu tasten streckte er die Hand im Dunkeln aus und berührte die Säulenplatte. Sie bestand aus einem glatten, unbekannten Material, das sich weder kalt noch warm anfühlte. Er fuhr mit den Fingern über das abgeschrägte Ende, fand das ausgesparte Oval und legte die flache Hand auf die glatte Oberfläche. Es gab ein lautes Klicken, als der rote Stein am Ring des Hierarchen, der nach innen getragen wurde und dessen Gegenstück sich auf dem Diadem befand, wie ein Schlüssel in der kleinen Höhlung versank, die eben zu dem Zweck geschaffen war, diesen Stein aufzunehmen.

Ein tiefes Rauschen, wie ein gigantisches Atemholen, unterbrach die Stille, zugleich erwachte ein kaum merkliches Glühen, das ein dunkelrotes Licht entfachte und zu einem riesigen Kreis formte, der vor dem hoffnungsvollen Priester senkrecht in der Dunkelheit schwebte. Das Zentrum des Kreises blieb so dunkel wie der Raum ringsum – ein Fenster zur Ewigkeit, die Pupille des Auges.

Das Rauschen schwoll an und füllte den Raum, als würden alle Winde der Welt sich in einen einzigen Seufzer verströmen. Dabei änderte der Kreis sein tiefes Dunkelrot in Purpur und Scharlach über Kupfer nach Gold und schließlich zu einem unerträglich glühenden Weiß. Aus dem Rauschen entstand allmählich ein Pochen, das in einen langsamen, majestätischen Rhythmus überging, der an Herzschlag denken ließ; bei jedem Schlag pulsierte der weiß glühende Ring wie ein lebendiges Wesen. Zavahl war halb blind von der Helligkeit und fühlte sich wie ein aufgespießtes Insekt, auf das ungerührt der Gott starrte.

Dann erstarb das grelle Licht unter Funkensprühen und hinterließ einen Kreis, der wie ein Diamant in allen Regenbogenfarben funkelte. Stille senkte sich herab, ein erwartungsvolles Schweigen. Zavahl hielt den Atem an, hoffte und betete ...

Dies war der Moment, da die dunkle Mitte des Großen

Auges sich erhellen sollte, um dessen Wunder zu offenbaren: Bilder aus Vergangenheit und Zukunft, vom Zustand des Reiches und dem weltlichen Leben der Menschen, die unter seiner Herrschaft standen. Myrials mächtige Stimme sollte zu seinem Diener sprechen, ihm antworten, raten oder befehlen und seinen Willen kund tun. Mit bebender Stimme flehte Zavahl zu seinem Gott: »O Einziger – erhöre deines Dieners Bitten!«

O Myrial, hilf mir jetzt.

Zavahl wartete. Er wagte nicht zu atmen und zitterte vor Anspannung. Dann sank ihm der Mut, denn der leuchtende Ring begann unruhig zu flackern, wurde an manchen Stellen käsig gelb, während das Licht an anderen Stellen ganz erlosch. Trotz seines inbrünstigen Gebetes blieb die Pupille leer, dunkel, leblos. Myrial erhob seine Stimme, summte und fauchte und steigerte sich zu einem misstönenden Kreischen, das Zavahl zwang, sich die Hände auf die gepeinigten Ohren zu pressen.

In dem Moment, als er die Säulenplatte losließ, riss die Erscheinung mit bestürzender Plötzlichkeit ab. Wie ein bleierner Mantel legte sich die Stille auf den Hierarchen. Er war krank vor Enttäuschung und Verzweiflung, und sein ganzer Körper schmerzte infolge der Anspannung. Er fühlte sich geschlagen. Mit den Bewegungen eines kraftlosen alten Mannes schleppte sich Zavahl zurück über die gefährliche Brücke.

Im Tempel angelangt, beschirmte er die Augen gegen den Schein des Goldes und der Edelsteine. Ihre glitzernde Herrlichkeit erschien ihm billig und geschmacklos vor dem unirdischen Glanz, den das geheimnisvolle Auge des Gottes ausstrahlte. Zavahl zog sich die Schuhe an und nahm das Diadem, um es sich wieder auf die Stirn zu setzen. Mitten in der Bewegung hielt er inne. Er zögerte. Welches Recht habe ich noch, es zu tragen?, dachte er. Es ist unmissverständlich, dass Myrial sich von mir abgewandt hat. Ich habe gefehlt, und ganz Callisiora zahlt den Preis für meine Schuld – aber nicht mehr lange.

Ihm zitterten die Hände, als er sich dann doch das Diadem aufsetzte. In zwei Tagen würde man die Herbstheiligen feiern, den vierten Wendepunkt im Jahreslauf von Callisiora, wo der Winter die Herrschaft antrat. Das war zugleich die Festnacht des Todes. In der grausamen Vergangenheit des Reiches hatte man zur Festnacht des Todes, sobald die Sonne untergegangen war, ein Opfer dargebracht: einen Boten, der sich bei Myrial für die Lebenden verwenden sollte, auf dass der Gott sein Volk schütze und sicher durch den langen, harten Winter geleite.

Ein Frösteln durchlief den Hierarchen; ihm war, als tasteten kalte Finger aus dem offenen Grab nach ihm. In diesem Jahr würde man noch einmal Blut vergießen müssen, um das Land vor dem Untergang zu retten. Wenn Myrial ihm auch an den nächsten beiden Tagen seine Unterstützung versagte, dann würde Zavahl als der gescheiterte Hierarch das Große Opfer sein müssen – das Opfer und der Retter, um die Wohlfahrt des Landes wiederherzustellen …

»Ah, Hierarch«, begann eine trockene Stimme hinter ihm und ließ ihn heftig auffahren. »Hier also verbirgst du dich. Stoßen deine Bitten noch immer auf taube Ohren?«

»Du bist Soldat, Blank«, erwiderte Zavahl kalt. Er sah den hochgewachsenen, grauhaarigen Emporkömmling verächtlich an. Glänzende Abzeichen und eine strenge, aufrechte Haltung wiesen ihn als den Heerführer der Heiligen Krieger Myrials aus, der Schwerter Gottes. »Sosehr du dich für einen Gelehrten hältst, solltest du das Göttliche doch dem überlassen, der sich darauf am besten versteht.«

Blank spitzte amüsiert die Lippen. »Oh, du siehst mich zutiefst zerknirscht, mein Hierarch. Damit musst du dich selbst meinen, wenn ich recht verstehe – und den spektakulären Erfolg berücksichtige, den du in den vergangenen Monaten bei dem Versuch hattest, Myrials Aufmerksamkeit zu erringen, habe ich Recht?«

Zavahl knirschte mit den Zähnen. Darauf gab es nichts zu erwidern – und das wusste Blank. In dem harten Gesicht des Hauptmanns hatte noch niemand ein aufrichtiges Lächeln erblickt, doch immerhin entdeckte Zavahl nun ein triumphierendes Funkeln in den eisengrauen Augen. Blank war kein Dummkopf. Er besaß im Gegenteil einen wachen Geist und hatte bereits erkannt, dass Zavahl bald würde sterben müssen. Und seine nächste spitze Bemerkung diente nur dazu, diese Vermutung zu bestätigen.

»Ich bitte, mich zu entschuldigen, Hierarch, ich will nicht noch mehr von deiner kostbaren Zeit in Anspruch nehmen«, sagte er, machte auf dem Absatz kehrt und verließ den Tempel. Sein forscher Schritt hallte in dem weiten Gewölbe wider.

Zavahl blickte ihm nach und bat in einem Ausbruch gehässiger Wut, dass Myrial den Bastard erschlagen möge. Doch auch dieses Gebet erbrachte dasselbe Ergebnis wie alle anderen. Und seine Zeit lief ab. Zwei Tage. Das war alles, was ihm noch blieb. Kostbare Zeit, o ja. Ohne ein Wunder war er zum Sterben verurteilt.

Im Eingang des Tempels blieb Blank stehen und drehte sich nach Zavahl um. Der Hierarch stand reglos da, die Schultern gebeugt in müder Ergebung. Du erbärmlicher Narr, dachte der Hauptmann. Das Schlimmste für dich ist, dass du niemals erfahren wirst, warum deine Welt zusammenbricht.

Und er holte einen Goldring mit einem großen roten Stein hervor, der selbst im trüben Zwielicht des Regentages funkelte und strahlte. Der Ring schien eine exakte Nachbildung desjenigen zu sein, den der Hierarch trug – doch war es genau umgekehrt: Die Nachbildung steckte an Zavahls Finger. Du wirst keine Antwort von deinem Gott bekommen, mein Freund, dachte Blank. Wenn du wirklich wissen willst, warum du Myrials Gunst verloren hast, brauchst du nur hierher zu sehen. Lächelnd ließ er den kostbaren Ring – den Schlüssel zum Auge Myrials – wieder in die Tasche gleiten und setzte seinen Weg fort.

Kapitel 2

Gendival

Der Morgen war friedlich und klarer, die Sonne schien in das Tal der zwei Seen und wärmte seine weiten Auen. Gleich an den zerstreut stehenden grauen Steinhäusern und dem Turm der Kundschafter, der wie ein warnender Finger in den Himmel zeigte, glänzte der untere See freudig wie eine neugeborene Seele. Die Forellen sprangen und kräuselten die Wasseroberfläche, und überall im Uferschilf blitzte das weiße Gefieder der Wasservögel. Libellen sausten pfeilschnell dahin oder standen schillernd in der warmen Luft. Ein schwacher Wind ging, flüsterte in den Eichen und wehte über die Hügellandschaft, die sich in einem weiten Bogen um den See erstreckte. Die Bewohner des Dorfes, das schon seit langer Zeit den Schattenbund versorgte, fischten bereits emsig auf dem Wasser und beschäftigten sich am Ufer mit dem Vogelfang. Aus dem schönen Tag, der auf eine lange Schlechtwetterperiode folgte, machten sie das Beste: Sie schwatzten und sangen. Fröhliche Stimmen mischten sich mit dem Gezwitscher der Vögel.

Weit draußen auf dem See durchbrach eine schäumende Fontäne unbemerkt vom fleißigen Volk die ruhige Wasseroberfläche. Ein glatter, stumpfnasiger Kopf tauchte auf, gefolgt von einem langen, schlanken Hals. Der dunkle Buckel des massigen Rumpfes lag als verzerrter Umriss unter Wasser, und weit dahinter klatschte der geschmeidige Schwanz auf die Wellen. Im silbrigen Kielwasser, das der Hals schlug, glitt das Ungeheuer schnell dahin und hielt zielstrebig auf die Gruppe hilfloser Frauen zu, die am Ufer ihre Wäsche wuschen.

Die Bugwelle, die die herannahende Kreatur vor sich her trieb, erreichte das seichte Ufer, überflutete den Kieselstrand und tauchte die Wäscherinnen bis zu den Knien ein. Die stattlichste aus der Gruppe hob ihren kräftigen Arm und drohte mit der Faust. »Die Pest soll dich holen, Afanc! Mach, dass du fortkommst, du Tollpatsch – ausgerechnet hier den Schlamm so aufzuwühlen! Die ganze Morgenarbeit ist zunichte – alle Laken müssen noch einmal gewaschen werden, und wer soll das tun, möchte ich wissen? Du nicht, so viel ist sicher, du Riesentölpel!«

Mit einem Schrei der Bestürzung bremste das Ungeheuer seine Fahrt, erzeugte einen mächtigen Wasserwirbel und handelte sich einen Chor von Drohungen ein. Beschämt senkte es sein Haupt unter die Wasseroberfläche und schwamm nun umsichtig am Ufer entlang davon.

In sicherer Entfernung von den wütenden Waschweibern gab es eine schmale Bucht, deren steiniger Strand jäh in tiefes Wasser abfiel. Dort, auf dem sich sanft dem Ufer zuneigenden Rasen, versammelte sich eine seltsame Gruppe von Individuen. Es war nicht ungewöhnlich, dass diese Versammlung am See abgehalten wurde; vielmehr zog man diesen Ort der großen Halle im Hauptquartier des Schattenbundes vor, denn der Afanc, der unter den Wissenshütern der Wasserbewohner den Vorsitz hatte, konnte sein nasses Element nicht verlassen.

Cergorn, Archimandrit des Schattenbundes, hatte die Auseinandersetzung zwischen Matronen und Ungeheuer – insbesondere die nachfolgende Flucht des Letzteren – lächelnd beobachtet. Als der Afanc mit verlegener Miene bei der Versammlung ankam, zwang Cergorn sich zur Ernsthaftigkeit und begrüßte ihn mit einem Nicken.

»Willkommen, Wissenshüter Bastiar. Mit deinem Eintreffen ist der Rat nun vollständig.«

Der Afanc reckte den schwarz-grün glänzenden Hals weit hervor und schaute angestrengt in die versammelte Runde. Die Ratsmitglieder fuhren hastig zurück und brachten sich vor der Wolke seines stinkenden Atems in Sicherheit.

»Gnade!«, japste Cergorn. »Nicht so nah. Du riechst wie faulender Sumpf!«

»Aber dann kann ich euch alle nicht sehen«, wandte Bastiar ein, und seine telepathische Stimme klang seltsam hoch für ein Wesen seiner Größe. »Du weißt, wie schlecht meine Augen sind, Cergorn.« Er legte den Kopf auf die Seite und spähte noch einmal nach den Ratskollegen. Cergorn dachte, welch einen wunderlichen Anblick sie allesamt boten. Er selbst war ein Zentaur, halb Mensch, halb Pferd, in diesem Fall ein prächtiger Grauschimmel.

Neben Cergorn erhob sich Skreeva, Repräsentantin der insektenartigen Alvai, die das Land Fel Karivit beherrschten. Skreeva legte raschelnd ihre glänzenden durchsichtigen Flügel über ihren silbergrauen Chitinpanzer. An ihrem dreieckigen Kopf saßen zwei glitzernde Facettenaugen, die so kompliziert und schön erschienen wie die feinsten Diamanten, aber auch ebenso kalt und seelenlos aussahen. Die langen Vorderglieder waren mit Sägeklingen bewaffnet, und jedes Bein endete in rasiermesserscharfen Krallen. Ein furchteinflößendes Paar Zangen und die maskenhafte Ausdruckslosigkeit des Gesichts ließen die Alvai als das erscheinen, was sie in der Tat waren: perfekte Tötungsmaschinen. Neben dem Gaeorn Maskulu jedoch, der an der anderen Seite neben Cergorn nervös hin und her zappelte, sah Skreeva so harmlos und unschuldig aus wie ein Lamm.

Die Gaeorn waren die Bewohner einer unterirdischen Welt. Cergorn wusste wohl, dass Schönheit eine Frage von Gewohnheit und Erwartung ist, und daher bemühte er sich um ein unvoreingenommenes Urteil. Doch insgeheim hielt er es für eine Gnade, dass solche Abscheulichkeiten für gewöhnlich nicht auftauchten und die Sonne verfinsterten. Maskulu war dreimal so lang wie ein ausgewachsener Mensch. Er bewegte seinen schwarzen, segmentierten Körper mit Hilfe einer Vielzahl von Beinen, an denen er stachlige, giftige Krallen hatte, und zwischen den Körpersegmenten wuchsen büschelweise lange Borsten hervor. Außerdem besaß er einen bösartig gegabelten Schwanz. Seine dunklen Schuppen glänzten schleimig in der Sonne und verwandelten das goldene Licht in den ungesunden grünlichen Schimmer des Verfalls. Die schmalen rötlichen Augen schauten in rastlosem, wildem Hunger. Aus seinem flachen Gesicht wuchsen grotesk gefiederte Fühler, und es war mit zwei stachligen Zangen bewehrt, die noch furchterregender wirkten, als die der Alvai. Es ist eine gute Fügung, dass die raffsüchtigen Menschen von den Gaeorn getrennt leben, dachte Cergorn angesichts der glitzernden Kiefer des Unterirdischen, die ganz aus Diamanten bestanden. Wenn es auch äußerst schwierig war, eine dieser gut gerüsteten Schreckgestalten zu töten, so wären gewiss viele Menschen dumm und habgierig genug gewesen, um für diese Beute jedes Risiko einzugehen.

Weder die Gaeorn noch die Alvai konnten sprechen. Die Gaeorn vermochten zwar das schroffe mahlende Geräusch rollender Steine von sich zu geben, jedoch verständigten sie sich untereinander mit Klicklauten verschiedener Anzahl und Länge in schwierigen Kombinationen. In ihrer natürlichen Umgebung erzeugten sie die Laute, indem sie mit den Kieferzangen auf Stein schlugen. Die Botschaften legten lange Wege durch die Gesteinsschichten zurück und wurden von den empfindlichen Borsten am Körper empfangen.

Die Alvai bildeten ihre Sprache durch Zirplaute, die sie mit schnellen Flügelbewegungen oder durch das Aneinanderreiben der Sägekanten an den Vordergliedern erzeugten. Cergorn verstand die Sprache beider Arten und konnte sich mit den Gaeorn recht flüssig unterhalten, doch gebrauchte er diese Fähigkeit kaum. Denn als Hüter des Wissens und Agenten des Schattenbundes waren Skreeva und Maskulu vollendete Telepathen.

»Ist der Rat wirklich vollständig?« fragte Maskulu. »Meiner Meinung nach war vorgesehen, dass der Drache hierher kommt. Wo ist er? Ist ihm etwas zugestoßen? Hat Veldan auch diese Mission verpatzt?« Bei dieser Anschuldigung schlich sich ein scharfer Unterton in seine Rede. »Mir scheint, dass der große Archimandrit sich in seinem Urteil geirrt hat. Ich habe dir gesagt, dass es ein Fehler ist, einen Menschen mit einer solch delikaten Mission zu betrauen – noch dazu einen, der erst kürzlich so spektakulär versagt hat.«

Der Gaeorn zappelte hin und her, was immer ein schlechtes Zeichen war. Seine Art war berüchtigt für ihren rasch aufbrausenden Zorn, und die Geduld ging ihnen schneller aus als einem Seemann die Heuer. Man tat gut daran, sie nicht zu verärgern. Mit ihrem Diamantkiefer, mit dem sie sich durch den Fels fraßen, konnten sie einem Menschen – oder einem Zentauren – blitzschnell den Kopf abbeißen. Trotz allem war Cergorn, nicht Maskulu, der Archimandrit des Schattenbundes. Und von Zeit zu Zeit war es nötig, die größeren und aggressiveren Wesen daran zu erinnern. Ein Aufruhr war das Letzte, was der Schattenbund in dieser schwierigen Zeit gebrauchen konnte. Ein paar Jahrzehnte waren vergangen, seit es unter ihnen einen Abtrünnigen gegeben hatte, und gewissermaßen war man in Gendival noch immer damit beschäftigt, die Scherben dieser unseligen Episode einzusammeln. Der Archimandrit wünschte keine Wiederholung, und so erteilte er seinem Untergebenen eine kalte, unversöhnliche Zurechtweisung. »Mir oblag es, diese Entscheidung zu treffen, Maskulu. Erinnere dich, dass du lediglich ein Hüter des Wissens bist. Solltest du eines Tages Archimandrit sein, wird die Verantwortung bei dir liegen – aber nicht einen Augenblick früher.«

Der Gaeorn bäumte sich auf und fauchte, dabei riss er die Kieferzangen auf, als wollte er zuschnappen und ihn zerreißen. Seine roten Augen glühten vor Wut doch Cergorns kalter Blick blieb ohne Wanken auf sein Gesicht geheftet. So fochten sie mit Blicken, dem äußeren Anzeichen eines Kampfes um Unterwerfung, der in der Sphäre ihres Geistes ausgetragen wurde. Die mentale Kraft des Archimandriten reichte um vieles weiter, und so ließ er die volle Macht seines disziplinierten Verstandes wie einen Hammer auf den Keim der Aufsässigkeit niedersausen.

Nicht lange und Maskulu schloss die Zangen und entspannte sich. Er ließ sich eingeschnappt auf dem Boden nieder, und das Feuer in seinen Augen war nur noch rauchige Glut. »Archimandrit, ich bitte um Verzeihung. Ich bin ein Gaeorn, und die Streitlust liegt mir im Blut. Manchmal vergesse ich –«

»Du wurdest nicht in den Schattenbund berufen, um zu vergessen.« Mit Absicht sah Cergorn einen nach dem anderen an. »Das betrifft euch alle. Die Welt ist in verzweifelten Schwierigkeiten, und wir sind die Einzigen, die sich der vollständigen Zerstörung entgegenstellen können. Wenn wir anfangen, uns wegen Nichtigkeiten zu zanken, ist alles verloren.« Als er die Anerkenntnis seiner Worte spürte, breitete er die Arme aus und umfing seine Untergebenen mit warmem Lob. Der Schattenbund war eine Familie – ihre *wahre* Familie, ungeachtet der Verschiedenartigkeit ihrer Mitglieder. Und es schadete nicht, immer wieder darauf hinzuweisen.

Die Hüter des Wissens besaßen notwendigerweise einen äußerst unabhängigen, eigenständigen Charakter. Sie waren es gewohnt, ihren eigenen Weg zu gehen und häufig auch nach eigenen Regeln zu leben. Hüter des Wissens entstammten nahezu allen Reichen und gehörten Arten an, die oft miteinander in Streit lagen; die Agenten des Schattenbundes aber lebten im neutralen Reich von Gendival zusammen und arbeiteten eng mit Geschöpfen zusammen, die unter anderen Umständen ihre Feinde gewesen wären. Die Hüter des Wissens waren intelligent und hochgebildet, oft jedoch auch äußerst angespannt. Jeder von ihnen war daran gewöhnt, große Verantwortung auf sich zu nehmen. Der Archimandrit hielt es deshalb für angeraten, ihnen während solcher Treffen zunächst ihren eigenen Kopf zu lassen. Sobald der eine oder andere Funke geflogen war, ließen sie sich einfacher zügeln.

Ein helles, klingendes Lachen wie das Läuten winziger Glocken zerbrach die Spannung. Der fünfte Teilnehmer des Rates, der bisher aufmerksam und still gewesen war, wählte mit Bedacht diesen Augenblick, um die Schatten des Konflikts zu vertreiben. Cergorn lächelte. Gar mancher hielt die Luftgeister für schwach und launisch. Heiter, spitzbübisch und respektlos waren sie zweifellos. Wer sie nicht näher kannte, mochte glauben, dass sie keinen vernünftigen Gedanken länger als einen Augenblick im Kopf behalten konnten. Aber der Zentaur wusste es besser, denn weit draußen im südlichen Ozean teilte sein Volk die stille wunderbare Insel Ischerah mit den Zephyri.

Die Luftgeister waren Meister der Illusionen. Für den normalen Betrachter blieben sie nahezu unsichtbar, und nur ein silbernes Flirren der Luft, ein Wirbel im Staub, das Rascheln der Blätter oder ein plötzlicher Luftzug, der die Vorhänge bauscht und die Kerzenflamme flackern lässt, verriet ihre Gegenwart. Kaum jemand wusste, wie kraftvoll, ja wie gefährlich sie waren. Man halte sich nur die Zerstörungswut eines Wirbelsturms vor Augen, dachte Cergorn. Oh ja, die Zephyri waren trügerische Geschöpfe – aber er mochte sie gern. Und diesen speziellen Geist, Thirishri, oberste Wissenshüterin der Luftbewohner, den mochte er am meisten.

Der Schimmer in der Luft und die gekräuselte Bahn auf dem Wasser: Das war Thirishri, die über den See wirbelte. Mit einem silberhellen Lachen sprühte sie die glitzernde Gischt in hohem Bogen über die versammelten Wissenshüter, sodass die Alva hastig beiseite sprang und einen Fluch zirpte, da sie es hasste, nasse Flügel zu bekommen.

Freunde – wir wollen uns einigen, lasst uns ruhig werden. Ihr Gedanke streifte die erhitzten Gemüter wie eine sommerliche Brise und bewirkte ein zustimmendes Gemurmel. Ein Flimmern in der Luft zeigte ihre Rückkehr an Land an, wo sie ihren vorigen Platz in dem Halbkreis am Ufer wieder einnahm.

»In der Tat«, sagte Cergorn. »Wir müssen zur Sache kommen. Es gibt eine wichtige Angelegenheit zu besprechen. Ihr werdet bemerkt haben, dass unter uns einige fehlen. Von den meisten liegt eine Nachricht vor, aber ich weiß nicht, was die anderen aufgehalten hat – Aethon, Kaz und Veldan zum Beispiel. Dadurch haben wir keinen Vertreter des Drachenvolkes hier, was nur ein weiteres Zeichen dafür ist, wie schlecht die Dinge stehen. Es scheint, als würde das System überall zusammenbrechen.«

Ich habe von keinem Volk der Lüfte etwas Gutes gehört, warf Thirishri ein. *In den Ländern des Nordens wurden die Himmelsvölker von den Ak'Zahar vernichtet. Wir haben seit einiger Zeit nichts mehr von den Engeln gehört …* berichtete sie in leicht vorwurfsvollem Ton.

Der Gacorn richtete sich auf und zischte aufgebracht: »Dasss hat nichtsss zu tun mit unsss – wir haben selbst zu viele Probleme, als dass wir einen Krieg mit unseren alten Feinden anfangen würden. Seit die Schleierwand, die auch die Grenzen unseres Landes bildet, schwächer geworden ist, leidet unser Reich ebenso wie Callisiora unter einem unaufhörlichen Regen. Unsere Tunnel werden überflutet, und viele von uns sind ertrunken. Obwohl alles, was wir jagen, oberirdisch lebt, wird unsere Beute zunehmend knapp. Wenn wir, der Schattenbund, kein Heilmittel finden für was auch immer diese Welt plagt, dann fürchte ich, ist alles verloren.«

»Eine Dürre ist der Fluch von Fel Karivit«, warf die Alva ein. »Die Schleierwand an unserer Ostgrenze ist für einige

Zeit zusammengebrochen – hauptsächlich dort, wo wir an das Wüstenland des Drachenvolkes angrenzen. Das Klima beider Länder hat sich vermischt – mit katastrophalen Folgen für die Bewohner. Die Drachen müssen hungern, weil ihr Himmel wolkenverhangen ist, und ihr Land hüllt sich in Nebel, weil unsere kostbare Feuchtigkeit in ihrer Luft verdunstet. Unsere Nester zerbröckeln in der trockenen Hitze aus ihrer Wüste, und die Dierkan können kaum noch das Getreide anbauen, um uns zu füttern.« Damit sprach sie von der niederen Insektenart, die die edlen und mächtigen Alvai für sich zu Sklaven herangezüchtet hatten. »Schon munkelt man, dass einige von uns ihre Knechte fressen. Unser Volk sinkt in die Barbarei zurück. Wer weiß, wo es enden soll, wenn diese Zustände andauern?«

»Die Schleierwand verfällt zunehmend«, sagte der Afanc. »In den Ozeanen ist sie schon fast ganz zerstört. Kyrre von den Dobarchu kam gestern Abend flussaufwärts mit schlimmen Nachrichten von den Leviathanen und den Delfini –«

»Wie?«, fuhr Cergorn dazwischen. »Warum wurde ich nicht sofort unterrichtet? Lange genug warte ich schon auf Nachricht von ihnen – warum ist sie nicht als Erstes zu mir gekommen?« Die otterartigen Dobarchu waren für gewöhnlich äußerst schnelle und zuverlässige Boten. »Wo befindet sie sich jetzt, Bastiar? Warum ist sie nicht hier?«

Der Afanc schüttelte ernst den Kopf. »Die Verzögerung ist meine Schuld, Archimandrit. Gestern Abend fand ich sie am Strand. Vor Erschöpfung war sie kaum noch bei Bewusstsein und hatte viele Wunden. Nur ihr dichtes Fell hat sie vor schlimmen Verbrennungen bewahrt. Sie war zu müde und zu verstört, um viel zu sagen, und ich habe sie zu den Heilern gebracht. Die haben beschlossen, sie heute Morgen ein wenig länger schlafen zu lassen, ehe sie zu dir kommt. Ich vermute, dass sie unaussprechliche Gräuel erlebt hat.«

Cergorn biss die Zähne zusammen und ermahnte sich, dass ein Afanc mit einer Lebensspanne von mehreren Jahrhunderten ein anderes Zeitempfinden als kurzlebige Geschöpfe haben musste. »Könntest du uns das Wesentliche ihrer Botschaft berichten?«

Bastiar nickte bereitwillig. »An manchen Orten ist die Welt aus den Fugen geraten. In der Antaeischen See entsteht ein neuer Vulkan und löscht alles Leben im Umkreis von vielen Meilen aus.«

Er stieß einen enormen Seufzer aus. »Unter Wasser ist die Schleierwand noch nie vollkommen wirksam gewesen, weil sie einerseits die Meeresströme nicht behindern soll, aber andererseits die Lebewesen sich nicht mischen dürfen. Nun aber gibt es gar keine Barriere mehr. Die Bewohner verschiedener Reiche begegnen sich, was schreckliche Folgen zeitigt. Haie und andere Räuber schwärmen in neue Jagdgründe aus, und ihre Beute weiß sich nicht zu wehren. Die Dobarchu werden belagert, die wenigen Überlebenden sitzen in einem schmalen Meeresarm in der Falle, wo sie über kurz oder lang verhungern werden. Medusen und Schwarzzacken vermehren sich, und Seesterne und Uferschnecken fressen die Korallenriffe. Ach, unsere schönen Ozeane! Aber was können wir tun?«

Cergorn seufzte. »Ich wünschte, dir eine Antwort geben zu können. Als Iskander vor langer Zeit den Schattenbund gründete, um die Weisheit der Alten zu bewahren, war es längst zu spät. Zu viel Wissen über die Ursprünge der Welt und ihre Schöpfung war schon verloren gegangen, und es gab kaum schriftliche oder mündliche Überlieferung.« Er schaute die versammelten Hüter des Wissens an. »Obwohl wir alle mehr oder weniger zur selben Zeit auf dieser schönen und einzigartigen Welt von Myrial ankamen, sprach ich insbesondere mit den Vertretern der ältesten und höchstentwickelten Kulturen, dem Drachenvolk und den Leviathanen. Ich bat sie, in ihren Legenden und Volksmärchen, Heldensagen und

Mythen nachzuforschen. Unsere letzte schwache Hoffnung besteht darin, dass wir irgendwo in dem Morast aus Aberglaube und Halbwissen eine Spur zu der Weisheit finden, die wir verloren haben.«

»Verloren haben?« schnappte der Gaeorn. »Die uns gestohlen wurde, trifft es wohl eher. Als die Alten – wer immer sie auch waren – uns hier abgeladen haben, wollten sie wohl zu aller Letzt, dass wir uns unseres Ursprungs erinnern!«

Es wäre vermutlich wichtiger, den Ursprung der Alten zu kennen, wandte der Luftgeist ein. *Ihre Macht war so groß, dass sie uns unvorstellbar erscheint. Wir wissen, dass sie für die Arten, die in ihrer Ursprungswelt bedroht oder gefährdet waren, diese Welt als einen Zufluchtsort mit passenden Lebensbedingungen geschaffen haben, und dass sie die Schleierwand schufen, um eben jene Vermischung und deren katastrophale Folgen zu verhindern, wie wir sie jetzt erleben.*

»*Und* um unsere Arten voneinander zu trennen, damit die etwas Kriegerischeren und diejenigen mit einer gewissen Neigung zum Fleischverzehr nicht die zivilisierten Wesen belästigen«, fügte der Afanc hinzu und sah demonstrativ den Gaeorn und die Alva an.

»Was für einige schwache und unzulängliche Arten sehr gut war, könnte man sagen«, höhnte Maskulu.

»Ganz zu schweigen von den wohlschmeckenden Sorten«, murmelte Skreeva und schaute gedankenverloren auf den Pflanzen fressenden Afanc, wobei ihre Beißzangen zuckten.

Cergorn blickte himmelwärts. Wahrhaftig, dieser Haufen benahm sich wie eine Bande ungezogene Kinder, aber kaum wie respektable, altgediente Wissenshüter. »Genug jetzt!«, donnerte er. »Wir wollen uns der vorliegenden Aufgabe zuwenden – *sofern* ihr in der Lage seid, das Zanken für kurze Zeit zu unterbrechen.«

Thirishri nahm den Faden wieder auf: *Wir wissen, dass die Alten unsere Vorfahren hierher gebracht haben, und das ist schon mehr oder weniger alles, was wir über sie und ihre bemerkenswerten Fähigkeiten wissen.*

»Eben jene Fähigkeiten zu kennen wäre von unschätzbarem Nutzen«, stellte Skreeva heraus. »Und überhaupt – wir wissen nicht einmal, wie sie ausgesehen haben! Sie schaffen diese Welt, dann lassen sie uns hier und verschwinden einfach spurlos. Generationen hat es gedauert, sich durch die Annalen der Völker zu graben – mitunter buchstäblich –, und was ist das Ergebnis? Diese Brosamen des Wissens!. Warum mussten sie weggehen und uns mit so wenigen Anhaltspunkten zurücklassen?«

»Wir haben herausgefunden, dass sie die Schleierwand schufen«, sagte der Gaeorn. »Doch was nützt uns das, wenn wir nicht wissen, wie ihnen das gelungen ist?«

Da hast du recht, Maskulu, pflichtete ihm die Zephyra bei. *Wenn wir nichts über die Schleierwand wissen, wie sollen wir dann herausfinden, warum sie jetzt versagt? Und vor allem, wie man sie wiederherstellt?*

»Und warum sie ausgerechnet zu unserer Zeit versagt, nachdem sie über Äonen hinweg unversehrt geblieben ist?«, fügte der Afanc anklagend hinzu und klang ein wenig schrill. So als würde er den allmählichen Zerfall der Welt als eine persönliche Kränkung ansehen, dachte Cergorn. Er wollte gerade darauf antworten, als ein verzweifelter Schrei seine Gedanken auseinander fegte. Das telepathische Feld zwischen den Anwesenden zerfiel und baute sich sofort wieder auf. Man empfing ein jammervolles Weinen, das trostlosen Kummer, flehentliches Bitten und angstvolle Warnung zugleich ausdrückte. Den Wissenshütern schwirrte der Kopf. Von der Wucht des Schreis waren sie wie betäubt. Cergorn handelte instinktiv. »Verfolgen!«, bellte er laut und in Gedanken. »Identität! Position!«

Der Eindruck einer dämmrigen Gebirgslandschaft drang in ihre Gedanken, dann war ein steiler Pfad zu sehen, auf dem Felsbrocken heranstürzten – man fühlte die Panik, die Schmerzen. Und plötzlich war das telepathische Feld wieder frei. Die Sendung war vorüber.

»Zur Hölle!«, schimpfte Cergorn. »Pocken, Pest und Parasiten! Also gut, alle Mann – die Köpfe zusammengesteckt! Lasst sehen, was wir auffangen konnten!«

Nur ein breites Schilfgebiet trennte den unteren See, wo der Rat der Wissenshüter tagte, vom oberen See, und doch hätte dieser in einer anderen Welt liegen können, so verschieden war dort die Stimmung der Landschaft. Eine Sage erzählte, dass der obere See vor langer Zeit verwünscht worden sei, und die wilde, düstere Umgebung schien der Legende Recht zu geben. Das trübe, bleigraue Gewässer lag in einem felsigen Ödland, wo dunkle, immergrüne Pflanzen und Flechten wuchsen. Wenn die Sonne in das untere Tal schien, blieb der obere See wolkenverhangen, als hülle er sich in Trauer. Kein Lebewesen strich am Ufer entlang, kein Vogel sang, um die brütende Stille zu durchbrechen. Dieser einsame, freudlose Flecken blieb einer einzigen Gestalt vorbehalten: einem dunkelhaarigen, bartlosen jungen Mann, der zusammengesunken auf einem moosbewachsenen Stein am Ufer saß.

Die bedrückende Stille war die vollkommene Umgebung für Elions Seelenzustand. Er blickte in die Ferne, ohne etwas zu sehen, und gab sich seinen traurigen Erinnerungen hin. Er dachte an Melnyth, die bei allen Missionen seine Partnerin gewesen war. Er sah ihr lachendes Gesicht und ihr rotes Haar, das wie ein Banner im Wind wehte, beobachtete sie wieder in der Taverne eines namenlosen Hafens, wie sie die Schlägerei einer Horde Matrosen beendete, indem sie den kostbaren Schnapsbestand des entsetzten Wirtes mitten ins Getümmel warf. Er sah Melnyth, die Bogenschützin, wie sie in gespannter Konzentration einen noch weit entfernten Feind vom galoppierenden Pferd schoss – Melnyth, die kämpfende

Furie, wie sie mit dem blanken Schwert die Feinde niedermähte, wie der Schnitter das reife Korn.

Und Melnyth, seine um Jahrzehnte ältere Mentorin, Führerin und Freundin, die mit angezogenen Knien am mitternächtlichen Lagerfeuer saß, wo ihr Haar heller leuchtete als der Feuerschein, während ihr der Überdruss und die Traurigkeit anzusehen waren, und die ihn mit jenem schiefen Seitenblick bedachte, mit dem sie seine hilflose Leidenschaft zur Kenntnis nahm und zugleich zum Ausdruck brachte, dass sie seine Liebe nicht erwidern konnte.

Und schließlich sah er Melnyth wieder um ihr Leben kämpfen, in dem finsteren Labyrinth, das die Festung der Ak'Zahar war. Melnyth mit dem Rücken zur Wand und aus einem Dutzend Wunden blutend, von dunklen Flügelgestalten umringt, die nach ihr griffen, nach ihrem Blut lechzten und den tödlichen Kreis, den ihre Klinge zog, immer wieder zu durchbrechen versuchten, bis ihre Hand müde geworden war. Dann war sie besiegt und wurde von Klauen und Fängen in Stücke gerissen. Mit den letzten Atemzügen hatte sie ihm zugerufen zu fliehen, sich zu retten und die wichtige Information nach Hause zu bringen, wegen der sie dorthin gekommen waren.

Melnyth war tot, und Elion lebte, um sie zu betrauern. Vor vier Monaten war sie noch am Leben gewesen. Seitdem lebte er in nicht enden wollendem, abgrundtiefem Schmerz.

Elion verbarg das Gesicht in den Händen. Es hatte keinen Sinn. Der Kummer war unerträglich, und an diesem Ort zu bleiben, der so voller Erinnerungen steckte, erschien ihm zu hart. Sein Leid brachte ihn an den Punkt, an dem es nur zwei Möglichkeiten zu geben schien. Er brauchte sich nur entscheiden. Er könnte Gendival und den Schattenbund verlassen und einen der telepathischen Heiler bitten, die Erinnerung an seine Jahre als Wissenshüter auszulöschen und durch eine erfundene, aber glückliche Vergangenheit zu ersetzen. Bis zu Melnyths

Tod hatte er im Schattenbund eine glückliche Zeit verlebt. Nun hatte er Melnyth verloren – wollte er denn auch noch die Erinnerung an sie verlieren? Wie sehr sie ihn auch schmerzte, die Erinnerung war alles, was ihm von ihr blieb.

Noch ein anderes Vergessen stand ihm offen. Der See war an dieser Stelle sehr tief. Wenn er mit Stiefeln und Schwert ins Wasser ginge, mit seiner ganzen Ausrüstung, könnte er wieder mit Melnyth vereint sein. Und falls es kein Leben nach dem Tod gäbe, was er vermutete, wäre er wenigstens alle Schmerzen los …

»Elion? Elion!«

Elion erschrak heftig, als ihn jemand an der Schulter berührte. Nach der Gereiztheit seiner Stimme zu urteilen, musste Cergorn ihn schon eine Weile lang gerufen haben. Mit geröteten Wangen und schuldbewusst stand Elion auf und hoffte, dass kein Gedanke den telepathischen Schild (den jeder Telepath als erstes erlernen musste) durchdrungen hatte. »Archimandrit.« Es gab kein Entrinnen mehr – der Archimandrit hatte ihn ertappt, wie er gegen dessen ausdrücklichen Rat in der Einsamkeit Trübsal blies.

Cergorn sah auf ihn nieder und schüttelte den Kopf. »Schon wieder, Elion?«, fragte er seufzend. »Du hast mein ganzes Mitgefühl für deinen Verlust, aber du schadest dir nur, wenn du hier allein vor dich hin grübelst. Niemand erwartet von dir, dass du Melnyth vergisst – wir alle haben sie geliebt. Doch wenn du die Umstände ihres Todes nicht ruhen lässt, machst du Melnyth keine Ehre, und dir selbst schadest du damit.«

»Melnyth war meine Partnerin. Ich habe ein Recht, sie zu betrauern«, erwiderte Elion mürrisch.

»Das dir niemand abspricht. Aber du bist nicht mit ihr gestorben, Elion, so sehr du das auch wünschen magst. Du gehörst den Lebenden, nicht den Toten. Um deiner selbst willen musst du dich mit dem Verlust abfinden.« Cergorn sah seinen Untergebenen sehr eindringlich an.

»Melnyth war eine Frau, die das Leben in vollen Zügen genoss. Ich glaube, sie wäre tieftraurig zu sehen, wie du ihr dein Leben ins Grab wirfst.«

Elions unerfahrenes Gemüt geriet in Wallung. »Verdammt – wie kannst du es wagen! Melnyth hat nicht einmal ein Grab! Sie endete als Aas! Als Futter für die verfluchten Ak'Zahar!«

»So? Das kommt vor.«

Elion war so entsetzt über die Brutalität der Worte, dass er die mitfühlende Miene des Archimandriten nicht wahrnahm.

»Das Leben eines Wissenshüters ist schonungslos, kurz und kaum jemals angenehm – und sein Tod meist ebenfalls. Das wusstest du sehr gut, als du freiwillig zu uns kamst. Wie viele Partner, glaubst du, habe ich schon in meinem Leben verloren? Wie viele wirst du noch verlieren, wenn du lange genug lebst? Du solltest dich besser jetzt daran gewöhnen, Junge – oder mach, dass du fortkommst und bau Kartoffeln an!«

»Vielleicht sollte ich das wirklich tun!«, fuhr Elion ihn an. »Das ist besser, als zu einem gefühllosen Ungeheuer zu werden ...«

Cergorn kniff die Lippen zusammen, und Elion sah, dass er zu weit gegangen war. Er hielt den Atem an und trat einen Schritt zurück.

»Erinnerst du dich an die Zeit, als du noch einer von den rotznasigen Dorfrangen warst?«, fragte der Archimandrit mit sanfter Stimme. »Du warst ein unerträglicher Plagegeist, der mich den ganzen Tag verfolgte und nörgelte, quälte, anflehte, ich möge dich zu einem Mitglied des Schattenbundes machen. Weißt du noch, was ich dir darauf geantwortet habe?«

Elion nickte, und innerlich wand er sich vor Peinlichkeit. »Du sagtest, dass dies nicht in deiner Macht stünde, sondern dass ich mir die Mitgliedschaft verdienen müsse.«

Cergorn nickte. »Das stimmt. Und schließlich *hast* du

sie dir verdient. Das aber bringt auch – wie du wissen dürftest, sofern du mir all die Jahre einmal zugehört hast – die Ehre und die Entbehrungen und die Trauer mit sich. Früher oder später verliert jeder von uns Freunde, Kameraden, Partner. Wir lernen, damit zurecht zu kommen, so gut es geht. Wir trauern um sie, und wir ehren sie, und wir vergessen sie niemals – aber wir lassen nicht zu, dass sie unser Leben beherrschen. Das dürfen wir nicht, Elion. Das können wir nicht tun. Wie könnten wir sonst vernünftig bleiben? Also müssen wir unser Leben und unsere Arbeit weiterführen, damit am Ende ihr Andenken etwas zählt.«

Er setzte einen Atemzug lang aus, doch wandte er nicht den Blick von Elions Gesicht.

»Und weil ich all das bedenke, schicke ich dich auf eine neue Mission, Elion. Heute noch. Jetzt. Wie schnell kannst du bereit stehen?«

Eiskalt kroch es Elion den Rücken hinunter. »Aber das kannst du nicht tun! Ich war verwundet – ich bin zu solchen Aufgaben noch nicht fähig! Ich habe keinen Partner mehr – du kannst mich nicht *allein* aussenden!« Schützend umfasste er die Finger seiner rechten Hand, wo die Brüche gerade erst verheilt waren. Und während er protestierte, entfernte er sich Schritt für Schritt von Cergorn und distanzierte sich unbewusst von dessen Befehl. Plötzlich bröckelte ihm die Böschung unter den Fersen weg; er war zu nah ans Wasser geraten.

Der Griff eines starken Arms zog ihn zurück aufs sichere Ufer, und Elion fand sich Auge in Auge mit dem unerbittlichen Zentauren wieder. »Jetzt hör mir mal genau zu«, begann der Archimandrit barsch. »Unter normalen Umständen würde ich dich nirgendwohin schicken, schon gar nicht allein auf eine Mission, die so viele Gefahren birgt wie diese. Aber es ist nun einmal so, dass die Welt ringsum zusammenbricht, und alle anderen menschlichen Agenten stecken bereits anderswo bis über die Ohren in Schwierigkeiten. Kazairl und Veldan, die mit dem Seher des Drachenvolkes unterwegs sind, befinden sich in ernsthafter Gefahr.«

Elion gefror das Blut in den Adern. »Cergorn, nein! Mit *ihnen* kann ich nicht arbeiten! Nicht nach allem, was bei den Ak'Zahar passiert ist!«

Der Archimandrit schnitt ihm rücksichtslos das Wort ab. »Ich bedaure, aber du bist der Einzige, den ich noch aussenden kann. Außerdem wird es höchste Zeit, dass die Zwistigkeiten zwischen dir und Veldan ein für alle Mal der Vergangenheit angehören. Ich habe schon lange genug zugesehen wie ihr euch aufführt, als wäret ihr störrische Esel. Nun also, du wirst dich freuen zu hören, dass du nicht allein aufbrechen wirst.«

In Elions Elend strahlte ein Funken Hoffnung. »Dem Himmel sei Dank! Aber wen …?«

»Du darfst dich geehrt fühlen. Eine der Altgedienten hat sich freiwillig bereit erklärt, dich zu begleiten.« Cergorn lächelte wehmütig. »Wirklich, ich konnte es ihr nicht ausreden – und glaub ja nicht, ich hätte es nicht versucht. Ich werde hier nicht gerade glücklich sein ohne meine Partnerin, aber sie schien das Gefühl zu haben, dass ihr Jungen jemanden braucht, der ein Auge auf euch hat.«

Elion schnappte nach Luft. »Was? Du meinst Thirishri? Aber, Archimandrit …«

Cergorn hob eine Hand. »Was immer du nun zu sagen beabsichtigst, das solltest du *ihr* sagen, nicht mir – aber hoffe nicht, dass du Erfolg hast. Ich habe immer versucht, aus einer Auseinandersetzung mit ihr als Sieger hervorzugehen, und das seit über hundert Jahren. Mir ist es noch nicht gelungen.« Er klopfte Elion auf die Schulter. »Du und Veldan, ihr schuldet einander mehr, als euch bewusst ist, mein Freund. Es ist deine Pflicht, ihr nun zu helfen. Tu einfach dein Bestes – und lass uns trotz allem die Hoffnung nicht aufgeben, dass es noch nicht zu spät ist.«

Kapitel 3

Wanderer

»Myrial bewahre uns! Sieh dir das nur an!«, rief Kanella vom Kutschbock herunter. Ein Stück voraus führte der Pass zwischen steilen Felsen in einen schmalen Hohlweg, und die monatelangen Regenfälle hatten ein Stück des steinigen Pfades in einen reißenden Gebirgsbach verwandelt.

Tormon betrachtete den wolkenverhangenen Felsenkamm und die Kiefern, die hoch über ihm an der Felskante des Steilhangs wurzelten. »Das riecht förmlich nach einem Erdrutsch. Wenn der Pass weiter unten noch nicht verschüttet ist, dann fresse ich einen Besen.«

Unwillkürlich tätschelte der Händler den Hals seines Rappen, während er die Lage überdachte. Stundenlang waren sie die Serpentinen an der südöstlichen Bergflanke zum Schlangenpass hinaufgefahren und nur quälend langsam vorangekommen. Mensch und Tier waren erschöpft. Wie immer hatten sie sich darauf gefreut, den Grat zu erreichen und eine Weile auf ebenem Grund rasten zu können, bevor sie den Abstieg zurück in die Zivilisation anträten. Aber daraus würde nun nichts werden, und auf keinen Fall kamen sie rechtzeitig nach Tiarond, bevor man dort zur Nacht die Stadttore schloss. Sollten sie umkehren und dadurch den Ertrag eines Jahres verlieren oder weiterfahren und den Wagen, die Ladung und ihr Leben aufs Spiel setzen? Wie die Dinge lagen, konnten sie von Glück sagen, wenn der Verkauf in Tiarond überhaupt einen Gewinn einbrächte. Das schlechte Wetter hatte ihre übliche Route völlig durcheinander gebracht, und sie lagen bereits einen Monat hinter dem Zeitplan.

Für fahrende Händler waren es harte Zeiten, und Tormon fragte sich, wie lange er und seine Familie dieses Leben noch führen könnten. Der bunt bemalte Wagen war zugleich ihr Zuhause und ihr Brotverdienst. In glücklicheren Zeiten fuhren sie damit eine jährliche Runde durch die Regionen des Landes und verbrachten nur den kältesten Teil des Winters in Tiarond, das in den Bergen des Nordens lag.

Der Winter setzte dem Handelsjahr ein Ende, und der Frühling bedeutete einen neuen Anfang. Für gewöhnlich verließen sie Tiarond mit dem ersten Tauwetter und wanderten nach Südwesten in die fruchtbaren Ebenen. Dorthin brachten sie die Luxusgüter der Stadt, aber auch Werkzeuge, Waffen und Gerätschaften aus den Metallen, die im Nordgebirge geschürft und in Tiarond verarbeitet wurden. Zwei oder drei Monate verbrachten sie bei den reichen Farmern und verdienten sich ein paar Kupfermünzen und Handelsware dazu, indem sie bei der Aussaat halfen und später bei der ersten Heuernte. Dann zogen sie nach Süden weiter und verbrachten einen geruhsamen Sommer an der warmen hügeligen Küste des Ozeans. Dort verkauften sie den Flachs, das Getreide, Gemüse und Leder und füllten ihren Wagen wieder auf mit den Gütern der Küstenregion: Baumwollstoffen, Töpferwaren, Räucherfisch, Oliven, Trauben und Feigen, Kräutern und Knoblauch sowie mit Schafs- und Ziegenkäse.

Wenn das Jahr sich dem Herbst zuneigte, reisten sie auf östlicher Route in Richtung Tiarond, verdingten sich unterwegs bei der Apfelernte und kehrten schließlich nach Norden zurück mit einer Ladung Öl, Wein, Gewürzen, Perlen und anderen teuren, aber leichten Waren, sowie mit ein paar Früchten, saurem Apfelwein und Schaffellen aus dem kargen Moorland, das im Nordosten an das Gebirge grenzte.

Meistens führten sie ein angenehmes Leben: zufrieden, satt und abwechslungsreich. Bei jedem Halt auf ihrer Strecke trafen sie alte und neue Freunde. Natürlich kannten sie auch Notzeiten, und in abgelegenen Gegenden stießen sie gelegentlich auf Banditen. Mitunter konnte das Wetter ihr Leben rau und unfreundlich, ja sogar riskant gestalten – wie nun schon seit Monaten; schlechteres Wetter hatten sie noch nie erlebt.

»Hier, Liebling, halte das für mich«, sagte Kanella und gab ihrer Tochter die Zügel in die Hand. Annas setzte sich auf dem Kutschbock zurecht und hielt die Lederschnüre mit festem Griff. Ihre dunklen Augen leuchteten vor Stolz, und ihr Gesichtchen unter dem dunklen glatten Pony war ganz ernst.

Kanella unterdrückte ein Lächeln. Die beiden großen Pferde, die Annas mit einem Schnauben hätten hinwegfegen können, brauchten niemanden, der ihre Zügel hielt. Auf ein Wort blieben sie stehen. Aber Verantwortung war wichtig für das kleine Mädchen, und dass die Mutter sie mit den kostbaren Pferden betraute, bedeutete ihr sehr viel. Obwohl Annas erst fünf Jahre alt war, nahm sie es sehr genau mit ihren Pflichten.

Kanella dankte ihrer Tochter ernstlich, kletterte vom Wagen und watete durch den Morast zu ihrem Lebensgefährten. Ihr schulterlanges Haar hatte die warme goldbraune Farbe von dunklem Honig, doch jetzt steckte es unter ihrer Kapuze, und was herauslugte, war triefnass. Sie spähte auf den überfluteten Weg und sah beunruhigt zum Himmel, von dem das trübe Licht des frühen Abends fiel. »Was meinst du?« fragte sie. »Es dauert höchstens noch zwei Stunden, bis es dunkel wird. Willst du hier ausspannen und am Morgen versuchen, hindurchzukommen, oder sollen wir es jetzt riskieren und dann weiter unten rasten, falls sich die Lage hier über Nacht verschlechtert?« Sie schmiegte sich in Tormons Arm und blickte zu ihm hoch. Ihrem sommersprossigen, spitzen Gesicht und ihren braunen Augen waren die Sorgen der vergangenen Monate anzumerken.

Wegen ihrer kindlichen Statur verspürte Tormon stets den Drang, sie zu umsorgen und zu beschützen. Wider besseres Wissen, denn Kanella war muskulös, zäh und ausdauernd. Hinter ihrem hübschen, lausbübischen Gesicht arbeitete ein flinker Verstand, und an Intuition und Klugheit war sie ihrem Lebensalter voraus. So bildeten sie ein gutes Gespann, respektierten einander und zehrten von den jeweiligen Stärken des anderen. Tormons Verhandlungsgeschick und seine Reiseerfahrung aus vier Jahrzehnten Wanderschaft ergänzten sich mit Kanellas Scharfsinn und Verständigkeit und ihren besonderen Fähigkeiten im Umgang mit Pferden.

Tormon zog sie an sich. »Das wollte ich dich auch gerade fragen. Sollen wir es wirklich riskieren? Glaubst du, die Pferde könnten es da hindurch schaffen? Ich kann den Wagen nicht aufgeben, aber ich will auch nicht, dass deinen Kleinen etwas zustößt.«

Kanella drehte sich zu ihren ›Kleinen‹ um: zwei mächtigen schwarzen Zugpferden, beide über achtzehn Handbreiten hoch. Ihr Vater war ein bekannter Züchter der Sefrianischen Mondscheinrasse, die ihren Namen vom silbernen Glanz im schwarzen Fell hatte. Er hatte ihr den Hengst Rutska und den Wallach Avrio als Mitgift geschenkt, dazu eine schwarze Stute, die jetzt von Rutska trächtig war und sich daher auf dem elterlichen Hof befand.

»Ich bin darüber noch im Zweifel«, sagte Kanella. »Wahrscheinlich würde es gut gehen, aber wenn einer von ihnen fiele, könnten wir ihm unter diesen Umständen kaum wieder aufhelfen.«

»Ich könnte bis zur nächsten Biegung waten und nachsehen, wie der Weg dort ist«, schlug Tormon vor.

Aber Kanella schüttelte den Kopf. »Du kämst gegen

diese Strömung nicht an. Lass mich nachdenken …«, bat sie stirnrunzelnd. Tormon kannte diesen Gesichtsausdruck. Sie überdachte ein Problem und erwog alle Möglichkeiten. Er wartete geduldig.

»Ich hab's!« Kanellas Stirn glättete sich. »Nimm Esmeralda. Sie hat den sichersten Tritt und ist stark genug, um dich gegebenenfalls wieder hochzuziehen.«

Bei aller Sorge musste Tormon doch lachen. »Der Zwerg muss wieder herhalten!«

Kanella knuffte ihn mit gespieltem Grimm. »Ein Zwerg in der Tat! Sie ist zwar klein, aber sie verdient ihr Futter.« Sie verschwand hinter dem Wagen und kehrte kurz darauf mit einer patschnassen, schlecht gelaunten Eselin zurück.

Die Eselin Esmeralda war ein hart arbeitendes Mitglied der Familie. Während des Sommers diente sie bei den Streifzügen durch die unzugänglicheren Gegenden des Südens, wo die Wege für Wagen nicht mehr geeignet waren, als Lasttier. Wenn sie ein Lager aufgeschlagen hatten, gingen sie mit der Eselin Holz sammeln und Wasser holen. Am Jahresende, wenn sie die meisten Waren zu transportieren hatten, zog das Tier einen zweirädrigen Karren und teilte auf dem beschwerlichen Weg über das Gebirge die Last mit den Pferden.

Tormon und Kanella besaßen den Esel seit ihrer ersten gemeinsamen Reise, nachdem sie ein Paar geworden waren. In jenem Sommer waren sie unterwegs einem Bauern begegnet, der auf sein Tier einschlug, das ausgemergelt und augenscheinlich unter der übergroßen Last zusammengebrochen war. Kanella stieß ein Wort hervor, mit dem sie ihren neuen Partner wahrhaftig schockierte, kletterte unter wütenden Zurufen vom Wagen, riss dem erstaunten Bauern den Stock aus der Hand und schickte sich an, ihm seine eigene Medizin zu schmecken zu geben. In ihrem Zorn hatte sie das ungünstige Kräfteverhältnis nicht bedacht, und die Sache wäre wahrscheinlich schlecht ausgegangen, wenn Tormon nicht dabei gewesen wäre. Der Unmensch von einem Bauern rannte schließlich fluchend davon, und Kanella kniete neben dem Tier, während ihr vor Zorn und Mitleid die Tränen über das Gesicht flossen, denn sie waren zu spät gekommen und hatten den Esel nicht mehr retten können. Kurz darauf hatten sie das verängstigte Fohlen entdeckt, das sich hinter die Lasten des Muttertieres gekauert hatte.

Das mitleiderregende Geschöpf war nur Haut und Knochen gewesen, und so hatte Kanella das Fohlen an sich genommen. Sie pflegte es Tag und Nacht und weigerte sich, es aufzugeben, obgleich sein Leben an einem seidenen Faden hing. Unterdessen beobachtete Tormon diesen neu entdeckten Charakterzug seiner Frau mit Bewunderung und zunehmendem Respekt. Wenn er später diese Geschichte erzählte, so sagte er, dass Esmeralda schließlich ihre Niederlage eingestehen musste und sich zu leben entschloss; seitdem habe sie die gesamte Familie einschließlich der Pferde mit eisernem Willen regiert.

Kanella hatte inzwischen den Karren ausgespannt, dem Tier aber das Zaumzeug gelassen. Tormon holte ein Seil aus dem Wagen, band sich das eine Ende um die Hüfte und verknotete das andere Ende mit den Zügeln. Im Magen spürte er das beklemmende Gefühl, es sei vielleicht doch keine so gute Idee – aber was hätten sie anderes tun sollen?

Er bemerkte eine kleine, ängstliche Falte auf Kanellas Stirn. »Sei vorsichtig«, bat sie ihn. »Wenn es zu schwierig wird, dann lass es nicht drauf ankommen. Wir können uns immer noch zur Umkehr entschließen und den Winter in Breasel verbringen. Ich verliere lieber den Jahresgewinn als dich und Esmeralda.«

»Mach dir keine Sorgen, Liebling. Ich pass schon auf mich auf.« Tormon stellte sich an den Rand der Biegung, wo das Wasser von den Felsen herunterstürzte und ein Stück des Passes in ein neues Flussbett verwandelte. Esmeralda legte die langen braunen Ohren an und sah ihn unter den zotteligen Stirnhaaren hinweg mit aufgerissenen Augen an. Tormon musste sie sofort antreiben, bevor sie ihre Lage begriff, denn in dem Fall hätte sie die Hufe in den Boden gestemmt und wäre zu einem unverrückbaren, braun-weiß gescheckten Klotz erstarrt. »Los, komm!« Er gab ihr einen Klaps auf das Hinterteil, und Esmeralda setzte sich mit empörter Miene in Bewegung.

Tormon fröstelte, als ihm das eiskalte Wasser in die Stiefel drang. Zuerst ging alles besser als erwartet. In dem engen Hohlweg toste der Wasserfall zwar beängstigend laut, jedoch reichte ihm das Wasser gerade bis an die Knie, und der Schlamm war bereits weggespült, sodass er auf festen Grund trat. Mit einiger Vorsicht sollte es ihm und Kanella gelingen, den Wagen und die Pferde ohne allzu große Schwierigkeiten hinüberzubringen ...

Tormon war so sehr mit dem Gedanken beschäftigt, wie sie die Pferde und den plumpen Wagen am besten hindurchmanövrierten, dass er es nicht bemerkte, als das wirbelnde Wasser plötzlich tiefer wurde. Er watete um die Biegung, und ihm stockte der Atem.

Der befürchtete Erdrutsch hatte tatsächlich stattgefunden. Tormon stieß einen kräftigen Fluch aus und blickte bestürzt auf die Bescherung. Dann konzentrierte er sich still auf das nächstliegende Problem, und bei näherem Hinsehen erwies sich das Hindernis als weniger schlimm. Zum Glück war die Schlammlawine an einer Stelle niedergegangen, wo der Weg breit war und wo das meiste auf der anderen Seite ins Tal stürzen konnte. Außerdem hatte sich nur ein schmales Stück des Abhangs gelöst. Der Weg selbst war vor allem durch verwirrte Kiefernäste versperrt. Ein paar Stunden harter Arbeit mit Schaufel und Axt, dachte Tormon, und der Weg ist wieder passierbar, zumal wenn die Pferde und Esmeralda die Baumstämme wegziehen. Die einzige Gefahr bestand in einem weiteren Erdrutsch und dürfte nicht unterschätzt werden. Andererseits war der Hang an dieser Stelle bereits kahlgefegt. Mit ein wenig Glück könnten sie vielleicht vor Anbruch der Nacht in Tiarond sein und sich für einen friedlichen und einträglichen Winter einrichten.

Tormon klopfte der Eselin, die an seiner Seite unruhig hin und her trat, auf den Hals. »Komm, mein Mädchen! Lass uns die Axt holen und loslegen!«

Tatsächlich bedeutete es harte Plackerei, die widerstrebenden Pferde und den schweren Wagen durch das reißende Wasser zu führen, ganz zu schweigen von Esmeralda mit dem zweirädrigen Karren. Für Kanella war es die reinste Knochenarbeit. An der verschütteten Wegstelle, half sie Tormon nach Kräftenmit Axt und Schaufel bei der Räumung, damit sie den Pass so schnell wie möglich hinter sich ließen. Sie war gewiss zäh, doch kaum so kräftig wie ihr Lebensgefährte; in ihrem Bestreben, diesem gottverlassenen und gefährlichen Ort zu entkommen, arbeitete sie zu schnell und zu schwer und verausgabte sich rasch.

Am Ende zwang sie die Erschöpfung, aufzuhören und den schmerzenden Gliedmaßen eine Ruhepause zu gönnen. Kanella kletterte den Wagen hinauf und öffnete die niedrige Vordertür, um nach Annas zu sehen, die zu ihrem großen Verdruss im Wagen hatte bleiben müssen. Für ein Kind, so hatte man ihr gesagt, sei es viel zu gefährlich, in einem Erdrutschgebiet herumzulaufen. Die Familie geriet auf ihren Fahrten häufig in riskante Situationen, und Annas hatte schon früh den Wert des Gehorsams begriffen. Deshalb unterließ sie alle Einwände. Außerdem nahm der Regen einer Erkundung jeden Reiz.

Kanella lugte in den Wagen, und die vertraute Behaglichkeit wirkte tröstlich. Der warme schummrige Innenraum war voll gestopft mit Schachteln, Bündeln und Ballen. Der beißende Geruch der Tierfelle mischte sich mit Kräuterdüften und dem kräftigen Aroma von Knoblauch und Herbstfrüchten. Jeder Winkel war kostbar. In den Regalen zu beiden Seiten standen die rau glasierten, mit Wachs verschlossenen Tonkrüge dicht an dicht. Ein erhöhter Rand an jedem Bord verhinderte, dass sie herausfielen, wenn der Wagen schwankte. Eine Tischplatte hing an Scharnieren von der Wand und konnte ebenso wie die beiden Stühle eingeklappt werden. Die Hängematten waren zusammengerollt an dicken Haken unter der Decke angebunden, um den verbliebenen Raum der Koje im hinteren Wagenteil freizuhalten. Die meisten Waren, die sonst in diese Ecke gequetscht wurden, waren nun auf dem Eselkarren gestapelt und mit Seilen festgezurrt. Hinten in dem beengten Alkoven ruhte Annas zusammengeringelt auf einem Haufen Felle. Sie war schon halb eingeschlafen, das Bilderbuch, ein kostbarer Schatz, lag aufgeschlagen neben ihr.

Kanella wollte sie nicht wieder wecken, und schloss die Tür. Auf der windgeschützten Seite kauerte sie sich am Wagen nieder. Wie sehr sie sich nach Schlaf sehnte. Vorzugsweise an jedem anderen Ort als diesem. Tormon hatte zwar mit seinem männlichen Verstand darauf hingewiesen, dass alles lockere Erdreich bereits hinabgestürzt sei, sodass sie sich jetzt auf dem sichersten Wegstück befänden, doch ganz gleich, was er sagte – der Gedanke, dass sie hier festsaßen und der halbe Berg kurz davor stand, auf sie niederzuregnen, verursachte ihr ein Kribbeln unter der Kopfhaut. Um sich von diesen Gedanken zu lösen, und weil sie mittlerweile entsetzlich fror, stand sie auf und musterte forschend den schlammbedeckten Abhang.

»Sei vorsichtig«, rief Tormon. »Geh nicht zu nah heran. Hier oben ist es sicher genug, aber auf dem Hang dort unten sieht mir einiges doch recht locker aus.«

Kanella schmunzelte. Sie wäre nie auf die Idee gekommen, sich so weit hinunter zu wagen; jedenfalls nicht, solange sie noch alle Sinne beisammen hatte. Im Übrigen hätte sie dazu über schlüpfrige Äste und die aufragenden Splitter geborstener Baumstämme klettern müssen. Trotzdem hätte sie Tormon gegenüber genau die gleiche Warnung ausgesprochen – ebenso unnötig und ebenso unvermeidlich.

Beim Anblick der schlimmen Verwüstung auf dem Hang verging ihr das Lächeln wieder. Ein Bild wie vom Untergang der Welt bot sich ihr: graues, diesiges Licht, Nieselregen, aufgewühlte Erde. Der einzige helle Fleck war ein blasser goldener Schimmer auf einem Schlammhügel zwischen ein paar Ästen … Kanella stutzte. Golden? Was um alles in der Welt konnte das sein? Ihre Neugier siegte über die Vernunft.

Sie näherte sich langsam und mit großer Vorsicht dem Hügel. Es war ein gefährliches Unterfangen. Bei jedem Schritt prüfte sie den Grund auf seine Festigkeit, bevor sie ihn mit ihrem Gewicht belastete. Und dennoch war jedes kleine Vorwärtskommen vom Krachen der Äste und Knirschen losen Gerölls begleitet. Sie ruderte mit den Armen, neigte sich vor und zurück und hielt sich wahllos an allem fest. Schließlich gelangte sie an die Stelle, wo das Stückchen Gold in der Dämmerung schimmerte. Sie kniete sich hin und klopfte versuchsweise mit dem Finger auf ihren Fund. Er sah aus wie ein Stück Segel von den Fischerbooten, die sie im Süden gesehen hatte, oder vielleicht auch wie ein Fledermausflügel – sofern die Bootssegel und Fledermausflügel aus einem ledrigen, gesprenkelten Goldstoff gemacht waren.

Kanella zog die Brauen zusammen und rätselte. Da stand sie nun dicht davor und war kein Stück schlauer. Dann plötzlich, während sie mit den Fingern noch über das kalte, ledrige Zeug strich, stieg ein Bild in ihr auf: aus Annas' Buch – das Bild mit dem goldenen, Feuer speienden Ungeheuer …

Kanella sprang auf. »Tormon!« kreischte sie. »Komm schnell!«

Tormon wischte sich den Regen aus dem Gesicht, lehnte sich auf seine Schaufel und schnaufte. Trotz aller Anstrengung kam er nicht recht voran bei seinem Versuch, das seltsame Geschöpf zu bergen, das Kanella gefunden hatte. Die Freilegung des Weges, die er als vorrangige Sache zuerst beendet hatte, war dagegen fast ein Kinderspiel gewesen. Während er grub, war Kanella ungeduldig um ihn herumgestrichen, doch er hatte nicht nachgegeben. Ihre Sicherheit war oberstes Gebot. Zum Glück hatte er zuerst die Weiterfahrt gesichert, denn es stand außer Frage, dass sie das Lebewesen an diesem Abend nicht mehr befreien konnten. Außer einer Flügelspitze und einem Stück des beängstigend großen Schwanzes hatten sie bislang noch nichts zutage gefördert, denn die Baumstämme, die den Hügel bildeten, behinderten die Arbeit mit dem Spaten. Eile war geboten, denn bald brach die Nacht an.

»Schneller, Tormon«, drängte Kanella. Sie kniete im Schlamm und zog mit bloßen Händen an Steinen und Ästen. »Es friert! Wir werden es nicht retten, wenn wir nicht schneller machen.«

»Das setzt voraus, dass es noch nicht tot ist. Ich sehe nicht, wie es die Lawine überlebt haben sollte.« Tormon bereitete seiner Frau diese Enttäuschung nur ungern, doch wenigstens einer von ihnen musste vernünftig bleiben. »Hör zu, Liebes«, begann er mit fester Stimme, »wir können nicht länger hier bleiben – das ist zu unsicher. Ich weiß, dass du für jede bedauernswerte Kreatur großes Mitleid empfindest – aber was ist mit Annas? Willst du riskieren, dass sie unter der nächsten Schlammlawine begraben wird? Und genau das tun wir nämlich, wenn wir noch länger hier bleiben.« Er legte einen Arm um ihre Schulter. »Außerdem: Was wird geschehen, wenn wir es tatsächlich ausgraben, und es lebt noch? Das Tier muss riesengroß sein! Wir können es schlechterdings nicht in den Wagen laden und mitnehmen, oder?«

Kanella nagte sich an der Lippe und nickte langsam.

Widerwillig sah sie ein, dass er Recht hatte. »Aber gibt es denn gar nichts, was wir tun könnten, Tormon? Was, wenn es gar nicht tot ist? Es ist ein so wunderschönes Geschöpf – es ist ein *Wunder*! Ich verabscheue den Gedanken, es hier zurückzulassen.«

Tormon schulterte den Spaten, nahm sie bei der Hand und führte sie entschlossen von dem verschütteten Ungeheuer fort. »Das Beste wäre, wenn wir selbst machen, dass wir von hier fortkommen und für Annas ein sicheres Lager aufschlagen. Sobald der Tag anbricht, fahren wir nach Tiarond und gehen geradewegs zum Tempel. Wir müssen unseren Fund dem Hierarchen persönlich melden.«

»Tormon! Sollen wir das wagen?«

»Selbstverständlich.« Tormon zog sie in seinen Arm und lächelte sie an. »Zum einen kann er eine Mannschaft hier heraufschicken und es ausgraben lassen – und zum anderen fallen ›Wunder‹ eindeutig in seine Zuständigkeit, nicht in unsere.«

Er band den schmutzigen Spaten außen am Wagen fest, und Kanella stieg auf den Kutschbock und nahm die Zügel, was die klare Billigung der müden, nassen und gereizten Pferde fand. Tormon war erleichtert, dass sie sich endlich auf den Weg machten. Sein praktischer Verstand hatte bereits alle Gedanken an wundersame Kreaturen beiseite geschoben und beschäftigte sich mit der Frage, wo sie das Lager aufschlagen sollten und wann sie dorthin gelangen würden. Und dass es noch andere Opfer des Erdrutsches gegeben haben könnte, kam ihm keinen Augenblick lang in den Sinn.

Kapitel 4

Verloren und gefunden

Zuerst war um ihn nichts. Er konnte nichts hören, nichts sehen, und er fühlte nichts. Als ob sein Körper nicht mehr existierte. Als wäre von ihm nur noch ein verwirrter, undeutlicher Funken Bewusstsein übrig geblieben. Was bedeutete das? War er tot? Überwältigende Mattigkeit hielt ihn gefangen. Sein inneres Feuer, dem er seinen Namen zu verdanken hatte, schwelte allenfalls noch. Seine Glieder waren eisig kalt … *Glieder – ich erinnere mich, welche gehabt zu haben! Aber ich spüre sie nicht. Sicher bin ich tot …*

Wie schwer es ihm fiel, sich zu konzentrieren. Sich zu erinnern … Was war geschehen? Wo befand er sich überhaupt? Hatten sie ihn begraben? Warum sonst sollte er allein, im Dunkeln, in kaltem Lehm …

Lehm? Schlamm! Eine donnernde, dröhnende, wallende Lawine erstickender Dunkelheit. Ein Niederkrachen. Keine Luft mehr, nur Rutschen und Rollen, Stemmen und Klammern, Angst und Verlust …

Veldan! Kazairl stieß ein angstvolles Brüllen aus, und der getrocknete Lehm gegann zu bröckeln. In der Nähe löste sich Geröll. Der erste Schreck der Erkenntnis und eine aufrüttelnde Panik trieben ihn aus der seichten Lehmkuhle, die beinahe sein Grab gewesen wäre. Solch rasche Bewegung, solch hemmungslose Verausgabung seiner Kräfte war unklug. Das hatte zwangsläufig seinen

Preis. Ein weiß glühender Schmerz durchfuhr seine Glieder wie ein Blitz. Doch er kam frei.

Kaz taumelte und stolperte auf unsicheren Beinen. Er schüttelte den Kopf in dem vergeblichen Versuch, seine Benommenheit zu vertreiben. Stattdessen fühlte er einen pochenden Schmerz an der weichen Stelle zwischen seinen Hörnern, und immer wieder wurde ihm schwarz vor Augen. Außerdem war sein Gleichgewichtssinn beeinträchtigt, denn bei jeder Bewegung des Kopfes schien sich die Welt um ihn zu drehen, oder sie neigte sich zur Seite, und dann verschwamm ihm die Sicht. Wahrscheinlich war er viele Stunden bewusstlos gewesen; er empfand Dankbarkeit, dass er überhaupt noch lebte. Ein Feuerdrache besaß einen Schuppenpanzer, Reißzähne und Krallen und einen stacheligen Schwanz, mit dem er verheerende Schläge austeilen konnte, aber auf dem Kopf hatte er eine verwundbare Stelle. Zum Ausgleich war der Schädel durch zwei Paar Hörner geschützt: jene beinernen Dreiecke über den Augen, die seinem Schädel die schnittige Keilform gaben, und durch die langen, elegant rückwärts gebogenen Hörner.

Verzweifelt versuchte Kaz, sich auf seine Umgebung zu konzentrieren. Wie lange hatte er hier gelegen, während sein Partner ihn gebraucht hätte? Wenigstens ein paar Stunden. Es war bereits Nacht und finsterer als im Herzen eines Vampirs. Obwohl er bei Dunkelheit recht gut sehen konnte, vermochte er nichts zu erkennen. Er hörte nur das Wasser rinnen, dazu das unaufhörliche Prasseln des Regens, sein eigenes raues Atmen und das Scharren und Klicken seiner Krallen auf den Steinen.

Wo mochte Veldan sein? Wie tief war sie verschüttet worden? Glücklicherweise verfügte der Feuerdrache über eine Fähigkeit, die ihm jetzt helfen würde. Er vermochte die Körperwärme anderer Lebewesen als einen glühenden Schein wahrzunehmen, selbst wenn sie verdeckt waren. Auch sein Geruchssinn war sehr fein. Ob sie nun also tot oder lebendig war, aufspüren konnte er sie. Auf wackligen Beinen, doch umso verbissener begann Kazairl das wüste Durcheinander aus Schlamm, Ästen und Geröll nach seiner verlorenen Gefährtin abzusuchen.

Leicht war Veldan darin nicht zu finden, nicht in dieser verklumpten, verschlungenen, schier unbeweglichen Barriere. Der Erdrutsch hatte Kaz tief in die enge Schlucht gerissen, und er musste den Abhang nun vorsichtig und systematisch Zoll für Zoll durchkämmen und sich dabei mühsam nach oben arbeiten. Bei jedem Ast, den er abbrach oder zur Seite schob, war zuerst zu prüfen, ob er dadurch nicht ein Nachrutschen der Massen verursachte und seinen Partner noch unglücklicher verschüttete.

Die Suche schien sich ewig hinzuziehen, und Kaz wollte die Schnauze zum Himmel heben und seinen Verlust und die Enttäuschung hinausheulen. Am Ende fand er Veldan doch noch oben am Hang, nahe beim Weg, wo er schon zweimal gesucht und sie nicht bemerkt hatte. Sie lag vollkommen versteckt unter einem Haufen Astwerk und war so ausgekühlt, dass ihr bisschen Körperwärme sich kaum von der Umgebung abhob.

Mit Klauen und Zähnen riss er an allem, was ihn von seiner Partnerin trennte. Als er schließlich bis zu ihr vorgedrungen war, fühlte er sich unendlich erleichtert und war zugleich erschrocken. Sie lebte, aber ihr Herz schlug nur schwach und langsam. Jetzt erst begriff er, welches Glück Veldan gehabt hatte. Die weichen Äste einer jungen Kiefer hatten sie davor bewahrt, zerschmettert zu werden, und eine Luftkammer gebildet, in der sie dem Erstickungstod entgangen war.

Veldan hatte er nun gefunden, aber damit war erst die halbe Schlacht geschlagen. Sie brauchten Hilfe, menschliche Hilfe. Und zwar rasch, sonst starb Veldan am Ende doch noch. Und da erst fiel Kaz der Seher ein; ein plötzliches Schuldgefühl übermannte ihn. Was war mit dem Drachen? Lebte er noch, oder war er tot?

Kazairl schüttelte den Kopf und zuckte vor Schmerz zusammen. Es hatte keinen Zweck – er würde sie nicht beide retten können. Die Zeit, die er benötigen würde, um Aethon zu finden, konnte Veldan das Leben kosten. Und der Seher war gänzlich unter dem Erdrutsch verschwunden. Er war schon vor der Katastrophe vor Hunger und Kälte halb tot gewesen.

Oh, Veldan, es sieht ganz so aus, als hätten wir auch bei dieser Mission völlig versagt. Der Feuerdrache ließ den Kopf hängen. Er konnte die menschliche Sprache nicht sprechen, das verhinderte die Beschaffenheit seiner Zunge. Es würde also sehr schwierig werden, sich den Menschen verständlich zu machen, die seiner Partnerin helfen könnten. Als Agent des Schattenbundes besaß er das Hauptauswahlkriterium, nämlich telepathische Fähigkeiten, die jedoch waren rar bei den gewöhnlichen Menschen.

Kaz begab sich an den Rand des Wassers, das noch an derselben Stelle den Pass hinunterfloß, und trank gierig. Dankbar spülte er sich den verbliebenen Schlamm aus den Zähnen. Dann tauchte er den Kopf vollkommen in die eisigen Fluten und hoffte, die Benommenheit und die Schmerzen los zu werden. Er brauchte wenigstens für kurze Zeit einen klaren Kopf, damit er tun konnte, was getan werden musste.

Kaz nahm Veldans Hemd sehr behutsam zwischen die Zähne, um es nur nicht zu zerreißen und sie fallen zu lassen. Dann hob er sie langsam auf. Veldan hing wie tot unter seinem Maul, und ihm entschlüpfte ein Wimmern. Schon wieder befand sie sich in schrecklichem Zustande. Er schwenkte seinen biegsamen Hals, wandte vorsichtig den Kopf und legte sich den schlaffen Körper über den Rücken. Keine Sekunde vergaß er, dass er mit jeder Erschütterung dauerhaften oder gar tödlichen Schaden anrichten konnte, wenn Veldan an Knochenbrüchen oder gar inneren Verletzungen litt. Doch was blieb ihm sonst übrig? Sollte er sie etwa in Schmutz und Kälte sterben lassen? Er wagte ein, zwei Schritte und hoffte, dass ihm die kostbare Bürde nicht wieder herunterrutschte.

Doch schien er sie gut ausbalanciert zu haben, und nun versuchte er, eine sanfte Gangart beizubehalten.

Mit äußerster Entschlossenheit wandte sich der Feuerdrache dem Pfad zu, den er – wann? Gestern? Oder vorgestern? – schon einmal hinaufgestiegen war. Infolge der bereits vollbrachten Anstrengungen benebelten sich seine Sinne wieder, und er fühlte sich schwach und zittrig vor Hunger und Kälte. Er hatte nur noch einen Gedanken im Kopf: Veldan helfen. Ihr Leben retten, was es auch koste. Aber er durfte es nicht wagen, in die Stadt zu gehen. Doch wen könnte er in dieser Einöde finden?

Es half alles nichts – in diesen kalten, feuchten Bergen würden ihre alten Knochen niemals aufhören zu schmerzen. Dieser Tage brauchte Toulac ganz entschieden eine kleine Sonderration, um sich in Bewegung zu halten. »Ho, Junge!« Sie ließ die Zügel locker, und der große graue Mazal blieb augenblicklich stehen, sodass die Ketten, die den Baumstamm zogen, klirrten und durchhingen. Toulac kicherte leise vor sich hin, während sie in den Taschen ihres Schaffellmantels etwas suchte. Wie seine Herrin war auch Mazal ein gewiefter alter Kämpfer, und ihm fiel etwas Besseres ein, als sich diese Pause durch Ungeduld zu verderben – besonders zu dieser späten Stunde. Toulac zog sich einen Handschuh aus, fischte eine schrumplige Möhre aus der Manteltasche, gab sie ihrem Pferd und grub noch einmal tiefer, um schließlich eine kleine, flache Metallflasche zum Vorschein zu bringen. Mit einem flinken, verstohlenen Blick versicherte sie sich, dass sie unbeobachtet war, dann setzte sie die Flasche an die Lippen und nahm zwei, drei rasche Schlucke. Wärmend floss ihr der Schnaps durch den Körper. Dann steckte sie die Flasche seufzend wieder weg, zog sich den Handschuh über und straffte die Zügel. »Auf, mein Junge.«

Mit einem Schnauben, das dem Seufzen seiner Herrin verdächtig ähnlich war, legte sich das Pferd mit seinem ganzen Gewicht ins Zeug und zog. Die Ketten spannten sich und schleiften den schweren Baumstamm, den Rumpf eines gefallenen Riesen, dessen Wurzeln der Regen freigespült hatte, hinterher. Wenigstens ist nur ein Baum hier heruntergekommen, dachte Toulac. Es hätte verdammt viel schlimmer kommen können. Sie hatte den Erdrutsch zu Tal donnern hören, und die einhergehende Erschütterung hatte den Baum gefällt, den sie jetzt zur Sägemühle zog. Sie fragte sich, welche Zerstörung die Lawine wohl weiter oben bewirkt haben mochte.

Es war wieder solch ein Tag mit einem matten Himmel gewesen, wo sich die Regenwolken, anstatt hoch oben an ihrem angestammten Platz zu bleiben, lieber schwer auf das Gebirge niederlegen und es in feuchten Dunst einhüllen. Für Toulac war ein grauer Abend wie dieser angefüllt mit Geistern, was kaum überraschen konnte, denn nach fast sechs Lebensjahrzehnten war fast jeder, der ihr etwas bedeutet hatte, von ihr gegangen. Kameraden, ihre Liebsten, sogar ihre tapferen, geachteten Feinde: Sie alle pirschten sich nun heran, umdrängten sie im Nebel der Erinnerung. Gesichter, Orte, Schlachten, gewonnene und verlorene; Siegesfeiern und Totenwachen in der wärmenden Gesellschaft ihrer Kameraden, deren Trunkenheit nicht nur vom Bier oder vom Mondschein stammte, sondern auch von dem süßen Gefühl der Erleichterung, dass sie einen weiteren Kampf überstanden hatten und noch einen Tag weiterleben dirften. Bis sie schließlich einer nach dem anderen gefallen waren und sie allein zurückgelassen hatten, zu alt für ein Leben als Kriegerin und zu starrköpfig, um ihnen ins Heer der Toten zu folgen. Das Auf und Ab ihres Lebens war verebbt und hatte Toulac in dieses einsame Gebirge verschlagen, wo sie, so gut sie konnte, die Zeit bis zu ihrem Tode auszufüllen suchte.

Es ist schon seltsam, wie der Kreis sich schließt, dachte Toulac. In dieser Sägemühle war sie geboren worden, und sie hätte niemals geglaubt, dass sie ihre Tage an demselben armseligen Ort beschließen würde. Ermutigt durch ihren Vater, der sie als den Sohn behandelt hatte, der ihm verwehrt geblieben war, hatte sie immer eine Kriegerin sein wollen. Ihre militärische Laufbahn hatte sie bei den Schwertern Gottes begonnen, den Tempelkriegern, die im Namen Myrials kämpften, und es hatte sich schnell herausgestellt, dass sie nicht nur strategisch denken konnte und das Talent einer Schwertmeisterin besaß, sondern auch eine außerordentliche Begabung beim Abrichten von Pferden zeigte. Infolgedessen musste sie es oft mit störrischen jungen Pferden aufnehmen, und ihre Vorgesetzten fanden sie bald unentbehrlich.

Ihr stetiger Aufstieg kam zu einem abrupten Stillstand, als der Hauptmann in den Ruhestand trat und Blank sein Nachfolger wurde – ein beeindruckender junger Emporkömmling, der eines Tages aus dem Nichts aufgetaucht war. Sein Aufstieg zur Macht war so geradlinig, steil und exakt gewesen wie der Flug eines Pfeils. Über die Eignung weiblicher Krieger als Schwerter Gottes hatte er festgefügte Ansichten besessen, infolge derer er sie allesamt vom Dienst ausschloss. Danach musste Toulac sich als Wächterin bei Händlern und Reisenden verdingen oder focht in den kleinen Söldnerheeren der ständig im Streit liegenden Sippen, die im felsigen Hügelland des Nordostens lebten und einer Fehde die nächste folgen ließen.

»Und dort hätten wir lieber bleiben sollen, du und ich. Eh, alter Junge?« Toulac tätschelte den warmen Hals ihres alten Streitrosses. »Lieber im besten Mannesalter auf dem Schlachtfeld bleiben als so tief zu sinken, dass man mit steifen Gelenken und wehen Knochen sich noch täglich so abrackern muss.«

Als Toulac bei der Sägemühle eintraf, drückte Robal sich aus dem dunklen Eingang und bückte sich, um ihr beim Lösen der Ketten zu helfen. Er war ein großer und stämmiger junger Mann mit dünnen blonden Haaren und einem runden, bartlosen Gesicht. »Ist das der Letzte, Meisterin?«, fragte er.

»Außer es fallen noch mehr tote Bäume um. Von den

Holzfällern wird es nichts mehr geben, bis der Wasserstand genügend gefallen ist, dass man das Holz sicher zu Tal flößen kann.« Sie hatte es ihm schon hundertmal erklärt und schon tausendmal, dass er sie nicht Meisterin nennen sollte. Immer dasselbe. Toulac biss die Zähne zusammen und versuchte, sich die Ungeduld nicht anmerken zu lassen. Es war schließlich nicht seine Schuld, dass sie mit der Welt haderte und er nicht gerade der Hellste war. ›Ein starker Arm und ein schwacher Kopf‹, wie man in den Bergen sagte; auf ihren Burschen passte diese Beschreibung perfekt. Andererseits hätte sie ohne seine starken Arme die Sägemühle nicht betreiben können, also fand sie sich lieber mit seinen Beschränktheiten ab.

Außer mit einer.

»Meisterin! Du hast wieder getrunken!«, stieß Robal hervor. »Dein Atem riecht abscheulich.«

Robal war einer der frömmsten Anhänger Myrials. Die Auslegung des göttlichen Willens oblag zu jeder Zeit dem amtierenden Hierarchen, Callisioras Herrscher über alle geistlichen und weltlichen Angelegenheiten. Nach Denkungsart der alten Kriegerin sehr zu bedauern war der Umstand, dass die gegenwärtige Auslegung von Myrials Willen alles zu verdammen schien, was auch nur den leisesten Anschein von Vergnüglichkeit zeigte. So ist es keineswegs immer gewesen, dachte Toulac grimmig und entsann sich des früheren Hierarchen. Das war Istella gewesen, die Großmutter von Gilarra, der jetzigen Suffraganin. »Ach, Istella!« seufzte Toulac wehmütig. Diese Frau hatte an die Lebenslust geglaubt! Und ihre Enkelin erwies sich als ihrer würdig und trat in ihre Fußstapfen. Wäre doch nur sie zuerst geboren worden, anstelle dieses scheinheiligen, aufgeblasenen, sauertöpfischen Schwan …

»Meisterin, warum tust du das immer wieder! Kein Wunder, dass dieser endlose Regen auf uns niedergeht. Myrial bestraft uns alle für die Sünden, die von deinesgleichen–«

»Jetzt reicht's!«, zischte Toulac. Der beschwerliche Alltag, ihre Niedergeschlagenheit, die Eintönigkeit ihres Lebens – plötzlich brach alles über ihr herein. Dieses frömmelnde Muskelpaket von einem Idioten war der Tropfen, der das Fass zum Überlaufen brachte. Sie löste die letzte Kette von dem Baumstamm und warf sie beiseite. »Robal, du bist entlassen. Du hast dich soeben um Lohn und Brot gepredigt.« Sie kramte aus der anderen Manteltasche eine Hand voll Kupfer- und Silbermünzen hervor. »Hier – ich kann mich jetzt nicht mit dem Zählen aufhalten. Nimm es und geh mir aus den Augen!«

Fast hatte sie Mitleid mit ihm, als sie sein erschrockenes Gesicht sah. Die Chancen, dass jemand wie Robal in Tiarond eine Beschäftigung fand, lagen ungefähr zwischen kaum und gar nicht. Trotzdem verhärtete sich Toulac gegen ihn. Denn wenn die Sägemühle schon ihr Bestes tat, um sie zu Tode zu langweilen, so war Robal derjenige, der noch dazu die Nägel in den Sarg schlug. Egal, was aus meinem alten Lebensdrang geworden ist, dachte sie, hier heißt es er oder ich, Toulac, altes Mädchen! Du hast die Wahl.

Und damit drehte sie sich zu dem niedergeschmetterten Burschen um, der noch immer mit offenem Mund dastand, während ihm der Regen in Bächen über das Gesicht rann. »Mach schon! Worauf wartest du noch? Die Sägemühle ist ab sofort geschlossen. Ich steige aus dem Geschäft aus.«

Dann wandte sie sich ab und nahm den ungeduldigen Mazal bei den Zügeln. »Komm, alter Junge«, murmelte sie, »wir gehen und betrinken uns.«

Toulacs Haus stand bei der Mühle. Ihr Großvater hatte oberhalb der Hochwassermarke ein Plateau angelegt und das Haus darauf gebaut. Der solide Bau aus Quadersteinen war für eine wachsende Familie gedacht gewesen und hatte das kleinere Holzhaus früherer Generationen ersetzt. Doch es war anders gekommen als gedacht: Als Letzte ihrer Familie nutzte nur Toulac das Haus, und die meisten Räume standen leer und verstaubten. Die geräumige Küche bildete eine Ausnahme. In ihrer Kindheit war sie der Mittelpunkt des Hauses gewesen, wo die Familie gemeinsam den Tag begann und sich am Abend wieder versammelte, um miteinander zu reden, zu essen und auszuruhen. Diesen behaglichen Raum dominierte eine stolze Herdstelle mit einem weiten Kamin in der Mitte, dem Ziegelofen auf der einen und dem Kupferofen für heißes Wasser auf der anderen Seite.

Solange Ailse, ihre Mutter, gelebt hatte, war das Haus ihr Reich und sie der Tyrann gewesen. Damals nahmen die Männer noch den Hut vom Kopf und wischten sich die Schuhe ab, bevor sie das Haus betraten, und wehe dem, der es unterließ. Unter Ailses strahlender Ordnungsherrschaft wurden jederzeit Höflichkeit und gute Manieren erwartet. Starke Getränke und derbe Rede galten als völlig ausgeschlossen. Inzwischen hätte Ailse das Haus nicht mehr wiedererkannt. Die Fenster waren schmutzig, der Fußboden schlammverschmiert, und in jeder Ecke hingen Spinnweben. Auf dem Tisch stapelte sich das schmutzige Geschirr, überall fanden sich angetrocknete Speisereste und klebrige Flecke, und alles war eingestaubt und bekrümelt. Eine Leine war quer durch den Raum gespannt, darauf hing die häufig geflickte Wäsche vor dem Kamin.

Der einzig tadellose Gegenstand im ganzen Haus, so stellte Toulac amüsiert fest, war das glänzende Schwert, das beim Kamin in der Ecke lehnte.

Mutter dreht sich bestimmt im Grabe um, dachte Toulac, während sie das nasse, schlammbespritzte Pferd über die Schwelle in die warme Küche führte. Sie kicherte darüber, wie Mazal sich dankbar in dem fremden Raum umschaute. Er blähte die Nüstern, weil er die Äpfel und das Getreide witterte, und zweifellos versprach er sich noch allerhand ähnliche Genüsse. Dies war doch etwas ganz anderes als der dunkle, einsame Stall, in dem er sonst gestanden hatte!

Toulac warf die Tür hinter sich zu. Wie gut, dass diese Wichtigtuer in der Stadt sie jetzt nicht sehen konnten. Ein Pferd in der Küche! Das würde sie ein für alle mal davon überzeugen, dass die schäbige alte Schlampe oben in den Bergen endgültig verrückt geworden war. Aber sie besaß Mazal, seit er ein Fohlen gewesen war, und hatte ihn selbst zugeritten. An diesem Abend, wo sie in so düsterer Stimmung war, erschien ihr seine Gegenwart irgendwie tröstlich. Von ihren alten Kameraden war er als Einziger übrig geblieben – warum zum Teufel sollte er draußen in dem elenden kalten Schuppen stehen? Vielleicht würde seine Gesellschaft ihr die Gespenster vertreiben …

Toulac stellte die Lampe auf den Tisch und sah die Dämmerung draußen rasch in Dunkelheit übergehen. Energisch stocherte sie in der schwachen Glut, dem Rest des morgendlichen Feuers, und häufte etwas Anmachholz darauf, um es wieder zum Leben zu erwecken. Genau wie wir, dachte sie und betrachtete die winzigen roten Feuerknospen an den trockenen Zweigen und lauschte dem Knistern und Knacken des Holzes, als das Feuer erwachte. Auch das Feuer braucht Luft und Nahrung zum Leben und nicht zu vergessen ein wenig Aufmerksamkeit. Toulac verzog das Gesicht vor Abscheu, als sie begriff, welche Richtung ihre Gedanken schon wieder einschlugen. Der Weg des Selbstmitleids führt direkt in die Selbstzerstörung, so viel erschien ihr gewiss. Bisher war es ihr noch jedes Mal gelungen, wieder umzukehren. Aber eines Tages – wer konnte das wissen? – würde sie der Straße vielleicht bis zum bitteren Ende folgen.

Toulac schrak zurück, als habe sie sich verbrannt. Sich beschäftigen war besser, als vor sich hin zu brüten. Sie legte noch etwas Holz nach, zog den Mantel aus und begann, den müden Mazal trockenzureiben. Dann überließ sie ihm eine Ecke der Küche zusammen mit einer Schüssel Getreide und seiner Leibspeise gehackten Möhren. Für sich selbst schnitt sie eine Scheibe vom kalten Braten ab und aß sie mit einem Stück Brot. Seit den Bauern das Vieh Stück für Stück zugrunde ging, konnte man jederzeit Fleisch bekommen, wenn man die richtigen Leute kannte. Das Kochen war noch nie ihre Lieblingsbeschäftigung gewesen, und sie hatte nicht vor, sich jemals damit aufzuhalten, wenn es nicht unbedingt notwendig war.

Ein schützender Instinkt sagte ihr, dass es eine schlechte Idee wäre, sich in dieser Nacht zu betrinken. Sie war ohnehin schon gefühlsselig genug und brauchte dabei keine weitere Unterstützung. Dennoch ging sie an den Whiskeykrug und goss sich großzügig ein, wobei sie sich ermahnte, dass es bei diesem Quantum bleiben müsse. Dann ließ sie sich im Schaukelstuhl beim Feuer nieder, nahm das Schwert auf und begann die blanke Klinge zu reinigen. Damit waren ihre Hände beschäftigt, während sie sich ernsthaft Gedanken über ihre Zukunft machte.

Hatte sie es ernst gemeint, als sie diesem Frömmler sagte, sie würde die Sägemühle schließen? Da war wohl das Temperament mit ihr durchgegangen! Du alte Närrin!, schalt ihr vernünftiges Ich die tollkühne Abenteurerin, die über all die Jahre kaum älter geworden war. Was in Myrials Namen hast du dir dabei gedacht? Sieh den Tatsachen ins Auge, Toulac – so schwer die Bürde auch lasten mag, ohne die Mühle müssen wir verhungern. Niemand nimmt eine Sechzigjährige als Söldnerin oder gar als Leibwächterin! Doch so gut sie wusste, dass das einzig Vernünftige – und in Wirklichkeit das einzig Mögliche – in der weiteren Unterhaltung ihrer Mühle bestand, so sehr weigerte sich ihr störrisches Herz, die wenigen verbleibenden Lebensjahre mit nutzloser Plackerei zu verschwenden. Was soll ich aber tun? Was *kann* ich tun? Wohin soll ich gehen? Die Fragen gingen ihr im Kopf herum wie eine Litanei. Es muss doch etwas geben. *Dass muss es einfach!*

Der Schaukelstuhl knarrte leise, während das Feuer

prasselte und knackte. Aus Mazals Ecke kam ein beständiges Schmatzen. Gelegentlich wurden diese friedvollen Geräusche von einem heftigen Windstoß übertönt, der den Regen gegen die Fenster trieb und an den Läden rüttelte. Toulac war durch unzählige wache Nächte in der Einöde daran gewöhnt und nahm schon die geringste Änderung im Zusammenklang der Geräusche wahr. In dem kurzen Nachlassen des Windes zwischen zwei Böen hörte sie es: das dumpfe Patschen schwerer Fußtritte im Morast. Es gab ein hartes Klicken, als sie die Tasse auf dem Kaminsims absetzte. Sie richtete sich auf. Etwas bewegte sich draußen – und was es auch war, es musste verdammt groß sein!

Klirrend zerbrach das Geschirr in der Ecke, als Mazal in Panik ausbrach. Er trat mit den Hinterbeinen in die alte Anrichte und brachte ein paar Tellerstapel zum Einsturz. Unter seinen Hufen knirschten die Steingutscherben, während er sich enger in die Ecke zu drängen versuchte. Das Pferd hatte die Ohren angelegt, bleckte die Zähne und rollte wild mit den Augen. In all den Jahren hatte Toulac Mazal noch nie so erschrocken gesehen, doch es blieb keine Zeit, um ihn zu beruhigen. Mit fester Hand ergriff sie das Schwert, erhob sich lautlos auf die Füße und schlich zum Fenster. Wenn sie durch den Ladenspalt linste, könnte sie vielleicht einen Blick darauf erhaschen, womit sie es zu tun bekäme …

Sie war auf halbem Wege, als sie das Holz splittern hörte. Etwas war gegen die dicken Verandapfosten gestoßen und hatte sie eingeknickt wie Zahnstocher. Toulac schlug das Herz bis zum Hals. Was, o Hölle und Verdammnis, befand sich dort draußen? Gab es Myrial am Ende doch, und sie schickte ihr dieses Ding als Antwort auf ihre frevelhafte Lebensmüdigkeit? Wäre das nicht ein Witz? Ein hartes Kratzen dicht vor der Tür brachte sie in die Situation zurück. Tatsächlich. So, so. Der Eindringling hatte also nicht vor, gleich wieder zu verschwinden. Wenn sie die nächsten Augenblicke überleben wollte, dann wäre es wahrscheinlich nicht besonders klug, sich einfach zu verstecken.

Jedenfalls erschien ihr das Leben plötzlich viel süßer als in den vergangenen Monaten. Sie wagte sich zum Feuer hinüber, nahm ein langes Holzscheit vom Stapel und stieß es in die Flammen, bis es wie eine Fackel brannte. Mit dem Schwert in der einen und dem brennenden Scheit in der anderen Hand näherte sie sich der Tür. Sie erwartete jeden Augenblick, dass die schwere Holztür barst und krachend nach innen aufschlug. Sie irrte. Stattdessen hörte sie es mehrmals pochen, scheinbar wuchtig und doch sacht, als versuche ein Riese seine zerstörerische Kraft im Zaum zu halten und vorsichtig anzuklopfen.

Toulac schluckte hart. »Wer du auch seist, nach Einbruch der Dunkelheit öffne ich niemandem mehr die Tür. Und nun verschwinde! Mach, dass du wegkommst!« Sie kam sich zwar mächtig blöd dabei vor, doch das laute Rufen hatte ihr Mut gemacht.

Dann trat Stille ein. Mazal zitterte in seiner Ecke. Sein graues Fell glänzte schwarz vor Schweiß. Auch Toulacs Hand um den Schwertgriff wurde langsam feucht.

Dann traf etwas mit fürchterlicher Wucht die Tür. Krachend brach der Riegel, und das Holz riss splitternd aus den Angeln. Toulac sprang zurück, als die Tür aufflog und auf den Boden prallte.

Das war zu viel für Mazal. Ehe Toulac irgendetwas tun konnte, um ihn aufzuhalten, brach er aus seiner Ecke aus und flüchtete durch den offenen Ausgang ins Freie. »Nein!«, schrie Toulac. Und während der Hufschlag mit der Entfernung schwächer wurde, hörte sie das durchgehende Pferd noch ein paar Mal angstvoll wiehern.

In dem rechteckigen Ausschnitt der tintenschwarzen Nacht, wo zuvor die Tür gewesen war, konnte Toulac keine Anzeichen für eine Gefahr entdecken. Das Raubtier musste Mazal gefolgt sein … Ihre Augen füllten sich mit Tränen. Ärgerlich wischte sie sie fort, nur um gleich neue vorzufinden. »Sei nicht so sentimental!«, brummte sie wütend. »Das dumme Tier hat dir wahrscheinlich das Leben gerettet – lass die Chance nicht verstreichen.«

Sie schlich vorsichtig über die ausgerissene Tür und hoffte einen Augenblick lang, sie wieder reparieren zu können. Als sie draußen war, sah sie als Erstes die dunklen roten Flecke auf dem Boden. Blut? Wie seltsam! Sie hielt inne und stieß einen leisen Fluch aus. Mit dem brennenden Holzscheit leuchtete sie den Holzboden der Veranda ab, die die ganze Front des Hauses einnahm. Auf der obersten Treppenstufe lag eine Frau. Sie war schlamm- und blutverschmiert, und sie schien tot oder bewusstlos zu sein, mehr war nicht zu erkennen. Vor der Frau waren die Dielen wie von riesigen Krallen völlig zerkratzt, jedoch eines war merkwürdig: die Kratzer bildeten fünf große, krakelige Zeichen, und ihre Bedeutung war glasklar. Da stand:

H I L F E.

»Ich will verdammt sein«, murmelte Toulac und bückte sich, um sich die Bescherung näher anzusehen. Doch ein Laut, halb Knurren und halb Schniefen, ließ sie auffahren. Am Ende der Veranda erblickte sie das unheimlichste Wesen, dem sie je außerhalb eines Alptraums begegnet war, einen Muskelberg, der einer Echse ähnelte und der sie höflich wartend aus bunt glühenden Augen ansah. Toulac brach in lautes Gelächter aus. Die furchtein-flößende Kreatur hätte wie der leibhaftige Tod gewirkt, wenn sie nicht gerade so unbeholfen versucht hätte, mit der Klaue das Blut wegzuwischen, das ihr aus der übel zugerichteten Nase lief.

Kapitel 5

Nah am Abgrund

Lange schlaflose Nächte können zu einer schrecklichen Last werden, besonders für einen Anführer, der ein ganzes Panoptikum von Sorgen im Kopf hat. Und einem Zentauren ist es nicht möglich, sich im Bett zu wälzen wie ein Mensch, denn dazu eignet sich sein Körper nicht. Trotzdem verbrachte Cergorn schon die ganze Nacht damit, rastlos in seinem Bett herumzurutschen. Die eine Hälfte mit dem federnden, duftenden Farnpolster, das so erholsam für Pferdebeine war, erschien ihm gänzlich unbequem, und die andere Hälfte, wo er seinen menschlichen Leib ruhen ließ, fühlte sich trotz aller Kissenberge und weichen Felle hart an.

Er hatte sich sehr bemüht, so ruhig wie möglich liegen zu bleiben, doch zweifellos nicht genug. Cergorn fluchte leise, als er seine Lebensgefährtin seufzen hörte, und drehte sich zu ihr um. Sie stieß ihm den Ellbogen ins Gesicht, als sie sich die Augen rieb. »Wassis los?«, murmelte Syvilda und klang wenig freundlich. Cergorn hörte sie herzhaft gähnen. »Heute Nacht hast du keine Stelle im ganzen Bett ausgelassen. Es ist, als wollte man neben einem Springhasen schlafen.«

»Tut mir Leid, Syvilda«, antwortete Cergorn kleinlaut. »Ich habe mir solche Mühe gegeben, dich nicht zu stören!«

»Ha. Das glaubst aber nur du. Ich kenne dich, Cergorn

– nach all den Jahren, sollte ich das wohl. Wenn du so herumzappelst, dann willst du nur eines: dich selbst von all deinen nächtlichen Grübelproblemen befreien und sie auf *meinen* Schultern abladen.« Syvilda tastete nach der Öllampe auf dem Nachttisch und zündete sie an. Wegen des weichen, warmen Lichts bevorzugte sie diese Art Schlafzimmerbeleuchtung.

Obwohl sie griesgrämig klang, erkannte Cergorn mit einem Blick in ihr verschlafenes, zerknittertes Gesicht, dass sie es ihm nicht allzu übel nahm, geweckt worden zu sein. Ein gewisses Zwinkern in ihren klugen dunklen Augen versicherte ihn ihrer Zuneigung und ihres Mitgefühls. Sie war bereit, mit ihm die ganze Nacht aufzubleiben, bis er sich alles von der Seele geredet und wieder einen klaren Kopf hätte.

Wie schön meine Gefährtin doch heute Nacht aussieht, dachte Cergorn. Ihr schwarzes Fell mit den blendend weißen Sprenkeln auf Rücken und Flanken glich wahrhaftig dem Sternenhimmel und glänzte wunderbar. Ihr silbernes Haupthaar, sonst tadellos frisiert, war vom Schlaf zerzaust. Der sanfte Schein der Lampe glättete die Linien ihres Alters und schuf die Illusion blühender Jugend, die bis Tagesanbruch dauern würde. Doch die wahre tiefe Schönheit ihres Gesichts war keine Illusion. Der klaren Reinheit der Wangenbögen, dem Schwung der Augenbrauen und der eleganten Nackenlinie konnte das Alter nichts anhaben. Cergorn liebte dieses Gesicht nun schon seit über einem Jahrhundert, und er wusste, er würde es auch für den Rest seines Lebens lieben.

In dem Moment stieß ihm seine Liebste heftig in die Rippen. »Also?«, fragte sie in ironischem Tonfall. »Du hast mich geweckt, damit ich dir zuhöre, und jetzt bist du verschlossen wie eine Auster. Du solltest lieber bald mit Reden anfangen, denn wenn ich umsonst auf meinen Schönheitsschlaf verzichte …« Die Drohung ließ sie unausgesprochen.

Cergorn warf mit einer Bestürzung, die nicht allzu echt

war, die Hände empor. »Wo soll ich nur anfangen? Wir haben ja nur noch die halbe Nacht Zeit.«

Syvilda sah ihn tadelnd an. »Jetzt übertreibe nicht, Cer! Du hast genug Probleme, du musst sie nicht noch größer machen, als sie sind. Außerdem weiß ich schon alles über den Verfall der Schleierwand, schließlich haben wir damit schon seit einiger Zeit zu kämpfen. Also, mein Lieber, du hast doch etwas ganz anderes auf dem Herzen. Was ist los? Sorgst du dich um deine Partnerin? Du musst sie sehr vermissen.«

»Das ist wahr«, gestand Cergorn, und innerlich segnete er sie für ihr großzügiges, verständnisvolles Herz. Syvilda war Mitglied des Schattenbundes, aber sie wurde nicht mit einem Partner zu Missionen ausgesandt, sondern sie war eine erfahrene und anerkannte Mechanikerin und gehörte somit zu der kleinen Gruppe unter den Wissenshütern, von der die unglaublichen Instrumente und Erfindungen der Alten erforscht wurden. Der Schattenbund verfügte über nur wenige Exemplare, und die meisten dieser geheimnisvollen Überbleibsel waren so kompliziert in ihrer Funktion und Beschaffenheit, dass sie den rückständigeren Bewohnern von Myrial als Wunder oder Magie erscheinen mussten. Syvilda galt als Expertin für unterschiedliche Anwendungsgebiete der Kristalle – soweit es eben möglich war, über eine Erfindung der Alten eingehend Bescheid zu wissen. Doch darüber zu klagen war für Cergorn nichts Neues, ganz zu schweigen von den übrigen Ratsmitgliedern.

»Wenn du jedes Mal zu träumen anfängst, wenn ich diesen verflixten Luftgeist erwähne, dann kann es wohl als ziemlich glückliche Fügung gelten, dass sie körperlos ist und ich nicht eifersüchtig bin«, brummte Syvilda.

»Eigentlich habe ich über die Alten nachgedacht«, entgegnete Cergorn und nahm sie in den Arm. »Ich frage mich, warum sie uns in solch beklagenswerter Unwissenheit zurückgelassen haben. Jedes Quäntchen Wissen, das der Schattenbund besitzt, musste ihnen nachträglich abgerungen werden. Und nach Jahren voller Mühsal, nach langen Reisen und endlosem Suchen haben wir lediglich die Oberfläche angekratzt. So viele Stunden haben wir mit Studien und Experimenten verbracht, nur um zu begreifen, wie wenig wir tatsächlich wissen!«

»Mein liebster Cer, was *denkst* du dir eigentlich?« Syvilda zog die Augenbrauen hoch. »Hast du noch nicht genug zu kauen, dass du dir auch noch diese alte Geschichte vornehmen musst? Der Schattenbund beklagt seine Unwissenheit seit dem Tag seiner Gründung, und wir werden dies zweifellos auch weiterhin tun, bis unsere verdrehte Welt ringsum auseinander bricht – was im Augenblick wohl jeden Tag geschehen könnte. Wenn du mich fragst: Je eher Thirishri zurückkommt, desto besser. Unter uns gesagt, gemeinsam bringen wir es gewöhnlich fertig, dich im Zaum zu halten!«

»Dem schließe ich mich an«, seufzte Cergorn. Gendival erschien ihm einsam ohne Thirishri. Obwohl seine Familie für ihn da war, ihn tröstete, beriet und unterstützte, vermisste er seine Partnerin. Eine tiefe Bindung war in den Partnerschaften der Wissenshüter zwangsläufig angelegt, eine einzigartige Nähe, die aus gemeinsam erlittener Entbehrung, Not und Gefahr entstand. »Weißt du«, meinte er, »Thirishris Abwesenheit ist mir eine willkommene Lehre. Vielleicht habe ich Elion doch ein wenig zu hart behandelt.«

»Das bezweifle ich«, antwortete Syvilda nachdenklich. »Er hat sich zu tief in seine Trauer vergraben, Cergorn. Er ist auf dem besten Wege, sein Andenken an Melnyth zur Besessenheit werden zu lassen. Ich bin der Ansicht, dass du ihn gerade zur rechten Zeit aufgerüttelt hast. Jetzt hat er zu viel zu tun, um andauernd an seine tote Partnerin zu denken. Ich bin jedoch sicher, dass Elions Trauer um Melnyth noch lange unvermindert anhalten wird, und das müssen wir einplanen. Sie wird sein Urteilsvermögen und seine Beziehung zu den anderen Mitgliedern beeinträchtigen, besonders die zu Veldan und Kazairl.«

»Du hast vollkommen recht. Leicht wird es keinesfalls, für niemanden.« Cergorn wusste, dass er ein heikles Unternehmen in Gang gesetzt hatte, indem er die drei Überlebenden der gefährlichen Kundschaftermission bei den Ak'Zahar wieder vereinte. Doch seit die Schleierwand immer durchlässiger wurde, befand sich der Schattenbund in einer verzweifelten Lage, und Cergorn hatte keine andere Wahl. Während er neben seiner klugen Lebensgefährtin lag, versuchte er die Stärken und Schwächen der drei Wissenshüter einzuschätzen.

Veldan hätte auf allen Missionen die perfekte Wissenshüterin sein können. Sie besaß Mut und eine unbarmherzige, raue Entschlossenheit, die sie die härtesten Torturen überstehen ließ. Dazu verfügte sie über eine wache Intelligenz und war eine todbringende Kämpferin. Ihre zarte Gestalt täuschte darüber hinweg, wie drahtig und kräftig sie in Wirklichkeit war. Unglücklicherweise war sie infolge ihrer Verwundung aus der Übung und erschöpfte noch immer sehr rasch. »Eigentlich war es ein Fehler, zur Begleitung des Sehers Veldan auszusuchen«, sagte Cergorn schweren Herzens.

Syvilda nickte ernst. »Das ist wahr. Es war zu früh. Doch sie bestand so hartnäckig darauf. Lieber wollte sie irgendetwas tun, als die Beherrschung zu verlieren. Es war ihre Entscheidung, Cer. Du kannst dich nicht für alles verantwortlich machen.«

»Wen sonst sollte ich verantwortlich machen?«, entgegnete er selbstquälerisch. »Ich habe auf ihr Urteil vertraut, und das heißt, auf das Urteil einer Frau, die zutiefst erschüttert, verängstigt und ernsthaft verwundet gewesen ist, die ein furchtbares Erlebnis durchgestanden hat – und ich habe ihrem Urteil mehr vertraut als meinem. Was für ein Führer bin ich also?«

»Also gut, du hast einen Fehler begangen, und hoffentlich weißt du es das nächste Mal besser. Aber das hilft uns jetzt nicht. Veldans Hauptfehler war immer ihr Mangel an Vertrauen in die eigenen Fähigkeiten.«

»Das ist nur allzu wahr, aber vor der Ak'Zahar-Mission hatte sie ihre Zweifel in der Gewalt. Jetzt hingegen ist ihre Unsicherheit umso größer. Kazair fühlt sich ihr zu tief verbunden, das ist sein Problem. Wenn Elion es wagen sollte, Veldan zu nahe zu treten, würde Kazairl ihn wohl töten, ohne zu zögern Und was Elion betrifft, nun, er ist ein netter junger Mann, aber höllisch stolz, und wenn er sich etwas in den Kopf gesetzt hat, dann ist er so stur wie ein Esel. Falls du je bei ihm auf Vergebung hoffst – wenn er sich im Recht glaubt, dann trägt er dir seinen Groll bis ans Ende deiner Tage nach, egal was es ihn selbst kostet.«

Syvilda musste ihm zustimmen. »Du hast sie in eine gefährliche Lage gebracht, Cergorn, daran besteht kein Zweifel. Wie gut, dass Thirishri dabei ist, um ein Auge auf sie zu haben. Das war mal eine weise Entscheidung von dir.«

»Es war eine weise Entscheidung von *ihr*«, gestand er. »Und sie hat mich damit völlig überrumpelt. Hol's die Pest! Ursprünglich hatte ich gehofft, dass die Begleitung des Sehers für Veldan genau die nette kleine Aufgabe wäre, die sie bräuchte, um ihr Selbstbewusstsein wiederzugewinnen. Ich hätte bedenken müssen, dass sie unter so unberechenbaren Umständen in große Schwierigkeiten geraten kann.«

»Nun, der härteste Stahl geht durch das heißeste Feuer«, sagte Syvilda mit schiefem Lächeln. »Wenn sie es schaffen, werden sie gestärkt daraus hervorgehen. Vielleicht ist es genau das, was sie brauchen. Ich kann mir nicht vorstellen, wie die Feindschaft zwischen ihnen auf andere Weise gelöst werden könnte. Und sie kommen entweder geheilt oder zerstört zurück, es gibt keinen Mittelweg.« Sie gähnte. »Verzeihung.«

»Lass uns das Licht löschen, und du gehst noch für ein, zwei Stunden schlafen«, schlug Cergorn vor. »Du hast einen anstrengenden Tag vor dir, und es ist nicht recht von mir, dass ich dich so lange wach halte. Es hat keinen Sinn, sich über die drei endlos Sorgen zu machen. Der rechte Zeitpunkt dafür ist längst vorbei, und nun werden sich die Dinge zwangsläufig entwickeln. Außerdem haben sie Thirishri bei sich, die ihnen hilft.«

»Cer…« Syvilda zögerte. »Ich habe es bisher noch nicht erwähnt, und eigentlich war ich entschlossen, deine Sorgen nicht noch zu mehren – aber da wir gerade dabei sind, uns unsere mitternächtlichen Geheimnisse anvertrauen, werde ich es wohl tun. Da gibt es etwas, das du wissen solltest.« Sie machte ein so ernstes Gesicht, dass er erschrak. Oh, nein! Syvilda hatte von je her ein untrügliches Gespür für aufkeimende Probleme besessen, eine Gabe, die ihm in der Vergangenheit schon von unschätzbarem Nutzen gewesen war. Doch diesmal war das Letzte, was er gebrauchen konnte, ein neu entstehendes Problem. Also gut, dachte er. Was ist es diesmal?

Mit gewohnter Leichtigkeit griff seine Lebensgefährtin den Gedanken auf. »Unter den Mechanikern braut sich Ärger zusammen. Einige, besonders die Gaeorn und die Dobarchu, deren Volk sehr schlimm unter den klimatischen Schwankungen leidet, schlagen – mit großem Nachdruck – vor, dass der Schattenbund sein geheimes Dasein aufgeben und das Wissen der Alten lehren und verbreiten soll.«

»Wie bitte?« Cergorn war schon aufgesprungen, bevor er sich dessen bewusst wurde. »Nicht noch einmal Amaurn und seine verdammte Irrlehre! Wann werden sie begreifen, dass das gegen alles verstößt, wofür wir eintreten? Viele der Arten haben, bevor sie hier gelandet sind, ihre eigene Welt zerstört, weil sie genau solches Wissen missbraucht haben wie das, mit dem die Alten unsere Welt schufen. Der Schattenbund wurde gegründet, um dieses Wissen zu hüten und von den gewöhnlichen Leuten fern zu halten. Es geschieht zu ihrem Schutz!«

»Zurzeit ist alles nur Gerede«, versicherte sie ihm rasch. »Nur heiße Luft von ein paar Hitzköpfen. Amaurn war anders. Er war intelligent, charismatisch, ehrgeizig und ein Visionär dazu. Er hat wirklich geglaubt, dass es ein Fortschritt für die Völker auf Myrial wäre, wenn sie sich gegenseitig beeinflussen und entwickeln würden. Und um ehrlich zu sein, Cergorn, diesem Problem werden wir uns stellen müssen.« Noch einmal zögerte sie und wich seinem Blick aus. »Diese Welt gehört auch ihnen, weißt du, allen Bewohnern dieser Reiche. Glaubst du wirklich, dass es anständig ist, sie in solcher Unwissenheit zu belassen? Natürlich müssen wir ihnen nicht alles sagen, aber doch so viel, wie sie brauchen, um sich selbst zu helfen. Bergbaumaschinen zum Beispiel hätten Tausenden Gaeorn das Leben retten können, als ihre Tunnel überflutet wurden.«

Er sah sie völlig bestürzt an. »Die Bergbaumaschinen, die mit Sprengstoff arbeiten? Und wohin hätte das führen sollen? Wenn sie erst einmal diese Entwicklung genommen haben, gibt es nichts mehr, womit wir sie aufhalten können. Kannst du dir die Auswirkung von Sprengstoffen in der Hand von kriegerischen Arten wie den Gaeorn vorstellen?«

Syvilda schnitt eine Grimasse. »Ich glaube kaum. Aber das Dilemma wiegt schwerer, als du glaubst. Wenn selbst ich zu nachtschlafender Zeit Zweifel habe, dann stell dir mal die Gefühlslage der Wissenshüter und Mechaniker vor, die täglich Dutzende ihrer Artgenossen verlieren. Sei gewarnt, Cergorn. Dieses Problem löst sich nicht von selbst.«

Der Archimandrit betrachtete sie stirnrunzelnd und konnte es nicht fassen, dass sie in diesem Punkt nicht mit ihm übereinstimmen wollte. »Das wird es aber tun müssen«, antwortete er glatt. »Denn die Antwort lautet nein. Und ganz gleich, was passiert, sie wird sich niemals ändern. Als Archimandrit habe ich einen heiligen Eid geschworen, dieses Wissen geheim zu halten. Und solange ich Archimandrit bin, werde ich den Eid halten.«

Solange ich Archimandrit bin ... Ein Schaudern durchlief ihn. Ihm war, als habe er das Schicksal herausgefordert. Doch dann verbot er sich diesen törichten Gedanken. Seine Lebensgefährtin würde sich allerdings nicht so leicht davon abbringen lassen.

»Cergorn, du begehst einen großen Fehler, wenn du versuchst, vor dieser Entscheidung davonzulaufen. Das wird auf lange Sicht zu größerem Ärger führen.« Syvilda seufzte und schenkte ihm jenes gewinnende Lächeln, das er aus den vielen Jahren ihres Zusammenseins nur zu gut kannte. Sie wollte ihn umstimmen, auf die eine oder andere Weise. »Willst du es nicht überschlafen? Vielleicht lässt sich ein Kompromiss finden und ein paar harmlose Dinge, die wir den Völkern verraten können, die in Schwierigkeiten sind. Lass es dir durch den Kopf gehen, Liebster, und dann sprechen wir noch mal darüber.« Sie drehte sich um und kuschelte sich in ihre Kissen in der eindeutigen Absicht, noch etwas Schlaf zu bekommen.

Doch der Archimandrit konnte auch während der restlichen Nacht keinen Schlaf finden. Das überraschte ihn nicht. Denn zwei Jahrzehnte lang hatte er sich in Sicherheit gewiegt und geglaubt, die Irrlehre des abtrünnigen Amaurn ausgelöscht zu haben – eines Fremden mit charismatischer Ausstrahlung, der in den Schattenbund aufgenommen worden war und der dann ausschließlich versucht hatte, die Grundsätze umzu-stoßen, derentwegen der Bund gegründet worden war. Nachdem Amaurn aus Gendival geflohen war, habe ich geglaubt, seine ungesunden Ideen seien mit ihm verschwunden, dachte Cergorn. Hätten wir diesen Verrückten nur hingerichtet, wie es meine Absicht war! Wenn er doch nur nicht in der Nacht entkommen wäre! Doch vernünftigerweise kann man wohl kaum Amaurn für das jetzige Aufbegehren die Schuld geben, oder? In nahezu zwanzig Jahren hat man nichts mehr von ihm gesehen oder gehört.

Es schien geradezu, als habe er sich in Luft aufgelöst. Der beeindruckende Fremde mit den stahlgrauen Augen, dem brennenden Ehrgeiz und den aufrührerischen Ideen war nur noch ein warnendes Beispiel für die jüngeren

Wissenshüter und eine verblassende Erinnerung der älteren. Wer könnte ihn noch fürchten? Nur ich, dachte Cergorn. Weil ich die einzig lebende Person in ganz Gendival bin, die weiß, wer Amaurn ist und woher er kam. Ich bin der Einzige, der begreift, welches Chaos er in der Welt entfesselt haben würde, wenn man ihn hätte gewähren lassen.

Schließlich gab Cergorn es auf, schlafen zu wollen, und stahl sich mit übertriebener Vorsicht aus dem Bett, um seine schlafende Gefährtin nicht noch einmal zu wecken. Dann schlich er sich aus dem Haus. Draußen war es noch dunkel, das Tal in Indigo und Schwarz getaucht. Nur über dem spiegelglatten See lag ein kupferfarbener Schimmer. Die zerstreut stehenden Wohnhäuser und Werkstätten bildeten große dunkle Flecken in der Talsohle und kleinere am Rand der bewaldeten Hänge. Die niedrigen lang gestreckten Häuser aus dem grauen Gestein der Gegend fügten sich harmonisch in die Schönheit der Landschaft. Die Siedlung entsprach in ihren verschiedenen Formen und Größen nicht nur den unterschiedlichen Bedürfnissen ihrer Benutzer, sondern sollte auch ein gefälliges Abbild der Artenvielfalt auf Myrial darstellen. Und nur die phallische Gestalt des Nachrichtenturms am Seeufer überragte alle anderen Gebäude und zeigte wie ein Finger zum Himmel hinauf.

Der Turm war fortwährend von den Horchern besetzt, einer Gruppe Wissenshüter, die wegen ihrer ausgeprägten telepathischen Fähigkeiten ausgesucht und besonders für Zusammenarbeit und gegenseitige Verstärkung ihrer Kräfte geschult worden waren. Ihre Aufgabe bestand darin, ein ständiges telepathisches Feld aufrechtzuerhalten, mit dem sie eventuelle Nachrichten von unterwegs befindlichen Agenten empfingen, ganz gleich wie entfernt oder wie schwach sie auch sein mochten. Beim Anblick des Turms, der still zu warten schien, kehrten Cergorns Gedanken wieder zu Elion und dessen Mission zurück. Es war noch zu früh für Nachrichten von Thirishri. Sie würden erst am nächsten Tag nach Callisiora gelangen, und wer weiß, was sie dort erwartete. Der Archimandrit hoffte, dass Elion stark genug sein würde, um seine Krise zu überwinden.

Die ausgedehnte vulkanische Höhle lag tief im Herzen des Berges. Darin war es dunkel wie im Bauch eines Dämons und erstickend heiß. Das einzige Licht stammte von dem Lavasee, der in unermesslich scheinender Tiefe kupfrig glühte. Beißender Rauch stieg aus dem sengenden Abgrund und brannte in den Augen, dass sie tränten.

Gemeinsam mit Veldan und Melnyth kroch Elion einen schmalen Felsvorsprung entlang, der auf dieser riesigen Höhlenwand nicht mehr als ein Riss zu sein schien. Sie konnten sich nur hintereinander auf allen vieren fortbewegen; Kazairl hatten sie zurücklassen müssen. Er bewachte nun den Höhleneingang und hielt ihnen den Rücken frei. Der Feuerdrache hatte heftig dagegen protestiert, dass seine Partnerin ohne ihn ging, und das gedämpfte Grummeln seiner unglücklichen Gedanken drängte sich beständig in Elions Kopf und war eine unwillkommene Dreingabe zu der Anspannung, die er wegen der drohenden Gefahr empfand.

Melnyth kroch an der Spitze. Als die kampferfahrenste der drei hatte sie darauf bestanden, die riskanteste Stellung einzunehmen. Elion folgte ihr, und Veldan bildete den Schluss. Er hörte ihren Atem hinter sich, der rau und schnell ging. Wie verletzbar sie sich fühlen musste: Sie hatte ihren Partner nicht zur Seite.

Der Angriff kam mit unbegreiflicher Schnelligkeit. Von einem Augenblick auf den nächsten stürzten sich drei Ak'Zahar auf lautlosen Schwingen aus der Dunkelheit unter der unsichtbaren Felsenkuppel herab. Auf den heißen Luftströmen, die vom Lavasee aufstiegen, rasten sie heran, und bevor Elion einen Pfeil in den Bogen legen konnte, war schon einer aus der Gruppe ausgeschert und wieder in der Tiefe des Berges verschwunden, um Alarm zu schlagen. Ihre einzige Chance hatte in dem unentdeckten Eindringen bestanden, und die war nun vertan. »Zurückziehen!« rief Melnyth. »Wir haben's vermasselt!«

Die blutroten Augen der Ak'Zahar leuchteten, und ihr stinkender Atem zischte durch die spitzen Zähne. Ihre graue Haut spannte sich wie rissiges Leder über den langen, scharfkantigen Schädel. Als Elion den Pfeil einlegte, sauste eine Steinbola durch die Luft, wickelte sich um seinen Bogen und entriss ihn seiner Hand. Elion griff verzweifelt zu, und die wirbelnde Kugel zerschmetterte ihm die Finger. Er hörte das Knacken der Knochen, und im nächsten Moment traf ihn der Schmerz wie ein Hammerschlag und zwang ihn in die Knie.

Veldans Schuss ging daneben, weil sie Elion von der Felskante riss. Dann, als Melnyths Pfeil sein Ziel fand, gellte ein Schrei durch die Höhle, und einer der Vampire fiel wie ein Stein in die Tiefe. Melnyth wich geduckt einer heranschwirrenden Bola aus, die über ihrem Kopf gegen die Felswand schlug und heranfiel. Doch der Vampir war seinem Geschoss unmittelbar gefolgt und zückte einen langen, schwarzen Dolch mit gezackter Klinge. Melnyth blieb keine Zeit für einen Bogenschuss. Sie zog ihr Schwert, wich dem Dolchstoß des Angreifers aus und ging mit der Waffe in Abwehrstellung.

Elion hatte sich wieder unter Kontrolle, war aber nicht mehr fähig, eine Waffe zu führen. Schlimmer war, dass auf dem Felsvorsprung niemand an ihm vorbei gelangen konnte und Veldan dadurch gehindert war, Melnyth zu Hilfe zu eilen. Zunächst schien es, als würde seine Partnerin den Kampf in der ihr eigenen, unnachahmlichen Weise meistern. Schon taumelte ihr Gegner und blutete heftig. Doch dann erlahmte sie für den Bruchteil eines Augenblicks, und der Feind nutzte ihre Schwäche. »Flieht!«, schrie sie. »Raus hier! Ich folge euch!«

Zuerst fand Elion es vernünftig. Sie waren entdeckt worden, und das Entkommen war die Hauptsache.

Melnyth verstand mit dem Vampir auch allein fertig zu werden, und je rascher er und Veldan wieder draußen wären, desto schneller würden sie alle dem drohenden Untergang entkommen. Doch als er am Ende des Felsvorsprungs angekommen war und sich umdrehte, um zu sehen, ob Melnyth ihnen folgte, entdeckte er, was auch sie bereits gesehen haben musste: eine Horde Ak'Zahar, die aus den Tiefen der Höhle heransausten und sich seiner hilflosen Partnerin näherten.

»Nein!«, brüllte er und wollte den Weg zurückeilen, den er gekommen war, doch mit eisernem Griff hielt Veldan ihn auf. Die Tränen rannen ihr über das Gesicht, und Elion griff die Gewissheit kalt ans Herz, dass sie die Horde der Angreifer gesehen hatte, aber entschlossen war, zu fliehen und Melnyth ihrem Schicksal zu überlassen. »Du Miststück«, schrie er und entwand sich ihr.

Veldan fletschte die Zähne und hielt ihn fest. »Bleib hier! Sie verschafft uns Zeit. Es ist ihre Entscheidung, du kannst ihr nicht mehr helfen. Soll sie umsonst sterben?«

Elion zerrte und zog sie mit sich. »Ich liebe sie. Ich kann sie nicht verlassen.«

Veldan stemmte die Füße in den Boden und verlangsamte sein Vorwärtskommen. »Sie hat dich geliebt, du Narr!« Schon sprach sie von Melnyth in der Vergangenheit. »Darum tut sie es ja. Wenn du auch getötet wirst, verhöhnst du sie.«

Dann ging alles zu schnell. Melnyth wurde umringt. Die Ak'Zahar zog es in gewissenlosem Blutrausch auf das nächst erreichbare Opfer. Und während die Ungeheuer ihre Gier an Melnyth stillten, wäre genügend Zeit gewesen zu entkommen … doch Elion brachte es nicht fertig, sie zurückzulassen.

Er lief weiter vorwärts und musste mit ansehen, wie sie im Kampf fiel und in der Menge ihrer Feinde unterging. Die Vernunft verließ ihn endgültig. Rache war sein einziger Gedanke. Seine Trauer entlud sich in einem ohrenbetäubenden Geheul, und so ging er auf die

Mörder seiner Partnerin los, während Veldan wie ein Mühlstein an ihm hing. Mit der Kraft eines Wahnsinnigen zog er sie hinter sich her, und sie verweigerte stur, ihn loszulassen. Hinter ihnen scharrte Kaz wie wild in dem engen Höhleneingang und versuchte, sich den Weg durch den Fels zu graben.

Zu spät. Elion hatte die Aufmerksamkeit der Vampire auf sich gezogen. Als wären sie nur einer, drehten sie alle zugleich den Kopf nach ihm, erhoben sich in die Luft und ließen von Melnyths Körper ab, der zusammengesunken auf dem Felssims lag. Zu spät kam Elion zur Besinnung und ließ sich von Veldan rückwärts ziehen. Kurz bevor sie den Höhlenausgang erreichten und wieder in das Labyrinth hätten gelangen können, fielen die Angreifer über sie her.

Der Sims war dort noch breit genug für zwei, und plötzlich riss Veldan Elion herum, sodass der zum Ausgang taumelte, wo er zu Boden stürzte. Aus den Augenwinkeln sah er wie der vorderste Vampir Veldan anfiel und mit dem Schwert einen mächtigen Hieb führte. Im letzten Augenblick vermochte Veldan den Schlag zu parieren, sonst wäre ihr der Schädel gespaltet worden.So kräftig war der Hieb, dass die Schwertklinge von Veldans Waffe abglitt und ihr Gesicht, Schulter und Arm zerschnitt. Veldan schrie auf und ging blutend zu Boden. Der Vampir holte zum tödlichen Schlag aus.

Doch in diesem Augenblick ging ein Krachen durch den Stein, und Kazairl brach durch den Tunnelausgang, überrannte Elion, wobei die Klauen ihn nur um Haaresbreite verfehlten, und stand im nächsten Augenblick schützend über Veldan. Er riss den Rachen auf und stieß brüllend einen Feuerstrahl aus. Mitten in der Luft gingen die Ak'Zahar in Flammen auf und stürzten wie ein Meteoritenschauer in den Höhlenschlund hinab.

Elion setzte sich auf. Er zitterte wie im Fieber. Langsam drang die Gegenwart wieder in sein Bewusstsein. Bei der letzten Schutzhöhle am Rande des Weges, der aus Gendival hinausführte, hatten sie angehalten, um zu rasten. Der Unterschlupf war irgendwann einmal von Gaeorn in die Felssohle des Berghangs gegraben worden. Die großen unterirdischen Wesen mit den borstigen Körpern und den furchterregenden Kieferzangen mochten für menschliche Begriffe abstoßend erscheinen, doch zweifellos wussten sie über Gestein alles, was es zu wissen gab.

An Luxus fehlte es in der Höhle. In den Wänden befanden sich verschiedenartige Höhlungen, die den Kör-performen und Schlafgewohnheiten der Spezies entsprachen und den Wissenshütern als Bett dienten. Eine Quelle sprudelte aus dem Stein in ein Becken, es gab eine Feuerstelle mit einem geschickt verborgenen Rauchabzug darüber, und neben dem Eingang war Platz für zwei Pferde, wo nun nur Elions Fuchs stand. In zwei eisernen Truhen wurden ein Notvorrat an Lebensmitteln und Getreide für die Pferde verwahrt sowie einige Waffen, dazu Geschirr, Decken und diverse Ausrüstungsgegen-stände. Der Gang nach draußen beschrieb zwei enge Kurven, sodass die Höhle gut vor Wind und Regen geschützt war. Eine schmiedeeiserne Tür war in den Gang eingepasst und konnte zur Verteidigung verriegelt werden.

Gemütlich, aber sehr dunkel war es in der Höhle. Die schwelende Glut des heruntergebrannten Feuers verbreitete einen schläfrig machenden, rubinroten Schein. Doch für Elion war der Traum noch zu gegenwärtig, und das rote Licht holte die Erinnerung an die Höhle der Ak'Zahar wieder zurück. Er rieb sich die Augen und streckte sich, in der Hoffnung, damit die haften gebliebenen Fetzen des Alptraums abzuschütteln. Er fühlte sich der Verzweiflung nahe. Würde er diesen schrecklichen Tag denn niemals vergessen? In jeder Nacht, immer und immer wieder, durchlebte er die Ereignisse aufs Neue, bis er schon gefürchtet hatte, den Verstand zu verlieren.

Nur weil du nicht aufhören kannst, mit der Vergangenheit zu hadern. Es wurde ein wenig heller in der Höhle, als der Luftgeist sich bei der Glut niederließ und sie ein bisschen anfachte.

Elion verzog das Gesicht, weil Thirishri seinen Alptraum so deutlich empfangen hatte. »Heutzutage steckt wirklich jeder voll guter Ratschläge«, antwortete er mürrisch.

Thirishri seufzte, und das hörte sich an, als würde der Wind in den Baumkronen säuseln. *Mag sein. Aber überlege mal: Wenn man seinen Feind schlagen will, muss man nahe daran bleiben. Stimmt's?*

»Nicht, wenn ich meinen Bogen habe.« Elion spreizte sich entschlossen. Er wollte keine weitere Rede, Lektion oder Belehrung von wem auch immer. Ihm schien es, als habe er schon von jedem aufgeblasenen Wissenshüter in Gendival eine Lehre erhalten.

Doch der Luftgeist ließ sich nicht abschrecken. *Und doch musst du nahe genug herangehen, um kämpfen zu können, sei es mit Schwert oder Bogen, Speer oder Stein. Was aber würde geschehen, wenn du den Kampf verweigern und fortgehen würdest?*

»Er würde wahrscheinlich hinter mir her kommen und mich von hinten erstechen. Warum kümmerst du dich nicht um deine Angelegenheiten und lässt mich in Ruhe?«

Diesmal blies ihm Thirishris Seufzer die Asche ins Gesicht. Er rieb sich die brennenden Augen und fluchte, denn er wusste genau, dass sie es mit Absicht getan hatte.

Hör mir zu, Elion. Du wirst deine Alpträume niemals loswerden, ehe du aufhörst, mit der Vergangenheit zu hadern, und sie stattdessen akzeptierst. Begreife, dass ihr alle damals Fehler begangen habt. Wenn Melnyth nicht versucht hätte, ein weiteres Mal den Helden zu spielen, sondern mit euch geflohen wäre, und wenn du nicht Veldan so lange aufgehalten hättest, sodass sie angegriffen werden konnte, und wenn sie wiederum dich nicht davon abgehalten hätte, mit deiner Partnerin zu sterben, wie du es wolltest-

»Was?« rief Elion laut. »Was willst du damit sagen?«

Dass du glaubst, Melnyth enttäuscht zu haben, weil du nicht mit ihr gestorben bist. Du selbst bist dein Feind, und du hasst dich.

Elion war erschüttert. Die Worte des Luftgeistes brausten in seinem Kopf wie ein Sturm, doch bevor er sich sammeln konnte, um irgendeine Antwort zu finden, wuschelte ihm eine Brise durchs Haar. *Ich gehe jetzt auf Erkundung. Wir hätten schon längst fort sein müssen.* Dann war Thirishris Gegenwart nicht mehr spürbar. Auch gut, dachte Elion. Er war es müde, und es machte ihn krank, ihren Rat zu hören. Natürlich stimmte es: Er hasste sich selbst, und er hatte seine Partnerin enttäuscht. Wie könnte er sich das jemals verzeihen? Aber der Fehler hatte nicht nur bei ihm gelegen. Veldan hatte ihn gezwungen, Melnyth zu verlassen, und sie hasste er noch mehr als sich selbst.

Elion verließ die Schutzhöhle und war erleichtert, weil bereits der Morgen dämmerte. In der Dunkelheit drinnen verlor man leicht das Zeitgefühl. Ein sonniger Tag mit nur wenigen Wolken am Himmel kündigte sich an. Der Wissenshüter straffte die Schultern und atmete tief die kühle Luft ein. Das Hochmoor war Balsam für seine wunde Seele, denn in der weiten Landschaft rückten seine Sorgen in die Ferne und erschienen gering. Die Luft roch rein und würzig, und das Rauschen des Windes ließ die tiefe Stille in den Hügeln nur umso deutlicher werden.

Als der Wind wie eine Flöte klang, wusste Elion, dass Thirishri zurückgekehrt war. *Bist du bereit?* fragte sie. denn sie würden bald die Schleierwand durchschreiten müssen. Elion seufzte. Er fürchtete sich wahrhaftig, das sichere Gendival zu verlassen, und der Gedanke an die kommenden Tage erfüllte ihn mit Beklommenheit.

Nun komm, drängte der Luftgeist. *Je eher wir losgehen, desto früher ist alles vorbei.*

Elion starrte finster in die Luft. Warum musste sie nur ständig so fröhlich klingen? »So oder so«, brummte er.

Thirishri lachte, und ein Windstoß traf Elion am Hinterkopf. *Falls du mich meinst, ich bin hier drüben.*

Elion quetschte einen Fluch zwischen den Zähnen hervor. Von allen Partnern, die ihm der Archimandrit auf den Hals hetzen konnte, war sie der Schlimmste. Wie sollte er sich gegen einen Luftgeist wehren! Das Benehmen seines Pferdes half ihm auch nicht gerade aus der schlechten Laune heraus. Es war eine schnaubende, unruhige Bestie mit Zähnen wie Axtblätter, von der Cergorn ihm aber versichert hatte, dass sie das schnellste Reittier in Gendivals Ställen sei. Elions eigenes Tier war eine robuste, freundliche Stute gewesen, die gegenüber seinen reiterlichen Unzulänglichkeiten immer unendliche Geduld gezeigt hatte. Doch sie war auf dem Rückmarsch von der schicksalhaften Ak'Zahar-Mission verloren gegangen. Er vermisste sie schmerzlich, obwohl er diese dummen Tiere gemeinhin nur als Fortbewegungsmittel ansah. Anders als dieses Scheusal von einem Fuchs war seine Stute gehorsam und sanftmütig gewesen. Nie hatte sie versucht, ihn zu stoßen oder zu treten, ihn gegen irgendeine Felswand zu quetschen oder ihn an niedrigen Ästen abzuwerfen. *Sie* hatte auch niemals den Kopf nach hinten gedreht, um ihn ins Hinterteil zu beißen, wenn er aufsitzen wollte. Nachdem er den Bauchgurt enger geschnallt hatte und auf das tänzelnde Pferd gestiegen war, fühlte er sich, als habe er bereits sein Tagwerk vollbracht, und die Tatsache, dass er es – so weit – mit heiler Haut geschafft hatte, kam ihm wie eine wunderbare Überraschung vor.

Der Weg, kaum breiter als ein Trampelpfad, führte in vielen Kurven über das weite grüne Hügelland und stieg dann in sanftem Bogen in ein Tal mit hohen Wiesen hinab, das sich lang und gerade zwischen zwei Bergen hinzog, um dann plötzlich wie im Nichts in der Schleierwand zu verschwinden.

Auch in seinen zehn Jahren als Wissenshüter hatte

sich Elion niemals an ihre schiere Ungeheuerlichkeit gewöhnen können. Der Anblick dieser magischen Grenze, die sich überall auf Myrial erhob, erfüllte ihn mit einer geradezu abergläubischen Ehrfurcht und Angst. Die Barriere erstreckte sich endlos in beide Richtungen und schnitt jede Sicht auf das Dahinterliegende ab. Sie ließ sich am besten mit einem gigantischen Wasserfall vergleichen, nur dass dieser von unten nach oben floss, gewissermaßen also dem Boden entsprang und in den Himmel strömte, bis er nicht mehr zu sehen war. Die Schleierwand sah anders aus als sonst: Sie zeigte ein milchiges, bläuliches Weiß, und an einigen Stellen leuchtete sie blau, grün, rot oder gelb. Die Wand rauschte in der Tat wie ein Wasserfall, aber in tausendfacher Verstärkung. In die tosende Lautstärke mischte sich ein Knacken und Krachen wie von einem Feuer und ein klagender, hoher Summton.

Elion runzelte die Stirn. »Diese Farben sollte es nicht geben. Die Klarheit ist verschwunden. Ich habe noch nie dieses abscheuliche milchige Licht darin gesehen.«

Auch der Klang ist mir völlig fremd, sagte der Luftgeist. *Besonders dieses Knallen und Zischen. Es steht schlecht um sie, Elion – viel schlechter, als wir erwartet haben. Es sieht ganz so aus, als würde die Wand selbst hier, an der Grenze zu Gendival, versagen.*

Als sie näher kamen, begann es Elion unangenehm auf der Haut zu prickeln, als krabbelten stechende Insekten in Scharen über seinen Körper. Das Haar stellte sich auf, er spürte sogar, wie die Bartstoppeln sich sträubten. Der Wissenshüter zwang sich gegen alles Unbehagen zur Konzentration, richtete seinen Geist darauf, in die telepathische Matrix einzutreten, und flehte zu der machtvollen und umfassenden Intelligenz, die im Herzen Myrials verborgen lag. Sie benötigten nur einen Augenblick, um das Kommando für den Eintritt zu geben und die Schleierwand zu durchschreiten. Doch in diesem einen Moment erschien es Elion, als versagten alle seine Sinne, und das Gefühl seiner Körperlichkeit verschwand, er verschmolz mit der ganzen Welt. Er drehte sich im endlosen Raum in der Ewigkeit. Dann plötzlich war er wieder Elion, der zitternd und schwindelig in seiner angestammten Welt stand, in der er sich sicher fühlte.

Ein eisiger Regen rann ihm über das Gesicht. Das Tal setzte sich auf dieser Seite der Grenze fort, jedoch war der Grund ein einziger Morast. Am anderen Ende schlossen es Berge ein, die sich im Nebel verloren. Elion wusste, dass sie nur die Ausläufer eines hohen und unwirtlichen Gebirges waren, dessen Gipfel bis in die Wolken ragten. Er blickte in die Ferne und versuchte angestrengt, die ziehenden Nebelschwaden zu durchdringen. Waren Veldan und Kazairl überhaupt noch am Leben? Oder waren sie auf den heimtückischen Passwegen zwischen den Gipfeln zusammen mit dem Drachenseher umgekommen?

Elion schauderte und zog sich die Kapuze hoch, nachdem ihm ein eisiges Rinnsal in den Rücken gelaufen war. »Komm weiter«, sagte er. »Lass uns dort hinaufsteigen und herausfinden, was mit ihnen geschehen ist.«

Er erhielt keine Antwort.

»Thirishri? Wo bist du?«

Hoch über dir, Elion. Und ein Stück voraus. Ich sehe mir die Wolken an und die Fährten des Windes. Du solltest dich beeilen, Hüter des Wissens. Hoch im Norden muss ein Riss in der Schleierwand sein. Eine Kaltfront zieht schnell heran. Wenn du nicht innerhalb der nächsten paar Stunden über den Pass gelangst, bevor es zu schneien anfängt, wirst du Tiarond nicht mehr vor dem Frühling erreichen.

Kapitel 6

Der Diener Myrials

»Diese Umstände sind unerträglich geworden!« sagte Seriema entschieden. Sie war die reichste Händlerin des Landes und führte sowohl im Bergbaukonsortium als auch im Händlerbund den Vorsitz. Sie stemmte die Hände in die Hüften und blickte den Hierarchen herausfordernd an. »Was also beabsichtigt der Hierarch zu unternehmen?«

Danke, Myrial!, dachte Zavahl müde. Das ist genau das, was ich jetzt brauche, besonders vor dem Frühstück. Er erhob sich nicht von seinem Platz und behielt scheinbar ruhig den gleichgültigen Ausdruck höflicher Aufmerksamkeit bei, während er innerlich vor Wut schäumte. Dadurch – inzwischen war er für jeden kleinen Gnadenerweis dankbar – würde die Tirade der Vettel länger dauern, sodass er Zeit hatte, sich seine Antwort zu überlegen.

»Du bist Myrials Stellvertreter! Bei wem liegt die Verantwortung, wenn nicht bei dir?« Seriema hatte sich inzwischen in Rage geredet. Sie durchmaß den Raum mit ruckartigen Schritten, und der stechende Blick aus ihren kalten, blassen Augen war dazu angetan, den Hierarchen auf seinem Stuhl festzuheften. Wie gut, dass sie so viel Reichtum und Macht geerbt hat, dachte Zavahl gehässig. Schließlich muss sie damit ausgleichen, dass ihr die weiblichen Vorzüge fehlen. Bei Myrial, sie ist wirklich keine Schönheit! Wäre sie nicht ein solcher Stachel im Fleisch gewesen, sie hätte ihm Leid getan, diese alte Jungfer von neunundzwanzig Jahren mit ihrem glatten, fahlblonden Haar, den eiskalten Augen und der viereckigen Kinnpartie. Ihr Körper war plump, der Busen flach wie ein Brett, die Taille breit und die Hüften gerade wie bei einem Mann.

Zavahl biss die Zähne zusammen, als ihre zänkische, schrille Stimme wieder zu ihm durchdrang. »Wann können wir mit einem Ende dieser langwierigen Regenfälle rechnen? Das Konsortium verlangt dies zu erfahren. Wir stehen bereits am Rande des Ruins. Wenn dieses verfluchte Wetter noch länger anhält, bricht der gesamte Handel in Callisiora zusammen!«

Und ich hoffe, du mit ihm, Schlange! Zavahl stand schließlich auf. »Seriema, ich bin geehrt durch dein Vertrauen«, – er hielt einen Moment inne, um seinen Sarkasmus wirken zu lassen – »aber ich muss daran erinnern, dass ich nur der Hierarch bin und nicht der Große Myrial selbst, der zweifellos seine eigenen Zwecke damit verfolgt, dass er diesen Regen über unser Volk bringt. Wer wären wir, dass wir beurteilen könnten, was uns so fern ist? Wenn er unsere Treue und Geduld auf die Probe stellt –«

»Du stellst meine Treue und Geduld auf die Probe!«, zischte Seriema mit rotem Gesicht.

»Frau, wie kannst du es wagen!« Zavahl vermochte seinen Zorn nicht länger im Zaum zu halten. »Mäßige deinen Ton, anderenfalls lasse ich die Schwerter Gottes rufen, und du kannst dich in einer Zelle beruhigen. Du vergisst, dass du vor dem Herrscher Callisioras stehst –«

»Und du vergisst, wer dich und deine kostbaren Gottesschwerter an der Macht hält und von wem dein Reichtum stammt! Wir sind es, die ihn aus den Bergen gewinnen!« Seriema verzog verächtlich den Mund, und während sie geradewegs auf Zavahl zuschritt, heftete sie ihren Blick auf ihn und deutete mit dem Finger in sein Gesicht. »Das

Bergbaukonsortium hat abgestimmt. Wir erwarten, dass du die Gegebenheiten wiederherstellst. Da alle deine Mittel bisher versagen, fordern wir dich auf, deine Pflicht gegenüber deinen Untertanen zu erfüllen und dich in der Festnacht des Todes dem Großen Opfer zu unterziehen, auf dass du den Gott besänftigst.«

Zavahl gefror das Blut in den Adern. Er hatte es kommen sehen, doch nun war es grausame Wirklichkeit geworden und machte ihn fassungslos. »Und wenn ich es nicht tue?«, fragte er ruhig.

»Als Erstes werden wir das Handelsnetz benutzen, um im ganzen Land zu verbreiten, dass Zavahl der Hierarch ein weinerlicher Feigling ist, der in seinen Pflichten versagt hat. Das Volk von Callisiora wird hierher kommen, zu seinem Heiligtum. Bedenke, dass dieser Ort zwar wehrhaft ist, du aber umso schutzloser sein wirst, denn ich bezweifle, dass die Gottesschwerter dich noch weiter schützen würden. Und wenn doch, würden wir sie aushungern. Wenn es sein muss, zerren wir dich aus der Basilika, wie eine Schnecke aus ihrem Haus und bringen dein Leben dem Gotte dar.« Bevor er noch etwas erwidern konnte, ging sie hinaus. Flugs trat der Diener mit dem Frühstück ein, der höflich vor der Tür gewartet hatte, bis die Auseinandersetzung beendet war, ohne dass ihm auch nur ein Wort entging.

Gegen Morgen war der nächtliche Nieselregen in einen heftigen Schauer übergegangen. Der Wind fegte heulend durch die hohe Felsenschlucht, welche die Heilige Stadt in sich barg, und zerrte an Blanks Mantel. An diesem Morgen lagen die Gebäude des Heiligtums dunkel und verlassen da. Selbst die Zitadelle, Hauptquartier der Krieger Myrials, der Schwerter Gottes, gab sich den Anschein der Verlassenheit. Umso besser, dachte Blank, der sich in ihrem zugigen Torbogen aufhielt. Je weniger schon auf den Beinen waren, desto weniger konnten

Zeuge seiner Taten werden. Er gab sich zwanglos, als ob er nur kurz herausgekommen wäre, um frische Luft zu schnappen und einen Blick auf den Himmel zu werfen. Dabei hielt er die Augen begierig auf den Tempeleingang gerichtet.

Seriema verließ die Basilika. Sie hatte die Lippen fest zusammengepresst, und ihren plumpen Gesichtszügen war der Ärger deutlich anzusehen. Blank lächelte, weil ihm der Hierarch bereits die halbe Arbeit abgenommen hatte, und trat aus dem Torbogen. Er spazierte über den Hof, sodass er ihr an der Treppe begegnen musste. »Meine Dame, welch ein Vergnügen, dich wiederzusehen!« Er nahm ihre Hand und beugte den Kopf zum Handkuss, wobei er von unten herauf ihr Gesicht beobachtete.

»Hauptmann Blank!« Sie erwiderte forsch seinen Gruß, doch er bemerkte die schwachen Anzeichen von Verwirrung und eine leichte Rötung der Wangen. Er ließ ihre Hand los und richtete sich lächelnd auf. »Du bist bemerkenswert früh auf, meine Dame. Du hast dem Hierarchen einen Besuch abgestattet?«

Sogleich legte sich ein harter Zug um ihren Mund, und Blank fuhr fort, bevor sie die Pause nutzen konnte, um ihn zurechtzuweisen. »Du magst es mir ruhig gestehen, Seriema«, sagte er sanft, »denn es gibt nur einen Mann im Heiligen Bezirk, der solch ein Stirnrunzeln auf deinem Gesicht hervorrufen kann.«

Sie lachte, und Blank wusste, dass er gewonnen hatte. Er entspannte seine Züge und gestattete sich das Lächeln, das der Hierarch noch nie an ihm gesehen hatte. »Darf ich dir eine kleine Entschädigung für deine Prüfungen anbieten, meine Dame? Ich habe gerade einen vortrefflichen neuen Tee erhalten, eine auserlesene, schmackhafte Mischung aus den Blumen des Südens.« Und mit berechnendem Charme fuhr er fort: »Was sagst du dazu, Seriema? Verdienen wir nicht ein klein wenig Sommersonnenschein an diesem düsteren Regentag?«

Die schlechte Laune verschwand aus ihrem Gesicht. »Nun denn, ich danke, Hauptmann Blank. Eine Tasse Tee wäre mir sehr angenehm.«

Er legte galant eine Hand unter ihren Ellbogen und geleitete die mächtigste Frau von Callisiora zu seinen Räumen innerhalb der Zitadelle. Jetzt habe ich dich, dachte er. Bei allem, was heilig ist, du warst schwer zu bezaubern. Wahrscheinlich, weil noch kein Mann den Versuch wagte. Oder weil noch niemand als erstrebenswert erachtete, was sie zu bieten hat – von Macht und Reichtum einmal abgesehen.

Seit Jahren eilte Seriemas Ruf ihr überallhin voraus, und die dornige, misstrauische und gemiedene Jungfrau war den meisten Männern als zu große Herausforderung erschienen. Blank indes zählte sich keineswegs zu den ›meisten Männern‹. Seriemas Vertrauen zu gewinnen hatte ein kunstvolles, sensibles Vorgehen erfordert, denn sie war zu scharfsinnig und klug, um sich von einfachen Schmeicheleien übertölpeln zu lassen. Heute aber hatte sie zum ersten Mal einem Besuch in seinem Quartier zugestimmt. Während sie über den nassen Hof gingen, unterhielt er sie mit höflichem Geplauder, wusste er doch, dass er ihr innerhalb der nächsten halben Stunde jede Einzelheit des Gesprächs mit dem Hierarchen entlocken würde. Insgeheim hielt er es bereits für sicher, dass sie von Zavahl das Große Opfer gefordert hatte. Blank vertraute fest darauf – nach all der Anstrengung, die es gekostet hatte, diese Idee in ihrem Kopf zu verankern.

»Lass mich allein!« Schroff wie immer entließ Zavahl seinen Diener. Der Mann huschte davon und floh aus dem Raum, ganz offensichtlich erleichtert, der Gegenwart seines Herrn zu entkommen. Zavahl ließ die Mahlzeit unbeachtet und wandte sich zum Fenster. Er blickte über die Dächer des Heiligen Bezirks. Die hohen Felswände der dunklen Schlucht waren ihm immer als sicherer Schutz erschienen. Doch jetzt fühlte er sich preisgegeben. Zum ersten Mal seit dem Knabenalter wusste er wieder, was es bedeutet, Angst zu haben. Der Gott, dem zu dienen er einzig lebte, hatte sich von ihm abgewandt, und das Land, das er regierte, siechte dahin. Nun würde auch er sterben müssen – aber wie den Mut dazu finden? Er wusste sehr gut, dass sein Schicksal unabwendbar war – bot er sich nicht freiwillig zum Großen Opfer an, würden seine Untertanen die Entscheidung fällen.

»Oh, Einziger, hast du mich verlassen?«

Er versuchte zu beten, doch die rechten Worte wollten ihm nicht einfallen. Wie sollte er zu Myrial sprechen, wenn der Gott sein Flehen nicht erhörte? Er ließ sich auf die Bank des hohen Turmfensters niedersinken und schaute in den dichten Regen hinaus, den der Wind wie einen Vorhang hin und her bewegte. Unterhalb der Felsen lag die Stadt, die er regierte und die nun dem Verfall ausgesetzt war. Das unaufhörliche Prasseln, Stunde um Stunde, Tag um Tag, raubte ihm jede Ruhe und machte ihn verzagt. Wenn er immerzu das gleichmäßige Trommeln der Regentropfen anhören musste, wie sollte er dabei nachdenken, zu einem Entschluss kommen – oder überhaupt beten können?

O Gott, warum hast du uns verflucht? Bald wird niemand mehr da sein, um dich zu verehren ... Und mir bleibt kaum noch Zeit, da die Bewohner von Tiarond ihren Respekt vor Myrials nutzlosem Stellvertreter verloren haben. Sie machen mich für die Zerstörung ihrer Welt verantwortlich und wollen dafür meinen Tod.

Die Mitglieder des Bergbaukonsortiums werden nicht die Einzigen sein, die unzufrieden sind. Jedoch ist nur Seriema Manns genug, geradeheraus zu sagen, was jedermann denkt, überlegte Zavahl. Schon einige Zeit herrschte diese hässliche Stimmung in der Stadt, Anspannung und Verzweiflung lagen in der Luft. Morde und Plünderungen waren innerhalb handhabbarer Grenzen geblieben, aber die Anzahl der Wachpatrouillen hatte erhöht werden müssen. Die Enttäuschung über sein Versagen und der Zorn über die Hungersnot nahmen über alle Maßen zu und ließen sich nicht noch länger eindämmen. Die Staumauer aus Tradition und Ehrfurcht bröckelte jeden Tag ein wenig mehr. Am Abend des Todes würde sie brechen, und Seriemas Werk wäre getan. Der Zorn des Volkes würde sich über einen Mann ergießen: Zavahl, den gescheiterten Hierarchen.

Abrupt drehte er sich um und fegte das Gedeck vom Tisch. Das Porzellan ging in Scherben, das Essen spritzte auf den Teppich. Ungläubig blickte er auf die Bescherung, dieser heftige und unerwartete Anfall von Gewalt schockierte ihn. Er hatte seine Gefühle immer so gut im Zaum gehabt!

Was geschieht mit mir? Verliere ich den Verstand?

Der Hierarch wandte seine Gedanken von dieser düsteren Überlegung ab. Zeit seines Lebens war er immer sehr zurückgenommen und selbstgenügsam gewesen, hatte die Einsamkeit mit der Amtsrobe angezogen. Aber in allen fünfunddreißig Jahren hatte er sich niemals so allein und verletzbar gefühlt. Die Wände seines kargen Zimmers umgaben ihn wie ein Gefängnis, die mächtigen Mauern trennten ihn von allem Leben im Reich ab. Seine Selbstbeherrschung war bei dieser Zerreißprobe dem gefährlichen Punkt nahe.

Und alles war sein Fehler.

Nur einmal in seinem Leben, in jener schwarzen Nacht vor drei Jahren, hatte sein starker Wille nachgegeben, war er der Versuchung erlegen. Und dies war nun die Folge. Myrial strafte das ganze Land für seine Schwachheit. Dass der Gott nicht mit dem gemeinen Volk zürnte, sondern allein mit ihm, das war seine größte Angst.

Er war der Hierarch, der Priesterkönig, der in Myrials Namen herrschte. Stellvertreter eines Gottes zu sein war keine leichte Verantwortung – und offenbar hatte er darin versagt. Wie konnte ein einzelner Mensch solche Schuld tragen und überleben? Selbst das Essen auf dem Tisch bezeugte seine Schuld. Als der Hierarch war er immer nur mit dem Besten versorgt worden, ganz gleich wie knapp die Vorräte in der Stadt wurden, doch das Volk hungerte.

Zavahl schürzte die Lippen. Er, der vor vielen Jahren geschworen hatte, seine fleischlichen Gelüste in die reine, verklärte Liebe zu seinem Gott umzuwandeln, musste sich nun für seine Schwachheit verachten. Er hatte sich von den Bedürfnissen seines aufbegehrenden Körpers verleiten lassen. Nur einmal hatte er seine körperlichen Gelüste befriedigt, doch einmal zu viel.

Seine Rastlosigkeit trieb ihn an, etwas zu unternehmen, und er schob den schweren Vorhang im Eingang zurück und eilte die kurze Treppe hinauf in sein Schlafgemach. Im Korridor gab es keine Wandbehänge, und der nackte Stein strahlte eine klamme Kälte aus. Gnädigerweise war die Luft im Schlafgemach etwas wärmer, und Zavahl war froh, dass die Diener das Feuer schon angezündet hatten. Außer den reichen Erzvorkommen im Gebirge, die die Quelle für den beträchtlichen Reichtum der Stadt waren, wurde auch viel Kohle abgebaut, und in den Räumen des Hierarchen brannte immer ein Feuer. Die mächtige Basilika, Tempel und Palast zugleich, war aus dem geweihten Berg herausgehauen worden. Und wie Zavahl schon vor langer Zeit festgestellt hatte, verursachte das Leben in einem Berg ein gehöriges Maß an Unannehmlichkeiten.

Der Hierarch ging am Kamin vorbei, ignorierte die Verlockung, sich davor niederzulassen, und gönnte sich nur einen Augenblick lang die wohlige Wärme. Er öffnete den Schrank aus poliertem Holz, der in einer Ecke des Zimmers stand, und nahm eine schwarze Maske aus weichem Leder heraus. Er legte sie an und schaute in den Spiegel. Sein glattes, schulterlanges Haar, das in mehreren Brauntönen schimmerte, war dasselbe geblieben. Aber die asketische Schroffheit war aus seinem Gesicht verschwunden. Die Verkleidung verwischte die Strenge und verlieh ihm weichere Züge. Durch die Öffnungen blickten ihn seine dunklen Augen an, wachsam und ausdruckslos wie immer, und taxierten ihn kalt. Nur der Mund verriet das Geheimnis seiner Wollust, das in seinem Innern eingeschlossen war.

Beim Anblick der geheimnisvollen Gestalt auf der anderen Seite des Spiegels empfand er schuldbewusst eine prickelnde Freude. Der Hierarch von Callisiora war verschwunden, an seine Stelle war ein rätselhafter Fremder getreten, ein unbekannter Schemen, der Taten vollbringen und Vergnügungen nachgehen konnte, an die der Hierarch nicht einmal denken durfte. Indem er die Maske anlegte, warf Zavahl sein Gewissen ab. Ein Leben lang hatte es ihn gequält, ihn auf Schritt und Tritt verfolgt mit der Hartnäckigkeit eines jammernden Kindes, das einen zur Verzweiflung treibt. Zavahl, der Hierarch, wurde Zavahl, der Mann …

Doch dann bedachte er sich selbst mit einem höhnischen Lächeln. Unter dieser Maske hatte er einst die selbstauferlegte Härte durchbrochen und seinen Gott verraten. Er war in die Stadt hinuntergegangen, um eine Nacht finsterer Ausschweifungen in den Tavernen und bei den Huren zu verbringen. Damals hatte er gewusst, dass er eines Tages für diese Verfehlung bestraft werden würde, und nun war die Zeit gekommen. In der nächsten Nacht schon würde er an einen Pflock gebunden werden und im großen Feuer brennen, bis seine Schreie verstummt, sein Fleisch verkohlt wäre. Seine Seele würde mit dem Rauch aufsteigen und bei Myrial Fürsprache einlegen, um die Zukunft derselben verdammten Huren und ähnlicher Missratener zu retten. Zavahl ballte die Fäuste und grub die Fingernägel ins Fleisch, um das Zittern zu unterbinden. *Oh Gott, ich fürchte mich so sehr. Ich will nicht sterben …*

Nahende Schritte rissen ihn aus seinem Tagtraum. Sie erstiegen die Turmstufen bis zu seinem Zimmer, dann klopfte es lebhaft an die Tür. Zavahl erschrak, riss sich die Maske vom Gesicht, als habe sie ihn verbrannt, und ließ sie hastig in seiner Robe verschwinden. Dem schuldbewussten Schrecken folgte der Zorn. Die Flucht dieser Räume war seine geheiligte Privatsphäre, seine Zuflucht vor den Belastungen des hochgestellten Amtes. Kein Diener wagte ihn hier zu stören, es sei denn, er wäre eigens gerufen worden. Bei dem Eindringling konnte es sich nur um eine Person handeln: seine Stellvertreterin, die Suffraganin Gilarra.

»Zavahl? Bist du da?« Die Atemlosigkeit durch das Treppensteigen zügelte ein wenig ihre volltönende Stimme.

Zavahl verdrängte den Mann in sich, er straffte die Schultern und glättete seine lange schwarze Robe. Mit einiger Anstrengung zwang er seine Gesichtszüge in die alte unbewegliche Maske, um die Ängste und Zweifel zu verbergen und auch die Schuldgefühle, die ihm alle Zeit anhafteten wie der laszive Duft von Räucherstäbchen. Hastig schritt er durch das Zimmer, als könne er mit der Bewegung das schlechte Gewissen abschütteln, eilte durch den kalten Korridor zurück in den Wohnraum und riss energisch die Tür auf. »Ich hoffe, dass die Dringlichkeit deiner Mitteilung die Störung rechtfertigt«, grollte er.

Da stand sie: klein, stämmig und schlicht gekleidet. Ihr bestes Kleidungsstück war das glänzende braune Haar, das wie ein Umhang ihren Rücken bedeckte. Sie warf einen empörten Blick zur Decke. »Sie waren immerhin so viel wert, dass ich diese ganzen verfluchten Treppen hinaufgerannt bin«, fauchte sie. »Warum kannst du nicht, wie jeder normale Mensch, im Erdgeschoss Trübsal blasen?«

»Weil ich der Hierarch bin.«

Jeder andere wäre bei dieser schneidenden Stimme verstummt. Nicht so Gilarra. »Du bist ein Geschwür am Hintern, wenn du mich fragst. Du vergisst, dass du deinen Rang nur dem Zufall der Geburt verdankst. Wenn du nur zehn Atemzüge später zur Welt gekommen wärst –«

»– dann wärst *du* der Hierarch geworden«, schloss Zavahl. »Und du vergisst es keinen einzigen Augenblick, nicht wahr?«

Gilarra starrte ihn an, ihre Augen funkelten vor Zorn. »Die Dinge stünden heute anders, so viel ist sicher.«

»Du willst damit sagen, dass alles –« Zavahl deutete mit einer heftigen Bewegung zum Fenster – »meine Schuld wäre? Ich wusste es doch! Du hast es immer gewollt, dass ich das Große Opfer werde. Nun, jetzt bekommst du deinen Willen. Und wenn du mich dann losgeworden bist, wirst *du* Regentin sein, bis mein Nachfolger alt genug ist, um zu herrschen.«

Gilarra seufzte und schob sich eine Haarsträhne aus dem hübschen Gesicht. Sie machte einen müden und unglücklichen Eindruck. »Um Myrials willen, sei nicht so dumm. Wir haben genug Probleme, ohne dass du noch welche dazu erfinden musst. Glaubst du wirklich, ich möchte das Land in diesem unseligen Zustand übernehmen? Dazu besitze ich zu viel Verstand –« Sie riss die Augen auf, als sie den Inhalt seiner Erwiderung endlich begriff. »Das Große Opfer? Zavahl, nein! Das meinst du nicht ernst!«

Zavahl bezweifelte die Aufrichtigkeit ihres Protestes. Sie wäre glücklich, ihn aus dem Weg zu haben, dessen war er sicher, wenn sie es auch nicht zugeben wollte, nicht einmal vor sich selbst. Er sah sie eine Weile scharf an. »Wenn sich bis zur Festnacht des Todes nichts ändert, gibt es für mich keinen anderen Weg. Du weißt das, Gilarra. Warum also hören wir nicht auf, uns etwas vorzumachen? Wenn wir die Entscheidung verzögern, werden unsere geliebten Untertanen sie uns abnehmen. Ich hatte bereits ein Gespräch mit der Dame Seriema vom Bergbaukonsortium über eben dieses Thema – wie viel Schaden würde noch angerichtet werden, und wie viele müssten ihr Leben in den Aufständen verlieren, die daraus entstünden, wenn ich mich weigerte?« Er schüttelte den Kopf. »Lüge mich bitte nicht an. Nicht einmal aufgrund einer falsch verstandenen Freundlichkeit. Du bist nicht als Einzige zu dem Schluss gekommen, dass Myrial einen neuen Hierarchen verlangt. Und das weißt du. Weder in dieser noch in der nächsten Welt will jemand, dass ich weiterhin regiere. Und alle scheinen darin übereinzustimmen, dass ich ihnen mehr nütze, wenn ich tot bin.«

»Ich verstehe nicht, wie du so ruhig sein kannst«, flüsterte Gilarra.

Zavahl zuckte die Schultern. »Es gibt keine andere Möglichkeit«, meinte er leichthin, doch er konnte ihr dabei nicht in die Augen sehen, wenn er nicht die Haltung verlieren wollte. Er trat ans Fenster und fuhr fort: »Ich möchte, dass du mit den Vorbereitungen der Zeremonie beginnst – morgen ist der Abend des Todes, wir haben also nicht viel Zeit.« Seine Angst machte ihn grausam. »Ich fürchte, du selbst wirst die Opferung durchführen müssen. Am besten denkst du dabei an die Macht, die du haben wirst, sobald ich nicht mehr bin. Das sollte ein paar unerfreuliche Erinnerungen wert sein.«

In dem Maße, wie ihr Schweigen andauerte, erkannte er, wie tief er sie getroffen hatte. Gilarra war schon immer zu weichherzig gewesen. Er wagte nicht, sich zu ihr umzudrehen. Wie hätte er irgendjemandem das Ausmaß seiner Zweifel, seiner Angst, seiner Feigheit zeigen können? Seine Pflicht stand ihm klar vor Augen. Jeder andere Hierarch, der diesen Namen wert wäre, würde sich zweifellos unerschrocken seinem Schicksal stellen und kaum vor Angst schlottern wie Zavahl. Es war nicht verwunderlich, dass Myrial ihn fallen gelassen hatte! Aber er hielt es für eine Frage des Stolzes, dass er niemanden merken ließ, was er wirklich empfand, nicht einmal sie, die ihn von allen am besten kannte. Wenn sie auch im Alter nur zehn Atemzüge auseinander lagen und wie Bruder und Schwester im Heiligen Bezirk aufgezogen worden waren, so vergaß er doch nie, dass sie die Stellung des Hierarchen begehrte und sich eine Vertauschung ihrer Rollen wünschte.

Das Verfahren der Wahl des Priesterkönigs war älter als die Geschichtsschreibung in Callisiora. Nach dem Tod des Amtsinhabers war das erstgeborene Kind innerhalb des Heiligen Bezirks zum Nachfolger bestimmt, sei es nun der Nachkomme einer Priesterin, einer Schreiberin oder auch nur einer Dienerin. Wenn das Kind männlichen Geschlechts war, wurde das nächstgeborene Mädchen Suffraganin. War das Erstgeborene aber weiblich, so bekleidete eine Frau das Amt des Hierarchen, und während ihrer Herrschaft dominierten die weiblichen Anteile der Gottheit; Myrial wurde dann als Göttin verehrt. Wenn aber, wie gegenwärtig, der Hierarch ein Mann war, herrschte die männliche Seite Myrials vor.

»Zavahl? Hörst du mir zu?«

Der Hierarch hatte sich wieder unter Kontrolle und drehte sich um. »Sieh mal, du kannst nicht einfach so aufgeben«, fuhr sie beunruhigt fort. »Das ist lächerlich – du bist überreizt.« Sie blickte streng auf das zerbrochene Geschirr und das verschüttete Essen auf dem kostbaren Teppich. »Wie lange ist es her, dass du geschlafen oder gegessen hast? Du musst dir Ruhe gönnen – dann wirst du vielleicht einen Ausweg finden.«

Zavahl schüttelte den Kopf. »Ich kann nicht schlafen. Das Trommeln dieses verfluchten Regens dringt bis in meine Träume.«

Gilarra machte eine wegwerfende Handbewegung. »Du bist zu viel allein. Das bekommt dir nicht. Es gibt kein verbindliches Gebot, wonach der Hierarch oder sein Stellvertreter keine Lebensgefährtin haben darf. Ich sehe nicht ein, warum du Enthaltsamkeit trotzdem für nötig oder auch nur für förderlich hältst. Wenn du jemanden hättest, dem du dich zuwenden könntest – eine Geliebte wenigstens –, dann würdest du diese Krise bewältigen.«

»Wie du, meinst du wohl?« höhnte Zavahl. »Die meist geehrte und höchstrangige Frau von Callisiora, die im Handwerkerviertel lebt und sich vermehrt wie der gemeinste Bauer?«

Gilarra trat mit blitzenden Augen auf ihn zu, und für einen Augenblick glaubte Zavahl, dass sie ihm ins Gesicht schlagen würde. Doch dann gewann sie die Selbstbeherrschung wieder, holte tief Luft und zischte ihn an: »Zavahl, du bist ein kaltherziger, verachtenswerter Narr. Bevron ist mein Lebensgefährte, und wir haben Aukil bekommen, weil wir ihn wollten. Unser Sohn ist das Kind der Liebe, die wir füreinander empfinden. Und diese seelenlose kalte Gruft mag zu Myrial und vor allem zu dir passen, aber hier möchte ich kein Kind aufziehen.«

Bei diesen Worten spürte Zavahl einen Stich, einen Anflug von Eifersucht, den er rasch fortwischte. Welch ein Unsinn, sagte er sich. Nun, Gilarra ist eben mehr wie meine Schwester. Natürlich vollziehen wir den Großen Ritus zu jeder Wintersonnenwende, um das Leben, Myrials Geschenk an Callisiora, wiederzugewinnen. Doch das ist letzten Endes nur ein Ritual. Nicht mehr. Ich brauche niemanden. Der Heilige, Allmächtige Myrial sollte der alleinige Lebensinhalt jedes Hierarchen sein. Aber warum wendet sich Myrial wegen einer kurzen nächtlichen Verfehlung von mir ab, der ich solche Opfer gebracht habe?

Zavahl riss sich mit Mühe von den finsteren Gedanken los. Er verspürte nicht den Wunsch, sich mit Gilarra zu streiten, doch wies er die von ihr behauptete Notwendigkeit, ein Leben außerhalb des Tempels zu führen, schärfstens von sich. Eine Befürwortung war völlig indiskutabel. Er entschied sich, das Thema zu wechseln. »Wie lauten deine Neuigkeiten?«, fragte er barsch.

»Wie bitte? Nach allem, was *du mir* gerade mitgeteilt hast, kann es dir wohl kaum noch etwas bedeuten.«

»Sprich!«, forderte Zavahl. »Noch bin ich der Hierarch, und zwar genau bis morgen Nacht.«

Gilarra zuckte die Achseln. »Wenn du darauf bestehst. Rate einmal, was den Bauern nun eingefallen ist!« Und ihre Mimik machte recht deutlich, was sie von den Leuten hielt, die außerhalb der Stadt lebten, außerhalb von

Gilarras Welt. »Die Nachricht kam soeben vom Tor herauf. Scheinbar haben ein paar abergläubische Bauerntölpel – fahrende Händler oder dergleichen – Gott weiß was für ein Tier auf dem Schlangenpass gefunden.« Sie lachte Zavahl an. »Und es fiel ihnen nichts Besseres ein, als dass es ein Drache sein müsse – ein *Drache*, kannst du dir das vorstellen? Wie dem auch sei, sie beschlossen, dass dieses geheimnisvolle, sagenhafte Tier in unsere Verantwortung fiele, also haben sie die glückliche Nachricht den ganzen Weg hierher gebracht. Was willst du damit anfangen? Soll ich ihnen etwas Gold oder Ähnliches geben, oder soll ich sie wegschicken?«

Zavahl hielt den Atem an. Ein *Drache*? Konnte das wahr sein? Sandte Myrial ihm am Ende doch noch ein Wunder? Ein Zauberwesen aus einer Legende wäre zweifellos das vollkommenste Opfer, um einen erzürnten Gott zu besänftigen. Viel besser als ein gefallener Hierarch. »Komm mit, Gilarra! Das müssen wir uns ansehen.« Zavahl versuchte, entschlossen zu klingen, obgleich er wusste, dass er nur nach einem Strohhalm griff.

Die Suffraganin war gründlich schockiert. »Hast du ernsthaft die Absicht, den ganzen Weg zum Schlangenpass zurückzulegen, und das nur aufgrund der Behauptung eines abergläubischen Schwachkopfs, der höchstens einen bizarren Baumstumpf gefunden haben kann? Zavahl, hast du den Verstand verloren?«

»Nun, hoffen schadet nicht,« erwiderte Zavahl so sanft, dass es ihr den Wind aus den Segeln nahm. Als er sich umdrehte, um den Turm zu verlassen, wusste er genau, dass sie hinter ihm bestürzt den Kopf schüttelte, doch dann folgte sie ihm.

Kapitel 7

Die Beraubten

»Was soll das heißen: Raus hier?«, fragte Viora empört. »Das ist unser Zuhause. Man kann uns nicht einfach auf die Straße werfen.«

»Da liegst du falsch, Frau.« Zwei Hünen standen in der Tür, und einer von den beiden, der die Statur einer Scheune, aber wohl ein schadhaftes Dach hatte, machte einen bedrohlichen Schritt vorwärts über die Schwelle und schlug sich vielsagend mit dem Knüppel in die Handfläche. »Das Haus gehört Seriema, genau wie alle anderen in dieser Gegend. Und keiner von diesem Abschaum hier hat in den vergangenen Monaten den Mietzins gezahlt, also will sie euch jetzt raushaben.«

»Aber … bitte …« Viora wusste, dass es nutzlos sein würde, doch sie wollte versuchen, noch etwas Zeit zu gewinnen. »Das ist nicht meine Wohnung, sie gehört dem Mann meiner Tochter. Wenn es vielleicht möglich wäre, noch zu warten, bis er zurückkommt …«

Der zweite Koloss, der die abgebrochenen Zähne und das vernarbte, klumpige Gesicht eines alten Faustkämpfers hatte, pfiff durch die Zähne und fluchte. »Ihr verdammtes Lumpengesindel ahnt gar nicht, wie es im wirklichen Leben zugeht, oder? Das alles gehört Seriema, ehrlich – und sie will, dass der stinkende, faule Pöbel von ihrem Besitz verschwindet.«

»Aber was sollen wir denn tun?«, fragte Viora flehentlich. »Wir können doch nichts dafür, dass alles knapp ist. Niemand kann noch Essen auf den Tisch stellen, geschweige denn den Mietzins aufbringen. Die meisten, die hier wohnen, haben das Schwarze Lungenfieber, weil sie hungern und frieren müssen und weil hier nichts mehr trocken wird. Wenn sie bei diesem Wetter auf die Straße müssen, werden sie nicht einmal diese Nacht überleben.«

Warum tue ich das eigentlich?, dachte sie. Sie wusste ganz genau, dass es keinen Erfolg haben würde, sich bei diesem Schlägerpack aufs Bitten zu verlegen. Sie waren bei den Mietern und Pächtern wohl bekannt. Mittlerweile beschäftigte jeder Händler – jeder, der die Kosten dafür noch aufbringen konnte – eine ähnliche Bande von bezahlten Schindern, die sein Eigentum schützen und sein Geld eintreiben sollten.

Dennoch wollte Viora sich nicht schweigend fügen, wenn ihr auch klar war, dass sie kaum etwas Nachdrücklicheres tun konnte, als zu bitten. Von überall hörte sie die Schinder wüten, die sich auf die heruntergekommenen Holzhäuser verteilt hatten. Viora dachte an ihre Nachbarn im Viertel: Leh und Keda, die beiden Witwen unbestimmbaren Alters, die eine Wohnung teilten und sich vom Verkauf ihrer Kerzen ernährten; Lewal, der den Abtrittdünger einsammelte, und seine Gefährtin Thalle mit ihrer Kinderschar; Sobel, den Gerber, der pflichtergeben die hinterhältige, übellaunige Schwiegermutter mit durchbrachte, seit ihm seine hübsche, aber hohlköpfige kleine Frau vor zwei Monaten auf dem Wochenbett gestorben war.

Das ist zu viel, dachte Viora verzweifelt. Ist unser Leben denn nicht schon schwierig genug? Die Bitten und Schreie, die Beschimpfungen und die Schläge klangen ihr in den Ohren. Sie versuchte, nach draußen zu spähen, um einen Blick auf das Geschehen zu erhaschen, doch die zwei Kolosse füllten den Eingang vollkommen aus. Aber sie sollte ohnehin lieber an sich selbst denken.

»Wo ihr hingeht, ist nicht unsere Sorge«, schnarrte der

mit der Keule und baute sich vor ihr auf. »Ihr seid unsere Sorge – aber nicht mehr lange.«

Er schwang den Prügel über die Schulter und sprang vor. Viora entfuhr ein Schrei, und sie stolperte rückwärts gegen die Wand und stieß sich den Ellbogen, dass ihr die Tränen in die Augen traten. Zu ihrem Erstaunen trat der Hässliche mit dem zerschlagenen Gesicht dazwischen und hielt seinen Kumpan zurück. »Das ist nicht nötig, Gurtus. Die macht uns keinen Ärger«, sagte er beschwichtigend und nickte Viora zu. »Du und deine Leute, ihr geht ganz ruhig hinaus, und niemand wird euch etwas tun. Sieh mal, wenn ihr euch benehmt, dann lasse ich euch sogar einen Augenblick oder zwei, damit ihr noch etwas mitnehmen könnt.«

Es hatte keinen Zweck zu widersprechen, und eigentlich versuchte der Mann sogar, ihr so weit entgegenzukommen, wie er konnte. Noch mehr Mitgefühl hatte sie nicht zu erwarten, und war dankbar.

»Was tut ihr da? Lasst mich durch, verdammt!«, hörte sie ihre Tochter Felyss, die aus der Nachbarwohnung herauskam, wo sie nach dem kranken Kind gesehen hatte. Die beiden Männer traten beiseite und ließen sie eintreten, doch Viora sah angstvoll, wie sie den Körper ihrer Tochter mit Blicken abtasteten. Sie zog Felyss hinter sich und schob sie in die winzige Küche. Es bedurfte keiner Erklärung. Felyss musste gesehen haben, was ringsum vor sich ging.

»Wo sind Ivar und dein Vater?«, fragte Viora eindringlich. »Rasch – wir haben nicht viel Zeit.« Dabei holte sie die notwendigsten Dinge aus dem Schrank und stapelte sie auf den Tisch.

Felyss schaute ihr benommen und verwirrt zu, wie sie durch die Küche hastete. »Sie sind in die Oberstadt gegangen, um im Abfall hinter den Häusern zu wühlen. Sie müssen gleich wieder hier sein.«

Und wie immer mit leeren Händen, dachte Viora. Nicht einmal die Reichen konnten es sich noch leisten, etwas wegzuwerfen. »Steh nicht herum und gaffe – hilf mir!«, drängte sie und drückte ihrer Tochter einen alten Mehlsack in die Hand. Felyss kam zur Besinnung, und mit fliegenden Händen packte sie Schalen, Löffel, Messer, Töpfe, Zwiebeln, Kartoffeln und ein Schinkenende in den Sack. Viora reichte ihr einen Beutel Mehl und ein Päckchen Schmalz dazu, einen halben Krug Honig, ein Säckchen Tee, die kostbare Holzdose mit den Kräutern, die sie für ihre einfachen Kuren verwendete, und eine Hand voll Kerzen. Dann fiel ihr noch das lange scharfe Tranchiermesser ein. Im schlimmsten Fall musste es als Waffe, ansonsten würde als Werkzeug dienen.

Sie sah nach, ob sie Feuerstein, Eisen und ein wenig Zunder in ihrer Gürteltasche hatte und ob auch ihre Tochter so gerüstet war. Dann eilte sie, gefolgt von Felyss, die Holztreppe zu den Dachkammern hinauf. Das Herz schlug ihr bis zum Hals, als sie an den gieräugigen Männern vorbei mussten. »Bewegt euch!«, blaffte einer. »Mehr Zeit bekommt ihr nicht.«

In den zwei Schlafräumen, die sich unter den Dachstuhl drückten, warfen die Frauen fieberhaft Decken und warme Kleidung zusammen und verschnürten sie zu vier unhandlichen Bündeln. Unterdessen kämpfte Viora gegen ein Gefühl der Unwirklichkeit an. Wie konnte das nur geschehen? Wie konnte das angehen, dass ihre Familie wie Abfall auf die Straße geworfen und ihrem Schicksal überlassen wurde? Immer waren sie anständige, sparsame und fleißige Leute gewesen. Das ganze Viertel achtete sie. Was hatten sie getan, um das zu verdienen? Wenigstens ist Scall in Sicherheit, dachte sie. Das ist ein Trost. Seit einigen Monaten war er als Lehrling bei ihrer Schwester Agella, der Schmiedin im Tempelbezirk.

Felyss kam schwankend aus ihrem Schlafraum, halb schleifte und halb schleppte sie eine schwere Tasche, in der Ivars Werkzeuge klirrten: die langen Messer zum Häuten, Ausnehmen, Tranchieren und Entbeinen, die Knochensäge und der schwere Schlachterhammer, mit dem man ein Tier töten konnte. Viora verstand gut, warum sie sie mitnehmen wollte. Die Werkzeuge waren für einen Handwerker der Schlüssel zur Selbstachtung, erst recht in Zeiten, wo es für ihn keine Arbeit gab. Aus demselben Grund hatte sie Ulias Ledertasche mit den kostbaren Nadeln, Fingerhut, Garn und Schere eingepackt, obwohl er seit Jahren an schmerzhaften Gichtknoten litt und seine einstmals erfolgreiche Schneiderei der Tochter überlassen hatte. Und nun verloren sie alle ihr Heim. Als ob wir verflucht wären, dachte Viora. Was haben wir nur getan, um das zu verdienen?

Als sie oben an der Treppe standen, hörten sie von draußen den Aufruhr. Felyss klammerte sich an den Arm ihrer Mutter und riss entsetzt die Augen auf. »Mutter! Das sind Vater und Ivar!«

Viora betete, wenngleich mit geringer Hoffnung, dass ihre Männer bei der Schlägerbande keine Dummheit begehen würden. Ivar würde wohl kaum stumm zusehen, wie man ihm seine Wohnung wegnahm. Dann trat sie die Bündel die Treppe hinab, lud sich mit bis dahin ungekannter Kraft das Werkzeug auf und hastete hinterher, dichtauf von Felyss gefolgt.

Niemand stand vor der Tür, denn die Schinder waren anderweitig beschäftigt. Draußen mussten sie mitansehen, wie Ivar sich stöhnend auf dem Boden zusammenkrümmte, während die Schinder ihn mit Stiefeln traten. Also hatte er gegen die Räumung protestiert. Ulias kniete erschlafft an einer Hauswand und versuchte vergeblich, das Blut zu stillen, das ihm aus der Kopfwunde lief. Seine knotigen Hände waren aufgeschürft, seine Kleidung war nass und schmutzig. Viora sah es geradezu vor sich, wie er seinem Schwiegersohn zu Hilfe eilte und mühelos und ohne Rücksicht zur Seite geschleudert wurde. Die Wunde mochte nur oberflächlich sein, doch sein Stolz und seine Selbstachtung waren zutiefst verletzt. Viora rannte auf ihn zu, doch ein schrecklicher Schrei hielt sie auf. Felyss stürzte mit einem langen Messer in der Hand auf die beiden Lumpen zu, die ihren Mann misshandelten.

»Felyss – nein!«, kreischte Viora. Die Schinder drehten sich um und sahen die junge Frau auf sich zukommen, die eine bösartige Klinge ungeübt durch die Luft schwang. Der Hüne mit der Keule lachte sie aus. Er ließ von Ivar ab, und im nächsten Augenblick umklammerte er mit einer riesigen, fleischigen Faust Felyss' Handgelenk und drehte ihr den Arm auf den Rücken, bis sie das Messer fallen ließ.

Felyss heulte auf, als die Klinge über den Boden klirrte. Der Kerl riss sie herum und schlug ihr immer wieder ins Gesicht. Plötzlich ließ er sie los und traf sie mit der Faust hart auf den Brustkorb. Felyss sank in sich zusammen, und sogleich war er über ihr. Er hielt Ivars Messer in der Hand und ließ die Klinge dicht vor ihrem Gesicht aufblitzen. In Felyss erstarb jede Gegenwehr. Ivar, der eben noch verzweifelt versucht hatte, sich unter den Tritten auf die Knie zu erheben, war wie gelähmt.

Der Schinder schnitt der wimmernden Felyss das Kleid vom Leib. Sein Kumpan, der bislang eine gewisse Anständigkeit gezeigt hatte, sah ihm gierig zu und leckte sich über die Lippen, in der Gewissheit, nach ihm an die Reihe zu kommen. »Mach nicht so lange, Gurtus«, verlangte er kichernd, »und nutz sie nicht ab! Nicht, bevor ich dran gewesen bin.«

Als Felyss sich entblößt sah, überkam sie ein heftiges Schütteln und ihr Gesicht wurde zu Stein. Viora zerriss es das Herz, wie ihre Tochter die Augen und zugleich sich selbst vor dem kommenden Schrecken verschloss. Unfähig einzugreifen, wollte Viora doch wenigstens bitten und flehen, um nur *irgendetwas* für ihre Tochter zu tun, aber jemand hielt sie fest und zog sie zurück. Sie fuhr herum und blickte in die Augen von Ulias. Die Tränen liefen ihm über die Wangen. »Lauf!«, flüsterte er. »Jetzt! Noch sind sie abgelenkt. Nun los!«

»Ich kann nicht! Felyss …« Sie konnte kaum sprechen,

denn sie biss vor Zorn und Ohnmacht die Zähne aufeinander.

»*Willst du die Nächste sein?* Lauf, verdammt! Rette dich! Wir können Felyss nicht helfen.«

Viora fühlte, dass dieses Eingeständnis der Hilflosigkeit ihm das Herz brach. Vielleicht hatte er Recht, vielleicht fand sie Hilfe … Aber eigentlich wusste sie, dass es längst zu spät war. Dennoch nickte sie und merkte gerade noch, dass Ulias sie losließ. Es entzog sich ihrem Bewusstsein, wie sie der Szene entkam. Erst auf der schmalen Gasse, die aus dem Viertel herausführte, nahm sie wahr, wie schnell sie rannte, und hörte von Ferne die Schreie ihrer Tochter.

Sie schluchzte und rang nach Atem, während sie blindlings in das breite Tor zum Schlachthof rannte. Sie wusste nicht, was sie als Nächstes tun sollte. Vor Angst konnte sie kaum denken. Von den Passanten hatte sie keine Hilfe zu erwarten. Jeder in der Nachbarschaft wusste, dass ein Schindertrupp im Geißenhof zugange war, und Vioras Anblick bot beredtes Zeugnis. Tatsächlich leerte sich vor ihr die Straße mit wundersamer Schnelligkeit. Niemand in der Unterstadt konnte sich hier eine Einmischung leisten.

Dann kam die Rettung. Bei den Schlachthausställen an der nächsten Ecke stieß sie mit einem stattlichen jungen Mann zusammen, der wegen seines Kettenhemds dabei gewiss besser wegkam als sie. Als sie taumelte und stürzte, fing er sie auf

»Nanu?« Unter dem Rand des glänzenden Helms schauten zwei blaue Augen ruhig und aufmerksam auf sie herab. »Was ist passiert, Frau? Warum rennst du so verängstigt?«

Viora erkannte, dass sie einer Patrouille der Gottesschwerter in die Arme gelaufen war, und die plötzliche Erleichterung brachte sie fast einer Ohnmacht nahe. Später konnte sie sich nicht mehr erinnern, was sie dem Leutnant geantwortet hatte, sondern nur noch, wie sein

Gesicht sich nach den ersten Worten ihrer Geschichte verfinsterte. Dabei liefen ihr schon wieder die Tränen über das Gesicht, und er unterband ihren Redefluss mit einer Handbewegung. »Zeig mir, wo!«, sagte er kalt.

Als sie zum Geißenhof zurückliefen, sahen sie schon von weitem den Rauch aus den Häusern steigen und kurz darauf ein paar Männer, die mit Fackeln von Haus zu Haus gingen und sie in Brand setzten. Felyss' schrille, lang gezogene Schreie hallten ihnen entgegen, und Viora stürzte auf den Platz hinaus und sah sie in ihrer Qual nun unter dem zweiten Schinder. Der andere stand dabei und richtete seine Kleider. Zu spät sah Viora, dass Ivar nicht mehr auf dem Boden kauerte. Der war quälend langsam, aber unbemerkt zum Hauseingang hinübergekrochen, wo die Tasche mit seinem Werkzeug lag. Und gerade eben sprang er mit einem Messer den wartenden Schurken von hinten an und schlitzte ihm von einem Ohr zum anderen den Hals auf.

Das herausschießende Blut nässte den Kumpan, der daraufhin fluchend von Felyss abließ und nach seinem Schwert griff. Es wäre schlecht für Ivar ausgegangen, wenn Viora keine Hilfe mitgebracht hätte. Die Soldaten stürmten an ihr vorbei und handelten rasch. Die beiden Männer waren im Handumdrehen entwaffnet, ohne dass sie jemanden hatten kommen sehen. Felyss' Peiniger spie daraufhin eine Reihe von Flüchen und Beschimpfungen aus und erregte dadurch die Aufmerksamkeit der vier anderen Schläger, die mit Feuerlegen beschäftigt waren. Die Gottesschwerter bildeten einen Ring um Täter und Opfer, und ein Dutzend Schwerter wurden aus ihren Scheiden gerissen.

Seriemas Knechte stoppten mitten im Lauf und zügelten ihre Dreistigkeit. Einen Moment lang herrschte eine gespannte Stille. Doch dann trat der Anführer mit wiedergewonnener Aufsässigkeit aus der Bande heraus. »Was fällt euch denn ein, zum Teufel? Warum verpisst ihr euch nicht einfach? Wir erledigen hier nur ein paar Aufträge von Seriema, und dabei können wir die netten Jungs von der Garde in ihrer hübschen Rüstung nicht gebrauchen. Steckt eure Nasen gefälligst nicht in Dinge, die euch nichts angehen!«

Der Leutnant verzog keine Miene. Stattdessen gab er einen wortlosen Befehl, woraufhin ein Soldat Felyss seinen Mantel gab. Ivar nahm seine weinende Frau in den Arm. Das Haar hing ihr wirr ins Gesicht, sie war mit dem Blut des Getöteten besudelt. Ivars zerschlagenes Gesicht war bis zur Unkenntlichkeit angeschwollen. Er schaute dankbar zu dem Soldaten auf, doch ließ er die Schultern hängen ob seines hoffnungslosen Scheiterns. Die Gottesschwerter hatten ihn bei einer Bluttat gefasst, und damit stand sein Todesurteil fest.

In die eisige Stille hinein klang das laute Geräusch eines eingelegten Armbrustbolzens. Der Soldat hob die Armbrust und zielte auf den Bandenführer. Der wurde weiß im Gesicht und trat von einem Fuß auf den anderen. Schließlich ließ sich der Leutnant in kalter Verachtung zu einer Antwort herab: »Mir ist bekannt, dass Seriema dieses von Krankheiten befallene Elendsviertel beseitigen will. Mir ist ebenso bekannt, dass sie den Menschen, die dadurch ohne Bleibe sein werden, vorübergehend in ihren Lagerhäusern am Fluss ein Obdach gewährt. Wie ist also der Wortlaut ihres Befehls an euch?«

Der Anführer machte einen Schritt rückwärts. »Also – die Häuser räumen, damit sie – äh – abgerissen werden können – Herr. Wir sollten den Pöbel hier raussetzen und zusehen, dass sie keinen Ärger machen. Und dafür sorgen, dass keiner zurückgekrochen kommt, sobald wir ihnen den Rücken zugedreht haben.«

Der Leutnant sah ihn mit unbewegter Miene an. »Ich verstehe. Sag's mir, falls ich mich irre, aber ich konnte den Befehlen keine Anweisung zur Notzucht entnehmen.«

Der Anführer sah sich einen Moment lang auf schwankendem Boden, doch dann fasste er sich wieder und zeigte auf den Toten. »Was ist mit dem da? Das war glatter

Mord. Ich verlange, dass das Gesindel eingesperrt wird! Was unser Mann gemacht hat, war nur eine Lumperei.«

Der Leutnant stieß die blutüberströmte Leiche mit dem Fuß an. »Wir haben keinen Mord gesehen«, wandte er leichthin ein. »Es scheint mir, dass es ein Unglück war. Ist wohl gestolpert und in sein Messer gefallen – nicht wahr, Sergeant?«

Der stämmige kahle Mann mit der Armbrust wandte den Blick einen Moment von seinem Ziel ab. »Ganz sicher. Wie du gesagt hast: Er ist in sein Messer gefallen. Scheußliche Klinge, nicht wahr? Er hätte vorsichtiger sein sollen.«

»Da hast du's«, sagte der Leutnant freundlich. »Offensichtlich handelt es sich um einen Unglücksfall. Und um weiteren Missgeschicken unter euch vorzubeugen, schlage ich vor, dass du deine Männer nimmst und verschwindest – sofort.«

Der Anführer starrte ihn mit offenem Mund an. »Aber Herr – Seriema hat befohlen –«

»Seriema kann sich an mich wenden, wenn es irgendein Problem gibt. Leutnant Galveron. Stellvertreter von Hauptmann Blank. Sie findet mich jederzeit in der Zitadelle.« Obwohl der Leutnant kaum die Stimme erhob, genügten doch sein vorgeschobenes Kinn und das kalte Glitzern in seinen Augen, damit der Schlägertrupp zusammenrückte.

»Äh – richtig, Herr. Wir werden jetzt also gehen«, stammelte der Anführer.

»An eurer Stelle würde ich erst das Feuer löschen«, sagte Galveron prompt. »Und noch etwas: Wenn du wieder bei deiner Herrin bist, dann richte ihr doch von mir aus, dass ich keine Notzüchtigungen durch ihre Knechte dulde. Wenn das noch einmal vorkommt, werde ich sie persönlich verantwortlich machen. Ist das klar?«

Der Mann schluckte. »Ich soll ihr das sagen?«

Die Armbrust hob sich ein wenig.

»Jawohl, Herr«, stieß er hervor. »Ich werde es ihr sagen.

Du kannst dich darauf verlassen, Herr.« Er nahm seine Leute, und sie machten, dass sie fortkamen. In den feuchten Holzhäusern waren kaum mehr als Schwelbrände entstanden. Bewohnbar waren die Räume trotzdem nicht mehr; insoweit hatten Seriemas Männer ganze Arbeit geleistet.

Der überlebende Mann, dem Felyss zum Opfer gefallen war, versuchte, sich mit den anderen davonzustehlen, doch Galveron hielt ihn mit der Schwertspitze auf. »Du nicht. In dieser Stadt gibt es Gesetze gegen das, was du heute getan hast.«

Schön und gut, dachte Viora. Aber was nützen sie uns? Selbst wenn der Hierarch diesen Mann vor Gericht stellt, wird doch niemand von uns wagen, seine Tat zu bezeugen. Seine Kumpane würden nach uns suchen und ihn rächen.

Leutnant Galveron deutete über den Platz auf die Allee. »Lauf«, befahl er dem Schinder. Der warf einen abschätzenden Blick auf den Weg in die Freiheit, dann auf den bewegungslosen Sergeanten mit der schussbereiten Armbrust. Er schluckte und fuhr sich mit der Zunge über die Lippen. »Nein«, jammerte er, »ich will nicht laufen. Ihr schießt mir in den Rücken. Lieber will ich vor Gericht.«

»Wie du willst«, antwortete Galveron mit einem Achselzucken. »Aber du solltest wissen, dass der Hierarch dazu neigt, solche Fälle an die Suffraganin Gilarra zu übergeben. Neulich erwähnte sie, sie sei der unerschütterlichen Meinung, dass Frauenschänder entmannt werden sollten.« Und er wandte sich halb zu seinen Soldaten um und befahl: »Nehmt ihn mit.«

Leicht enttäuscht sah Viora, wie sich der Kreis aus schwarzen Mänteln um den Gefangenen schloss und die Soldaten mit ihm davongingen. Nur der Leutnant und sein Sergeant blieben zurück. Sie wusste kaum zu sagen, was sie gewollt hätte. Sie war vollkommen verwirrt, zornig und ängstlich. Aber es erschien ihr ungerecht, dass dieser Mann gehen durfte, und sei es auch nur in der Hand der Gottesschwerter, und dass sie nicht irgendeine fürchterliche Rache fordern durfte. Galveron bemerkte ihren Blick. »Gedulde dich«, sagte er leise.

Viora sah ihn fragend an. Dann bekam sie die Antwort. Kurz nachdem die Soldaten in die Allee eingebogen waren, kam plötzlich Bewegung in ihre schwarzen Umhänge. Es gab einen Schrei und ein kurzes Handgemenge, und im nächsten Moment rannte der Gefangene Hals über Kopf auf den engen Durchgang zum Geißenhof zu. Der Sergeant zielte ohne Eile. Der Bolzen sirrte durch die Luft und traf den Flüchtenden in den Nacken.

»Guter Schuss, Sergeant. Den üblichen Bericht, bitte: auf der Flucht erschossen.« Galveron lächelte kalt und wandte sich Viora zu. »Man braucht die Kastration nur zu erwähnen, und sie alle rennen früher oder später. Es tut mir Leid, dass wir ihm keinen schmerzvolleren Tod bereiten konnten, doch dazu ist der Sergeant ein zu guter Schütze.«

»Herr – meine Familie und ich stehen tief in deiner Schuld«, sagte Ulias. »Ich tue nur meine Pflicht, Herr«, antwortete Galveron und neigte vor dem alten Mann respektvoll den Kopf. Viora hätte ihn für sein Benehmen umarmen mögen, denn sie sah, dass diese kleine Geste wie Balsam auf die erniedrigte Seele ihres Gatten wirkte. Der Leutnant warf einen Blick auf die Häuser ringsum, wo Rauchfahnen aus Fenstern und Türen stiegen. »Leider halten sich die Schinder noch in diesem Viertel auf, und ich würde euch nicht raten, länger hier zu bleiben als wir – nicht nachdem ihr an einem ihrer Kumpane so gute Arbeit verrichtet habt.« Er schaute auf den Toten nieder, dann sah er Ivar an und strich sich mit einem Finger über den Nasenflügel. »Unter uns gesagt, hast du meine Anerkennung. Damit ist die Welt ein wenig besser geworden. Können meine Männer euch an einen sicheren Ort begleiten? Gibt es jemanden, der euch aufnehmen könnte?«

Ivar hielt schützend die Arme um Felyss geschlungen,

die den Kopf an seiner Schulter verbarg, als wolle sie sich vor der ganzen Welt verstecken. Ivar schüttelte den Kopf. »Von meiner Familie lebt niemand mehr, und die Nachbarn sind in derselben Lage.«

»Ich habe ein Schwester«, begann Viora zögerlich und fuhr dann widerstrebend fort: »Sie ist die Schmiedin im Heiligen Bezirk.« Sie und Agella waren sehr verschieden im Charakter und selten einer Meinung, und sie hatte in diesem Jahr um ihres Sohnes willen schon einmal ihren Stolz zurückgenommen, als sie Agella gebeten hatte, den verträumten Jungen als Lehrling anzunehmen. Selbst in dieser verzweifelten Lage war ihr der Gedanke verhasst, sich zum zweiten Mal der Schwester verpflichten zu müssen.

»Meisterin Agella ist deine Schwester?«, fragte Galveron überrascht. »Ich kenne sie gut. Doch fürchte ich, dass es ihr nicht erlaubt ist, euch aufzunehmen. Kein Außenstehender darf sich im Heiligen Bezirk aufhalten. Es ist eines der strengsten Gebote. Ich weiß, dass euch das sehr hart ankommen muss, und das tut mir Leid, aber hierbei kann keine Ausnahme gewährt werden.«

Viora wandte sich völlig entmutigt ab. Sie kannte natürlich dieses Gebot, aber sie hatte gehofft, dass der freundliche junge Leutnant unter diesen Umständen ein Auge zudrücken würde. Doch offenbar war er dafür zu redlich. Vielleicht wären die Wachen am Kanaltor etwas beweglicher. Wenn sie Agella nur eine Nachricht zukommen lassen könnte, würde die Schwester sicher einen Weg finden, um sie einzulassen.

Angetrieben von dem jämmerlichen Zustand ihrer Tochter, beschloss Viora, es zu versuchen. Aber Galveron musste zunächst getäuscht werden. Wenn er ihren Plan erriete, würde er mit Sicherheit verhindern, dass sie in den Heiligen Bezirk gelangten. Wenn er hingegen annähme, dass die Familie die Stadt verlässt, würde er sich nicht weiter um sie kümmern. Sie drehte sich wieder um und schämte sich, dass ihr die Lügen so mühelos einfielen. »Ich frage wirklich nicht gern, nachdem du schon so viel für uns getan hast. Aber kennst du nicht einen Ort, wo wir unterschlüpfen können?«

Galveron seufzte. »Es tut mir Leid, Frau. Da ihr natürlich kein Geld besitzt, kommt eine Herberge nicht in Frage. Und jeder andere hat zurzeit selbst genug Sorgen. Es scheint für euch keinen anderen Platz zu geben als Seriemas Lagerhäuser, und tatsächlich solltet ihr euch dorthin begeben. Denn die Häuser, wo sie ihre Waren lagert, sind in wesentlich besserem Zustand als die, welche sie vermietet, sodass ihr es dort warm und trocken antreffen werdet.«

Ivar drückte seine zitternde Frau an sich und entgegnete leise knurrend: »Felyss' Familie mag dorthin gehen, wenn sie will, aber ich und mein Mädchen wollen nichts mehr mit dieser hartherzigen Schlange zu tun haben, und auch nichts mit ihrem Besitz. Nicht nach allem, was sie uns heute angetan hat. Und wenn wir heute Nacht auf der Straße sterben!« Stolz hob er den Kopf, doch es lag ein hässlicher Glanz in seinen Augen.

»Ich habe Verständnis für deinen Abscheu«, sagte Galveron stirnrunzelnd. »Aber das Wetter ändert sich. Ein Sturm kommt auf, und es wird noch vor Einbruch der Dunkelheit schneien. Bedenke das, Mann. Du könntest vielleicht damit zurechtkommen, aber deine Lebensgefährtin ist nicht in der Verfassung, einem Schneesturm zu trotzen. Ihre Eltern ebenso wenig. Sie würden es nicht überstehen.«

Ivar murmelte etwas Unverständliches, das sich wie das Knurren eines Tieres anhörte. Viora lief ein Schauder über den Rücken. Galveron las ihr die Sorge vom Gesicht ab und wandte sich noch einmal an Ivar. »An eurer Stelle würde ich die Stadt verlassen und nach Süden reisen, bevor der Winter allzu hart wird. Die Dinge sind dort nicht leichter wegen der Überschwemmungen, aber das Land ist fruchtbarer und das warme Klima besser für eine obdachlose Familie. Ich weiß, dass in letzter Zeit viele dorthin gezogen sind, aber die Entscheidung liegt bei euch.«

»Was auch geschieht, Ivar, wir halten zusammen«, sagte Ulias. »Und wie gesagt, die Entscheidung liegt bei dir.« Er sah ihn wartend an. Ivar war der Hausvorstand gewesen, und er war es, der den Schurken getötet hatte. Deshalb überließ Ulias die Wahl ihm.

Nach kurzem innerem Ringen nickte der Schlachter. »Wir wollen es versuchen«, sagte er entschlossen. »Nichts hält uns noch in dieser verfluchten Stadt. Ich möchte Felyss von hier fort und an einen sicheren Ort bringen, wo sie diesen schrecklichen Tag vergessen kann – falls das überhaupt möglich ist.«

»Ich hatte schon eingepackt, was ich konnte«, warf Viora ein. »Wenn es nicht verbrannt ist …« Sie eilte ins Haus. Seriemas Trupp hatte den Schwelbrand gelöscht und war dann verschwunden, ohne noch einmal die Aufmerksamkeit der Gottesschwerter zu erregen. Viora kam mit den kostbaren Bündeln hinaus, die nur ein wenig schwarz vom Ruß waren.

»Ich wünsche euch viel Glück«, sagte Galveron warmherzig. »Wir werden euch zu den Toren begleiten. Es ist ratsam, draußen einen Lagerplatz für die Nacht zu suchen und den Weg beim ersten Tageslicht fortzusetzen.« Er holte tief Luft und fügte hinzu: »Möge Myrial euch alle beschützen.«

Viora zog aus einem Bündel ein paar warme Kleidungsstücke für Felyss und wickelte sie so gut es ging darin ein. Die junge Frau ließ es teilnahmslos geschehen, dass man ihr die Glieder in die Kleider hüllte. Ihre Augen starrten in die Ferne, doch der Blick war nach innen gerichtet in einen finsteren Abgrund mit unerträglichen Qualen. Man würde sie führen müssen. Galveron gab die kläglichen Gepäckstücke seinen Soldaten, die sie bis zum Stadttor tragen würden. Also werden wir nun die Stadt verlassen, dachte Viora und schaute sich noch ein letztes Mal nach den rauchenden Häusern im Geißenhof um. Bis zu diesem Tag war das Viertel ihr Zuhause gewesen, und ein glücklicher Ort dazu. Niemand, der dort gelebt hatte, war jemals begütert gewesen. Aber man hatte sich gegenseitig geholfen und trotz der armseligen Schäbigkeit gelacht und geliebt. Das ist nun alles dahin, dachte Viora bitter.

Nachdem Galveron die Familie zu dem Stadttor begleitet hatte, eilte er mit seiner Patrouille zur Zitadelle zurück. Sein Zorn über die Grausamkeiten hielt unvermindert an. Der Sergeant ging neben ihm. »Du wirst kaum dabei sein, wenn Seriema sich bei Hauptmann Blank beschwert. Hast du je bemerkt, was er ihr alles durchgehen lässt, das er von keinem anderen erdulden würde? Wenn du mich fragst, er hat eine Schwäche für sie – oder wohl eher für ihr Geld.«

»Wohl eher«, stimmte Galveron zu. »Aber wie dem auch sei, wenn sie sich beschweren will, dann nur zu. Blank mag mich aus dem Dienst entlassen, wenn es ihm passt. Erst recht nach dem, was ich heute gesehen habe.«

»Da hast du Recht. Wenn es das ist, was du willst, ich kann's dir nicht verübeln.« Der Sergeant spuckte einmal kräftig in den Rinnstein und fügte dann nachdenklich hinzu: »Alles in allem hast du aber als Leutnant der Gottesschwerter mehr Gutes getan, als du es als Schlachter gekonnt hättest.«

»Als Schlachter?« Galveron blickte ihn fragend an. »Was hat ein Schlachter damit zu tun?«

»Das ist der Beruf von dem Lebensgefährten dieses armen Mädchens.« Der Sergeant sah seinen Leutnant von der Seite an. »Hast du nicht die Messer gesehen? Und er hat diesem Bastard die Kehle so sauber durchgeschnitten, wie ich es noch nie gesehen habe.« Ein böses Grinsen zog sich über sein Gesicht. »Ja, wirklich, das war gekonnt. Hat bestimmt schon eine Menge Schweine geschlachtet, will ich meinen. Da war eins mehr kein Problem für ihn.«

»Schlachter, hm? Dann hätten wir die Messer vielleicht lieber beschlagnahmen sollen«, erwiderte Galveron und zog die Brauen zusammen.

»Aber warum denn? Man würde ihm damit den Lebensunterhalt nehmen.«

»Eben darum habe ich es nicht getan, Dawel. Ich beschloss, zu seinen Gunsten zu entscheiden. Nach allem, was er durchgemacht hat, würde sich wahrscheinlich jeder Mensch vor Zorn vergessen. Aber darüber hinaus strahlte er noch etwas aus, das mich unruhig macht.« Galveron schüttelte den Kopf. »Dawel – schick einen Mann zurück. Er soll ihnen ungesehen folgen und aufpassen, ob die Familie wirklich die Stadt verlässt. Wenn ich überzeugt wäre, dass dieser Schlachter auch in Zukunft nur das Vieh sticht, bräuchte ich mir keine Sorgen zu machen. Aber wenn das Erlebte ihm den Verstand verdreht hat, wer weiß, zu welcher Rache er dann fähig ist.«

Kapitel 8

Pläne und Vorbereitungen

Mit wehendem Mantel eilte Zavahl, gefolgt von Gilarra, die Wendeltreppe hinunter, die von seinem Privatgemach in das Vestibül an der Rückseite der Basilika führte und vor einer schweren Eichentür mit Bronzerelief endete, welche seine Abgeschiedenheit schützte. Mit ausgestreckten Armen drückte er die Türflügel auseinander und gelangte in die Heilige Halle der Anbetung.

Hinter ihm hallte das energische Klacken von Gilarras hohen Absätzen, die sie in dem hoffnungslosen Bemühen trug, dass ihre winzige Statur an Höhe gewänne. Zavahl war Gilarra inzwischen ein gutes Stück voraus und trat allein durch das Portal der Basilika nach draußen in die kalte, vom Regen gereinigte Luft. Gierig atmete er durch. Jedes Mal wenn er die geheimnisvolle Dunkelheit der weiten Halle durchquert hatte, erschien ihm selbst ein grauer Regentag blendend hell. Der Hierarch drehte sich um und schaute an der Front des Tempels empor. Sein Blick kletterte die Säulen und Bögen entlang und zu den Balkonen hinauf, die in schwindelnder Höhe die Fassade zierten. Das alles war aus dem nackten Fels gehauen, und Zavahl mutete es an wie ein wahres Wunder. Wie immer fand er es unglaublich, dass dies sein Zuhause sein sollte.

Dann eilte er die hohe Mauer der Zitadelle entlang, die auf die gleiche Weise wie der Tempel entstanden war, und folgte dann der Straße, die auf der einen Seite an den niedrigen Häusern der Priester und Priesterinnen vorbeiführte. Auf der einen Seite befanden sich die Bibliothek mit der angrenzenden Schule, das Skriptorium und dahinter das Haus der Heilung. Schließlich war er auch an den Blumen- und Obstgärten vorüber und gelangte an die Mauer und das goldene Gitter des Inneren Tors. Über die sonst unbewegten Gesichter der Wachen huschte ein gelindes Erstaunen, als er sich ihnen näherte, und so standen sie erst stramm, als er schon an ihnen vorbeiging. Es war viele Tage her, dass er zum letzten Mal aus seiner Lauerstellung in der Basilika hervorgekommen war. Doch wer wollte es wagen, das Kommen und Gehen des Hierarchen in Frage zu stellen?

Die Mauer des inneren Bezirks teilte die Schlucht auf ganzer Breite und riegelte das Heiligtum mit dem Tempel und der Zitadelle gegen den äußeren Bezirk ab. Jener Teil der Schlucht zwischen dem inneren Tor und dem Zugangstunnel beherbergte eine große Anzahl hübscher, ordentlicher Häuser und Werkstätten für das ausgedehnte Heer an Hilfspersonal, das Basilika, Zitadelle und den ganzen Heiligen Bezirk täglich versorgte. Die Felswände der Schlucht liefen zu beiden Seiten nach vorn zusammen und führten in eine schmale Ausbuchtung, durch die man einen Tunnel getrieben hatte, um einen Zugang in die tiefer gelegene Stadt zu schaffen.

An die innere Felswand drängten sich weitere Gebäude, in denen für den Heiligen Bezirk gearbeitet wurde: die Vieh- und Pferdeställe, eine Wäscherei, ein Backhaus und die Werkstätten der Handwerker vom Schmied bis zur Näherin. Hier wirkte alles viel weniger ehrfurchtgebietend und umso behaglicher. Man gab sich den Anschein einer hübschen, wohlhabenden Stadt und unterstrich dies mit einem großen Rasenplatz in der Mitte, der als Marktplatz, geselliger Treffpunkt oder als Spielplatz diente. Für die Kinder der Handwerker war es ein Glück, dort leben zu dürfen. Und gerade wurde ihnen ein besonderes Glück zuteil. Der Hierarch machte ein mürrisches Gesicht, als er die geschwätzige Schar erblickte, die sich um den großen bunt bemalten Wagen drängte, der mitten auf dem Platz drängte, ohne sich vom Regen schrecken zu lassen.

Beim Anblick des fröhlichen Gefährts kräuselte Zavahl angewidert die Lippen. Zu allem Überdruss gehörte auch noch ein Esel mit einem hoch beladenen Karren zu dem Händlerzug, aber zwei prachtvolle schwarze Pferde standen geduldig und mit beeindruckender Würde still daneben. Sie allein verliehen dieser fremdartigen Versammlung ein gewisses Maß an Ehrbarkeit. Zavahl fragte sich, wie solch schäbig gekleidete und schlammbespritzte Vagabunden an diese herrlichen Tiere gelangt sein mochten. Die ganze Szene sah danach aus, aus kampiere ein Zirkus im Heiligen Bezirk, und die gaffende Menge tat noch ihr Übriges dazu, wie der Hierarch mit Verärgerung bemerkte, denn mittlerweile hatten sich zu den Kindern auch junge Priester, Schreiber und Diener hinzugesellt. Sie umringten die fremden Besucher so eng, wie sie sich an die vier bewaffneten Soldaten herantrauten, die man zur Bewachung abgestellt hatte.

Sofern sich nicht noch mehr im Wagen versteckten, waren die Vagabunden nur zu dritt: der große, dunkelhaarige Mann in mittlerem Alter, der bei den Pferden stand, die Frau oben auf dem Kutschbock, die sehr klein und noch jung war, aber unscheinbar wie ein Zaunkönig, und das kleine Mädchen, das bei seiner Mutter saß. Die Frau hielt den Blick fest auf Zavahls Gesicht geheftet, und riss ehrfürchtig die Augen auf, was der Hierarch zunehmend als aufdringlich und ärgerlich empfand. Sie hatte den Arm um ihre Tochter gelegt, und die Kleine musterte Zavahl freimütig und neugierig, was ihm weit angenehmer war als das mondsüchtige Starren der Mutter. Gewissermaßen entschädigt, wandte er seine Aufmerksamkeit von den beiden ab und ging auf den Mann zu. Mit Sicherheit würde er aus einem Mann eher etwas Sinnvolles herausbekommen. Er wusste, dass er sich selbst für einen Hierarchen unbeschreiblich grob verhielt. Genau genommen galten diese Leute als seine Gäste, und die Sitte hätte es erfordert, dass er ihnen Erfrischungen anbot und sie nicht im kalten nassen Hof stehen ließ. Doch das kümmerte ihn nicht. Er hatte nur noch einen Tag zu leben. Was sollte Höflichkeit ihm einbringen.

Der Händler sah ihm geradewegs in die Augen – gelassen, abschätzend, ohne jede Ehrerbietung. Der Hierarch hielt der Musterung stand. »Bitte« erzähle mir von dem Drachen«, sagte er ruhig, und während der einfache, ehrlich erscheinende Mann berichtete, entfachte er in Zavahl einen Funken Hoffnung …

»Was in Myrials Namen geht hier vor?«

Eine barsche Stimme sprach Zavahl direkt ins Ohr, und er zuckte zusammen, wofür er sich sogleich verwünschte. Es war Blank, der sich leise von hinten genähert hatte.

Der Hierarch gewann wieder Haltung. »Nun, Hauptmann Blank, haben die Wachen dich nicht in Kenntnis gesetzt? Welch ein trauriger Tag, wenn der Anführer der Gottesschwerter sich nicht mehr auf seine Männer verlassen kann!«

»Meine Wachen haben mir einen Haufen blanken Unsinn erzählt, den wohl kein Mann, der bei Verstand ist, glauben kann«, erwiderte Blank schneidend, und mit einem kurzen Seitenblick auf Zavahl fuhr er fort: »Ich wünsche dies nicht zu diskutieren in Gegenwart dieses abergläubischen Pöbels.« Und dann fügte er mit trügerischer Freundlichkeit hinzu: »Doch nebenbei bemerkt, mein Hierarch, warum stehst du hier draußen im Regen und gibst dich mit diesen Leuten ab? Wenn eine so wundersame Kreatur in Callisiora aufgetaucht wäre, hätte Myrial seinen Stellvertreter sicherlich als Ersten davon wissen lassen. Du hast doch für gewöhnlich keine Schwierigkeiten damit, genau herauszufinden, was in unserem Reich vor sich geht.« Blank drehte sich gereizt zu seinen Wachen um und deutete dabei abschätzig auf die Menge, die um den Wagen versammelt war. »Ihr da! Steht nicht herum, ihr Faulenzer! Entfernt diese Gaffer!« Unterdessen besannen sich die so Bezeichneten der eiligen Geschäfte, die sie anderswo zu erledigen hatten.

Blanks spöttische Bemerkung ließ in Zavahl eine heiße Zorneswelle aufsteigen, im nächsten Moment aber wurde ihm kalt vor Angst. *Was weiß Blank? Wieviel hat er erraten? Er kann unmöglich wissen, dass mir das Auge nicht antwortet – oder etwa doch?*

»Myrial sendet die Botschaften in der ihm eigenen Weise und zu der von ihm gewollten Zeit. Wenn er diesen niedrigen Händler als Boten ausersehen hat, wer wären wir, dass wir uns anmaßen, seinen Willen in Frage zu stellen?«, entgegnete er sanft und sprach hastig weiter, bevor sein Gegner etwas erwidern konnte. »Nun, Blank, im Übrigen kommst du gerade zur rechten Zeit. Ich benötige eine Eskorte, die mich zum Schlangenpass begleitet, wo ich den Ursprung dieses Gerüchts untersuchen werde.«

Und während er so sprach, nahm ein anderer Gedanke in ihm Gestalt an. Wenn er dort wirklich einen Drachen vorfand, konnte er im Volk verbreiten lassen, dass Myrial ihn vor dessen Ankunft gewarnt habe. Damit wäre der um sich greifende Verdacht zerstreut, der Hierarch könnte etwa in Ungnade gefallen sein. Und Blank sollte es eigentlich besser wissen, als ihn öffentlich herauszufordern und damit Unruhe im Volk zu schaffen. Das Schweigen der Gottesschwerter war gewiss, womit es also nur noch auf die Händlerfamilie ankäme. Wenn diese Leute nun den Ruhm für sich beanspruchten, den Drachen gefunden zu haben, wäre der Plan vereitelt …

»Noch eins«, sagte Zavahl rasch, bevor Blank sich entfernen konnte, »während meiner Abwesenheit möchte ich die Frau und das Kind deiner Gastlichkeit empfehlen – in der Zitadelle.«

Dieses eine Mal wenigstens machte der sonst so kaltblütige Blank ein erschrockenes Gesicht. Er zog Zavahl außer Hörweite der Leute. »Du verlangst, dass ich sie einsperre? Unter welcher Anklage? Es gibt kein Gesetz in dieser Stadt, das es verbieten würde, einen Haufen Lügen über Fabelwesen zu verbreiten.«

»Selbstverständlich sollen sie nicht wegen eines Verbrechens eingesperrt werden«, zischte Zavahl durch die Zähne. »Aber fürs Erste will ich sie sicher in meiner Hand wissen, während ich mir von dem Mann den Fund zeigen lasse, und die Zitadelle ist der beste Ort dafür. Es wird sich noch herausstellen, ob sie Lügen verbreiten. Jedenfalls werde ich der Ursache – sei sie nun eine Täuschung oder ein Wunder – auf den Grund gehen, und so lange will ich nicht, dass einer von ihnen verschwindet. Auch möchte ich nicht, dass sie alles in der Stadt herumtratschen.«

»Nicht bevor du deine Version der Wahrheit verbreiten konntest, meinst du wohl.«

»Ich bin der Hierarch!« Zavahl spuckte ihm die Worte vor die Füße. *Ich entscheide, was in Callisiora die Wahrheit ist.* Er fuhr erschrocken zusammen, denn fast wäre ihm dieser Satz wirklich entschlüpft. Mit einiger Anstrengung gewann er die Fassung wieder und sagte laut: »Die Entscheidung liegt bei mir.«

»Nicht mehr lange«, erwiderte Blank gleichmütig, doch mit steinerner Miene. »Du bist ein Narr, Zavahl. Was auch geschieht, du begehst einen Fehler. Wenn du sie wirklich zum Schweigen bringen willst, musst du sie töten lassen.«

»Dann sorge dafür«, verfügte Zavahl kalt.

Blank sah ihn lange prüfend an, dann nickte er. »Wie du befiehlst, Hierarch«, sagte er und entfernte sich mit stolzen Schritten.

Zavahl lief es kalt den Rücken herunter. Vielleicht hatte er wirklich einen schlimmen Fehler begangen. Na und? sagte er sich sogleich. Ich bin der Hierarch – was kann Blank mir anhaben? Und er weigerte sich, Blank das letzte Wort zu lassen. »Hauptmann Blank?«, rief er. Der Krieger Myrials fuhr herum und verriet durchaus seinen Ärger darüber, dass er so gebieterisch zurückgerufen wurde.

Zavahl lächelte. »Noch eins«, sagte er leise. »Schaffe diesen verdammten Zirkus von meinem Hof und gib dem Stallmeister Nachricht. Er soll sich gut um diese Pferde kümmern und sie mit äußerster Sorgfalt behandeln. Noch bevor dieser Tag zu Ende geht, werden sie mir gehören.«

»Nein, Zavahl. Wenn der Tag endet, werden sie mir gehören.«

Gilarra erschrak, als sie plötzlich so nah jemanden sprechen hörte. Sie drehte sich um und entdeckte Hauptmann Blank, der nur ein paar Schritte entfernt stand und das prächtige Paar Pferde begehrlich ansah. Dies war die erste Gefühlsregung, die sie bei ihm entdeckte. »Verzeihung, sprachst du mit mir?«, fragte sie.

Er sah sie unfreundlich an und schüttelte den Kopf. »Nein, meine Dame. Ich habe nur laut gedacht. Wenn du mich jetzt entschuldigen wolltest …« Und damit entfernte er sich schleunigst.

Gilarra zuckte mit den Schultern und richtete ihre Aufmerksamkeit wieder auf Zavahl, den sie bekümmert dabei beobachtet hatte, wie er die Reisevorbereitungen überwachte. Die unausweichliche Wartezeit, bis die Eskorte bereitstand und Wagen und Tiere der Händler untergebracht waren, reizte seine Geduld. Auf Blanks Befehl wurde der Wagen in die Remise gestellt und die Tiere in den Ställen am anderen Ende des Heiligen Bezirks in der Nähe des Zugangstunnels untergebracht. Während die Zeit verstrich, sah Gilarra den Hierarchen zunehmend unruhig werden. Er konnte nicht still dabeistehen, sondern schritt im Hof auf und ab, den Blick nach innen gerichtet, das Gesicht blass und angespannt. Aber jeden, der ihm in die Quere kam, knurrte er an wie ein Kettenhund.

Armer Zavahl, dachte Gilarra. Er ist am Ende. Ich hätte ihm diese alberne Sache mit dem Drachen nicht erzählen dürfen. Es war geradezu grausam, seine Hoffnung noch einmal anzufachen. Stattdessen hätte ich ihm helfen müssen, dass er sich seiner Verantwortung stellt und sein Schicksal annimmt. Am Ende wird es doch dazu kommen. Zavahl ist für das Opferfeuer bestimmt. Ganz gleich wie hoffnungsvoll er sich an dieses verrückte Gerücht klammert, er kann seinem Schicksal nicht entgehen.

Das war die finstere Seite dieses Amtes, der Widerpart von Allmacht und Herrschaft. Wenn es auch nur einer von hundert Hierarchen sein mochte, der sein Leben für das Land geben musste, das er regierte, so gab es doch weder Einspruch noch Entrinnen, wenn das Schlimmste eintreffen sollte. Gilarra fröstelte. Wie nahe ich diesem Schicksal war! Immer habe ich Zavahl um seine Stellung beneidet – bis heute. Und jetzt möchte ich um keinen Preis in seinen Schuhen stecken, nicht für alle Edelsteine in diesem grauenhaften Berg. Wer weiß, wie ich dieser Bestimmung entgegensehen würde, wenn unsere Rollen vertauscht worden wären und ich morgen sterben müsste?

Sie konnte es nicht mehr ertragen, ihn anzusehen, und wandte sich ab. Sie wollte in den Tempel gehen und für seine gequälte Seele beten. Doch Blank kehrte soeben zurück und trat auf sie zu. »Hochverehrte Suffraganin.« Er verneigte sich respektvoll. »Ich komme um zu fragen, ob du bereit bist, das Amt zu übernehmen.«

Während der vergangenen Monate hatte alles auf diesen Augenblick hingedeutet, und jetzt war er da. Die Schlichtheit seiner Worte ließ die enthaltene Grausamkeit umso deutlicher zu Tage treten. Gilarra war erschüttert. Während meines ganzen Lebens habe ich mich auf diesen Moment vorbereitet. Ich habe geglaubt, dass ich bereit sein würde …

Mit Mühe ordnete die Suffraganin ihre Gedanken. »Du glaubst also genau wie ich, dass diese Drachengeschichte Unsinn ist?«

Blank zuckte mit den Schultern. »Ob der Drache eine Tatsache oder eine Lüge, tot oder lebendig ist, er wird nicht ausreichen, um das Volk von Tiarond zu beschwichtigen. Es verlangt, dass der Hierarch morgen Abend geopfert wird – tatsächlich sind alle davon überzeugt, dass ihr zukünftiges Leben von seinem Hinscheiden abhängt.« Er lächelte düster. »Es ist unsere Pflicht, dafür zu sorgen, dass die Menschen nicht enttäuscht werden, Suffraganin.«

Eine innere Stimme warnte Gilarra, dass es ein tödlicher Fehler wäre, vor diesem Mann eine Schwäche zu zeigen, und dass Zavahl dies hatte herausfinden müssen. Sie holte tief Luft. »Sehr gut, Hauptmann Blank. Was schlägst du also vor? Soll man den Hierarchen davon abhalten, einem Trugbild nachzujagen?«

Der Hauptmann schüttelte den Kopf. »Nein. Ich würde vorschlagen, ihn gehen zu lassen. Er wird auf dem Schlangenpass keinen Drachen vorfinden, dessen bin ich sicher. Mit diesem zusätzlichen Beweis, dass Myrial ihn verlassen hat, wird er sich in sein Schicksal fügen. Ich werde ihn – dein Einverständnis vorausgesetzt – unter Bewachung stellen und wieder in die Stadt zurückbringen lassen. Dem Volk kann die Zeremonie für morgen angekündigt werden. Damit ist Zavahls Schicksal unwiderruflich besiegelt.«

Kanella war von Ehrfurcht ergriffen. In ihrem ganzen Leben war ihr der tiefe, zweifelsfreie Glaube an Myrial eine Stütze gewesen. Und nun stand sie plötzlich und unerwartet mitten in der Heiligen Stadt vor dem mächtigsten und heiligsten Mann von Callisiora. Sie verzieh ihm, dass er so finster und übellaunig aussah. Sicher waren es wichtige Dinge, die seine Gedanken beanspruchten. Wäre sie allein gewesen, hätte sie vor lauter Ergriffenheit kein sinnvolles Wort hervorgebracht. Deshalb war sie froh, dass sie das Reden Tormon überlassen durfte, der die Menschen nicht nach ihrem Rang, sondern nach ihren Handlungen beurteilte. An dieser Begegnung teilzuhaben genügte ihr schon – nicht aber Annas, der sie verboten hatte, vom Wagen hinunterzuklettern. Unruhig und gelangweilt rutschte die Kleine auf ihrem Sitz herum und wurde gegenüber diesem nutzlosen Erwachsenengeschwätz immer ungeduldiger.

Annas zupfte sie am Ärmel und blickte zu ihr auf. »Mama, warum ist der Mann da so grantig?«, fragte sie in jenem kindlichen Flüsterton, der an Lautstärke einem Ausruf gleichkommt. Kanella erstarrte. »Sch!« machte sie und hoffte verzweifelt, dass der Hierarch diese Grobheit überhört haben möge. Sie konnte kein Anzeichen des Gegenteils entdecken, vielmehr blieb er in das Gespräch mit Tormon vertieft. »Und du bist deiner Sache sicher?«, hörte sie ihn fragen. »Es war tatsächlich ein Lebewesen? Da ist kein Irrtum möglich?«

»Nein, Herr«, versicherte ihm Tormon. »Es war ein riesiges fremdartiges Tier – so viel steht fest –, aber ob es noch am Leben war, konnte ich nicht feststellen. Ich bezweifle wohl, dass es den Erdrutsch lange überlebt hat. Doch wer kann das wissen?«

»Du kannst mich dorthin führen? Wenn es wahr ist, was du sagst, könnte es eine Belohnung für dich geben.«

»Ich werde dir die Stelle zeigen, Herr.«

Der Hierarch – der Hierarch in eigener Person – legte einen Arm um Tormon, und Kanella wuchs vor Stolz. »Mein guter Mann«, sagte er gerade zu ihrem Lebensgefährten, »komm, wir wollen deiner Familie nicht zumuten, den Weg ins Gebirge noch einmal zu machen. Sie haben es hier ganz bequem, bis wir wieder zurück sind.«

Bei diesen Worten wurde es Kanella unbehaglich zumute. Sie schaute von dem Hierarchen zu dem Haufen ernst dreinblickender, schwer gepanzerter Soldaten und schließlich zu deren grimmigen Anführer. Der einzige Mensch, der nicht einschüchternd wirkte, war die kleine gedrungene Frau mit dem angegrauten dunklen Haar, und selbst die runzelte die Stirn. Unausgesprochener Ärger war ihr anzusehen. Plötzlich wollte Kanella nicht länger bleiben. Die dunkle Felsenschlucht, die nur einen einzigen Ausgang hatte, erinnerte sie sehr an eine Falle. Doch dann ermahnte sie sich, nicht töricht zu sein. Wenn sie nicht einmal Myrials erstem Diener trauen konnte, wem dann?

Die Vorbereitungen waren schnell getroffen. Kanellas schüchtern vorgetragene Einwände wegen ihrer Pferde wurden beiseite gefegt. In den Ställen werde man schon einen Platz für sie finden. Während man Boten in die Stadt sandte, um Wagen und Ochsen zu mieten, mit denen man auf den Pass fahren wollte, wurden Kanellas Tiere gut versorgt. Dennoch spürte sie in jedem Augenblick die grüblerische Gegenwart des Hierarchen und seine kaum verhohlene Ungeduld.

Schließlich war alles bereit. Der Anführer der Soldaten, die den Hierarchen begleiten würden, lieh Tormon ein frisches Pferd, und man stand kurz vor dem Aufbruch. Tormon umarmte Frau und Tochter. »Es sollte nicht allzu lange dauern, Liebes«, versicherte er. »Wir werden wahrscheinlich bei Einbruch der Dunkelheit zurückkehren, je nachdem, wie lange wir brauchen, um das arme Tier auszugraben. Wenn alles vorbei ist, können wir an die Unterkunft für den Winter denken.«

Kanella schluckte schwer und schalt sich eine Närrin. »Beeil dich«, flüsterte sie. »Und, Tormon, du wirst doch vorsichtig sein, ja?«

Er lächelte sie an. »Mach dir keine Sorgen – ich habe nicht vor, mir die Hände schmutzig zu machen. Diesmal überlasse ich die harte Arbeit diesen kräftigen Soldaten.« Er drückte sie ein letztes Mal an sich, dann stieg er aufs Pferd. Als die Reitergruppe auf den Tunnel zu ritt, wandte Kanella sich ab. Sie wollte einfach nicht hinsehen. Der Tunneleingang erschien ihr wie ein aufgerissener Rachen, der nur darauf wartet, einen Unvorsichtigen zu verschlingen.

»Komm mit mir, meine Liebe!«

Eine Berührung am Arm ließ Kanella herumfahren, und sie sah sich der kleinen Frau gegenüber, die wohl die

Suffraganin Gilarra war, die vor Myrial an zweiter Stelle stand. »Gnädige Herrin ...« Sie wollte sich verbeugen, aber die Suffraganin lächelte freundlich und zog sie empor. »Wir wollen nicht förmlich sein ... Kanella, nicht wahr? Das Leben ist zu kurz. Komm, meine Liebe – du und deine Kleine, ihr könnt in meinem Haus bleiben. Ich habe einen Sohn im gleichen Alter.«

Gilarra wollte die beiden zu den Handwerkerwohnungen führen, als sich ihnen ein Soldat in den Weg stellte. »Es tut mir Leid, Suffraganin, aber ich habe Befehl von Hauptmann Blank, dass diese Leute in der Zitadelle zu bleiben haben, bis der Hierarch zurückkehrt.«

»Und diesen Befehl habe ich soeben geändert«, versetzte Gilarra mit unveränderter Miene, doch Kanella glaubte einen Anflug von Ärger in ihrem Blick wahrzunehmen.

Der Soldat schüttelte bedauernd den Kopf. »Es tut mir wirklich Leid, Suffraganin, aber sowohl der Hauptmann als auch der Hierarch persönlich haben ihre Wünsche sehr klar geäußert, und ich muss ihnen gehorchen ... Vielleicht kann man die Angelegenheit klären, wenn sie wiederkommen?«

»Dessen darfst du sicher sein«, antwortete Gilarra mit gepresster Stimme, doch als sie sich zu Kanella umwandte, lächelte sie wieder. »Diese Männer! In ihrem Eifer, euch beiden Ruhe zu gönnen, haben sie sich keinen Augenblick überlegt, dass ihr bei mir viel besser aufgehoben wäret als in der kalten Zitadelle.« Und sie zuckte mit den Schultern – ein wenig zu ungezwungen, wie Kanella fand. »Das soll uns nicht betrüben, liebe Frau, und wir werden euren Begleitschutz nicht in Schwierigkeiten bringen. Geh mit ihm, und lass dich von ihm unterbringen. Ich komme später zu dir.« Sie bedachte den unglücklichen Soldaten mit einem langen kalten Blick. »Du wirst mir dafür sorgen, dass ihnen jede Bequemlichkeit zuteil wird, verstanden?« Und sie ging fort, bevor Kanella noch etwas sagen konnte.

Ihr Bewacher sah nicht allzu einschüchternd aus und hatte auch ein freundliches Wort und ein Lächeln für Annas übrig. Kanella versuchte sich damit zu trösten, während sie aus der Handwerkersiedlung fortgebracht und durch ein goldenes Tor geführt wurden. Sie war überrascht, dass es hinter der hohen Mauer auch Gärten gab. Rechter Hand befand sich ein Obsthain, und auf der anderen Seite ein schlicht angelegter Garten, in dem freilich längst nichts mehr wuchs. Sie wusste zwar nicht, was sie eigentlich erwartet hatte, aber jedenfalls nichts so Gewöhnliches … Jenseits der Pflanzungen erblickte sie einige Gebäude, die ihr groß und beeindruckend vorkamen. Sie waren aus demselben gelben Stein erbaut, aus dem die Felswände der Schlucht bestanden.

Als sie an diesen Häusern vorüber waren, gelangten sie auf den weiten Platz vor dem Myrialstempel. Kanella hielt vor Staunen die Luft an, als sie die Fassade vor sich sah, deren Felsrelief wie eine Maske auf sie herabzublicken schien. Wie hatten schwache Menschenhände ein Wunder solcher Schönheit und Größe hervorbringen können? Sicher hatte der Gott selbst ihnen dabei geholfen. Wenn dem Hierarchen der Drache gefiele, würde er sie vielleicht in den Tempel schauen lassen …

»Mama – ich bin schon ganz nass.«

»Komm weiter, Frau, und steh nicht gaffend im Regen.«

Kanella hatte nicht bemerkt, dass sie stehen geblieben war, bis die barsche Stimme des Wachmanns sie aufschreckte und sie die drängende Hand ihrer Tochter spürte. »Entschuldigung«, murmelte sie und wandte sich ab, um dem Soldaten zu folgen. Doch schon im nächsten Augenblick hielt sie wieder an. Die Felsenzitadelle, die ihre Bestimmung sein sollte, ragte bedrohlich vor ihr auf. Ihr Äußeres entsprach vollkommen den kriegerischen Zwecken, und Kanella fühlte sich plötzlich bedeutungslos. Die Außenwand war völlig glatt, sodass vermutlich kein Feind einen Halt finden konnte, um daran emporzuklettern. Die einzigen Fensteröffnungen waren schmale

Schießscharten, die wie hinterhältig zusammengekniffene Augen aussahen.

»Großartig, nicht?«, fragte der Soldat stolz und missdeutete ihren Schrecken als Ehrfurcht.

Annas wollte sie an der Hand fortziehen. »Mama, ich mag das Haus nicht!«

Kanella drückte dem untätigen Bewacher ihr Kleiderbündel in die Hand und nahm ihre Tochter auf den Arm. »Ich auch nicht«, antwortete sie mit forscher Aufrichtigkeit, »aber wir haben schon schlechter übernachtet. Auf jeden Fall werden wir es warm und trocken haben – na, oder wenigstens trocken. Es wird schon recht sein, Liebling. Wir bleiben nur so lange, bis dein Papa wiederkommt, dann werden wir gehen.«

Als sie unter dem furchteinflößenden Fallgitter hindurchgingen, schaute sich Annas verdrossen um. »Hoffentlich beeilt er sich aber«, sagte sie zweifelnd.

Kapitel 9

Der Preis des Schweigens

Hinter diesen mächtigen Festungsmauern wird niemandem Luxus oder Behaglichkeit zugestanden, dachte Galveron, während er einen nackten, zugigen Gang entlang eilte. Seine Stiefeltritte hallten von den Steinwänden wider, und es roch nach den männlich und kriegerisch anmutenden Ausdünstungen von Leder, Eisen, Öl und Schweiß. Doch nichts konnte den allgegenwärtigen feuchtkalten Steingeruch überdecken.

In keiner Weise der geeignete Ort für ein kleines Mädchen, erst recht nicht, wenn es allein eingesperrt wird, fuhr der Leutnant voller Empörung in seinen Gedanken fort. Wie kann der Hierarch es wagen, eine Frau mitsamt Kind einzukerkern, die kein Gesetz übertreten haben, die nicht einmal etwas Unrechtes getan haben, soweit ich sehen kann? Und was soll der ganze Unsinn von einem Drachen? Dabei sieht es weder Blank noch dem Hierarchen ähnlich, auf so etwas hereinzufallen. Ist denn hier mittlerweile jeder verrückt geworden?

Schon bevor man ihm dies alles mitgeteilt hatte, war er in schlechter Stimmung gewesen. Am Morgen war er mit der Patrouille durch die Unterstadt gegangen und musste sehen, welch hohen Tribut der Regen den ärmeren Bewohnern der Stadt bereits abverlangt hatte. Galveron war an vielen schäbigen Hütten mit schadhaften Dächern vorbeigekommen. Das Mauerwerk bröckelte, Türen und

Fenster verrotteten. In den Hinterhöfen türmte sich der Abfall, und in Flussnähe staute sich das Regenwasser in den Rinnsteinen und überschwemmte die Straßen. Die Bewohner, krank, verlaust und abgemagert, hatten sich in die Haustüren gestellt, als die Patrouille vorbeiging, und seinen Männern, die wohlgenährt und warm gekleidet waren, mit hoffnungslosen Blicken hinterhergeschaut.

Missbilligend schüttelte Galveron den Kopf. Die schmutzigen Elendsviertel am Fluss gehörten Seriema ebenso wie viele andere Besitztümer in der Stadt. Sie war längst die reichste Frau von Callisiora. Doch auch dieser Reichtum hatte ihre Gier anscheinend noch nicht gestillt. In den fünf Jahren, die seit dem Tod ihres Vaters vergangen waren, hatte sie aus ihren Mietern auch noch das letzte Kupferstück herausgepresst, und natürlich, so dachte Galveron verbittert, hielt sie gar nichts davon, etwas von ihrem Reichtum für die Ausbesserung der Häuser zu verwenden. Er durfte ihr deswegen keine Rüge erteilen, denn das kam seinem Rang nicht zu. Es wäre Sache des Hierarchen oder eines Hauptmann Blank, hier einzuschreiten – aber beide waren viel zu beschäftigt mit ihren Verschwörungen und Intrigen, als dass es sie einen Deut kümmern würde, was mit ein paar verlausten und verelendeten Untertanen geschah.

Doch heute war die Dame zu weit gegangen. Ihm blutete das Herz, wenn er an die obdachlosen Familien dachte und wie sie unter den gedungenen Schindern gelitten hatten. Er begriff sehr wohl, dass Seriema die Menschen aus ihren Häusern warf, um die wertvollen Grundstücke innerhalb der Stadtmauern frei und verfügbar zu machen, denn die betreffenden Gebiete lagen am Fluss und bei den Stadttoren. Also, vermutete er, würden ihre Absichten den Handel betreffen. Entweder wollte sie mehr Lagerhäuser für ertragreichere Zeiten bauen, oder sie plante einen neuen Marktplatz, wo sie von anderen Händlern Wuchermieten verlangen könnte. Zweifellos etwas in der Art, dachte Galveron mit Abscheu. Leider konnte er nichts gegen die Zwangsräumungen unternehmen. Das Viertel gehörte Seriema, und sie war berechtigt, nach ihren Wünschen zu verfahren. Jedoch war er nicht gewillt, Mord, Plünderungen und Schändungen durch ihre Handlanger zu dulden, und das Anzünden der Häuser, um eine Rückkehr der Vertriebenen zu verhindern, musste sofort unterbunden werden. Allein dem schlimmen Wetter war es zu verdanken, dass nicht die ganze Unterstadt mit ihren unzähligen Holzhäusern in Flammen aufgegangen war.

An solchen Tagen fragte sich Galveron oft, warum er sich bei den Gottesschwertern verpflichtet hatte – oder vielmehr, warum er den Dienst nicht wieder quittierte. In seiner Kindheit hatte er die alten Geschichten und Legenden über die kriegerischen Helden geliebt, die er auf den Knien seiner Großmutter sitzend gehört hatte. Auch sein Vater war Soldat gewesen. Er war gestorben, als Galveron noch ein Junge war. Doch unbeirrt vom frühen Tod seiner Eltern, und beeindruckt von den Erzählungen seiner Großmutter hatte er immer der Streitmacht Gottes beitreten – Myrials Kriegern – und alles Unrecht in seinem Land bekämpfen wollen. Wie gutgläubig und arglos er doch gewesen war!

Rasch hatte sich herausgestellt, dass die Gottesschwerter keineswegs die gottgleichen Helden waren, die Jung-Galveron erwartet hatte, sondern in jeder Form bestechlich waren und beim Würfelspiel betrogen. Ein charakterloser Haufen waren sie also, wie man nur je einen gesehen hat. Feindseligkeiten unter Rivalen konnten sich ungehindert entwickeln, ein jeder kämpfte um Rang und Gunst der Vorgesetzten; Gerüchtemacherei war an der Tagesordnung. Dass einer dem anderen in den Rücken fiel, konnte zumeist wörtlich genommen werden, und manchmal war dabei auch ein Messer im Spiel.

Galveron presste die Lippen zusammen. Eine ständige Quelle der Verwunderung war ihm, dass er in diesem Pfuhl der Unmoral so lange hatte überleben können.

Noch erstaunlicher erschien ihm und auch seinen Waffenbrüdern, dass er so schnell aufgestiegen war. Bereits im Alter von fünfundzwanzig Jahren hatte er es zum Stellvertreter des Hauptmanns gebracht. Dabei war er dem skrupellosen, verbissenen Blank so unähnlich, dass sich ihm die Vermutung aufdrängte, er könnte eines Tages der Dumme sein, den Blank für eines seiner ehrgeizigen Ränkespiele benutzte. Seit er zum Leutnant befördert worden war, hatte er täglich darauf gewartet, dass sein Verdacht sich bewahrheiten würde, aber nichts war geschehen. Vielleicht wusste Blank es doch zu schätzen, dass er wenigstens einen Ehrlichen und Pflichtbewussten um sich hatte, solange nur jemand die Dreckarbeit machte.

So wie jetzt, dachte Galveron und wandte sich auf dem Flur, in den mehrere Gänge mündeten, nach links und eilte den langen Korridor zu den Gefängniszellen hinunter. Gleich nachdem er aus der Unterstadt zurückgekehrt war, hatte er mit der Suffraganin gesprochen, und ihm klangen noch die Ohren davon, was sie ihm mitgeteilt hatte. Wie gut, dass ihr Zorn nicht ihm galt. Doch das half ihm nicht aus seiner schwierigen Lage heraus. »Was wirst du deswegen unternehmen?«, hatte die Suffraganin ihn gefragt – ja, welche Möglichkeiten hatte er denn überhaupt? Wie konnte er einen unmittelbaren Befehl des Hierarchen missachten, und was würde ihm widerfahren, wenn er es täte? Andererseits konnte er niemals mit dem Wissen leben, dass man eine unschuldige Frau und ihr Kind ermordet hätte.

Zavahls Entscheidung, die fahrenden Händler einzusperren, fand Galveron höchst erschreckend. Er konnte sich zwar nicht vorstellen, was in dem verdrehten Hirn des Hierarchen vorgehen mochte, aber einer Sache war er sich vollkommen sicher: Ob nun ein Drache gefunden wurde oder nicht, die bedauernswerten Händler konnten die ihnen verbleibende Lebensfrist in Stunden bemessen. Kaum ein Zivilist war je aus der Zitadelle wieder herausgekommen. Außerdem war Galveron aufgefallen, dass die meisten Diensthabenden nichts von der Anwesenheit der Fremden wussten und dass die Übrigen ängstlich bemüht waren, die Sache zu vergessen. Leicht war es deshalb nicht gewesen, etwas über den Fall in Erfahrung zu bringen. Natürlich würde es niemand wagen, offen zu sagen, dass der Hierarch die Ermordung Unschuldiger befohlen hatte. Jedoch konnte gerade die peinliche Zurückhaltung der Gottesschwerter und der Umstand, dass die Reisenden in einen sehr tief gelegenen und wenig genutzten Teil der Zitadelle gebracht worden waren, seinen Verdacht bestätigen.

Wie sollte er, nachdem er all das erraten hatte, der armen Frau noch ins Gesicht sehen?

Endlich gelangte er zu der Zellentür, doch er wusste schon, bevor er eintrat, dass er zu spät gekommen war. Er hörte einen grässlichen Schrei, der plötzlich abbrach, und ein Kind kreischte: »*Nein, nein, nein* …«

Galveron stürmte in den Raum und sah die Frau aus den Händen des Soldaten gleiten, sah ihre toten Augen in dem blaufleckigen Gesicht. Das Kind verstummte, als die Mutter mit zuckenden Gliedern schwer auf den Boden fiel. Der Mund blieb ihm offen stehen, die Augen waren blicklos vor Entsetzen. Der Soldat wickelte sich wie unbeteiligt die Kordel der Garrotte um die Finger und sah den Leutnant voll Abneigung an.

Der Augenblick des Grauens verstrich, und Galveron fand die Sprache wieder. »Barsil! Was in Myrials Namen glaubst du, was du da tust?« Er war sich kaum bewusst, dass er schrie. »Warum hast du nicht auf meine Rückkehr gewartet? Sie war eine hilflose Frau, eine unschuldige Händlerin. Um Myrials willen!«

Der Soldat riss die Augen auf. »Händlerin? Aber ich habe doch gehört, wie Hauptmann Blank Verräterin sagte. Aber das spielt keine Rolle, Herr, es war der Befehl des Hierarchen. Die Frau und das Kind müssen zum Schweigen gebracht werden, hat er gesagt. Sie dürfen niemals über …«

Was ihn unterbrach, war das plötzliche Tappen kleiner Füße und das Mädchen, das zur halb offenen Tür rannte.

Galveron griff vor Überraschung daneben, als sie an ihm vorbeischlüpfte, und dann war sie entwischt und sauste wie der Wind den Gang hinunter. »Mist!«, zischte Galveron. Schon war sie um die Ecke verschwunden und würde gleich den Flur erreichen, wo die vielen Gänge zusammenliefen. Galveron raste hinterher, der Soldat war ihm dicht auf den Fersen.

Toulac erwachte von dem Hufgetrappel, als eine Reitergruppe auf dem nahen Weg an ihrem Haus vorbeizog. Sie zog den Vorhang beiseite und spähte hinaus – sie musste träumen. Da ritt doch glatt der Hierarch persönlich! Dieses verschrobene, ewig unzufriedene Gesicht sollte sie weiß Gott kennen. Und bei allem, was heilig war, – an seiner Seite ritt dieser kaltblütige Bastard Hauptmann Blank! Als sie vorüber waren, blies Toulac lange den Atem aus und merkte erst dadurch, dass sie ihn angehalten hatte. Sie seufzte. »Warum, bei den sieben Fallgruben der Verdammnis, reiten sie mit so vielen Soldaten ins Gebirge?« murmelte sie vor sich hin. »Um jemandem Ärger zu machen, darauf wette ich.«

Mit Unbehagen dachte sie an den eigenartigen Besuch, der in der Nacht angekommen war, und an das noch viel eigenartigere Wesen, das sich in ihrer Scheune ausruhte. Es hieß, dass der Hierarch über alles Bescheid wisse, was in seinem Reich …

»Abergläubischer Quatsch!«, sagte sie laut. »Wenn er es gewusst hätte, wäre er dann vorbeigeritten?« Dennoch konnte sie den Gedanken nicht einfach abschütteln, dass die beiden Ereignisse in einem Zusammenhang standen. Auf irgendeine Weise. Das konnte kein bloßer Zufall sein.

Toulac bewegte energisch den Pumpenschwengel über dem alten Steinbecken und dankte der Vorsehung, dass ihre Mutter gnadenlos genörgelt hatte, bis der Vater es endlich ermöglichte, Wasser im Haus zu schöpfen. Es hätte ihm fast das Rückgrat gebrochen, als er im Keller den Brunnen grub, aber zweifellos hatte er sich damit ein langes Herumwerken erspart. Sie trank einen großen Schluck, dann ließ sie sich das kalte Wasser in die Hände laufen und wusch sich das Gesicht. Sie brauchte unbedingt einen klaren Kopf. Am Vormittag hatte sie noch ein, zwei Stunden im Schaukelstuhl gedöst, aber sie war müde von der schlaflosen Nacht, und ihr Verstand arbeitete nur langsam. Außerdem machte sie sich Sorgen um diese unheimliche Frau, die ihr das Schicksal vor die Tür gelegt hatte, ganz zu schweigen von ihrem äußerst unheimlichen Begleiter.

Die andere fortwährende Sorge galt dem armen Mazal. Das Pferd war wiehernd in die Nacht hinaus verschwunden, fast wäre es vor Angst verrückt geworden, und sie konnte es ihm nicht verdenken – dieses fremdartige Tier sah schließlich fast wie ein Drache aus. Toulac war ernsthaft besorgt wegen ihres alten Kampfgefährten, wenngleich ihm von der großen Eidechse keine Gefahr drohte, die nun in der Scheune schlief, nachdem sie fast alle Fleischvorräte verschlungen hatte. Doch es gab Raubtiere in den Bergen, Bären, Großkatzen und dergleichen. Es drängte Toulac, sich auf die Suche nach Mazal zu machen, aber sie wagte noch nicht, die verletzte Frau allein zu lassen. Denn ein verängstigtes Pferd wieder zu finden, würde gewiss einige Zeit dauern.

Sie war ganz steif, weil sie die Nacht am Bett ihres Gastes verbracht hatte. Also humpelte sie zum Ofen und legte einen Arm voll neues Holz auf die Glut, um sich einen Topf Tee zu kochen. Sie kaufte den Tee bei einer alten Kräuterfrau in Tiarond, die immer behauptete, dass es sich um ein generationenaltes Geheimrezept der Familie handle, eine Mischung aus Kräutern, Beeren und Rinde. Er machte so munter wie der Tritt eines ausschlagenden Schlachtrosses, und Toulac hatte damit schon viele Nachtwachen und so manchen Marsch im

Morgengrauen überstanden. Wo sie als Kriegerin auch gewesen war, sie hatte immer einen Vorrat davon bei sich gehabt.

Während der Tee zog, durchsuchte Toulac die Speisekammer, ob sie noch etwas Essbares hergäbe, vielleicht sogar etwas, das als Krankenkost gelten konnte. Bei Myrials grenzenlosem Hinterteil, in letzter Zeit habe ich die Dinge zu sehr laufen lassen! Und wie sie so im hintersten finsteren Winkel kramte, hörte sie ein vertrautes Wiehern, und ihr Herz machte einen Sprung. Toulac fuhr auf und stieß sich den Kopf an einem Bord. Fluchend rieb sie sich die schmerzende Stelle und beeilte sich, zur Tür zu kommen.

Bei dieser dichten Bewölkung war es unmöglich, den Sonnestand festzustellen, aber es sah in etwa nach Mittag aus, vielleicht war es auch ein wenig später. Toulac besah sich den neuen Tag und fand ihn wie gewöhnlich grau und nass, doch der Anblick ihres Pferdes, das wartend am Fuß der Verandatreppe stand, war einfach wunderbar. Gleichwohl sah es zum Fürchten aus: von Schlamm bespritzt und zerkratzt vom Unterholz, Mähne und Schwanz hingen nass und strähnig an ihm herab. Immerhin schien Mazal nicht verletzt zu sein, wie Toulac erleichtert feststellte. Er legte die Ohren an und rollte mit den Augen, denn noch immer witterte er die große Eidechse. Aber wenigstens war sie nicht zu sehen.

»Komm, du verrücktes altes Vieh«, sagte Toulac begütigend und ging mit dem Tier ein paarmal auf und ab, um zu sehen, ob es nach dieser irrsinnigen Flucht vielleicht lahmte. Dann führte sie Mazal mit einiger Überredung die Stufen hinauf und ins Haus. Nach dieser Tortur sollte er nicht in dem zugigen, wackligen Holzschuppen hinter dem Haus stehen, und natürlich konnte sie ihn jetzt keinesfalls in die Scheune bringen. Nachdem sie es also geschafft hatte, ihn wieder in die Küchenecke zu zwängen, bereitete sie einen warmen Brei für das erschöpfte Tier und rieb es trocken und sauber. Dann ließ sie es fressen, goss sich einen Becher Tee ein und ging in das Schlafzimmer, um nach der Fremden zu sehen.

Die Frau regte sich ein wenig und murmelte etwas, aber sie wachte nicht auf. Toulac öffnete die Läden einen Spalt breit, um Licht hereinzulassen, und schüttelte traurig den Kopf. In dem blassen Gesicht der Kranken stach die Narbe wie ein graublaues Brandmal hervor. Sie bildete eine gezackte Linie, als ob ein Blitz seine sengende Spur von ihrer Wange über die Schulter bis auf den Arm gezogen hätte. An ein paar Narben ist nichts auszusetzen, dachte die alte Kriegerin, und ich habe weiß Gott genug davon zusammenbekommen über die Jahre, aber es ist doch eine Schande, dass sie so ein hässliches Ding ausgerechnet im Gesicht trägt. Während ihrer Betrachtung entdeckte Toulac, dass die Frau eine geheimnisvolle, zarte Schönheit besaß, welche die Entstellung erst recht hervorhob, sodass sie schlimmer aussah, als sie tatsächlich war.

Was in Myrials Namen konnte sie so furchtbar zugerichtet haben? Jedenfalls nichts, was Toulac schon einmal gesehen hatte. Was für ein Trauerspiel, dachte sie. Ein Gedanke blitzte in ihr auf, als sie die Frau so daliegen sah mit ihrem kurzen, stümperhaft geschnittenen Haar und dem mageren Körper. Ja, mager war sie, nicht schlank – sie lag auf den Fellen wie ein Bündel Knochen. Die Gesichtszüge waren streng und hart, sogar im Schlaf; die Linien um den Mund und über den Brauen hatten wohl der Kummer und das Wetter eingegraben; die Lederkleidung, die jetzt über dem Stuhl hing, war von Schmutz und Schweiß hart geworden, der Zuschnitt zweckmäßig; die Schwielen und Narben an den Händen und Unterarmen zeugten von Kämpfen. Das war kein sanftes, zerbrechliches Mädchen, wie man sie in den Städten findet. Eine Kriegerin ist sie, dachte Toulac mit einem Ruck der Begeisterung, eine Kriegerin wie ich!

Toulac tastete nach dem Puls. Er fühlte sich schon ein wenig kräftiger an – oder bildete sie sich das nur ein? Sie hoffte, dass die Frau überleben würde. Im Laufe der Zeit hatte Toulac auf dem Schlachtfeld recht viel Erfahrung bei der behelfsmäßigen Versorgung von Wunden gesammelt, und so weit sie sehen konnte, waren ein oder zwei Rippen angeschlagen. Sicherlich hatte die Fremde Prellungen, aber keine gebrochenen Glieder. Sie schien halb verhungert zu sein, was nicht gerade zuträglich war. Andererseits war sie zäh genug, um die Unterkühlung und die Gehirnerschütterung so lange zu überstehen. Vielleicht blieb sie am Leben. Toulac berührte leicht die gezackte Narbe und schüttelte den Kopf. Immerhin hatte das arme Mädchen schon Schlimmeres durchlitten und überlebt.

Als Toulac in die Küche zurückkehrte, war ihr sofort klar, dass Mazal, der vor Müdigkeit zitterte, sich niederlegen wollte. Sie seufzte. Es führte kein Weg daran vorbei. Sie musste ihm hier ein Lager aufschütten, und den Schmutz in der Küche würde sie verdammt noch mal hinnehmen müssen. Außerdem, dachte Toulac, während sie sich in dem schmuddeligen Raum umsah, außerdem wird die dicke saubere Strohschicht den schmierigen Boden zudecken, und das kann auch nicht schlimmer aussehen als jetzt.

Sie zog sich die Stiefel an und ging durch den zähen Morast zur Scheune hinüber. Der strömende Regen konnte sie nicht zur Eile antreiben. Der Gedanke an eine neuerliche Begegnung mit dem monströsen Tier wirkte abschreckend. Aber eigentlich fand sie sich selbst dabei töricht. Das Ungeheuer hatte sie ausgesucht, damit sie seiner Gefährtin helfe, oder etwa nicht? Das erforderte immerhin einen gewissen Grad an Überlegung und Klugheit. »Toulac, altes Mädchen, dies ist eindeutig kein gewöhnliches, beutegieriges Ungeheuer«, sagte sie sich. »Wenn es nur nicht so verdammt groß wäre.«

Eine ganze Weile stand sie am Scheunentor und beobachtete den fremdartigen Gast. Seit ihrem Eintreten hatte er nicht einmal mit den Lidern gezuckt. Er war versunken in dem tiefen Schlaf, der einer völligen Erschöpfung folgt. Aber er scheint auch großes Vertrauen zu mir zu haben, wenn er sich diesen unbewachten Schlaf zugesteht, dachte sie. Seltsamerweise fühlte sie sich dadurch gerührt.

Nun, da es Tag war, konnte sie das Tier näher betrachten. Es sah sonderbar aus. Es lag eingerollt da wie eine schlafende Katze, und die eleganten Kurven des langen Körpers gaben ihm eine schlichte Schönheit. Im Zwielicht, das durch die offene Tür hereinfiel, erhielt die schuppige Haut einen sanften Schimmer, und das Muster sah aus wie bei einer Schlange. Doch der reptilienhafte Eindruck trog, denn die Haut fühlte sich warm und weich an, wie Toulac bereits am Vorabend festgestellt hatte.

Sie wünschte sich sehr, dass das seltsame Tier aufwachen möge. Andererseits ist es dann wahrscheinlich wieder hungrig, dachte sie bestürzt. Glücklicherweise hatte sie zwei Schweine aufgezogen, eines zum Schlachten, das andere zum Verkaufen. So war es zumindest geplant gewesen. Doch in der vergangenen Nacht hatte sie eins der beiden aufgeben müssen, weil sie nichts anderes hatte, womit sie den riesigen Besucher füttern konnte, und es war mit beängstigender Geschwindigkeit in seinem Schlund verschwunden. Das Zweite würde sicher auf demselben Wege folgen, und damit wären dann ihre Möglichkeiten ausgeschöpft. So weit, so gut. Toulac zuckte die Achseln. Es war ohnehin eine nahezu unlösbare Aufgabe, den Riesen zu ernähren, also gab es einen Punkt weniger, über den sie sich Sorgen machen musste. Aber was würde nach den Schweinen kommen? Was fraß er gewöhnlich?

Die Kriegerin näherte sich dem Schlafenden. Was zum Teufel bist du für einer?, fragte sie sich kopfschüttelnd. Auf jeden Fall schien er mehr Verstand zu besitzen als so mancher große tumbe Kämpfer, dem sie in ihrem ereignisreichen Leben begegnet war. Woher konnte er nur stammen? Und was verband ihn mit der Frau, die er ihr vor die Tür gelegt hatte?

Toulac war kein Dummkopf. Sie war weit herumgekommen und hatte die Schleierwand mehr als einmal gesehen. Sie wusste, dass Callisiora davon umgeben war. Die Priester mochten behaupten, sie sei das Ende der Welt, aber die listige Kämpferin hatte keinen Augenblick daran geglaubt. Sie kannte die Geschichten, die während langer Nachtwachen am Feuer erzählt wurden, die von fremdartigen, oftmals furchteinflößenden Eindringlingen handelten, die es in Callisiora nicht gab, die aber anscheinend hereingekommen waren von … Woher? Interessanterweise häuften sich inzwischen solche absonderlichen Gerüchte. Zufällig? Daran glaubte Toulac keien Augenblick lang.

Nicht selten hatte es sie gereizt zu erfahren, was hinter dieser unheimlichen Lichtbarriere lag. Wie sie nun in der kalten staubigen Scheune stand und dieses Wesen betrachtete, das den menschlichen Horizont überstieg, spürte sie wieder die alte Erregung im Blut, ein Gefühl, das sie schon verloren geglaubt hatte. Und zugleich fühlte sie die dunkle Last des Alters, der Verzweiflung und Sinnlosigkeit, die sie seit langer Zeit niedergedrückt hatten, von ihren Schultern gleiten und verschwinden. War dies ihre letzte glückliche Gelegenheit? Die erhoffte Möglichkeit, ihr Leben mitten in einem großartigen, wundervollen Abenteuer zu beschließen? Im Kampf zu sterben, wie es einem Krieger gebührt? Und ob es das war!

»Was immer hier geschieht, ich werde daran beteiligt sein«, gelobte sie sich, »auch wenn es wahrscheinlich das Letzte ist, was ich tue.«

In dem Augenblick hörte sie eine dünne Stimme hinter sich: »Hilf mir – bitte.« Und das Ungeheuer schlug die Augen auf.

Kapitel 10

Das Schicksal eines Fremden

Barsil lungerte im Hof der Zitadelle bei dem Leinensack herum, in dem die Leiche der Händlersfrau steckte. Er wartete darauf, dass man ihm den Karren von den Ställen herüber brächte, denn er sollte die Leiche fortschaffen und auf dem Friedhof vor der Stadt begraben. Mürrisch zog er sich die Kapuze über den Kopf. Der Regen war eiskalt. Dies war nicht gerade sein Glückstag. Die ganze Dreckarbeit schien an ihm hängen zu bleiben. Das war ungerecht!

Zuerst hatte man ihm befohlen, die Händlersfrau und ihr Kind zu beseitigen. Nicht, dass das Töten ihm etwas ausmachte, das tat es nie, und weder Geschlecht noch Alter spielten für ihn eine Rolle. Er hatte genügend Verstand, so sagte er sich, um solche netten, einfachen Gegner mehr zu schätzen als etwa einen großen breiten Rotten aus dem Osten, der mit einer Streitaxt bewaffnet ist. Es war das reinste Pech gewesen, dass Leutnant zickige Heiligkeit Galveron im denkbar schlechtesten Augenblick aufkreuzen musste, um aus der ganzen Sache einen schönen Bockmist zu machen. Glücklicherweise hatte er wenigstens mit der Frau fertigwerden können, bevor der Bastard sich mal wieder einmischte. Und dieser butterweiche Idiot ließ das Mädchen entkommen, das sich daraufhin glatt in Luft auflöste. Obwohl Scall diesbezüglich anders dachte, denn er hatte mit dem Leutnant die

Zitadelle angeblich von oben bis unten durchsucht. Außer mit Galverons Hilfe hätte das Balg kein Schlupfloch finden dürfen. Aber wer würde den Ärger abbekommen, sobald der Hierarch davon erfuhr? Nicht der verdammte Leutnant, das war mal sicher!

Und um noch eins drauf zu setzen – als hätte er nicht schon genug Schwierigkeiten –, hatte ihm der verfluchte Leutnant auch noch befohlen, der Frau ein anständiges Begräbnis zu besorgen. Warum gerade ich?, dachte er. Schließlich habe ich sie schon umgebracht, oder etwa nicht? Soll doch ein anderer das Weibsstück eingraben! Ein kalter Blick aus Galverons blauen Augen hatte ihm jedoch sehr ans Herz gelegt, dass es klüger wäre, den Mund zu halten und die Sache zu erledigen. Natürlich würde er unter normalen Umständen, sobald Galveron außer Sicht gewesen wäre, versucht haben, einem anderen durch Bestechung, Erpressung oder Einschüchterung diese lästige Aufgabe zuzuschieben. Aber die Zitadelle war wie ausgestorben. Die einen waren mit dem Hauptmann und dem Hierarchen im Gebirge, die anderen patrouillierten durch die Stadt oder waren gerade zurückgekehrt und saßen in der Messe bei ihrer spärlichen Mittagsration (die aber immer noch reichhaltiger ausfiel als alles, was es für das Volk in der Unterstadt zu kaufen gab). *Niemand* unterbrach einen Soldaten beim Essen, erst recht nicht in schlechten Zeiten. Also wusste Barsil, dass es kein Entrinnen gab. Er würde die Arbeit selbst tun müssen.

Plötzlich dämmerte ihm, dass er tatsächlich allein war. Er blickte sich verstohlen um. Der enge Hof zwischen der hohen Außenmauer der Zitadelle und dem Wachturm lag auch an sonnigen Tagen in einem staubigen grauen Zwielicht, doch die Regenwolken tauchten den tiefen Schacht zwischen den Steinmauern in trüben Dämmer. Während Barsil auf den Sack hinuntersah, kam ihm ein Gedanke. Vielleicht könnte er wenigstens einen Vorteil herausschlagen. Die Sache war lästig wie ein Furunkel am Hintern, warum sollte er auch noch mit leeren Händen weggehen? Er bückte sich und band hastig den Sack auf.

Er ignorierte den Verwesungsgeruch, der noch schwach, aber schon unerfreulich war, und schenkte dem kalten erstarrten Körper keinerlei Beachtung. Nun wollen wir doch mal sehen, dachte er. Es gibt keine armen Händler – sie haben immer irgendetwas Wertvolles … Er brauchte eine Zeit lang, um die vielen Taschen in dem Lederwams zu durchsuchen, doch er brachte nichts weiter hervor als eine Hand voll Getreide, ein paar verschrumpelte Möhren und Honigbonbons. Barsil fluchte. Verdammtes Pferdefutter! Dieses Miststück! In der Innentasche fand er auch nur ein paar Kupfer- und Silberstücke. Nun, besser als nichts. Er nahm die Goldringe aus den Ohrläppchen und die dünne Kette vom Hals und ließ sie zusammen mit den Münzen in seiner Tasche verschwinden. Damit würde immerhin eine Nacht mit einer Hure herausspringen.

Mehr war nicht zu holen. Die Stiefel aus robustem geschmeidigem Leder passten ihm nicht. Aber möglicherweise ließe sich mit der Weste noch etwas anfangen … Er drehte die Tote herum und streifte die Weste ab. Er war ungehalten, weil die Leichenstarre ihm die Sache erschwerte. Bevor er die Weste anprobierte, verschloss er den Sack. Es war nur eine Frage der Zeit, bis jemand vorbei käme, und je weniger Fragen er beantworten musste, desto besser.

Dann vergewisserte er sich mit einem raschen Blick, dass er unbeobachtet war, nahm seinen schwarzen Umhang ab und legte ihn zusammengefaltet auf den Sack, um ihn nicht schmutzig werden zu lassen. Er fuhr mit den Armen in das Wams und – »Bei Myrials finsterem Arschloch!«, knurrte er. »Das Mistding ist auch zu klein.« Unter wilden Flüchen warf das Kleidungsstück zu den abgelegten Stiefeln und versetzte dem ärgerlichen Haufen einen Tritt. Schon wollte er auch die Leiche treten, doch eilige Schritte ließen ihn mitten in der Bewegung anhalten, und er ruderte mit den Armen, um nicht das Gleichgewicht zu verlieren.

Zu seiner Erleichterung war es nur der junge Scall, der Lehrling der Schmiedemeisterin. Agella schmiedete die Waffen für Myrials heilige Krieger, und darin war sie unvergleichlich gut. Außerdem war sie der Hufschmied für die Reittiere der Boten und für die Streitrosse der Gottesschwerter. Jeder wusste, dass es Unglück bringt, dem Schmied über den Weg zu laufen, und daher begegnete ihr jeder von der Zitadelle mit Vorsicht und Respekt. Natürlich galt das nicht für den schmächtigen, lustlosen Grünschnabel von einem Lehrling, der da über den Hof eilte und zweifellos von einem Botengang zurückkehrte.

Beim Anblick des Jungen kam ihm der Einfall. Vielleicht war dieser Tag doch nicht so ein Reinfall. »He!, zischte er. »He, du! Lehrling!«

Der Junge machte einen Satz wie ein Floh. »Ich?«

Der Soldat stöhnte. »Natürlich du. Wer sonst? Beweg deinen Hintern hierher!«

Mürrisch und widerstrebend schlurfte Scall auf den Soldaten zu. Sein Gesicht hellte sich etwas auf, als er sah, dass es nur Barsil und nicht etwa jemand von Rang war. »Was willst du? Meisterin Agella hat gesagt, ich soll sofort wiederkommen. Sie wird wirklich böse sein …«

»Kümmere dich nicht um sie«, sagte Barsil und legte ihm einen Arm um die Schultern. »Ich habe hier nämlich etwas für dich«, flüsterte er verschwörerisch. Dabei hob er die Lederweste auf und hielt sie dem Jungen zur Begutachtung hin. »Na, wie wäre es? Ist doch wie für dich gemacht.«

Scall streckte die Hand nach der Weste aus. Die könnte er sich niemals leisten. Plötzlich schreckte er zurück, zu Barsils Verärgerung. »Was ist jetzt los?«, verlangte der Soldat zu wissen.

Der Junge zog die Brauen zusammen. »Die ist gestohlen. Sie gehört der Händlersfrau. Ich hab's gesehen, als sie heute Morgen angekommen sind.«

Bei Myrials Misthaufen! Barsil biss die Zähne aufeinander und beeilte sich nachzudenken. »Äh – natürlich gehörte sie der Händlersfrau. Sie hat sie mir nämlich verkauft.« Er verlegte sich auf Leutseligkeit. »Du weißt doch wie die Händler sind. Ständig wollen sie einem etwas andrehen …« Unterdessen versuchte er, den Jungen von dem Leinensack wegzulotsen.

»Hat sie dir die ebenfalls verkauft?« Scall zeigte auf die Stiefel, die auf dem Boden lagen. »Scheint mir komisch, dass jemand seine Stiefel verkauft.«

Barsil versetzte dem Jungen einen Schlag hinters Ohr, freilich nicht zu fest, denn er hoffte noch, dass sie sich handelseinig würden. »Keine Frechheiten, Lümmel, dann passiert dir auch nichts! Also, willst du nun das schöne Stück oder nicht? So was siehst du so schnell nicht wieder.«

»Ich hab ja nur gefragt«, jammerte Scall und griff sich ans Ohr. Er schob die Unterlippe vor wie ein Brett. »Du darfst mich überhaupt nicht schlagen.« Im diesem Moment fiel sein Blick auf den Sack. »Was ist das?«

»Äh – nichts«, sagte Barsil hastig.

Scall riss die Augen auf. »Das ist sie, stimmt's? Sie ist *tot!*« Seine Stimme hob sich am Ende zu einem schreckerfüllten Schrei. »Du versuchst, mir die Kleider einer Toten zu verkaufen!«

»Halt's Maul! Nicht so laut, du Idiot!«, herrschte Barsil ihn an. Dann breitete er entschuldigend die Arme aus. »Also gut, sie ist tot. Aber sieh mal, sie braucht ihre Weste jetzt nicht mehr, oder? Und das ist ein verdammt gutes Leder, jawohl. Solche Handarbeit siehst du nicht alle Tage. Na, da wäre es doch glatt ein Verbrechen, so ein gutes Stück mit zu begraben. Ich bin sicher, die arme Seele hätte genau das Gleiche gesagt.«

Der Junge schnappte nach Luft wie ein Fisch auf dem Trocknen. »Wie ist sie …«, begann er flüsternd, doch Barsil sah ihn so grimmig an, dass er schnellstens den Mund hielt. »Hör zu, Kleiner! Wenn du hier im Heiligen

Bezirk lange leben willst, dann vermeide es, solche Fragen zu stellen, und merke dir, wann es besser ist, den Mund zu halten. Verstanden? Sie hatte einen Unfall. Und das ist sicher eine traurige Sache. Also willst du jetzt die verdammte Weste, oder soll ich sie einem anderen geben?«

Für eine kurze Weile kämpfte Scall mit der Versuchung. »Was verlangst du dafür?«, fragte er schließlich.

Barsil grinste ihn an. »Na, das ist schon besser. Du lernst doch noch, deinen Kopf zu gebrauchen.« Er neigte sich dicht heran und sagte betont wohl wollend: »Da ich weiß, dass du nur ein Lehrling bist und kaum Geld hast, bitte ich dich nur um einen kleinen Gefallen. Aus reiner Güte, versteht sich. Ich brauche ein neues Schwert, aber die Schmiedin hat so viel zu tun. Selbst wenn ich sie jetzt fragen würde, käme ich erst nach Monaten an die Reihe. Du weißt sicher, wo sie ihre Liste verwahrt. Wenn du dich nur da heranschleichst und meinen Namen an die erste Stelle setzt, dann gebe ich dir diese wunderschöne Weste umsonst. Na, was sagst du?«

Der Lehrling zögerte. »Agella ist sehr eigen, was diese Liste betrifft. Sie sagt, ihr guter Ruf hängt davon ab, dass sie gute Arbeit leistet und ihre Kunden gerecht behandelt. Außer natürlich bei Hauptmann Blank oder beim Hierarchen nimmt sie es sehr genau mit der Reihenfolge. Wenn sie mich dabei erwischt, wie ich mich an ihrer Liste zu schaffen mache, dann kann ich was erleben.«

»Ach, komm schon – du schaffst das«, drängte Barsil. »Ein schlauer Junge wie du. Wenn du es richtig machst, merkt sie keinen Unterschied. Und …«, er schwenkte das Kleidungsstück verführerisch vor Scalls Nase, »du wirst der stolze Besitzer dieser hübschen Weste.« Er zwinkerte ihm zu. »Das könnte die Mädchen anlocken, was meinst du? Vielleicht diese hübsche Kleine in der Brauerei? Ich habe schon gesehen, dass du ein Auge auf sie geworfen hast.«

»Ich mach's«, sagte Scall schnell. »Aber wie wär's, wenn

ich dich an die zweite Stelle setze, damit es weniger auffällt?«

»Gemacht!« Barsil schlug dem Jungen auf die Schulter und gab ihm die Weste. »Aber vergiss nicht, ich erwarte, dass du dich an die Abmachung hältst. Lass es nicht dahin kommen, dass ich nach dir suchen muss.«

»Mach dir keine Sorgen, ich tu's, sobald ich kann.« Der Lehrling rannte davon, und keinen Moment zu früh. Er musste dem Karren ausweichen, der durch den Torbogen rumpelte.

Barsil schüttelte den Kopf. Ich glaube nicht, dass ich jemals so ein Kind gewesen bin, und so leichtgläubig, dachte er. Keinesfalls aber so dumm.

»Hilf mir – bitte. Ich muss mich übergeben.« Das war es, was Veldan sagen wollte, doch die Hälfte des Satzes ging verloren, als sie durch das Scheunentor schwankte und auf Hände und Knie fiel. Ihre Erinnerung an die jüngsten Ereignisse war noch sehr verschwommen. Sie hatte sich nur in das Laken eingewickelt und zitterte heftig. Der ganze Körper tat ihr weh, im Kopf dröhnte es, als wolle er bersten, und der Schmerz stach ihr wie mit Messern zwischen die Rippen.

Im Augenblick war das einzig Gute in ihrem Leben der Anblick von Kaz, der auf sie zu raste, dabei den angetrockneten Schlamm von seinem Körper nach allen Seiten verspritzte und erleichtert und entzückt ausrief: »Veldan, Veldan, du bist wach! Du lebst!«

Über seine Schulter hinweg erhaschte Veldan den Blick auf eine unbekannte Person, die der Feuerdrache umgerannt haben musste und die nun in einer Pfütze saß.

Kaz kam neben Veldan zum Stehen, und mit tränenüberströmtem Gesicht schlang sie die Arme um seinen Hals und schmiegte sich an ihn, während er sie aufhob und auf die Füße stellte. »Oh, Kaz – ich dachte schon, ich würde dich nie wiedersehen«, übermittelte sie in

Gedanken, die nur ein Hauchen waren, aber schon bohrte sich ein neuer Schmerz durch ihren Schädel, und grelle Lichtpunkte tanzten ihr vor den Augen. Sie spürte wieder den Drang, sich zu übergeben, doch da gab es nichts, was ihr hätte hochkommen können.

Kaz drehte den Kopf, um sie anzuschauen. »Schätzchen, du bist in einem schrecklichen Zustand. Und jage mir nicht noch einmal solch einen Schrecken ein! Ich dachte, es hätte dich sicher erwischt.«

»Ich glaubte, uns beide hätte es erwischt«, gestand Veldan und erinnerte sich schaudernd. Dann erstarrte sie. »Kaz! Der Seher! Was ist mit Aethon geschehen?«

»Tut mir Leid, Chef.« Kaz' Gedanken verfinsterten sich. »Ich bin mir ziemlich sicher, dass er tot war, als ich ihn zurückließ, und falls nicht, dann ist er es jetzt. Du hast mehr als einen Tag in der Kälte gelegen. Ich konnte ihn nicht retten, aber dir konnte ich helfen, also musste ich ihn liegen lassen. Ich hatte keine Wahl.«

Veldan schluckte schwer. »Also haben wir wieder versagt«, flüsterte sie.

»Alles, was recht ist«, erwiderte Kaz heftig, »nicht einmal Cergorn persönlich kann einen Erdrutsch zurückschlagen! Ich –«

»Mädchen, sie haben euch ganz schön abgehärtet, wo ihr herkommt, aber trotzdem solltest du dir etwas anziehen, oder du holst dir noch den Tod!« Die Frau hatte etwa die Stimmlage einer Bärin.

Veldan drehte sich nach ihr um, und wieder fuhr ihr der Schmerz durch Kopf und Rippen. Gleichzeitig merkte sie, dass ihr das Laken weggerutscht war und sie splitternackt in der kalten Scheune stand. Ohne sich daran zu stören, sah Veldan die kleine, stämmige Frau prüfend an. Kluge Augen hatte sie, und das glatte, graue Haar trug sie so kurz geschnitten wie sie selbst. Die Fremde war nicht mehr die Jüngste, und die Freuden und Sorgen eines langen, ereignisreichen Lebens sprachen aus ihrem Gesicht. Sie trug mehrere Schichten von Hemden und

Westen, robuste Hosen und einen offenen Schaffellmantel im letzten Stadium des Zerfalls. Veldan verspürte augenblicklich ein lebhaftes Verlangen, ihr den Schmutz von der Hinterseite zu klopfen, auf der sie Kazairls wegen gelandet war.

Veldan wollte sich nach dem Laken bücken, doch dabei wurde ihr schwarz vor Augen, und sie geriet in einen Strudel von Übelkeit und Schmerzen. Mit einer Hand hielt sie sich an Kaz fest und schluckte gegen den Brechreiz an, während der Puls in ihren Schläfen hämmerte. »Ich kann nichts mehr sehen«, hauchte sie.

»Ruhig. Lass mich dir helfen«, hörte sie die raue Stimme freundlich sagen. Veldan spürte, wie ihre kraftlosen Arme einer nach dem anderen in das weiche Vlies des schäbigen Mantels gesteckt wurden. Sie wehrte sich schwach und tastete ängstlich nach Kaz, der jedoch gegen diese Behandlung erstaunlicherweise keinen Einwand erhob.

»Sie ist in Ordnung, Boss«, versicherte ihr der Drache. »Sie hat mir gestern Abend ein ganzes Schwein gegeben.«

Die Frau setzte Veldan auf einen Strohballen und sagte energisch: »Jetzt hör mir mal zu! Ich verstehe, dass du bei deinem Freund sein willst, aber du musst vernünftig sein. Du siehst aus wie ausgekotzt und wieder aufgewärmt.« Das war genau die Art Vergleich, die Kaz eingefallen wäre, und Veldan fand das äußerst beruhigend. Dabei hörte sie ihn prusten vor Lachen.

»Bei Myrials breitem Hinterteil«, murmelte die Frau vor sich hin. »Er versteht mich *tatsächlich!*«

Allmählich konnte Veldan wieder etwas sehen. Die Frau hatte sich neben sie gesetzt und schien überhaupt keine Angst vor Kaz zu haben. Andererseits sah er, wie er so die Schnauze in Veldans Schoß legte, auch nicht im Mindesten wild aus.

»Scheint's, als hättet ihr beide nicht erwartet, einander lebend wiederzusehen.« Ein blaues Augenpaar zwinkerte Veldan durch den Nebel hindurch zu. »Um ehrlich zu sein, hatte ich selbst so meine Zweifel, ob du die Nacht überstehst. Du musst zäh sein wie altes Stiefelleder, Mädchen! Ich bewundere das an einer Frau – erinnert mich an mich selbst!« Sie gluckste und streckte die Hand aus. »Ich heiße Toulac.«

»Veldan«, antwortete sie und drückte ihr die Hand, die sich warm und hart anfühlte. »Und das ist Kazairl – Kaz –, mein …« Sie zögerte einen Moment bei der Frage, wie sie seine Existenz erklären sollte, ohne die Geheimnisse des Schattenbundes preiszugeben. Doch da war etwas um die alte Frau, das ein uneingeschränktes Vertrauen hervorrief … Ach, zur Hölle damit, dachte Veldan. Ich kann die Lage kaum noch schlimmer machen. »Kaz ist mein Partner«, sagte sie schließlich. »Wir sprechen miteinander durch Gedankenübertragung.«

Toulac schaute sie aus großen Augen an. »Also, da wird doch der Hund in der Pfanne verrückt! Ich kann mir einiges denken, was man mit diesem Trick anfangen könnte. Habt ihr zwei es jemals beim Spiel versucht?«

Veldan und Kaz tauschten einen kummervollen Blick. »Schon sehr oft«, antwortete die Wissenshüterin trocken. »Meistens spielen wir um unser Leben.«

»Das glaube ich gern, wenn ihr mit einem Erdrutsch Haschmich spielt.« Toulac legte einen Arm um Veldan. »Komm, Mädchen – du musst jetzt zurück ins Haus, raus aus der Kälte. Es wird gleich mordsmäßig schneien, und du zitterst schon, dass dir die Knochen klappern. Übrigens solltest du nach dem Schlag, den dein Kopf abbekommen hat, weiterhin im Bett bleiben. Von solch einer Verletzung erholst du dich nicht auf die Schnelle.«

Veldan seufzte. »Na gut«, stimmte sie widerstrebend zu. »Und danke, dass du mich nicht gleich mit einem Haufen Fragen bestürmt hast.«

Die alte Frau kicherte. »Wart's nur ab! Die hebe ich mir alle für später auf, wenn es dir besser geht.«

Veldan blieb noch kurz in der Scheune zurück und streichelte den Drachen, obwohl sie wusste, wie unvernünftig das war. Aber nachdem sie einander beinah verloren hätten, fiel es ihr sehr schwer, ihn aus den Augen zu lassen, und es bedurfte keiner Gedankenübertragung, um zu erkennen, dass es ihm nicht anders ging. Plötzlich konnte sie es ein wenig nachfühlen, was Elion durchgemacht haben musste.

»Tut mir Leid, aber dein Freund ist zu groß, um mit reinzukommen«, sagte Toulac. »Er passt nicht einmal auf die Veranda und mit dem Kopf durch die Küchentür. Vor allem wollen wir nicht, dass er von jedem neugierigen Wanderer gesehen wird, der dann prompt seine Nase in unsere Angelegenheiten steckt. Und zweitens ängstigt er das Pferd zu Tode.«

»Du hast ein *Pferd* in deiner *Küche?*«, platzte Veldan heraus.

»Na, und wenn, was dann?«, schnappte die alte Frau zurück.

»Du weißt gar nicht, wie glücklich mich das macht!«, keuchte Veldan lachend und hielt sich dabei die schmerzenden Rippen.

Toulac, die sich schon eine giftige Erwiderung zurechtgelegt hatte, sah sie verblüfft an. »Glücklich? Bei Myrial, warum das?«

»Ich habe das Pferd gesehen, als ich durch die Küche getaumelt bin, und ich dachte schon, dass ich nach diesem Schlag auf den Kopf anfangen würde zu spinnen.«

»Du hältst es also nicht irgendwie für – seltsam?«, fragte Toulac immer noch misstrauisch.

Veldan zog die Schultern hoch, wofür sie sofort schmerzhaft bestraft wurde. »Warum sollte ich? Schließlich ist es ein Pferd, und das Wetter ist scheußlich. Ich hätte wahrscheinlich dasselbe getan.«

Toulac starrte sie ungläubig an, dann brachen sie in Gelächter aus und legten den Grundstein für eine Freundschaft, die nur der Tod selbst beenden konnte.

Blank war an der Sägemühle vorbeigeritten, ohne sie eines Blickes zu würdigen. Er war mit seinen Gedanken woanders. Ich muss die Sache beschleunigen, damit wir noch heute nach Tiarond zurückkommen, dachte er.

Schon seit Tagen kündigte sich ein Wetterumschwung an. Der Winter würde in diesem Jahr sehr früh hereinbrechen. Blank schaute besorgt zum Himmel auf, der eine dunkle blaugraue Färbung angenommen hatte und sich noch weiter verfinsterte. Ein Sturm kam auf, und dann war man auf dem Chaikar in Lebensgefahr. Vielleicht hätte ich lieber in der Stadt bleiben sollen, dann hätte Zavahl allein sein Glück im Sturm versuchen können, sinnierte er. Andererseits wäre ein toter Hierarch unter einer Schneewehe seinen Zwecken weit weniger dienlich als ein brennender Hierarch im Opferfeuer.

In Wirklichkeit war sich der Hauptmann der Heiligen Krieger Myrials durchaus gewahr, dass es für ihn gar nicht in Frage gekommen wäre, in der Stadt zu bleiben . Keinen Augenblick hatte er bezweifelt, dass der Mann die Wahrheit sagte, als er den Drachen beschrieb. Doch war es ihm sehr wichtig, die Stelle des Erdrutsches persönlich in Augenschein zu nehmen. Wahrscheinlich hatte sich der Drache auf dem Weg nach Gendival befunden. Da es ihm gelungen war, so weit in dieses unwirtliche Gebirge vorzudringen, konnte man darauf wetten, dass er nicht allein gekommen war. Zu einem ungünstigeren Zeitpunkt hätten die Wissenshüter sich nicht einmischen können. Jeder Agent des Schattenbundes musste gefunden und sofort ausgeschaltet werden.

Bei allen Ungelegenheiten, die der Drache ihm bereitete, empfand Blank ein wenig Mitleid mit dessen Volk. Wenn die Drachen so verzweifelt waren, dass sie einen der ihren auf den langen Weg durch das nasskalte Nordland schickten, dann musste ihre Not wirklich groß sein. Düster dachte er an die Lebewesen, die zu Tausenden in der ganzen Welt dahinstarben. Und alles nur, weil ein Mann so mutig – oder so verrückt – gewesen war, an den

Grenzen etwas ändern zu wollen, von denen sie so lange Zeit beschützt worden waren.

Plötzlich geriet er in Panik. In den ledernen Stulpenhandschuhen wurden ihm die Hände feucht. Das Pferd witterte seine Angst und warf den Kopf hin und her. Dann hatte Blank sich wieder in der Gewalt. Gib nicht vor, du hättest diesbezüglich ein schlechtes Gewissen, sagte er zu sich selbst. Du wusstest sehr gut, dass viele sterben würden, wenn du dich an der Schleierwand zu schaffen machst, angefangen bei den grotesken, kriegerischen Gaeorn bis hin zu dem weisen und ehrenvollen Drachenvolk. Ihr Tod ist notwendig. Unvermeidlich. Die Bewohner dieser Welt haben in ihren kleinen Enklaven vielleicht sicher gelebt, aber dafür sind sie rückständig und abgestumpft. Das muss sich ändern, und jede Veränderung habe ihren Preis. Deine Meinung ändern und davon Abstand nehmen kannst du nicht mehr. Du hast eine Kettenreaktion ausgelöst, die sich nicht mehr anhalten lässt. Und die Stärksten werden schließlich überleben. Die Stärksten, die Zähesten – und die Klügsten. Am Ende sind sie befreit und können gehen, wohin sie wollen, und sich entwickeln, wie sie es für richtig halten.

Rede es dir nur gut ein, höhnte eine Stimme in seinem Hinterkopf. *Rede es dir nur gut ein, dass du es um ihretwillen tust. Wenn du das lange genug behauptest, wird es vielleicht sogar wahr.*

Der durchnässte Umhang zog an seinen Schultern, doch der Hierarch fühlte sich ganz leicht. Er beobachtete, wie die Soldaten den Drachen ausgruben. Gerettet! Er konnte sein Glück kaum fassen. Er würde nicht seinen Platz auf dem Scheiterhaufen einnehmen müssen, würde nicht zu Ehren Myrials geopfert werden. Der Gott zeigte sich gnädig: Diesmal würde das unglaubliche Geschöpf an seine Stelle treten.

Der Himmel sah bedrohlich schwarz aus. Rings um

die Ausgrabungsstelle hatte man Pechfackeln in den Morast gesteckt. Das Ungeheuer war bereits zur Hälfte freigelegt. Ob tot oder sterbend, es war außergewöhnlich schön. Der Kopf mit der spitz zulaufenden Schnauze hing schlaff zur Seite, doch seine Form war elegant und erschien wie aus reinem Gold. Zavahl wünschte sich die großen Augen sehen zu können, doch trotz aller Versuche seitens der Soldaten, sie zu öffnen, blieben sie fest geschlossen. Schon die Körpermaße des Drachen würden dem hartnäckigen und unzufriedenen Volk vor Augen halten, dass der Hierarch die Gunst seines Gottes sehr wohl noch besaß.

Er hatte nun genug gesehen – mehr als genug –, um sich seiner Sache gewiss zu sein. Es war an der Zeit, sich des Händlers zu entledigen. Zavahl warf einen Seitenblick auf ihn. Der Mann stand wartend in der Nähe, das Gesicht unter der Kapuze verborgen, und kauerte sich zitternd in seinen Mantel. Er sah dem Vorgang unbewegt zu und hielt respektvollen Abstand zu den Höherstehenden. Blank stand seitwärts und ein wenig hinter dem Mann. Unentwegt beobachtete er ihn mit kalten, aufmerksamen Augen. Zavahl fing seinen Blick ein und nickte einmal unmerklich. Blanks Wachen kamen plötzlich in Bewegung.

Der Mann floh im selben Moment, und die Soldaten waren zunächst überrumpelt. Dann setzten sie ihm nach. Zavahl beachtete sie nicht weiter. Für die Beseitigung des Landfahrers war Blank verantwortlich, nicht er. Stattdessen eilte er in den Kreis der Fackeln, um sich seinen Drachen aus der Nähe anzusehen.

Tormon hatte es längst bereut, den Hierarchen auf seinen Fund aufmerksam gemacht zu haben. Während des Aufstiegs zum Pass war ihm zunehmend unbehaglich zumute gewesen. Trotz seines sonst so stolzen Anspruchs, sich niemals vom Rang einer Person einschüchtern zu lassen, flößte ihm das kalte, schroffe Benehmen der beiden großen Männer Furcht ein. Die Bewaffneten der Eskorte bedeuteten hier keine Hilfe. Vielmehr sahen sie durch ihn hindurch, als wäre er gar nicht vorhanden. Sie ritten diszipliniert und schwiegen. Nur das Lederknarren und Metallgeklirr war hin und wieder zu hören gewesen.

Erst als sie bei dem Abhang angekommen waren und Tormon den Drachen vorweisen konnte, hatten sich die starre Haltung und der harte Gesichtsausdruck des Hierarchen etwas gelöst. Auch die Anspannung der Soldaten hatte nachgelassen. Doch das genügte nicht, um Tormon die Befangenheit zu nehmen. Der Hierarch wirkte weiterhin unzugänglich, und sein Gesicht zeigte keinerlei Regung. Auch als er Tormon dankte, fehlten seiner Stimme die Wärme und die Aufrichtigkeit. Der Hauptmann an seiner Seite blieb so angespannt und bedrohlich wie eine beköderte Bärenfalle.

Dann, als die Grabung so weit fortgeschritten war, dass schon ein gut Teil von der bewunderungswürdigen Kreatur zu sehen war, hatte Tormon sein Augenmerk auf etwas anderes gerichtet. Er stellte sich so, als würde er die Ausgrabung mit großem Interesse verfolgen, doch dabei galt seine ganze Konzentration dem heimlichen Versuch, sich langsam aber stetig seitwärts zu bewegen und größtmöglichen Abstand zwischen sich und die anderen zu legen. Im Schutz seiner Kapuze verfolgte er mit den Augen jede Bewegung des Hierarchen, des Hauptmanns und der Männer, die nicht an der Arbeit beteiligt waren. Verzweifelt suchte er die bemoosten, schlüpfrigen Felswände der Schlucht nach einem Fluchtweg ab. Wenn sich die Dinge so entwickelten, wie er es inzwischen befürchtete, dann würde er einen brauchen.

Endlos dehnte sich die Zeit bis zum Abend, und ewig schien Tormon darauf warten zu müssen, dass seine Furcht sich bewahrheitete. Er zitterte vor Angst und Anspannung und konnte nichts dagegen tun. Nicht einen Augenblick hielt er sich für überspannt oder spielte die Gefahr herunter. Er blieb wachsam und fluchtbereit.

Im selben Moment, als der Hierarch das Zeichen gab, rannte er los, ließ die Wachen mit den gezogenen Waffen zu seiner Rechten zurück und hastete in einem verrückten Kurs über die Trümmer des Abhangs zum Rand der Schlucht, sodass ihm niemand zu Pferde folgen konnte. Seine Angreifer hätten sicherlich erwartet, dass er zum Pfad hinauf fliehen würde, wo die Pferde angebunden waren, doch stattdessen brach er durch die Reihen der Grabenden, rannte über den Drachenkörper und dann kreuz und quer abwärts, bevor es seinen Gegnern gelang, sich zu sammeln.

Die verstreut liegenden Baumstämme und Äste hemmten seine Lauf, boten aber eine gewisse Deckung. Pfeile surrten als dunkler, tödlicher Schwarm durch die Luft, krachten auf die Felsbrocken und schlugen dicht hinter ihm in Holz und Morast ein, dass sich sein Bauch vor Angst zusammenzog. Blanks Soldaten holten auf. Immer näher kamen ihre Schritte, das mahlende Geräusch rollender Steine, das Krachen der Zweige. Tormon konnte seine Verfolger schon keuchen hören. Ihm war übel vor Angst. Er rannte um sein Leben und betete, wie er noch nie zuvor gebetet hatte. Wenn doch die Wolken niederkämen, um ihn zu verbergen! Würde sich doch vor seinen Füßen ein Spalt auftun! Ein Wunder, oh Myrial, bitte, ein Wunder …

Dann ein Pfeil, der ins Fleisch traf, und ein grausiger, durchdringender Schrei, der nicht enden wollte. Das ist nicht meine Stimme, dachte Tormon, ohne anzuhalten. Ich bin es nicht, der da schreit. Doch in dem aufflammenden Schmerz schwanden ihm die Sinne, und die Dunkelheit überkam ihn.

Wie alle Drachen war auch Aethonein Geschöpf des feurigen Elements und konnte von keiner Flamme versengt werden. Im Gegenteil: Auf seinen hungernden Körper hatte die Hitze der Fackeln eine belebende Wirkung. Sein

Geist erhob sich aus der dunklen Tiefe des Vergessens in die Sphäre des Bewussten. Bald wurde der Drache seiner Umgebung gewahr: Er spürte die Nässe, den Morast, die schneidende Kälte. Doch kein Zeichen von Veldan oder Kazairl. In seinem geschwächten Zustand könnte er keinen Gedanken übertragen, der deutlicher gewesen wäre als ein dünnes Flüstern. Er war bestürzt, aber nicht überrascht, dass er keine Antwort bekam, denn es erschien ihm mehr als wahrscheinlich, dass die Wissenshüter unter dem Erdrutsch verschwunden waren. Und er selbst war in die Hände der Callisioraner gefallen – einer Art, die Veldan als primitive, abergläubische Wilde beschrieben hatte.

Am Ende wurde ihm der ganze Schrecken seiner Lage deutlich. Das nahe Feuer hatte zwar sein Bewusstsein geweckt, doch er konnte nichts tun, um die Kräfte seines Körpers wiederherzustellen. Denn dafür brauchte er pralles Sonnenlicht. Nichts anderes enthielt genügend Energie.

Aus seiner Bestürzung wurde Verzweiflung. Das Urteil stand unwiderruflich fest. Er hatte keine Möglichkeit zu entkommen. Bald, an diesem Ort, würde Aethon, der Seher des Drachenvolkes, sterben.

Da er nun noch einmal klar im Kopf war, begann sein Verstand wie rasend zu arbeiten. Warum hatte er sein Ende nicht vorausgesehen, bevor er diese Reise antrat? Gewiss er hatte gespürt, dass etwas fehlschlagen könnte. Außer einer Vision vom Schlangenpass waren alle Eindrücke verworren und undeutlich gewesen, fast so als würde er die Welt nicht mit seinen, sondern mit völlig fremden Sinnen erfassen. Doch dass er sterben würde? Das erschien ihm unmöglich! Der Drache versuchte sich zu sammeln, bevor er in Panik ausbrach. Wenn er jetzt starb, wäre nicht nur seine einzigartige Begabung verloren, sondern auch all sein Wissen – die gesammelte Überlieferung und Weisheit von Jahrhunderten, die das Drachenvolk über unzählige Generationen hinweg bewahrt und weitergegeben hatte und die sehr wohl den Schlüssel zur Erlösung von den Plagen der Welt enthalten konnten.

Ein schrecklicher Gedanke, in diesem fernen Land, umgeben von diesen zurückgebliebenen, befremdlichen Lebewesen einen einsamen Tod zu sterben. Kein Drache war jemals im Augenblick seines Todes allein gewesen. Bevor sein Bewusstsein aus der Welt verschwand, gab er sein gesamtes Wissen und alle Erfahrung seines Lebens an einen eigens bestimmten Nachfolger weiter, indem er sie direkt von Geist zu Geist übertrug. Auf diese Weise ging niemals etwas verloren, was von größter Bedeutung war für eine Spezies, die nur wenige Nachkommen gebar und deren Population immer gering blieb. Als Seher aber war Aethon einzig in seinem Volk. Der Verlust seiner Fähigkeit könnte der ganzen Art schaden. Und was seine Gefühle betraf, so blieb ihm sogar die tröstende Gewissheit versagt, dass ein Teil seiner selbst im Erbe zukünftiger Drachenvolkgenerationen weiterleben würde.

Plötzlich kam ihm in den Sinn, dass es – vielleicht – einen Weg gab, um seine Erinnerungen vor der Vergessenheit zu bewahren. Da er ein Wissenshüter war, lag seine telepathische Leistungsfähigkeit weit über dem Durchschnitt seines Volkes. Wenn es ihm also gelingen würde, sein gesamtes Bewusstsein in einen anderen Körper zu übertragen – in einen robusten menschlichen –, dann könnte er ihn als Mittel benutzen, um sich selbst in sein Land zurückzubringen und sein Wissen an einen Nachfolger weiterzugeben, bevor er schließlich seinen Geist dem Jenseits überließe, wie es natürlich und richtig wäre.

Das hatte noch niemand vor ihm getan, und er konnte nicht sagen, ob es tatsächlich gelingen würde. Aber er musste es versuchen. Eine andere Möglichkeit blieb ihm nicht. Er konzentrierte sich darauf mit aller Kraft und wartete still, dass einer der Menschen nahe genug an ihn heran käme. Unter dem kleinen Haufen Männer schien es einen Tumult zu geben. Einer floh, die anderen jagten ihm nach … Aethon verwünschte sich. Wohin liefen sie? Würden sie zurückkehren? Er durfte sie nicht verlieren – dies war die eine und letzte Chance. Nein – einer war ihnen nicht gefolgt. Er kam näher, näher …

Als der Mann die Hand ausstreckte, um ihn zu berühren, handelte Aethon. Er konnte keinen Muskel seines Körpers bewegen, doch er nahm seinen Geist zusammen, bündelte sein Bewusstsein zu einem Strahl und schleuderte ihn wie einen Speer in den Geist des nichts ahnenden Menschen. Gerade als er dies tat, spürte er die Nähe eines anderen Wissenshüters – zu spät. Er war bereits übergewechselt. Dann fing es an zu schneien, und der Schnee fiel wie ein Leichentuch auf den sterbenden Drachen, der sich in letzten Zuckungen wand. In seiner neuen Hülle aber stieß Aethons Geist einen lautlosen Triumphschrei aus. Der Hierarch brüllte markerschütternd.

Kapitel 11

Zug um Zug

Die Suffraganin Gilarra, die dem Hierarchen nur noch im Hinblick auf die Körpergröße nachstand, genoss in ihrem einfachen Heim im Handwerkerviertel für einen Nachmittag das häusliche Leben, das sie so oft vermisste. Den beiden Dienern hatte sie frei gegeben, damit sie mit ihrer Familie allein sein konnte. Das brauchte sie als Gegenmittel für ihre Unruhe, die in erster Linie dem Plan des Hauptmanns entsprang, den Hierarchen zu beseitigen und sie an dessen Stelle zu setzen. Ihre zweite Sorge galt der Händlersfrau und ihrer kleinen Tochter, die in der Zitadelle verschwunden waren, als ob es sie niemals gegeben hätte. Dreimal schon hatte Gilarra vorgesprochen und nach ihnen gefragt; jedes Mal war sie vertröstet worden: Sie badeten, hatten die Wächter behauptet, oder sie äßen oder schliefen. Dabei setzten die Soldaten immer dasselbe nichtssagende, höfliche Gesicht auf, mit dem sie auf eine nicht näher zu benennende Weise andeuteten, es bestehe kein Grund zur Sorge. Stets beriefen sie sich auf den Befehl des Hierarchen oder die Anweisungen des Hauptmanns, die von Gilarra nicht außer Kraft gesetzt werden konnten. Und jedes Mal hatte man sie dazu gebracht, vor dem Tor der Zitadelle wieder umzukehren, ohne dass nur ein einziges drohendes Wort gefallen wäre.

Wenigstens war es ihr gelungen, Blanks jungen Leutnant abzufangen und ihn in deutlichen Worten auf ihre

Besorgnis hinzuweisen. Galveron ist ein guter Kerl, versicherte sie sich selbst. Er würde nicht zulassen, dass ihnen etwas geschieht. Vielleicht bilde ich mir nur ein, dass sie in Gefahr schweben. Lieber Myrial, lass es wahr sein. Zavahl wird doch sicher nicht einer unschuldigen Mutter und ihrem Kind etwas antun? Er mag vielleicht fordernd und in seinem Glauben verbohrt sein, aber er ist doch darum kein schlechter Mensch und kaum jemals ungerecht gewesen – außer gegen sich selbst.

Ihr Gatte Bevron hatte sich von der Arbeit in der Silberschmiede freigenommen. Er lag vor dem Kamin und spielte mit Aukil, ihrem kleinen Sohn. »Es ist erstaunlich, wie sich die Stimmung im Heiligen Bezirk verändert, wenn Zavahl fort ist. Es ist, als würden wir alle erleichtert aufatmen und uns entspannen«, meinte er. Gilarra schaute von dem Hemd auf, das sie bestickte. Aus Angst, die Geruhsamkeit des Nachmittags zu stören, hatte sie es bisher vermieden, über die bevorstehende Opferung Zavahls zu sprechen. Doch so hatte Bevron das Thema angeschnitten, und sie konnte kaum ausweichen, ohne ihm das Gefühl mangelnden Vertrauens zu geben. Sie zerbrach sich den Kopf, wie sie ihm die Neuigkeit auf schonende Weise mitteilen könnte, doch dann gab sie es auf. Ganz gleich, wie sie es vorbrächte, Bevron würde nicht erfreut sein. Am besten, sie brachte es einfach hinter sich. »Wenn es nach Blank geht, wirst du ab morgen jede Menge Zeit zum Entspannen haben«, erwiderte sie trocken. »Denn ab morgen Nacht wirst du neben dem neuen Hierarchen schlafen.«

»Was?« Bevron sprang auf und zertrat dabei ein paar Holztiere, was einen Entrüstungsschrei des kleinen Aukil nach sich zog. »Du willst Zavahl opfern? Oh, Gilarra, nein! Das kann nicht wahr sein!«

Gilarra ließ ihre Stickarbeit fallen, trat auf ihn zu und nahm seine Hände. »Das ist nicht meine Idee, Liebling. Aber wir beide scheinen die Einzigen in der Stadt zu sein, denen dieser Gedanke missfällt. Was die Menschen in

Tiarond betrifft, so fühlen sie sich vom Hierarchen im Stich gelassen, und wahrscheinlich kann man das für ganz Callisiora sagen. Wenn Myrial sich von Zavahl abgewandt hat, und du musst zugeben, dass es ganz danach aussieht, dann ist er für das Volk von keinem weiteren Nutzen, außer als ein Opfer.«

Bevron presste ihre Hände schmerzhaft zusammen. »Und wenn er geht, musst du ihn ersetzen.«

»Liebling, wir haben stets gewusst, dass es dazu kommen könnte. Ich habe immer im Bewusstsein dieser Möglichkeit gelebt. Du hast es akzeptiert, als du mein Lebensgefährte wurdest.«

»Nur weil ich glaubte, es würde niemals geschehen«, erwiderte Bevron. »Verfluchter Zavahl! Es wäre nie so weit gekommen, wenn er nicht solch ein frömmelnder Eiferer, solch ein eingebildeter Narr wäre!«

»Oh, sei still!«, fuhr Gilarra dazwischen. »Der arme Zavahl – ich könnte seine Lebensauffassung niemals teilen. Ich habe keinen einsameren Mann gesehen als ihn. Einerseits tut er mir entsetzlich Leid, andererseits möchte ich am liebsten aus lauter Wut auf ihn einschlagen, weil er an seinen Problemen größtenteils selbst Schuld hat. Schon als Kind hat er alles furchtbar ernst genommen.«

»Papa – weiterspielen!«, verlangte Aukil mit einer Unterlippe, die er wie eine offene Schublade vorgeschoben hatte, und zupfte seinem Vater am Ärmel.

Mit einem Seufzer ließ Bevron seine Frau los und nahm seinen Platz auf dem Teppich wieder ein. »Nein, mein Schatz. Du kannst die Kühe nicht auf das gelbe Feld stellen. Denn das ist der Mais, nicht wahr?«, ermahnte Bevron seinen Sohn, der vor einiger Zeit entdeckt hatte, dass die bunten Rechtecke des Teppichs sich hervorragend als Untergrund für seinen Bauernhof eigneten.

Aukil schob die Unterlippe noch weiter hervor. Mit dem hellbraunen Haar und seinem stämmigen Körperbau war er ein Abbild seines Vaters. »Kann ich wohl. Ist ja mein Hof.« Er warf seinem Vater einen warnenden Blick zu und setzte die hölzernen Kühe zurück auf das gelbe Feld. »Sie mögen Mais.«

Bevron zuckte die Achseln. »Wie du willst, Kamerad, aber dein Bauer wird dann im nächsten Winter hungern müssen.«

Damit wandte er sich wieder Gilarra zu und fuhr fort, wo sie ihr Gespräch unterbrochen hatten. Gilarra nahm es schmunzelnd zur Kenntnis. Seit sie ein Kind hatten, verstanden sie es beide meisterhaft, zwei Unterhaltungen gleichzeitig zu führen.

»Was glaubst du, warum Zavahl so ist?«, fragte Bevron. »Ich meine, ihr beide wurdet in der Basilika und im Heiligtum gemeinsam großgezogen, aber du bist, Myrial sei Dank, ein ganz anderer Mensch geworden.«

»Also, um Zavahl gerecht zu werden, muss man sagen, dass die Umstände nicht genau gleich waren.« Sie nahm ihre Handarbeit wieder auf und schob erst einen Faden durch das Nadelöhr, bevor sie weiter sprach. »Bedenke, er wurde aufgezogen, um der Hierarch zu werden. Auf mir hat niemals diese schreckliche Verantwortung gelastet. Und der alte Malacht, der Priester, in dessen Obhut er stand …« Sie hielt inne und schauderte. »Hier hast du einen Eiferer reinsten Wassers, einen Mann so hart wie Stahl und kalt wie Stein. Ich hatte es besser – ich wuchs im Haus der Priesterinnen auf, aber Zavahl stand unter der Herrschaft dieses grausamen Despoten. Wo andere ein Herz haben, war bei dem nur ein finsteres Loch.« Sie schaute an Bevron vorbei und dachte stirnrunzelnd an die Vergangenheit. »Ich frage mich manchmal, was für ein Mensch Zavahl geworden wäre, wenn dieser verschrobene alte Rohling nicht bei dem Unfall ums Leben gekommen wäre –«

»Welcher Unfall?«, unterbrach Bevron.

Gilarra blickte ihn überrascht an, doch dann sagte sie: »Ich hatte vergessen, dass du es nicht wissen kannst, denn unter den Handwerkern ist sein Unfall nicht bekannt. Malacht ist im Tempel die Treppe heruntergestürzt, die Treppe, die von den Gemächern des Hierarchen zur Halle der Anbetung führt.«

Bevron stieß einen leisen Pfiff aus.

Gilarra machte eine wegwerfende Geste. »Er hatte alle Knochen im Leib gebrochen, als er unten ankam. Und soll ich dir etwas sagen? Es gab keine Menschenseele im Heiligen Bezirk, die nicht hocherfreut war.« Dabei schaute sie Bevron so finster an, dass er unwillkürlich einen Schritt zurücktrat. Es knirschte laut unter seinen Füßen, und Aukil ließ ein ärgerliches Jammern hören. Bevron fuhr aufgeschreckt herum, dann bückte er sich, hob zwei Tiere auf, die er schlimm zugerichtet hatte, und strich seinem Sohn über den Kopf. »Das tut mir Leid, Kind.«

»Du hast sie umgebracht«, weinte Aukil.

»Nein, Schatz, sie hatten nur einen kleinen Unfall«, sagte Gilarra beruhigend. »Dein Vater wird die Beine sicher wieder ankleben, dann sind sie so gut wie neu.«

»Natürlich mach ich das. Lauf du und hol den Leimtopf, ich werde sie sofort wieder heil machen.« Während Aukil nach dem Topf rannte, wog Bevron nachdenklich die Holzfiguren in der Hand. »Zerbrochen wie der alte Malacht«, murmelte er.

Gilarra schüttelte den Kopf. »Myrial sei Dank, dass ihn niemand mehr zusammenkleben konnte. Nach seinem Tod führte Zavahl ein tausendmal besseres Leben, dennoch muss eine solche Kindheit ihre Narben hinterlassen haben. Vermutlich weiß ich nicht einmal die Hälfte der Qualen, unter denen er als Kind gelitten hat. Deshalb kann ich ihm nicht die ganze Schuld dafür geben, wie er geworden ist. Malacht hat niemals darüber hinweggesehen, dass Zavahl nur der Sohn einer Dienerin war, anstatt das Kind einer Priesterin, so wie ich. Du kennst die Regel. Myrials Stellvertreter wird das erstgeborene Kind im Heiligen Bezirk nach dem Tod des Hierarchen, ganz gleich welcher Herkunft. Wenn es nicht so viele Zeugen gegeben hätte, hätte Malacht den armen Zavahl vermutlich mit der eigenen Nabelschnur erdrosselt und auf einen Kandidaten gewartet, den er für geeigneter hielt.«

»Der zweifellos du gewesen wärst«, fügte Bevron leise hinzu.

Gilarra zuckte mit den Schultern. »Oh, ich will gar nicht abstreiten, dass ich das Was-wäre-wenn-Spiel oftmals gespielt habe, als ich noch jung und ehrgeizig war. Es gehört eben zu meinem Schicksal, dass ich erst jetzt Hierarch werde, wo ich es als allerletztes sein möchte und die Suppe auslöffeln muss, die Zavahl eingebrockt hat. Und was Blank betrifft, so bin ich nicht allzu sehr von der Reinheit seiner Motive überzeugt, und auch nicht –« Es klopfte leise und mehrmals rasch hintereinander an der Tür. Es klang geradezu verstohlen.

»Na, wer kann das sein?« Gilarra überkam eine tiefe Unruhe. Sie schalt sich, nicht töricht zu sein, doch sie wurde die Gedanken an die Händlersfrau und ihre kleine Tochter nicht los, die man in den düsteren Rachen der Zitadelle geworfen hatte. »Ich werde öffnen.« Sie winkte ihrem Mann, am Feuer liegen zu bleiben, warf die Handarbeit in den Korb zurück und eilte zur Tür.

Auf der Schwelle stand der junge Galveron. Ein Blick in sein Gesicht sagte ihr alles, was sie wissen musste. Sie machte einen Schritt rückwärts und sank gegen den Türpfosten. Doch sie hatte nicht umsonst ihr Leben damit zugebracht, die Schwierigkeiten dieser Stadt zu meistern, die ein unerfreulicher Hierarch an sie delegiert hatte. Also tat sie, was sie immer getan hatte: Sie nahm sich zusammen. Da erst sah sie, dass der Leutnant ein Bündel im Arm trug. Er versteckte es zwischen den weiten Falten seines Umhangs. Galveron blickte ihr in die Augen und nickte. »Kommt rein – schnell!«, zischte sie, schob ihn in den engen Korridor, warf die Tür zu und verriegelte sie.

Galveron warf einen gequälten Blick in das behagliche Zimmer, wo Bevron und sein Sohn vergnügt mit ihrem Spiel beschäftigt waren, und wandte sich rasch ab. Er ging wortlos in die Küche, setzte sich an den langen gescheuerten Tisch und öffnete seinen Umhang. In seinem Arm lag das kleine Mädchen mit zerzausten Haaren und schmutzigem, tränenverschmiertem Gesicht. Der Daumen steckte im Mund, die Augen, die Gilarra so lebhaft und glücklich gesehen hatte, starrten ausdruckslos ins Leere.

»Myrial sei gnädig!« Gilarra kniete sich neben ihm nieder und streckte sacht die Hand nach dem Gesicht des Kindes aus. »Annas? Annas?« Doch das Kind verschloss fest die Augen und drehte den Kopf weg. Es gab keinen Laut von sich, nicht das leiseste Wimmern.

»So ist sie, seit ich sie gefunden habe«, sagte Galveron gepresst. »Ihre Mutter … sie … ich kam zu spät. Hingerichtet auf Befehl des Hierarchen. Die Kleine hat alles mitansehen müssen. Sie ist davongerannt und hat sich versteckt. Dann wurde alles abgesucht. Ich war ihre einzige Rettung. Wenn sie ein anderer gefunden hätte …« Er schüttelte den Kopf, sein Atem ging heftig wie nach einer immensen Anstrengung. Gilarra sah ihm in die Augen und begriff, dass nicht die Trauer ihm zu schaffen machte. Schließlich war er Soldat und keineswegs so naiv, wie sein gütiges Gesicht und sein freier, offener Blick vielleicht glauben machten. Nein, Galverons innerer Aufruhr entsprang seinem Zorn, purem glühendem Zorn, den er mühsam unterdrückte, um Annas nicht weiter zu ängstigen oder vielleicht Gilarras Sohn zu beunruhigen.

»Ich fand sie schließlich im Hof«, fuhr Galveron mit belegter Stimme fort. »Myrial allein weiß, wie sie so weit kommen konnte, ohne gefangen zu werden. Sie hatte sich in diesem albernen Wagen versteckt.«

Gilarra bemerkte, wie er das Kind an sich drückte, doch es blieb vollkommen still. »Gib sie her, ich nehme sie jetzt«, sagte sie, und Galveron legte ihr rasch das Kind in die Arme, als könnte er dadurch das schreckliche Wissen, wie es hierher gekommen war, abstreifen.

Gilarra wiegte das Mädchen leise summend hin und her und war entschlossen, nicht daran zu denken, wer seinen Tod angeordnet hatte. Jetzt nicht, noch nicht, sang sie für sich im Rhythmus ihres Wiegens. Das Wichtigste zuerst … Doch gerade als sie das Ungeheuerliche aus ihrem Bewusstsein verbannt hatte, wusste sie schon, dass der Schrecken nur zu bald wieder sein Haupt heben würde. Dann musste sie der Tatsache ins Auge blicken, dass der Zavahl, den sie zeit ihres Lebens gekannt und wie einen Bruder geliebt hatte, sich in einen furchtbaren, ihr fremden Menschen verwandelt hatte.

Dafür sollst du verdammt sein, Zavahl, dachte sie mit zusammengebissenen Zähnen, und sie spürte, wie sie sich gegen ihn verhärtete. Vielleicht verdienst du es, so zu sterben.

»Galveron, bitte, reiche mir eine Schüssel mit warmem Wasser. Der Kessel steht neben dem Herd.« Gilarra bebte innerlich. Es war geradezu, als ob der Leutnant seinen Zorn mit dem Kind auf sie übertragen hätte. Oh, Zavahl, wie konntest du das nur tun?

Bevron schob den Kopf zur Küchentür herein, sah zuerst das Kind, dann Gilarras Gesicht und verschwand wieder, um Aukil beschäftigt zu halten. Gilarra wusste angesichts der Steilfalte auf seiner Stirn, dass sie später eine Menge schwieriger Fragen zu beantworten hätte. Doch zugleich wusste sie, dass sie immer auf sein Verständnis zählen konnte. Geduldig zog sie das Mädchen aus und wusch sie sanft, wobei es sehr schwierig war, Annas zu überreden, auch nur für einen Augenblick den Daumen aus dem Mund zu nehmen. Nachdem sie sie mit einem weichen Handtuch abgetrocknet hatte, steckte sie sie in ein Nachthemd von Aukil – und zog ihr ein anderes über, nachdem es ein Missgeschick mit der warmen Milch gegeben hatte.

Gilarra gab es auf und hoffte, Annas genug von der Milch eingeflößt zu haben, dass sie von dem Schlafmittel darin zur Ruhe käme. Dann brachte sie das Kind in das große gemeinsame Bett. Als sie in die Küche zurückkehrte, lief Galveron wie ein gefangener Wolf hin und her, und in seinen Augen brannte ein seltsames Feuer.

»Warum?«, fragte sie ihn. »Warum würde der Hierarch eine solche Grausamkeit befehlen? Den kaltblütigen Mord an einer Frau und ihrem Kind …«

Der Leutnant blickte sie hinter der Maske seines offenen, freundlichen Gesichts hervor an. Seine Jugendlichkeit war verschwunden. »Du bist diejenige, die ihn am besten kennt, Suffraganin. Ich hatte gehofft, dass du mir das erklären könntest.«

Gilarra nahm den Topf vom Herd, in dem der Tee simmerte. Schwarz und todbringend sah er aus. Sie goss eine Tasse davon ein und veranlasste Galveron, sich wieder hinzusetzen und zu trinken. »Du hast dich in große Gefahr gebracht«, sagte sie leise. »Was willst du tun, wenn Blank und Zavahl zurückkommen und du keine Leiche vorweisen kannst?«

Er zuckte die Achseln. »Fliehen vielleicht«, antwortete er müde. »Anderenfalls werde ich ausgepeitscht oder eingesperrt. Wer weiß, bei der gegenwärtigen Laune des Hierarchen sterbe ich möglicherweise den Tod eines Verräters.« Er hob den Kopf und sah Gilarra bittend an. »Aber ich musste sie retten, Suffraganin – ich konnte doch nicht zulassen, dass sie ermordet wird. Sie ist noch so klein.«

Gilarra, die sich ohnehin schon verantwortlich fühlte, versank noch tiefer in Schuldgefühlen. Das war mein Fehler, dachte sie. Ich wusste, dass etwas nicht stimmte. Ich hätte darauf bestehen müssen, Annas und ihre Mutter mitzunehmen. Kanella würde noch leben, wenn ich es getan hätte. Nun steht meinetwegen auch das Leben dieses edlen jungen Mannes auf dem Spiel, seine ganze Zukunft ist zunichte gemacht. Und da alles schon so weit gekommen ist, darf der Hierarch niemanden am Leben lassen, der seine Hinterlist bezeugen könnte. Wenn es keine Leiche gibt, wird er alles auf den Kopf stellen, um das Kind zu finden …

Es sei denn, er ist nicht mehr der Hierarch.

Gilarra war, als nähme man ihr eine schwere Last von den Schultern, und sie erkannte, zu welchem Nutzen sie Zavahls Macht einsetzen konnte, sobald er ihrer ledig war. Sie legte Galveron eine Hand auf den Arm und sagte: »Ich werde es zu meiner persönlichen Angelegenheit machen und dafür sorgen, dass nichts geschieht, wenn Hauptmann Blank zurück ist. Darauf gebe ich dir mein Wort.«

Der junge Mann schnappte nach Luft. »Du willst den Hierarchen absetzen!«

Bei Myrial, er begreift schnell, dachte Gilarra, und laut sagte sie: »Du wirst darüber schweigen – hörst du? In der Stadt wird man noch früh genug davon erfahren.« Sie konnte ein Lächeln nicht unterdrücken, als ein weiterer Gedanke sie durchzuckte. Wenn sie erst die mächtige Stellung innehätte, mochte es mehr als nur ein Mittel geben, um sich vor Blank und seinen Machenschaften zu schützen. »Galveron – falls ich Hierarchin werden sollte, wird sich einiges ändern. Was würdest du von einer Anstellung als Leibwächter halten?«

Der junge Mann zeigte ihr zum ersten Mal ein Lächeln. »Herrin – das würde mir sehr gut gefallen.«

Nachdem Galveron gegangen war, sah Gilarra noch einmal nach Annas. Die Kleine schlief tief und fest. Der Daumen steckte unverrückbar in ihrem Mund. Nun war sie eine Waise, denn Zavahl dürfte kaum davor zurückgeschreckt sein, den Vater zu töten, nachdem er es sich mit der Frau so leicht gemacht hatte. Gilarra hoffte, dass Galveron noch vor der Rückkehr des Hierarchen wieder in der Zitadelle sein würde. Denn im Augenblick konnte sie nichts für ihn tun. Sie versuchte ihrer Aufregung Herr zu werden, doch sie rang unablässig die Hände. Wie würde sie Zavahl ins Gesicht sehen können, da sie nun wusste, was er auf sich geladen hatte? Was war mit ihm geschehen? Er war immer so melancholisch und verletzlich gewesen, ein geistreicher, wenn auch fehlerhafter Mensch. Er war ihr wie ein Bruder gewesen, als sie noch Kinder waren, und später war er beim Großen Sonnenwendritus ihr Geliebter geworden. Ich kenne dich nicht mehr, Zavahl, dachte sie mit bitterer Traurigkeit. Aber habe ich dich jemals wirklich gekannt? Oder habe ich mich all die Jahre in dir getäuscht?

Gilarra faltete die Hände und kniete neben dem Bett nieder, in dem ihr kleiner Gast lag und schlief. Sie betete zu Myrial für das Kind. Und für Zavahls gepeinigte Seele.

Das Ärgerliche an den Menschen ist, dass sie sich so langsam fortbewegen, dachte Thirishri. Ungeduldig beobachtete sie Elions Vorwärtskommen, der sich noch auf dem Weg zum Schlangenpass abmühte. Sie war ihm unterdessen weit vorausgeeilt.

Einerseits musste sie ihren Partner im Auge behalten, andererseits trieb die Sorge sie voran. Veldan hatte ihren verzweifelten Hilferuf von der anderen Seite des Passes abgesandt. Genauer hatten die altgedienten Wissenshüter ihren Aufenthaltsort nicht bestimmen können. Seitdem waren ein Tag und eine Nacht vergangen, und der nächste Abend senkte sich bereits über das Gebirge. Dass man seitdem nichts mehr von Veldan gehört hatte, legte nahe, dass es keine Überlebenden gab. Und wenn doch? Der Luftgeist hatte es nicht länger ertragen können, sich an das menschliche Schneckentempo anzupassen. Stattdessen erkundete Thirishri die andere Seite des Berges, wo es nach Tiarond hinabging.

Ein Luftgeist besitzt eine ganz andere Sehkraft als ein Mensch. Die Luft ist sein Lebenselement wie die Erde für die Gaeorn und das Wasser für einen Afanc. Thirishri war für menschliche Augen unsichtbar und nach menschlichem Ermessen körperlos. Für sie war die Luft zugleich Schutz und Nahrung und sogar Fortbewegungsmittel, wenn sie auf ihren Strömungen ritt. Sie vermochte die Luft auch als Waffe einzusetzen, denn sie konnte die eigene Gestalt nach Belieben ändern und, indem sie Tentakel bildete, die Luft zu einem Wirbelwind oder zu einem Sturm aufpeitschen, ja sogar zu einer unsichtbaren Barriere zusammenpressen, wenngleich diese Prozedur ihre Kräfte für einige Zeit erschöpfte. Und indem sie ihre Vorstellungen den Lüften einflößte, konnte sie Trugbilder erzeugen, die ohne den Versuch der Berührung nicht von einer körperhaften Wirklichkeit zu unterscheiden waren. Thirishri nahm die Ströme der Luft so wahr, wie ein Mensch die Bewegungen des Wassers. Sie erkannte an den Verwirbelungen der Luft, ob dort kürzlich ein Mensch gegangen war oder ob ein Erdrutsch stattgefunden hatte. Die Spuren eines Lebewesens blieben einige Stunden erhalten, an windstillen Tagen sogar länger, und vermittelten ihr einen Rückblick auf die jüngsten Ereignisse eines Ortes. Ein so verheerendes Geschehen wie ein Erdrutsch verursachte eine Störung, die mehrere Tage anhielt.

Als Thirishri den höchsten Punkt erreichte, begriff sie sofort, was geschehen war. Dazu brauchte sie gar nicht erst einen Blick auf die lange schlammige Spur zu werfen, von der die Flanke des Berges verunziert wurde wie von einer Narbe. Ein Abbild der Katastrophe hing in der Luft und wartete nur darauf, von jenen erblickt zu werden, die die Gabe dazu besaßen. Thirishri entwirrte das Netz der Spuren und Abbilder, spürte die geisterhaften Doppelgänger der drei auf und erkannte, was mit ihnen geschehen war.

Ich habe die Stelle gefunden. Sie sandte die Worte an Elion, ohne ihre Bestürzung zu verhehlen. *Ein Erdrutsch hat sie begraben, ganz wie wir es vermutet haben.*

Der Mensch öffnete sich zu einer Antwort, und für einen flüchtigen Augenblick quollen seine starken Empfindungen hervor und wurden von Thirishri aufgefangen, dann erlangte er die Selbstbeherrschung zurück und verschloss sich dem Luftgeist wieder. Bedauern, Angst und Sorge hatte Thirishri gespürt, aber auch einen wilden Jubel, selbstgefällige Rachegelüste und einen schändlichen, verdrehten, krankhaften Neid auf Veldans Tod.

Thirishri verbarg ihre Bestürzung darüber, was Elion unbeabsichtig offenbart hatte. *Sie müssen nicht tot sein*, wandte sie ein. *Die Spuren sind sehr verworren, und einige führen den Berg hinunter. Ich muss sie aus der Nähe entschlüsseln … Warte! Was ist das?* Der Geist schwang sich weiter hinab und entdeckte eine Gruppe Pferde, die unter einem Felsvorsprung angebunden waren, dann hatte sie freie Sicht auf die Schlucht. *Der Drache, Elion!*, schrie sie. *Und Männer – sie verfolgen einen anderen Mann!*

Ein Dutzend Krieger jagten einen Unbewaffneten und schossen auf ihn, allem Anschein nach waren sie erfahrene Soldaten. Das sah ganz nach einem Hinterhalt oder nach einer Falle aus. Thirishri fing das Entsetzen und die Angst des Flüchtenden auf, und seinen erbitterten Zorn über eine solche Ungerechtigkeit. Die Bogenschützen schossen einen wahren Pfeilhagel auf ihn ab.

Thirishri fühlte sich hin und her gerissen. Dem Seher des Drachenvolkes sollte ihre vorderste Sorge gelten. Aber Aethon würde nicht weggehen, falls er tatsächlich noch lebte. Und es gehörte zum Wesen – und zur Pflicht – eines Wissenshüters, in ein solches Geschehen einzugreifen. Aber sie durfte andererseits diesen zurückgebliebenen, abergläubischen Einwohnern ihre Anwesenheit nicht enthüllen, noch durfte sie den Soldaten etwas antun, ohne zuvor die wahren Ursachen des Vorfalls aufzudecken. Denn schließlich konnte der Flüchtige ein entlaufener Mörder sein. Andererseits weigerte sie sich zuzulassen, dass ein unschuldiger Mensch getötet würde – und ihre Intuition sagte ihr, dass er unschuldig war.

Also gab es nur eins zu tun. Thirishri stieß hinab zwischen die Jäger und ihre Beute und hielt sich im Rücken des Flüchtenden. Sie presste die Luft hinter ihm zu einem Schild zusammen.

Nicht einen Moment zu früh. Ein Pfeil traf den Mann zwischen die Schulterblätter, nahm ihm den Atem und warf ihn zu Boden. Thirishri hatte verhindern können, dass der Pfeil ins Fleisch drang, aber es war ihr nicht gelungen, die ganze Wucht des Aufpralls abzufangen.

Immerhin hatte man ihn deutlich hören können. Nun, dachte der Luftgeist, der arme Mann wird bis in alle Ewigkeit einen blauen Fleck haben, aber das Geräusch sollte die Verfolger genügend zum Narren halten.

Und jetzt – brauchte sie ein Ablenkungsmanöver oder etwas, um ihn vor seinen Feinden zu verbergen. Also, der Sturm würde ohnehin bald losbrechen … Thirishri langte in die schneebeladenen Wolken hinauf, und als würde sie einen Vorhang fallen lassen, zog sie den Schnee in wirbelnden Flocken in die Schlucht hinunter, sodass von dem Mann bald nichts mehr zu sehen war. Sie hörte die verwirrten Rufe seiner Verfolger und wie sie suchend umhertappten und fluchend aufeinander prallten. Leicht amüsiert spähte sie durch den dicht fallenden Schnee. Die Soldaten rannten und stolperten im Kreis, schafften es kaum zusammenzubleiben und ließen bald von der Verfolgung ab. Nur um sicherzugehen, rührte Thirishri einen kleinen Wirbelwind auf, mit dem sie ein paar Zweige aufhob und über dem niedergestreckten Mann fallen ließ. Er würde sich nach allem ein wenig benommen fühlen, aber nicht bewusstlos sein. Thirishri hoffte sehr, dass er genug Verstand besaß, still liegen zu bleiben, bis seine Verfolger sich davongemacht hatten.

Ein Schrei drang durch den pfeifenden Sturm. Thirishri fluchte und sauste zurück zu Aethon. Als sie seinen zuckenden Leib sah, schnappte sie vor Entsetzen nach Luft und verursachte dadurch einen Knall. *Oh, Äolus, Vater aller Luftgeister! Was hat Aethon da getan?* Der Mann neben ihm sank auf die Knie, griff sich an den Kopf und schrie aus vollem Halse: »Myrial! Myrial hilf mir – es ist in meinem Kopf!«

Bewusstseinsübertragung? Hatte der Seher in seiner Not das Unmögliche gewagt? Stürmisch versuchte Thirishri in ihn zu dringen. *Aethon? Aethon! Hörst du mich?*

Keine Antwort. Die telepathische Matrix enthielt keine Spur vom Dasein des Sehers.

Nein, dachte Thirishri, ich muss es mir eingebildet haben. Die ganze Vorstellung ist irrsinnig.

Bevor sie die Sache weiter untersuchen konnte, wurde der Mann von Soldaten umringt. Der Anführer schlug den Schreienden mit dem Heft seines Schwertes auf den Kopf, und das Schreien verstummte augenblicklich.

»Genug«, sagte er. »Offensichtlich haben die Belastungen der vergangenen Monate dem Hierarchen zu viel abverlangt. Zudem hat sich nun seine Hoffnung zerschlagen, Myrial hätte ihm diese Kreatur geschickt, dass sie an seiner Stelle geopfert werde. Nicht nur, dass das Tier tot ist, es ist sogar im gleichen Augenblick verendet, als der Hierarch seine Hand darauf legte. Die Botschaft könnte nicht deutlicher sein: Myrial wendet sich gegen den Hierarchen und daher auch gegen sein Volk. Morgen wird Zavahl für Callisiora den letzten Schritt gehen. Er muss das Große Opfer werden, damit Myrial wieder freundlich auf uns herabblickt.«

Nach einem abschätzigen Blick auf den Mann, der da am Boden lag, wandte er sich ab. »Fesselt ihn. Bindet ihn auf sein Pferd, und dann machen wir, dass wir fortkommen, eh der verfluchte Sturm noch schlimmer wird. Wenn wir nicht bald aus dem Gebirge heraus sind, gelangen wir nirgendwo mehr hin.«

Thirishri achtete kaum noch auf die Menschen. Sie trauerte. denn unterdessen hatte sie festgestellt, dass Aethon wie befürchtet tot war. Als sie sich unsichtbar in den Sturm erhob, erreichte sie Elions telepathischer Ruf. »Thirishri? Ist alles gut?«

Nein, Elion – es könnte nicht schlimmer sein. Wo bist du?

»Gleich am Kamm. Ich bin fast krepiert, bei diesem verdammten Aufstieg, und obwohl ich das Pferd geführt habe, geht es praktisch auf den Knien. Ich musste das blöde Biest Schritt für Schritt den Weg hinauf ziehen, und jetzt sind wir mitten in dem schönsten Schneesturm, den die Welt je gesehen hat. Das Wetter hier oben ist scheußlich – ich sollte vielleicht besser auf die andere Seite gelangen, bevor der Pass ganz zugeschneit ist. Die Vorsehung allein weiß, ob wir noch vor dem Frühling wieder nach Hause kommen. Ich komme zu dir, so schnell ich kann. Was zum Teufel hatte übrigens dieser Donnerschlag zu bedeuten?«

Nichts Wichtiges, Elion. Hör zu – ich habe Aethon gefunden.

»Was? Wo? Ist er noch am Leben? Was ist mit den anderen?«

*Sie sind nicht hier. Ich habe ein paar Spuren gefunden, die bergab führen. Sie sind einen Tag alt. Einige stammen von Menschen, aber mehr kann ich nicht sagen, bevor ich die Gelegenheit hatte, sie näher zu untersuchen. Eines ist jedenfalls sicher: Wo auch immer wir Kaz finden, Veldan wird …«

In dem Augenblick wurde ihre Aufmerksamkeit von den aufbrechenden Soldaten abgelenkt, die ihren bewusstlosen Kameraden gefesselt und auf ein Pferd gehievt hatten. »Vorwärts!«, hörte sie den Anführer rufen. »Der verdammte Weg wird binnen kurzem unpassierbar sein.«

»Thirishri? Was ist geschehen?«, fragte Elion drängend. »Ist der Seher tot?«

Thirishri fuhr noch einmal herab, um den Drachen zu berühren. Aethon war steif und kalt, seine Aura nicht mehr zu spüren. *Ja, Elion – der Seher des Drachenvolkes hat seinen letzten Atemzug getan.*

Es folgte ein langes Schweigen, bevor der Wissenshüter antwortete. »Oh, schwärende Verdammnis!«, knurrte er.

Wenn die Suche nach Veldan und Kazairl nicht gewesen wäre, hätte Thirishri ihren Partner zurückschicken können, bevor es dafür zu spät war, und sie hätten Gendival noch vor dem Wintereinbruch erreicht. Aber es war ihre Pflicht, die Vermissten zu suchen und zu retten. Also gab es keine Möglichkeit, jetzt noch nach Hause zu kommen. Schwärende Verdammnis! Sie selbst hätte es nicht besser ausdrücken können.

Kapitel 12

Der Lehrling

Agella blickte von dem Schwert auf, das sie behämmerte, und brüllte: »Weiterpumpen!« Aus den Augenwinkeln sah sie, wie ihr Lehrling aus seinem Tagtraum aufschreckte. Der schnaufende Rhythmus des Blasebalgs legte an Tempo zu, und das lodernde Herz der Esse schwoll noch einmal an. Vorsichtig legte die Schmiedin die Klinge zurück ins Feuer und beobachtete mit pedantischer Aufmerksamkeit, wie sie zu glühen begann. Dann nutzte sie die Pause, um den Jungen zu schelten, was immer es auch nützen mochte. »Scall, wie oft habe ich dir das schon gesagt? Die Arbeit eines Schmieds steht und fällt mit seiner Aufmerksamkeit. Der rechte Zeitpunkt ist das Wichtigste in diesem Beruf. Du musst sehr schnell und sehr genau arbeiten, solange das Eisen die richtige Hitze hat …«

In eben diesem Moment erlangte das Eisen die richtige Hitze, und Agella, die kein einziges Mal den Blick von dem glühenden Herd abgewandt hatte, nahm das Schwert mit den Zangen heraus und legte es zurück auf den Amboss, wo sie es unter geschickten Drehungen der Handgelenke mit dem Hammer bearbeitete. Es hat keinen Zweck, sagte sie sich. Aus dem wird in tausend Jahren noch kein Schmied. Wenn der Dämlack nicht der Sohn meiner Schwester wäre, dann säße er rascher, als er gucken könnte, mit seinem Hintern auf der Gasse.

Sie schaute Scall seufzend von der Seite an, der den Blasebalg mit irrer Hast betätigte. Ein Ausdruck grimmiger Konzentration lag auf seinem Gesicht. »Im Rhythmus, Junge!«, schnaubte sie. »Du musst ihn gleichmäßig halten!«

Wieder stockte das Rauschen des Blasebalgs, während Scall ohne jeden Erfolg versuchte, seinen Kicheranfall im Zaum zu halten. Wenn der Junge nicht schon von der Hitze puterrot gewesen wäre, er hätte spätestens jetzt ausgesehen wie eine rote Rübe. Agella blickte stöhnend zur Decke. Du bist es selbst schuld, sagte sie sich. Hättest es wissen müssen. Und eine Erinnerung stieg in ihr auf, von einem stämmigen, sommersprossigen Rotschopf von vierzehn Jahren, die mit ihren Freundinnen über jede dumme Andeutung und jeden zweideutigen Witz gekichert hatte. Dreißig Jahre war es her, und es kam ihr vor, als sei es gestern gewesen …

Myrial in der Regenrinne! Jetzt beschert mir der Junge schon Tagträume! Mit einem vollmundigen Fluch versenkte Agella das bereits abkühlende Eisen im Wassertrog. Es zischte und dampfte gewaltig. Sie wischte sich die schweißige Stirn mit einem Stofffetzen, der von Funken durchlöchert war, und drehte sich zu ihrem Lehrling um. Der wich ängstlich vor ihr zurück. Er wusste es immer, wenn er etwas verbockt hatte, doch das hielt ihn nicht davon ab, genau dasselbe beim nächsten Mal wieder zu tun. »Scall – wirst du wohl das verdammte Kuschen sein lassen! Die Leute werden noch denken, dass ich dich grün und blau schlage, während ich dich in Wirklichkeit nicht einmal halb so viel strafe, wie es nötig wäre, du Nichtsnutz!«

Scall biss sich auf die Lippen und starrte auf seine Füße. »Tut mir Leid, Tante Agella«, murmelte er.

Die Schmiedin schüttelte den Kopf. »Was sollen wir bloß mit dir anfangen?«, fragte sie ihn, aber ihr Tonfall war schon etwas milder. Eigentlich hatte sie ihn ganz gern, ihren tollpatschigen, zerstreuten Neffen, aber es wurde für sie beide höchste Zeit, der Wahrheit ins Auge zu blicken. Scall war ein Nichtsnutz – und sie selbst, als die Schmiedin des Heiligen Bezirks, Basilika und Zitadelle inbegriffen, steckte bis über beide Ohren in Arbeit. Sie brauchte einen Lehrjungen, der lernte. Einen Helfer, der half und nicht hinderte.

Scalls dunkle Augen, die in seinem mageren Gesicht riesig erschienen, hefteten sich auf Agella mit dem Ausdruck eines Hundes, der unter dem Tisch auf einen Bissen wartet. Er getraute sich nicht zu sprechen, aber Agella wusste genau, dass er sie im Stillen anflehte, ihn nicht hinauszuwerfen. Das konnte sie ihm kaum verübeln. Ohne sie sähe seine Zukunft in der Tat düster aus. Als er vor einem halben Jahr zum ersten Mal die Ställe und Zwinger des Hierarchen gesehen hatte, war er in ungläubiges Staunen und Ehrfurcht verfallen. Da war er noch dreizehn gewesen, ein schüchternes Kind, mürrisch und zutiefst nachtragend gegenüber der Mutter, die ihn fortgeschickt, und gegenüber der Tante, die ihr die Möglichkeit dazu geboten hatte. Nur widerstrebend hatte Agella ihrer Schwester den spindeldürren und verträumten Sohn abgenommen, obwohl sie und Viora nicht miteinander auskamen. Andererseits fehlte ein besserer Bewerber. Viora jedenfalls hatte ihr Anerbieten dankbar und in beinahe unziemlicher Hast angenommen. Ihr Lebensgefährte, der ein Schneider ohne nennenswerte Kunstfertigkeit gewesen war, bis die Gicht seine Hände in nutzlose Klauen verwandelt hatte, verbrachte seine Tage unter lähmenden Schmerzen und war nicht in der Lage, seine Familie zu ernähren. Ein aufgeweckter, nützlicher Sohn hätte dieser unglücklichen Familie eine Hilfe sein können, doch der unbeholfene, mürrische Scall bedeutete eher eine zusätzliche Bürde. Nachdem sie ihn – hoffnungsfroh – in die Lehre gesteckt hatten, wo er Essen, Kleidung und Unterkunft bekam, konnten sie es sich leisten, mit der jungen Tochter und deren Lebensgefährten in die Unterstadt zu ziehen. Dort war ohnehin kein Platz für

Scall, denn er wäre einer zu viel in diesem engen Haus gewesen, und der Schwager hätte für den Träumer keine Verwendung gehabt. Wenn ihn die Tante und Lehrmeisterin jetzt hinauswerfen würde, wäre er daheim nicht mehr willkommen. Er müsste auf der Straße leben, und das könnte er bei den gegenwärtigen Zuständen keine zwei Tage lang überstehen.

Agella schaute ihn mitleidig an. »Geh, Junge. Spring zum Braumeister rüber und hol mir ein Bier – und eins für dich, wo du gerade dabei bist.«

»Mag kein Bier, Tante Agella«, murrte Scall, ohne vom Boden aufzublicken.

»Dann wird es höchste Zeit, dass du dir angewöhnst, es zu mögen! Sei nicht so ein schwächlicher Junge! Hol uns zwei Bier – für jeden eins –, und dann setzen wir uns ruhig hin und beraten uns über deine Zukunft.«

Endlich hob Scall den Blick, und Agella sah die nackte Angst in seinen Augen. »Schon gut«, sagte sie freundlich, »ich werde dich nicht im Stich lassen – und ich mache dir auch keine Vorwürfe, sei nicht bange. Aber wir sollten der Tatsache ins Auge blicken, je eher desto besser: Du taugst nicht zum Schmied. Mach nicht so ein elendes Gesicht!« Sie klopfte ihm auf die Schulter mit ihrer großen sommersprossigen Hand. »Lauf jetzt und hol das Bier, dann werden wir darüber nachdenken und uns überlegen, was du wirklich kannst.«

Er war schon fast zur Tür hinaus, da erregte etwas ihre Aufmerksamkeit. Etwas an dem Jungen war anders … »Scall«, rief sie, »deine Weste ist viel zu schade, als dass du sie in der Schmiede bei diesem Funkenflug tragen solltest. Woher hast du sie?«

Als er sich umdrehte, stieg ihm die Röte ins Gesicht. »Äh – einer der Gottesschwerter hat sie mir gegeben, Meisterin. Sie ist ihm zu klein, hat er gesagt.«

Agella schaute ihn ernst an. »Es wäre besser für dich, mir die Wahrheit zu sagen.«

Er sah sie aus großen Augen unschuldig an. »Aber das

ist die Wahrheit, Meisterin. Ehrlich. Jedes einzelne Wort ist wahr.«

Plötzlich war sich die Schmiedin nicht mehr sicher, ob sie etwas Genaueres wissen wollte. »Also dann raus mit dir, und trödle nicht mit dem Bier!«

Scall rannte aus der Schmiede und in den tiefer gelegenen Teil des Heiligen Bezirks, wo sich nach Westen hin die Wohnungen der Tempelhandwerker befanden, und auf östlicher Seite die Werkstätten. Der Platz lag öde und verlassen da, niemand saß auf den Bänken beim Brunnen, die Blumen waren längst im Regen verfault, die Bäume kahl.

Seinen ersten Fehler bemerkte er gleich, als er an die kalte Luft kam. Er hatte vergessen, sich den Mantel überzuziehen, und nach der glühenden Hitze am Herd schnitt ihm die Kälte ins Fleisch. Den zweiten Fehler beging er, als er mitten über den Rasen lief, weil das der kürzeste Weg zum Brauhaus war.

»He! Runter da, du blöder Kerl! Der Rasen hat es ohne dich schon schwer genug.«

Scall blieb stehen und schaute auf seine schlammigen Stiefel hinunter, dann über die Schulter auf die Spur seiner Tritte, die er in dem aufgeweichten Boden hinterlassen hatte, und dann in das ärgerliche Gesicht des Gärtners. Die Schamröte brannte auf Scalls kalten Wangen. »Tschuldigung«, murmelte er. »Hab nicht dran gedacht …« Selbst für seine eigenen Ohren klang das erbärmlich.

»Das ist ja gerade das Elend hier. Niemand *denkt*. Schon gar nicht ihr verdammten Stifte. Ihr trampelt einfach, ohne zu gucken, über die Saat oder auf dem Rasen, euch ist das gleich. Und wir Alten schuften von Sonnenaufgang bis Sonnenuntergang und biegen alles wieder hin, bevor der Hierarch die Bescherung sieht.« Er drohte Scall mit dem Finger. »Du bist doch der Junge von Meisterin Agella, stimmt's? Ich werde mit ihr ein paar

Worte wechseln, dann wirst du schon sehen …« Und damit stapfte er, zornig vor sich hin murmelnd, davon.

Scall kämpfte gegen die aufsteigenden Tränen an. Warum konnte er niemals etwas richtig machen? Er war nämlich gar nicht dumm. Die alte Priesterin, die neben der ehemaligen Schneiderei seiner Eltern wohnte und ihren Lebensunterhalt als Schreiberin für die Ungebildeten verdiente, hatte ihm ein paar Buchstaben beigebracht und ihn einen verständigen jungen Mann genannt. Warum also wollte es scheinen, als könne ihm nichts gelingen? Sicher ging es hart zu in der Welt, und man musste arbeiten, um sein Brot zu verdienen. Je stärker er sich aber bemühte, desto verstörter wurde er, und umso mehr Fehler unterliefen ihm. Selbst jetzt, wie ihm plötzlich bewusst wurde. Weil er sich zuallererst beeilen wollte, war er an den übellaunigen Gärtner geraten, was ihn so verstört hatte, dass er sich nun mit dem Bier verspäten würde und dafür neue Schelte bekäme. Scall seufzte. Schon wieder ein Tag, wo ihm nichts gelingen wollte. Er rieb sich mit dem Handrücken über die Lider und setzte seinen Weg über den Rasen fort, wobei er versuchte, so sachte wie möglich aufzutreten. Dann rannte er, so schnell er konnte, zum Brauhaus.

Für Scall war das Brauhaus ein geheimnisumwitterter Ort. Die Brauer bewegten sich geschäftig zwischen den Fässern, Bottichen und Destillierapparaten und vollbrachten ihre seltsamen alchimistischen Künste. Wie immer war hier alles peinlich sauber. Ganz gleich, wann er hereinkam, Kareld und Maryll, die beiden Lehrlinge, waren jedes Mal damit beschäftigt, irgendetwas zu fegen, zu scheuern oder zu schrubben. Es war warm und roch nach Früchten, Hopfen und Malz. In diesem Jahr hatte es keine Ernte gegeben, und Braumeister Jivarn sah sich gezwungen, auf alte staubige, getrocknete Vorräte zurückzugreifen, die eine ungewisse Wirkung auf die Güte der Biere haben würden – ganz zu schweigen von seiner Laune.

»Wisch dir die verdammten Füße ab!«, brüllte jemand, als Scall durch die Tür trat. Wieder spürte Scall die Schamröte in sich aufsteigen. Warum konnte er niemals beachten, was den anderen so wichtig erschien? Glücklicherweise war vom Braumeister gerade nichts zu sehen. Maryll brachte Scall zwei gut verkorkte Flaschen mit Agellas bevorzugtem Bier und schrieb sie zu den anderen auf die Schiefertafel der Schmiedin, denn die Handwerker des Tempelbezirks hatten ein ausgeklügeltes Verfahren entwickelt, um untereinander Tauschhandel zu betreiben und Dienste zu begleichen. Agellas Teil der Abmachung bestand darin, neue Bottiche und Rohrleitungen für die Destillierapparate anzufertigen, wenn sie benötigt wurden, und regelmäßig die Vorrichtungen zu prüfen und instand zu halten.

Scall nahm das Bier entgegen und merkte, dass er schon wieder rot wurde. Maryll war ein oder zwei Jahre älter als er. Sie hatte lange Beine, Haare wie Sonnenschein und ein hübsches sommersprossiges Gesicht. Schon oft hatte er nachts von ihr geträumt, und die Erinnerung daran machte ihn verlegen, und er brachte in ihrer Gegenwart kein Wort heraus. Als er sich stammelnd bedankte, lächelte sie ihn an, und er floh aus dem Raum, im Kopf nur den einen Gedanken: War ihr Lächeln freundlich gemeint gewesen, oder hatte sie ihn – oh Grauen! – ausgelacht?

Scall hatte den Kopf so voll von Maryll, dass er seiner Umgebung wenig Aufmerksamkeit schenkte, und so entging ihm, dass etwas nicht stimmte, bis er im Eingang der Schmiede mit Barsil zusammenstieß. Scall prallte zurück, und weil er sich die Flaschen an die Brust drückte, damit sie ihm nur nicht zerschellten, landete er hart auf dem Hinterteil. Doch durch die Erschütterung sprang ein Korken aus der Flasche, und das überschäumende Bier ergoss sich über Weste und Hose und bildete eine Pfütze.

In der Tür erschien Agella. »Was zum Donnerwetter ist hier los?« Sie blickte erstaunt erst Scall, dann Barsil an und wusste sofort Bescheid. Wenn dieses arbeitsscheue Rattengesicht von einem Soldaten einmal aus seiner gemächlichen Gangart ausbrach, dann konnte es nur eins bedeuten: Dass etwas passiert war. Barsil lehnte keuchend an der Tür und versuchte zu Atem zu kommen. »Schmied – komm schnell!«, japste er. »Da ist so ein Teufelsroß im Stall verrückt geworden. Es hat den jungen Ruper totgetreten.«

Agella fluchte. Ruper war der Sohn eines Stallburschen, ein großer, kräftiger Junge in Scalls Alter, doch er begriff sehr langsam und hatte den Verstand eines Fünfjährigen. Er half in den Ställen und erledigte so einfache Arbeiten wie das Ausmisten der Boxen und Tränken der Tiere. Für gewöhnlich blieb jemand in seiner Nähe, um ihn zu beaufsichtigen. Wie um alles in der Welt hatte das geschehen können? Sie griff nach Scall und riss ihn vom Boden hoch, doch ihre Aufmerksamkeit galt allein Barsil. »Welches Pferd soll das sein?«, fragte sie barsch. »Wir haben keine wilden Bestien in unseren Ställen!«

»Äh – es ist neu. Steht im Stall.« Barsil blickte unruhig hierhin und dorthin. Niemand wagte es, die Schmiedin zu belügen. Doch Agella hatte das sichere Gefühl, dass er es auch nicht wagte, die Wahrheit zu sagen.

»Ich *weiß*, dass es im Stall steht! Denn das hast du mir bereits gesagt, du verdammter Idiot!« Damit stieß sie den zögerlichen Barsil an und zog ihn kurzerhand am Arm hinter sich her, während sie im Eilschritt den Weg zu den Ställen einschlug. »Du bleibst da!«, rief sie ihrem Lehrling noch über die Schulter zu, der tropfnass dastand, die Bierkrüge an die Brust gedrückt, und ihr mit offenem Mund hinterherstierte. Sie hoffte nur, dass der dämliche Bursche es nicht geschafft hatte, beide Krüge zu verschütten. Denn sie würde bald einen guten Schluck gebrauchen können.

Unterwegs fragte sich Agella, was das Pferd so bösartig gemacht haben konnte. Nicht die Unterbringung, soviel stand fest. Die meisten Tiarondianer wären entzückt gewesen, hätten sie nur mit den Tieren des Heiligen Bezirks tauschen können. Denn die Ställe und Zwinger des Hierarchen, selbst der Taubenschlag, waren warm, geräumig, trocken und frei von Zugluft, also in einem weitaus besseren Zustand als die meisten Wohnungen der Stadt. Auch das Futter für die Tiere war besser, als die Kost, die sich die Bewohner der Unterstadt leisten konnten. Die Streu war, weil sie täglich erneuert wurde, sauber und trocken. Und im Haus der Heilung standen mehrere Ärzte bereit, die sich auf Tierkrankheiten verstanden. Wie konnte, bei so viel verwöhnter Aufmerksamkeit, ein Pferd plötzlich so wild werden, dass es einen Mann tötete? Welche Quälerei mochte es zu dieser schrecklichen Tat getrieben haben?

Schon beim Näherkommen hörte sie das zornige Wiehern. Eine Menschenmenge, hauptsächlich Stallburschen und einige Gottesschwerter in schwarzer Uniform, versperrte den Zugang zu den Ställen. Aber sie traten beiseite als Agella herbeikam, und sie folgte eilig dem breiten Hauptgang zwischen den großen Boxen, in denen Pferde aller Rassen standen. Weil sie auch die Hufschmiedin war, kannte Agella jedes einzelne Tier. Da standen ruhige, ausgeglichene Reitpferde, gezüchtet wegen ihrer gleichmäßigen Gangart und der Fähigkeit, weite Entfernungen zurücklegen zu können; kolossale Zugtiere, die schwere Lasten schleppten; zottelige kleine Ponys für Gepäck, schalkhaft die meisten von ihnen, dafür trittsicher im Gebirge; schlanke langbeinige Kurierpferde, bekannt für Ausdauer und Schnelligkeit, und die wuchtigen, feurigen Schlachtrosse der Gottesschwerter – nach Agellas Meinung am ehesten geeignet für die Rolle des Menschentöters.

Da sie allesamt verwöhnt wurden, waren sie gemeinhin zufrieden, satt gefressen und ruhig. Doch heute fand Agella sie störrisch und unruhig vor. Die Tiere wirkten übellaunig, rollten mit den Augen, scharrten mit den

Hufen und traten gegen die Stallwände, dass es nur so trommelte. Der Angstschweiß färbte ihnen das Fell dunkel, und sie blähten die Nüstern, weil sie das Blut und den Tod rochen. Agella sah sich im Irrtum bei ihrer Vermutung, dass eines der Kriegsrosse der Übeltäter sei. Sie gelangte in den hinteren Stallbereich, wo man die neuen Tiere unterzubringen pflegte, und fand zwei der Boxen belegt, und davor, in respektvollem Abstand, drängten sich ein Haufen Soldaten. *Neue* Pferde? *Mir* hat niemand etwas gesagt!, dachte sie verärgert. Für gewöhnlich war sie die Erste, die gebeten wurde, einen Neuankömmling in Augenschein zu nehmen. Dann sah sie den Soldaten, der mit der Armbrust auf das Pferd zielte.

»Lasst mich durch!« Agella brauchte die Stimme nicht zu erheben. Die Soldaten traten sofort beiseite. Was sie dann in den zwei benachbarten Boxen sah, wischte alle Überlegungen fort: zwei rasend gewordene Ebenholzriesen mit blitzenden Augen. Ihre Wildheit und Pracht war atemberaubend. Eins der Tiere war ein Hengst, wie Agella sogleich feststellte. Sie blieb vor dessen Box stehen, sicherheitshalber außer Reichweite. »Bei Myrials Fußnägeln!«, japste sie. »Sefrianer! Woher sind die denn gekommen?«

Eine blutige Schleifspur führte vom Stall des Hengstes fort. Also hatte man Ruper schon hinausgeschleppt. Der Hengst attackierte mit Zähnen und Hufen die Barriere zwischen sich und der Freiheit. Fergist, der lange dünne Stallmeister mit dem grauen Haarschopf wie ein Reetdach, sah dem Geschehen angstvoll und hilflos zu. Agella gelang es, zwischen dem Wüten des Tieres und dem Krachen der Stalltür Fergists verschüchterte, gestammelte Erklärung aufschnappen. »Sind heute erst gebracht worden … Ruper hat ihnen Wasser gegeben … muss gestolpert sein … dann ist der Vater da rein … wir haben ihn rausgezogen … konnten gerade rechtzeitig die Tür zuwerfen, sonst wäre der Hengst auf und davon … Ich wage es nicht, sie zu töten. Du weißt ja, wie kostbar sie sind. Habe besondere Anweisungen des Hierarchen und von Hauptmann Blank. Man muss also gut auf sie Acht geben.«

»Du hast aber keine andere Möglichkeit, als sie zu töten«, wandte sie kopfschüttelnd ein. »Die Bestie wird über kurz oder lang den Stall in Splitter zerlegen – und wo sind wir dann?«

»*Darüber* brauchst du dir keine Sorgen zu machen«, erwiderte der Stallmeister steif. »Die Boxen sind stabil – ich habe die Arbeiten persönlich überwacht. Das Pferd, das aus *meinem* Stall ausbricht muss erst noch geboren werden.«

Die Schmiedin warf einen skeptischen Blick auf den Hengst, seinen schwitzenden Hals und die weit aufgerissenen Augen, und begriff allmählich, dass bei dem wütenden Tier Angst im Spiel war. Es war seiner vertrauten Umgebung entrissen und unter fremde Menschen und Artgenossen gebracht worden. Dann war der arme Ruper gekommen ... Agella verlegte ihre Aufmerksamkeit für einen Augenblick von den gefletschten Zähnen und den enormen Vorderhufen auf den Rumpf, und ihr Blick verfinsterte sich. Auf Flanken und Hinterhand fanden sich Striemen von einer Peitsche. »Wer hat ihn geschlagen?«, fuhr sie den Stallmeister an.

»Dalvis. Rupers Vater.« Fergist schüttelte bedauernd den Kopf. »Das Pferd führte sich zuerst nicht so schlimm auf. Na ja, es war ein bisschen wild und aufsässig, als er kam, aber so etwas kennen wir auch von anderen. Das Seltsame daran war, dass es bei dem jungen Ruper sanft wie ein Kätzchen wurde – als ob es an Kinder gewöhnt sei. Darum ließen wir ihn eben zu dem Tier hineingehen. Aber dann stolperte Ruper und kam unter die Hufe, sein Vater geriet in Panik und ging mit der Peitsche rein. Das Tier ging sofort auf ihn los, es konnte gar nicht anders ausgehen.«

»Moment mal – ich dachte, es hätte den Jungen erwischt«, fragte Agella nach.

»Nein, nein – wir konnten Ruper herausziehen, während der Hengst Dalvis angriff. Der Kleine war gleich bewusstlos gewesen. Er ist jetzt bei den Heilern.« Und indem er sich näher zu ihr beugte, fügte er an: »Aber weißt du, was das Merkwürdigste ist? Die Bestie ist kein einziges Mal auf den Jungen getreten, während sie den armen Dalvis in den Boden stampfte – und bedenke, dass Ruper mitten in der Box lag. Es war, als ob –«

Mit einem Knall zerbarst die Boxentür, und Agella wurde von einer Muskellawine rückwärts gegen die Wand geschleudert. Hastig rappelte sie sich wieder auf, setzte dem Flüchtenden nach, sprang dabei über ein paar Gottesschwerter, die sich gegenseitig aus der Kotrinne klaubten, und trat auf ein knirschendes Etwas – die demolierte Armbrust, die so übel zugerichtet war, als hätte das Pferd es eigentlich auf sie abgesehen. »Schließt das Tor!«, schrie Agella, aber es war schon zu spät. Sie kam mit Fergist auf den Fersen am Stalltor an und sah das schwarze Biest geradewegs auf ihren unglückseligen Lehrling zu galoppieren, der mitten im Weg stand.

Sie rang nach Luft und sah den blassen Scall wie erstarrt dastehen und sich nicht vom Fleck bewegen. Der Schreck fuhr ihr in die Eingeweide. Oh, Scheiße!, dachte sie. Er kann sich nicht rühren.

Doch im letzten Moment sprang der Junge beiseite, wich dem Riesen geschickt aus und schickte ihm einen langen trillernden Pfiff hinterher. Der donnernde Behemoth bremste abrupt seinen Galopp, wobei die Funken stieben und seine Hufe lange Kratzer im Steinpflaster hinterließen, drehte sich auf den Hinterläufen und kehrte – in gemächlichem Trab – zu Scall zurück. Der streckte eine Hand aus, und der Hengst stieß die Nase in seine Handfläche und leckte ihm den Ärmel hinauf, wo Scall sich mit Bier übergossen hatte.

»Myrial im Wirbelsturm!«, entfuhr es dem Stallmeister. »Vielleicht sollte der Kleine bei *mir* in der Lehre sein, und, nicht bei dir. So etwas habe ich noch nie gesehen.«

Die Schmiedin stieß den angehaltenen Atem in einem langen Seufzer aus und meinte: »Ich auch nicht – und ich möchte es auch kein zweites Mal sehen müssen.«

Als sie bei Scall anlangten, wobei sie zu dem Pferd einen gehörigen Abstand hielten, klopfte er dem Hengst freundschaftlich den Hals, und meinte mit dem Ausdruck reinster Verwunderung: »Meisterin Agella – er mag mich!«

»Scall«, setzte Agella freundlich an, »woher wusstest du, auf welche Art man nach ihm pfeifen muss?«

Scall errötete. »Ich habe gesehen, wie diese beiden schwarzen Pferde heute Morgen mit den Händlern gekommen sind«, erzählte er, »und dabei hörte ich die Frau so pfeifen. Ich habe mir gedacht, dass er sie vielleicht vermisst. Ich dachte, ein vertrauter Laut …«

»Gut gemacht, Junge!«, rief Agella und wollte ihm einen anerkennenden Schlag auf die Schulter versetzen – doch mit einem Blick auf das Pferd überlegte sie es sich anders.

»Ja, wirklich, das hast du gut gemacht«, sagte auch der Stallmeister. »Fix überlegt. Aber es scheint mir auch, dass du eine besondere Begabung für diese Tiere hast. Wir sollten mal darüber sprechen, du und ich. Aber zunächst einmal: Meinst du, du könntest den Burschen wieder sicher in den Stall bringen?«

Scall gab dem Pferd noch einen Klaps und ließ es mit der Futterkrippe allein, in die es tief das Maul steckte. »Ich glaube, jetzt geht es ihm gut«, berichtete er dem Stallmeister und schlüpfte rasch aus dem neuen Stall, in dem nun beide Tiere, der Hengst und der Wallach, untergebracht waren, weil sich herausgestellt hatte, dass sie sich dann wohler fühlten. Zwischenzeitlich hatte sich die Geschichte von dem Menschentöter im Heiligen Bezirk wie ein Lauffeuer herumgesprochen, sodass einige Neugierige sich vor den Ställen versammelt und beobachtet hatten, wie der untaugliche Schmiedelehrling die Bestie in die Box zurückbrachte und fütterte. Doch jetzt scheuchte der Stallmeister sie ungeduldig fort. »Geht weiter, Leute! Hier gibt es nichts mehr zu sehen. Ihr macht mir nur die Pferde scheu. Habt ihr nichts zu tun?«

»Soll das Scheusal denn nicht getötet werden?«, rief jemand. »Es hat einen Mann umgebracht, bei Myrial! Niemand wird mehr sicher sein, solange es noch lebt.« Sogleich erhob sich ein Chor zu seiner Unterstützung.

Fergist bedachte die Menge so lange mit einem kühlen Blick, wie Agella brauchte, um ein Eisen zu schmieden, und wartete, bis alle still geworden waren. »Es ist nicht meine Sache, darüber zu bestimmen – und eure auch nicht«, hielt er ihnen entgegen. »Sie gehören einer seltenen und kostbaren Rasse an, und sie gehören dem Hierarchen. Die Entscheidung liegt allein bei ihm. Wir müssen auf seine Rückkehr warten. Hauptmann Blank hat mir sehr eindringlich aufgetragen, den beiden Tieren alle erdenkliche Pflege zukommen zu lassen. Wollt ihr die Angelegenheit vielleicht mit ihm persönlich erörtern?« Der Gedanke an Blank schien die Gemüter abzukühlen. Denn sogleich machten sie sich fort, wenn auch unter unzufriedenem Gemurmel.

Scall sah ihnen verdrossen nach. Zwar hatte das Pferd einen Mann getötet, aber ihm gegenüber war es zutraulich, und er war schon ganz vernarrt in das wunderschöne Tier. Er hatte die grausamen Striemen gesehen. Man würde ihm doch sicher zugute halten, dass es gequält worden war? Am Ende des Hauptgangs sah er einen Stallgehilfen mit Eimer und Wischlappen, der das Blut vom Boden aufwusch. Das Blut eines Menschen, der vor einer Stunde noch gelebt hatte. Scall sah schnell woanders hin und wandte sich an den Stallmeister. »Meister Fergist? Das Pferd, das Dalvis getötet hat – was wird nun wirklich mit ihm geschehen? »

Fergist machte ein ernstes Gesicht. »Wie ich gesagt habe, Junge: Das wird der Hierarch entscheiden.«

»Aber was wirst du ihm sagen?«, drängte Scall. »Er wird darauf hören, was du sagst.«

»Scall«, mischte sich Agella bestimmt ein, »der Stallmeister und ich gehen jetzt zur Schmiede, wir haben ein Wort miteinander zu reden.« Ihr Gesicht war für gewöhnlich von der Arbeit über dem Feuer gerötet, doch jetzt sah sie ganz blass aus. »Wie wäre es, wenn du uns noch etwas Bier holen würdest?«

»Aber ...«

»Nun mach schon, Scall! Und du brauchst dich nicht zu beeilen.« Scall starrte sie einen Augenblick lang an, dann machte er auf dem Absatz kehrt und ging mit einem Seufzer in Richtung Brauhaus davon. Alles war wieder beim Alten. Während eines flüchtigen Zeitraums war er ein Held gewesen – aber nichts hatte sich wirklich geändert. Und außerdem, sagte er sich, weiß niemand, warum mir der Hengst gehorcht hat. Ich trage *ihre* Weste mit *ihrem* Geruch. Kein Wunder, dass er sofort zu mir gekommen ist! Aber wie sollte ich ihnen das erklären? Ich könnte doch niemals hingehen und einfach zugeben, dass ich die Weste einer Toten angenommen habe, noch dazu dafür, dass ich Agellas geheiligte Auftragsliste abändere.

Unterdessen merkte er nicht, dass er den morastigen Rasen gemieden hatte, und er trat sich auch ganz selbstverständlich die Füße ab, als er das Brauhaus betrat. Stattdessen bemerkte er allerdings, dass Maryll sich plötzlich sehr deutlich für ihn interessierte. Bevor sie ihn mit dem Bier entließ, wollte sie von ihm jede Einzelheit seiner Begegnung mit der Bestie hören. Scall genoss die Aufmerksamkeit so sehr, dass er überhaupt keine Eile hatte, wieder zu gehen. Und so dauerte es eine Weile, bis ihm seine kalten, schmerzenden Arme sagten, dass er Agellas Bier an sich gedrückt hielt und es schon vor einiger Zeit hätte abliefern sollen. »Maryll, tut mir Leid«, stammelte er, »ich muss gehen!« Damit lief er hastig zur Tür. Sie rief ihm nach, dass er später wiederkommen solle. Scall lächelte. Also gut, vielleicht war doch manches nun anders.

Tatsächlich aber bahnten sich größere Wechsel an, als Scall ahnte. Als er die Schmiede betrat, saßen Schmiedin und Stallmeister so nah beim Feuer, wie man es eben ertragen konnte, und Agella sagte gerade: »Hör zu, Fergist! Diese Horde ist nur gegangen, weil du ihnen Angst gemacht hast mit Hauptmann Blank, aber sie gieren bereits nach Blut, und wer weiß, in was sie sich noch hineinsteigern, wenn der Hierarch nicht bald zurückkehrt.«

»Das Dumme ist nur, dass ich unsicher bin, ob sie nicht sogar Recht haben …« Fergist verstummte, weil er Scall bemerkt hatte.

»Da stimme ich dir zu«, sagte Agella und nahm Scall das Bier ab, wobei sie geflissentlich über seine rebellische Miene und den gemurmelten Protest hinwegsah. Sie bot ihm nicht einmal etwas an. Völlig außer Fassung, verzog er sich mit einem Schemel in eine Ecke und schmollte – doch entfernte er sich nicht so weit, dass er nicht jedes Wort verstanden hätte, das zwischen den beiden Erwachsenen fiel.

Agella reichte dem Stallmeister eine Bierkanne, der sie öffnete und gedankenvoll einen langen Zug tat, bevor er die Unterhaltung an derselben Stelle wieder aufnahm. »Selbst wenn der Hierarch und Hauptmann Blank die Tiere behalten wollen, so will ich sie trotzdem nicht in meinem Stall haben – das Futter reicht kaum für die anderen. Wenn also deine Freundin, die Abrichterin, die Scfrianer unterbringen kann, bis die Wogen sich geglättet haben, wäre es für alle Beteiligten das Beste – aber nur, wenn sie tatsächlich so vertrauenswürdig und gut ist, wie du sagst. Denn wenn sie es vermasselt, ist es mein Kopf, der rollt. Wenn sie die Tiere aber noch dazu bringen kann, sich anständig zu betragen, dann sind wohl alle zufrieden.«

Agella lächelte. »Oh ja, sie ist sehr fähig – das verspreche ich. Vielleicht ist sie inzwischen ein wenig in die Jahre gekommen, aber dann hätte sie mehr über Pferde vergessen, als andere Leute jemals wissen werden.«

»Woher kennst du sie?«

»Ich kenne sie, seit ich in Scalls Alter war.« Agella blickte sinnend ins Feuer. »Meine Sippe waren östliche Rotten, sie wurden von Vlastors Stamm besiegt und ausgelöscht. Mein Vater hatte Vlastors Sohn getötet, verstehst du, und Vlastor schwor, nicht eher zu ruhen, als bis der letzte Tropfen unseres Blutes vergossen wäre.« Sie schwieg einen Moment und fuhr dann fort: »Es gab ein furchtbares Gemetzel. Ich hatte mich mit meiner jüngeren Schwester in einer Scheune versteckt, wo Toulac uns fand. Sie schmuggelte uns als Wasserträger, das heißt, als Jungen, in Vlastors Heer ein, wo ich dann mein Handwerk erlernte. Irgendwann brachte Toulac uns nach Tiarond und gab Viora einer Näherin in die Lehre. Mich brachte sie bei Meister Eharl unter, der damals der Schmied der Gottesschwerter war.« Scall sperrte Mund und Ohren auf. Nie hätte er geglaubt, dass seine Mutter und seine Tante solche Abenteuer hinter sich haben könnten. Agella sah Fergist an und schloss: »Nun siehst du also, warum ich Toulac vertraue. Ich verdanke ihr alles: meinen Beruf, meinen Wohlstand – und mein Leben.«

»Sie scheint eine bemerkenswerte Frau zu sein«, sagte der Stallmeister. »Und glaubst du, dass sie auch aus dem Jungen etwas machen wird?«

»Da bin ich mir sicher, wenn sie auch für seine Mutter nicht viel übrig hat. Wahrscheinlich ist sie zu stolz, um es zuzugeben, aber sie könnte eine zusätzliche Hilfe da oben gebrauchen – und ein wenig Gesellschaft. Tatsächlich ist das der Hauptgrund, weshalb ich ihr Scall schicken will. Vielleicht ist er kein besonders guter Lehrling, aber ich bin nicht so herzlos, ihn einfach auf die Straße zu setzen. Ich mache mir auch Sorgen um Toulac, allein wie sie ist, da draußen im Gebirge. Die Sägemühle bringt nicht viel ein, sie kann davon kaum ihren Lebensunterhalt bestreiten. Aber sie ist so verdammt unabhängig, dass sie nicht einmal von mir Hilfe annimmt. Wenn also Scall da raufgeht, dann ist das auch ein guter Vorwand, um ihr ein paar Dinge zukommen zu lassen, Lebensmittel, Kleidungsstücke, ein paar warme Decken. Du weißt schon – Dinge eben, die man hier im Bezirk noch bekommt, aber nirgendwo sonst, solange dieser verfluchte Regen anhält. Das ist eine gute Lösung, Fergist. Du bekommst die Pferde aus deinem Stall, Scall hat eine Zukunft als Lehrling beim besten Abrichter, den es gibt – und wenn er eines Tages hierher zurückkommt, wird er dir sehr nützlich sein.«

Fergist nickte. »Du hast Recht. Es klingt wie die ideale Lösung.«

Scall blieb der Mund offen stehen. Da hatten sie doch glatt, ohne auch nur zu fragen, seine ganze Zukunft umgestaltet! Agella drehte sich zu ihm um und sagte mit ihrer nüchternsten Stimme: »Scall, wir haben Arbeit für dich. Ich will, dass du die beiden Sefrianer aus der Stadt bringst, und zwar zu Meisterin Toulac in die Sägemühle. Wenn ihr euch vertragt, sollst du bei ihr bleiben und alles lernen, was sie dir beibringen kann. Sie ist eine Abrichterin, wie du keine zweite findest, und du kannst bei ihr dein Glück machen. Was sagst du dazu?«

Eigentlich ließ sie ihm keine Wahl, das wusste er sehr gut. Die zarte Hoffnung auf Erfolg bei Maryll schmolz dahin wie Frühjahrsschnee. Ich will verdammt noch mal nicht mit einer verrückten alten Frau zusammen in den Bergen festsitzen! dachte er, wagte aber nicht, es laut zu sagen. Doch sein Schweigen war beredt.

»Das ist für dich die beste Gelegenheit, um die schwarzen Pferde zu retten«, stellte der Stallmeister heraus.

Scall seufzte. Er hätte gern gefragt, warum seine Mutter Meisterin Toulac nicht leiden mochte, doch das getraute er sich nicht. Jetzt, in diesem Moment, konnte er noch mit Würde einlenken. Es war klar, dass ihm das auf lange Sicht Ärger ersparen würde. Meisterin Agella nahm es nicht gerade freundlich auf, wenn man ihr nicht gehorchte, und außerdem brachte es unweigerlich Unglück.

Ein Jammer, dachte er sauer, dass Lehrjungen nicht dieselbe Wirkung erzielen. Aber hatte er denn eine bessere Zukunft zu erwarten? Er saß in der Falle. Die Wahrheit konnte er nicht sagen – dass er mit Pferden überhaupt nicht umzugehen wusste und dass alles nur so gekommen war, weil er das gestohlene Kleidungsstück der Pferdebesitzerin trug. Es gab keinen Ausweg. Wahrscheinlich war das seine Strafe.

»Also gut«, antwortete er seufzend, »ich gehe.«

Kapitel 13

Ins Feuer

»Pferdegulasch«, murrte Elion, »Pferdeleber, Pferdeeintopf, Pferdesteak …« Das Pferd sah ihn mit der ihm eigenen stummen Unverschämtheit von der Seite an, rollte die Lippen über die großen gelben Zähne zurück und versuchte ihn zu beißen. Fluchend riss Elion den Arm zurück, und die Zähne, groß und viereckig wie Grabsteine, schnappten klackend ins Leere.

Seit sie Gendival verlassen hatten, war das Tier die personifizierte Widerspenstigkeit mit einem Schwanz und vier Beinen dran – ganz zu schweigen von den böswilligen Zähnen, die sich so gern einen Bissen von Elions Fleisch verschafft hätten.

Der Wissenshüter nahm, indem auch er die Zähne zusammenbiss, entschlossen das Zaumzeug und zog so kräftig er konnte, doch da hätte er es ebenso gut gleich mit dem ganzen Gebirge versuchen können. Unter seinen Stiefeln hatte sich der Schnee mittlerweile in eine Rutschbahn verwandelt, sodass er beim Ziehen nicht genügend Halt finden konnte. Elion fluchte in einem fort. Das war einfach nicht gerecht, dass er gezwungen war, dieses Mistvieh jeden verdammten Zoll den Berg hinaufzuzerren, und gleichzeitig zu wissen, dass hinter dem Pass eine Katastrophe auf ihn wartete und Schnelligkeit entscheidend war. Jetzt hatten sie es endlich bis oben geschafft, Elion zitterte vor Erschöpfung, und seine Beine fühlten sich an, als stünde er im Feuer. Ausgerechnet jetzt musste diesem miesen, übellaunigen, unansehnlichen Sack Knochen einfallen, dass ihm der Anblick des Wassers nicht behagte, das über den Weg hinabschoss, und weigerte sich weiterzugehen. Die Augenbinde hatte nichts genützt. Schlagen hatte nichts genützt. Die Lage erschien aussichtslos.

Elion? Was im Namen alles Lebendigen hält dich auf? fragte Thirishri ärgerlich. *Die Männer sind endlich fort, und ich brauche deine Hilfe. Der eine, den ich gerettet habe, rührt sich schon – was, wenn er aufwacht? Wir wollen doch nicht, dass er in den Schneesturm verschwindet, ohne dass wir mit ihm sprechen konnten.*

»Ich tue was ich kann!« Eine gewisse Ungeduld war Elions anzumerken. »Ich benötige *deine* Hilfe, Thirishri. Dieses sture Knochengestell verweigert sich.«

Also gut. Ich bin schon unterwegs. Und Elion konnte den Windgeist den ganzen Weg hinauf seufzen hören.

Ein paar Augenblicke später fühlte er einen warmen Lufthauch im Gesicht. *Hier bin ich.*

Elion fühlte sich erleichtert, überraschenderweise auch getröstet. Und das brachte ihn in die Kindheit zurück. Wenn er sich das Knie aufgeschlagen, ein Spielzeug zerbrochen, eine Aufgabe für unlösbar gehalten hatte, war seine Mutter für ihn da gewesen. Sie hatte ihn umarmt und wieder aufgerichtet. Ihre klugen Hände konnten damals alles wieder richten, außer einem gebrochenen Herzen, und ihre weisen Ratschläge brachten die meisten Probleme zum Verschwinden …

Elion riss sich ruckartig aus diesem Gedanken. Seine Mutter war schon viele Jahre tot. Er war nun erwachsen und sollte wohl fähig sein, Schwierigkeiten selbst zu meistern. Nur dass er gerade dastand und jemanden um Hilfe bat, den er nicht einmal sehen konnte. »Kannst du diesen Haufen Hundefutter dazu bringen, dass er sich bewegt?«, fragte er schroff.

*Ich glaube, ja. Doch was das Pferd betrifft, da bin ich

mir schon nicht mehr so sicher!* Der Windgeist brach in helles Lachen aus.

»Sehr witzig«, quetschte Elion durch die Zähne, wobei er sich fragte, wie lange es wohl dauern würde, bis er sie zur Gänze abgeschliffen hätte. »Wenn du jetzt vielleicht so weit wärest …«

Zu Diensten, mein lieber Wissenshüter. Noch immer schwang ein Lachen in ihrer telepathischen Stimme mit. *Wate jetzt ans andere Ufer, und halte dich bereit, um das Pferd einzufangen.*

Elion ging durch das kalte Wasser und fragte sich, was sie im Sinn hatte. Sie könnte eine Illusion erzeugen – das wäre die beste Methode. Einen Löwen oder einen Bären – was das dumme Vieh so richtig aufschreckt. Elion wurde es unbehaglich zumute. Wie viel weiß ein Elementargeist über Pferde?, dachte er. Das Bachbett ist schlüpfrig. Wenn sich das Pferd zu Tode erschreckt, wird es vielleicht durchgehen, ausgleiten und sich ein Bein brechen! Das wäre ein schöner Schlammassel. Schließlich soll es mich auch wieder nach Hause tragen …

Er erreichte das Ende der überfluteten Wegstrecke, wo der Passweg sich verbreiterte, und vernahm schon das Hufgetrappel. Doch zu seiner Verblüffung hörte er einen ruhigen, gleichmäßigen Trab, und einen Augenblick später tauchte das Pferd aus dem Schneegestöber auf. Elion blinzelte, denn da kam nicht eines, da kamen zwei Pferde: des Wissenshüters kastanienbraune Geißel und voran eine kleine unscheinbare Stute. Das reizbare Mistvieh hatte die Ohren nach vorn gestellt, einen seligen Schimmer in den Augen und folgte ihr wie ein Lamm.

Während Elion noch offenen Mundes das Wunder bestaunte, verschwand die Stute. Der Fuchs wieherte mitleiderregend und blickte verwirrt um sich. Dann, als sein Reiter herantrat und die Zügel nahm, verfiel er wieder in seinen alten Charakter, legte die Ohren an und schnappte nach ihm. So lästig der Luftgeist auch sein konnte, hier musste Elion seine Anerkennung aussprechen: »Thirishri, das war verblüffend. So etwas habe ich noch nie gesehen. Wie hast du die Bestie gezähmt – wenigstens für eine Weile?«

Der Windgeist schimmerte vor Vergnügen und erzeugte einen flimmernden Regenbogen auf dem Schneeschleier. *Wirklich nicht der Rede wert – ich habe nur eine Illusion aus der Erinnerung deines Pferdes erzeugt. Sie war seine Mutter«, erklärte Thirishri und lachte leise über Elions Verdruss.

Elion wünschte allen Luftgeistern und Pferden die ewige Verdammnis, sicherheitshalber auch all ihren Müttern, und trat an Aethon heran. Er war also tot – schon kalt und steif, die vormals goldene Haut zu Aschgrau verblasst. Der Wissenshüter wandte sich aufgewühlt und traurig ab und begann die unzähligen Fußabdrücke in Schnee und Morast zu untersuchen. Falls Kaz und Veldan dieses Terrain auf eigenen Füßen verlassen haben sollten, wäre es zumindest nicht feststellbar. Die Soldaten, die den Drachen ausgegraben hatten, hatten auch Geröll und Äste auf die Seite geräumt und aufgeschichtet. Die Wasserflut wurde nun in die Schlucht abgeleitet.

Elion kletterte ein Stück den Abhang hinab auf der Suche nach dem Flüchtigen, den Thirishri gerettet hatte. Sie eilte ihm voraus und blies den dichten Schnee fort. Ohne ihre Hilfe hätte er den Mann wohl kaum gefunden. Er hatte erstickte Hilferufe erwartet, oder möglicherweise Schimpfen und Fluchen, aber der Mann war entweder zu schwer verletzt, um zu rufen, oder er litt grimmig und still vor sich hin. Elion war besorgt und erstaunt zugleich. Warum sah und hörte er nichts von ihm? Waren seine Verletzungen am Ende schlimmer, als Thirishri gedacht hatte?

Halte dich ein wenig links, wies sie ihn an, *der Mann ist noch etwa zehn Fuß entfernt.*

Elion näherte sich aufmerksam, dann entdeckte er ihn: Der Mann lag mit dem Gesicht nach unten in einer Kuhle und mühte sich damit ab, unter zwei schweren Baumstämmen und verschiedenerlei Geäst hervorzugelangen. »Thirishri?«, fragte Elion argwöhnisch.

Was hätte ich denn tun sollen? Du hast eine Ewigkeit gebraucht, um hierher zu kommen, und ich hatte Angst, dass er uns davonläuft und wir ihn noch einmal einfangen müssen.

»Wirklich, Thirishri – du solltest dich was schämen! Ist das die Tat eines Wissenshüters? Glaubst du nicht, dass der arme Kerl genug durchgemacht hat? Das ist doch schrecklich, jemandem so etwas anzutun.«

Es hat seinen Zweck erfüllt, oder nicht?, erwiderte der Luftgeist ohne jede Reue. Kopfschüttelnd eilte Elion dem Mann zu Hilfe. Als er sich bei dem Gefangenen niederkniete, war er zutiefst bestürzt. Denn er blickte in das schreckverzerrte Gesicht eines verzweifelten Menschen. »Keine Angst!« sagte er schnell. »Ich heiße Elion – ich will dir helfen. Du bist jetzt außer Gefahr.«

Der Mann schüttelte heftig den Kopf. »Meine Familie«, stöhnte er jammervoll. »Kanella, die kleine Annas …« Seine Augen füllten sich mit Tränen.

Elion wandte sich verstört ab, er fühlte sich bei seinem eigenen Leid berührt. Unbeholfen klopfte er dem Mann auf die Schulter und räusperte sich. »Gut – versuche nicht zu sprechen. Zuerst das Wichtigste … äh, wir müssen aus dem Dreck hier raus.«

Tormon war noch so fassungslos über seine wunderbare Rettung vor den Häschern des Hierarchen, dass er sich zunächst gar nicht über das Auftauchen des rätselhaften jungen Mannes wunderte. Wie sein unbekannter Wohltäter ihn von den Lasten befreite, die ihn zu Boden gedrückt hatten, nahm er kaum wahr, denn ihm standen immerzu dieselben entsetzlichen Vorstellungen vor Augen: Kanella ermordet, Annas, sein fröhliches Kindchen, tot irgendwo in dieser abscheulichen Gruft, in diesem Sinnbild des Krieges, der Grausamkeit des Menschen und der Zerstörung. Über diesen qualvollen Visionen tauchte das Gesicht des Hierarchen auf, das arrogante, verschlossene Gesicht eines vollkommen auf sich selbst bezogenen Menschen, der seine Verantwortung hinter dem Dienst an irgendeiner höheren Macht versteckt und dabei sein Mitgefühl für die Menschen, die seiner Herrschaft unterstehen, erstickt. Unschuldige ermordet? Einfache, vertrauensvolle Leute getäuscht und betrogen? Die Schuld trägt Myrial, nicht Zavahl. All sein Tun dient dem Ruhm des Gottes und gehorcht Seinem Willen.

Tormon wusste, dass es keinen Grund zur Hoffnung gab. Sicherlich war es bereits zu spät. Während der Stunden, die er in dieser kalten Einöde am Boden lag, war er zu der grauenvollen Einsicht gelangt, dass der Hierarch den Hinterhalt schon vor dem Aufbruch geplant hatte. Zavahl musste beschlossen haben, den Fund des Drachen sich selbst zuzuschreiben, und dafür zu sorgen, dass er, Tormon, niemals mehr reden würde. Solch ein ruchloses Vorgehen konnte nur eines bedeuten: dass man auch seine Lebensgefährtin und seine Tochter zum Schweigen gebracht hatte. Annas und Kanella waren bereits tot.

Ein kalter und tödlicher Zorn nahm von ihm Besitz. Noch niemals in seinem Leben hatte der Händler vorsätzlich einem anderen Menschen geschadet, aber das würde sich jetzt ändern.

»Also, Mädchen, es sieht ganz so aus, als hätte ich dich noch rechtzeitig ins Bett verfrachtet«, sagte Toulac leise und zog der Schlafenden die Decke noch ein Stückchen weiter über die Schultern. Die alte Kriegerin schaute auf ihren Gast hinunter und seufzte. Aber mit dem Einschlafen hättest du noch ein bisschen warten können, fuhr sie in Gedanken fort. Es gibt so vieles zu fragen, und solange du schwach und benommen bist, könntest du dich ein wenig verplappern können, meine geheimnisvolle Dame. Beim nächsten Aufwachen wirst du schon wieder lebendiger und mehr auf der Hut sein.

Toulac war enttäuscht – aber nicht überrascht – gewesen, als sie ihren Gast halb ziehend, halb tragend zurück ins Bett befördern musste. Die kleine Närrin war so unvernünftig gewesen aufzustehen und hatte sich viel zu schnell bewegt. Toulac konnte ihr freilich den Drang nachfühlen, den Freund zu sehen und sich zu vergewissern, ob es ihm gut ging. Doch ihr Gast hatte kaum einen Bissen Brot in den süßen Tee tunken und essen können, dann war sie schon wieder bewusstlos geworden. Also war Toulac mit ihrer Neugier sich selbst überlassen.

»Na schön, es hilft auch nichts, wenn ich rumstehe und sie anstarre – es sei denn, dieser Quatsch mit dem Gedankenlesen wäre ansteckend«, sagte sich Toulac. Auch in ihrer Hoffnung, etwas aus diesem Drachenwesen herauszubekommen, war sie enttäuscht worden – wie hatte sie es doch gleich genannt? Einen Feuerdrachen? Es war völlig klar, dass er viel intelligenter als jedes andere Tier war. Das war so sicher wie Wasser bergab fließt. Und wenn er das Wort HILFE auf die Veranda schreiben konnte, dann musste es eine Methode geben, mit der man sich verständigen konnte … Doch das alles mussten blanke Mutmaßungen bleiben, solange der Feuerdrache tief und fest schlief, wie sie bei einem kurzen Besuch in der Scheune festgestellt hatte.

Das Allerschönste war, dass sie Verständnis und Mitgefühl aufbrachte. Schon oft in ihrer kriegerischen Vergangenheit hatte sie ihre letzten Kraftreserven mobilisieren müssen, für Schlachten, für Märsche durch schlechtes Wetter und unwegsames Gelände. Wenn alles um sie herum im Nebel der Erschöpfung versunken war und sie sicher geglaubt hatte, keinen einzigen Streich führen und keinen Schritt mehr tun zu können, wenn sie geglaubt hatte, sich zum letzten großen Schlaf niederlegen zu müssen – dann hatte sie doch noch einen Rest Mut und Kraft, einen Funken Hoffnung gefunden, der ihren Herzschlag gegen den kalten Griff des Todes aufrechterhielt. Und jedes Mal, wenn die Tortur hinter ihr lag, hatte sie genau das getan, was ihre beiden Gäste jetzt taten: schlafen, schlafen und nochmals schlafen, bis es ihnen besser ging. Und nachdem ich aufgewacht bin, habe ich gegessen und gegessen und wieder gegessen, dachte Toulac mit einiger Sorge. Was in Myrials Namen soll ich ihnen zu essen geben?

Nun gut, zuallererst musste sie in der vernachlässigten Speisekammer Nahrung finden, die für eine Verwundete geeignet war. Doch traurigerweise erbrachte ihre sorgfältige Suche nur sehr wenig: ein paar Zwiebeln, eine Hand voll staubige Kartoffeln, ein Bündel verschrumpelte Möhren, einige getrocknete Erbsen und ein bisschen Gerste auf dem Grund eines Kruges. Toulac nahm, was von der kalten Rinderhachse noch übrig war, warf es zusammen mit allem anderen in ihren größten Suppentopf, goss Wasser hinein und stellte es aufs Feuer. Dabei hielt sie zwei Finger überkreuz und nannte das Gebräu eine Suppe. Die arme Veldan wird ihm sicherlich einen anderen Namen geben, sobald sie davon gekostet hat, dachte die Kriegerin mit Bedauern. Aber ich habe niemals behauptet, ich könnte kochen.

Als sie sich vor dem Feuer wieder aufrichtete und sich die Hände an der Hose abwischte, fiel ihr Blick auf Veldans Waffen, die zusammen mit ihrem eigenen Schwert neben der Esse an die Wand gelehnt standen: ein Schwert, zwei Wurfmesser und ein sehr nützlicher Dolch. Dass sie im Morast gelegen hatten, war ihnen nicht gut bekommen, und sie zu reinigen und zu fetten war daher dringend notwendig. Des Weiteren bedurfte die Lederkluft, die über dem Stuhl hängend mittlerweile getrocknet war, wie Toulac feststellte, einiger Reparaturen. Verständlich, nachdem Veldan unter einem halben Berg begraben gelegen hatte! Mit kundigen Händen fand Toulac zwei ansehnliche Risse und einige stark verschrammte und abgewetzte Stellen. Sie alle ließen sich rasch ausbessern. Obwohl sie sich im Allgemeinen mit Näharbeiten nicht abgab, flickte sie jede Lederkleidung im Schlaf. Sie hatte bereits so viele Stunden ihres Lebens damit verbracht, die eigene Kampfkluft wieder in Schuss zu bringen, dass sie sich wahrscheinlich zu Wochen aufrechnen ließen.

Also kramte sie in staubigen Borden herum, bis sie alles Erforderliche beisammen hatte: das Öl, ein paar weiche Lappen und die alte Satteltasche, die das Flickzeug enthielt, als da wären Nadeln, gewachstes Garn und einen Klumpen von dem besonderen Klebstoff für die Flicken. Den Klebstoff legte sie in einen alten Topf und ließ ihn in einem heißen Wasserbad weich werden. Ein zerschlissener Lederumhang, der nur noch dazu taugte, ein Zugloch in ihren Fenstern zu stopfen, gab das Material für die Flicken. Mal sehen – ich fange am besten mit dem Schwert an, überlegte sie. Das Schwert stellte sich als eine gut ausbalancierte und fein geschmiedete Waffe heraus. Es in der Hand zu halten war ein Vergnügen. Mit zufriedenem Lächeln machte Toulac es sich am Feuer bequem und begann ihre Arbeit, wobei sie ein obszönes Lied vor sich hin summte. Es war wie in den alten Zeiten!

Während es auf die Dämmerung zuging, arbeitete die alte Kriegerin mit der flinken Tüchtigkeit jahrelanger Übung, und es war kaum Zeit vergangen, bis sie mit den Waffen fertig war und die Aufmerksamkeit der Lederkleidung zuwandte. Sie fuhr mit der Hand in eine der Taschen und stieß auf einen fremdartigen Gegenstand, eine hühnereigroße Kugel aus milchigem Glas. Eine schmale Rille zeigte an, wo die beiden Hälften zusammenkamen. Toulac überkam der Drang, die Hälften gegeneinander zu drehen und zu sehen, was geschehen würde, doch sie beherrschte sich energisch. Das könnte mir eine sehr hässliche Überraschung einbringen, dachte sie. Der Feuerdrache in der Scheune war ihr Beweis genug, dass sie keine gewöhnlichen Gäste beherbergte, also mochte die persönliche Habe der Frau ähnlich seltsam sein. »Egal, ob gefährlich oder nicht«, sagte sie sich mit Bestimmtheit, »sie wird es mir kaum danken, wenn ich meine Nase in ihre Sachen gesteckt habe. Und wenn es mir zerbricht, was immer es sein soll? Misch dich nicht ein! Steck es weg!«

Sie versuchte die geheimnisvolle Kugel in die Jackentasche zurückzustecken, wo sie hergekommen war – aber das Ding wollte nicht mehr hineinpassen. Sie fasste in die Tasche, zog ein schwarzes Stück Stoff heraus und faltete es auseinander. »Was um alles in der Welt ...?« Sie glättete die Seide mit ihren schwieligen Fingern, dann sah sie die beiden Löcher – und ihr zog sich vor Mitleid das Herz zusammen. Dieses arme, törichte Kind war so befangen wegen der Narbe, dass sie sich so weit erniedrigt hatte, ihr Gesicht mit diesem dämlichen Ding zu verbergen! Die Kriegerin wischte sich verstohlen eine Träne fort und ermahnte sich, nicht rührselig zu werden. »Wenn man's genau nimmt, was kann sie mir schon bedeuten?«, murmelte sie. »Wenn ich so weitermache, wird bald jeder denken, dass sie meine Tochter ist! Ob Tochter oder nicht – mit diesem Unsinn hat es ein Ende.« Toulac konnte es keinesfalls zulassen, dass sich das arme Mädchen für den Rest seines Lebens für sein Gesicht schämte. Kurzerhand ließ sie die Glaskugel in der Tasche verschwinden, legte die Lederjacke beiseite und erhob sich forsch und zielstrebig von ihrem Stuhl. Ungestüm schleuderte sie die Maske ins Feuer und benutzte den Schürhaken, um sie recht tief zwischen die Kohlen zu schieben. »So!«, sagte sie und sah zu, wie die Seide sich kräuselte und verschwand. »Das ist genau das Richtige für solchen Unsinn.« Und dabei hoffte sie, dass Veldan ihr verzeihen würde.

Scall schwang sich das kleine Bündel über die Schulter, das seine spärlichen Besitztümer enthielt, und rannte aus dem Schlafsaal, ohne noch einen Blick zurückzuwerfen. Niemand sah ihn fortgehen. Die anderen Lehrlinge waren bereits bei der Arbeit, und der Anblick des Himmels, der bei jedem Hinsehen finsterer war, hielt jedermann hinter geschlossener Tür. Der Wind hatte sich gedreht und wehte aus Norden, der Regen war in Schneeregen übergegangen. Scall nahm auf dem Weg zur Schmiede noch einmal jeden Anblick in sich auf: die gepflegten Ziegelhäuschen der Handwerker, die Ställe, die Werkstätten, die kahlen Bäume und den morastigen Rasen. Er konnte nicht glauben, dass er diesen Ort für immer verlassen sollte. Alles war viel zu schnell gegangen, als dass er es schon so recht begriffen hätte. Bereits morgen würde er ein neues Zuhause haben, eine neue Lehrmeisterin und einen neuen Beruf. Das will ich nicht, dachte er – doch ihn hatte man nicht gefragt.

In der Schmiede wartete Agella schon auf ihn. »Ah, da bist du endlich. Beeil dich jetzt, Scall. Fergist hält die Pferde bereit. Du hast keine Zeit zu verlieren. Die Tage sind kurz, und du willst doch sicher vor dem Dunkelwerden oben sein?«

Scall sah einen Hoffnungsschimmer. »Könnten wir es nicht bis morgen aufschieben?«

Agella schüttelte den Kopf, und er verzagte. »Nein. Wie der Himmel aussieht, wird es bald schneien, und morgen würdest du vielleicht überhaupt nicht mehr dorthin gelangen können. Du musst sofort aufbrechen, und vertrödle keine Zeit auf der Straße.«

»Aber Tante Agella ...« Er wusste genau, dass sie es nicht ausstehen konnte, wenn er jammerte, und dennoch versuchte er verzweifelt, sie von ihrem Entschluss abzubringen. Wenn er ihr doch nur von der Weste erzählen könnte! Aber die Vorstellung, dass er tatsächlich mit der gestohlenen Habe einer Toten ein Geschäft gemacht hatte, ließ ihn eine brennende Scham empfinden. Niemand durfte es je erfahren. Er könnte es nicht ertragen, mit einem solchermaßen befleckten Ruf durchs Leben zu gehen. Er schlug einen anderen Kurs ein, der so nah an der Wahrheit lag, wie er es wagte. »Wie könnte ich denn ein Abrichter werden? Ich kann ja selbst kaum reiten! Du selbst musstest mir beibringen, auf einem Pferd zu sitzen, erinnerst du dich? Damit ich für dich Botengänge zu den Minen erledigen konnte! Und ich bin immer wieder heruntergefallen!«

Agella sah ihn an. In ihren Augen blitzte es. »Beim großen Myrial! Junge, niemand verlangt von dir, dass du die Sefrianer reitest. Was glaubst du denn, was ich vorhabe? Dich umzubringen? Genauso wenig schicke ich dich mit so viel Pferdebraten allein durch die Stadt. Ich werde dafür sorgen, dass dich ein Soldat begleitet. Hier.« Damit drückte sie ihm einen Sack aus dickem geöltem Tuch in die Arme. »Da drin ist eine ordentliche Wegzehrung. Ich kann dich nicht gut mit leeren Händen zu Meisterin Toulac schicken. Und ich habe einen Brief für sie geschrieben, der die Lage erklärt. Hier ist er, gib acht, dass du ihn nicht verlierst!« Sie versuchte ein Lächeln. »Toulac ist eine alte Freundin. Ihr werdet einander eine große Hilfe sein. Also mach dir keine Sorgen! Sie ist vielleicht einbisschen ruppig und launisch, aber sie hat ein Herz aus Gold.«

Ich weiß schon, was sie ist, dachte Scall. Ich habe von ihr gehört. Jeder kennt doch die verrückte, griesgrämige Hexe, die da oben in den Bergen lebt. Doch warum seine Mutter sie hasste, wusste er noch immer nicht, und er getraute sich nicht zu fragen, weil er sich vor dem fürchtete, was er vielleicht erfuhr. Bei dem Gedanken an die kommenden Monate schauderte ihm. Aller Vorraussicht nach würden sie ohnehin dort oben eingeschneit werden. Und das würde bedeuten, dass er den ganzen Winter nicht mehr fortkönnte – ganz gleich, was die Irre ihm antun wollte.

»Komm jetzt!«, befahl Agella schroff. »Steh da nicht rum

und träume. Wir müssen gehen.« Doch den eigenen Worten zuwider handelnd, zögerte sie und legte Scall eine Hand auf die Schulter. »Du bist nicht eben zum Schmied geboren, aber ich weiß, dass du dein Bestes gegeben hast. Ich weiß auch, dass du mir jetzt nicht glaubst, aber das ist ein großes Glück für dich. Wahrhaftig.«

Du hast Recht, dachte Scall und drehte sich weg. Ich glaube dir wirklich nicht.

Als Agella aus der Schmiede trat, fiel sie gleich über einen Soldaten. Es war Barsil. Er grüßte zwanglos und schickte sich an, vorbei zu schlendern, als ob er zufällig entlanggekommen wäre. Agella runzelte die Stirn. Sie wusste ganz genau, dass er gelauscht hatte; der Mann heftete sich wie ein Blutegel an anderer Leute Angelegenheiten, bis er einen Nutzen daraus gezogen hatte. Im günstigsten Fall ließ sich sagen, dass sie ihn nicht leiden konnte, aber diesmal fand sie ihn wirklich ekelerregend. »Hast du nichts Besseres zu tun, als hier herumzulungern?« fragte sie ärgerlich.

»Nein, Meisterin, ich bin heute nicht im Dienst. Ist nicht mein Fehler, dass nichts zu tun ist«, entgegnete er und wollte sich davonmachen, doch die Schmiedin trat ihm in den Weg.

»Es freut mich zu hören, dass du heute frei hast«, sagte sie, »denn der Stallmeister und ich haben eine Aufgabe für dich. Ich will, dass du meinen Lehrling und zwei neue Pferde zu Meisterin Toulac in die Sägemühle begleitest.«

Barsil zog die Brauen zusammen, doch dann setzte er ein freundliches Gesicht auf. »Selbstverständlich, Meisterin. Du weißt, dass ich dir jeden Gefallen tun würde. Äh … ich gehe nur schnell meinen anderen Mantel holen –«

»Kümmere dich nicht darum«, sagte Agella kurz angebunden, »der, den du trägst, ist genau richtig.« Es war ihr völlig klar, dass sie Barsil, wenn er erst einmal außer Sicht wäre, den Rest des Tages nicht wiedersehen würde. Und am nächsten Tag würde er aufkreuzen, ungemein bescheiden tun und eine glaubhafte Entschuldigung vorweisen, womit er es dann geschafft hätte, sich aus der unbequemen Sache herauszulavieren. »Folge mir«, forderte sie rasch, »ihr müsst sofort aufbrechen, und du, Barsil, darfst nicht trödeln, wenn du noch heute wieder zurück sein willst. Beeil dich, Scall! Hast du beide Bündel? Gut. Wir dürfen die Zeit nicht damit vergeuden, dich in Gang zu bringen.«

Für Barsil gab es kein Entrinnen. Er hatte bereits zugegeben, nicht im Dienst und also verfügbar zu sein, und Stallmeister und Schmiedemeister standen im Rang weit höher als ein einfacher Soldat, auch als ein Soldat der Schwerter Gottes. Es war offensichtlich, dass weder der Lehrling noch sein Beschützer über die Anordnung glücklich waren. Agella überließ es den beiden, ihr zu folgen, und legte ein flottes Tempo vor, wohl wissend, dass sie hinter ihrem Rücken Fratzen schnitten wie die Wasserspeier. Das kommt davon, dachte sie. Vielleicht wird das den Schnüffler lehren, seine Nase lieber in die eigenen Angelegenheiten zu stecken. Für Scall mag es ein bisschen hart sein, aber die meisten Soldaten sind auf Patrouille in der Stadt oder mit dem Hierarchen im Gebirge.

Scall konnte sein Unglück nicht fassen. Immer wenn er meinte, dass es nicht mehr schlimmer kommen könnte, traf ihn ein neuer Schicksalsschlag. Er drehte sich mit mürrischem Gesicht zu Barsil und stellte fest, dass der ihn feindselig ansah. Der Soldat hatte ihn gewarnt, nicht die Wahrheit über die Weste auszuplaudern, und jetzt sprach sein Gesicht Bände. Warte nur, sagte es, dafür werde ich dich drankriegen! Der Lehrling schauderte. Selbst wenn er *nicht* vom Pferd fiel, sah es doch ganz danach aus, als würde er trotzdem mit den entsprechenden Prellungen in der Mühle ankommen.

Als die Schmiedin und ihr Lehrling, gefolgt von dem finster dreinblickenden Tempelgardisten, zu den Stallungen gelangten, waren der Sefrianerhengst und der Wallach mit langer Leine an einem in die Mauer eingelassenen Ring festgebunden. Scall bemerkte, dass jeder einen achtungsvollen Abstand zwischen sich und den schwarzen Riesen einhielt. Trotz aller Übel, die die Weste ihm eingebracht hatte, war er doch froh, sie jetzt am Leib zu tragen. Er konnte nicht widerstehen zu prahlen und wanderte zu den Tieren hinüber, während er den besonderen Pfiff anbrachte. Die Pferde stellten die Ohren auf und kamen ihm so weit entgegen, wie die Leine es erlaubte. Scall grub in den Taschen nach Getreide und nach den runzligen Äpfeln, die er im Brauhaus stibitzt hatte, während er Maryll Lebewohl sagte. Die Sefrianer umringten ihn wiehernd und schmiegten ihre Mäuler an seine Schultern.

»Sei vorsichtig«, rief ihm Agella freundlich zu und blieb auf Abstand. Scall fühlte sich ermutigt durch ihr verblüfftes Gesicht und die Bewunderung, die er darin zu sehen glaubte.

Fergist kam mit einem gut gelaunten »Da seid ihr ja» aus dem Stall gehumpelt, und Agella beschloss, sein Hinken zu übersehen. »Alles bereit?«, fragte sie nur.

»Gerade eben – und es wird mir nicht Leid tun, die schwarzen Burschen loszuwerden«, antwortete der Stallmeister und sah die Missetäter von der Seite an. »Der dumme Hengst hat mich getreten, als ich ihn heraus brachte – hätte mich beinah entmannt, wirklich –, und der Wallach wollte mir ein Stück Fleisch aus dem Arm beißen.«

Agellas Lippen zuckten. »Worauf soll Scall reiten?«

»Nun, da gibt es ein kleines Problem«, begann Fergist, und es fiel ihm sichtlich schwer, Scall in die Augen zu sehen. »Sieh mal, Pferdefleisch ist zurzeit sehr gefragt, und ich will kein Wagnis eingehen, indem ich noch eins von unseren Reittieren mitgebe. Außerdem kann ich gerade jetzt kein Pferd entbehren.«

»Was erwartest du also von dem armen Jungen?« fragte Agella. »Willst du einen blutigen Anfänger wie Scall so ein Untier reiten lassen, das du selbst kaum bändigen kannst? Oder willst ihm etwa zumuten zu laufen?«

»Nein, nein«, erwiderte Fergist hastig. »Wir haben durchaus ein Reittier für den Kleinen, sei unbesorgt.« Er verschwand in den Stall und kam kurz darauf mit einer kleinen weiß-braunen Eselin wieder heraus, die ihn tückisch ansah. »Die hier gehört zu den Pferden«, sagte er säuerlich, »und man könnte glatt sagen, dass dieses kleine Miststück genauso viel Ärger macht wie die beiden großen zusammen.«

Barsil platzte fast vor Lachen, doch Scall blieb vor Bestürzung der Mund offen stehen. Ich kann mich doch nicht auf dieses kleine Vieh hocken und damit durch die ganze Stadt reiten, dachte er. Diese Schande überlebe ich nicht! »Ich will auf keinem *Esel* in die Berge reiten!«, begehrte er auf. »Schau dir an, wie klein er ist, bei Myrial. Er kann mich gar nicht tragen.«

»Oh, da würde ich mir keine Sorgen machen«, erwiderte Fergist in aufmunterndem Ton. »Diese Sorte kann gewaltige Lasten tragen. Es sollte für ihn nicht schwer werden, solange du es leicht nimmst. Bist ja nicht gerade ein Schwergewicht.«

Die Eselin näherte sich Scall, blickte ihn unter ihren zotteligen braunen Stirnfransen hervor an, und plötzlich zwickte sie ihn in den Arm. Der Lehrling machte einen Satz rückwärts und stieß einen Schrei aus. Empört rieb er sich die schmerzende Stelle. Dann nahm er sich zusammen und erklärte rundheraus: »Ich werde nicht auf diesem … lächerlichen Vieh reiten. Und damit basta!«

Kurz darauf fand Scall sich auf dem Weg durch den Tunnel, rittlings auf dem schmalen, knochigen Rücken des kleinen Menschenfeindes sitzend, während er sein Schicksal verfluchte und sich fragte, wie es mit ihm nur so weit kommen konnte.

Der Ritt durch die Straßen der Stadt war die schlimmste

Erfahrung, die Scall in seinem kurzen Leben bislang gemacht hatte. Zwischen den vielen Gebäuden und fremden Menschen verhielten sich die Pferde unruhig und aufsässig und zerrten am Leitzügel mal hierhin, mal dorthin. In Scall wuchs der Verdacht, dass sie ihn aus dem Sattel ziehen wollten. Aber das war nicht das Schlimmste. Wäre er sich nicht bereits des lächerlichen Anblicks bewusst gewesen, den er bot – wie er auf dem winzigen Reittier mit den Füßen über den Boden schleifte –, so hätten ihn die Bälger und Strolche der Unterstadt gewiss nicht im Unklaren gelassen. Nun war er das Opfer von Zurufen und Pfiffen, wohin er auch kam, und nur die unerfreuliche Gegenwart des finster um sich blickenden Barsil, der mit gespannter Armbrust an seiner Seite ritt, bewahrte ihn vor einem Geschosshagel aus Schlamm und anderen, weniger erfreulichen Dingen. Andererseits war Scall die Gesellschaft des Soldaten derart zuwider, dass er sich lieber mit Dreck hätte bewerfen lassen, als Barsils Spott ertragen zu müssen, welcher sich eingehend darüber ausließ, dass der Lehrling noch ein Kindermädchen benötige, und wiederholt betonte, der Esel sei gewitzter und nützlicher und zweifellos auch hübscher als sein Reiter.

Der Weg führte den Jungen und seine Begleitung durch die breiten Straßen der Oberstadt, wo die Villen der reichen Kaufleute lagen, dann durch das Geschäftsviertel, wo sich Läden, Kontore, Markthallen und Gasthäuser drängten und in besseren Tagen die Wallfahrer aus den entlegenen Regionen Callisioras, die sommers in die Heilige Stadt schwärmten, logiert hatten. Am Platz des Versammlungshauses inmitten Bankrott gegangener Schenken nahm Barsil die rechte Abzweigung zum westlichen Stadttor. »Nicht mehr lange, Kleiner, dann haben wir dich sicher aus dieser großen bösen Stadt heraus«, sagte er hämisch grinsend. »Dich und deine kleine Freundin hier.«

Scall ballte die Fäuste. Er wusste nicht, wie er es mit

diesem fiesen, verschlagenen Bastard noch länger aushalten sollte. Doch erfuhr dieses Problem schneller eine Lösung, als der Junge erwartet hätte. Als sie am Westtor ankamen, saß die Wachmannschaft beim Würfelspiel. Barsil erfasste mit schnellen gierigen Blicken die Spieler und die Kupferstücke auf dem Tisch des Wachraums, dann drehte er sich zu Scall um. »Hör zu, Kleiner«, sagte er spöttisch und entblößte alle Zahnlücken, »von hier an bist du auf dich selbst gestellt. Ich habe hier etwas zu erledigen.«

»Was?«, japste Scall.

Bis zu diesem Moment hatte er sich verzweifelt überlegt, wie er sich dieses Rattengesichts von einem Wachsoldaten am besten entledigte. Nun aber, da ihm sein Wunsch erfüllt wurde, schreckte ihn der Gedanke, die Reise allein machen zu müssen.

»Du schaffst das schon, du Würmchen. In der Stadt habe ich hübsch auf dich aufgepasst, denn da war es schließlich gefährlich. Aber jetzt gehst du einfach durchs Tor, hälst dich rechts und folgst immer dem Weg. Selbst ein Würstchen wie du kann sich da nicht verlaufen, und du wirst niemandem begegnen. Keiner, der ganz richtig im Kopf ist, wäre heute da draußen unterwegs.«

»Aber … du solltest mich doch den ganzen Weg bis zur Sägemühle bringen«, jammerte Scall. »Meisterin Agella hat es gesagt.«

»*Meisterin Agella hat es gesagt*«, wiederholte Barsil, indem er seinen kindlichen Singsang nachäffte. Dann verfinsterte sich Barsils Gesicht, und Scall hielt den Atem an. »Jetzt hör mir mal gut zu, du kleiner Scheißer. In der wirklichen Welt wird Folgendes passieren: Ich werde an diesem netten, warmen Kamin bleiben und Würfel spielen. *Du* kannst genauso gut allein den Berg hinaufgehen, hör also auf damit, mir in den Ohren zu liegen. Und noch eins …«, plötzlich erschien ein Messer in Barsils Hand, »… wenn du ihr jemals ein Sterbenswörtchen davon erzählst, oder einem anderen, dann komme ich dich holen. Verstanden? Dann wird es dir Leid tun, dass du geboren wurdest.«

Scall schaffte es zu nicken. Dann wollte er Barsils drohenden Blick und das höhnische Gejohle der Wachsoldaten keinen Augenblick länger ertragen. Er stieß dem Esel die Hacken in die Weichen und machte, dass er mit den trappelnden Pferden im Schlepptau zum Tor hinaus kam. Noch eine ganze Weile, nachdem er den Weg zum Gebirge eingeschlagen hatte, klang ihm das raue Gelächter in den Ohren.

Kapitel 14

Die Erbin

Seriema saß über die Zahlenreihen gebeugt und war nicht willens, sich aus der Konzentration zu reißen, indem sie eine Lampe anzündete. Daher kniff sie zunehmend die Augen zusammen, um die Ziffern noch erkennen zu können, während es draußen dämmerte. Ich werde mich gleich darum kümmern, versprach sie sich nicht zum ersten Mal und folgte mit dem Blick der säuberlich geschriebenen Bestandsliste.

Zahlen hatten schon immer einen besonderen Reiz auf sie ausgeübt, besonders wenn sie sich auf ihre kaufmännischen Unternehmungen bezogen. Als sie noch ein Kind war, hatte sie ihrem Vater – der damals den Vorsitz der mächtigen Handelsvereinigung innehatte – sehr gern im Kontor Gesellschaft geleistet. Sie war für ihr Alter ungewöhnlich ausdauernd gewesen, wenn sie ihrem Vater zusah, wie er mit der Feder die langen Zahlenkolonnen abarbeitete.

Manchmal hatte er ihr – als besondere Zuwendung – seine detailliert gezeichneten Karten gezeigt und von den Bergen erzählt, die ihr allein gehörten, von dem Gold, den Edelsteinen, dem Silber und dem Kupfer, das dort abgebaut werde. Er malte ihr aus, wie die Erntefeste in den fruchtbaren Ebenen gefeiert wurden, beschrieb ihr die wohlschmeckenden Gewürze und ausgefallenen Weine aus den Hügellanden des Südens, wo die Hitze über den Olivenhainen flimmert und die silbergrauen Baumstämme glänzen lässt. Ganz vorsichtig fuhr sie dann mit dem Finger die Handelsrouten entlang, die sie in Fantasiespielen plante, während der Kaufmann Stemond zuversichtlich auf einen Sohn wartete, welcher dereinst sein Handelshaus übernehmen sollte. Unterdessen betrachtete er sein kleines Mädchen mit nachsichtigem Lächeln, das freilich mit den Jahren immer säuerlicher geriet, weil langsam in ihm die Erkenntnis reifte, dass Seriema sein einziges Kind bleiben sollte.

In des Vaters Fußstapfen zu treten war für Seriema nicht leicht gewesen. Zwar glaubten die Einwohner Tiaronds, sie hätte zu Lebzeiten ihres Vaters nichts weiter getan, als darauf zu warten, dass ihr sein Reichtum in den Schoß fiele, und auch nach seinem Tod nur wenig mehr zu tun, als auf ihrem Geld wie eine Henne auf den Eiern zu sitzen. In beidem lagen sie von der Wahrheit so weit entfernt, wie es nur ging. Als Seriema siebzehn Jahre alt war, musste sie sich mit Klauen und Zähnen gegen eine Heirat wehren. Ihr Vater beharrte darauf, dass sie einen fähigen jungen Kaufmann heiratete, den Sohn irgendeines Zunftgenossen, damit nach seinem Tod ein Mann seine Geschäfte weiterführte und hoffentlich einen Erben hervorbrachte, der in ferner Zukunft seine Nachfolge antreten mochte. Nach den erbitterten Auseinandersetzungen stand es zwischen ihr und ihrem Vater nie wieder wie zuvor, und nicht einmal der Tod der Mutter, der, wie manche behaupteten, den unaufhörlichen Zwistigkeiten zwischen Vater und Tochter geschuldet war, konnte die Kluft noch überbrücken. Stemond hatte kein Verständnis für das, was er als Seriemas Selbstsucht ansah, und warf ihr vor, die Vorsorge für die Zukunft des Hauses verweigert zu haben. Sie andererseits konnte ihm nie verzeihen, dass er rundheraus kein Vertrauen in ihre Fähigkeiten besaß und auf einem blinden, undurchdachten Vorurteil gegen sie beharrte, weil sie kein Mann war. Am Ende bekam sie ihren Willen – was sie stets gewusst hatte, denn es gab niemanden, der Stemonds zahlreiche Unternehmen erben konnte, außer seiner aufsässigen Tochter.

Ohne Zögern hatte Seriema sich vorgenommen, der Welt zu beweisen, dass sie nicht nur so gut war wie ihr Vater, sondern dass sie sogar erfolgreicher sein konnte als er oder irgendein anderer Kaufmann in Tiarond. Das hatte für sie bedeutet, fleißiger, zäher und rücksichtsloser zu sein als ihre Geschäftspartner, und rasch hatte sie sich die dazugehörige Dickfelligkeit angeeignet. Die Kaufleute, die sich gleich nach Stemonds Tod wie aufgeregte Haie auf sie stürzten, mussten umgehend erkennen, wie falsch sie Seriema eingeschätzt hatten – und zumeist auf unangenehme Weise. Auch wenn Seriema über die Jahre hinweg einsam und ohne Freunde hatte leben müssen, blieb ihr doch eine Genugtuung: jene Zeitgenossen, die sie nicht mochten, mussten ihr doch Respekt erweisen – und ließen sie es daran einmal mangeln, lehrte Seriema sie das Fürchten. In sehr kurzer Zeit hatte sie sich an die Spitze gekämpft – in ihres Vaters Stellung als Oberhaupt der Handelsvereinigung und des Bergbaukonsortiums. Dort beabsichtigte sie zu bleiben, trotz aller Rückschläge, die sie zurzeit wegen des Wetters einstecken musste.

Ihre Augen begannen zu schmerzen. Während sie sich mit den schwarzseherischen Berichten der Gutsverwalter, mit den schrumpfenden Bestandslisten der Lagerhäuser und den armseligen Handelserlösen befasst hatte, war es draußen dunkel geworden. Das musste sie nun zur Kenntnis nehmen. Ein energisches Klopfen an der Tür ließ sie von den eng beschriebenen Seiten aufschauen. Sie seufzte ärgerlich, und Presvel trat ins Zimmer. Er trug in der einen Hand eine Tasse Tee herein, und in der anderen eine Lampe, die scharfe, unheimliche Schatten auf sein rundes gut gelauntes Gesicht warf und die Tatsache buchstäblich im Dunkeln ließ, dass sich sein dunkles lockiges Haar über der Stirn bereits lichtete. Obgleich er die Tasse vorsichtig und langsam balancierte, gelang es ihm, den üblichen Anschein emsiger Geschäftigkeit zu erwecken. »Herrin, sieh dich an«, schalt er sie, »schon wieder hast du es getan. Ich weiß, dass es niemandem gestattet ist, zu stören. Aber du vergisst immer, dir eine Kerze anzuzünden. Wenn du im Dunkeln arbeitest, verdirbst du dir die Augen!«

Seriema, so ärgerlich sie auch über die Unterbrechung war, nahm sie doch die Schelte geduldig hin. Sie hielt nichts davon, Bedienstete zu rügen, wenn sie Recht hatten. Außerdem war Presvels Gluckengehabe, auch wenn sie das niemals zugegeben hätte, die einzige männliche Zuneigung, die sie in ihrem einsamen Leben erfuhr.

»Bitte sehr – eine gute Tasse Tee«, sagte Presvel und stellte zunächst die Lampe auf eine freie Ecke des überfüllten Schreibtischs und fegte sodann einen Stapel Papiere beiseite, um vor Seriema Platz für die Tasse zu schaffen. Seriema unterdrückte ein Lächeln. Sie wusste, dass die großspurige Geste nicht so maßlos war, wie sie erschien. Ihr Diener war – inzwischen – zu geschickt, um ihre Arbeit durcheinanderzubringen. Wenn sie sich ihren Papieren wieder zuwandt, würde sie jedes Blatt an seinem Platz finden.

»Er sollte getrunken werden, solange er noch heiß ist – wenn überhaupt irgendetwas länger als ein paar Augenblicke heiß bleiben kann in dieser zugigen Scheune, die du als Haus benutzt.« Presvel stellte die Tasse mit einer schwungvollen Bewegung vor sie hin. »Ich bin sicher, dass du bereits ganz gehörige Kopfschmerzen hast – und das geschieht dir recht, wenn du den ganzen Tag in einem fort nur arbeitest. Ich habe es oft genug gesagt, dass man sich hin und wieder ausruhen muss …« Während seiner Vorhaltungen bewegte sich Presvel pausenlos durch das Zimmer und zündete die Öllampen und die Kerzen in den Wandleuchtern an. Wie immer ließ Seriema den endlosen Redefluss über sich ergehen und genoss es, wie er die düstere Stille aus ihrem Arbeitszimmer vertrieb.

Nach einer kurzen Weile ging er hinaus, und Marutha,

die Haushälterin, kam herein, um nach dem heruntergebrannten Feuer zu sehen. Im Hinausgehen brachte Presvel die alte Frau mit einem Blick zum Schweigen, als sie gerade zu einer Schimpftirade ansetzen wollte. »Es ist gut, Marutha«, sagte er, »du brauchst dich nicht zu bemühen. Die Herrin und ich haben die Frage des Überarbeitens und des Augenverderbens gerade eingehend behandelt.«

Marutha starrte ihm hinterher, dann kniete sie sich am Kamin nieder und murmelte etwas von ›gewissen Leuten‹, die sich für ›oberschlau‹ hielten. Seriema nippte dankbar an dem heißen Tee – der *selbstverständlich* noch heiß war, entgegen Presvels trübseliger Voraussage – und beschloss, Marutha nicht zu beachten. Sie streckte sich behaglich aus, verschränkte die Hände hinter dem Kopf und drückte die Ellbogen zurück, um die Anspannung zwischen Schultern und Nacken loszuwerden. Ihr brannten die Augen. Sie musste vor sich selbst zugeben, dass Presvel Recht hatte. Ihre Sehkraft hatte bereits nachgelassen, und wenn sie so weiter machte, würde sie sich tatsächlich noch die Augen verderben. Sie sollte sich entspannen und eine Weile ausruhen – all ihre Sorgen vergessen …

Natürlich konnte die stille Besinnung nicht lange anhalten. Die alte Haushälterin wäre am liebsten gleich herausgeplatzt, sobald sie den Raum betreten hatte. Es war kaum Zeit verstrichen, da schaute sie von dem Feuer auf, um das sie sich kümmerte, und sprach ihre Herrin in jenem ärgerlichen, vertraulichen Ton an, den alte Bedienstete bisweilen annehmen, wenn sie ihre Herrschaft schon in den Windeln gekannt haben. »Du solltest das hässliche Wetter nicht so schwer nehmen. Das tut dir nicht gut.«

»Wirklich scharfsinnig beobachtet«, erwiderte Seriema. »Hast du auch irgendwelche zweckmäßigen Vorschläge zu machen, zum Beispiel wie ich das zuwege bringen soll?« Nachdem ihre Eltern gestorben waren, hatte sie die

Verhätschelungen der Haushälterin in ähnlicher Weise entgegengenommen wie Presvels Besorgtheit. Doch seit sie Oberhaupt der Handelsvereinigung war und dort die Verantwortung übernommen hatte, ging ihr der fortgesetzte Mangel an Respekt gegen den Strich.

Die dicke, grauhaarige Marutha stand schwerfällig auf und erwiderte eingeschnappt: »Du hast keinen Grund, mich so zu behandeln! Ist es meine Schuld, dass du dich so aufgeregst?«

»Nein, aber du sorgst durchaus dafür, dass es dabei bleibt!«, zischte Seriema. »Geh um Himmels Willen und such dir eine nützliche Beschäftigung.«

»Das werde ich. Verzeihung, *gnädige* Herrin!« Sie machte ein gekränktes Gesicht und schlurfte leise schimpfend hinaus. Seriema setzte sich in den Sessel am Kamin, verbarg das Gesicht in den Händen und gab sich einmal mehr ihren Sorgen hin. Es spielte keine Rolle, wie sorgfältig oder wie häufig sie die Berichte las, das Ergebnis war immer dasselbe: Der Handel war in die Knie gegangen. Und wenn sich nicht bald ein Wunder ereignete und den Regen beendete, würde Callisioras Handel, der sich über Jahrhunderte hinweg entwickelt hatte, vollkommen zusammenbrechen. »Und sobald keine Waren mehr das Reich durchqueren, marschieren die Heere«, sagte sie zu sich selbst, und es lief ihr kalt den Rücken hinunter. Sie dachte nicht nur an ihren persönlichen Ruin, sondern auch an den Zerfall Callisioras.

Das schroffe Klopfen an der Tür des Arbeitszimmers war ein sicheres Zeichen dafür, dass Marutha ihre schmollende Haltung noch für ein paar Stunden nähren wollte, wenn nicht sogar für die nächsten Tage. »Da ist jemand, der dich sprechen will, *Herrin*. Sie will nicht sagen, wer sie ist. Hat sich vollkommen in einen schwarzen Umhang eingewickelt, sodass ich ihr Gesicht nicht sehen kann. Sie redet nicht gerade wie eine Bettlerin, und sie behauptet, es wäre eine Sache auf Leben und Tod. Willst du sie empfangen, oder soll ich Presvel sagen, er soll sie hinauswerfen? Wenn du *mich* fragst, ich würde nicht …«

»Niemand fragt dich, verdammt noch mal!« Zu ihrer Bestürzung hörte Seriema sich kreischen wie ein Fischweib. Wirklich, dachte sie, es ist höchste Zeit, dass Marutha aufs Altenteil gesetzt wird. Dann werde ich eine Haushälterin einstellen, die sich zu benehmen weiß. Sie atmete einmal tief durch und fasste sich wieder, um die vorliegende Angelegenheit anzugehen. Wer zu so später Stunde vorsprach, musste einen außergewöhnlichen Grund dazu haben. Seriemas Neugier erwachte.

»Ich werde die Besucherin empfangen, Marutha. Wohin hast du sie gebracht? In den Empfangsraum? Sehr gut, aber hole Presvel und lass ihn vor der Tür bereit stehen.« Sie schenkte Maruthas übelnehmerischer Art keine weitere Beachtung, knöpfte sich den Kragen ihres braunen Samtkleides zu und ging mit raschen Schritten auf die Treppe zu.

In der Tür zum Empfangsraum blieb sie stehen. Der befremdliche Anblick der kleinen Person, die sich in einen Soldatenmantel hüllte, der ihr viel zu groß war, machte sie zögerlich.

»Willst du nicht lieber die Tür schließen?«, fragte die Person mit tiefer Stimme, die gleichwohl eindeutig weiblich war und sich seltsam vertraut anhörte. Seriema gehorchte aus lauter Verwirrung. Das harte Einrasten des Riegels klang bedeutungsvoll, als habe er gerade die Fäden ihres Lebens, die sie bisher fest in der Hand gehalten hatte, gekappt und alle Pläne verwirrt, sodass sie sich einer unbekannten Zukunft gegenübersah.

»Nun steh doch nicht da wie ein Dummkopf. Hilf mir lieber aus diesem unpraktischen Ding heraus«, sagte die Besucherin ungehalten. »Nun mach schon, Seriema – ich habe beide Hände voll, und ich habe nicht die ganze Nacht Zeit.«

In diesem Moment erkannte Seriema die Stimme. »Gilarra? Bist du es? Was soll dieser Aufzug?« Sie löste die

Schnalle des Umhangs, der zu Boden fiel und eine zerzauste, rotwangige Suffraganin enthüllte, die ein schlafendes Kind in den Armen trug. Seriema schnappte nach Luft.

»Sie wird nicht aufwachen«, sagte Gilarra leise. »Ich musste die arme Kleine betäuben, es hätte sie fast umgebracht.« Sie legte das Mädchen auf eine Liege, die mit einer Tapisserie bedeckt war, und reckte sich mit einem übertriebenen Seufzer. »Wie kommt es, dass Kinder immer schwerer sind, als sie aussehen?«

Seriema schaute sprachlos zu, wie die Suffraganin die Arme in die Luft warf, sie vor- und zurückschwang und ihre Blutzirkulation wieder in Gang brachte. Und während der ganzen Vorstellung bewegte sich das Kind kein einziges Mal – auch nicht nach dem energischen Pochen an der Tür.

»Hier bringe ich einen schönen heißen Tee für dich und deinen Besuch, Herrin«, flötete Marutha.

Gilarra riss erschrocken die Augen auf. »Lass sie nicht herein! Man darf mich auf keinen Fall erkennen.«

Vollkommen verwundert, was eigentlich vor sich gehen mochte, gab Seriema ihrer Haushälterin mit der gleichen falschen Freundlichkeit Anweisung: »Stell das Tablett draußen ab, Marutha. Ich hole es gleich schon selbst herein.«

»Gut! Es gibt vermutlich für alles ein erstes Mal.« Die übellaunige Bemerkung drang vollkommen deutlich durch die Tür, gefolgt vom Klirren des Porzellans, als das Tablett unsanft auf dem Servierwagen in der Halle abgestellt wurde. Dann war es still.

»Das ist *alles*, Marutha«, sagte Seriema in unmissverständlichem Ton.

»Pah!« war die Antwort, und dann dröhnten Maruthas Trampelschritte, wurden leiser, als sie sich entfernte und verstummten.

»Ich sehe schon: Vorsitzende der Handelsvereinigung und des Bergbaukonsortiums zu sein ist doch etwas anderes, als man darüber so behauptet.« Gilarra stellte sich vor das Kaminfeuer und streckte ihre kalten Hände darüber aus. »Warum holst du nicht den Tee herein, meine Liebe? Ich bin ganz durchfroren.«

»Wie du möchtest.« Seriema war durch Gilarras neuerliche Anmaßung sehr verärgert, und geheimnisvolles Gehabe hatte sie schon immer verabscheut, doch sie hielt sich fest im Zaum. Nicht umsonst hatte ihr die Fähigkeit, äußerlich ruhig zu bleiben, in all den Jahren, in denen sie es mit schwierigen Verhandlungen und scharfsinnigen Gegnern zu tun hatte, große Vorteile beschert. Außerdem überstieg ihre Neugier den Zorn, den Gilarras Dramatik und Ausflüchte bei ihr weckten. Warum stand die Suffraganin nach so langer Zeit plötzlich auf ihrer Türschwelle? Als sie noch zur Schule gingen, waren sie für eine Weile befreundet gewesen. Aus irgendeinem Grund, den Seriema nie begriffen hatte, hatte sich Gilarra damals um die schüchterne Kaufmannstochter gekümmert. Doch nach einer Weile wurde der Altersunterschied von sechs Jahren bedeutsam: Während Gilarra, die Auserwählte für das Amt der Suffraganin, in die Vorrechte und Verantwortlichkeiten dieser Stellung hineinwuchs, hatte sie sich immer mehr von der Freundin abgewandt und Seriema einmal mehr der Einsamkeit überlassen. Das trug sie der Suffraganin zwar noch immer nach, doch war sie gleichzeitig überzeugt, dass Zavahl ihr die Freundin weggenommen hatte, weil es ihm dienlich erschienen war.

Als Seriema die Tür öffnete, um das Tablett zu holen, sah sie Presvel gehorsam an der Treppe stehen. Entschlossen winkte sie ihn fort. Nach einigem Widerstreben ging er, und sie schloss aus seinem besorgten Gesichtsausdruck, dass Marutha ihn instruiert hatte, die Vorgänge so weit wie möglich zu belauschen.

Seriema schenkte den Tee ein und setzte sich der Suffraganin gegenüber. »Nun, ich erwarte deine Erklärung«, sagte sie in entschiedenem Ton.

Gilarra sah zunächst das Kind und dann Seriema an. »Ich bin gekommen, um dir einen Gefallen zu erweisen.« Sie machte sich Seriemas Erstaunen zunutze und fuhr rasch fort: »Du nimmst dir keine Zeit für Männer, Seriema. Nicht nur, dass du jede Stunde, die Myrial uns sendet, mit Arbeit verbringst, du willst auch nicht, dass irgendein stümperhafter Lebensgefährte sich in deine geschäftlichen Angelegenheiten einmischt. Jedoch hast du dabei die Zukunft nicht berücksichtigt, meine Liebe – ein ungewöhnliches Versehen für eine so kluge Frau.« Sie lehnte sich vor und legte Seriema eine Hand auf den Arm. Seriema fuhr zusammen und schreckte vor der Berührung zurück. Sie war es nicht gewohnt, dass sie jemand anfasste, dabei wurde ihr unbehaglich zumute.

Gilarra zog die Hand ohne Aufhebens zurück und fuhr fort, als wäre nichts geschehen. »Was geschieht im Falle deines Todes, Seriema? Was wird aus den Jahren voller Selbstverleugnung und hingebungsvoller, harter Arbeit? Wer wird seinen Nutzen daraus ziehen?«

Seriema traf es wie ein Schlag, was die Suffraganin ihr vor Augen hielt, und sie staunte über das Ausmaß ihres Versäumnisses. Sie war so sehr davon besessen gewesen, Macht und Reichtum ihres Handelshauses über die schwierigen Jahre, die dem Tod ihres Vaters gefolgt waren, aufrechtzuerhalten, dass sie keinen einzigen Gedanken auf dessen Zukunft verwendet hatte. Verärgert und bestürzt wie sie war, unternahm sie einen empörten Ausfall gegen die Suffraganin. »Und was geht dich das an? Seit wann kümmerst du dich um mich? Oh, wir sind natürlich einmal Freundinnen gewesen, aber nachdem du alt genug geworden warst, um mit *ihm* zusammen dein Amt anzutreten, bist du nicht mehr in meine Nähe gekommen. Außerdem glaube ich kaum, dass du hier säßest, wenn nicht auch für dich ein Vorteil dabei herausspränge.«

»Nicht für mich – sondern für sie«, antwortete Gilarra und zeigte auf das schlafende Kind. »Und für dich, wie ich hoffe. Denn ich bringe dir deine Erbin, Seriema.«

Seriema fehlten die Worte, und in ihr tobte ein Sturm von Gefühlen. Einerseits empfand sie Neugiede sowohl auf die Vorfahren des Kindes als auch auf Gilarras Beweggründe, zugleich aber Zorn wegen der Einmischung in ihr Leben. Die verwahrloste Kleine, die zerzaust und blass, mit dem Daumen im Mund, auf der Liege schlummerte, weckte ihr Mitleid. Doch in erster Linie war Seriema besorgt – oder vielmehr verängstigt. Zum ersten Mal in ihrem Leben fühlte sie sich einer Lage nicht gewachsen.

Wie sorgt man für ein Kind? Womit fange ich an? Was, wenn sie krank wird? Was, wenn sie es bereits ist? Auf jeden Fall sieht sie erbärmlich aus. Hat sie noch irgendwo Familie? Und was sage ich überhaupt einem Kind, das mir überlassen wurde wie ein abgelegtes Kleidungsstück?

»Nein.« Das Wort war heraus, bevor sie sich bewusst war, eine vernünftige Entscheidung zu treffen. »Es tut mir Leid, Gilarra – das kommt nicht infrage.«

»Wie schade«, sagte Gilarra leise. »Sie ist eine Waise, musst du wissen. Vollkommen überraschend, innerhalb eines Tages, sind ihre Eltern getötet worden. Auf Befehl des Hierarchen.«

»Nun, daran kann ich nichts ändern – *Wie bitte?* Aber warum, bei Myrial?

»Seriema, hör mir zu – nur für einen Augenblick. Bitte. Ich brachte dieses Kind zu dir, weil du meine einzige Hoffnung bist, dass es die Zuwendung und den Schutz erhält, den es braucht. Ich kann dir nicht alles sagen ...« Sie stockte und sah sie verstohlen an.

Verdammt! Wie gut sie mich kennt, dachte Seriema und spürte, wie die Neugier die Oberhand gewann. »Fahre bitte fort«, sagte sie und seufzte resigniert.

»Ihre Eltern hatten Kenntnis von einer Sache, die Zavahl nicht weiter verbreitet wissen wollte. Ihr Vater erlitt, sagen wir mal, einen tragischen Unfall. Ihre Mutter ...« Gilarra zögerte. »Seriema, indem ich dir das erzähle, setze ich ein gewaltiges Vertrauen in deine Verschwiegenheit und in die Treue einer alten, wenn auch lange vernachlässigten Freundschaft. Die Mutter des Kindes wurde von den Gottesschwertern ermordet.«

»*Wie soll ich das verstehen?*«

»Wie ich es gesagt habe: Es geschah auf Anordnung des Hierarchen«, antwortete Gilarra hastig. Sie schaute Seriema geradewegs in die Augen und führte weiter aus: »Wir beide wissen sehr gut, dass Zavahl keine Möglichkeit bekommt, so etwas noch einmal zu tun. Aber es würde das Vertrauen in einen neuen Hierarchen nicht fördern, wenn diese Gräueltat jetzt im Volk bekannt werden würde. Des Weiteren vermute ich, dass Hauptmann Blank jede Zeugenschaft für die Verstrickung der Schwerter Gottes auslöschen will – und da liegt das Problem. Du musst wissen, Seriema, dass die Kleine ihre Mutter sterben sah.«

Seriema spürte, wie ihr die Farbe aus dem Gesicht wich. Mit Grausen sah sie das Mädchen an und fühlte Mitleid.

»In der Zitadelle hat man bereits versucht, die einzige Zeugin loszuwerden, aber ein mutiger junger Soldat hat sie gerettet. Gemeinsam haben wir ihr Entkommen vertuscht. Jetzt braucht sie einen Zufluchtsort, wo sie behaglich und sicher aufwachsen kann und das Geheimnis ihrer wahren Herkunft geschützt ist.«

Ein kalter Zorn hatte Seriema erfasst. »Wessen Kind ist sie?«

»Du musst verstehen, dass ich das nicht sagen darf. Auch zu deiner Sicherheit.«

»Zum Teufel mit meiner Sicherheit!« Seriema sprang auf. »Wie kannst du es wagen, hier hereinzuspazieren und mir deine Angelegenheiten vor die Füße zu werfen wie eine Katze einen angekauten Vogel. Du scherst dich doch einen Dreck darum, welchen Aufruhr du in meinem Leben entfesselst, wenn du mir so ein verlaustes Elendsbalg aufhalst –«

»Sie ist das Kind eines Kaufmanns.«

Ein paar Herzschläge lang starrte Seriema vor sich hin und versuchte, sich zu beruhigen und einen klaren Gedanken zu fassen. Dann setzte sie sich langsam wieder in den Sessel, umfasste mit einer Hand die Armlehne, die andere hielt sie als Geste der Zurückweisung empor, als könne sie damit die Worte der Suffraganin von sich fern halten.

»Annas ist die Tochter der Kaufleute Tormon und Kanella.« Gilarra ließ die Worte mit Bedacht in die trügerische Stille fallen.

Seriema hatte die Augen geschlossen. Sie war unfähig sich damit abzufinden, dass der Hierarch es gewagt haben sollte, solch eine scheußliche Tat an einem Kaufmann zu begehen. Zugegeben, als unabhängige Händler unterstanden diese Abtrünnigen nicht der Rechtsprechung und dem Schutz des Händlerbundes. Seit Jahren war ihr der verschlossene, schwierige Mann mit seinem lächerlichen, bunt bemalten Karren schon ein Dorn im Auge, obwohl – oder weil? – er der anständigste, zäheste und erfolgreichste der unabhängigen Händler war. Nun begriff sie plötzlich, dass sie ihn immer gemocht hatte. Wann immer sich ihre Wege kreuzten, hatte er sie als Seinesgleichen behandelt, nicht mehr und nicht weniger. Er war ihr weder gönnerhaft noch herabsetzend entgegengetreten, weil sie das Leben eines Mannes führte, und auch nicht feindselig oder missgünstig wegen ihrer mächtigen Stellung. Er war ihr begegnet wie jedem anderen Kaufmann auch: mit Respekt und Höflichkeit – und im harten aber ehrlichen Wettbewerb. Bis zu diesem Moment hatte sie nie bemerkt, wie sehr sie ihn wirklich geschätzt hatte. Sie atmete einmal tief durch, dann sagte sie: »Also gut. Ich werde das Kind zu mir nehmen. Wie heißt sie doch gleich?«

Kaz erwachte im Morgengrauen. Überraschenderweise trafen seine schläfrigen Gedanken auf die Sinne eines anderen. »Hohe Wissenshüterin Thirishri! Bist du es wirklich? Ich kann's nicht glauben!«

Ich bin es. Wie schön, dich zu hören, Kazairl. Als wir den Erdrutsch sahen, hegten wir die größten Befürchtungen. Geht es dir gut? Wo seid ihr? Und wie geht es Veldan? Ich merke dir an, dass sie noch lebt.

»Sie wird sich wieder erholen. Du weißt ja, wie zart die Menschen beschaffen sind. Sie hatte tatsächlich einiges auszuhalten und bekam einen wahrhaft grässlichen Schlag auf den Kopf. Ich habe mir zunächst Sorgen gemacht, aber jetzt bin ich zuversichtlich, dass sie wieder gesund wird – wenn sie Ruhe hat, Thirishri. Wir sind bei einer alten Kriegerin untergeschlüpft, im ersten Haus auf dem Weg nach unten. Sie ist wirklich eine zähe alte Streitaxt – sie und Veldan sind schon die besten Freunde. Das bringt mich zu der Frage, was du hier eigentlich tust. Wo bist du gerade? Du musst ja ganz in der Nähe sein. Und du sagtest ›wir‹. Wer ist bei dir? Doch nicht Cergorn?«

Wir befinden uns auf dem Abhang, wo der Erdrutsch stattgefunden hat. Wir sind aufgrund von Veldans Hilferuf gekommen, aber anscheinend zu spät, denn der Seher ist tot. Wir können euch also nur noch sicher nach Hause geleiten – sofern der Schnee es zulässt. Wir werden bald bei euch sein. Mein Partner bei dieser Mission – ist Elion.

»*Wer?* Dieser feige Jammerlappen? Dieser undankbare, ewig greinende Idiot?«, schnaubte der Drache. »Wie kannst du es wagen? Tschaa! Wenn du diesen Abkömmling eines Schlickwurms in die Nähe meiner Partnerin bringst, dann zerkaue ich ihm alle Glieder und stopfe ihm damit den Rachen! Ich werde ihn in blutige, zuckende Fetzen –«

*Das wirst du *nicht!** Der Sturm der Zurechtweisung reichte aus, um den Drachen platt auf den Boden der Scheune zu drücken. *Du bist ein Mitglied des Schattenbundes, Kazairl. Du wirst deinen persönlichen Groll bei der Ausübung deiner Pflicht hintanstellen, wie man es dich gelehrt hat!*

»Ach, werde ich das?« knurrte Kazairl durchaus beunruhigend. »Nun hör gut zu, was ich dir sage, Hohe Hüterin des Wissens, denn ich will, dass über Eines vollkommene Klarheit herrscht: Wenn dieser gärende Haufen Rattenmist meine Veldan in irgendeiner Weise kränkt, nur ein einziges Mal, dann ist er Drachenfutter. Diesen miesen Knochen zwischen meinen Kiefern zu zermalmen, wäre es mir nämlich wert, aus dem Schattenbund hinausgeworfen zu werden. Ich lasse diese Ausgeburt eines fauligen Tümpels in Ruhe, Thrishri – solange er Ruhe gibt. Ich würde vorschlagen, dass du ihn warnst. Wenn er einen Fehler macht, wird er sehr starke Schmerzen haben – aber nur kurz!.«

»Boss! Boss!« Drachengebrüll und ein trockenes Krachen wie von berstendem Holz weckten Veldan aus unruhigem Schlaf und schaurigen Träumen. Sie schlug die Augen auf und blickte in Kaz' Gesicht. Der Drache streckte den Kopf durch das Fenster zu ihr herein, die zerbrochenen Fensterläden schmückten teils seine Hörner, teils lagen sie in Splittern auf Veldans Bettdecke zerstreut. Es schien dunkel zu werden, und ein kalter Wind pfiff ins Zimmer. Das kleine Stückchen Himmel, das sie zwischen seinem Kopf und dem Fensterrahmen erkennen konnte, war voller wirbelnder Schneeflocken.

»Immer mit der Ruhe!«, murmelte Veldan schläfrig. »Was ist los?« Sie setzte sich mühsam auf und bereitete sich auf eine neue Katastrophe vor. Dieser verdammte Brummschädel! Trotzdem, sie fühlte sich schon besser als nach dem letzten Aufwachen. »Was ist los?« wiederholte sie, weil Kaz plötzlich in Schweigen verfallen war. Stattdessen hörte sie ihn mit dem Schwanz auf den Boden schlagen wie eine wütende Katze.

»Mach dir keine Sorgen, Boss – ich habe ihn gewarnt. Er wird dich nicht ärgern – nicht, wenn er es vorzieht, die Därme innerhalb des Leibes zu tragen …«, sagte Kaz und ließ die Erklärung in ein lang gezogenes Knurren übergehen.

Oh nein! Es gab nur eine Person, nach Veldans Kenntnis, die diese Reaktion bei ihm hervorrief. Ihr sank das Herz wie ein Stein. »Elion? Er kommt hierher?« Ihr Magen ballte sich zusammen wie eine kleine, kalte Faust. Mist, Mist, Mist! Also gut – folglich war ihre Mission ein völliger Misserfolg – aber Cergorn hätte sich keine schlimmere Strafe ausdenken können, als Elion zu schicken, damit er Zeuge vom Ausmaß ihres Versagens werde.

»Was im Namen alles Lebendigen …?«, fragte jemand in der Tür. Veldan missachtete das warnende Klopfen in ihrem angeschlagenen Schädel und drehte sich um. In der Tür stand Toulac, und in ihrem wettergegerbten Gesicht zog sich ein Gewitter zusammen. »Du!«, knurrte sie. »Willst du mir das Haus abreißen? Mach, dass du rauskommst, du dummer Tölpel, bevor ich mir einen neuen Fensterladen aus deinem wertlosen Fell mache! Los! Raus da!«

Veldan fühlte einen Stich im Herzen, weil ihr Partner so beschimpft wurde, und wollte entrüstet zur Verteidigung ansetzen – andererseits war sie der alten Kriegerin wirklich dankbar, die sie ohne Zögern und ohne Fragen zu stellen aufgenommen hatte. »Es tut mir Leid um deine Läden, Toulac«, sagte sie schnell, um ihre Aufmerksamkeit auf sich zu lenken. »Kaz ist nicht geeignet für gewöhnliche Häuser, und er war ein bisschen aufgeregt …«

»Aufgeregt?«, platzte Kaz beleidigt heraus. »*Aufgeregt?* So nennst du das? Als ich herausfand, dass du noch am Leben bist, war ich *aufgeregt.*« Kaz spuckte das Wort verächtlich aus. »Jetzt, wo der elende Schlickwurm hierher kommt, bin ich *rasend* vor Zorn!«

»Es ist alles in Ordnung«, fuhr Veldan an Toulac gerichtet fort. Doch die hatte durchaus das lodernde Feuer in Kaz' Augen gesehen und war vorsichtshalber ein wenig zurückgewichen. »Jemand ist auf dem Weg hierher«, erklärte Veldan, »einer von meinen Leuten. Er kommt schon den Pass runter. Es ist nämlich so … also, da gibt es eine alte Geschichte und viel böses Blut zwischen uns. Kaz wird leicht gefährlich, wenn Elion in der Nähe ist. Das kommt davon, dass er zu mir so fürsorglich ist.«

Toulacs Gesicht klarte ein wenig auf. »Böses Blut, wie? Das kann ich verstehen. Unter Kriegern passiert so was öfter, als man glaubt. Für uns geht es meistens um Leben oder Tod, und das fördert nicht gerade unsere Duldsamkeit gegen die Kameraden. Es steht einfach zu viel auf dem Spiel. Nun mach dir keine Sorgen, Mädchen! Soweit es mich betrifft, sind wir Freunde, du und ich und dieses lästige Viech, ob mit oder ohne Läden. Und wenn dieser Elion irgendeinen Ärger macht, fliegt er raus. Und was dich betrifft …«, wandte sie sich schalkhaft an den Drachen, »wenn *du* hier was anstellst, bekommst du es mit mir zu tun, verstanden? Mein Haus bleibt ganz! Danke.«

»Was glaubt dieser dumme Mensch denn, wer er ist?«, brummte Kaz. »Weiß sie denn nicht, mit wem sie es zu tun hat? Ich hätte sie immerhin rösten können, wo sie stand, ohne dafür einen Finger zu krümmen.«

»Ich weiß, ich weiß«, erwiderte Veldan beschwichtigend. »Dennoch ist es *ihr* Haus, das du zerhackstückst, Kaz, und sie war sehr gut zu uns. Lass sie doch. Bedenke, dass sie noch nie einen Feuerdrachen gesehen hat. Sie weiß gar nicht, was du tun kannst.«

»Du magst sie wohl etwa?«, fragte Kaz spitz.

»Ja, sehr. Warum?«

»Weil ich sie auch mag.« Der Drache grinste sie an. Dann zog er den Kopf aus der Fensteröffnung und verschwand.

»Ich nehme mal an, du wirst mir nicht erzählen, was

zwischen dir und diesem Elion vorgefallen ist«, bemerkte Toulac, und der Scharfsinn glitzerte geradezu in ihren Augen.

Veldan seufzte. »Dafür wäre nicht genug Zeit, und um ehrlich zu sein, die Erinnerungen sind immer noch zu schmerzhaft. Kurz gesagt, Elion hasst mich, weil seine Partnerin getötet wurde, und ich habe ihn davon abgehalten, ihr zu helfen. Es war hoffnungslos, und er wäre gleichfalls ums Leben gekommen. Dann hätte er *mich* fast umgebracht – weshalb Kaz ihn so fürchterlich hasst – und ich hasse ihn, weil er hierfür verantwortlich ist.« Plötzlich ihrer selbst bewusst, griff sie mit einer Hand an die Narbe und stellte völlig verwundert fest, dass sie sie in Toulacs Gegenwart ganz vergessen hatte, zum ersten Mal seit ihrer Verletzung. Denn die Söldnerin war weit davon entfernt gewesen, Neugier, Mitleid oder gar Abscheu zu zeigen. Sie hatte nicht einmal mit der Wimper gezuckt.

Elion hingegen war eine ganz andere Geschichte. Die Maske! Wo hatte sie ihre Maske gelassen?

»Danke, dass du mir das Hemd geliehen hast, Toulac«, versuchte Veldan leichthin zu sagen. »Was meinst du, ob meine Sachen inzwischen getrocknet sind?«

»Natürlich. Ich habe sie auch ein wenig geflickt. Deine Ausrüstung hat bei dem Erdrutsch eine volle Ladung abbekommen.« Toulac lächelte, doch ihre Augen waren seltsam misstrauisch. »Ich hätte nie gedacht, dass ich noch mal eines Tages einen Waffenrock flicken würde.« Sie ging aus dem Zimmer und kehrte kurz darauf mit einer Holzschüssel in der Hand und Veldans Kleidung über dem Arm zurück. »Hier, iss die Suppe. Es wird Zeit, dass du etwas in den Magen bekommst.«

Veldan nahm sie mit Freuden entgegen, denn sie fühlte sich völlig ausgehungert. Wie sich herausstellte, war das auch notwendig, um Toulacs Kochkünste würdigen zu können. Die Kriegerin sah Veldan mit Habichtsaugen beim Essen zu und brach plötzlich in Lachen aus. »Bist du immer so höflich? Ist nicht nötig – ich kenne meine

Grenzen. Ich fürchte, ›warm und nahrhaft‹ ist das Beste, was sich über meine Küche sagen lässt.«

»Ist mir recht«, meinte Veldan und war schon mit der Suppe fertig. »Ich habe gar nicht gemerkt, wie hungrig ich bin.« Sie stellte die Schüssel beiseite, nahm sich ihre Kleider vor und durchsuchte die Taschen – wie beiläufig zunächst, doch bald mit wachsender Dringlichkeit, die an Panik grenzte. Die Maske! Wo konnte sie bloß sein? Hatte sie sie bei dem Unglück verloren?

»Du wirst sie nicht finden«, sagte Toulac ruhig.

Veldan fuhr herum und stierte ihr ins Gesicht. Den hämmernden Kopfschmerz nahm sie gar nicht wahr. »Wo ist sie? Was hast du damit gemacht?«

»Ich habe sie ins Feuer geworfen.«

Im ersten Moment war Veldans Verstand von wilden Rachegelüsten und angstvoller Verzweiflung außer Gefecht gesetzt. Dann brachte sie Kaz' übermütiger Jauchzer zur Besinnung. »Ohohoho! Kein schlechter Zug, Toulac! Ich könnte der alten Streitaxt alles vergeben, nachdem sie das getan hat.« Aber er fühlte Veldans Not und nahm sich etwas zurück. »Es geht auch ohne, Schätzchen – wirklich. Sei nicht böse auf Toulac – sie hat genau das Richtige getan. Du warst schon ganz abhängig von der Maske. Noch ein wenig länger, und du hättest dich dazu verdammt, sie den Rest deines Lebens zu tragen. Vielleicht wirst du es zuerst schlimm finden, aber ich bin immer da, um dir beizustehen. Darauf kannst du dich verlassen.«

Als der Drache zu sprechen aufgehört hatte, setzte sich die grauhaarige Alte auf die Bettkante und nahm Veldan in den Arm. »Ich entschuldige mich nicht«, sagte sie fest. »Diese Torheit werden wir dir austreiben, und wenn es das Letzte ist, was ich tue. Du kannst auf mich so wütend sein, wie du willst, das wird dir die Maske nicht zurückbringen. Warum also Kraft vergeuden? Es wäre eine Schande, dein hübsches Gesicht noch länger zu verstecken.«

»Hübsch?«, stieß Veldan hervor und machte sich los.

»*Hübsch?* Wie kannst du es wagen, dich über mich lustig zu machen, du alte Schlampe! Ich bin nicht hübsch – ich bin grauenhaft!«

Toulacs Blick verhärtete sich. »Wenn du nicht so furchtbar aufgewühlt wärst, hättest du schon eine Abreibung bekommen, Mädchen. Jetzt halt den Mund und hör mir gut zu!«

Veldan war überrascht, dass sie tatsächlich den Mund hielt und zuhörte, sogar sehr aufmerksam. Toulac muss zu ihrer Zeit der blanke Schrecken gewesen sein, dachte sie.

»Ich belüge dich nicht«, fuhr Toulac mit ernster Stimme fort. »Diese Narbe ist kein schöner Anblick, aber ...«, – sie hob einen mahnenden Finger, als Veldan den Mund öffnete – »sie sieht auch nicht so schlimm aus, wie du denkst. Und mit der Zeit wird sie verblassen. Niemand, außer vielleicht ein kompletter Schwachkopf, würde sich vor Abscheu von dir abwenden – und ich glaube auch nicht, dass du jemanden damit erschreckst.«

»Ich will nicht, bemitleidet werden«, murmelte Veldan.

»Wie? Bemitleiden? *Dich?*« Toulac lachte frei heraus. »Mein liebes Kind, sieh dich nur einmal selbst an. Du hast einen wachen Verstand, du bist eine Kriegerin, und man sieht dir an, dass du selbst auf dich aufpassen kannst. Du kannst Gedanken lesen, und du hast dieses furcht-einflößende, wundervolle Wesen bei dir, das dein Freund ist. Aber egal, was du glaubst, dein Gesicht ist hübsch. Natürlich bist du jetzt keine makellose Schönheit mehr, aber glaube mir, jede andere würde glücklich diese Narbe tragen, wenn sie dabei so schön sein könnte wie du. Wirklich und wahrhaftig. Du siehst also, Veldan, die Leute werden Mitgefühl wegen deiner Verletzung haben – und das gehört sich auch so –, aber niemand wird dich länger als einen Augenblick bemitleiden. Sie werden zu sehr mit ihrem Neid beschäftigt sein. Glaube mir!«

Veldan sah sie an und schluckte mühsam. »Na gut«, sagte sie leise. »Ich werde es ohne Maske versuchen – ich habe ja auch keine andere Wahl. Ich schaffe es schon, Toulac – du bist einfach schrecklich, aber ich werde es irgendwie schaffen.«

Toulac versetzte ihr lächelnd einen Klaps auf die Schulter. »Du wirst es sogar sehr gut schaffen.« Damit stand sie schwerfällig auf und ging zur Tür. »Zeit sich anzuziehen, Mädelchen. Gleich bekommen wir Besuch, erinnerst du dich?«

Kapitel 15

Unerwarteter Besuch

Ohne Scall fühlte sich Agella in der Schmiede einsam. Erstaunlich, dachte sie, wie sehr ich mich an die Gesellschaft dieses glücklosen Jungen gewöhnt habe.

So sehr sie sich auch manchmal über ihn geärgert hatte, er blieb doch der Sohn ihrer Schwester – der wohl beste Ersatz für das eigene Kind, das sie nie haben würde –, und sie mochte ihn gern. Sie setzte sich an den Kamin, wo das Feuer bis auf die Glut heruntergebrannt war, und stützte den Kopf in beide Hände. »Guter Gott«, seufzte sie, »hoffentlich habe ich das Richtige getan.«

Nun wo sie Zeit zum Nachdenken erhielt, fand sie es doch ziemlich unerhört, wie unbesonnen sie gehandelt und wie wenig Gedanken sie sich über die Folgen gemacht hatte. Andererseits hatte sie nicht ohne Grund gehandelt. Schon manches Mal hatte es ihr den Schlaf geraubt, wenn sie an Scalls Zukunft dachte, denn dass niemand einen Schmied aus ihm machen könnte, stand unumstößlich fest. Wenn sie zurückdachte, fiel ihr auf, dass er schon immer so eine ruhige, geduldige Art gezeigt hatte, mit Tieren umzugehen. Der Vorfall mit dem Hengst machte jedenfalls deutlich, welch ungewöhnlichen Einfluss Scall auf Tiere ausübte. Das hatte sie sofort an Toulac erinnert, und so ergriff sie einfach die Gelegenheit beim Schopf.

Agella sorgte sich schon seit einiger Zeit um die alte

Freundin – die, allein in den Bergen, sicherlich nicht besonders gut auf sich Acht gab –, aber in Anbetracht von Toulacs Eigenwilligkeit bestand keine Möglichkeit, ihr zu helfen. Als Scall den Hengst bezähmte, war Agella, als habe Myrial ihr die Lösung für beide in den Schoß gelegt.

Außerdem lag etwas in der Luft. Im Heiligen Bezirk hatte sich eine schwer bestimmbare Anspannung verbreitet, die an die drückende Stille vor einem gewaltigen Sturm denken ließ. Unter denen, die an diesem abgeschlossenen Ort wohnten, war es ein offenes Geheimnis mehr, dass der Hierarch unter seinem Unvermögen, bei Myrial ein Ende des Regens zu erwirken, allmählich zusammenbrach. Wie es schien, hatte Zavahl nicht nur den Kontakt zur Gottheit verloren, sondern auch das Gefühl für die Stimmung des einfachen Volkes. Wenn die Meinung der Menschen in der Unterstadt etwas bedeutete, dann war wohl kein Hierarch je so unbeliebt gewesen. Hauptmann Blank indes stand nicht hinter dem Priesterkönig, sondern schien etwas im Schilde zu führen; Agella traute ihm nicht einmal so weit, wie sie ihn hätte schubsen können. Sie hatte das ungute Gefühl, dass die Ereignisse sich noch gehörig zuspitzen würden. Nur noch ein Tag bis zur Festnacht des Todes. »Dann geht der Ärger los – das wirst du noch sehen«, brummte sie. Eingedenk dieser bedrohlichen Entwicklung hatte sie die Gelegenheit, Scall in sichere Entfernung zum Heiligen Bezirk zu schaffen, sofort beim Schopf gepackt

Trotzdem habe ich Angst um ihn, dachte sie. Vielleicht hätte ich ihn selbst begleiten sollen. Was habe ich mir bloß dabei gedacht, ihn mit diesen Riesenpferden dort hinauf zu schicken? Eins davon hat gerade erst einen Menschen getötet, bei Myrial! Einen großen starken Mann, der im Umgang mit Pferden erfahren war. Und ich schicke den armen Jungen fort, einzig in der Obhut von Barsil, diesem Hurensohn. Von allen Leuten muss ich mir ausgerechnet Barsil aussuchen! Als ob der in einer schwierigen Lage zu irgendetwas nütze wäre. Wenn ich nur die

Möglichkeit hätte herauszufinden, ob Scall gut angekommen ist.

Die Dunkelheit brach schon herein, und das war noch nicht alles: Es fiel ein feiner, dichter Schnee.

Es pochte an die Tür, und Agella fuhr vom Stuhl hoch. »Wer da? Was gibt's?« Sie riss die Tür auf, und vor ihr stand der Wachsoldat der Gottesschwerter, der im Tunnel Dienst gehabt hatte, als Agella sich von Scall verabschiedete. »Geht es um Scall? Ist ihm etwas zugestoßen?«, fragte sie.

Der Posten schaute sie an, als sei ihr gerade ein zweiter Kopf gewachsen. »Weiß rein gar nichts über irgendeinen Scall, Meisterin«, antwortete er achselzuckend. »Hab eine Nachricht für dich, vom Tor. Deine Schwester will reingelassen werden, will dich besuchen – oder jedenfalls eine Frau, die *behauptet*, sie wär deine Schwester. Sagt, sie ist in ziemlichen Schwierigkeiten, und braucht deine Hilfe.«

Viora? Was für Schwierigkeiten mochten das sein? Und wie würde sie ihrer Schwester beibringen, dass sie ihren Sohn aus der Stadt geschickt hatte, einem unbekannten Schicksal entgegen? »Die Pest soll sie holen! Das hat mir gerade noch gefehlt!«

Der Gang durch den Tunnel erschien Agella länger als gewöhnlich. Je weiter sie kam, desto unruhiger wurde sie. Was konnte geschehen sein? Waren sie ausgeraubt worden? Oder krank? Der Geißenhof war nicht gerade das beste Viertel, und in den armen Stadtteilen war man mittlerweile alles andere als sicher. Ihre Gegend war am schlimmsten von Krankheiten befallen, und was sie so von Scall gehört hatte, wenn er von seinen gelegentlichen Besuchen zurückkam, so konnte jeder von Glück sagen, wer dort vom Schwarzen Lungenfieber verschont blieb. Diebstahl und Plünderungen kamen alle Tage vor – obwohl dort kaum noch jemand etwas besaß, das zu stehlen sich lohnte. Hatte Viora sich vielleicht mit Ivar zerstritten, und er hatte sie hinausgeworfen? Der junge

Schlachter verehrte seine Frau und behandelte sie immer, als wäre sie ein kostbarer Schatz, gegen andere Leute aber konnte er unberechenbar und gewalttätig sein. Andererseits würde er Felyss doch nicht dadurch bekümmern, dass er ihre Eltern auf die Straße setzte?

Insgeheim war Agella froh, dass Ivar nicht in der kleinen Gruppe stand, die sich am Ende des Tunnels zusammendrängte. Ihre Erleichterung verwandelte sich in Bestürzung, als sie näher kam und die Lage erkannte. Die grob verschnürten Bündel, die sie bei sich trugen, wiesen sie unzweifelhaft als Flüchtlinge aus – aber es kam noch schlimmer. Ulias war ein gebrochener Mann. Viora war vollkommen verweint und durcheinander, und Felyss stand da mit geschwollenem Gesicht, voller Prellungen, zerzausten Haaren, das Kleid blutig und zerrissen …

Einen Moment lang glaubte Agella sich in ihre Kindheit zurückversetzt, als die Feinde die Burg ihres Vaters plünderten. Sie töteten alle Männer und Knaben auf der Stelle, die Frauen, gleich welchen Alters, wurden in einer Orgie der Gewalt geschändet, dann schnitt man ihnen die Kehle durch … Als sie in Felyss' leere Augen schaute, fragte sie sich, ob es für die damaligen Opfer nicht eine Gnade gewesen war, dass sie hernach getötet wurden.

Bei diesem Gedanken angelangt, nahm sie sich zusammen und ermahnte sich, nicht dumm zu sein. Felyss war ein vernünftiges Mädchen. Mit der Hilfe ihrer Familie würde sie die Sache überstehen.

Agella lief auf ihre Schwester zu und nahm sie in die Arme. Viora brach in Tränen aus. »Unser Zuhause«, schluchzte sie, »weg. Alles ist weg. Die Soldaten …« Sie sah ängstlich zu den Wachposten hinüber und sagte nichts weiter. »Viora! Meine Liebe, komm mit mir. Warte, erzähl mir noch nichts. Wir wollen euch zuerst unterbringen, dann kannst du mir alles erzählen, was passiert ist.«

Als sie die Flüchtlinge am Tor vorbeiführen wollte, wurden sie von den Wachen angehalten. »Aber ich bitte dich, Meisterin Agella! Du weißt genau, dass wir Unbefugte nicht hineinlassen dürfen. Außer zum Gottesdienst im Tempel dürfen nur Leute herein, die hier wohnen, ihre Lebensgefährten und engsten Familienmitglieder und Leute mit triftigen Angelegenheiten.«

Viora wimmerte, und Agella holte tief Luft. Es gab keinen Grund, bei dem Soldaten die Geduld zu verlieren. Indem er sie zurückwies, tat er seine Pflicht. Aber sie bemerkte, dass es den beiden Wachen durchaus unangenehm war. Myrial sei Dank, dass sie alle glauben, ich brächte ihnen Unglück, dachte sie und bedachte die beiden mit einem Lächeln. Sie erschienen ihr allzu jung für diesen verantwortungsvollen Posten. »Ihr habt natürlich Recht«, erwiderte sie darauf, »ich kenne die Gesetze und befolge sie selbstverständlich. Aber denkt einen Augenblick darüber nach: Ich habe keinen Lebensgefährten und keine Kinder. Diese notleidenden Menschen hier sind meine einzige Familie, meine nächststehenden Verwandten. Und sie würden nicht mehr Raum brauchen als ein Mann und Kinder. Soll ich denn dazu verurteilt sein, immer allein zu leben? Es scheint mir geradezu, als ob ich bestraft werden soll, weil ich mich an keinen Mann binden will. Außerdem seht ihr doch, in welchem Zustand sie sich befinden. Was würdet ihr tun, wenn eure Mutter weinend am Tor stünde und all ihre Habe in einem zerlumpten Bündel bei sich trüge? Was würdet ihr tun, wenn dieses arme Mädchen hier eure Liebste wäre?«

Ein gewinnendes Lächeln gehörte nicht zu Agellas Stärken, doch sie tat ihr Bestes. »Ich bitte euch, Männer. Es soll nicht für lang sein, das verspreche ich. Nur für ein oder zwei Tage, bis ich eine andere Möglichkeit gefunden habe. Und ihr werdet mich nicht undankbar finden.« Sie legte den Kopf schräg und zwinkerte. »Wie würde es euch gefallen, ein besseres Schwert als Hauptmann Blank zu besitzen? Ich setze euch ganz oben auf meine Liste und werde euch eine so gute Arbeit liefern, wie ihr sie noch nicht gesehen habt. Was sagt ihr dazu?«

Die beiden Wachen sahen einander für einen langen Augenblick an, dann verzogen sie den Mund zu einem Grinsen. »Also, ich hab niemanden gesehen. Hast du einen gesehen, Armod?« Armod schüttelte den Kopf und sah zunehmend zufriedener aus. »Nur Leute mit triftigen Angelegenheiten, Brennek.« Sie hefteten den Blick auf einen unbestimmten Punkt in der Ferne und winkten Agella mit ihrer Familie durch.

»Danke, Männer«, sagte Agella. »Ich stehe in eurer Schuld. Und ihr könnt euch darauf verlassen, dass ich sie begleiche. Ihr werdet eure Schwerter bekommen, sobald es geht.«

Die Häuschen der Handwerker standen in Dreiergruppen einander gegenüber, sodass jedes über zwei Dreiecke des gemeinschaftlichen Gartens verfügte, nämlich vor und hinter dem Haus. Zwischen den Häusern führten gepflasterte Wege hindurch und bildeten ein Netz, das komplizierter zu durchschauen war als die Straßen der Unterstadt. Man brauchte viel Übung, um ein Haus wiederzufinden und es auf dem kürzesten Weg zu erreichen.

Agella spürte die wachsende Verwirrung ihrer Schwester und ihres Schwagers, während sie sie zwischen den Häusern hindurchführte. Felyss dagegen tappte benommen vor sich hin. Sie wirkte ganz in sich zurückgezogen, und Agella war davon überzeugt, dass sie ihre Umgebung nicht wahrnahm. Dass sie sich gegen jedermann verschloss, war wohl verständlich, war ein entsetztes Abwehren der Außenwelt, in der sie so gräuliche Taten hatte über sich ergehen lassen müssen. Wenn das arme Ding nur nicht allzu lange in diesem Zustand verbleibt, dachte Agella, sonst könnte es ihr womöglich gefährlich werden.

Felyss, obgleich am Ende ihrer Kraft, zog eine schwere Segeltuchtasche hinter sich her. Agella hörte darin die Werkzeuge klirren, doch sobald sie versuchte, dem Mädchen die Bürde abzunehmen, umklammerte es die

Tasche mit eisernem Griff und begann verzweifelt zu wimmern.

»Versuch nicht, sie ihr abzunehmen«, flüsterte Viora und schüttelte warnend den Kopf. »Da sind Ivars Schlachtermesser drin. Ich weiß nicht, woher sie die Kraft nimmt, sie zu schleppen, aber man kann sie nicht davon trennen – nimm bitte nicht an, ich hätte es nicht versucht.«

Agella machte ein verwundertes Gesicht. »Aber wo ist Ivar?«

Viora presste die Lippen aufeinander.

»*Tot?*«, hauchte Agella bestürzt.

Viora schüttelte den Kopf. »Nicht jetzt«, flüsterte sie eindringlich und warf einen schnellen Blick auf ihre Tochter. Also musste die Schmiedin sich gedulden, bis sie alle sicher in ihr Haus gebracht hatte.

Im Kamin lag schon Holz für ein Feuer aufgeschichtet, und der Raum war tadellos sauber. Freilich kümmerte sich Agella nie selbst um ihre Hausarbeit, denn sie arbeitete den ganzen Tag und manchmal bis in die Nacht hinein in der Schmiede. Stattdessen nutzte sie das ausgeklügelte System von Tauschhandel, Abmachungen und Gefälligkeiten, welches das Leben der Handwerker im Heiligen Bezirk bestimmte. Die jüngste Tochter des Hundeführers, ein nettes sechzehnjähriges Mädchen, kam täglich zum Saubermachen und Feueranzünden, bevor die Schmiedin nach langer Arbeit hungrig und müde nach Hause zurückkehrte.

Agella wohnte in einer der kleineren und einfachen Behausungen, aber es war behaglich bei ihr. Ein Korridor führte in den Wohnraum, der zugleich als Küche diente und eine großzügige Feuerstelle hatte. Vor dem Kamin standen eine hochlehnige Holzbank mit bunten Kissen darauf und in bequemer Nähe zu Kohlenkasten und Holzstoß ein Armlehnstuhl. Eine Lampe hing an einem Haken unter der niedrigen Decke, und auf den gescheuerten Dielen lagen Flickenteppiche. Es gab mehrere

Schränke und Borde, und gegenüber der Feuerstelle befand sich ein stabiler Tisch mit Stühlen. Die verschiedenen Türen führten in das Schlafzimmer, in eine Spülküche und in die Vorratskammer.

Agella zündete die Lampe an. Das Feuer war schnell entfacht, der Kupferkessel bereits gefüllt, sodass sie bald heißes Wasser haben würden. In diesem feuchtkalten Wetter unterhielt die Schmiedin fortwährend einen Topf mit Suppe, deren Zutaten sie schon so häufig wieder aufgefüllt hatte, dass das ursprüngliche Rezept nur noch blasse Erinnerung war. Sie schwenkte den Kessel am Haken über die Flammen und balancierte ihn auf die Seite der Kohlen.

Viora hatte ihre Tochter zur Bank ans Feuer geführt, doch Felyss ließ sich nicht dazu bewegen, sich niederzulegen, sondern saß kerzengerade da und war bereit, bei dem geringsten Anzeichen der Bedrohung aufzuspringen und wegzulaufen, wie Agella mitleidvoll vermutete. Ihre Nichte wirkte, als wolle sie im nächsten Moment die Flucht ergreifen, nur dass sie immer noch mit einem Arm die schwere Werkzeugtasche umklammerte, und die würde sie nicht aufgeben.

Ulias saß in sich zusammengesunken auf dem Lehnstuhl und flüsterte in einem fort mit belegter Stimme: »Ich konnte sie nicht aufhalten, ich konnte sie nicht aufhalten, ich konnte sie nicht aufhalten, ich konnte sie nicht aufhalten …« Agella überkam das Verlangen, ihm einen Schlag zu versetzen, doch sie beherrschte sich und wandte stattdessen ihre Aufmerksamkeit wieder Felyss zu, die in ihren inneren Qualen gefangen blieb und die Welt vergessen zu haben schien. Das Mädchen wirkte so verloren. Sie würde eine starke Familie und viel Unterstützung brauchen, bei Myrial, aber ein Vater, der sich selbst die Schuld gab und sich dafür auch noch bemitleidete, war keine Hilfe. Oh, Agella wollte ihm seine Trauer nicht nehmen, ihm keinen Vorwurf machen. Aber er hätte jetzt davon absehen müssen, um seiner Tochter eine

Verlängerung ihrer Qual zu ersparen. Später wäre noch viel Zeit, um seinen Gefühlen nachzugeben, aber das sollte er in Abgeschiedenheit und mit seiner Frau tun.

Ein schwacher Mensch, dachte die Schmiedin ein wenig verächtlich. Ich habe immer gewusst, dass Ulias schwach ist. Dann nahm sie sich zusammen, bevor ihre Gedanken auf ungewollte Bahnen gerieten. Er ist ein anständiger Lebensgefährte, ermahnte sie sich, und hat sich zu seiner Zeit alle Mühe gegeben, um gut für seine Familie zu sorgen. Allerdings hat die Gicht nicht nur an seinen Händen Schaden angerichtet, will mir scheinen. Bei Viora darf ich nicht den leisesten Verdacht aufkommen lassen, ich hätte an ihm etwas auszusetzen. Das hat sie schon immer gegen mich aufgebracht – obwohl ich das rote Haar habe, ist sie die Aufbrausende von uns beiden. Ein Wort gegen ihn reichte völlig. Sie hat mir sogar vorgeworfen, ich sei eifersüchtig, weil ich so einen undamenhaften Beruf ergriffen und mir nie einen Mann genommen habe.

Ein amüsiertes Funkeln trat in ihre Augen und unterbrach die düsteren Erinnerungen, weil sie an Fergist dachte, der regelmäßig mit ihr das Bett teilte. Das Verhältnis mit dem Witwer war unverbindlich, aber für beide sehr befriedigend. Soviel dazu, was Viora über mich weiß, dachte Agella selbstgefällig – und merkte, dass sie vom Wesentlichen abgekommen war. Ich bin auch nicht besser als Ulias, dachte sie. Ich sträube mich so sehr dagegen, mir das Unglück meiner Schwesterfamilie vor Augen führen zu lassen, dass ich mich in Gedanken auf jede Ablenkung einlasse. Aber damit war sie nicht die Einzige, wie sie feststellte. Viora und ihre Familie waren erschüttert und benommen. Alle erweckten sie den Eindruck, als hätten sie ihre letzte Kraft darauf verwandt, in Sicherheit zu gelangen. Nun, da sie eine Zuflucht gefunden hatten, übermannte sie die Erschöpfung. Der Schmerz über den erlittenen Verlust wurde jetzt erst wirklich spürbar. Verdammt, fluchte Agella innerlich. Hier stehe ich nun wie eine dämliche Vogelscheuche, unnütz und unfähig, mich zu rühren. Sie wenden sich um Hilfe an mich, und es wird höchste Zeit, dass ich mich darum kümmere. Aber wie? Sie zuckte die Schultern. Mit Eisen und Feuer kann ich besser umgehen als mit so etwas, gestand sie sich ein.

Dann drehte sie sich kurz entschlossen zu ihrer schluchzenden Schwester um. »Viora?« Sie legte ihr eine Hand auf die Schulter, mit der anderen kramte sie in der Rocktasche und zog ein großes Tuchstück heraus, das sie während der Arbeit für vieles in Gebrauch hatte, Naseschnäuzen inbegriffen. Sie drückte ihrer Schwester den schmierigen schwarzen Lappen in die Hand. »Mach dir keine Sorgen«, sagte sie hilflos. »Es ist nur ein bisschen Ruß.« Sie wollte noch hinzufügen, dass alles wieder gut werden würde, aber ein Blick auf Felyss ließ sie den Satz hinunterschlucken. »Ich werde mich um euch kümmern«, sagte sie stattdessen. »Hier seid ihr sicher.«

Viora schnäuzte sich die Nase und gewann langsam ihre Fassung wieder. Unterdessen ging Agella in die Speisekammer. Sie fand eine Flasche Wein im Schrank, von der wirklich sauren Sorte, aber es war immerhin Wein, und zwar der Beste, den Jivarn in diesem schlechten Jahr überhaupt hatte keltern können. Sie nahm sich die Flasche und vier Becher, da fiel ihr wieder ein, dass ein Mitglied des schwesterlichen Haushalts fehlte. Wo zum Teufel konnte Ivar sein? Viora hatte ihr wohl bedeutet, dass er noch lebe, aber wenn das wirklich der Fall war, dann sollte er verdammt noch mal jetzt bei seiner Frau sein. Kopfschüttelnd brachte sie den Wein hervor und goss jedem ein hilfreiches Maß ein, zog sich einen Stuhl ans Feuer und reichte Viora einen Becher. »Jetzt erzähl mir doch mal, was passiert ist«, bat sie leise.

Viora stürzte den Wein hinunter und antwortete mit hassererstickter Stimme: »Seriemas Schinder. Sie haben uns zur Räumung gezwungen. Alle im Geißenhof. Haben die Häuser angezündet, damit wir nicht zurückkehren können.« Ihre Hände zitterten heftig, als sie fortfuhr. »Ich habe alles ruhiggehalten! Wir wären unverletzt davongekommen. Aber dann kam Ivar zurück und versuchte, sich zu wehren …«

Mit wachsendem Grauen hörte Agella der Geschichte bis zu jener Stelle zu, wo der Schurke durch die Hand der Gottesschwerter starb. Der übrige Bericht blieb aus, denn seit Ivars Name gefallen war, hatte Felyss eine durchdringende Klage angestimmt. Agella fürchtete die Anzeichen eines Wahns und war alarmiert. Sie sprang auf, um Felyss mit einem Schlag davon zu befreien, doch beim Anblick ihres geschundenen Gesichts erbarmte sie sich. Stattdessen nahm sie ihr den unberührten Weinbecher aus der Hand und schüttelte sie. »Hör auf damit!«, befahl sie in scharfem Ton. Felyss schaukelte sich vor und zurück, und ihre Bewegungen wurden mit jedem Mal heftiger. Die Schmiedin wusste nicht mehr weiter und nahm Zuflucht zu lautem Schreien. »FELYSS! HÖR DAMIT SOFORT AUF!« Plötzlich war es still, das verrückte Schaukeln und Klagen hatte aufgehört. Und dann begann die junge Frau leise zu weinen.

»Lass sie in Ruhe!«, herrschte Viora ihre Schwester an. »Wie kannst du sie nur so anschreien, nach allem, was sie erleiden musste!«

Agella war bestürzt über den zornigen Gesichtsausdruck Vioras. »Sie braucht alle Hilfe, die wir ihr geben können«, entgegnete sie absichtlich ruhig, doch ihr eigener Zorn war nun angefacht. Sie schämt sich nicht, so mit mir zu reden, nachdem ich sie aufgenommen habe! Ich musste meine eigene Stellung hier aufs Spiel setzen, als ich die Wachen bestochen habe, und das ist nun der Dank! Energisch unterbrach sie den Strom ihrer Gedanken. Es würde nichts nützen. Also wandte sie sich von ihrer Schwester ab und kniete sich vor Felyss nieder. »Nach allem, was du durchgemacht hast, Liebes, solltest du etwas von dem schönen Wein hier trinken.« Sie drückte Felyss den Becher in die Hand und half ihr, ihn an die Lippen zu führen. »Na, komm, einen kleinen Schluck … Braves Mädchen! Jetzt noch einen …«

Felyss zog eine Grimasse, als sie das saure Zeug schluckte. Gut, dachte Agella, auch das wird sie aus ihrer Trance reißen. »So«, sagte sie in demselben lebhaften Ton, »jetzt nimmst du ein schönes, heißes Bad, und dann wirst du dich schon besser fühlen.«

Sie überließ Felyss dem Wein und nahm sich Viora zur Hand, der es gut bekommen würde, etwas Nützliches zu tun. »Normalerweise bade ich hier vor dem Herd – wenn ich nicht ins Badehaus gehe –, aber ich glaube, dass sie sich in meiner Schlafkammer sicherer fühlt. Danach stecken wir sie in mein Bett, und ich gehe mal eben zum Haus der Heilung hinüber. Ich habe eine Freundin dort, eine Ärztin, und sie –«

»Warum soll meine Tochter einen Fremden ertragen, der von ihrer Schande weiß?«, fiel Viora ihr ins Wort.

»Viora, du *weißt*, dass das Unsinn ist!« Agellas Geduld war damit verbraucht. »Sprich du niemals von Schande gegenüber deiner Tochter! Sie hat keinen Grund, sich zu schämen! Am Geschehenen trägt sie keine Schuld. Und Evelinden ist keine Fremde, sie ist Ärztin, und wenn Felyss jemals Heilung gebraucht hat, dann jetzt. Ich weiß, was du fühlst. Aber gebrauche deinen Verstand – um unser aller willen.«

Viora wollte schon zu einer wütenden Erwiderung ansetzen, doch die Schwester hielt sie mit einer versöhnlichen Geste zurück und sagte: »Ich kann mir vorstellen, dass es schwer für dich ist, aber versuche noch für eine Weile stark zu sein, bis wir deine arme Kleine beruhigt haben. Dann kannst du mich anschreien, soviel du magst. Also, der Zuber steht in der Spülküche. Wenn du ihn vielleicht holen könntest, während ich im Schlafzimmer das Feuer anzünde –«

»Du hast einen Kamin im *Schlafzimmer?*«, fragte Viora, und Agella war schon wieder erschüttert über die Feindseligkeit in ihrer Stimme. Doch dann entsann sie sich der schlechten Wohnungen im Geißenhof. »Wir haben sehr wenig Sonnenschein im Heiligen Bezirk«, antwortete sie müde. »Die hohen Felswände lassen kaum Licht einfallen. Außer während des Hochsommers ist der Bezirk kälter als die Möhre eines Schneemanns. Beim Tempel angefangen haben alle Quartiere hier so viele Kamine, Herde, Feuerschalen und Kohlenbecken, wie nur eben Platz finden: Und wir sind dafür dankbar, das kannst du mir glauben. Jetzt beeile dich und hole den Zuber. Wir müssen uns endlich um Felyss kümmern.«

»Schon gut, schon gut«, sagte Viora widerwillig. »Ich hole die dumme Badewanne. Es dauert nur einen Moment –« Auf halbem Weg blieb sie abrupt stehen, als sei ihr plötzlich ein Gedanke gekommen, und drehte sich zu ihrer Schwester um. »Wo ist Scall?«

Pest, verdammte! Ich muss es ihr ohnehin sagen, aber ich hatte gehofft, es noch ein wenig aufschieben zu können, dachte Agella. Sie suchte fieberhaft nach einer Möglichkeit, um weiteren Streit zu vermeiden – wenigstens fürs Erste. »Er wohnt nicht bei mir, Viora«, antwortete sie schließlich ausweichend. »Die Lehrlinge haben ein eigenes Heim. Du weißt das, oder solltest es zumindest, wenn du zugehört hättest, was er dir bei seinen Besuchen erzählt hat.«

Doch Viora blieb unbeirrt. »Wie auch immer, ich will zu ihm«, sagte sie stur. »Sobald wir Felyss im Bett haben, will ich meinen Sohn sehen.«

Agella seufzte. Sie kam nicht um die Sache herum. Viora hasste Toulac ohne jede Einschränkung und Verhältnismäßigkeit, und zwar aus dem einen Grund: weil sie sie an ihre Jugend unter den rauen, brutalen Rotten erinnerte, eine Zeit, die sie jedoch viel lieber vergessen hätte. Kurz erwog Agella die Möglichkeit dem Sturm zu entgehen, indem sie behauptete, dass die Lehrlinge Ausgeh- und Besuchsverbot hätten, oder dass Scall bereits schliefe, aber am nächsten Morgen wäre dann alles nur noch schlimmer. Nein, sie wollte es hinter sich bringen.

Sie drängte ihre Schwester außer Hörweite ins andere Zimmer. »Es tut mir Leid, Viora, aber du kannst Scall nicht sehen«, sagte sie mit fester Stimme. »Er ist nicht in der Stadt – ich habe ihn auf einen Botengang ins Gebirge geschickt, zur Sägemühle von Meisterin Toulac.«

Viora machte ein entsetztes Gesicht. »Was?«, rief sie. »Du schickst ihn zu dieser ungehobelten, zwielichtigen alten Schlampe? Allein? Außerhalb der Stadt, wo ihm sonst was geschehen kann?«

»Nein, nein«, sagte Agella hastig, »ich habe einen Wachsoldaten mitgeschickt, einen von den Schwertern Gottes. Er könnte kaum sicherer sein.« Das Bild des hinterhältigen Barsil trat ihr vor Augen, und sie schüttelte sich. Myrial sei Dank, dass sie ihn nicht kennt, dachte Agella.

»Warum konntest du dann den Soldaten nicht allein schicken?«, verlangte Viora zu wissen. »Warum musste der arme Scall den Weg machen? Du weißt, ich will nicht, dass er mit Söldnerrohlingen wie Toulac Umgang hat!« Ihre Augen blitzten vor Zorn. »Du hast meinen Sohn wegen irgendeines unwichtigen Auftrags bei diesem mörderischen Wetter ins Gebirge geschickt, und dann besitzt du die Frechheit, mir vorzuschreiben, wie ich mich um meine Tochter zu kümmern habe? Wenn du mich fragst, dann ist es verdammt gut, dass du keine eigenen Kinder hast!« Viora stampfte hinaus und in die Spülküche, und Agella hörte sie dort klappern und scheppern, obwohl sie nichts weiter zu tun hatte, als die Waschwanne unter dem Spültisch hervorzuziehen.

Agella ballte die Fäuste und zählte bis zehn – und fand, dass es auch nichts helfen würde, wenn sie bis hundert zählte. Also ging sie in die Schlafkammer, um das Feuer anzuzünden. Dieser Abend würde viel schwieriger werden, als sie gedacht hatte. Und wo bei alledem steckte dieser erbärmliche Ivar?

Kapitel 16

Obdach im Sturm

Toulac ließ Veldan allein, damit ihr Gast sich anziehen konnte. Als sie Wasser aufsetzen wollte, hörte sie plötzlich Hufgetrappel. Das konnten doch noch nicht Veldans Leute sein? Dann wären sie verteufelt schnell den Berg heruntergekommen! »Wer zum Donnerwetter kann das sein?«, murmelte sie und ging ans Fenster.

»Myrial im Handwagen! Der Hierarch schon wieder!« Toulac stöhnte, als sie durch den Vorhang aus Schnee den sonderbaren Reiteraufzug erblickte, der direkt auf ihre Tür zuhielt. »*Und* dieser elende Hurensohn Blank. Und was beim faulenden Pfuhl der Hölle haben sie hier zu schaffen?«

Unterhalb des Hauses umging der Weg einen Bergausläufer und führte dann geradeaus und steil abwärts auf die Hochebene, von der aus man die Stadt überschaute. Dort waren sie viel zu ungeschützt, um im Schneesturm weiterzureisen. Sie waren gezwungen, sich einen Unterstand …

»Verflucht!«, murmelte Toulac grimmig. »Das hat mir gerade noch gefehlt.« Sie zog sich rasch vom Vorhang zurück, hielt einen Moment inne, dann griff sie nach den Waffen und verschwand damit zu Veldan, die sich gerade mit fliegender Hast die Kleider übergezogen hatte. »Bewaffnete«, sagte sie knapp. »Weiß ich von Kaz. Er versteckt sich an der Rückseite der Scheune, du solltest sie also von dort fern halten.«

Toulac nickte. »Es sind der Hierarch und dieser hergelaufene Blank. Zieh dir eins von meinen Nachthemden über – da drüben in der Kommode. Leg dich ins Bett – ich werde behaupten, dass du krank bist …« Dann pochte es laut an die Tür. Toulac drückte Veldan die Waffen in die Arme. »Versteck sie! Und sei leise!«

Veldan nickte. »Ich werde Elion warnen, damit er sich fern hält. Ich hoffe, dass er mit dem Schnee zurecht kommt.«

»Besser als mit Blank, wenn der erst mal anfängt, ihm unangenehme Fragen zu stellen.« Toulac war heilfroh, dass ihr Gast wusste, wann es angezeigt war, einfach zu gehorchen. Sie rannte zur Tür. »Ich komme, ich komme. Alte Knochen können nicht so schnell … Nun, meine Herren!« Sie neigte respektvoll den Kopf – sie wollte verdammt sein, wenn sie sich vor den schleimigen Hurensöhnen verbeugte –, und trat zurück, um sie hereinzulassen. »Kommt nur herein und seid willkommen, hohe Herren«, schwätzte sie daher und winkte sie, ans Feuer zu kommen. »Es ist mir eine große Ehre, solch erlauchten Herrschaften Unterschlupf zu bieten.«

Mazal stand breitbeinig in seiner Ecke, schlug gereizt mit dem Schwanz hin und her und streckte den Kopf vor, um jeden zu beißen, der sich in seine Nähe wagte. Blank blieb mitten in der Tür stehen und starrte auf das Schlachtross. Er verzog angewidert den Mund. »Alte, ich bin es *nicht* gewöhnt, mein Quartier mit dem Vieh zu teilen«, sagte er kalt.

Und Mazal ist es nicht gewöhnt, sein Quartier mit Abschaum zu teilen, du herzlose, gemeine Schlange. Immerhin hatte er sie noch nicht wiedererkannt, und das war die Hauptsache. Toulac holte tief Luft und nahm die Zähne auseinander. »Tut mir Leid, mein Herr, tut mir wirklich Leid«, jammerte sie, »aber er ist mein Lebensunterhalt, das Pferd meine ich, und meine alte Scheune ist nicht mehr sicher. Also, das Dach könnte schon beim nächsten Windstoß einstürzen …«

»Sie taugt also nicht für meine Pferde?«

»Nein, mein Herr. Ganz bestimmt nicht.« *Erst recht nicht, wenn Veldans Freund Hunger bekommt.*

Blank wandte sich ab, doch dabei streifte er sie mit einem so verachtungsvollen Blick, dass Toulacs Blut ins Schäumen geriet. »Nun gut, wo kann ich meine Soldaten unterbringen, du einfältige Frau?«, fragte er. »Ich habe zwei Dutzend frierende Männer da draußen.«

Die kannst du dir sonstwohin schieben. »Nun, mein Herr, da ist die Sägemühle. Die ist warm und trocken, und es hat viele Holzreste und Späne zum Verfeuern und einen Kamin und so. Männer und Tiere passen da allesamt hinein.«

»Sehr gut.« Blank ging nach draußen, und Toulac hörte ihn mit gedämpfter Stimme sprechen. Nach einer Weile kam er wieder ins Haus. »Der Hierarch befindet sich bei uns, aber er ist auf dem Ritt durchs Gebirge krank geworden und braucht etwas Pflege. Ich werde hier im Haus bleiben mit ihm und zwei Wachen an seiner Seite. Die Übrigen werden sich in die Sägemühle begeben. Nun wirst du freundlicherweise dieses stinkende Knochengestell entfernen. Möglicherweise werden wir es später brauchen, falls wir einschneien sollten.«

Ein heftiger Schreck befiel Toulac. *Mazal schlachten? Vorher dich, du Hurensohn. Das Herz reiße ich dir bei lebendigem Leib heraus …*

Blank sah sie mit diesen kalten, gemeinen Augen an, die ihr noch so gut in Erinnerung waren, und stapfte ungeduldig mit der Fußspitze. »Ist noch jemand bei dir?«

Wenn du nicht gleich mit dem verdammten Stapfen aufhörst, haue ich dir den Fuß ab – und zwar gleich unter dem Kopf. »Ja, wenn es nichts ausmacht, edler Herr. Meine Enkelin ist hier, aber sie ist sehr krank, hat das Schwarze Lungenfieber, gnädiger Herr. Aber keine Angst, sie bleibt in ihrem Zimmer. Dass sich nur niemand ansteckt, erst recht nicht der Hierarch! Da wäre noch das Zimmer neben ihrem und außerdem ein hübscher, gemütlicher Dachboden mit einem schönen großen Bett.«

»Ich nehme den Dachboden«, sagte Blank entschieden. »Der Hierarch kann das andere Zimmer bekommen.«

Recht so, du greinender Feigling – soll sich ein anderes Rindvieh anstecken. »Wie befohlen, Herr. Ich suche nur schnell ein sauberes Bettzeug.«

»Nein, Alte, das wirst du nicht tun. Zu allererst wirst du das verdammte Pferd nach draußen schaffen!«

»Wie es beliebt, Herr.« *Und hoffentlich verschrumpelt dir der Schwanz und fällt ab.*

Toulac fuhr in ihren Mantel und führte den beleidigten Mazal aus der Küche, wobei sie betete, er möge Blank keinen Tritt im Vorbeigehen verpassen, obwohl sie andererseits darauf hoffte. Unterdessen schleppten zwei stämmige Soldaten den Hierarchen herein. Er ließ die Arme hängen, rollte mit den Augen, und sein schlaffer Mund war halb geöffnet. Er hatte das Aussehen eines Schwachsinnigen. Was konnte den Mann befallen haben? Die plötzliche Erkenntnis jagte Toulac einen Schauder über den Rücken. Sie hatte schon Menschen in diesem Zustand gesehen – in der Schlacht: wenn das Entsetzen sie lähmte, wenn das Grauen so gewaltig war, dass der Verstand die Unterstützung verweigerte und nicht mehr sehen wollte, was dort stattfand.

Der Letzte, den sie in diesem Zustand gesehen hatte, war Vlastor gewesen, der Anführer eines Rottenstammes aus den östlichen Hügellanden. Sie war bei ihm Söldnerin gewesen in einem der Sippenkriege, die in dieser Gegend so häufig und unvermeidlich auftraten wie Unkraut. Vlastor war in der Schlacht siegreich gewesen. Er drang jubelnd in die Burg des Feindes ein und stand dem aufgespießten Kopf seines Sohnes gegenüber. Toulac begann sich zu wundern.

Was konnte im Gebirge geschehen sein, das den Hierarchen derart außer Fassung gebracht hatte? *Schlag dir die Frage aus dem Kopf, und zwar sofort, Toulac, altes Mädchen,* befahl sie sich. *Lass dich nicht in die Angelegenheiten des Hierarchen oder dieses Bastards von*

Blank hineinziehen, sonst nimmt es ein schreckliches Ende. Wir haben auch so schon genug Schwierigkeiten.

Sie klopfte ihrem Pferd den Hals und murmelte: »Nun, alter Knabe, wo in der Welt soll ich dich jetzt hinstellen?« Es war schon fast dunkel. Die ersten Schneewehen hatten sich am Haus abgelagert. Die Nacht würde lang und kalt werden. Toulac hielt einen Soldaten an, der sich auf den Weg zur Sägemühle machen wollte. »He, Kleiner! Der Holzstoß ist hinter dem Haus. Nimm dir einen anständigen Stapel Feuerholz und bring es schleunigst rein, sonst kriegst du's mit Hauptmann Blank zu tun!«

Der Soldat und ein Kamerad banden ihre Pferde an der Veranda an und stapften missmutig davon, während sie Verwünschungen durch die Zähne quetschten, die Toulac lieber nicht hören wollte, denn sonst wäre sie gezwungen gewesen, den beiden den Kopf zurechtzurücken. Dazu aber hatte sie nun überhaupt keine Zeit. Hastig zog sie Mazal zur Seite, gerade rechtzeitig, um zu verhindern, dass er in einen fremden Pferdehintern biss. Auf keinen Fall konnte sie ihn in der Sägemühle bei den anderen Tieren unterbringen. Der Hengst beharrte zu sehr auf seinen Gebietsansprüchen. Andererseits war es zu kalt, um ihn unter dem Verandadach anzubinden. Toulac warf einen skeptischen Blick auf die Scheune und einen noch skeptischeren auf ihr Pferd. Dann traf sie die Entscheidung. Sie hatte nur die eine Möglichkeit. Außerdem gab es keinen besseren Schutz für das Tier, falls Blank Hunger bekommen sollte … »Hör zu«, sprach sie auf Mazal ein, »du hast nichts zu befürchten. Du bist ein großes tapferes Schlachtross, nicht wahr? Lass mich jetzt nicht im Stich!«

Toulac blinzelte in die Dunkelheit der Scheune. Soweit sie etwas erkennen konnte, war von Veldans Kompagnon nichts zu sehen. »Kaz?«, flüsterte sie. »Wo steckst du, verdammt?«

Etwas rührte sich an der Rückwand. Toulac hätte schwören können, dass es ein Haufen Stroh, Dung und allerhand Plunder war, aber der Haufen erhob sich und nahm die eleganten Linien des Feuerdrachen an.

»Bei Myrials riesiger Weste!«, staunte sie. »Wie hast du das gemacht?«

Kaz neigte spöttisch den Kopf, und in seinen Augen flammte ein Feuer beim Anblick des Pferdes.

»Oh, nein, das tust du nicht, Freundchen!«, zischte Toulac. »Mazal ist der einzige Kamerad, der mir noch verblieben ist, und ich liebe ihn über alles. Ich will, dass du auf ihn aufpasst und vor dem räudigen Pack da draußen beschützt. Und auch *du* sollst ihn nicht auffressen!«

Kaz legte den Kopf auf den Boden und gab einen langen, mitleidheischenden Seufzer von sich.

»Schon gut, ich weiß, dass du hungerst. Aber nicht Mazal«, verlangte Toulac. »Wenn die Soldaten erst mal fort sind, werde ich dich dafür entschädigen, das verspreche ich«, sagte sie und sprach jedes Wort einzeln und ruckartig, denn Mazal drohte ihr durchzugehen, da er so viel Abstand wie möglich zwischen sich und das Ungeheuer legen wollte. Dennoch hatte Toulac den Eindruck, dass er schon nicht mehr ganz so von Panik besessen war wie bei seiner ersten Begegnung mit Kazairl. Für ein Pferd war Mazal ganz schön schlau und verfügte über einen ausgeprägten Überlebensinstinkt, der ihn und seine Herrin schon etliche Male aus Schwierigkeiten befreit hatte. Der Drache hielt sich nun schon einen Tag lang hier auf, ohne dass von ihm eine Gefahr ausgegangen war, und seine Witterung hatte sich überall in Mazals vertrauter Umgebung ausgebreitet und mit Toulacs Geruch und seinem eigenen vermischt.

»Komm schon, Mazal, sei kein Esel!« Mit fester Hand führte sie das widerstrebende Pferd zu einem Stand im rückwärtigen Teil der Scheune, zog seine Decke zurecht und band ihn mit mehr Sorgfalt fest, als sie jemals zuvor darauf verwendet hatte. Während sie das Tier versorgte, brachte sie Kazairl auf den neuesten Stand. Schließlich drehte sie sich zu ihm um und meinte: »Das wär's. Er fängt schon an, sich an dich zu gewöhnen. Es wird ihm hoffentlich gut gehen, solange du ihm nicht zu nahe kommst oder irgendwelche plötzlichen bedrohlichen Bewegungen machst.« Wagemutig klopfte sie Kaz die Nase. »Danke, Kamerad – ich weiß deine Hilfe wirklich zu schätzen. Dieses lächerliche Stück Pferdefleisch bedeutet mir eine Menge.« Eilig machte sie sich daran die Scheune zu verlassen, bevor einer ihrer ungeliebten Gäste noch auf den Gedanken kam, nach ihr zu suchen.

»Keine Ursache. Aber denk dran – du bist mir etwas schuldig.«

Toulac war gerade am Scheunentor angelangt, als die Worte in ihrem Kopf ankamen. Mit einem Ruck blieb sie stehen. Dann fuhr sie herum und stierte auf den Drachen. Doch der ignorierte sie geflissentlich und heftete den Blick mit großer Aufmerksamkeit auf Mazal.

»Na schön!« Toulac verließ die Scheune mit wesentlich mehr Stoff zum Nachdenken, als sie sie betreten hatte. »Ich bin noch nicht so alt, dass ich nicht mehr zwischen Wahn und Wirklichkeit unterscheiden könnte«, sprach sie zu sich selbst. »Na schön!« Entschlossen widerstand sie dem Drang umzukehren. »Da soll mich doch der Blitz beim Scheißen treffen!«

Sobald sie den schützenden Hohlweg verlassen hatten, stürmte es so stark, dass es Elion beinahe von den Füßen hob. Die bittere Kälte drang ihm bis auf die Haut, sein Mantel war schneebedeckt. Dem Pferd war sogar die Lust vergangen ihn zu beißen. Mit gesenktem Kopf trottete es vorwärts, obwohl sein Reiter das Gewicht von zehn Männern haben mochte. Schon nach einem Dutzend Schritten bezweifelte Elion, ob sie es überhaupt schaffen würden. Er wusste, wie man im Schneesturm überlebt und dass der mörderische Wind eine größere Gefahr darstellte als der Schnee. Vielleicht wäre es besser, in den Hohlweg zurückzukehren und eine Schutzhütte zu bauen. Er hatte genügend Vorräte bei sich, um ein, zwei Tage ausharren zu können, bis dem Sturm endlich die Puste ausginge.

Plötzlich wurde er gewahr, dass Veldan versuchte, zu ihm durchzudringen. »Elion? Elion! Antworte! Warum antwortest du nicht?«

»Was willst du?« Die Feindseligkeit war aus seinen Gedanken nicht herauszuhalten.

»Kannst du dort oben irgendwo Schutz finden? Wir haben einen Trupp bewaffneter Fieslinge hier, die bei uns ihr Lager aufgeschlagen haben. Es sind wahrscheinlich dieselben, die du an der Unglücksstelle gesehen hast. Du bleibst besser –«

»– und friere mir den Arsch ab auf einem öden Berg im Schneesturm des Jahrhunderts, während du es in deinem soliden Haus nett und gemütlich hast mit einem Kaminfeuer und ein paar Decken? Das ist deine Vorstellung davon, was für mich besser ist? Was glaubst du, wen du hereinlegen willst, Veldan? Das ist doch pure Bosheit, oder nicht? Du willst nicht, dass ich in deine vermasselte Mission eingreife. Dir wäre es wohl lieber, wenn ich mich ein für alle mal raushalte?«

»Ich würde es sogar vorziehen, wenn du ein für alle Mal aus meinem *Leben* verschwinden würdest, du dämlicher Bastard – dabei hätte ich gar nichts dagegen, wenn du's überlebst, solange du es nur weit genug von mir weg tust. Aber bitte sehr – komm doch her. Das Letzte, was du dann hören wirst, wenn du mit einem Pfeil in den Eingeweiden krepierst, ist meine Stimme, die zu dir spricht: Hab ich dir doch gleich gesagt!«

Wie beurteilst du die Gefahr, Veldan? In sachlichem Tonfall mischte sich Thirishri in den Streit ein. *Ich vertraue deiner Einschätzung, was die Lage bei euch betrifft. Aber bedenke bitte, welche Bedingungen hier oben herrschen. Ich vermute, dass wir die Nacht überleben, aber für die Menschen wird es weder einfach noch angenehm werden.*

»Toulac, die uns aufgenommen hat, sagt, dass Elion im Schneesturm entschieden sicherer ist, als wenn er sich mit Hauptmann Blank anlegt. Ich würde sagen, es gibt in der Gegend nichts, womit sie sich nicht auskennt, und wir täten gut daran, ihren Rat anzunehmen.« Einen Herzschlag lang zögerte Veldan, dann sagte sie: »Nach Toulacs Reaktion auf die Besucher zu urteilen, sollte auch ich mich lieber verabschieden und mit euch zusammen durch die Berge schlagen. Aber ich glaube nicht, dass ich jetzt hier weg komme – ohne dass mich jemand sieht. Außerdem«, fügte sie ehrlich hinzu, »mag ich die alte Streitaxt, und ich schulde ihr noch etwas. Ich kann nicht einfach gehen und sie allein mit einem Trupp Bewaffneter zurücklassen.«

*Deine Loyalität ehrt dich, Veldan – aber besinne dich, dass du zuallererst eine Hüterin des Wissens bist, und deine Verantwortung in erster Linie deinen Schattenbundgefährten gilt. Ich möchte, dass ihr beim ersten Anzeichen von Schwierigkeiten *sofort verschwindet,* und ich will sofort davon erfahren. Ich hoffe, dass ich euch bei der Flucht helfen kann. Wir kehren jetzt um und bauen einen Unterschlupf in der Schlucht, wo dein Partner dich ausgegraben hat. Mach's gut, Veldan, und gib auf dich Acht!«

Das Gefühl von Veldans Gegenwart schwand aus Elions Geist und ließ ihm nur noch den Windgeist übrig, woran er seine Wut auslassen konnte. »Vielen Dank also, Thirishri«, grollte er. »Eine Nacht in einem Schneeloch im Gebirge ist genau das, was mir zum krönenden Abschluss dieses Tages noch gefehlt hat.«

Der Wind drehte sich plötzlich und wirbelte Elion den Schnee ins Gesicht. *Stets zu Diensten, mein geschätzter Wissenshüter!* Doch dann wurde sie ernst. *Das ist wahrscheinlich die bessere Wahl, wie du sehr wohl weißt. Veldans Lage ist schon ohne uns prekär genug, und je früher ihr vergänglichen Menschen Schutz findet, desto besser. Mach schon, Elion, hör auf zu schmollen wie ein

Kind. Weiteres Zögern könnte dich umbringen. Dreht um, begebt euch in den Schutz des Abhangs und baut eine Deckung.*

Dass der Vorschlag vernünftig war, gab Elion wenigstens insgeheim zu. Doch hätte er Thirshri offen zugestimmt, hätte sie gewusst, wie sehr ihn ihre Bemerkung über sein kindisches Benehmen wurmte, und das wünschte er nicht. Stumm machten sie kehrt und stemmten sich gegen den Sturm.

Sofort warf sich ihnen eine mörderische Kraft entgegen. Der Sturm blies ihnen den Schnee ins Gesicht, der hart wie Graupel war, pfiff in den Ohren und zwang sie, die Augen fest zuzukneifen. Die Kälte schmerzte in den Zähnen und schnitt wie ein Messer in die Haut. Elion, der das widerspenstige Pferd am Zügel führte, taumelte und stolperte, ohne dass er gegen die Sturmböen ankam. Er hatte den Rückzug zu lange aufgeschoben. Er rang nach Luft wie ein Ertrinkender, während der eisige Wind ihm immer wieder die Atemluft entriss.

Plötzlich flaute der Sturm ab, und Elion stolperte vorwärts und verlor in der Windstille das Gleichgewicht. Ohne die eisigen Böen fühlte sich seine Haut warm an und begann zu kribbeln. Dankbar machte er ein paar tiefe Atemzüge, rieb sich die brennenden Augen und zupfte sich das Eis von den Wimpern. Ihm klingelten die Ohren. Es war, als ob er noch immer den Sturm heulen hörte …

Hör auf zu trödeln, du Narr! Ich bin nur ein kleiner Windgeist gegen die entfesselte Natur. Wie lange, glaubst du, kann ich das aufrechterhalten? Thirishri klang angestrengt und atemlos.

Elion schaute blinzelnd um sich. Der Schnee wirbelte so dicht um ihn herum wie zuvor, nur hatte sich eine windstille Gasse vor ihm gebildet.

Verrückter Mensch, wirst du wohl vorwärts gehen? Wir haben nicht die ganze Nacht Zeit.

»Entschuldige!« Elion zog ruckartig am Zügel und schleppte das leidgeprüfte Pferd weiter bergauf. Selbst mit

Thirishris Hilfe war das Vorwärtskommen die reinste Quälerei. Er hatte bald keine Kraft mehr, und Hände und Füße waren taub. Die Nacht war so finster wie das Herz eines Banditen, und Elion konnte kaum den Weg erkennen. Zwar hatte er eine gute Lichtquelle in der Satteltasche, aber diese Ausrüstung blieb strikt dem Notfall vorbehalten, und er würde sie noch brauchen, wenn sie den Unterstand bauten. Elion hatte sein Zeitgefühl bereits verloren. Wenigstens kommt das Pferd jetzt gleichmäßiger hinter mir her – es hat ja auch zwei Beine mehr als ich, dachte er neidisch. Er wollte sich schon umdrehen und seinem Ärger Luft machen, als er feststellte, dass er sich leicht benommen fühlte.

In demselben Moment hörte er hinter sich das Kratzen und Schlittern der Hufe und ein schrilles Wiehern. Dann traf ihn ein wuchtiger Schlag zwischen die Schultern, sodass er lang hinschlug wie ein gefällter Baum, und ein enormes Gewicht fiel auf ihn und presste ihn zu Boden.

Einen panischen Augenblick lang glaubte Elion, das Pferd sei auf ihn gestürzt und er sei dazu verdammt, an Ort und Stelle zu erfrieren. Doch dann begann seine Last sich zu bewegen und, was noch besser war, zu fluchen. Mit einem Anflug von Verlegenheit stellte Elion fest, dass der Braune in die Knie gegangen war und seinen Reiter kopfüber abgeworfen hatte. Dies war das erste Mal, dass der Mann ein Wort sprach und sich bewegte, seit sie von der Unglücksstelle den Weg nach unten genommen hatten. Elion kam es vor, als wären sie schon Tage unterwegs. Der Mann war unfähig gewesen, etwas für sich selbst zu tun, hatte wie ein schlaffer Sack auf dem Pferd gesessen und in stummem Elend vor sich hin gestiert. Nun hat also doch noch etwas eine Regung bei dir hervorgerufen, dachte Elion, doch dann erschrak er vor seiner eigenen Bosheit. Ihm kam zu Bewusstsein, wie fassungslos er selbst nach Melnyths Tod gewesen war, benommen und niedergeschlagen von schier unerträglichem Kummer. Er war in keiner besseren Verfassung gewesen als dieser hier. Wäre nicht Kazairl gewesen, wären weder er noch die schwer verwundete Veldan lebendig aus dem Reich der Ak'Zahar entkommen.

Mit einem Mal regte sich Mitgefühl in ihm. Er kämpfte sich unter dem Mann hervor, und sie halfen einander auf die Beine. Trotz Schnee und Dunkelheit glaubte Elion, dass ihre Blicke sich begegneten und dass sie in diesem Moment ein gemeinsames Gefühl miteinander verband. Doch im nächsten Augenblick fegte der Sturm sie von den Füßen und heulte mit seiner ganzen Wildheit.

Tut mir Leid. Ich konnte die Barriere nicht mehr aufrechterhalten. Aber ihr seid fast da, Elion. Nur noch ein paar Schritte ...

Diese letzten Schritte erschienen Elion als die längste Reise seines Lebens. Hätte er nicht die tatkräftige Unterstützung seines Begleiters gehabt, wäre er niemals angekommen – tatsächlich hätte es keiner ohne den anderen geschafft. Es war ihnen gelungen, dem Pferd wieder aufzuhelfen, doch nachdem Tormon mit kundiger Hand die Beine untersucht hatte, hatte er mit blutigen Händen dagestanden. Elion hoffte, dass es nichts Schlimmes war. Das Pferd hinkte jammervoll, mit gesenktem Kopf hinter ihnen her, und die strähnige Mähne klebte ihm am Hals.

Hier, Elion! Nach links!, rief Thirishri. Der Wissenshüter konnte kaum glauben, dass sie ihr Ziel erreicht hatten. Er zog Tormon am Arm und lenkte seinen traurigen kleinen Trupp den windgeschützten Hang hinab.

Elion hätte glücklich zusammenbrechen und ein Jahr lang schlafen mögen, doch er wusste, dass er sich jetzt nicht gehenlassen durfte. Die Schlucht zu finden und aus dem Sturm herauszukommen war nur der erste Schritt gewesen. Hier konnten sie immer noch sterben – es würde nur länger dauern, das war der einzige Unterschied. Der Schnee fiel nach wie vor dicht und hatte die Verwüstung unter einer dicken weißen Kruste begraben. Elion wusste, dass das Wärmegefühl in seinem Gesicht nur eine Illusion war.

Um sich einen Unterschlupf zu bauen, brauchten sie Licht, und Elion machte sich mit steif gefrorenen Fingern, die sich anfühlten wie Holzklötze, an den Satteltaschen zu schaffen. Er war gezwungen, sich einen Handschuh auszuziehen, um die Schnalle zu öffnen, und das eisige Metall brannte ihm wie Feuer an den Händen. Er durchwühlte eine Tasche und fand alles Mögliche, was ihnen in dieser kalten Nacht noch hilfreich sein mochte. »Bitte«, flehte er, »liege nicht ganz unten!«

Doch wie immer hatte er beim Packen anständige Arbeit geleistet. Die Glimmer waren seitlich in der Tasche verstaut, wo er sie leicht herausnehmen konnte. Er brachte einen Gegenstand aus robust aussehendem Glas zum Vorschein, der etwa einen Fuß lang und nur so dick wie ein Besenstiel war. Tatsächlich bestand er aus zwei gleich großen Teilen, die durch ein Meisterstück der Glasbläserkunst miteinander verbunden waren. Elion hatte sich nie getraut, so ein Ding zu öffnen, um nachzusehen, wie es konstruiert war – er war schließlich ein Hüter des Wissens und kein Erfinder –, doch fand er es auf gewisse Weise angemessen, denen dankbar zu sein, die sich darauf verstanden, die Glimmer herzustellen. Er nahm den Glimmer an beiden Enden und drehte kräftig in entgegengesetzte Richtungen. Es gab ein lautes Knacken, welches anzeigte, dass die Versiegelung gebrochen war und sich der Inhalt beider Teile vermischte. Sofort strahlte der Glimmer ein starkes grünliches Licht ab und brachte den wirbelnden Schnee zum Glitzern.

Tormon schaufelte bereits mit beiden Händen den Schnee beiseite. Er fuhr herum, als das seltsame Licht aufflammte, und staunte offenen Mundes. Dann nahm er sich zusammen. »Danke – das sollte uns helfen«, rief er und wandte sich wieder der nächstliegenden, lebenswichtigen Aufgabe zu. Elion steckte den Glimmer in den Schnee, sodass der Platz beleuchtet wurde und sprang Tormon zu Hilfe. Sie schoben sich die Stämme und Äste zurecht, hackten an ihrer Unterseite mit Schwert und

Dolch eine Höhlung heraus und gruben weiter ins Erdreich hinein, bis sie sich eine ausreichend große Höhle geschaffen hatten. Auch für zwei halb erfrorene Männer eine schweißtreibende Arbeit, zumal sie Raum für das Pferd schaffen mussten. Der Luftgeist konnte nicht mehr tun, als den Schnee von ihnen fern zu halten; Thirishri war von ihrem heldenhaften Kampf gegen den Sturm völlig erschöpft. Die schiere Verzweiflung trieb die beiden Männer an, dabei kam es zu einer befremdlichen Rivalität darum, wer länger aushalten konnte, und der Stolz verbot es, als Erster aufzugeben.

Während sie hungerten, froren und Schmerzen ertrugen, verging die Zeit. Elion hielt sich aufrecht, indem er seinen Geist in eine glückliche Zeit zurücksandte und seinen Körper die Arbeit tun ließ, die getan werden musste. Am Ende war er erstaunt, als die Höhle fertig war. Er schaute um sich, doch war er so erschöpft, dass er alles nur noch verschleiert sehen konnte. Im Schutz der Felsen an der Seite des Abhangs hatten sie sich in die Masse des Erdrutsches hineingegraben, indem sie hier etwas weghackten und etwas abstützten, bis der Platz für zwei Männer und ein Pferd ausreichte. Den Boden hatten sie mit Kiefernzweigen ausgelegt, so dick wie eine Matratze, um Feuchtigkeit und Kälte abzuhalten. Elion und Tormon musterten einander still, dann schüttelten sie sich die Hände und fühlten sich stolz, was sie zuwege gebracht hatten.

Zu Elions Überraschung weigerte sich das Pferd keineswegs, die Höhle zu betreten; im Gegenteil hätte es ihn fast niedergetrampelt, um endlich hineinzugelangen. Das Tier musste sich ducken, weil Astenden aus der Decke ragten und ihm über den Rücken schabten. In der Höhle ließ sich Elion auf die Knie fallen. Er zitterte am ganzen Körper. Dann rieb er sich das Gesicht, befreite seinen Bart vom Eis und massierte sich die steifen Finger, die entsetzlich schmerzten.

Bei Reisen durchs Gebirge – eine Standardprozedur

für Wissenshüter – trug Elion eine flache Metallflasche bei sich, die mit einer Mischung aus Wasser, Honig und Weinbrand gefüllt war, was in der Kälte ein gutes Stärkungsmittel darstellte. Nach einer Weile hatte er wieder ausreichend Gefühl in den Fingern, dass er in die Innentasche seiner Weste fassen konnte, wo er die Flasche der Körperwärme wegen aufbewahrte. Er zog den Stopfen mit den Zähnen heraus, und der erste Schluck des klebrigen Gebräus rann ihm lauwarm die Kehle hinunter. Nach ein paar weiteren Schlucken hatte er wieder einen klaren Kopf. Er reichte Tormon die Flasche, der, gegen das Pferd gelehnt, noch aufrecht dastand.

Ein paar Augenblicke später war die Lebendigkeit in Tormons Augen zurückgekehrt. »Das hat gut getan«, sagte er aufatmend. Die letzten Tropfen aus der Flasche goss er sich in die Hand und ließ das Tier sie auflecken. »Davon könnten wir mehr gebrauchen. Hast du die Zutaten bei dir?« Mit jedem Wort gewann seine Stimme ein wenig mehr ihre Kraft zurück.

»In den Satteltaschen – solange das Wasser nicht gefroren ist.« Elion stand mühsam auf, um nach dem großen Wasserbehälter zu sehen, der an einem Haken am Sattel hing.

»Sollte es eigentlich nicht«, meinte Tormon. »Ich habe es beim Reiten unter meinem Oberschenkel gehalten. Setz dich wieder – ich erledige das schon.«

Elion hatte unbeholfen an der Schnalle herumgenestelt. Tormon dagegen machte im Nu das Gepäck los und reichte es ihm hinüber. Dann löste er die Sattelgurte, nahm mit einem Schwung den Sattel vom Pferd und klemmte ihn über dem Boden zwischen zwei Ästen ein. Elion sah ihn mit großen Augen an. Er musste daran denken, dass der Mann auf der ganzen Wegstrecke vor lauter Trauer eine Last gewesen war – und doch war er trotz Kummer und Elend zu einer praktischen Handlung fähig gewesen, wie etwa das Einfrieren des Wassers zu verhindern. Elion schwankte zwischen Bewunderung und Groll.

Tormon tätschelte dem Fuchs den Hals und meinte: »Gut, dass sie so klein ist. Wir hätten niemals eines von Kanellas Tieren –« Er brach plötzlich ab und drehte sich hastig weg, um sein Gesicht zu verbergen. Elion litt mit ihm. Um Tormon Zeit zu geben, seine Fassung wieder zu erlangen, begann er, sich in der Hütte einzurichten. Der Glimmer steckte bereits zwischen zwei Zweigen. Mit dem Pferd zusammen hatten sie nur sehr wenig Platz. Er warf einen raschen Blick zu Tormon hinüber und beobachtete wachsam die flinken Hinterbeine des Braunen – obwohl der ihm zu schwach und elend vorkam, um seine üblichen Bosheiten zu verüben –, während er mit dicken Reisigbündeln den Höhleneingang verschloss.

Tormon drehte sich zu ihm um. Er war blass, und seine Züge hatten sich verhärtet. »Vergiss den Pfahl nicht!«

Elion nickte und sah sich suchend um. Tormon hatte für den Bau der Schutzhütte von einem jungen Baum Zweige und Wurzeln abgeschnitten. Den richtete er senkrecht in der Mitte auf, stieß ihn durch das Geflecht aus Ästen und Zweigen, welches das Dach bildete, sodass er ein gutes Stück aus der Schneedecke herausragte.

»Eine gute Methode, um unsere Position zu markieren, falls wir einschneien und ausgegraben werden müssen«, meinte Elion anerkennend.

Er hatte völlig vergessen, dass Tormon nichts über Thirishris Existenz oder über telepathische Kommunikation wissen konnte. Ebenso unbekannt war dem Händler, dass noch andere Wissenshüter sich in einem Haus am Weg aufhielten.

Tormon sah ihn seltsam an. »Das Letzte, was wir wollen, ist, dass uns jemand aus dieser verfluchten Stadt ausgräbt«, sagte er düster. »Das Wesentliche an dem Pfahl ist, dass er uns ein Atemloch offen halten wird, egal wie viel Schnee diese Nacht noch fällt.«

Elion fühlte sich verlegen und beschäftigte sich mit seinem Gepäck. Er wickelte die Decken aus der gewachsten Segeltuchplane aus, die sie trocken gehalten hatte, und richtete seine Gedanken ausschließlich auf eine warme, bequeme Nacht

»Gibt es noch eine trockene Decke?«, fragte Tormon schroff.

Elion war froh, dass der Mann endlich seine Meinung änderte und nicht mehr glaubte, allein zurechtkommen zu müssen – denn in Wahrheit begann Elion sich diesem wortkargen, geschickten Mann gegenüber unzulänglich zu fühlen. Und so kramte er aus seinem Gepäck eine große weiche Flanelldecke hervor. Tormon nahm sie mit einem Kopfnicken entgegen, knüllte sie zusammen und begann das Pferd kräftig damit abzureiben. »He!«, rief Elion entrüstet. »Das ist die Einzige, die ich habe.«

Der Händler sah ihn verständnislos und ein wenig ratlos an. »Und sie ist das einzige Pferd, das du hast«, hielt er ihm entgegen. »Sie ist nass, und es ist kalt – willst du, dass sie eingeht?«

Elion dachte darüber nach, wie es wäre, zu Fuß nach Gendival zurückzuwandern. Dann schüttelte er den Kopf. »Ich trockne höchstens mich selbst an einer Decke ab.«

Ein paar Fältchen zeigten sich in Tormons Augenwinkeln, als ob er lächelte. Aber er sagte nichts und wandte sich dem Pferd wieder zu. Obwohl er seelisch und körperlich völlig erschöpft war, wie sein graues Gesicht und die gebeugten Schultern zur Genüge deutlich machten, fuhr er fort, sich um das Tier zu kümmern, rieb es trocken, untersuchte die Läufe und sprach dabei mit ihm in einem leisen, freundlichen Singsang. »Du bist ein feines Mädchen, tapfer wie ein Löwe und schnell wie der Wind … bald bist du warm und trocken und hübsch wie eine Schlüsselblume …«

Das Pferd gab die kauernde Körperhaltung auf, entspannte sich zusehends und hörte auf zu zittern. Es stellte die Ohren auf und sah schon viel munterer aus. Ganz offensichtlich sprach es darauf an, was Elion leicht empört als unnötiges Verhätscheln betrachtete. Feines Mädchen, so weit kommt's noch!, dachte Elion. Er hatte nicht einmal bemerkt, dass er eine Stute ritt, bis Tormon es ausgesprochen hatte. Wart's nur ab, drohte er ihm in Gedanken an. Warte nur, bis dieses Fleisch fressende Ungeheuer sich erholt hat. Dann werden wir ja sehen, was für ein neunmalkluger Pferdefreund du bist! Elion war sicher, dass das Schicksal ihm Recht geben würde. Nach einer Weile drehte die Fuchsstute den Kopf nach hinten, als Tormon ihr die Schulter abrieb. Na also, frohlockte der Wissenshüter. Ich wusste doch, dass es nur eine Frage der Zeit war. Das Untier wird ihn zum Dank für seine Mühe beißen.

Stattdessen gab die Stute ein leises zufriedenes Wiehern von sich, rieb ihren Kopf an der Jacke ihres Pflegers und steckte das Maul neugierig in seine Taschen. Das sah tatsächlich wie eine Geste der Zuneigung aus. Elion staunte nicht schlecht, und zugleich hörte er ein klingendes Lachen von Thirishri, die irgendwo unter dem niedrigen Dach schwebte. »Und du kannst gefälligst auch still sein!«, dachte er mit einem wütenden Knurren, aber das rief nur noch mehr Gelächter hervor.

»Ich dachte, du wolltest noch mehr von dem Honigwasser zubereiten«, erinnerte Tormon ihn freundlich.

»Tschuldigung.« Ein ziemlich gedämpfter Hüter des Wissens suchte aus seiner Satteltasche die Flasche mit dem Weinbrand und den kleinen Tonkrug mit Honig heraus. Er war ehrlich froh, etwas zu tun zu haben, das nicht mit diesen blöden Pferden zu tun hatte. Außerdem war er dankbar für die Ablenkung. In diesem Moment war die Fuchsstute das Letzte, worüber er sich Gedanken machen wollte.

Wenig später saßen die beiden Männer in Decken gewickelt und aßen Dörrfleisch, steinharten Zwieback und einen zähen, klebrigen Kuchen aus Nüssen, Trockenfrüchten, Getreidekörnern und Honig.

Ein Feuer durften sie sich nicht anzünden, denn sie waren abhängig von der isolierenden Schneedecke auf dem Dach des Unterstands. Trotzdem wurde die Körperwärme der drei in der engen Höhle fühlbar, und Elion wurde zuversichtlicher, dass sie die Nacht überleben würden.

Nachdem Tormon für das Pferd und für sich gesorgt hatte, zollte er seiner Umgebung mehr Aufmerksamkeit. »Was ist das für ein Ding?«, fragte er und zeigte auf die Lichtquelle, deren Leuchten allmählich nachließ Ich werde bald eine neue anbrechen müssen, dachte Elion, und bemerkte zugleich mit neuer Niedergeschlagenheit, dass sein Leidensgenosse nicht dumm war. Ich wusste, dass es nur eine Frage der Zeit war, bis Tormon anfing, unbequeme Fragen zu stellen. »Das ist ein Glimmer«, antwortete er. »Soweit ich weiß, werden sie aus dem Extrakt von Leuchtkäfern und ein paar Pflanzen oder so gemacht – aber frag mich nicht, wie.«

Tormon öffnete den Mund, als wolle er fragen. *Du kommst nicht aus Callisiora, stimmt's?* Mit der Intuition eines Telepathen ahnte Elion ohnehin, was der Händler hatte sagen wollen. Er wusste nicht, was Tormon letztlich von der Frage abgehalten hatte, aber er war froh über den Aufschub. Elion log nur ungern.

Um von der Schwierigkeit des Augenblicks abzulenken, sah Tormon nach der Stute, die eine Ration Getreide aus Elions Futtersack bekommen und sich nun auf der dicken Schicht aus Kiefernzweigen niedergelegt hatte. Er klopfte ihr den Rücken, der jetzt trocken war und glänzte. »Was für eine hübsche Kleine!«, sagte er. »Sauber wie eine Katze und tapfer dazu. Ich habe sie bewundert, wie sie sich mit uns durch den Sturm gekämpft hat. Hat sich nicht ein Mal beklagt oder gesträubt.«

Der Mann hatte ganz klar den Verstand verloren, oder er sprach von einem anderen Pferd. Elion wollte schon Einwände erheben, da merkte er, dass Tormon nur kurz beim Sprechen innegehalten hatte.

»Das ist genau so ein Pferd, wie ich es später für Annas kaufen wollte. Schon mit fünf Jahren konnte sie auf jedem Tier reiten. Kanella hat es ihr beigebracht, praktisch bevor sie laufen konnte …« Er verstummte und verlor sich mit tränenglänzenden Augen in Erinnerungen.

Nach einer Weile fühlte Elion sich verleitet, ihm darin zu folgen. »Weißt du, ich habe es vorher gar nicht bemerkt, aber ihr Fell hat die gleiche rotbraune Farbe wie das Haar von Melnyth, und sie verstand sich auch auf Pferde …«

Während die Nacht weiter fortschritt und der Sturm tobte und heulte, teilten die beiden Männer ihre Trauer und erzählten sich Geschichten aus glücklicheren Tagen. Und gelegentlich hörte dabei keiner dem anderen zu, und niemanden schien es im Geringsten zu stören.

Kapitel 17

Nächtliche Bewegungen

Veldans Lage war sowohl zermürbend als auch enttäuschend. Sie sah sich gezwungen, im Bett zu liegen und hilflos wie ein Kaninchen zu verstecken, während die Eindringlinge im Haus umherstreiften. Das war nicht hinnehmbar. Jedes Mal, wenn sie Stimmen oder Schritte hörte, hielt sie vor Anspannung den Atem an und überlegte, ob Toulac in Schwierigkeiten sei oder ob im nächsten Moment ihre Zimmertür aufflöge und – und was dann? Veldan erkannte plötzlich, dass sie schon wieder ihrer Neigung nachgab, der Fantasie freien Lauf zu lassen. In Wirklichkeit war sie überhaupt nicht schutzlos. Unter der Bettdecke fühlte sie die beruhigende Kälte zweier Klingen. Sie schloss die Faust um den Dolchgriff und schwelgte in einem bösartigen Lächeln, um ihr Selbstvertrauen zu stärken. »Hier gibt es nichts, womit ich nicht fertig werde«, versicherte sie sich.

Sie war gewissermaßen verkleidet, denn sie trug über ihren eigenen Sachen eine landesübliche Leinenhose sowie Hemd und Weste aus Toulacs Truhe, wobei sie darauf geachtet hatte, es mit der Ausstaffierung nicht zu übertreiben. Mangelnde Bewegungsfreiheit war das Letzte, was sie in einem Kampf gebrauchen konnte. Außerdem wurde ihr darin zu warm unter den Bettdecken, wenngleich es im Zimmer eisig war, seit Kaz das Fenster zerbrochen hatte. Aber das war noch das kleinste Übel.

Während sie auf jedes Geräusch im Haus horchte, nahm sie mit dem Drachen in der Scheune Verbindung auf.

»Kaz, ist alles in Ordnung?«

»Nein, es ist verdammt noch mal gar nichts in Ordnung«, kam sofort die bissige Antwort. »Deine Freundin, die alte Schreckschraube, hat ihr elendes Pferd in der Scheune angebunden – *und gesagt, ich soll darauf aufpassen!* Jetzt steh ich da, der Magen hängt mir in den Kniekehlen, und ich habe einen Haufen Drachenfutter vor der Nase, der völlig nutzlos ist. Veldan, das bringt mich um! Wie lange müssen wir noch hier bleiben? Ich ersaufe sozusagen in meinem eigenen Geifer!«

Vom Bett aus sah Veldan den Schnee an ihrem Fenster vorbeiwirbeln, dick wie Schlagsahne, und der Sturm wurde schlimmer. Sie ließ Kaz sehen, was sie sah, und meinte: »Da wirst du wohl gute Miene zum bösen Spiel machen müssen, mein Guter. Wir müssten verrückt sein, um heute Nacht aufzubrechen.«

»Wir sind verrückt, wenn wir hier bleiben«, grollte er. »Wo diese niederträchtigen Menschen herumschnüffeln und ihre Nase überall reinstecken. Andererseits …«

»Was?«, fragte Veldan scharf. Auf seinen nachdenklichen Tonfall fiel sie nicht herein. Wenn Kaz Ideen ausbrütete, dann gab es immer jemanden, für den das nichts Gutes bedeutete.

»Nichts«, antwortete der Feuerdrache gut gelaunt. »Überhaupt nichts.«

Oh nein!, durchfuhr es Veldan. Jetzt kommen wir erst recht in Schwierigkeiten.

»Meine Gedanken sind umhergeirrt, weiter nichts«, sagte Kaz. »Damit setzt gewöhnlich der Todeskampf ein, wenn man Hungers stirbt, glaube ich.«

»Kaz, ich bitte dich – denk doch an Toulac. Sie muss hier weiterleben, wenn wir wieder fort sind. Tu nichts, was uns in noch größere Schwierigkeiten bringt.« Die einzige Antwort, die sie darauf erhielt, war ein boshaftes Kichern.

Sie ballte die Fäuste unter der Bettdecke. »Warte nur, bis ich dich in die Finger kriege!«

Dieser Kazairl! Man konnte nie wissen, was er sich als Nächstes ausdachte. Kaz der Unberechenbare, Kaz der Einzigartige. Einzigartig war er tatsächlich. Nach Wissen des Schattenbundes gab es keine anderen seiner Art, doch zugegebenermaßen kannten die Wissenshüter nicht die ganze Welt. Auch für sie gab es unzugängliche Orte, wo die Schleierwand undurchdringlich war und die Geheimnisse dahinter ein für alle Mal verborgen blieben. Nur einem Mitglied des Schattenbundes – Veldans Mutter – musste es gelungen sein, an einen dieser unbekannten Orte vorzudringen, aber sie hatte nicht mehr lange genug gelebt, um die Geschichte erzählen zu können. Vielleicht war meine Mutter tatsächlich die Einzige, die den Weg dahin gefunden hat, dachte Veldan. Aber wie hat sie das geschafft? Und warum hat sie es versucht?

Niemand in Gendival war jemals willens oder fähig gewesen, ihr etwas über ihre Eltern zu erzählen – nicht einmal ihre Pflegeeltern, die beide dem Schattenbund angehörten. Es wurde behauptet, dass ihr Vater ein Unbekannter aus dem Ausland gewesen sei – ein Liebhaber, den ihre Mutter während einer Mission aus einer Laune heraus aufgegriffen und wieder fallen gelassen habe. Mit der Sicherheit eines Telepathen wusste Veldan, dass man sie damit belog; dazu brauchte sie nicht einmal diese einfallslose Geschichte mit dem letztendlichen Schicksal ihrer Mutter in Beziehung zu setzten.

Als Veldan noch ein Säugling war, hatte irgendetwas ihre Mutter dazu veranlasst, die Heimat und ihr Kind zu verlassen und spurlos zu verschwinden. Zwei Jahre später überschritt sie von wo auch immer her die Grenze Gendivals. Man fand sie so schwer verwundet auf, dass sie starb, bevor man ihr helfen konnte. In ihrem Rucksack fand sich ein Paket, das so gut gepolstert und verschnürt war, dass man sogleich darin einen zerbrechlichen und kostbaren Gegenstand vermutete. Zu Recht. Es enthielt ein Ei, größer als der Kopf eines Menschen, das tiefschwarz war und einen schillernden Glanz besaß. Die einzige Hinterlassenschaft der Mutter an ihre Tochter: Kazairl, der Feuerdrache.

Eine einsame Waise und ein einsames Drachenjunges, so waren sie zusammen aufgewachsen und wurden rasch unzertrennlich. Sie schliefen und aßen gemeinsam und machten Unfug. Besonders in letzter Hinsicht erwies der Drache sich als unerschöpflich erfindungslustig. Erst als sie selbst erwachsen und ihrerseits eine Wissenshüterin geworden war, hatte sie begriffen, welche Aufregung sie und der Drache im Gemeinschaftsleben von Gendival verursacht hatten. Alle Mitglieder des Schattenbundes, von Cergorn dem Archimandriten angefangen, waren fasziniert von Kazairls Einzigartigkeit, von seinem raschen Wachstum, seiner offensichtlichen Intelligenz und seinen telepathischen Fähigkeiten. Schon sehr früh hatte zwischen Veldan und Kaz eine grundlegende Verständigung bestanden, die sich mit der Zeit beträchtlich vertiefte und verfeinerte. Und tatsächlich wollten die Mechaniker ihr den Feuerdrachen zwecks eingehender Untersuchung fortnehmen, aber Syvilda hatte ein Verbot des Archimandriten erwirkt. Sie vertrat beharrlich die Meinung, dass man ein Kind, das beide Eltern verloren hatte, nicht von einem weiteren geliebten Wesen trennen dürfe. Veldan war damals über dieses Eingreifen sehr froh gewesen, und Syvilda hatte in der zukünftigen Wissenshüterin eine glühende Loyalität geweckt, die dem Archimandriten allerdings verborgen blieb.

Solange Veldan über die Vergangenheit nachdachte, war sie wenigstens von den Sorgen der Gegenwart abgelenkt. Dennoch hatte sie unterdessen unablässig auf die Geräusche der Besucher gehorcht. Nachdem einige Zeit alles still war, hörte sie laute Schritte, die sich ihrer Tür näherten. Sie erstarrte. Wieder stieg das Bild vom kauernden Kaninchen in ihr auf. Gewaltsam drängte sie es beiseite und griff nach dem Dolch. Kaninchen mochten sich ängstlich ducken, Wissenshüter nicht. Alle ihre Sinne waren auf die Vorgänge vor der Tür gerichtet. Je mehr sie davon erfassen konnte, desto besser würde es um ihre Rettung stehen, falls der Ärger losginge.

Da befanden sich mehr als eine Person im Gang, vielleicht drei oder sogar vier. Jetzt standen sie genau vor ihrer Tür – dann waren sie vorüber. Veldan hörte ein Klicken, das Quietschen der Tür des Nebenzimmers und Stimmengemurmel. Und dann war ihr, als würde eine eiskalte Tentakel sich um ihren Hals legen. Sie hörte einen durchdringenden jammervollen Ton, spürte Verwirrung, Preisgabe und höchste Not, einen fremdartigen Zustand der Vereinsamung, der sie zutiefst berührte. Angst und Mitleid waren in ihr geweckt, aber auch drängende Neugier – die übermächtige Eigenschaft aller Wissenshüter. Eine, die jeden früher oder später das Leben kostete.

»Hör auf damit«, befahl jemand in nüchternem Ton. Dann folgte ein harter Schlag, und das Jammern verstummte. Dieselbe kalte Befehlsstimme sagte daraufhin: »Es ist nicht erforderlich, dass ihr hier steht und diesem Irren zuhört.«

»Aber mit deiner Erlaubnis, Herr …«, begann einer der Angesprochenen mit zittriger Stimme. »Sollten wir nicht etwas mehr zu seiner Hilfe unternehmen? Er ist in einem bedauernswerten Zustand. Und, nun ja, er ist trotz allem noch der Hierarch.«

»Das war einmal der Hierarch.« Wieder dieser leidenschaftslose und kurz angebundene Tonfall. »Nun ist es nur noch das geistlose Wrack eines menschlichen Wesens. Unsere Aufgabe besteht darin, ihn am Leben zu erhalten und nach Tiarond zurückzubringen, bevor der morgige Abend anbricht. Er muss seine ihm zuletzt zugedachte Rolle erfüllen, indem er Myrial geopfert wird.«

Veldan war bestürzt. Welches krankhafte Tun planten diese abergläubischen, niederträchtigen Menschen jetzt wieder? Opferten ihren eigenen, angeblich verehrten Häuptling? Jetzt weiß ich Bescheid, dachte sie, da steckt noch mehr dahinter … Doch erneute Schritte auf dem Gang unterbrachen ihre Gedanken, dann wurde nebenan die Tür geschlossen.

»Von nun an bewacht ihr diesen Raum«, befahl die kalte Stimme. »Und niemand außer mir geht durch diese Tür, ganz gleich, welchen Grund er anführt. Sollte Zavahl sich anhören, als würde er Hilfe brauchen, dann holt mich. Vielleicht solltet ihr euch vor Augen halten, dass Tiarond morgen ein Opfer bringen muss. Falls der Hierarch nicht verfügbar ist, werde ich gezwungen sein, einen oder zwei Vertreter zu benennen. Habt ihr mich verstanden?«

»*Jawohl, Herr!*«

Daraufhin entfernten sich energische Schritte aus dem Korridor und zur Vorderseite des Hauses, und zu Veldans Erleichterung war vor ihrer Tür nicht das geringste Verzögern zu bemerken. Sie stieß einen lautlosen Pfiff aus. Das ist ein höchst gefährlicher Mann, dachte sie. Nach all ihrer Erfahrung war es der selbstbeherrschte und emotionslose Feind, der am bereitwilligsten tötete.

In dieser Hinsicht war auch Kazairl inzwischen mehr als bereitwillig. Das sollte sein ungeduldiges Temperament aushalten: Als Misthaufen getarnt in einer kalten, zugigen Scheune zu liegen, um Himmels willen – und unterdessen saß keine hundert Schritt entfernt seine Partnerin in der Falle, in einem feindbesetzten Haus. Und als ob das nicht genügte, nagte der Hunger stetig an seinen Eingeweiden, während er obendrein genau vor der Nase ein Festmahl sah, das er sich versagen musste. Kaz seufzte. Aber es half nichts. Denn wie Veldan empfand er großen Respekt für die unbeugsame Alte. Die Dinge müssten wirklich schlimm stehen, wenn er sie dadurch bekümmern sollte, dass er ihren alten Kameraden fräße. Wenn ich ihr Pferd fresse, muss ich Toulac auch fressen – andernfalls würde sie *mich* fressen!

Also konnte er nichts weiter tun, als in seiner Misthaufenverkleidung daliegen und warten, dass etwas geschah. Er sagte sich immer und immer wieder, dass Veldan nicht in Gefahr sein konnte, solange alles ruhig war, und das allein zählte. Gleichwohl wäre ihm gerade jetzt ein kleiner Kampf nicht ganz ungelegen gekommen.

Daher betrachtete er die beiden herumschnüffelnden Wachen als ein Geschenk des Schicksals. Beim ersten Klang ihrer Stimmen hob Kaz den Kopf. Sie gingen an der Scheunenwand entlang und unterhielten sich laut genug, um den heulenden Wind zu übertönen. Nach Art der Soldaten, die wohl in der ganzen Welt die gleiche war, beklagten sie sich bitter über das Wetter, die kärgliche Unterbringung und das geschmacklose, spärliche Essen. Natürlich wurde diese Schmährede abgerundet durch eine lebhafte Debatte über die zweifelhafte Herkunft, die fragwürdigen sexuellen Gewohnheiten und die herzlose Grausamkeit eines herrschsüchtigen Rohlings von Hauptmann, der sie ungeachtet des Schneesturms patrouillieren hieß.

Kaz hatte das alles schon tausendmal gehört. Während seines Lebens als Wissenshüter hatte er eine komische Entdeckung gemacht. Ganz gleich um welche Art Lebewesen es sich handelte – ob Mensch, ob Afanc, Alva oder Gaeorn – eine Eigenschaft einte sie alle: Die Beschwerden der unteren Soldatenränge waren dieselben.

Der Feuerdrache lauschte mit halbem Ohr ihrer Unterhaltung und ließ die langweiligen, vertrauten Einzelheiten an sich vorbeirauschen, zugleich blieb er wachsam darauf bedacht, jede verwertbare Neuigkeit aufzuschnappen. Es dauerte eine Weile, bis er belohnt wurde. Die Männer waren auf ihrem Rundgang an der Scheunenrückwand angekommen und schon auf dem Weg nach vorne, als er bei einem Wort auffuhr.

»Der Sergeant hat wenigstens gesagt, dass wir in die Scheune gehen und ein Feuer machen dürfen, wenn wir den Umkreis abgegangen sind.«

»Ja, alles in allem ist er gar kein so schlechter Kerl. Jedenfalls nicht wie der hartherzige Hurensohn Blank. Sagt uns, wir sollen in einer solchen Nacht Wache gehen, während er sich hübsch gemütlich am Kamin den Wanst voll stopft!«

Eines war klar: Wie sehr sie sich über Blank auch beschwerten und ihn hinter seinem Rücken verunglimpften, sie fürchteten ihn viel zu sehr, als dass sie einen seiner Befehle missachtet hätten. Nun, das war ein wertvoller Hinweis. Der zweite war noch viel wertvoller – ganz zu schweigen davon, dass er erfreulicher war. »So, so«, kicherte der Drache, »in meiner Scheune Wache schieben, he? Also, das kann ich ganz und gar nicht zulassen, nicht wahr? Schließlich habe ich versprochen, das Pferd zu beschützen ...«

Lautlos schlich Kaz durch die Scheune und hielt dabei den größtmöglichen Abstand zu seinem Schützling, um ihn nicht zu ängstigen. Als er am Tor ankam, verblasste seine schmutzig braune Färbung, und seine Haut wurde blau-grau-weiß gesprenkelt wie seine Umgebung. Dann nahm er die Spur der unglücklichen Wachen auf. Auch der wirbelnde Schneesturm konnte nicht mehr verhindern, dass Kaz ihre Umrisse deutlich wahrnahm. Die Soldaten befanden sich genau dort, wo er sie haben wollte – auf dem einsamsten und gefährlichsten Wegstück ihrer Route, am weitesten vom Haus entfernt und in nächster Nähe zum Waldrand.

He, he, dachte der Feuerdrache. Ihr macht einen schweren Fehler. Ich würde an eurer Stelle nicht da entlang laufen. Er leckte sich die geifernden Lefzen. Plötzlich geriet er in Bewegung, ein Schatten raste durch den Schnee. Schneller als ein Peitschenhieb stieß er zu. Die beiden Männer starben innerhalb eines Augenblicks und ohne einen Laut. Einer nach dem anderen verschwanden sie in der dunklen Abgeschiedenheit des Waldes. Ein wedelnder Schwanz verwischte die Abdrücke im Schnee und zog sich unter die Bäume zurück. Der Sturm fegte über den Weg, den die Wachen genommen hatten, und über die schnurgerade, seltsame Spur, die ihn abrupt beendete. Eine weiche, weiße Decke legte sich über alle Spuren der Gewalt und hinterließ keinen Hinweis, dass hier jemand gegangen war.

»Kaz? Kaz? Bist du da?« Veldan fluchte innerlich. Er ist schon viel zu lange weg, dachte sie. Er hat etwas vor – ich *weiß*, dass er etwas vorhat! »Kazairl? Verdammt, antworte mir! Was geht da draußen vor?«

»Nichts, worüber du dir den hübschen kleinen Kopf zerbrechen müsstest, Schatz.« Er klang wirklich unerträglich selbstgefällig.

Veldan schloss vor Bestürzung die Augen. Sie kannte diesen Ton. »Was hast du jetzt wieder getan?«, fragte sie.

»Habe mich nur um zwei Kleinigkeiten gekümmert«, antwortete er glucksend. »Wirklich, Schätzchen – gaaaaar nichts passiert. Gib nur schön auf dich selbst acht. Und wenn du mich brauchst, komme ich zu dir wie ein geölter Blitz. Dann bleibt zwar nicht viel von Toulacs Haus stehen, aber wir müssen alle mal Opfer bringen …«

Die Besserung seiner Laune reichte ins Unermessliche. Kein Gemecker über das Hungerleiden … »*Kazairl!* Du bist doch nicht hingegangen und hast Toulacs Pferd gefressen, oder etwa doch?«

»*Veldan!*« Kaz klang zutiefst gekränkt. »Glaubst du, ich bin ein skrupelloses Ungeheuer? Dieses Tier bedeutet Toulac sehr viel. Nachdem sie uns aufgenommen und sich mit uns angefreundet hat, wäre es ein ganz schäbiger Streich, ihr Pferd zu fressen. Wenn ich mir bedenke, dass meine eigene getreue Partnerin, die es wirklich besser wissen sollte, als mir zu unterstellen –«

»Schon gut, schon gut – ich entschuldige mich. Ich kümmere mich um meine eigenen Angelegenheiten. Mir ist egal, was du treibst. Aber bringe uns nicht in noch mehr Schwierigkeiten.«

»Ich fühle mich arg verkannt und verleumdet.« Der Drache umgab sich mit gekränkter Unschuld und zog sich zurück.

Als Veldan wieder allein war, überdachte sie die Lage. Ein Wissenshüter überlebt nicht lange, wenn er in Situationen wie dieser keinen Plan zur Hand hat – und sich daran hält. Das ist es, was in letzter Zeit immer schief gelaufen ist. Im Labyrinth der Ak'Zahar haben wir den einzig richtigen Plan beschlossen: Wenn wir entdeckt werden, müssen wir um unser Leben laufen. Wenn Elion sich nur an diesen Plan gehalten hätte, hätte ich die hier jetzt nicht. Sie fuhr sich mit einem Finger über die gezackte Narbe. Das taube Gefühl war abscheulich. Außerdem schmerzte sie bei Kälte und bei Regen, die andere Narbe auf der Schulter ebenfalls. So wie jetzt. Wenn sich nur Melnyth an den Plan gehalten hätte, hätten wir alle unversehrt herauskommen können. Nun ja, das Endergebnis hätte aber auch ganz anders ausfallen können.

Vollkommen anders. Wenn Melnyth die Vampire nicht aufgehalten hätte, wären wir vielleicht alle abgeschlachtet worden. Denk nicht schon wieder darüber nach, Veldan! Es ist zwecklos. Was geschehen ist, ist geschehen. Sie rief sich zur Ordnung, wie sie es schon hundertmal vorher getan hatte. Energisch sperrte sie sich den nutzlosen Mutmaßungen. Aber wie immer blieb ein einzelner Gedanke in ihrem Hinterkopf haften wie ein giftiger Dorn. *Wenn doch nur Elion nicht …* Unter der Haut pochte die Wunde noch.

Dieses Mal hatte sie sich nur um sich selbst und Kaz zu sorgen – und um Toulac natürlich.

Sie musste die unbeugsame Alte in jedweden Plan mit einbeziehen, obwohl Cergorn solchen Altruismus unter seinen Agenten zu unterbinden suchte. »Ihr Hüter des Wissens seid seltene und kostbare Individuen: telepathisch, kenntnisreich, bestens ausgebildet und schwer zu ersetzen«, pflegte er zu sagen. »Von den Schafen gibt es mehr als genug da draußen in der Welt, und es werden täglich mehr. Helft ihnen, rettet sie und passt auf sie auf, wo immer ihr könnt – aber riskiert *niemals* euer Leben für sie.«

Zum Teufel mit Cergorn!

Veldans Plan brauchte nicht großartig ausgedacht zu werden. Wie immer lief es auf eines hinaus: kämpfen oder fliehen. Unter diesen Umständen war die Flucht das einzig Richtige, es sei denn sie wollte mit Toulac gegen nahezu dreißig Mann kämpfen – selbst mit Kazairls Hilfe ein aussichtsloses Vorhaben.

Ein schnelles Entkommen könnte also nötig werden. Doch gerade darin tat sich der Feuerdrache hervor. Auch über schwieriges Gelände konnte er sie beide weiter und schneller befördern, als die Soldaten voran kämen –, besonders in solch einer Nacht. Der Schneesturm würde ihre Flucht verbergen – und gleichzeitig die größte Gefahr darstellen. Wozu den Feinden entkommen, wenn man anschließend erfror?

Plötzlich hörte Veldan ein leises Geräusch, das sie warnte. Sie schlüpfte aus dem Bett, kniete sich unter dem Fenster vor die Kommode und raffte mit fliegender Hast ein paar Kleider daraus hervor, die ihr nützlich erschienen, wickelte sie in ein paar Decken und verschnürte das Bündel mit alten Lederriemen, die sie auf dem Grund der Kommode fand. Alles andere stopfte sie wieder hinein und schloss den Deckel. In geduckter Haltung – es war immerhin möglich, dass jemand auf Wache in das erleuchtete Fenster blickte – eilte sie zum Nachttisch und blies die Lampe aus. Als sie in der Dunkelheit wieder ein wenig sehen konnte, stieg sie auf die Kommode. Dank Kaz brauchte sie das Fenster nicht zu öffnen. Ohne den Schnee auf dem Fensterbrett zu berühren, ließ sie das Bündel an der Hauswand hinunterfallen, das daraufhin in der Schneewehe versank.

Auf dem Gang waren keine Schritte zu hören, sie hörte

vielmehr überhaupt kein Geräusch – bis eine bärbeißige Stimme an der Tür sagte: »Ich bin's nur, Kleine. Ich bringe dir dein Abendessen.«

In einem Atemzug sprang Veldan von der Kommode in ihr Bett und zog sich die Decke bis über die Schultern. Hätten die Schwerter nicht in der Scheide gesteckt, wäre sie glatt aufgespießt worden. Das Herz schlug ihr bis zum Hals. Doch wie sich herausstellte, hätte es keiner Hast bedurft. Der Türriegel wurde, begleitet von einer Gotteslästerung, hochgeschoben, und nach einem »Nein, danke, Kleiner, ich schaffe das schon» erhielt die Tür einen kräftigen Tritt und flog auf.

»Verdammter Riegel!«, schimpfte Toulac. »Und ich dachte, ihn ein für alle Mal repariert zu haben.« Und mit zittrigem Altweibergejammer fuhr sie fort: »Ach, du meine Güte, Liebes, ist dir die Lampe ausgegangen? Lass die alte Toulac sie wieder anzünden …«

»Du gibst dir viel zu viel Mühe mit mir, Großmutter!«, antwortete Veldan. Dann zischte sie und legte einen Finger auf die Lippen.

Toulac lachte leise in der Dunkelheit und flüsterte: »Was hattest du denn vor? Hier drin ist es ja finsterer als in Blanks Herz. Soll ich die Lampe überhaupt wieder anzünden?«

»Ja. Ich habe nur ein paar warme Sachen draußen versteckt, für den Fall, dass wir schnell von hier fort und in die Berge müssen. Ich weiß nicht, was sich zwischen Blank und dem Hierarchen abspielt, aber was ich gehört habe, macht mich jedenfalls sehr unruhig.«

»Erzähl es mir – aber bleib, wo du bist! Man kann die Tür nicht verriegeln, also musst du krank aussehen, wenn jemand hereinkommt. Aber wir sind erst einmal sicher. Hauptmann Ränke hat sich zu Bett begeben, er ist auf dem Dachboden. Aber sprich leise wegen der Wachen vor dem Nebenzimmer. Es sind jetzt vier mehr, aber ich habe sie in die Küche gesetzt, mit fünf Gallonen saurem Apfelwein, den ich für schlechte Zeiten aufgespart habe«, sagte sie schmunzelnd. »Sie sind eine Weile beschäftigt und ganz zufrieden dabei, glaube ich.«

Toulac setzte sich im Lampenschein auf die Bettkante, und Veldan fasste schnell zusammen, was sie beim Lauschen erfahren hatte. »Ich weiß nicht genug über die hiesige Herrschaft, um mir ganz sicher zu sein, aber dieser Hauptmann Blank hat offenbar beschlossen, die Macht an sich zu reißen. Das geht so lange gut, wie der Hierarch in diesem Zustand bleibt. Wenn er aber seine Gesundheit wiedererlangt, wird er höchstwahrscheinlich einen plötzlichen Unfall erleiden. Dann findet diese Opferung eben ohne ihn statt. Blank kann nun kein Risiko mehr eingehen – und er muss sichergehen, dass er keine Zeugen hinterlässt.«

»Moment mal!«, unterbrach Toulac. »Ich höre da eine Menge Wenn und Vielleicht, Mädelchen. Die meisten deiner Überlegungen hören sich richtig an, und ich stimme mit dir überein, worauf das Ganze hinausläuft. Aber ein paar Voraussetzungen sind fraglich. Ich habe Zavahl gesehen, als sie ihn hereinbrachten, und für meine Begriffe sah er ganz schön abwesend aus. Wieso glaubst du, dass er aus heiterem Himmel wieder gesund werden kann?«

Veldan biss sich auf die Lippe. »Weil ich glaube, dass er nur eine starke seelische Erschütterung erlitten hat. Ich weiß nämlich zufällig, was er auf dem Schlangenpass gesehen hat. Wenn Zavahl selbst glaubt, was er predigt, dann hat das Lebewesen, das er dort ausgraben ließ, seine Anschauung der Welt vollkommen zerstört.«

Toulac lehnte sich vor. Ihre blauen Augen leuchteten wie zwei Sterne. Den Blick fest auf Veldans Gesicht geheftet, fragte sie atemlos: »Ein Wesen wie Kaz? Von jenseits der Schleierwand?«

Veldan nickte. Die rasche Auffassungsgabe der alten Kriegerin überraschte sie nicht mehr. Zwar stand sie im Begriff, den Schwur der Geheimhaltung des Schattenbundes zu brechen, aber …

Kaz schaltete sich in dem Moment ein, als sie anfangen

wollte zu sprechen. »*Veldan!* Hölle und Verdammnis! Was tust du da? Ich mag die Alte ja auch, aber das ist ein ernster Verstoß gegen das Schattenbundgesetz.«

»Das ist mir gleichgültig, Kaz. Toulac ist meine Freundin. Sie hat mir das Leben gerettet. Sie ist vertrauenswürdig, klug und weise, und erfahren in allen Kriegsangelegenheiten. Sie kennt die hiesigen Verhältnisse viel besser als wir. Sie hilft und beschützt uns und verdient es nicht, angelogen zu werden. Außerdem hat sie dich längst gesehen, Kaz. Dass wir nicht gerade aus der näheren Umgebung kommen, hat sie schon lange begriffen. Wir sind sicherer, wenn wir sie einweihen. Und wir sind es ihr schuldig.«

Der Drache seufzte. »Und *mich* fährst du an, dass, ich keine Probleme heraufbeschwören soll! Also gut. Tu, was du für richtig hältst. Aber denk an meine Worte – das wird eines Tages mit Tränen enden …«

»Ach, sei still, Kaz!« Veldan sah die erwartungsvolle Toulac an. »Ja, du hast Recht. Ich kann dir jetzt nicht alles sagen, aber jenseits dieses Reiches gibt es noch andere Länder, die von allen Arten merkwürdiger Lebewesen bewohnt werden. Einige lassen sogar Kaz als ganz gewöhnlich erscheinen.«

Toulac packte mit ihrer starken, schwieligen Hand Veldan am Handgelenk und griff so feste zu, dass Veldan die Luft wegblieb. »Wirst du mich mitnehmen? Tust du das für mich, Veldan?«

Cergorn wird mich dafür umbringen!

Trotzdem fiel ihr die Entscheidung so leicht wie keine andere. »Ja, Toulac«, antwortete sie entschieden. »Kaz und ich nehmen dich mit. Aber zuerst müssen wir diese Nacht überstehen …«

Ein durchdringender Schrei aus dem angrenzenden Raum schnitt ihr das Wort ab.

Über dem Heiligen Bezirk lag eine dicke Schneedecke, die jeden Laut dämpfte. Nachdem Felyss schließlich im Bett lag, zog sich die Schmiedin ihren wärmsten Mantel an und stapfte durch den dichter fallenden Schnee zu dem hohen goldenen Tor, das den inneren Bezirk absperrte. Die kalte Luft erfrischte sie, und sie atmete tief ein. Die Verspannung in ihrem Nacken ließ langsam nach. Agella empfand eine große Erleichterung, weil sie eine Weile das Haus verlassen konnte. Die Stimmung dort war erstickend, einfach unerträglich für jemanden, der an das Alleinsein gewöhnt ist. Ihre Schwester benahm sich sehr gereizt und gab nur schnippische Antworten. Agella war es immer schwerer gefallen, Ruhe zu bewahren und die Zunge im Zaum zu halten. Ich kann es ihr nachfühlen, dachte sie. Viora kann ihren Zorn nicht an denen auslassen, die ihn verursacht haben, also muss ein anderer seinen Kopf hinhalten – aber muss ich das unbedingt sein?

Unterwegs wurde der Verdruss über die Schwester von einer anderen Sorge verdrängt. Agella war erschrocken zu sehen, wie der Sturm stetig schlimmer wurde. Sie konnte kaum ein paar Schritte weit durch den wirbelnden Schnee sehen, und er lag bereits knöchelhoch. Ach, Scall!, dachte sie und schämte sich dafür, dass die Ankunft seiner Familie sie ihren armen Lehrling vergessen ließ, den sie in dieses Hundewetter hinausgeschickt hatte. Lieber Myrial, betete sie, lass ihn sicher in Toulacs Haus angekommen sein!

Niemand stand Wache am Tor, obwohl die Vorschrift es verlangte. Offenbar hatte da jemand angesichts des Wetters entschieden, dass ohnehin kein Mensch draußen herumliefe, der die Pflichtverletzung bemerken könnte, und sich an ein warmes Plätzchen zurückgezogen. Typisch, dachte Agella. Sobald der Hauptmann und der Hierarch fort sind, geht es mit der Disziplin steil bergab. Der Wachsoldat muss ganz schön zuversichtlich sein, dass sie in dieser Nacht nicht zurückkehren. Ich möchte nicht in seiner Haut stecken, wenn Blank unerwartet wiederkommt. Was mochte eigentlich im Gange sein? Agella hatte beobachtet, dass am Morgen Pferde für Blank und Zavahl gesattelt wurden. Fergist hatte erzählt, dass sie aus irgendwelchen Gründen ins Gebirge geritten seien. Ein Schauer überlief die Schmiedin. Wenn zwei hohe Herren und zwei Dutzend Krieger Myrials stecken geblieben waren, dann stand es dort oben wirklich schlecht. Agella hätte keinen Pfifferling um die beiden Herren gegeben – frei heraus gesagt, hatte sie von keinem der beiden eine sonderlich hohe Meinung –, aber immer wieder dachte sie an Scall. Hoffentlich war er angekommen, bevor der Sturm richtig losging!

Die Ärzte wohnten in einem eigenen Gebäude hinter dem Haus der Heilung. Dazu gehörte ein friedlicher Garten, in dem viele Kräuter gezogen wurden, die sie für ihr Handwerk brauchten. Die ordentlichen kleinen Beete und die bemoosten Pfade dazwischen ergaben ein köstlich anzusehendes Mosaik. Freilich waren die Pflanzen in diesem Jahr sehr zum Schaden des öffentlichen Wohlergehens fast alle verfault, obwohl die Heiler und Gärtner sich sehr angestrengt hatten, die kostbaren Stauden zu retten. Agella blieb vorsichtshalber auf den Hauptwegen, denn die Pfade waren unter dem Schnee kaum mehr zu erkennen, und sie wollte den Schaden an den Beeten nicht vergrößern.

Evelindens helle Erdgeschosswohnung bot mehr Platz als Agellas Häuschen. Zusätzlich zu den üblichen Räumen gab es einen zweiten, großzügig bemessenen Schlafraum, einen Destillierraum mit eigener Wasserversorgung und einem Herd zum Brauen der Medizin. Daran schloss sich eine Bibliothek mit Büchern und Schriftrollen an. Evelinden teilte die Wohnung mit Kaita, einer zierlichen, überschäumenden Frau mit klugen funkelnden Augen und einer nicht zu bändigenden dunklen Lockenpracht. Sie war es, die auf Agellas Klopfen hin an die Tür kam. »Oh, Agella, welch nette Überraschung! Komm schnell herein und wärme dich auf!«

Man war gerade mit dem Abendessen fertig, als Agella ins Zimmer trat. Evelinden war ein ernsthafter Mensch mit wachem Verstand und eisernem Willen, entschiedenen Ansichten und Feingefühl. Wenn sie lächelte, überzog sich ihr Gesicht mit einer übersinnlichen Schönheit. Aber die Hauptpracht war das dicke dunkelbraune Haar, das sich, schon von vielen Silberfäden durchzogen, wie ein glänzender Umhang über ihre Schultern breitete. Während der Arbeit trug sie es freilich geflochten und hochgesteckt. Sie eilte auf Agella zu, um sie zu umarmen, dann runzelte sie die Stirn. »Meine Liebe, ich habe dich noch nie so blass und erschöpft gesehen! Was ist geschehen?«

Agella schüttelte den Kopf. »Nein, Evi, es geht mir gut. Bin nur ein bisschen müde. Ich komme nicht um meinetwillen, ich brauche deine Hilfe für –«

»Ein Notfall?«, unterbrach Kaita sie. »Stirbt jemand, wenn du dich einen Moment hinsetzt?«

»Nein, so dringend ist es nicht –« Agella sprach nicht zu Ende. Bevor sie sich versah, saß sie mit den beiden Frauen am Tisch und verschlang einen großen Teller Eintopf, der mit ungewöhnlichen Zutaten scharf gewürzt war. Nach dem ersten Happen griff sie sofort zum Wasserkrug, dann langte sie bereitwillig zu. Es war ein ereignisreicher Tag gewesen. Sie konnte sich nicht erinnern, wann sie zuletzt etwas gegessen hatte, und sie hatte nicht einmal die Zeit gehabt, um ihre Müdigkeit wahrzunehmen. Nach dem ersten Teller von Kaitas Eintopf durchströmte sie neue Wärme und Kraft. »Schmeckt wunderbar«, lobte sie mit vollen Mund.

Kaita strahlte. »Freut mich, dass es dir schmeckt. Ich habe in letzter Zeit mit verschiedenen Kräutern und Gewürzen herumprobiert, um ein Tonikum zu finden, das die Abwehrkräfte der Menschen gegen Krankheiten erhöht. Ich glaube, am Ende habe ich das richtige Rezept gefunden – und heute hatte ich die plötzliche Eingebung, es in der Küche zu verwenden.«

»Wieder einer ihrer undurchdachten Einfälle«, warf Evelinden lächelnd ein. »Aber wie die meisten dieser irrwitzigen Vorstellungen scheint er zu funktionieren. Ich bin mir nie sicher, ob hier Wahnsinn oder Genie am Werk ist.«

»Nun, auf jeden Fall wirkt es bei mir«, stellte Agella fest und kratzte den letzten Rest aus der Schüssel. »Genauer gesagt, es wirkt sogar Wunder. Danke, Kaita. Das hatte ich bitter nötig.«

Evelinden lachte sie an. »Ich weiß. Deshalb haben wir darauf bestanden, dich erst einmal abzufüttern. Als du durch die Tür kamst, sahst du völlig entkräftet aus.« Sie griff über den Tisch und nahm Agellas Hand. »Nun, meine Liebe, sag mir, was wir für dich tun können. Kaita wird dir etwas Tee bringen, und du kannst uns alles erzählen.«

Als Agella mit ihrer Geschichte zu Ende war, machten die beiden Ärztinnen ein ernstes Gesicht. »Ihr braucht es mir nicht zu sagen«, sagte Agella seufzend, »ich weiß, dass ich sie nicht bei mir haben darf und dass ich dafür bestraft werden kann – aber was hätte ich sonst tun können?«

»Nichts anderes«, stimmte Kaita zu. »Besonders bei dieser Wetterlage.«

»Trotzdem können sie nicht lange hier bleiben«, entgegnete Evelinden, »sonst gerätst du wirklich in eine schwierige Lage, Agella. Du willst schließlich deine Stellung nicht verlieren – besonders da die Dinge in Callisiora so schlecht stehen.«

»Es gibt noch einen anderen Grund«, fügte Kaita stirnrunzelnd hinzu. »Agella, ich weiß natürlich, dass du für deine Familie sorgen möchtest, aber niemand darf herausfinden, dass im Heiligen Bezirk die Lebensmittel gehortet werden. Wenn das in der Unterstadt die Runde macht, haben wir das aufgewiegelte Volk vor dem Tor, noch ehe wir es recht begriffen haben.«

Die Frauen sahen einander an, dann wandten sie den

Blick ab. Spontan und unverblümt hatte Kaita einen Sachverhalt angesprochen, der ihnen allen unangenehm war. Evelinden brach als Erste das verlegene Schweigen. »Nun gut, niemand schätzt den Gedanken daran, dass andere hungern, während er selbst isst, und gerade als Ärztin sollte ich mich vermutlich schämen –«

»Also, ich nicht«, warf Kaita dazwischen. »Ich habe mir meine Stellung im Haus der Heilung redlich verdient. Wir werden hier alle ausgebildet, aber du weißt so gut wie ich, dass man nur die allerbesten hier behält. Und darum habe ich mir in einem Kaff an der Südküste die Finger wundgearbeitet. Ich lernte, schwitzte und arbeitete wie ein Sklave für diese Leute. Ich saß bald jede Nacht bei Alten und Kindern, bis ich fast selbst umfiel. Ich habe das Essen von meinem Teller weggegeben und die Kleider von meinem Leib. Ich habe keineswegs ein Leben in Wohlstand und mit Vorrechten gehabt, wie der Hierarch. Ich weigere mich, mir wegen einer kleinen Extraration ein schlechtes Gewissen zu machen. Selbst wenn wir alles an das hungernde Volk von Tiarond verschenken würden, mal abgesehen von den übrigen Menschen in Callisiora, es würde sie nicht einen Tag lang ernähren –«

»Ich weiß, Liebes, ich weiß«, sagte Evelinden begütigend. »Der Hierarch legt die Regeln fest, nicht wir. Und wir alle haben den Eid des Stillschweigens geleistet. Es würde niemandem etwas nützen, wenn wir unser Essen verweigerten.«

»Du kannst sicher sein, dass die Unterstadtbewohner es nicht so sehen würden«, stellte Agella grimmig heraus. »Und wer will es ihnen verdenken! Du hast Recht, Kaita: Meine Familie darf nichts davon erfahren. Und unglücklicherweise beginnt Viora sich schon zu wundern.«

»Dann gibt es nur eines zu tun«, sagte Evelinden lebhaft und bestimmt, »wir müssen sie so schnell wie möglich wieder auf die Beine bringen und eine Bleibe in der Stadt für sie finden. Vorzugsweise morgen. Komm, Agella. Ich werde dich jetzt begleiten.«

Als Agella mit der Heilerin in ihrem Haus ankam, fiel die wütende Viora über sie her. »Was hast du dich so lange aufgehalten?«, zischte sie leise, während Evelinden noch ihren weißen Mantel aufhängte. Doch die Ärztin hatte ein gutes Gehör. Sie drehte sich behände zu ihr um und sagte: »*Ich* habe sie so lange aufgehalten, gute Frau. Ich hatte mit Meisterin Agella einiges zu besprechen.«

Viora starrte sie an, wagte es aber nicht, die Ärztin zu beleidigen. Agella unterdrückte ein Lächeln, als sie ihre Schwester so wirkungsvoll – für eine Weile wenigstens – zum Schweigen gebracht sah. Aber sie hatte so eine Ahnung, dass sie später dafür zu zahlen hätte.

Evelinden bestand darauf, Felyss allein zu behandeln. Sie schob Viora aus dem Zimmer, die sehr verärgert darauf reagierte, aber sie blieb hart. »Deine Tochter muss sich darüber aussprechen, was heute geschehen ist. Anderenfalls wird sie nie mit dieser Sache ins Reine kommen, und der Heilungsprozess kann nicht einmal beginnen. Als Fremde bin ich genau die Richtige, um ihr zuzuhören. Sie kann frei heraus sprechen, in dem Bewusstsein, dass ihre Offenheit keine Folgen für sie haben wird. Ich werde ein- oder zweimal zu ihr kommen, dann werde ich aus ihrem Leben verschwunden sein. Sie wird mir nicht täglich mit dem Wissen begegnen müssen, dass ich die Schrecken kenne, derer sie sich zu entledigen hatte.«

Für einen Augenblick war Vioras Angriffslust verschwunden. »Und das wird ihr helfen?«, fragte sie zaghaft. Plötzlich begriff Agella, wie sehr das zänkische Verhalten ihrer Schwester der Sorge über die Tochter entsprang, und fühlte sich beschämt, dass sie sich zum Zorn hatte hinreißen lassen.

Die Heilerin klopfte ihr aufmunternd auf die Schulter. »Mach dir keine Sorgen. Es wird helfen. Und hinterher gebe ich ihr einen guten Schluck, der sie bis morgen Mittag schlafen lässt. Einen langen, tiefen Schlaf braucht sie jetzt – genau wie du. Am besten legst du dich auch sofort hin.«

Kapitel 18

Der Feind im Innern

Die niedrige Dachstube mochte einmal ein gemütlicher Raum gewesen sein, doch war sie über Jahre hinweg vernachlässigt worden, und viele Holzschindeln des Daches waren zerbrochen oder fehlten. Kalter Wind pfiff durch die Lücken und wehte immer wieder feinen pudrigen Schnee herein. An jedem Spalt und jeder Ritze zog und blies es, sodass die Lampe in einem fort wild flackerte und die Schatten von Bett und Stuhl, Kisten, Säcken und verschiedenerlei Gerümpel in bizarren Formen an die Wand warf. Darum beherrschte eine störende Rastlosigkeit den Raum. Am Ende des Zimmers überlagerte eine lange dunkle Silhouette die tanzenden Schatten, die Umrisse eines Mannes, der gemessenen Schrittes auf und ab ging und sich dem wilden Schattenspiel zugesellte.

Blank hatte für Schlaf wenig Verwendung. Niemals verschwendete er auch nur den geringsten Vorteil und hatte sich daher im Lauf der Jahre an immer weniger Schlaf gewöhnt. Inzwischen genügten eine oder zwei Stunden Ruhe seinen Bedürfnissen vollauf. Schon vor langer Zeit hatte er entdeckt, dass die stillen Nachtstunden, wenn die meisten Menschen in urtümliche Vergessenheit versunken waren, ideal für Betrachtungen und Pläne waren, wohingegen er die geschäftigen Stunden des Tages zu deren Ausführung nutzte.

In dieser Nacht hatte Blank über vieles nachzudenken.

Bevor der Sturm ihn gefangen gesetzt hatte, war es seine Absicht gewesen, nach Tiarond zurückzureiten und mit der Suffraganin die Einzelheiten der Zeremonie zu besprechen, die diesen frömmelnden und greinenden Narren endlich zu seinem ach so kostbaren Gott schicken würde. Außerdem, sinnierte Blank, waren noch ein oder zwei Kniffe anzuwenden, um sich der vollkommenen Kooperation der Suffraganin zu versichern. Sie würde davon freilich nie erfahren, es sei denn, sie finge plötzlich an, schwierig zu werden.

Blank hielt nichts davon, sich über Dinge zu sorgen, auf die er keinen Einfluss hatte. Obwohl er eigentlich längst wieder in der Stadt sein wollte, bedeutete der Schnee doch keinen allzu großen Rückschlag. Ein Schneesturm zu dieser Jahreszeit dürfte am nächsten Morgen aufgehört haben. Außerdem waren seine zwei Dutzend Bewaffneten wohl kräftig genug, um notfalls den Weg von der Sägemühle bis zu den Stadttoren freizuschaufeln.

Bereits seit langem plante Hauptmann Blank, das Land Callisiora aus dem Würgegriff seiner lächerlichen Religion zu befreien. Nur die göttliche Autorität des Hierarchen, der Herrschaftsauftrag eines abergläubischen Volkes, musste beiseite gefegt werden, und schon konnte er die Macht übernehmen. Wenn Callisiora erst einmal ihm gehörte, dann würde Gendival bald folgen. Der Besitz dieses Reiches wäre dann für Blank die perfekte Basis um Cergorn, diesen Narren, zu stürzen und seinen eigenen Anspruch auf die Führung des Schattenbundes zu erneuern.

Nüchtern ermahnte sich Blank, nicht zu rennen, bevor er das Laufen gelernt hatte. Gendivals Eroberung lag noch weit in der Zukunft, und große Anstrengungen hatte er dazu noch auf sich zu nehmen. Vordringlich war Callisiora – und hier entwickelte sich tatsächlich alles bestens. Seine komplizierte Intrige, deren Vorbereitung Jahre gedauert hatte, entfaltete sich endlich, und das mit besseren Resultaten als erwartet. Er hatte Zavahl zunächst nur brechen wollen, indem er sein Selbstvertrauen untergrub und ihn der Treue seiner Untertanen beraubte. Doch nachdem Blank entdeckt hatte, welch tiefen Hass Seriema für den Hierarchen empfand, konnte er ihr gerade zur passenden Zeit in den Kopf setzen, das Große Opfer aufzuführen, ein groteskes und unbarmherziges Relikt aus finsterer Vergangenheit. Zugleich hatte Zavahl mit seinen hysterischen, von Panik getriebenen Taten der vergangenen Tage alles getan, um sich selbst auf den Scheiterhaufen zu bringen. Alles verläuft nach Plan, bestätigte Blank sich selbst – ausgenommen einer unerwarteten, aber entscheidenden Kleinigkeit: das Auftauchen des Drachen.

Warum befand sich ein Angehöriger des Drachenvolkes auf dem Weg durch Callisiora? Darauf konnte es nur eine Antwort geben. Der Wüstenbewohner musste unterwegs nach Gendival sein, um sich mit Cergorn über den Zusammenbruch der Schleierwand zu beraten – und wenn ein Drache die Gefahren einer solchen Reise auf sich nahm, so konnte es nur eins bedeuten: Der Archimandrit nötigte seinen schwerfälligen Schattenbund endlich, zur Tat zu schreiten.

Nun, diesmal handelte Cergorn zu spät – aber um die eigenen Erfolgsaussichten nicht zu schmälern, musste Blank so lange wie möglich im Geheimen operieren. Leider besaß die Anwesenheit des Drachen noch einen Nebenaspekt: Den Weg durch feindliches Gebiet konnte er keinesfalls allein angetreten haben. Wenn sein Reisegefährte oder deren mehrere bei dem Erdrutsch nicht umgekommen waren – und die Soldaten hatten trotz gewissenhafter Suche keine Leichen zutage gefördert –, so gab es wenigstens einen Wissenshüter, der Blank unbekannt war und sich frei in der Umgebung Tiaronds bewegte.

Blank blieb abrupt stehen. Ob man ihn nun erkannt hatte oder nicht – was unwahrscheinlich war, da die meisten aktiven Agenten zu jung waren, um sich an ihn zu erinnern – so bestand doch immer die Möglichkeit, entlarvt zu werden, bevor er bereit war, sich ein zweites Mal offen gegen den Bund zu stellen. Während der Jahre seines Exils hatte er große Anstrengungen unternommen, um seine wahre Herkunft zu verbergen, ein Grund, warum er so lange mit dem ersten Zug gewartet hatte. In Callisiora, wie auch in anderen Reichen, saßen Agenten des Schattenbundes, die man aus dem entsprechenden Volk rekrutiert hatte. Diese Leute führten ein normales, unauffälliges Leben und bewahrten ihr Geheimnis selbst vor ihren Familien. Dank ihnen war Cergorn darüber auf dem Laufenden, was in der Welt vorging. Zu Beginn seines Exils waren sie seine größte Bedrohung gewesen, doch er hatte diese Gefahr im Laufe der Zeit geduldig ausgeschaltet.

Nicht jeder in Gendival war mit Cergorn einer Meinung gewesen. Blank hatte viele Anhänger gehabt. Doch angesichts des Schicksals, das ihr Anführer erlitt, hatten sie die Rebellion aufgegeben und beschlossen, dass Besonnenheit der einzig richtige Weg sei. Dennoch blieben ihm viele treu, während die Jahre verstrichen. Allmählich und vorsichtig sandte er Botschaften an Schlüsselpersonen, und sobald einer der verdeckten Agenten in Callisiora starb – wobei in einigen Fällen nachgeholfen worden war –, hatte Blank einen seiner Anhänger an dessen Stelle gesetzt. Dadurch fiel Callisiora an ihn, und er hatte sicher angenommen, mit der Umsetzung seines Plans fortfahren zu können. Aber …

Warum sich Sorgen machen? Der Sturm wird die Sache erledigen. Plötzlich musste er lächeln. Natürlich! Selbst wenn ein Agent den Erdrutsch überlebt haben sollte, würde er kaum einen Schneesturm im Gebirge überstehen können. Noch war nichts verloren – bei weitem nicht.

Ein Schrei auf der unteren Etage riss ihn aus seinen Gedanken. Es klang, als würde Zavahl aufsässig. Und zweifellos macht er so weiter, bis die Flammen ihr Opfer verzehren, dachte Blank und wollte schon die wackligen, ausgetretenen Stufen hinuntereilen. Doch dann besann er sich anders. Er rätselte schon die ganze Zeit, was den Hierarchen auf dem Schlangenpass befallen hatte, und nun kam ihm ein neuer Gedanke.

Wir wollen doch mal schauen, wie er sich verhält, wenn er sich unbeobachtet glaubt, dachte Blank. Er nahm eine Decke und die Lampe und schlich behände an das andere Ende des Dachbodens, worunter sich Zavahls Zimmer befand. Dort kniete er sich hin und untersuchte den Boden, bis er einen Spalt gefunden hatte. An diesem entlang breitete er die Decke aus und legte sich darauf, sodass er zwischen den Dielen hindurchspähen konnte. Leider war es in dem unteren Raum zu dunkel, aber wenn Zavahl erneut begänne irre zu reden, würde er beim Lauschen vielleicht einiges erfahren können. Blank blies die Lampe aus und horchte.

»Nein, nicht! Es ist in meinem Kopf! Holt es raus – raus! RAUS!«

Zavahl spürte ein Ungeheuer in sich. Er fühlte dessen fremdartiges, grauenhaftes Bewusstsein und wie es jeden seiner Gedanken und alles Handeln mit Zweifeln belegte. Hier im Gebirge war seine Welt mit ebensolcher Wucht und Gründlichkeit zusammengebrochen, wie der Erdrutsch den Drachen begraben hatte. Myrial hatte ihn schutzlos dem Angriff einer körperlosen, übel wollenden Macht preisgegeben. Nun war er besessen von einem namenlosen Bösen, das sich von der Kreatur auf dem Pass auf ihn übertragen hatte. In seinem Kopf war es eingepfercht, und unter dem Druck widerstreitender Gedanken drohte ihm der Schädel zu platzen. Die einen Gedanken erkannte er als seine eigenen, die anderen traten in unvergleichlichen Erscheinungsformen flüchtig und undeutlich in sein Bewusstsein und verschwanden wieder. Wie Traumgespinste. Er hatte Kopfschmerzen von dem anhaltenden Ansturm zu vieler Gedanken, Empfindungen und Erinnerungen. Sein Kopf war dafür zu klein. Ihm war, als müsse er in zu engen Schuhen laufen.

In seinem dunklen Kerker kämpfte der Hierarch mit seinen Fesseln, obwohl er sich tatsächlich dabei fragte, warum. Zu kämpfen war schlecht – das sollte er inzwischen gelernt haben. Jedes Mal wenn er versucht hatte, gegen sein Schicksal anzugehen, hatte sich alles verschlimmert. Warum sich also mit Widerstand abmühen!, dachte er. Das hat keinen Sinn. Wahrhaftig, Myrial hat mich verflucht. Ich bin am Ende. Morgen Abend ist alles vorbei – und das ist wahrscheinlich gut so. Wie könnte ich mit diesem Dämon in mir weiterleben?

Ihn schauderte. In seiner Eigenschaft als Hoherpriester hatte er die Existenz von Dämonen immer abgeleugnet und ins Reich der Fabel und des Aberglaubens verwiesen. Wieder hatte er sich geirrt. Wie schon so oft. Wieder hatte die Flut der Ereignisse seinen felsenfesten Glauben ein Stück unterspült. So viele seiner Überzeugungen waren bereits abgetragen, zerfallen, untergegangen.

Das Schlimmste war, dass er nur sich selbst die Schuld geben konnte. Er hatte sich einem unbekannten Wesen genähert und dabei nicht mehr Vorsicht walten lassen, als ein dreijähriger Knabe, der dem Hund der Familie entgegen läuft. Wie hatte er nur so dumm sein können? Hatte er über den Schwierigkeiten der vergangenen Tage jeglichen Sinn für Selbsterhaltung verloren? Er war der Hierarch; er durfte sein Leben nicht gegen das Unbekannte riskieren. Warum sonst hatte er Blank und seine bewaffneten Rohlinge mitgenommen? Aber nein – er hatte die vermaledeite Kreatur unbedingt untersuchen wollen, und sie hatte so leblos ausgesehen, dass alle Vorsicht ihn verlassen hatte. Er war blind gewesen vor Bestürzung. Denn er hatte so sehr darauf gezählt, dass sie noch am Leben wäre. Sein eigenes Leben hing schließlich davon ab. Außerdem hatte die Neugier ihn gelockt – sogar schlammverkrustet und tot bot der Drache noch einen faszinierenden, ehrfurchtgebietenden Anblick.

Als er sich ganz nah befunden hatte, war irgendetwas auf ihn übergesprungen. Die Welt verschwand für einen Augenblick, und ein fremdes, feindliches Wesen brach in seinen Geist ein. Mit sich brachte es rasende Kopfschmerzen. Das Eindringen glich einem körperlichen Aufprall und war von solcher Heftigkeit, dass Zavahl in die Knie brach.

Woher soll ich die Kraft nehmen, um das auszuhalten? Verkrüppelt in diesem Kerker bis ans Ende seiner Tage …

Zavahl erstarrte. Was war das? Die Angst schnitt ihm die Luft ab. Das war nicht mein Gedanke! Oh, Myrial, was geschieht mit mir? Der Dämon übernimmt mein Denken!

Ich wäre besser tot!

Das war mein Gedanke. Oder kam er von dem Eindringling? Dann sagte sich Zavahl, dass es doch gleichgültig sei. Wem immer der Satz gegolten hatte, er traf auf ihn zu. Plötzlich kam ihm zu Bewusstsein, wie rasch Blank gehandelt hatte, um einen Vorteil aus seiner Notlage zu ziehen. Es war geradezu, als ob er nur auf eine Gelegenheit gewartet hätte. Und er selbst war in diesem Augenblick zu sehr in Grauen versunken gewesen, als dass er auf die Worte des heimtückischen Hauptmanns hätte achten können. Nun aber fielen sie ihm wieder ein: »Die Belastungen der vergangenen Monate haben dem Hierarchen zu viel abverlangt …, seine Hoffnungen waren unbegründet … das Tier verendete in dem Augenblick, als der Hierarch seine Hand darauf legte … Myrial wendet sich gegen den Hierarchen … Zavahl wird das Große Opfer werden.«

Die Erkenntnis war bitter. Blank! Dieses gerissene, hinterhältige Schwein! Die ganze Zeit schon betreibt er meinen Tod – und wenn diese furchtbare Sache nicht passiert wäre, hätte er einen anderen Weg gefunden, um mich auf den Scheiterhaufen zu bringen. Ganz gleich wie sehr ich versuchte, dieses Schicksal zu vermeiden, mein Tod scheint beschlossene Sache zu sein.

Nun denn, so sei es. Mit einem Gefühl, das der Erleichterung recht nahe kam, akzeptierte Zavahl am Ende das Unvermeidliche. Sein Untergang würde auch das Ende des Ungeheuers bedeuten, das in ihm lauerte. Wenn Myrial und seine Untertanen forderten, dass Zavahl sein Leben beschließen solle, dann würde er dies ohne Klagen oder Ausflüchte und ohne Bedauern tun. Bis auf eins: Er wünschte – oh, wie sehr er sich das wünschte –, dass er Blank mit in den Tod reißen könnte.

Menschliche Augen sehen anders. Was sie schauen, ist oberflächlich und eingeschränkt. Der Mensch ist eine belanglose, zerbrechliche, unausgeglichene Missgestalt, sein Organismus schwächlich und kaum belastbar. Und sein Verstand! Verwirrt, unentwickelt und schlecht genutzt – ein trüber Strom von Gedanken und Empfindungen ohne die Spur einer Ordnung ...

Kein Wunder, dass Aethon sich wie ein Ertrinkender vorkam.

Wenn er geahnt hätte, was ihn erwartete, wäre er lieber gestorben, als sich in eine Umgebung zu versetzen, die ihm so schrecklich zuwider war. Seine umfassende Intelligenz und der unerschöpfliche Speicher der Erinnerungen seines Volkes passten nicht in dieses schlichte, beschränkte Gehirn, das unter dieser Anforderung auseinanderzubrechen drohte. Die Qual war ungeheuerlich.

Als müsse man in zu engen Schuhen laufen.

Wie war diese fremde Vorstellung in ihn eingedrungen? Aethon stieß einen Angstschrei aus, aber nur die dünne Stimme eines Menschen quiekte in der Dunkelheit. Verseuchung? Vermischten sich nun schon Gedanken dieses Menschen mit seinen eigenen? Aethon erstarrte wie ein Fisch im zugefrorenen Teich. Wie konnte ich nur denken, dass es so gehen würde?, dachte er. Dass die Bewusstseine zweier Arten in demselben Geist wohnen könnten?

Mit großer Entschlossenheit kämpfte der Drache gegen die wahnsinnig machenden Schmerzen an, die seinen Verstand behinderten, und versuchte, sich über seine neue Lage klar zu werden. Die traumatische Phase mentalen Aufruhrs und der Desorientierung hatte die stoffliche Welt bislang vollkommen ausgeschlossen, sodass er als Erstes eine Beurteilung seiner Umgebung vornehmen musste. Denn sein neuer Körper war viel weniger robust und belastbar als sein ursprünglicher. Physische Gefahren stellten nun eine größere Bedrohung dar.

Überrascht stellte er fest, dass er sich nicht mehr auf dem Gebirgspass befand. Sein menschlicher Körper lag vielmehr steif und schmerzend auf einer weichen, klumpigen Oberfläche, die unangenehm nach feuchtem Staub roch. Er versuchte sich aufzurichten, aber der Körper gehorchte ihm nicht. Um ihn herum war es stockfinster. Er war also nicht nur bewegungsunfähig, sondern auch blind!

Zum zweiten Mal drohte ihn die Panik zu überwältigen. Die Sinne eines Drachen kannten solche Dunkelheit nicht. Ihr Sehvermögen umspannte ein weites Spektrum, das Erkennen von Wärmespuren und scharfe Sicht über immense Entfernungen eingeschlossen. Ihre glitzernden gewölbten Augen erfassten nahezu den gesamten Umkreis, von dem nur ein kleiner blinder Fleck am Hinterkopf ausgeschlossen war.

Doch eine andere, viel furchtbarere Erkenntnis dämmerte ihm, während er die Grenzen seines neuen Verstandes auslotete. Ihm fiel auf, dass seine körperliche und seine geistige Wahrnehmung sich kaum mehr voneinander unterschieden; und so bemerkte er, wie er das Fehlen eines Flügels oder eines Gliedes an seinem Drachenkörper bemerkt hätte, dass sein Wirt keine telepathischen Fähigkeiten besaß – und er selbst darum auch nicht mehr. Damit war er taub und stumm, ohne dass sich daran etwas ändern würde! Woher soll ich die Kraft nehmen, um das zu ertragen?, dachte er mit wachsender

Verzweiflung. Verkrüppelt und eingeschlossen, bis dieser Mensch am Ende seiner Tage anlangte …

Ich wäre besser tot …

Wieder kämpfte Aethon gegen seine Angst an, bis er sie bezwungen hatte. Nun, Seher, beruhige dich!, sprach er zu sich selbst. Ich habe Verantwortung gegenüber meinem Volk. Trage all sein Wissen in mir. Wenn ich den leichtesten Weg hätte wählen wollen, wäre ich still auf dem Pass gestorben. Also werde ich die Lage rational betrachten, anderenfalls ist alles verloren. Die Dunkelheit, das Fehlen der Witterung, die stickige, unbewegte Luft und das gleich bleibende unterschwellige Gefühl einer Begrenzung deuteten darauf hin, dass er sich in einer Art Gebäude befand. Er musste hierher gebracht worden sein, ohne es zu merken, während er noch im Zustand der Verwirrung war. Was, wenn dieser Zustand zurückkehrte? Der Gedanke weckte die Angst erneut. Eine zweite Phase der Bewusstlosigkeit konnte tödlich sein.

Plötzlich merkte Aethon, wie sein geliehener Körper sich umzudrehen versuchte, und zwar ohne sein Zutun. Erschrocken erinnerte er sich an den anderen Geist, den wahren Besitzer dieses Leibes, der offenbar wach war und sich durchzusetzen versuchte. Bis dahin hatte Aethon dem unbekannten Menschen wenig Aufmerksamkeit gewidmet. Er hatte lediglich von dessen Körper Besitz ergriffen und scheute, obwohl er darüber ein leises Schamgefühl empfand, schon vor dem bloßen Gedanken an eine eingehende Untersuchung seines Mitbewohners zurück. Der Schrecken einer Kontamination, einer unlösbaren Verschmelzung beider Persönlichkeiten baute sich vor ihm auf.

Doch etwas unternehmen musste er nun. Diese menschliche Hülle zeigte bereits Anzeichen wachsenden körperlichen Elends, da sein Eigentümer sich immer heftiger erregte und ängstigte und seine Gegenwehr wuchs. Aus Angst, dieses zerbrechliche Gefäß zu beschädigen, traf Aethon eine rasche Entscheidung. Er zwang sich, zu entspannen und still zu bleiben; mit aller Kraft unterdrückte er seinen Drang, die Herrschaft über den Körper an sich zu reißen. Diese Zurückhaltung erschien ihm am vernünftigsten. Schließlich konnte der Mensch nicht im mindesten ahnen, was ihm widerfahren war. Hoffentlich würde dessen Verhalten ihr gemeinsames Überleben sichern. O großes Licht, meine Hilflosigkeit trifft mich wirklich hart!

Er hatte sich richtig entschieden. Als der Mensch seinen Körper umgedreht hatte, sah Aethon in Bodenhöhe haarfeine Lichtstreifen, die eine Tür anzeigten. Obwohl nicht genug Licht einfiel, dass er Einzelheiten seiner Umgebung erkennen konnte, empfand er schon das bloße Sehenkönnen als einen großen Trost, der ihm ein wenig von dem Gefühl des Ausgeliefertseins nahm. Er heftete den Blick auf den tröstlichen Lichtschein und konzentrierte sich auf die übrigen Wahrnehmungen. Doch es brachte nichts ein, sich mit der muffigen Luft, mit dem kratzenden Durstgefühl, dem brennenden Hunger, den Kopfschmerzen oder den verkrampften Muskeln zu beschäftigen. Er hörte Stimmen in der Nähe, doch wie angestrengt er auch horchte, es war nicht zu verstehen, was sie sprachen. Die menschlichen Sinne waren ein Fluch!

Plötzlich leuchtete eine Erinnerung auf wie ein Blitz am Nachthimmel. Der Berghang. Der schreckliche Moment, als er zum ersten Mal aus menschlichen Augen geblickt hatte. Eine Gruppe Bewaffneter umringte ihn wie eine Mauer, während er sich kreischend niederkauerte. Der Ring Soldaten tat sich auf, und ein Mann betrat die Szene. Wenn auch alle anderen respektvoll zurücktraten, so hätte es dieses Beweises seiner Autorität nicht bedurft. Der Mann besaß eine Aura der Macht und Stärke, der Gewalt, Gewichtigkeit und vollkommener Selbstsicherheit, die jeden in seiner Nähe zu einem Schatten werden ließ.

Auf einmal fühlte sich der Seher in eine Flut des Hasses getaucht, in Zorn und nackte Angst. Dies waren nicht seine eigenen Empfindungen, sondern die Gefühle seines Wirts gegen diesen Mann. Aethon war nicht überrascht. Aber es regte sich etwas in seiner Erinnerung, tauchte aus der Tiefe langsam ans Licht des Bewusstseins. Zunächst, nach einem Moment des Erschreckens, wollte er glauben, dass eine fremde Erinnerung in seine eigene eindrang, denn schließlich kannte er niemanden in diesem schroffen, feindseligen Land.

Doch aus der Ahnung wurde Überzeugung.

In der Rückschau sah er den Mann vortreten, und er ragte drohend über ihm auf wie der finstere, unheilbrütende Gebirgskamm. Er hob die Hand zum Schlag – und in diesem letzten Moment, bevor Aethon das Bewusstsein verlor, erkannte der Drache ihn: *Amaurn! Du!*

In der Dunkelheit hallten die Schreie von Mensch und Drache wieder.

Nun, da Elion und sein Gefährte es sich für die Nacht bequem gemacht hatten, sah Thirishri keinen Grund, noch weiter um die Schutzhütte herumzustreifen. Die beiden hatten eine schmale Ration vom Proviant gegessen und schliefen. Windgeister indes brauchten keinen Schlaf. Sie sagte sich, dass sie etwas Nützliches unternehmen sollte, etwas, mit dem sie Tormon half. Thirishri hatte zugehört, als der Händler Elion berichtete, was ihm geschehen war, und war wie schon so oft entsetzt über die Bereitwilligkeit, mit der Menschen zu Verrat und Gewalt griffen. Sie beschloss, sich nach Tiarond zu begeben und etwas über das Schicksal seiner Familie in Erfahrung zu bringen. Es sollte nicht weiter schlimm sein, wenn ich mich für eine oder zwei Stunden entferne, dachte sie. Viel kann hier oben in der Zeit nicht passieren.

Elion? Sie gab dem Wissenshüter einen festen mentalen Stoß, bevor sie tiefer in diese unheimliche, teilnahmslose Vergessenheit eindrang, welche die Menschen so sehr zu brauchen schienen – obwohl sie nicht einzusehen vermochte, worin der Nutzen dieser Zeitverschwendung bestehen sollte.

»Was ist?« Elion erwachte nur mühsam. »Ist etwas passiert?«

Nein – nichts, wovon ich wüsste. Und da wir schon lange nichts von Veldan oder Kazairl gehört haben, nehme ich an, dass es ihnen gut geht. Sie dürften wahrscheinlich längst schlafen, und ich will sie nicht wecken.

»Nein, würde ich auch nicht tun. Dieser verdammte Feuerdrache zieht das Unglück an wie ein Kadaver die Fliegen.«

Elion! Du hast keinen Grund, so unfreundlich zu sein! tadelte Thirishri. *Was du dem armen Drachen anhängen willst, trifft nach meiner Erfahrung viel mehr auf euch Menschen zu! Hier oben ist inzwischen alles still*, fuhr sie fort, *sodass ich schnell nach Tiarond husche und einen Blick in diesen Heiligen Bezirk werfe. Vielleicht kann ich herausfinden, wo Tormons Frau und sein Kind geblieben sind. Du kannst mich jederzeit rufen, wenn du mich brauchst.*

Sie spürte schon, wie Elion seine Gedanken zu einem Einwand sammelte, aber sie wollte die Erwiderung nicht abwarten, sondern fuhr aus der Hütte und in die stürmische Nacht davon. Sie nahm den kürzesten Weg über den Kamm und sauste auf die Stadt zu.

In den Straßen war es ruhig, als Presvel, in einen dicken pelzbesetzten Mantel gehüllt, noch einmal das Haus verließ. Es herrschte dichtes Schneetreiben. Ein Unbekannter in stürmischer Nacht, nahm er den Weg von Seriemas Anwesen im Viertel der Mächtigen und Reichen zu den zusammengepferchten Häusern, zu den engen verschlungenen Gassen der Unterstadt. Wie unterschiedlich kann doch der Wert sein, den die Menschen derselben Sache beimessen! dachte er. Im Heiligen Bezirk zählt man ganz Tiarond, ausgenommen sich selbst, zur Unterstadt und achtet alle Viertel gleichermaßen gering. In den geräumigen Wohnungen rund um die Esplanade nennen wir unsererseits die übrigen Viertel die Unterstadt und betrachten die rechtschaffenen Arbeiter, die in den überfüllten Häusern wohnen müssen, mit Geringschätzung. Ich bin hier aufgewachsen und sollte es besser wissen – und dennoch, es ist seltsam, dass wir alle jemanden brauchen, auf den wir verächtlich herabsehen können. Die Arbeiter wiederum bezeichnen die Elendsviertel am Flussufer und die Gegend um die Schlachthäuser als Unterstadt und halten sich selbst fern von den Mittellosen, die in ihren verfallenen Hütten ein erbärmliches Leben fristen.

Presvel belächelte sich selbst. Das war eben der Nachteil, wenn man einen analytischen Verstand besaß. Man konnte ihn nicht einfach ausschalten, wenn er unbequem wurde. Presvel war auf dem Weg zu seiner Geliebten. Er hätte voller Ungeduld, die Sinne von Leidenschaft beflügelt, dahineilen sollen, wenn es nach den Schundromanen ging, die Seriema heimlich las, nicht ahnend, dass er davon wusste – in der verschlossenen Nachttischschublade bewahrte seine Herrin dieses Machwerke auf und verschlang sie nachts zusammen mit beiseite geschafftem Kuchen.

Das Dumme daran ist nur, dachte er wehmütig, dass die Ausdrucksweise vielleicht überladen und töricht ist, die beschriebenen Gefühle aber von der Wahrheit nicht so weit entfernt sind. Dieses Mädchen löste in ihm tatsächlich eine euphorische Verrücktheit aus, wie er sie nie gekannt hatte. Er würde alles für sie wagen, ihr alles geben und alles riskieren – obwohl sie nur eine gewöhnliche kleine Hure aus dem niedrigsten Viertel der Unterstadt war und Presvel für ihre Zeit bezahlte.

Aber das ist nicht wahr, ich weiß es genau, dachte er. Sie ist keine gemeine Hure! Aber er musste doch zugeben, wenn er zu sich selbst ehrlich war, dass er das kaum wirklich beurteilen konnte. Dies würde erst ihr drittes Treffen sein. Und trotzdem!, dachte er. Soll es ruhig wie eine Zeile aus Seriemas unsäglichen Romanen klingen! Ich habe das Gefühl, als würde ich sie schon mein ganzes Leben lang kennen. Ich weiß es sicher, dass sie hart arbeitet. Er hatte ihre Hände gesehen. Sie selbst erschien ihm sehr jung für ihren Beruf, doch ihre Hände sahen aus wie bei einer alten Frau. Die Nägel waren abgebrochen und eingerissen, die Finger voller Blasen und Schwielen, der Handrücken narbig, die Knöchel gerötet und verschorft: die Spuren von Waschbrett und abgewetzten Bürsten. Presvel kannte sie. Seine Mutter, die an Überarbeitung gestorben war, bevor sie überhaupt alt werden konnte, hatte solche Hände gehabt. Als er das Mädchen darauf angesprochen hatte, war sie ihn angegangen wie eine in die Enge getriebene Ratte.

»Glaubst du denn, das hier ist alles, was ich tue?« hatte sie ihn angefaucht und sogleich erschrocken den Mund gehalten, um den Kunden nicht zu verlieren. Danach hatte es einiger Überredung bedurft, bis sie ihm von ihrem Arbeitstag erzählte. Die vielen Stunden und das schiere Ausmaß ihrer Arbeit hatten ihn entsetzt. Sie sah so jung, klein und zerbrechlich aus! Zart wie eine Schlüsselblume war sie ihm erschienen – dabei war sie zäher und erfahrener als er, der er an Jahren das Doppelte zählte.

Presvel wusste, dass er eine Torheit beging. Schließlich waren Besuche bei den Huren der Unterstadt für ihn nichts Neues mehr. Schon seit Jahren kam er an den wenigen freien Abenden hierher, da er durch Seriemas Eifersucht vom normalen Umgang mit Frauen abgeschnitten war. Er kannte seine Herrin genau. Er hatte sich im Laufe der Zeit unentbehrlich gemacht, indem er jede ihrer Stimmungen beobachtete und ihre Wünsche voraussah – und er wusste vollkommen sicher, dass ihr dringendstes Bedürfnis darin bestand, die einzige Frau in seinem Leben zu sein. Gleichwohl war die körperliche Liebe zwischen ihnen ausgeschlossen. Sie erwartete von ihm, dass er sich ihr vollkommen widmete, als ob er ihr Lebensgefährte oder Geliebter wäre. Niemals hätte sie es hingenommen, seine Aufmerksamkeit mit einer anderen Frau teilen zu müssen. Tatsächlich befürchtete er, dass ihre Reaktion so heftig ausfiele, dass er oder seine Geliebte die Auseinandersetzung nicht überleben würde.

Bisher war Presvel der Ansicht gewesen, dass sein Gewinn den Preis wert wäre, den er entrichten musste. Abgesehen von ihrer unglücklichen Neigung, von ihm Besitz zu ergreifen, war Seriema keine anspruchsvolle Herrin für jemanden, der so umsichtig und tüchtig war wie er. Zugegeben, seine Kleidung war sehr schlicht, dafür aber von allerbester Güte und vom ersten Schneider der Stadt gefertigt. Er genoss also Luxus und hohes Ansehen und lebte im feinsten Haus von Tiarond. Außer der Sache mit den Frauen konnte er von ihr haben, was er wollte, und ihr dabei einreden, es sei allein ihre Idee gewesen.

Bisher war er immer der Ansicht gewesen, dass sein Gewinn den Preis wert wäre.

Bislang hatte er sein Geheimnis dadurch gehütet, dass er sich strenge Beschränkungen auferlegte und jede Frau, die er beschlief, nur einmal traf, und jedes Mal ein anderes Stadtviertel aufsuchte. Dieses Mädchen jedoch hatte ihn verzaubert. Er hatte sie erst zweimal getroffen und konnte kaum erwarten, sie wiederzusehen.

Presvel bog um die Ecke und sah die erleuchteten Fenster des Wirtshauses. Die Laterne über der Tür beschien das Schild, das einen Jäger mit Pfeil und Bogen zeigte. Sie stand nicht, wie verabredet, draußen, und ihm sank das Herz. Hatte sie ein besseres Angebot erhalten? Einen Kunden, der ihr mehr bezahlen konnte? Zum ersten Mal in seinem Leben erfuhr er, was es hieß, sich in eifersüchtiger Wut zu verzehren, und er verfluchte den schändlichen Wankelmut der Hure. Doch dann, als er gerade fortgehen wollte, trat sie aus der dunklen Gasse seitlich des Hauses. Sie war blass und zitterte. Ihr feines lockiges Haar glänzte hellgolden im Lampenschein, und der Schnee darauf glitzerte wie Diamanten. Sein Herz tat einen Sprung, und er richtete seinen Zorn gegen sich selbst, weil er die Arme in der Kälte hatte stehen lassen.

Presvel rief sie beim Namen und lief auf sie zu. Zum ersten Mal überhaupt wusste er, mit wem er schlief. Ihr Name war Rochalla – und mehr als alles andere in der Welt wollte Presvel sie aus diesem Leben befreien und ihr all die Sicherheit und Bequemlichkeit geben, die sie nie gekannt hatte.

Rochalla freute sich, ihren Kunden zu erblickenn. Das überraschte sie, und sie wusste nicht, was sie davon halten sollte. Die Männer waren ihr Lebensunterhalt, mehr nicht. Sie durfte es nicht wagen, eine Zuneigung zu hegen und sich von jemandem abhängig zu machen. Sie war es gewohnt, für sich selbst zu sorgen, und sie hatte auch für ihre Familie gesorgt, bis die schwarze Zeit angebrochen war und der monatelange Regen, der die Krankheiten mit sich gebracht hatte. Ihr Vater war Bergarbeiter gewesen und vor zwei Jahren bei einem Steinschlag ums Leben gekommen. Ihre Mutter war ihm aus Trauer ins Grab gefolgt und hatte Rochalla, erst dreizehnjährig, mit fünf Geschwistern zurückgelassen, von denen eines noch ein Wickelkind war.

Da es niemanden gab, der für sie hätte sorgen können, plagte sich Rochalla seitdem ab, um ihre Geschwister zu ernähren. Jeden Tag vor Sonnenaufgang ging sie in die Tempelwäscherei in den Heiligen Bezirk und wusch die Bettwäsche und Gewänder der Priesterschaft. Anschließend durchquerte sie erschöpft die Stadt, um mit roten, vom Seifenwasser aufgeweichten Händen im Gasthaus ›*Zum Schwarzen Greifen*‹ zu arbeiten, das sich in der Nähe des Stadttors befand. Dort hatte sie eine Anstellung als Küchenmagd. Die Arbeit war hart, aber lebensnotwendig. Arusa, die oberste Köchin, besaß alle Eigenschaften eines Hornissennests, aber trotz ihres hitzigen Temperaments war sie in gewisser Weise großherzig und sorgte dafür, dass ihre Magd genügend Speisereste mit nach Hause nehmen konnte, um die hungrigen Geschwister zu füttern.

Nach der Schicht im *Schwarzen Greifen* machte Rochalla sich auf den Heimweg in das Gassengewirr des ältesten Teils der Stadt. Sie aß mit den Kindern zu Abend und brachte sie ins Bett. Dann zog sie ein zerschlissenes Seidenkleid an, das vor langer Zeit von einem nachlässigen Kunden im Gasthof liegen geblieben war, und ging in den dunklen Straßen heimlich jenem anderen Gewerbe nach. Auch nach all der Zeit bereitete ihr die Vorstellung, sich selbst zu verkaufen, Abscheu und Entsetzen, aber sie hatte der Mutter versprochen, sich um die Kleinen zu kümmern … Irgendwie ertrug sie es und tat ihr Möglichstes, um sich von dem Geschehen auszuschließen, während so ein Grobian sich ihres Körpers bediente.

Und am Ende war alles umsonst gewesen. Das Aufstehen vor Morgengrauen, die endlose zermürbende Arbeit in der Wäscherei, die Schläge und Schelte in der Küche, die kalten Nächte an zugigen Straßenecken, der Gestank nach Schweiß und Bier, die grabschenden Hände und sabbernden Münder betrunkener Kunden. Alles vergebens. Innerhalb weniger Tage hatte das Schwarze Lungenfieber die Kinder hinweggerafft.

In der vergangenen Nacht war sie gezwungen gewesen, das letzte ihrer Geschwister allein zu lassen, denn ohne die paar Kupferstücke, die sie verdiente, hätte sie dem Kind die Medizin nicht kaufen können. Am Nachmittag nach der Arbeit in der Wäscherei hatte sie die Kräuterfrau aufgesucht und mit dem mageren nächtlichen Verdienst einen neuen unbekannten Trank gekauft. Aus Sorge um das Kind war sie damit noch vor der Arbeit in der Gasthausküche nach Hause geeilt – und fand ihre alte

Nachbarin, die tagsüber nach den Kindern gesehen hatte, mit tränenüberströmtem Gesicht vor der Tür. Auch Derla war gestorben.

Alles vergebens. Sie hatte die Kleinen geliebt, hatte sich um ihretwillen die Finger wund gearbeitet, sich auf der Straße verkauft, Schmerzen, Verachtung und Demütigung ertragen. Nur für sie hatte sie ihren Stolz begraben, ihre Jugend eingetauscht, jede Hoffnung auf ein ehrbares Leben zunichte gemacht. Nun war ihre Familie tot, und nur sie selbst war noch übrig.

Am Abend war sie vom Elend betäubt von zuhause weggegangen und wollte sich einfach dem Gewohnten überlassen, um sich aufrecht zu halten. Die alte Briede war darüber entsetzt gewesen, dass sie ausging, während die kleine Schwester noch nicht unter der Erde lag. Aber Rochalla hatte ihre Gründe. Im Westen der Stadt hatte sie die Scheiterhaufen mit den Toten gesehen, die unter offenem Himmel vor sich hin schwelten. Auf dem Friedhof war kein Platz mehr, und der Gestank nach verkohltem Fleisch war den Bewohnern von Tiarond längst nicht mehr fremd. Dort durfte Derla nicht enden – nicht, wenn ihre Schwester es verhindern konnte! Sie war noch so klein gewesen. Vielleicht würde sie den Totengräber überreden können, ein ganz kleines Plätzchen für sie zu finden, wenn man ihm einen guten Lohn gab. Um das Bestechungsgeld zusammenzubringen, war sie heute Nacht ausgegangen! Ein letztes Mal wollte sie sich mit ihrem einzigen großzügigen Gönner treffen, und dann nie wieder, das hatte sie sich geschworen.

Doch nun löste sein Anblick ein Gefühl des Trostes und der Sicherheit in ihr aus. Verhängnisvoll für jemanden ihres Gewerbes! Verwirrt über diese Entdeckung hielt sie sich im Dunkeln der Gasse verborgen. Sei nicht dumm, sagte sie sich. Nur diese Nacht noch, dann ist es für immer vorbei. Sie spürte einen Stich des Bedauerns und erschrak. Im Gegensatz zu allen anderen – gemeinen, stinkenden, betrunkenen Kunden – war dieser Mann immer sanft und freundlich zu ihr gewesen, hatte sie mit Höflichkeit und Respekt behandelt, wie einen Menschen eben, und nicht als namenlosen Körper, dessen Benutzung ihm freistand.

Rochalla riss sich zusammen. Er bedeutet mir nichts, sagte sie sich. Keiner von denen kann mir etwas sein, und so soll es bleiben. Sie sind mein Lebensunterhalt, das ist alles, nur eine andere Art des Überlebens in schwerer Zeit. Und wenn ich heute noch etwas verdienen will, sollte ich mich beeilen, anstatt hier im Dunkeln herumzutrödeln wie ein törichtes Dummchen. Wenn ich noch länger zögere, wird er das Warten Leid und geht. Sie setzte ihr professionelles Lächeln auf und wähnte die beunruhigenden Gefühle unter Kontrolle, dann trat sie aus der Gasse ins Licht – und warf sich einen Augenblick später schluchzend an die Brust ihres Gönners.

Kapitel 19

Durch Fenster und Schornsteine

Tiarond hatte sich verändert. Thirishri, die im Lauf ihres langen Lebens mehrere Male in der Stadt gewesen war, bemerkte die Veränderung, kaum dass sie den Grat überquert hatte. Früher herrschte dort, besonders am Abend, ein reges Treiben. Doch die Straßen lagen so still und verlassen da, dass der Schnee und die späte Stunde nicht alleinige Ursache sein konnten. Der warme Goldton der Sandsteinhäuser war in dem alles durchtränkenden Regen zu Ockergrau verblasst. Die Stadt wirkte trostlos. Überall nur Zeichen von Verrottung und Verfall.

Beunruhigung beschlich den Luftgeist. Das Wetter war schon lange sehr schlecht, und das raue Klima der Hochgebirgslandschaft hatte seine Wirkung verstärkt. Wie immer, wenn sich eine düstere Stimmung bei ihr einzuschleichen drohte, kehrte sie in Gedanken nach Gendival zurück, und zu Cergorn, den sie sehr vermisste. Hoffentlich kam er ohne sie zurecht und behielt die Angelegenheiten im Griff.

Der Heilige Bezirk, höchster Punkt und Herz der Stadt, war hoch oben an den Berg gebaut, und von dort breitete sich das Netz steiler Gassen und Straßen aus. Thirishri betrachtete von Weitem und von Nahem die Wärmespuren, die die Bewohner hinterlassen hatten, dann fegte sie durch die Straßen. Soweit sie sehen konnte, rührte sich nichts. Tiaronds Bevölkerung ist wohl schon zu sehr geschwächt und entmutigt, um nach Einbruch der Dunkelheit noch tätig zu werden, dachte sie. Sie beschloss, sich zum Tempelbezirk zu begeben, um zu sehen, was dort vor sich ging. Vielleicht entdeckte sie eine Spur von Tormons Familie. Sie schickte eine schnelle Nachricht an Elion, um ihn ihre Absichten wissen zu lassen, dann folgte sie dem heißen Luftwirbel mehrerer Schornsteine und erhob sich geschmeidig über die Dächer.

Während sie Tiarond überflog, das in Terrassen zum Berg hin anstieg, wurde das Stadtbild zur Gänze sichtbar. Es hatte die Form einer Speerspitze, die man dem Berg zwischen seinen beiden Ausläufern, welche im Tal weit auseinander strebten, in die Flanke getrieben hatte. Die tiefer gelegenen Viertel mit den schmutzigen, schäbigen Straßen schoben sich weit in die Ebene vor, wo eine hohe Mauer die Stadt begrenzte. Nahe an den Übergängen der beiden Flüsse befand sich jeweils ein Tor, von denen eines nach Süden und das andere nach Westen führte. Der westliche Fluss konnte sich einer schönen Bogenbrücke rühmen, der andere, welcher im Osten aus den Bergen kam, wurde von einer breiten Seilfähre überquert.

In einem der unteren Stadtviertel hatte man auf die ohnehin schon sehr eng stehenden, alten Steinhäuser zusätzliche hölzerne Obergeschosse gesetzt sowie geschlossene und offene Balkone angebaut, wo immer dies möglich gewesen war und ein wenig mehr Wohnraum einbrachte. Sie überragten die Straßen teilweise in bizarren Winkeln und gaben dem Viertel das Aussehen eines Labyrinths.

Sie müssen dort furchtbar zusammengepfercht leben, dachte Thirishri, während sie den von dort aufsteigenden Gestank bemerkte, den sie mehr als Geschmack wahrnahm. Jede Art ist anders, ich weiß – aber ich werde nie verstehen, wie die Menschen so leben können. Kein Wunder, dass die Stadt, wie Tormon sagt, voller Krankheiten steckt. Offenbar war jemand mit ihr einer Meinung, denn sie entdeckte mehrere klaffende Lücken in den übervölkerten Stadtteilen, wo man alte Häuser abgerissen hatte. Und hier und da waren schon geräumige neue an ihre Stelle getreten.

Andererseits fragte sie sich, wo die einstigen Bewohner hingegangen sein mochten. Diese Stadt würde kaum bereit sein, viele Obdachlose für längere Zeit innerhalb der Mauern zu dulden. Also würden sie in die Ebene ziehen müssen und sich in armseligen Hütten ansiedeln, und viele würden in den ungenügenden Verhältnissen sterben. So verringerte sich die Übervölkerung … *Oh, diese Narren!*, empörte sie sich. *Werden sie denn niemals lernen, welche Folgen eine hemmungslose Fortpflanzung hat?* Der zynische Gedanke durchzuckte sie, dass vielleicht die klimatische Schwankung als eine natürliche Regulierung der Bevölkerungszahl zu sehen wäre und nicht ganz unwillkommen sein sollte.

Schließlich lenkten die höher gelegenen Stadtteile Thirishri von solcherlei Überlegungen ab. Dort standen hohe schöne Häuser in herrlichen Parks und an großzügig gebauten Prachtstraßen. In jeder Hinsicht lagen sie weit entfernt von aller Armseligkeit. Hier lebte es sich in Reinlichkeit und Luxus.

Diese verrückten Menschen! Ich werde sie niemals begreifen!, dachte Thirishri. Wie kommt es, dass sie diese Ungleichheit in ihrem Zusammenleben so nötig haben? Es wundert mich nicht, dass sie so kriegerisch sind.

Schließlich erhoben sich vor ihr die hellgelben Felswände, die den Heiligen Bezirk umgaben. Sie schaute in den finsteren Rachen des Tunnels, der durch den Felsen führte, und nannte ihn verächtlich ein Rattenloch. Dann ließ sie sich vom Wind aufwärts tragen. Vom Gipfel des Berges bot sich ihr eine Aussicht, die nur wenigen Menschen zu sehen vergönnt war. Ganz Tiarond, ihr heiliger und ihr profaner Teil, lag vor ihr ausgebreitet.

Die Felswand wich mehr als hundert Schritt zurück und fiel zur Klamm hin sanft ab. In den Stein der

Festungsmauer hatten Wind und Regen tiefe Spalten eingegraben, die wie eine geheimnisvolle Inschrift anmuteten. Thirishri sah die Schlucht der Heiligen Stadt vor sich, wie sie einst, für Äonen, gewesen war: ein unermesslich tiefer See, wie ein blaues Juwel im Felsgestein.

Vor ihrem geistigen Auge schimmerte das Wasser und spülte über den Klippenrand und die breiten Felsvorsprünge auf der gegenüberliegenden Seite der Schlucht, hoch über Myrials Basilika, die einstmals Ufer und Buchten gewesen waren. Sie stellte sich den dunklen Grund des Sees vor, hundert Faden tief und mit Wasserpflanzen bewachsen. Wo jetzt die furchterregende Zitadelle samt Skriptorium, dem Haus der Heilung und den anderen, eher profanen Gebäuden der Heiligen Stadt stand, musste seinerzeit eine Insel gewesen sein. Thirishri empfand jedes Mal eine kalte Abscheu, wenn sie in den Schlund des Eingangstunnels blickte, der die Erweiterung eines natürlichen Durchlasses im Gestein war, und versuchte sich vorzustellen, wie eines Tages die Erde gezittert, sich die Verwerfung geöffnet und die freigelassenen Wassermassen sich aus dem Berg ergossen hatten.

In einer plötzlichen Vorausahnung dachte sie, dass sich in der Schlucht anstelle des einstigen Sees nun etwas anderes angestaut hatte – ein Gemisch heftiger Emotionen. Im Heiligen Bezirk brodelten und schäumten überkommene Rivalitäten und alter Hass, angereichert mit Groll, Verbitterung, Neid, Ehrgeiz und Machtgier. Mit erschreckender Klarheit erkannte sie, dass das Auftauchen des Drachenvolksehers ein ebenso umwälzendes Ereignis darstellte wie seinerzeit das Erdbeben und dass infolge dessen bald – sehr bald – die angestaute Gewalt über die Stadt hereinbrechen würde, wie einst die Wassermassen des Sees ins Tal niedergegangen waren.

Thirishri ließ sich in den inneren Bezirk hinab und hoffte, irgendetwas für Tormon tun zu können. Da sie ihn gerettet hatte, fühlte sie sich für ihn verantwortlich. Diese Menschen waren so verletzlich, sowohl körperlich als auch geistig. Sie schaute auf die entmutigende Fassade der Zitadelle und wusste, dass der Händler niemals in diese grimmige Festung würde eindringen können, um seine Familie ausfindig zu machen. Ich könnte allerdings selbst hineinwehen und herausfinden, was Tormon wissen möchte. Sollten das Kind und die Frau wie durch ein Wunder noch leben, können wir uns über eine Befreiung Gedanken machen.

Entschlossen durchflog Thirishri das Tor zur Zitadelle, überquerte den Hof und drang in die Festung selbst ein. Drinnen war es nicht leicht für sie, sich voranzubewegen. Die Luft war unbewegt und muffig, als sei sie seit Jahrhunderten in diesem bedrückenden Steinhaufen eingeschlossen. Das Echo vergangener Qualen schien von den bloßen Wänden widerzuhallen und das Blut unzähliger Opfer im Stein zu versickern. Auch das ist eine dunkle Seite der Menschen, dachte Thirishri, die die Schreckensmale aus alter und jüngster Zeit beklommen machten. Wie können sie solch ein Leben nur aushalten? Sie musste hart gegen die Versuchung ankämpfen, die schwere modrige Luft zu einem Orkan aufzuwirbeln, vor sich her durch die verzweigten Gänge zu jagen und frische Luft hinter sich hereinzulassen, bis dieser abscheuliche Bau ausgelüftet wäre.

Gnädigerweise fand sie sehr schnell die Wärmespur der vermissten Frau. Sie hatte alle Informationen, die sie zur Identifizierung benötigte, aus Tormons Gedächtnis gesammelt. Kanellas geisterhafte Spur hing noch in der Luft und endete abrupt in einer Kammer. Dort hatte die Frau den Tod gefunden. Thirishri war niedergeschlagen. Obgleich dies kein unerwartetes Ergebnis war, so würde es ihr keineswegs leicht fallen, Tormons schlimmste Befürchtung zu bestätigen. Aber was ist mit der Tochter geschehen? Aha, das ist interessant … Die Kleine ist doch tatsächlich aus dem Raum entkommen. Von neuer Hoffnung beflügelt, folgte Thirishri eilig der Fährte des Kindes.

Sie unternahm eine lange fruchtlose Suche durch Amtsstuben, Schulzimmer und zahllose Soldatenquartiere mit Kojen und Spinden, flog durch eine große Turnhalle mit Seilen, Sprossenwänden und einem Boxring mit Sandboden, fand zwei Speisesäle, wovon nur einer angenehm und sauber war, und eine Art Spielzimmer, wo die Soldaten über ihrem Bier saßen und sich mit Karten, Würfeln, Spielmarken und Spielbrettern vergnügten, wie es den Menschen eben eigen ist. Nirgends fand sie ein Anzeichen des Kindes.

Woran liegt es, dass ich ihre Spur verloren habe?, fragte sich Thirishri. Was um alles in der Welt ist dem armen Ding zugestoßen? Verwundert und bestürzt verließ sie den furchtbaren Ort und suchte den Hof ab. In einer Ecke stand der bunt bemalte Wagen, den sie aus Tormons Erinnerung wieder erkannte – und daneben war die Spur wieder zu sehen. Thirishris Stimmung hob sich. Offensichtlich war jemand hierher gekommen und hatte das Kind in seinem Versteck aufgespürt, aber es gab keine heftigen Luftverwirbelungen, wie sie eine Tötung begleitet hätten. Stattdessen führten zwei Spuren von dem Wagen fort. Das sieht erfreulicher aus!, dachte sie und untersuchte die Sache näher. Tatsächlich, ein Erwachsener war zu dem Wagen gekommen und wieder gegangen – mit dem Kind. Äußerst achtsam verfolgte sie die Spur durch ein Gewirr anderer Spuren. Sie führte über den Hof, durch das Tor und quer durch den Heiligen Bezirk.

So gelangte sie an ein Haus im Handwerkerviertel, das von den anderen Häusern nicht zu unterscheiden war. Sie umkreiste es, um einen Weg hinein zu finden, aber die Fenster und Türen waren wegen des Sturms alle geschlossen. Der Schornstein bot den einfachsten Zugang, und sie kämpfte sich gegen die starke Zugluft den Kamin hinunter. Er führte sie in einen behaglichen Raum, der durch eine Lampe und ein Feuer erhellt wurde. Ein bunter Teppich lag vor dem Kamin. In dem Stuhl am Feuer saß ein Mann und schnitzte an einer Spielzeugkuh.

Eine Frau stand am Fenster und schaute zwischen den Vorhängen hindurch nach draußen.

Thirishris Ankunft wehte Rauch und Ruß ins Zimmer. Der Mann stand leise schimpfend von seinem Platz auf und fegte den öligen schwarzen Staub wieder zurück in den Kamin. »Muss ein ungewöhnlicher Fallwind von den Klippen kommen«, meinte er. »Aber so ist das eben, wenn man hier wohnt.« Da er keine Antwort erhielt, ging er zu der Frau und legte einen Arm um sie. »Mach dir keine Sorgen, Liebes. Sicherlich sind sie irgendwo untergekommen. Man muss schon mehr als ein bisschen Schnee aufbringen, um Zavahl und Blank zu bezwingen.«

»Aber was ist, wenn sie eingeschneit sind? Was passiert morgen Abend, wenn es keine Opferung geben kann?«, antwortete ihm die Frau und drehte sich halb zu ihm um. Thirishri erkannte überrascht die Suffraganin. Es waren einige Jahre vergangen, seit sie sie zuletzt gesehen hatte, aber Gilarra hatte sich kaum verändert, abgesehen vielleicht von vereinzelten grauen Haaren und ein paar Lach- und Sorgenfalten.

»Morgen früh kannst du dir darüber Gedanken machen, sofern sie nicht zurückgekehrt sind. Aber das werden sie, verlass dich darauf!« Gilarras Lebensgefährte, wie Thirishri vermutete, sprach beruhigend auf sie ein. »Es hat keinen Sinn, dass du dich dermaßen aufregst, Liebes. Das nützt dir gar nichts. Komm her, setz dich ans Feuer. Ich bringe dir etwas Heißes zu trinken.«

»Also gut, Bevron. Ich werde mir Mühe geben.« Gilarra ließ sich zu dem Lehnstuhl führen und versank dankbar in den Kissen. »Autsch!«, rief sie und sprang auf. »Um Himmels willen …« Sie tastete den Sitz ab und brach in Lachen aus, in der Hand die halb fertige Kuh. »Deine, glaube ich.«

»Entschuldige«, sagte Bevron verlegen.

Nach eingehender Untersuchung der Kissen ließ Gilarra sich wieder nieder. »Immer setzt man sich auf die Hörner«, sagte sie kläglich. »Hoffentlich gefällt sie unserem Sohn.« Sie blickte ihren Mann an und fuhr fort: »Wenn du mit der Kuh fertig bist, könntest du vielleicht ein paar Tiere für die kleine Annas schnitzen. Die Arme braucht jetzt jeden Trost, den wir ihr schenken können.«

Bevron zuckte die Achseln. »Natürlich werde ich das tun – aber was ist mit Seriema? Sicher wird die reichste Frau in Callisiora in der Lage sein, Annas viel besseres Spielzeug zu kaufen als ich es machen kann, oder?«

Gilarra seufzte. »Das weiß ich nicht. Ich hoffe nur, dass ich das Richtige getan habe, als ich sie dort ließ. Mir schien es der sicherste Platz zu sein – Seriema besitzt den Reichtum und die Macht, um ein Kind zu schützen –, aber andererseits ist sie kalt wie ein Fisch. Ich fürchte, die kleine Annas könnte bei ihr sehr unglücklich werden ...«

Mehr brauchte Thirishri nicht zu hören. Schon fegte sie den Kamin hinauf und aus dem Schornstein heraus, dass Rauch und Funken stoben, und hielt auf das reiche Viertel zu, auf der Suche nach dem vornehmsten Haus der Stadt.

Die Villa der Dame Seriema befand sich am Rand des großen Platzes, auf den der Tunnel hinausging. Thirishri konnte sich die Frau kaum vorstellen – sie hatte sie nur als schmollendes Kind gekannt, das ewig im Schatten des Vaters stand. Wie dem auch sei, wen kümmerte die Frau, solange nur das Kind bei ihr war! Thirishri drehte eine Runde um das Obergeschoss und spähte so gut sie konnte zwischen den Fensterläden hindurch. Im Zimmer eines so kleinen Kindes würde wahrscheinlich die Nacht über ein Licht brennen ...

Im vierten Fenster schließlich fand sie, was sie gesucht hatte: Ein kleiner zerzauster dunkler Schopf lugte aus einem Kissenberg hervor. Der Fensterladen, dessen Haken ein wenig lose war, klapperte in dem Luftzug, den Thirishri beim Eindringen verursachte, und das Kind bewegte sich im Schlaf. Gut, es atmete ruhig und gleichmäßig, es schien keinen äußeren Schaden erlitten zu haben, soweit Thirishri sehen konnte. Sie konnte es kaum erwarten, Tormon diese Neuigkeit zu bringen. Wie sehr er sich freuen würde! Im nächsten Augenblick befand sie sich am stürmischen Himmel und beschloss, den Rückweg über den Gebirgspfad zu nehmen. Zwar wäre in einer solchen Nacht niemand unterwegs, aber wenn sie schon einmal draußen war, konnte sie ebenso gut einmal nachsehen. Unterdessen entschied sie sich, mit der guten Nachricht zu warten, bis sie selbst am Unterschlupf anlangte. Es tat ihr Leid, dass sie es Tormon nicht selbst mitteilen durfte, aber zumindest würde sie sein Gesicht sehen, wenn Elion es ihm sagte.

»Myrial in der Klemme! Was war *das?*«, murmelte Toulac. »Hört sich an, als würden sie ihn umbringen.«

Veldan hatte die Untätigkeit über. Die fatale Neugier eines Wissenshüters gewann die Oberhand. »Ich weiß es nicht«, antwortete sie, »aber es wird Zeit, dass ich es herausfinde.« Der rasende Verrückte im Nebenzimmer war dabei gewesen, als sie den Drachen ausgegraben hatten. Da *musste* es eine Verbindung geben, und die galt es in Erfahrung zu bringen, auf die eine oder andere Weise. Aethon war tot – ganz sicher –, aber sie wollte wenigstens mit dem Mann sprechen, der ihn als Letzter lebend gesehen hatte. Sie duckte sich unter Toulacs Hand hinweg, die sie zurückhalten wollte, und schlüpfte aus dem Bett. »Öffne die Tür einen Spalt und halte eine Auge auf den Gang. Warne mich, wenn jemand naht.« Schon saß sie halb auf dem Fensterbrett.

»Komm zurück, du Idiotin! Du bringst dich umsonst in Gefahr! Die Angelegenheiten dieser aufgeblasenen Herren gehen uns nichts an! Wen kümmert es, ob Blank Zavahl umbringt?«

»Mich. Etwas Eigenartiges geht hier vor, und ich werde der Sache auf den Grund gehen.«

Veldan ließ sich über den Fenstersims hinab und unterdrückte einen Schrei, als sie in der Schneewehe einsank. Schön, selbstverständlich ist es verflucht kalt! Was hast du denn anderes erwartet?, schalt sie sich. Sie hielt sich dicht an der Hauswand, wo unglücklicherweise der Schnee am tiefsten war, aber dafür würden ihre Spuren dort am wenigsten auffallen. Sie schlich voran, biss die Zähne zusammen, damit sie nicht vor Kälte klapperten, und duckte sich unter das Nachbarfenster. Dass der Riegel zerbrochen war, wusste sie bereits, denn in den vergangenen Stunden hatte sie nichts weiter zu tun gehabt, als im Bett zu liegen und dem Schlagen des Fensterladens zuzuhören. Sie schob ihn beiseite und hievte sich mühsam über den Sims. Vorsichtig tastete sie mit einem Fuß in die Dunkelheit und entdeckte, dass auch hier eine Truhe unter dem Fenster stand. Leichtfüßig und leise sprang sie in das Zimmer.

Zu sehen war nur ein dünner Lichtschein, der unter der Tür hindurch in den Raum drang, und die schwachen Umrisse eines Menschen, der zusammengekauert auf dem Bett lag. Er zeigte mit keiner Regung, dass er ihre Gegenwart bemerkt hätte, und sie schloss daraus, dass er ihr den Rücken zukehrte und durch das Pfeifen des Windes kein Geräusch gehört hatte. Veldan schlich auf ihn zu, dann presste sie ihm eine Hand auf den Mund. »Keinen Mucks!«, zischte sie ihm ins Ohr.

Freudige Erleichterung, ungläubiges Erstaunen – eine Flut der Gefühle überrollte Aethon, als er Veldans Stimme vernahm. Seine Lebensgeister, die schon ganz am Boden gewesen waren, wurden plötzlich munter. Durch ihr wunderbares Überleben brachte sie neue Hoffnung mit. Er wollte sich umdrehen, sie ansehen, doch dann merkte er, dass sein Gastkörper sich gegen Veldans Hand wehrte, dass er trat und schlug, soweit seine Fesseln es zuließen.

»Hör auf damit, du Dummkopf!«, sagte Veldan leise und eindringlich. »Du schadest dir nur selbst! Liege still und lass mich dir helfen.«

»Ich bin's. Aethon. Ich bin in diesem Menschen gefangen«, wollte der Drache sagen, aber er konnte es nicht. Mit Entsetzen begriff er das Ausmaß seiner Zwangslage. Dies könnte die einzige Gelegenheit sein, Veldan mitzuteilen, was geschehen war, und er war zu keiner Gedankenübertragung fähig, noch konnte er auf menschliche Weise mit ihr sprechen. Sein Wirt behielt alle Körperfunktionen in seiner Gewalt, und selbst wenn Aethon ihn hätte überwältigen können, wusste er doch nicht im mindesten, wie menschliche Sprache gebildet und vorgetragen wurde. Soweit ihm bekannt war, bliesen sie die Atemluft aus dem Körper und erzeugten dabei Vibrationen, aber wie man das anstellte und wie die vielen Wörter gebildet werden sollten, konnte er sich nicht vorstellen.

Dafür würde er seinen menschlichen Gegenpart brauchen.

Er würde also ungeachtet des Risikos der geistigen Kontamination mit ihm kommunizieren müssen.

Als Zavahl plötzlich eine Hand auf dem Mund spürte, wurde er von Angst und Entsetzen übermannt. Allzu schlimm waren die unaussprechlichen Vorgänge des Tages für ihn gewesen, und Gefahr für Leib und Leben war ihm gänzlich unvertraut. Als Hierarch war er zwanzig Jahre lang vor solchen Angriffen sicher gewesen – jedenfalls seit dem unbetrauerten Tod von Malacht, der ihn erzogen hatte und der ein tyrannischer und grausamer Mensch gewesen war. Zavahl fühlte dieselbe Angst und Hilflosigkeit wie damals, und das ließ eine Erinnerung in ihm aufsteigen. Die Jahre des Erwachsenseins fielen plötzlich von ihm ab, und er fand sich in eine alptraumhafte Zeit zurückversetzt. Es war Malacht, der sich über sein Bett beugte, und die kleine, starke Frauenhand verwandelte sich in die faltige, kalte Klaue des alten Priesters. Es gab kein Entrinnen. Hatte es nie gegeben. Zavahl wand und stemmte sich dagegen, jenseits aller Vernunft, und ohne die Hand auf seinem Mund hätte er laut geschrien.

Dann, als ob sich die Tür in einen dunklen Raum öffnete, blitzte ein anderes Bild in ihm auf – eine Hand, seine eigene, auf dem Rücken des alten Malacht. Ein heftiger Stoß, und die gebeugte, schwarz gewandete Gestalt des Priesters verschwand außer Sicht. Schreie und dumpfes Poltern – das Knacken brechender Knochen. Eine leere Treppe, ein wenig Blut auf den Stufen, ein tiefer, finsterer Treppenschacht.

In Zavahl wurde es still. Obwohl er sich noch entsetzlich fürchtete, war die blinde Qual verschwunden.

Malachts Tod war kein Unfall. Ich habe ihn gewollt. Ich habe ihn getötet, damit ich sicher leben konnte, und das habe ich getan – bis heute.

Der Hierarch schob diese Erinnerung weit fort und begrub sie in der Tiefe seiner Seele. Über Jahre hinweg hatte er sich eingeredet, dass Malachts Tod nur die Folge seines Sturzes und er selbst gar nicht in der Nähe gewesen sei. Aber Myrial hatte es gewusst. Und Myrial, so schien es, hatte dies nicht verziehen. Mit den Ereignissen, die zu dieser Nacht geführt hatten, kam die Vergeltung.

Zavahl schwirrte der Kopf. Noch immer wehrte er sich gegen die Hand. »Hör auf damit, du Dummkopf!«, sagte eine Stimme. »Du schadest dir nur selbst. Liege still und lass mich dir helfen.« Zu seinem großen Erstaunen war es eine weibliche Stimme, und mehr noch: Er gehorchte ihrem ruhigen, respekteinflößenden Ton. Als er sich entspannte, ließ der Druck der Hand nach, und die Stimme flüsterte wieder: »Bevor du um Hilfe schreist, solltest du bedenken, dass nicht ich es war, der dich gefesselt hat.«

Ungeschickt drehte Zavahl sich zur Seite. Wer immer diese Frau war, sie handelte nicht voreilig, indem sie ihn sofort losband. Er konnte ihre Gestalt auf der Bettkante nicht erkennen, nur so viel, dass sie in ihrer Kleidung nach etwas suchte. »Verdammt«, murmelte sie. »Ich weiß genau, dass ich einen Glimmer eingesteckt habe. Diese vielen Jacken und Hemden sind einfach lästig … aha …«

Es gab einen Klicklaut, und das Gesicht der Frau

leuchtete im Dunkeln auf, wurde von unten gespenstisch angestrahlt. Zavahl keuchte und konnte nur mit Mühe einen Schrei unterdrücken. Das war die Ausgeburt eines Alptraums: Nicht nur, dass die Schatten ihr Gesicht verzerrten, eine grässliche Narbe auf der linken Gesichtshälfte entstellte ihre Züge.

Zavahl schrak vor dem Anblick zurück und schaute stattdessen auf den leuchtenden Gegenstand in der Hand der Erscheinung. Das Licht war seltsam grünlich, unirdisch, geradezu widernatürlich. Hatte sie etwas mit dem Dämon in seinem Kopf zu tun? »Im Namen Myrials«, hauchte er, »was für eine Kreatur bist du?«

Die folgende Stille glich einem Donnerschlag. »Kreatur?«, wiederholte die Fremde mit schmerzerfüllter Stimme.

Er hörte, wie sie nach Atem rang, es klang wie ein Schluchzen, und blickte ihr ins Gesicht. Gebeugt und zitternd stand sie da. Die Schatten zogen scharfe Linien über ihr Gesicht, das mit einem Mal verhärmt aussah.

Dann sah sie plötzlich auf, und ihr Blick schnitt wie ein Dolch in ihn hinein. »Nimm einfach an, ich wäre ein Alptraum«, sagte sie schließlich, und es lag viel Bitterkeit in ihrer Stimme. »Beantworte meine Fragen, dann schneide ich dich los – ein fairer Handel. Danach bist du auf dich selbst gestellt und von meinem Anblick befreit.«

»Was für Fragen? Wer bist du?«

Ihre Hand schnellte vor und griff ihm ins Haar. Sie zog und drehte es, bis ihm die Tränen in die Augen traten, dann zog sie seinen Kopf ganz nah an ihr Gesicht. »Es geht dich nichts an, wer ich bin. Antworte mir! Was ist auf dem Pass geschehen, als du den Drachen gesehen hast?«

Zavahl stockte der Atem. Sie weiß es! Sie ist tatsächlich ein Dämon! Im selben Moment wurden seine Gedanken wie mit der Faust zerschlagen.

Idiot! Blinder Narr! Hör genau zu, was ich dir sage!

Er hörte es deutlich, wenn auch in seinem Kopf. Doch nicht so, als ob er sich selbst sprechen hörte. Es klang überhaupt nicht menschlich; sondern die Worte hallten vielmehr undeutlich und fließend, wie liebliche Musik, die mit einem Rasseln unterlegt ist. Gleichzeitig flackerten und pulsierten bunte Lichter durch seinen Geist, die erblühten und verblassten, keine Gestalt annahmen und doch mit den Worten verbunden waren.

»Hinaus!«, befahl er mit zusammengebissenen Zähnen. »Dämon! Verschwinde aus meinem Kopf!«

»Was?« Es wurde wieder dunkel, weil die Frau das Licht auf die Bettdecke fallen ließ. Dafür nahm sie Zavahls Gesicht in beide Hände, grub die Fingernägel wie Krallen in seine Wangen und zwang ihn, sie anzusehen. Selbst im Dunkeln konnte er das Feuer in ihren Augen sehen.

»Was ist in deinem Kopf, Mann? *Was?*«

»Dämonen«, jammerte er.

Ich, sprach es zugleich. *Aethon.*

Die Frau schüttelte ihn heftig. »Sag's mir!«

Sag's ihr. Aethon. Aethon ist hier. Sag's ihr, sag's ihr, sag's ihr, SAG'S IHR!

»Nein! NEIN! Lass mich in Ruhe! HILFEEEE!«

Der Schrei entrang sich Zavahl und war laut genug, um alle Wachen der Welt herbeizurufen. Veldan stieß einen atemlosen Fluch aus und ließ seinen Kopf los wie eine glühende Kohle. Sie ergriff den Glimmer und war mit einem Satz am Fenster und schon halb draußen, als die Tür aufsprang und die Soldaten nur so in den Raum quollen. Von oben hörte man donnernde Schritte, die die Treppe heruntereilten.

»He, du!«, schrie einer. »Bleib stehen, oder ich schieße!«

Veldan stürzte sich kopfüber aus dem Fenster. Der Schnee milderte ihren Aufprall, sie rollte sich ab und aus der Schneewehe heraus und schaffte es wunderbarerweise, auf die Füße zu kommen. Aus dem Augenwinkel sah sie eine Gestalt – Toulac hoffentlich! – im Nachbarfenster auftauchen. Dann rannte sie im Zickzack auf die nächsten Bäume zu. »Kaz! Schnell!«

»Komme schon!«, hörte sie erleichtert seine Antwort. Armbrustbolzen sausten durch die Luft. Sie verfehlten sie, aber viel zu knapp, um sich freuen zu dürfen, und sie war noch immer in Schussweite. Veldan betete darum, dass der Schnee die Sicht verschlechterte, während sie Haken schlug. Die eisige Luft schnitt ihr in die Lungen. Der Schnee haftete in dicken Klumpen an ihren Stiefeln und bremste sie. Die Zeit dehnte sich ins Unendliche, die schützenden Bäume schienen noch meilenweit entfernt zu sein. Ein Bolzen surrte so dicht an ihrer Wange vorbei, dass es ihr auf der Haut prickelte. Verdammt! Das war knapp!

Dann kam ihr ein donnerndes Gebrüll entgegen. Kaz brach aus den Bäumen hervor, seine innere Glut leuchtete ihm rot aus den Augen und aus dem klaffenden Maul. Er bremste auf der Stelle, holte tief Luft und stieß eine mächtige Flammenzunge aus, die quer über den Platz schoss, an der Hauswand unter dem Fenster zerbarst und einen hübschen Funkenregen hervorbrachte. Das feuchte Holz verkohlte im Nu, dann griffen die Flammen auf das Fenster über. Schnell breiteten sie sich mit dem Wind aus, und die Dunkelheit floh vor dem flackernden safrangelben Licht bis zum Waldrand.

Der Beschuss hatte aufgehört.

In Veldans Kopf schallte das jauchzende Gelächter des Feuerdrachen. »Spring auf, meine Süße!« Er drehte sich halb um, und sie sprang auf sein Vorderbein. Den Schwung ihrer Bewegung nutzend, warf er sie mit der Leichtigkeit eines Achselzuckens auf seinen Rücken, machte eine scharfe Kehrtwende und fegte mit einem dramatischen Schlag des Schwanzes eine Schneewolke in die Luft.

Veldan wusste genau, dass er das verstörende Schauspiel, welches er ihren Feinden bot, zutiefst genoss. Auch sie selbst konnte nicht widerstehen, sich auf der Welle seiner Wildheit schadenfroh nach oben tragen zu lassen. Lieber Kaz! Er blühte auf in solchen Momenten.

Auf der anderen Seite des Hauses blies man ins Horn, und von der Sägemühle wurde das Signal zurückgegeben. »Zeit zu gehen«, fauchte Kaz. »Sie rufen Verstärkung.«

»Zuerst Toulac!«

»Natürlich. Als ob ich die alte Streitaxt im Stich lassen würde!«

Toulac kam indessen schlecht voran. Mit einer Grimasse grimmiger Entschlossenheit und beladen mit Veldans Bündel, das unter dem Fenster gelegen hatte, durchpflügte sie tapfer den tiefen Schnee. Sie schnaufte vor Anstrengung. Veldan beugte sich zu ihr herab, nahm ihr das Bündel ab, reichte ihr eine Hand, und zog sie zu sich herauf. Nach hastiger Haltsuche kam Toulac hinter ihr zu sitzen. Von da an haftete sie wie ein Blutegel an Veldans Rücken, und Veldan hörte ihren rasselnden Atem. Plötzlich tat es ihr Leid, dass sie durch ihr überstürztes Handeln die alte Frau gefährdet hatte.

Dann erschallten hinter ihnen Rufe. Ein Haufen Soldaten kam ums Haus gerannt, stürzte blindlings in den Hof, doch sie blieben abrupt stehen, als sie den Feuerdrachen erblickten.

»Schießt, ihr Idioten!«, bellte eine Stimme aus dem Fenster, das Veldan für ihren plötzlichen Abgang benutzt hatte. Sie schaute zurück und sah in dem brennenden Fensterrahmen das grell beleuchtete Gesicht eines Mannes. Er starrte ihr so grimmig hinterher wie ein Falke, der seine Beute entkommen sieht, und dabei ignorierte er die Hitze und den Rauch, als wären sie gar nicht vorhanden. Es war ihm anzusehen, dass er sich nur unter größter Anspannung zurückhielt, und Veldan spürte seine Bedrohlichkeit und die bezwingende Macht seiner Ausstrahlung. Sie sahen einander in die Augen, hielten den Blick des anderen fest, als würden sie die Klingen kreuzen. Der Fremde rief in Veldan starke, widerstreitende

Empfindungen hervor: Halb fühlte sie sich angezogen und halb abgestoßen. Die Zeit stand still zwischen ihnen, und es entspann sich eine Beziehung der Neugierde, der Herausforderung – und tief im Innern gab es ein nicht näher bestimmbares Gefühl des Wiedererkennens. Der Mann beendete die Szene. Er neigte den Kopf, ein rätselhaftes Lächeln stahl sich auf seine Lippen, und er hob die Hand zu einem spöttischen Gruß.

Plötzlich empfand Veldan eine tiefe Angst. »Los jetzt!«, rief sie und schlug Kaz mit der Faust in den Nacken. Der Zauber, der die Zeit hatte stillstehen lassen, brach, und die Soldaten hoben ihre Armbrüste.

»Festhalten, meine Damen!« Mit einem einzigen großen Satz erreichte der Drache den Waldrand, während die Armbrustbolzen an ihnen vorbeizischten und in die Baumstämme einschlugen.

Aus dem Haus kam ein Schrei, der Veldan das Blut in den Adern gefrieren ließ. Der Hierarch schrie aus vollem Hals: *»Veldaaaan – warte! Ich bin hier! Aethon ist hier!«*

»Kaz – halt an!« Veldan schlug fruchtlos auf ihn ein. »Es ist Aethon. Er ist nicht tot! Er ist irgendwie in diesem Mann drin.«

»Ja. Hab ich gehört.«

»Dann müssen wir ihn retten. Kehr um, Kaz!«

»Nicht mal im Traum, Boss.« Unbeirrt preschte Kaz bergauf durch den Wald. »Wir werden Aethon später retten müssen. Du weißt, ich kann immer nur einen Feuerstoß abgeben. Es dauert schließlich eine Stunde, bis ich wieder nachgeladen habe – und wir können es *nicht* mit zwei Dutzend Armbrustschützen aufnehmen.«

»Aber …«

Kaz beschleunigte seinen Lauf und peitschte mit seinem geschmeidigen Körper zwischen den Bäumen hindurch, wobei er große Schneewolken aufwirbelte. »Vergeude nicht unsere Zeit mit Streiten, Partner. Ich habe Recht, das weißt du. Und jetzt erkundigst du dich am besten bei Toulac, ob es hier oben auf diesem verdammten Steinhaufen irgendeinen Unterschlupf gibt. Denn im Augenblick ist unsere Hauptsorge, wie wir die Nacht überleben. Und pass auf deine Augen auf.«

Der Drache brach durch ein Dickicht, dass die Äste knackten und die Zweige über ihnen zusammenschlugen. Veldan hob rasch einen Arm vor die Augen, während Toulac das Gesicht an ihren Rücken presste. Beim Prasseln der Zweige hätte man kein gesprochenes Wort verstehen können, und das war gut so, denn sie hätte wetten mögen, dass die alte Kämpferin gerade ein paar üble Flüche ausstieß – und zwar zu Recht. Kaz hatte richtig entschieden, wie sie sich jetzt eingestand. Denn sie steckten wirklich in Schwierigkeiten. Und dank ihres unbesonnenen Auftauchens bei dem Hierarchen galt das auch für Toulac – und oh Schreck – was würde mit Mazal geschehen, der noch in der Scheune angebunden war? Der Verlust würde ihr das Herz brechen.

»Manchmal erweist sich ein Wagnis erst im Nachhinein als notwendig«, gab ihr der Drache zu bedenken. »Wenn du es nicht getan hättest, wüssten wir jetzt nicht über Aethon Bescheid.«

Sie erstiegen die Bergseite in einem schrägen Winkel, um im Schutz des Waldes bleiben zu können, der die Wucht des Schneesturms von ihnen abhielt. Um eine sichere Distanz zwischen sich und die Soldaten legen zu können, hätten sie die Baumgrenze hinter sich lassen müssen. Blank schickte ihnen einen Suchtrupp nach, daran konnte kein Zweifel bestehen. Ob er Männer im Schneesturm verlor würde ihm nichts bedeuten. Als ihre Blicke sich kreuzten, hatte eine wortlose Verständigung zwischen Veldan und ihm stattgefunden. Sie wusste, dass er sie verfolgen, dass er nicht ruhen würde, bis er sie gefangen hätte. Es war lebenswichtig, sich so weit wie möglich von ihm zu entfernen. Aber wie sollten sie eine Nacht auf einer ungeschützten Bergflanke überleben?

Kapitel 20

Hinter Wänden

Annas wurde durch ein lautes Klappern geweckt. Das ist ein Fensterladen im Wind, dachte sie. Der Wind pfiff und brauste. Muss ein mächtiger Sturm sein, der da draußen um unseren Wagen fegt … Nein – das ist nicht unser Wagen! Verwirrt schaute sie um sich. Eine Lampe brannte, der Raum war sehr groß, aber gemütlich, mit hellen Wänden, auf die rosa Rosen gemalt waren. Gegenüber von ihrem Bett, es hatte rosarote Decken und Vorhänge, brannte ein Feuer im Kamin und flackerte jedes Mal, wenn der Wind den Abzug störte. Links war ein Fenster, auch mit rosa Vorhängen, und darunter ein Sitzplatz mit rosa Kissen, gleich daneben stand ein Tisch mit Schüssel und Waschkrug, die mit einem Muster aus Rosenknospen verziert waren.

Alles sah sehr hübsch aus, aber Annas hatte das Zimmer noch nie gesehen. Wo bin ich? Warum habe ich gedacht, in einem Wagen zu sein? Plötzlich merkte sie, dass sie nicht einmal ihren Namen wusste.

Da war eine Wand in ihrem Kopf, eine glatte, glänzende Wand aus schwarzem Stein. Sie reichte so hoch, wie man es sich gar nicht mehr vorstellen konnte, und war ungeheuer lang. Annas hatte so ein Gefühl, als ob auf der anderen Seite viele wichtige Dinge lägen, die sie verloren hatte und die jetzt unerreichbar waren. Doch das kümmerte sie nicht. Die Wand war vielleicht ein

Gefängnis, das sie von Vergangenem fern hielt, aber sie war darin sicher aufgehoben. Schlimme Dinge gab es hinter dieser riesigen schwarzen Barriere. Dinge, die sie nicht sehen wollte.

In dem Augenblick öffnete sich die Tür leise und zaghaft, und eine fremde Frau kam herein.

»Annas? Annas?«, rief sie leise. »Annas? Bist du wach?«

Meint sie mich? Heiße ich Annas? Schnell machte sie die Augen ganz fest zu. Sie wollte die Stimme nicht hören, wollte in Ruhe gelassen werden, allein mit ihrer Wand – außer dass sie einen schrecklichen Hunger hatte und bald das Bett nass machen würde, wenn sie noch länger liegen bliebe.

Also gut, dann heiße ich eben Annas. Sie schlug die Augen auf, um direkt in ein hässliches Gesicht mit stumpfen braunen Haaren zu blicken. Wer bist du? Ich kenne dich nicht. Du bist überhaupt nicht so hübsch wie meine … Die Wand schob sich, schwarz und undurchdringlich, in Annas' Kopf vor, und der Schluss des Gedankens war ausgesperrt. Sie wandte sich von der Barriere ab und dachte an etwas anderes.

Die fremde Frau streckte ihr zögernd eine Hand entgegen, dann zog sie sie zurück. »Wie fühlst du dich, Kind? Bist du hungrig? Ich bringe dir etwas zu essen«, sagte sie und zeigte auf eine Schüssel auf dem Nachttisch. Annas konnte nicht sehen, was darin war, aber es roch nicht gut. Sie öffnete den Mund und wollte antworten, doch kein Laut kam heraus. Auch die Wörter waren hinter der Wand geblieben.

Aber die fremde Frau war ganz hilflos! Sie stand einfach da und trat von einem Bein aufs andere, als ob sie überhaupt nicht wüsste, was als Nächstes zu tun war. Das machte Annas sehr unruhig. Wenn sie auch nicht viel in Erinnerung behalten hatte, so viel wusste sie doch, dass Erwachsene sich auskennen sollten! Da sie also keine Möglichkeit hatte, ihre Bedürfnisse zu erklären, kletterte sie aus dem breiten hohen Bett und kroch auf allen vieren darunter. Mit großer Dankbarkeit zog sie den erhofften Nachttopf hervor.

Annas hob ihr Nachthemd hoch, das viel zu groß für sie war, und setzte sich erleichtert auf den Topf. Dabei fing sie einen Blick der fremden Frau auf, die sofort errötete und sich steif abwandte. »Oh – oh, es tut mir Leid«, murmelte sie. »Natürlich, du hast ja so lange geschlafen ... ich hätte daran denken können ...«

Ach, um Gottes willen! Die ist wirklich ganz hilflos! dachte Annas, setzte den Deckel auf den Topf und schob ihn vorsichtig unter das Bett. Da ihr die Schüssel und der Waschkrug einfielen, ging sie hin, um sich Gesicht und Hände zu waschen – jedenfalls wollte sie das. Aber weil sie so lange geschlafen hatte, waren ihre Beine weich wie Pudding. Sie machte zwei, drei schwankende Schritte, dann fiel sie plötzlich um.

Zwei starke Arme fingen sie auf und hielten sie für einen Augenblick fest, aber sie drückten viel zu sehr. Annas fand sich Auge in Auge mit der fremden, hässlichen Frau wieder, die sie einfach ohne ein Wort aufhob und wieder ins Bett stopfte. Als ob ich ein Wickelkind wäre!, dachte Annas entrüstet.

»Das muss dich nicht bekümmern«, sagte die Fremde mit seltsam gekünstelter Herzlichkeit, die Annas sofort durchschaute. Manche Erwachsene klangen so, wenn sie etwas zu verbergen hatten.

»Du hast sehr, sehr lange geschlafen«, fuhr sie fort. »Dann ist es nicht anders zu erwarten, als dass du zuerst unsicher auf den Beinen bist.« Sie wrang einen Waschlappen über der Schüssel aus und begann, Annas das Gesicht und die Hände damit abzureiben. Aber sie machte es ungeschickt und grob.

Ich bin *kein* Wickelkind! Annas riss ihrer Peinigerin den Lappen aus der Hand und beendete die Wäsche allein, mit finsterem Blick. Langsam bekam sie richtig Angst. Nichts an diesem Ort erschien ihr vertraut. Sie wusste – *wusste* es einfach –, dass sie noch nie in ihrem

Leben in einem Zimmer mit Rosengardinen gewesen war. Noch hatte sie jemals zuvor diese Frau gesehen. Sie hatte keine Ahnung, was sich hinter dieser glänzenden Holztür befand – und das war erst recht beängstigend. Da draußen konnte *sonst was* sein! Ungeheuer …

Annas fing an zu zittern. Sie wusste ja auch nicht, was hinter der Wand in ihrem Kopf war, und aus irgendeinem Grund machte ihr das am meisten Angst. Sie biss sich heftig auf die Lippen, um nicht weinen zu müssen. Aber obwohl sie sich sehr anstrengte, begannen ihre Augen zu brennen, und im Hals bildete sich ein Kloß. Sie schluckte hart. Eine Träne rollte ihr die Wange hinab, und schon folgte die Zweite.

»Oh, bitte – nicht weinen!« Die Frau, die überhaupt kein Trost war, erschien auf einmal sehr besorgt. Sie rang die Hände und blickte aufgeregt um sich, als würde sie dringend Hilfe brauchen. »Hier – hast du Hunger?«, plapperte sie. »Iss etwas. Dann fühlst du dich gleich besser …« Damit drückte sie Annas die Schüssel in die Hand, die schon abgekühlt war.

Annas wischte sich mit der anderen Hand die Tränen fort und schaute in die Schüssel. Haferbrei? Igitt! Sie *hasste* Haferbrei! Und dieser hier war kalt, wässrig, schleimig und hatte schon eine Haut …

Plötzlich war alles zu viel für Annas. Diese dumme Frau, die einfach nur dastand und die Hände rang – sie war an allem Schuld! Sie war eine Erwachsene. Man musste sich doch auf sie *verlassen* können! Sie hatte zu *wissen,* was zu tun war! Ich hasse sie, dachte Annas mit wilder Inbrunst. Sie ist zu gar nichts nütze! Sie gibt mir kalten Haferbrei und ist beim Waschen grob und behandelt mich wie ein Wickelkind! Wer ist sie überhaupt? Was ist das für ein Zimmer? Warum bin ich hier? Ich will – ich will zu meiner …

Sofort war die Wand da, schwarz und glänzend, ragte vor ihr auf, als ob sie gleich auf sie herunterfallen, sie zu Boden drücken und für immer im Dunkeln gefangen halten wollte … Annas stieß einen Schrei aus – sie schrie ihr Elend, ihren Zorn und ihre Enttäuschung heraus, und ihr Entsetzen. Dann schleuderte sie die Schüssel mit dem verhassten Brei auf das einzige Ziel, das sich ihr bot.

Als Annas sah, wie der Frau der zähe Inhalt über das Gesicht lief und langsam die Haare hinunterrutschte, brach sie lauthals in Tränen aus.

Seriema durchmaß mit rastlosen Schritten ihr Arbeitszimmer, kreuzte den dicken Teppich vom Fenster zum Kamin und wieder zurück. Dieser schlichte, getäfelte Raum, der sehr behaglich war, aber keinerlei weibliche Note besaß, und dessen zweckmäßige Möblierung sich seit dem Tod ihres Vaters nicht verändert hatte, war normalerweise hinreichend geeignet, um sie zu besänftigen. Doch heute Abend war sie unfähig, sich zu beruhigen. Seit der Begegnung mit Gilarra und später mit diesem Kind – der grässlichen neuen Verantwortung, die ihr die Suffraganin aufgehalst hatte – war sie zu angespannt und bekümmert gewesen, um zu irgendeiner sinnvollen Tätigkeit zurückzukehren, zu erregt, um sich zu entspannen, zu ärgerlich, um zu essen, und viel zu verstört, um sich den wartenden Unterlagen zuzuwenden, die sich auf ihrem Schreibtisch häuften.

Gilarra, komm zurück, dachte sie kläglich. Ich habe den schlimmsten Fehler meines Lebens begangen.

Sie hätte ein Dienstmädchen zu der Kleinen schicken sollen. Aber eingedenk der grausigen Tat, die Annas hatte miterleben müssen, hatte sie geglaubt, es sei besser, wenn sie selbst als Erste mit ihr spräche. Wer weiß, was aus dem Kind nach dem Aufwachen herausbrechen würde, so hatte sie überlegt. Es wäre nicht gut, wenn das einer strohköpfigen, tratschenden Hausangestellten zu Ohren käme, die dann, noch bevor die Nacht um wäre, eine völlig verdrehte Fassung der Geschichte in der ganzen Stadt verbreiten würde.

Seriema blieb am Fenster stehen und schob die dicken, weinroten Vorhänge beiseite. Der Sturm trieb den Schnee in dichten Schwaden am Fenster vorbei. Das frisch gewaschene Haar klebte ihr feucht im Nacken, und die kalte Zugluft ließ sie frösteln. Es hatte ewig gedauert, bis sie sich ganz allein den Haferbrei aus den Haaren gewaschen hatte. Aber sie dankte Myrial dafür, dass sie Presvel und Marutha an diesem Abend freigegeben hatte, bevor die beschämende Niederlage sich ereignete. Bei ihrer aufgewühlten Stimmung und ihren Zweifeln, wären das besorgte Herumschleichen und ständige Bemühen ihres obersten Dieners nur noch ein weiteres Ärgernis gewesen. Und was Marutha betraf … Seriema ballte die Fäuste. Die alte Haushälterin, die unverhohlen und lautstark ihre Missbilligung darüber geäußert hatte, dass ihre Herrin das Waisenkind von vagabundierenden Händlern aufnahm, hätte sie schier zur Verzweiflung getrieben.

Doch was könnte ich ihr entgegenhalten?, dachte Seriema. Wir wissen beide ganz genau, dass sie Recht hat. Was soll ich schon mit einem kleinen Kind anfangen? Ich weiß nichts über Kinder – und habe nie etwas wissen wollen! Ich mag sie nicht einmal so sehr, wie die meisten Frauen es zu tun scheinen. Und schon habe ich die Sache verdorben. Sie ist unglücklich, sie hasst mich … Oh, großer Myrial, wie soll ich nur damit fertig werden?

Sie fühlte sich beschämt und wusste nicht weiter. Da stand sie nun, die reichste, härteste und mächtigste Frau in ganz Callisiora, und ein gereiztes kleines Mädchen war genug, um sie durcheinanderzubringen und ihr Angst einzujagen. Feige war sie aus dem Raum geflohen, während ihr der Haferbrei von der Stirn tropfte, hatte die Tür zugeschlagen und das schluchzende Kind eingeschlossen. Was für ein Abgang für eine erwachsene Frau!, tadelte sie sich. Doch sogleich vergrub sie diesen Gedanken. Sie fasste schon eine Abneigung gegen das Kind, weil es ihre Schwachheit bloßgestellt hatte.

»Es hat keinen Zweck – man muss wieder zu ihr hineingehen.« Der Satz glich so sehr ihrem Gedankengang, dass sie kaum glaubte, ihn gehört zu haben. Erstaunt fuhr sie herum. Presvel stand in der Tür mit einem Tablett in der Hand und brachte eine Karaffe und zwei Gläser. Seriema stöhnte auf und schlug sich die Hände vors Gesicht. »Verdammt – wie viel hast du gesehen?«

»Genug, um das Übrige zu erraten«, antwortete Presvel, und es gab ein leises Klirren, als er das Tablett absetzte. Seriema nahm die Hände vom Gesicht und sah ihn schmunzeln. Ihre Wangen brannten vor Scham. Doch Presvel beachtete ihre Verlegenheit gar nicht, sondern goss ihr einen Weinbrand ein und reichte ihr das Glas. »Bitte – trink das, Herrin. Ich habe den Eindruck, als könnte es dir gut tun.«

Presvel schenkte sich ebenfalls großzügig ein. Oh, Myrial, dachte er erschöpft, das ist zu viel für heute!

Er war soeben von seiner Liebschaft zurückgekehrt, die sein sonst so ruhiges Wesen vollkommen aufwühlte. Rochallas Trauer bekümmerte ihn sehr. Die Vorstellung, wie sie im Morgengrauen zum Friedhof gehen würde, mit dem Leichnam ihrer kleinen Schwester im Arm, zerriss ihm fast das Herz. Er hatte ihr alles Geld gegeben, das er bei sich gehabt hatte, doch darüber hinaus war er ein hilfloser Beistand gewesen und hatte ihren Schmerz nicht lindern können. Und dann, um alles noch schlimmer zu machen, hatte sie ihm gesagt, dass sie ihn niemals wiedersehen wolle. Zum ersten Mal seit seiner Kindheit glitten ihm die Dinge aus der Hand, fiel sein Leben in Scherben. Trotzdem hatte er sich nun gelassen und gut gelaunt mit dem Getue seiner verwöhnten Herrin zu beschäftigen, die einen Sturm im Wasserglas entfachte und als Krise ausgab. Manchmal war sie mehr, als ein Mann ertragen konnte!

Doch er wäre nicht Seriemas erster Diener gewesen, wenn er sein Handwerk nicht perfekt beherrscht hätte. Er holte tief Luft und setzte ein gleichmütiges Gesicht auf, als wäre die Welt in Ordnung. Gelassen stellte er sich neben ihren Schreitisch und nahm dankbar einen Schluck. »Myrial sei Dank, dass ich für jemanden arbeite, der ein Lieferant guter Weine und feiner geistiger Getränke ist«, sagte er leichthin. Für gewöhnlich genoss er es, der einzige Mensch zu sein, der ihre düstere Laune aufhellen konnte, und bildete sich ein, auch der Einzige in ganz Callisiora zu sein, der einen gewissen Einfluss auf sie besaß. Seine Herrin vertraute ihm – vielmehr war er der Einzige, dem sie *wirklich* traute. Er war für sie unentbehrlich, und dadurch bewahrte er sich seine wichtige Stellung. Die Kaufleute wussten genau, dass, wenn sie von Seriema irgendwelche Zugeständnisse haben wollten, ihr erster Diener der Mann war, an den sich wenden mussten. Ihre Dankbarkeitserweise hatten sich zu einer solchen Summe aufgehäuft, dass er es sich leisten könnte, Seriema zu verlassen – doch er verspürte keineswegs den Wunsch zu gehen. Er genoss es, die höchste Stellung in ihrem Haus innezuhaben, und die Autorität und Macht, die sein Einfluss ihm gab.

»Kümmere dich nicht um die geistigen Getränke!«, fauchte seine Herrin. »Was hast du gesehen, Presvel?«

»*Gesehen* habe ich nicht viel. Das Kind hat mich geweckt, weil es schrie – du solltest der Vorsehung danken, dass Marutha viel schlechter hört, als sie eingestehen möchte. Ich kam gerade den Flur herunter und sah dich aus jenem Zimmer hasten wie einen Hasen, dem der Schwanz brennt.« Er mühte sich ab, um ein Grinsen zu unterdrücken, und versagte auf ganzer Linie. »Es schien mir, als hättest du Haferbrei in den Haaren.«

Schließlich schien Seriema einzusehen, dass es zur Rettung ihrer Würde längst zu spät war, und gab den Kampf auf. Sie ließ sich schwer in den Lehnsessel am Kamin fallen und verschüttete beinahe ihren Weinbrand. »Oh, Presvel«, jammerte sie, »was soll ich nur tun?«

»Zunächst einmal austrinken, Herrin.« Presvel setzte

sich in den Sessel gegenüber. »Nun sollten wir die Lage ruhig und eingehend betrachten. Für gewöhnlich trittst du viel größeren Problemen entgegen, und bislang bist du ungeschlagen. Sie ist doch nur ein kleines Mädchen. Was kann daran so schlimm sein?«

Du hast leicht reden, dachte Seriema verdrießlich. Du hast schließlich nicht die Verantwortung für das Kind übernommen. »Aber ich weiß nicht das Geringste über Kinder«, widersprach sie.

Presvel lehnte sich in seinem Sitz vor. »Da irrst du, Dame Seriema. Du weißt sehr viel über kleine Mädchen – selbstverständlich. Aus eigener Erfahrung.«

»Wie bitte?«

»Nun, vor nicht allzu langer Zeit bist du selbst ein kleines Mädchen gewesen. Denk daran zurück, wie das war.«

Seriema starrte ihn an, dann nahm sie einen großen Schluck Weinbrand. »Aber sie hasst mich«, behauptete sie schwach.

»Erinnere dich«, sagte Presvel geduldig. »Wie würdest du dich gefühlt haben, wenn du unerwartet in einem fremden Zimmer aufgewacht wärest – das Zuhause verloren, die Eltern fort? Hat Gilarra dir denn nicht mitgeteilt, dass die Kleine mit ansehen musste, wie ihre Mutter ermordet wurde? Kein Wunder, dass das arme Ding überreizt ist.«

»Verflucht, Presvel!«, grollte Seriema. »Du hast an der Tür gelauscht, als ich mit Gilarra gesprochen habe.«

Er zuckte mit den Schultern. »Entlasse mich also. Aber jetzt denke darüber nach, Herrin: Was hast du zu dem Kind gesagt? Was hat es geantwortet?«

Seriema runzelte die Stirn. »Wenn ich es recht bedenke, so hat sie überhaupt nichts gesagt. Kein einziges Wort! Sie hat mich nur angestarrt – es war zermürbend. Sie wollte aufstehen und fiel hin, also habe ich sie aufgehoben und zurück ins Bett gebracht. Und sie hat nicht aufgehört, mich anzustarren – ich konnte *spüren*, wie sehr sie mich hasst.« Mit einer ungestümen Geste leerte

Seriema ihr Glas. »Als ich dann versuchte, ihr den Brei zu essen zu geben, hat sie die Schüssel nach mir geworfen und angefangen, fürchterlich zu weinen.« Und mit verwundertem Gesicht fügte sie hinzu: »Bis zu diesem Augenblick hatte sie keinen Laut von sich gegeben.«

»Seltsam«, meinte Presvel. »Andererseits kann sich großes Entsetzen auf die Menschen verschieden auswirken, wie ich gehört habe. Auf jeden Fall sollten wir zu ihr gehen und nachsehen, ob es ihr gut geht. In Anbetracht dessen, dass sie dir den Brei an den Kopf geworfen hat, müsste sie jetzt großen Hunger haben. Also werden wir die Küche plündern. Da ich für jemanden arbeite, der leidenschaftlich gern mitten in der Nacht knabbert, weiß ich, wo die Köchin die Leckereien aufbewahrt oder vielmehr für schlechte Zeiten hortet, während sie uns auf sparsame Ration …«

»*Leckereien?* Hast du den Verstand verloren?«

Presvel seufzte. »Dame Seriema«, begann er nachsichtig, »sagte ich nicht, du solltest dir die eigene Kindheit ins Gedächtnis rufen? Als du ein Kind warst, mochtest du da etwa Haferbrei?«

»Nein. Jetzt, wo du es erwähnst, ich habe das Zeug verabscheut. Ich bin auch jetzt noch nicht darauf erpicht.«

»Eben! Wir werden uns also mit all den Sachen beladen, die sie gern isst. Kein Problem der Welt kann so schlimm sein, dass man ein schönes dickes Stück Kuchen ausschlägt.«

Seriema erhob sich flink auf die Füße. »Sehr gut, Presvel – wir tun, was du gesagt hast. Außerdem ist alles einen Versuch wert.«

»Du kannst darauf zählen, dass ich die Lage immer unter Kontrolle habe, Herrin.« Presvel lächelte selbstgefällig. Er hatte es wieder geschafft. Sie würden die Treppe hinaufgehen und das Kind mit ein paar Süßigkeiten besänftigen, und es würde kein Theater geben. Seriema würde glücklich zu Bett gehen, und er wär wie üblich im Ansehen gestiegen.

»Gut.« Plötzlich war die eiserne Härte in ihre Stimme zurückgekehrt. Presvel wurde stocksteif. Wenn sie in diesem Ton sprach, pflegte es für irgendjemanden ein schlimmes Ende zu nehmen – und diesmal war außer ihnen beiden niemand anwesend.

»Da du dich so gut auskennst, wirst *du* die Treppe hinaufgehen und dich mit dem Kind befassen.« Presvel sah ihren unbeugsamen Blick – er kannte die Gefahrenzeichen. Auch entging ihm nicht das verschlagene Leuchten, das ihren Triumph anzeigte. Mit wachsendem Verdruss bemerkte er, dass sie ihn mühelos manipuliert und vollständig ausmanövriert hatte. Er stand aus dem Sessel auf. »Wie? Ich? Mit einem Kind befassen? Allein?« Fast quiekte er vor Entrüstung. »Aber, Herrin …«

»Wie du gesagt hast, kann ich immer auf dich zählen – nicht wahr?«

»Aber – sie ist dein Mündel – du willst doch sicherlich dabei sein?« Er holte tief Luft für den Versuch, wieder an Boden zu gewinnen. »Herrin, das wäre ein Fehler. Wenn du dem Kind jetzt nicht gegenübertrittst und dich mit seiner Art vertraut machst, wird es dir später noch viel schwerer fallen.«

Seriema sah ihn an, ihr Gesicht war wie aus Stein, ihre Stimme ebenso kalt. »Das wird kein Problem mehr darstellen. Ich wäre nicht, wo ich heute bin, wenn ich die schmutzige Arbeit selbst tun würde. Und mit diesem Fall verhält es sich nicht anders. Ich werde dem Kind ein Heim geben, weil ich es Gilarra versprochen habe, aber ich werde mich nicht bei der Göre einschmeicheln. Werde für heute allein damit fertig, morgen stelle ein Kinder-mädchen ein. Das wäre alles.«

Sie ging zum Fenster, zog den Vorhang beiseite und schaute nach draußen. »Ich sagte, das ist alles für heute.«

»Sehr wohl, Dame Seriema.« Presvel gehorchte still und verließ den Raum. Es gab Zeiten, das wusste er, wo es am besten war, den Mund zu halten und zu tun, was einem gesagt wurde. Er wäre nicht schon so lange bei ihr in

Stellung, wenn er nicht genau wüsste, bis auf den Zoll genau, wie weit er bei ihr gehen konnte. Doch diesmal hatte er sich verrechnet. Er hatte sie schon zornig, nach Rache dürstend, starrköpfig, aufgewühlt und grausam gesehen – aber er hätte nicht geglaubt, den Tag zu erleben, an dem sie Angst haben würde.

Einen Augenblick später, als er in die Küche eilte, zog ein Lächeln über sein Gesicht. Ein Gedanke – ein wunderbarer, herrlicher, genialer Einfall nahm in seinem Kopf Gestalt an. Das ist es!, dachte er und konnte kaum seine Erregung im Zaum halten. Das ist der Weg, wie ich Rochalla retten und auf diese Insel der Sicherheit und Tröstung bringen kann. Wenn sie einwilligt, das Kindermädchen der Kleinen zu werden, kann sie hier wohnen und ist versorgt wie wir alle. Sie wird gut zu essen haben, warme Kleidung, und sie muss sich nicht mehr die Finger wund arbeiten …

Aber was ist mit der anderen Sache?, fragte eine leise Stimme in seinem Hinterkopf. Ich kann sie kaum hierher bringen unter der Maßgabe, ihr helfen zu wollen, und gleichzeitig von ihr erwarten, dass sie weiterhin meine Hure ist. Presvel spürte einen Stich im Herzen – den Ersten von vielen, wenn er seinen Plan ausführen würde. Andererseits mochte Rochalla mit der Zeit sich ihm vielleicht aus freien Stücken wieder zuwenden, und so lange würde er sich mit der Rolle des Wohltäters zufrieden geben. Das wäre wahrscheinlich am sichersten. Aber sie mussten unglaublich vorsichtig sein, um nicht zu verraten, dass sie sich bereits kannten. Seriema wäre vollkommen außer sich, wenn sie je erfahren müsste, dass ihr Kindermädchen eine Unterstadthure gewesen ist, und keinesfalls würde sie milde über die Verbindung zwischen dem Mädchen und ihrem ersten Diener urteilen. Noch schlimmer wäre es, wenn sie herausfände, dass unter ihrem Dach Heimlichkeiten vor sich gingen. Ihr Zorn würde keine Grenzen kennen, und er selbst würde sich mitsamt seiner Liebsten auf der Straße wiederfinden.

Vor dem Haus der wohlhabenden Dame Seriema war eine dunkle Gestalt aufgetaucht und lag im Schatten bei den Torpfosten auf der Lauer. Als sich am Fenster ein Vorhang bewegte und ein wenig Licht in den Schnee hinausließ, blickten feindselige Augen zu der Frau hoch, deren Profil sich gegen den Lampenschein abzeichnete. »Mach das Beste aus diesem Abend, verehrte Dame«, murmelte derjenige, und seine Stimme versprach Schonungslosigkeit. »Denn dafür, was du mir angetan hast, wird es dein letzter sein.«

Unverwandt starrte er sie an, bis sie den Vorhang wieder schloss. »Mach dir keine Sorgen, dass es allzu schnell geht. Ich werde es mir nicht leicht machen. Denn du sollst genau erfahren, was meine Frau gelitten hat, bevor du deinen letzten Atemzug tust. Das schwöre ich.«

Als Evelinden schließlich das Haus der Schmiedin verließ war es schon spät, aber sie hatte ihre Arbeit erledigt. Die obdachlose Familie lag im Bett und schlief friedlich dank eines Beruhigungstrankes. Es war ihr sogar gelungen, ein wenig davon in Agellas Wein zu gießen, und dann war sie noch so lange geblieben, bis ihre Freundin am Feuer eingenickt war. Ohne Zweifel wird sie über mich verärgert sein, wenn sie wieder aufwacht, dachte sie lächelnd, aber das macht nichts. Wenn sie in der Nacht nur gut schläft, dann darf sie meinethalben am Morgen so wütend werden, wie sie will. Während sie durch den Schnee stapfte, dachte sie, dass sie selbst auch einen Schlaftrunk gebrauchen könnte, nachdem sie dem armen Mädchen zugehört hatte.

Auf dem Weg zum inneren Bezirk war sie dankbar für die Lampen, die man auf langen Pfählen zwischen die Häuser gesetzt hatte. Ein scharfer Wind zerrte an ihrem weißen Mantel, und sie fror. Bei Myrial, wie kalt es heute ist! dachte sie. Sie ging so schnell, wie der tiefe Schnee es zuließ, und freute sich auf ihr Zuhause. Kaita würde schon mit einem heißen Tee auf sie warten, oder mit warmen Gewürzwein …

Plötzlich traf sie etwas hart zwischen die Schultern, riss sie zu Boden und hielt sie fest. Sie hatte Schnee in Mund und Nase und glaubte, ersticken zu müssen. Hilflos und panisch begann sie um sich zu schlagen. Sie hörte den Stoff reißen, dann wurde ihr der Mantel von den Schultern gezogen. Mit einem harten Griff am Hinterkopf wurde sie tiefer in den Schnee gedrückt, und ihre Schreie erstickten. Dann war es, als schnitten ihr glühende Klingen in den nackten Rücken. Sie wurde beinahe ohnmächtig vor Schmerzen.

Doch dazu kam es nicht, denn sie wurde ergriffen und herumgeworfen. Aus den Augenwinkeln sah sie das viele Blut im Schnee, und in einem Winkel ihres Verstandes sagte sich die Ärztin sachlich und ruhig, dass es wenig Hoffnung gab. Doch im nächsten Moment – beim Anblick ihres Mörders – war auch die letzte Hoffnung zunichte. Über dem schmalen, fleischlosen Schädel spannte sich leichenblasse Haut, und rot glühende Augen blickten sie wild an. Die schwarzen Lippen hatte es zurückgezogen, den Schnabel weit aufgerissen. Das Ungeheuer entblößte lange, gezackte Fänge und schlug mit den Flügeln. Die großen schwarzen Schwingen breiteten sich über Evelinden wie ein Leichentuch. Großer Myrial – kein menschliches Wesen!, war ihr letzter Gedanke.

Der Schnabel stieß herab, die Fänge bohrten sich in ihren Hals – ein flammender Schmerz, dann vergingen ihr die Sinne.

Sobald Bevron aus dem Zimmer gegangen war, um ihr den versprochenen Grog zu machen, sprang Gilarra vom Stuhl auf und stellte sich wieder ans Fenster, wo sie den wirbelnden Schneeflocken zuschaute. Die steilen Felsen der Schlucht schnitten die bösen Winde ab, von denen sie wusste, dass sie über dem Gipfel tobten. Im Schnee sah der Heilige Bezirk sehr schön aus, und die beschneiten Simse und Reliefs glitzerten im Schein der Lampen.

Wie weich alles aussieht, dachte Gilarra. Wenn man im warmen Zimmer steht, denkt man an dicke weiße Wolle, da draußen hat man natürlich keinen Sinn für solche Überspanntheiten. Was so harmlos aussah, war in Wirklichkeit ein Raubtier, ein heimlicher Mörder in der Nacht. Außerhalb des Bezirks heulte der Sturm wie ein Rudel Wölfe durch die Straßen. Unter den Armen der Stadt würden einige den nächsten Morgen nicht mehr erleben. Gilarra schauderte. Sie dachte an das Wetter im Gebirge. Wenn Blank und Zavahl keinen Unterstand gefunden hatten, waren sie wahrscheinlich schon tot.

Und was dann? Schon lange hegte sie das Verlangen, Hierarch zu sein. Nun endlich würde sie die Macht erlangen, wenn auch nicht den Titel, und noch viele Jahre behalten – denn selbstverständlich würden, wenn Zavahl stürbe, die ersten beiden Neugeborenen im Bezirk, ein männliches und ein weibliches, für das Hierarchenamt und das Amt des Suffragan bestimmt werden. Seit sie wusste, dass Zavahl den Mord an der Händlersfrau befohlen hatte, war es mit ihrem Mitleid für ihn vorbei. Zuletzt hatte also seine, ihr neue Gefühllosigkeit und Brutalität dazu geführt, dass sie wegen seines bevorstehenden Todes kein Bedauern mehr für ihn empfand. Während der vergangenen Monate, in denen sie hatte mit ansehen müssen, wie Zavahl sich seinen Einfluss auf Callisiora entgleiten ließ, war sie von ihm enttäuscht gewesen und hatte sich zugleich darauf gefreut, ihrem Volk in tatkräftigerer und mitfühlenderer Weise zu dienen, wenn es so weit war. Doch nun war der Sturm vom Norden herangefegt und hatte alles geändert.

Dieser Sturm hatte Gilarra erst begreiflich gemacht, weshalb die Verantwortung stets so schwer auf Zavahl lastete. Ohne Unterlass musste sie an die Menschen denken, die in dieser Nacht im Schnee sterben würden. Ab morgen läge die Verantwortung für das Leben dieser Menschen in ihren Händen – es sei denn, dass Blank und Zavahl zurückkehrten.

Denn morgen würde man die Festnacht des Todes feiern. Das Volk würde das Große Opfer fordern, besonders jetzt, da der Schnee schon so früh eingesetzt hatte. Einen Ausweg gab es nicht, und wenn Zavahl nicht zur Verfügung stand, wäre Gilarra an der Reihe.

Der Sturm wirbelte unausgesetzt durch die Stadt. In einer solchen Schneenacht war Tiarond ungewohnt still. Die nächtlichen Gestalten, die sonst um diese Zeit die Straßen belebten, die Huren und die Zecher, die Spieler, Taschendiebe und die Dungsammler, hatten sich verkrochen. Auch der Heilige Bezirk lag wie verlassen da. Nur ein schemenhaftes Flügelwesen erhob sich aus dem blutgetränkten Schnee, flog in Kreisen zur Basilika hinauf, um sich dort auf den höchsten Sims zu hocken. Für diese Nacht war es satt, doch es wollte noch eine Weile bleiben, bevor es sich auf den Heimweg machte.

Es hielt eine Kette in den Klauen, an der ein Schmuckstück baumelte. Begehrlich starrte es auf die rote Gemme und beobachtete fasziniert, wie sie im Licht funkelte. Sie stammte von seiner letzten Beute, und der kleine herzförmige Rubin war das Zeichen der Ärzte, das sie mit Erlangung ihres Berufsstandes tragen durften. Doch weder wusste dies die Kreatur, noch hätte es sie gekümmert. Unter den Ak'Zahar waren glänzender Schmuck und glitzernder Tand begehrte Kostbarkeiten, und dieser hier, der einen Stein in der Farbe von frischem, köstlichem Blut enthielt, war ein besonders wertvolles Exemplar.

Ah, welch ausgezeichnetes Revier! Die Jagd war leicht gewesen, und der Ak'Zahar spürte, dass hier noch mehr leichte Beute zu machen war, denn genug Leben verbarg sich noch hinter den vielen Wänden. Lebendiges, frisches

Fleisch. Voller Blut. Weiche, schwache, verwundbare Tiere. Aus schmalen, schrägen, blutroten Augen, die in der Dunkelheit so gut wie bei Tag sehen konnten, blickte er zufrieden um sich.

Er verwendete keinen Gedanken darauf, welche Art Leben die Tiarondianer führten. Solche Dinge lagen gänzlich außerhalb seiner Vorstellungswelt. Was er allein verstand, war die Gegenwart von warmem, bebendem Fleisch und Blut, von pulsierendem Leben. Fraß! Viel Fraß! Er brauchte nur zuzugreifen. Dieser Ort hatte nur auf seinesgleichen gewartet.

Er hatte genug gesehen. Lautlos breitete er die ledrigen Flügel aus und flog nach Norden gegen den Sturm davon – über die Heilige Stadt und ihren Hausberg hinweg ins Gebirge, zum Ursprungsort des Sturms, wo ein langer Abschnitt der Schleierwand verschwunden war.

Zurück in sein Reich, um die übrigen Ak'Zahar an die reiche Nahrungsquelle zu führen, die ihnen sicher war.

Kapitel 21

Abtrünnig

Toulac sah keinen Grund, warum Veldan dieses Wagnis eingegangen war und diesen Aufruhr – mit solch verheerenden Folgen – verursacht hatte. Zuerst war sie über diese draufgängerische Tat in rasenden Zorn geraten, aber der war so schnell vergangen, wie er gekommen war. Sie hielt es im Grunde für dumm, wegen einer Sache zu streiten, von der sie kaum etwas wusste. Von ihrer absonderlichen Maske abgesehen war Veldan ihr als besonnen erschienen, überhaupt nicht von der Sorte, die nachts bei anderen Leuten durchs Fenster springt und ihre Nase überall hineinsteckt, wo sie nicht hingehört – außer wenn sie einen guten Grund dafür hatte. Es sollte wirklich ein *verdammt* guter Grund gewesen sein!, dachte die alte Kriegerin

Wer braucht denn einen Grund, Toulac? Komm schon – gib's zu. Du genießt es doch! Im Hinterkopf hörte sie ihr jüngeres Ich, die zähe, tollkühne Abenteurerin, die sie schon tot geglaubt hatte. Und sie hatte sogar vollkommen recht. Toulac war überrascht, dass sie in der brutalen Kälte mit steifgefrorenem, schmerzendem Gesicht ein Grinsen zustande brachte. Der eiserne Rückenschild aus Kummer und Einsamkeit war zerschlagen. Sie fühlte sich, als ob die Trostlosigkeit der vergangenen Jahre im Wind zerstob. Die aufregende Flucht hatte ihr Blut in Wallung gebracht wie ein schwerer Wein. Sie spürte neues Leben, neue Kraft, und fühlte sich so jung wie lange nicht mehr. Veldan und ihr merkwürdiger Gefährte hatten ein Wunder vollbracht. Schließlich war gegen alle Wahrscheinlichkeit eingetroffen, wonach sie sich so sehr gesehnt und das zu erleben sie nicht mehr geglaubt hatte: das Abenteuer.

Auf Kazairl zu reiten war ziemlich aufregend. Sie hätte es nicht für möglich gehalten, mit welcher Geschwindigkeit er sich fortbewegen konnte, und musste ihre ganze Kraft und Geschicklichkeit aufbringen, um nicht herunterzufallen. Sie wurde hin und her geworfen, während der Drache im Zickzack zwischen den Bäumen hindurchsetzte und den Schnee von den Ästen schüttelte, der ihnen immerfort in schweren, nassen Klumpen auf den Kopf fiel. Die Zweige schlugen ihnen um die Ohren, wenn es Hals über Kopf ins nächste Dickicht ging, und sie musste ständig den Kopf einziehen, sonst hätte sie am Ende noch ein Auge verloren.

Ein wenig konnten sie in der Dunkelheit sehen, denn Veldan trug ein sonderbares Licht, das einen schwachen Schein in die nächste Umgebung warf. Andererseits war Toulac dankbar, dass ihr die weitere Beschaffenheit des Geländes verborgen blieb. Der Drache wenigstens schien im Dunkeln besser sehen zu können als sie. Steile Felsen pflegte er im Sturm zu nehmen, und er konnte fast senkrecht die Wand hinauflaufen wie eine Spinne. Manchmal landeten sie mit fürchterlichem Aufprall in einer Bodensenke, sodass ihre Zähne aufeinander schlugen und sie glaubten, die Wirbelsäule müsse ihnen die Schädeldecke durchstoßen. Nur ein einziges Mal in ihrem Leben, und das lag mehr als dreißig Jahre zurück, hatte Toulac etwas Ähnliches erlebt, als sie nämlich wegen einer Wette auf einem Floß die Stromschnellen des Tharascani hinuntergeschossen war.

Eine Zeit lang überließ sie sich dem Erlebnis und genoss es. Alles war viel zu schnell gegangen, als dass sie es schon recht begriffen hätte, geschweige denn, dass sie die Zeit gehabt hätte, sich über die Auswirkungen

Gedanken zu machen. Doch nach einer Weile musste sie sich der Wahrheit stellen, die sie während der langweiligen Jahre ihrer Zurückgezogenheit lieber vergessen hatte: Jedes Abenteuer hat seinen Preis. Zwar trug sie ihren dicken Schaffellmantel – den hatte sie angezogen, als Blank und seine Männer ankamen –, doch schmerzten ihr die Ohren und die Zähne von der Kälte. Zwischen ihren Oberschenkeln stieg die Wärme des Drachenkörpers auf, aber sie hatte kein Gefühl mehr in den Füßen, und in den Fingern auch nicht. Dagegen wünschte sie sich sehnlichst, auch ihren Hintern nicht mehr spüren zu können. Auf dem harten Drachenrücken wurde er schier zu Brei geschlagen. Zu den körperlichen Unannehmlichkeiten kam die Angst um den zurückgelassenen Mazal, der nun von der Gnade Blanks und seiner Soldaten abhing. Doch Toulac sagte sich, dass sie noch zur Genüge trauern könne, wenn es tatsächlich zum Schlimmsten käme. Jetzt konnte sie rein gar nichts für den alten Kämpen tun, und zunächst war ihr eigenes und Veldans Überleben das Wichtigste.

Toulac spürte, dass Veldans Kraft erlahmte. Dies war ein harter Ritt für jemanden, dessen Verletzungen noch heilten. Auch Kaz schien es gemerkt zu haben, denn er bremste sich ein wenig und wählte seine Wege mit größerer Umsicht.

Doch kurze Zeit später kämpfte er sich durch ein Brombeerdickicht, wobei seine Reiterinnen sich so eng wie möglich an ihn drückten, und gelangte an eine steil abfallende Böschung, die kaum bewachsen war. Veldan hob ihre geheimnisvolle Lichtkugel in die Höhe und beleuchtete eine kleine steinige Senke, die gerade groß genug erschien, dass Kazairl sich darin niederlassen konnte, und die ringsum dichten Tannen und Brombeersträuchern schützten. Dadurch war es nahezu windstill und die Schneedecke nur dünn.

Der Drache hustete ein paarmal, wie um den Frost aus dem Hals zu vertreiben. Die beiden Frauen reckten sich, streckten die steifen, zitternden Glieder und schüttelten sich den Schnee aus den Haaren. Toulac stieg zuerst ab, dann Veldan, die vor Erschöpfung strauchelte. Außerdem stand ihr die Bestürzung ins Gesicht geschrieben. »Toulac – es tut mir so Leid …«

»Was für ein Ritt!«, entgegnete die Veteranin und schnitt ihrer Entschuldigung entschlossen das Wort ab. »Darauf hätte ich nicht verzichten wollen, nicht für einen Haufen Diamanten!«

»Aber ich habe dich doch erst in den Schlamassel hineingebracht«, hielt ihr Veldan unglücklich entgegen.

»Mädelchen, Schlamassel ist mein Beiname, solange ich denken kann«, antwortete Toulac und begann Veldans Bündel aufzuschnüren. Sie versuchte ein Lächeln, fand aber, dass es mit steifgefrorenem Gesicht nun doch unmöglich war, und begnügte sich damit, ihr beruhigend auf den Arm zu klopfen. »Während der vergangenen Jahre habe ich so etwas sehr vermisst. Wenn einem nichts mehr übrig bleibt, als auf den Tod zu warten, dann ist ein bisschen Schlamassel mehr als willkommen.« Sie gab Veldan ihren Anteil an der Zusatzkleidung: ein Flanellhemd, eine dicke Strickjacke, die sich am Saum bereits auftrennte, und eine geflickte, aber robuste Lederweste. »Hier – zieh das an.«

»Aber ich bin schuld, dass du dein Haus und allen Besitz verloren hast«, beharrte Veldan, die mit steifen Fingern an den Hemdknöpfen nestelte. »Du kannst nicht mehr zurück. Und was geschieht mit Mazal?«

»Mädchen, wenn du dich im Leben für jede Kleinigkeit, die du anrichtest, entschuldigen willst, dann kannst du dir gleich selbst die Kehle durchschneiden«, knurrte Toulac und betrachtete mit großer Befriedigung, wie sich der Gesichtsausdruck ihres Gegenübers von Kummer in Bestürzung wandelte. »Du bist eine Kriegerin, nehme ich an. Also benimm dich nicht wie ein aufgeregtes Huhn! Du hast eine Entscheidung getroffen, und du hattest deine Gründe dafür. Mach dir also keine Gedanken um mich und Mazal. Das Pferd wird es überstehen, hoffe ich. Blanks Männer haben mein letztes Schwein geschlachtet, sie werden also heute Nacht nicht auch noch Pferdefleisch benötigen. Ich wäre in der Tat traurig, ihn zu verlieren, aber es ist zu spät, um sich deswegen verrückt zu machen …«

In diesem Moment bemerkte Toulac, dass sie nur noch ein Selbstgespräch führte. Veldan sank gegen Kaz gelehnt in die Knie und starrte aus glasigen Augen ins Leere. Die Lichtkugel fiel ihr aus der Hand und rollte in den Schnee. Toulac hielt sie gerade rechtzeitig an der Schulter fest, bevor sie ganz zu Boden rutschte. Veldan war nahezu bewusstlos.

Kazairl drehte sich ruckartig um und brüllte erschrocken. »Halt die Schnauze!«, zischte Toulac. »Du wirst uns noch verraten! Dann weiß jeder Soldat in diesem verfluchten Gebirge, wo wir stecken.«

»Die Pest soll sie holen! Was ist mit Veldan los?«

Diesmal gab es keinen Zweifel daran, was sie gehört hatte – und zwar nicht mit den Ohren, sondern im Kopf, so als hätte er jedes Wort laut und deutlich ausgesprochen. Sie starrte den Drachen mit großen Augen an. »Ich *wusste* doch, dass du schon einmal mit mir gesprochen hast!«

»Du kannst mich *hören!*« stellte der Drache fest, und Toulac fand, dass er eine ganz unverwechselbare Stimme besaß und dass sein bärbeißiger Ton in einem erstaunten Singsang geendet hatte. »Viele dieser dummen Menschen können es«, fuhr er fort, »aber ich kann dich nur hören, wenn du laut redest – doch das tut jetzt nichts zur Sache! Sag mir, was mit Veldan los ist!«

»Natürlich«, stimmte Toulac zu. Später wäre noch Zeit genug, um diese verblüffende Entwicklung zu bestaunen – immer vorausgesetzt, dass sie die Nacht überlebten. Sorgfältig überprüfte sie Veldans Herzschlag und horchte auf ihre Atmung. Veldan lag als schlaffes Bündel in ihrem Arm. »Hier – hilf mir, sie aufzurichten, damit ich ihr die übrigen Kleider anziehen kann«, wies sie den Drachen an, »wenn ich dann noch eine oder zwei Decken um sie wickeln kann … ich glaube, das Mädchen hat sich einfach übernommen«, redete sie weiter, während sie das Gesagte bewerkstelligte. »Die ganze Anstrengung und Aufregung ist nicht gut für sie, nachdem sie diesen Schlag auf den Kopf eingesteckt hat – und die verdammte Kälte macht es auch nicht besser.« Sie runzelte die Stirn. »Wenn sie wenigstens so viel Vernunft besessen hätte, im Bett zu bleiben …«

»Wage es nicht, über sie zu urteilen, Mensch! Du weißt nichts. Sie hatte keine andere Wahl.« Der Drache klang wie ein zuschnappendes Fangeisen, rot glomm es in seinen Augen, und die Veteranin merkte, dass sie unsicheren Boden betreten hatte. Trotzdem … »Kann schon sein, dass ich nichts weiß«, erwiderte sie stur, »aber das wird sich sehr bald ändern. Und wenn Veldan auch weiterhin nicht in der Lage ist, mir etwas zu erzählen, dann wirst du es stattdessen tun.« Sie funkelte den Drachen an, der ihr geradewegs in die Augen blickte – drohend in die Augen blickte, was Toulac entschlossen ignorierte. »In der Zwischenzeit, sobald du mit diesen Albernheiten aufhörst, werde ich sie wieder auf deinen Rücken legen und uns an einen sicheren Ort bringen, wo wir den Streit dann in Ruhe schlichten können.«

»Und was essen können?«, fragte er leidend. »Und Feuer machen?« Seine Laune war schlagartig von Angriffslust in Melancholie umgeschlagen.

Toulac grinste. »Wo wir viel zu essen haben – das verspreche ich –, und Feuer machen sowieso.«

»Worauf warten wir dann noch, Frau? Ich friere mir hier noch den Schwanz ab!«

»Hier ist es, Herr.« Der Sergeant legte das vorsichtige Gebaren und die steife Haltung eines Mannes an den Tag, der weiß, dass das, was er zu sagen hat, nicht gut aufgenommen wird. Blank erkannte das wohl. Sie standen am Waldrand, und sein Untergebener zeigte auf die bloßgelegte, vom Schnee befreite Fläche auf dem Geröllfeld, das sich weiter oben am Berg befand. »Dort haben wir die Spur verloren. Es ist zu dunkel, Herr, und die Männer wären in der Kälte fast erfroren. Bei diesem Sturm bleiben die Fackeln nicht in Brand. Selbst wenn wir etwas sehen könnten, hätte der Schnee die Spuren längst verwischt, bevor wir überhaupt dort ankämen.«

Nur mit Mühe gelang es Blank, den Unterkiefer wieder zu entspannen. Er selbst konnte auch nachts ausgezeichnet sehen, aber es hatte keinen Zweck, mit diesem Mann böse zu werden. Es war nicht Schuld seiner Soldaten, dass die Suche gescheitert war;. von Anfang an war sie unglücklich verlaufen. Wären die Frauen zu Fuß gewesen, dann gäbe es jetzt ein anderes Ergebnis, doch konnte sich ein Feuerdrache selbst im dichten Unterholz noch beunruhigend schnell fortbewegen. Andererseits würde er nicht lange durchhalten können.

Der Sturm ließ für kurze Zeit nach, und die harten Schneeflocken stachen nicht mehr so sehr im Gesicht. Blank sah noch einmal zum felsigen Abhang. Mit seinem kräftigen gedrungenen Körper und den anpassungsfähigen Pranken konnte der Feuerdrache solches Terrain überwinden, aber Blank wusste auch, dass es an Mord grenzen würde, wenn er die Männer in dieser Nacht da hinauf schickte, wo der Sturm wie ein Dämon mit eisigen Reißzähnen wütete und die Felsen heimtückisch glatt waren.

»Herr?« Der Sergeant klapperte mit den Zähnen und konnte kaum ein Wort herausbringen. Die Kälte machte ihn elend. Blank vernahm durchaus die stumme Bitte und drehte sich zu den anderen Soldaten um. Wie ganz erbärmlicher Pöbel drückten sie sich in den Schutz von ein paar dürren Bäumen. Sicherlich würden sie es nicht wagen, seinem Befehl den Gehorsam zu verweigern, doch ganz offensichtlich hätten sie die Verfolgung nur mit äußerstem Widerwillen fortgesetzt. Also nickte er knapp und sagte: »Gut. Sammle die Männer und schicke sie zurück. Es sieht so aus, als ob wir unsere Beute verloren haben.«

»Jawohl, Herr!« Eiligst und mit mehr Begeisterung, als er während der ganzen Operation gezeigt hatte, machte der Sergeant sich daran, die Männer zusammenzutreiben. Sobald sein Untergebener außer Hörweite war, schickte Blank den Entkommenen einen deftigen Fluch hinterher. Er betrachtete die höher gelegenen Abschnitte des Gebirges, eine beeindruckend finstere Kulisse in schwarz, silber-, zinn- und perlgrau. Und in einem ihrer Schatten, das wusste er, verbarg sich seine Beute. Er konnte nicht mehr darauf hoffen, sie noch in dieser Nacht zu finden – es sei denn, sie überquerten ein Schneefeld. Aber nein. Er schüttelte den Kopf. Eine ehemalige Söldnerin und zwei Hüter des Wissens würden niemals solch einen dummen Fehler begehen. Nein. Mochten sie ruhig dort oben bleiben, sich vor ihrem Jäger in Sturm und Dunkelheit verbergen – und erfrieren!

Ich will nicht, dass sie stirbt.

Ungewollt stieg das Bild der grauäugigen Drachenreiterin vor ihm auf. *Wer bist du, Mädchen? Warum führst du mich zurück in die Vergangenheit, der ich so glücklich entkommen bin?*

Nun, er konnte nichts unternehmen. Hoffentlich wussten die Flüchtigen, was sie taten. Jetzt, da er die Soldaten vom Gebirge abgezogen hatte, würde der Feuerdrache sie hoffentlich an einen geschützten Platz bringen, bevor die Elemente sie umbrächten. Und hoffentlich finde ich sie bald, dachte Blank, damit ich das Geheimnis der grauäugigen Agentin lüften kann. Sie darf nicht sterben – aber sie darf mir auch nicht entkommen, bevor ich meine Antwort erhalten habe.

Die Soldaten waren bereits fort, da stand Blank noch immer am Waldrand. Der Sturm schwoll wieder an, und die beißende Kälte wollte ihm schlimmer als vorher erscheinen; sie war todbringend. Dann drehte er sich auf dem Absatz um und folgte der Spur seiner Männer durch den Wald hinab zur Sägemühle, wo es warm war und zu essen gab. Unterdessen hatte er heftige Kopfschmerzen bekommen, sie pochten unmittelbar hinter seinen Augen. Er wusste, dass dies zum Teil der Kälte zuzuschreiben war, aber zum anderen Teil seinem Ärger, der Enttäuschung und Verwirrung und einer seltsamen seelischen Erschütterung. Er hatte erwartet, in seinem ganzen Leben keinen Feuerdrachen mehr wiederzusehen. Warum, im Namen des Lebendigen, war er ausgerechnet hier aufgetaucht – mitten im Gebirge von Callisiora? Und wie hatte er das bewerkstelligt? Wo er hergekommen war, brauchte er sich nicht zu fragen. Dafür gab es nur eine Antwort: aus dem Land des Magischen Volkes, das sein Land war, das Land seiner Geburt. Und darum war das Auftauchen des Feuerdrachen noch viel gefährlicher, bedeutsamer – und vollkommen unerträglich.

Soweit Blank wusste, war es ihm als Einzigem gelungen, aus dem Reich der Magier zu entkommen. Die Alten, die gegen so mächtige Wesen zweifellos misstrauisch gewesen waren, hatten dieses Land mit undurchdringlichen Grenzen umgeben und sie zugleich so eingerichtet, dass ein jeder beim etwaigen Durchschreiten seine Magie verlöre. Zornige Gedanken rasten durch seinen Kopf; sie entsprangen einem Groll, der ebenso alt war, wie diese Welt.

Warum hatten die unbekannten Schöpfer dieser Welt das Magische Volk hierhergebracht, wenn sie ihnen anschließend ihre Zauberkraft verweigerten? Sie haben uns eingesperrt und verstümmelt wie Vieh! Sie brachten uns auf das unterste Niveau zurück, nahmen uns das Wissen, mit dem wir uns entwickeln und erhöhen könnten. Allen Arten dieser Welt haben sie das angetan. Aber an uns begingen sie das größte Verbrechen. Sie haben uns den wertvollsten Grund unserer Existenz genommen und uns hinter eine Barriere verbannt, gegen die die Schleierwand wie ein fadenscheiniger Vorhang aussieht.

Dann haben sie den Schattenbund als Gefängniswärter eingesetzt, damit er nicht nur uns, sondern alle gefangenen Völker davon abhält, über sich hinauszuwachsen und ihre wahren Fähigkeiten zu entwickeln. Dieser verfluchte Schattenbund! *Sie nennen sich Hüter des Wissens, aber sie sind nicht viel besser als die Wärter einer Menagerie …*

Die Erinnerung traf ihn mit voller Wucht. Genau diese Worte hatte er vor über zwanzig Jahren zu Cergorn gesagt, und genau diese Worte hatten ihn als Abtrünnigen gebrandmarkt und dazu verurteilt, den Verrätertod zu sterben. Äußerst knapp nur war er entkommen. Seine Flucht, nur wenige Stunden vor der Hinrichtung, hatte er dem Mut des einzigen Menschen im Schattenbund zu verdanken, der seine wahre Herkunft kannte – denn die Alten hatten die Existenz der Magier sogar vor ihren treuen Wachhunden verheimlicht –, und der wirklich und wahrhaftig an ihn glaubte.

Nun, am Ende würde die ganze Welt über das Magische Volk Bescheid wissen. Die Zerstörung der Schleierwand war nur der Anfang. Sein gewonnenes Wissen würde ihm auch zu der Entdeckung verhelfen, wie die stärkere Barriere zu durchbrechen war, die das Magische Volk aufhielt und seine Zauberkraft unterdrückte – selbst hier, auf diese Entfernung. Er glaubte an seine Bestimmung und daran, dass sein Leben verschont worden war, damit er diesen einen großen Plan in die Tat umsetzte, koste es, was es wolle. Er war nach Callisiora geflohen und hatte sich in Tiarond niedergelassen! Mehr als zwanzig Jahre lang hatte er an diesem Plan gearbeitet, und nun endlich durfte er es wagen, den ersten entscheidenden Zug zu tun. Die Welt und ihre Bewohner brauchten Veränderung, Bewegung, Entwicklung – und das Endergebnis würde die schreckliche Zahl der Toten wert sein. Eins stand für Blank unverrückbar fest: Am Ende würde ihm das Schicksal Recht geben.

Eine graue, einsame Gestalt, so schritt er durch den

Kiefernwald, mit den Gedanken weit fort von Dunkelheit, eisigem Wind und verschneiten Bäumen. Er verbannte den Zorn und grübelte stattdessen über das Geheimnis des Feuerdrachen und seiner Reiterin mit dem seltsam vertrauten Gesicht.

Unwillkürlich, von alten Instinkten geleitet, fand er den Rückweg durch dichtes Unterholz und Dornensträucher, kaum dass er die Bäume wahrnahm, und wich mit Gewandtheit Mulden und Abbruchkanten aus. Seine Gedanken galten dem rätselhaften Auftauchen eines Wesens aus einem anderen Leben, das eine Fülle an Erinnerungen mit sich brachte, an ein Land, das für ihn fern und unzugänglich war. Es fiel ihm sehr schwer, aber er richtete seine Gedanken entschlossen auf den Drachen und nicht auf dessen Reiterin – ein verloren wirkendes, dunkelhaariges Mädchen mit durchdringendem Blick und einem Gesicht, das aus seiner Vergangenheit zu stammen schien.

Inzwischen war Blank am Haus der alten Frau angekommen, und er fühlte sich so erschöpft und ausgelaugt wie schon lange nicht mehr. Er erkundigte sich bei den Wachen nach Zavahl – der sei entweder bewusstlos oder schlafe, erhielt er als Antwort – was von beidem zutraf, war ihm im Augenblick gleichgültig. Unverzüglich begab er sich in sein Bett auf dem zugigen Dachboden.

Dort endlich fand er die Ruhe und Einsamkeit, die er benötigte, um sich in seine Vergangenheit zurückzuversetzen, in ein anderes Land, wo er einen anderen Namen getragen hatte, jünger und weniger klug und misstrauisch gewesen war – und wo er hatte sterben sollen …

Die Elemente sorgten für einen spektakulären letzten Sonnenuntergang. Von der Höhe des Kundschafterturms hatte es den Anschein, als versänke die Sonne langsam in den trüben Wolken, die sich über dem See zusammengezogen hatten, und sie verwandelte das graue

Leichentuch in eine glanzvolle Robe aus flammendem Purpur, wie für einen König geschaffen. Ein prächtiger Abschied für einen Verdammten, dachte Amaurn bitter. Nur damit es mir wirklich Leid tut, nie wieder einen verdammten Sonnenuntergang zu sehen. Ein letztes Morgengrauen ist alles, was mir bleibt. Es sei denn, ich habe das Glück, noch den ersten Sonnenstrahl zu erhaschen, bevor sie mich hinrichten.

Wenigstens hatte er es geschafft, Cergorn und den übrigen rückgratlosen Speichelleckern ein paar Unannehmlichkeiten zu bereiten. Da es sonst kein Gebäude gab, das als Gefängnis dienen konnte, waren die Wissenshüter gezwungen gewesen, die Horcher aus dem Kundschafterturm zu entfernen und stattdessen ihren Gefangenen dort unterzubringen, und zwar mit genügend Wachen vor dem einzigen Eingang, um selbst einen wütenden Feuerdrachen noch aufzuhalten. Es hatte durchaus Vorteile, in diesem Turm eingesperrt zu sein. Das runde Turmzimmer, dessen vier Fenster nach den vier Himmelsrichtungen zeigten, bot einen luftigen, offenen Ausblick, sodass er sich nicht wie im Kerker fühlte. Weil sich hier normalerweise die Horcher aufhielten, die ihren Geist unausgesetzt empfänglich erhalten mussten, damit ihnen auch nicht der schwächste telepathische Ruf entginge, war der Raum warm und äußerst behaglich. Es gab einen großen Kamin, ein schwerer Vorhang vor der Treppe hielt die Zugluft ab, dicke Teppiche aus Brokat verdeckten den nackten Stein an Wand und Boden, ein Tisch stand da, an dem man schreiben und essen konnte, und bequeme Sessel und Sofas, die ausschließlich der Entspannung dienten.

Ich kann mir nicht vorstellen, dass Cergorn ahnt, wie es hier oben aussieht, dachte Amaurn anzüglich. Er hätte sonst sicher die Wandbehänge heruntergerissen und die Sessel aus dem Fenster geworfen, damit ich auf dem kalten Stein schlafen muss. Glücklicherweise war der Turm hoch und schmal, und der Raum seiner Gefangenschaft war nur über eine tückische steile Wendeltreppe erreichbar. Für Cergorn mit seinen Hufen und dem mächtigen Rumpf eines Schlachtrosses war es unmöglich, den Aufstieg zu bewältigen. So bleibt mir auch weitere Verachtung und Verurteilung seitens des Archimandriten erspart, dachte Amaurn – ganz zu schweigen von den endlosen rechtschaffenen Vorträgen darüber, dass man die unglücklichen Bewohner dieser Welt vor ihrem angeborenen Hang zur Selbstzerstörung zu bewahren habe.

Als die Sonne von den Wolken ausgelöscht war und sich die Dämmerung in das Tal geschlichen hatte, trat Amaurn vom Fenster zurück, legte ein, zwei Scheite aufs Feuer und zündete die Kerzen an. Man hatte ihm kürzlich das Abendessen gebracht, und er deckte die Schüsseln auf. Da stand nun Suppe, geräucherte Forelle, gebratene Gans mit Gemüsen, Waldbeeren in Wein und ein großzügiges Stück Käse. Amaurn machte sich über das Essen her. In Anlehnung an eine Tradition, die so alt war wie die Welt selbst, glich sein letztes Mahl einem Festessen, und er sah keinen Sinn darin, etwas so Gutes zu vergeuden. Außerdem war es ihm unmöglich, so kurz seine Zukunft auch erscheinen mochte, die Hoffnung vollkommen aufzugeben. Sein eigener Tod war ihm unvorstellbar, und so würde es auch bleiben, das wusste er, und zwar bis zum letzten Atemzug. Falls er durch irgendein Wunder in der Nacht entkommen konnte oder gegen alle Wahrscheinlichkeit gerettet wurde, dann wäre es nicht gut, einen leeren Magen zu haben.

Amaurn musste über seine Torheit laut lachen. Dem Tod geweiht und noch an Essen und Rettung denken! Nun gut, vielleicht war das so bei allen Verurteilten. Er kostete den Wein und fragte sich, warum man solch rare Köstlichkeit an einen Menschen verschwendete, den man schon ein paar Stunden später töten wollte. Mit einem Achselzucken hob er den Kelch und brachte einen stillen Toast auf Aveole aus – der Einzigen, die ihn wirklich verstand und der er nicht gleichgültig war. Woran dachte sie in dieser Nacht? Wenn der Turm das Einzige in Gendival war, das zum Gefängnis taugte, wo hatte Cergorn dann sie untergebracht? Aus Grausamkeit hatte man sie hergeholt, damit sie Zeuge werde, wie ihrem Liebsten die letzte Demütigung angetan wurde. Er wusste nur noch Weniges von dem Prozess, aber Aveoles graues, krank aussehendes Gesicht und ihr rabenschwarzes Haar stand ihm klar vor Augen. Ihr schlanker Körper war erbarmungswürdig in sich zusammengesunken, doch in ihren grauen Augen funkelte die Aufsässigkeit, und niemand der ihr zugesellten Wissenshüter – nicht einmal Cergorn persönlich – hatte diese Aufsässigkeit auslöschen können.

Man hatte den Prozess auf einer Lichtung am Ufer des düsteren oberen Sees abgehalten. Das Wasser dort war eisig und so grau wie die Wolken, die immerwährend über dem Bergsee hingen, der den Eindruck unendlicher Tiefe erweckte. Die Landschaft mit den dunklen Tannen passte ganz und gar zu dem Anlass. Doch davon abgesehen musste diese bedeutsame Versammlung, die sich mit einer Angelegenheit befasste, welche den Schattenbund selbst betraf, im Freien stattfinden, da die Mehrheit der Wissenshüter in keine menschliche Behausung passte oder einfach ihr angestammtes Element nicht verlassen konnte.

Viele Augen waren auf ihn gerichtet gewesen, auf der Lichtung, vom Wasser aus, von den Bäumen herab und aus der nebligen Luft. Der Afanc schwamm in Ufernähe und hob den Kopf weit aus dem Wasser, seine schwarzgrüne Mähne floss an seinem biegsamen, glänzenden Hals hinunter. Er machte ein ernstes und zugleich kummervolles Gesicht. Selke und Delfini wagten sich nicht so weit flussaufwärts, doch einige Dobarchu schwammen im seichten Wasser. Ihren runden haarigen Gesichtern und den glänzenden dunklen Augen fehlte die übliche Fröhlichkeit und der Schalk.

Im tieferen Wasser war eine Nereide aufgetaucht und hielt stolzen Abstand vom Ufer. Sie war die einzige ihrer

Art, der Cergorn zu kommen erlaubt hatte, denn der Archimandrit, und mit ihm die meisten Landbewohner, fürchteten und verachteten diese Wesen. Doch selbst ihr blasses, spitzes Gesicht drückte Kälte und Missbilligung aus. Ihr Sirenengesang war verstummt, dieses eine Mal stand ihr nicht der Sinn danach, Landbewohner ins Wasser und in den Tod zu locken, um ihr erbarmungsloses Verlangen nach Lust zu befriedigen.

Auf der Lichtung standen die Zentauren: Cergorn, seine Lebensgefährtin und seine Kinder. Sie alle starrten Amaurn hasserfüllt an, was er ihnen kaum verdenken konnte. Zum Glück änderten die befremdlichen Chitingesichter der Gaeorn und Alvai nie ihren Ausdruck, wenn auch freilich der rote Schimmer in den Augen der einen und die sprungbereite Haltung der anderen Feindseligkeit ausdrückten.

Auch einige Luftbewohner waren gekommen. Amaurn sah die Luftgeister immer wieder aus dem Augenwinkel; sie zeigten sich als fließender Schimmer. Am Himmel bewegten sich lustlos mehrere Engel einmal hierhin, einmal dorthin. Ihre Flügel erstreckten sich über die Länge von zwei ausgewachsenen Männern, und ihre schmalen Körper waren nicht geeignet, um sich lange am selben Platz aufzuhalten. Mit ihren langen Schwänzen beschrieben sie elegante Figuren wie ein Kinderdrachen, und insgesamt glichen sie sehr den Rochen.

Da sie von starker Sonnenstrahlung abhängig waren, verließen die Drachen äußerst selten die Wüsten ihrer Heimat. Doch in Amaurns Fall hatten sie eine Ausnahme gemacht. Zwei ihrer Repräsentanten waren gekommen. Sie ruhten eindrucksvoll unter den Versammelten und leuchteten golden, als hätten sie den Schein der Wüstensonne an diesen bedrückenden Ort gebracht. Wahrhaftig eine besondere Ehre, dachte Amaurn säuerlich, denn er hatte Chahala erkannt, die Seherin. Sie war schon sehr betagt, und die Farbe ihres steifen alten Körpers changierte bereits von golden nach silbern. Die lange Reise musste für sie sehr beschwerlich gewesen sein, und Amaurn wunderte sich, warum sie gekommen war. Sie wird bald sterben, dachte er und fühlte einen Stich des Bedauerns. Dann wird sie die immense Ansammlung an Erinnerungen und Wissen an einen jüngeren weitergeben, der wie sie die Gabe – oder den Fluch – des Sehers besitzt. Als ihre Blicke sich trafen, glaubte Amaurn einen Anflug von Wohlwollen in ihren Augen zu erkennen – oder bildete er sich das nur ein?

Die Mitglieder des Schattenbundes, für die es unmöglich war zu kommen – zum Beispiel die gewaltigen Leviathane der Meere und die feurigen, gestaltwandelnden Salamandri aus den Vulkanen –, verfolgten den Prozess mit Hilfe von Späherkugeln. Diese Kugeln aus Kristall, von der Größe etwa eines Menschenkopfes, waren ein Überbleibsel der Technik – oder der Magie – der Alten, und niemand verstand, wie sie funktionierten. Bilder und Töne wurden auf geheimnisvolle Weise zwischen den Kugeln ausgetauscht: Was man in einer Kugel sah und hörte, das konnte in den anderen ebenfalls beobachtet werden, ganz gleich wie weit entfernt sie sich befanden.

Alle Wesen, von denen gesagt werden konnte, dass sie Gesichter im menschlichen Sinne besaßen, stierten ihn feindselig und anklagend an und waren bereit, ihn zu verdammen. In der versammelten Menge der Wissenshüter und Mechaniker stand nur eine einzige Person auf seiner Seite, und wenn der Archimandrit seinen Willen durchsetzte, würde sie für ihre Treue leiden müssen. Einige seiner, Amaurns, Anhänger waren nicht zugegen. Zweifellos erduldeten sie selbst eine Bestrafung. Unter den Anwesenden sah er indes viele, die ihn früher lautstark unterstützt hatten. Offensichtlich hatten sie widerrufen, als Cergorn den Kampf gewann und seine hohe Stellung als Archimandrit des Schattenbundes behielt.

Amaurn mutete es seltsam an, wie wenig er sich vom eigentlichen Prozess ins Gedächtnis rufen konnte. Er erinnerte sich an seinen Ärger darüber, wie man in die Länge zog, was im Grunde eine ganz einfache Sache war: Er hatte sich mit dem Archimandriten über den grundsätzlichen Zweck des Schattenbundes zerstritten, und als Cergorn kein Entgegenkommen zeigte, hatte Amaurn seine Gefolgsleute um sich geschart – gar nicht wenige, was das betraf – und einen Aufstand angeführt, um den Zentauren zu stürzen. Er hätte Erfolg gehabt, wenn der Zirkel der Altwissenshüter nicht solch ein Haufen hasenfüßiger Feiglinge gewesen wäre, die es vorzogen, sich hinter Tradition und Gewohnheit zu verstecken. Einzig der Gaeorn war schnell dabei gewesen, den Aufwiegler Amaurn zu unterstützen, aber als sich alle anderen gegen ihn stellten, hatte er ebenso rasch wieder einen Rückzieher gemacht.

Amaurn überkam ein brennender Zorn, als ihm Cergorns Richterspruch wieder einfiel. »Dein Verrat kennt keine Grenzen. Wir haben dich aufgenommen, einen heimatlosen Fremden, und dir einen Platz in unserer Mitte, unseren Schutz und unser Vertrauen geschenkt. Als Gegengabe plantest du Aufruhr und Rebellion. Du hast deine Gefährten im Schattenbund für deine Zwecke missbraucht und jeden deiner Schwüre gebrochen. Darüber hinaus hast du das Wohl eines jeden Geschöpfes, das unter der Sonne lebt, bedroht, das Wohl eben jener, deren Schutz und Schirm du gelobt hast, denn du wolltest die Welt von Myrial ins Chaos stürzen!«

»Entwicklung und Wachstum wollte ich, du kurzsichtiger Narr! Du dagegen willst diese Welt für alle Ewigkeit in den Windeln halten …« Das war alles gewesen, was er vorbringen konnte, bevor sie ihn stoppten. Verstärkt durch die Hohen Hüter des Wissens, hatte Cergorn gleich einer Schraubzwinge Amaurns Geist mit eisernem Willen bezwungen und ihm den Mund versiegelt wie mit einem Knebel.

Darauf hatte Cergorn das Urteil verkündet. »Amaurn, du kannst nicht abstreiten, was du getan hast. Deine fehlgeleiteten Ideen bedeuten eine Gefahr für die ganze Welt, und du darfst nicht am Leben bleiben.« Und nach einem tiefen Atemzug fuhr er fort: »Es ist der Wille der Hohen Wissenshüter, dass du sterben sollst. Morgen bei Sonnenaufgang wirst du hingerichtet werden, auf eine Weise, die wir bestimmen werden. Ich hoffe, dass du, wie auch deine verblendeten Anhänger, die letzten Stunden deines Lebens in ernstem Nachdenken über deinen Irrweg verbringen wirst.«

Amaurn wich der Erinnerung an diese Worte aus und lenkte seine Gedanken in die Gegenwart zurück. Er sah sich etwas benommen in dem Turmzimmer um, das sein Gefängnis war, als sei er nur aus einem bösen Traum erwacht. Er hielt das Weinglas noch in der Hand, aber sie zitterte. Die Botschaft des Archimandriten war unmissverständlich. Sollten seine Anhänger sich dazu entschließen, die Sache ihres gefallenen Anführers fortzusetzen, so würden sie dasselbe Schicksal erleiden. Umso besser war es, dass die anderen seine wahre Herkunft nicht erfahren hatten – und dass weder sie noch Cergorn seine letztendlichen Ziele kannten.

Nur Aveole kannte alle seine Geheimnisse, sie verstand und unterstützte ihn, glaubte an ihn und liebte ihn. Ach, wie sehr er sich danach sehnte, sie zu sehen – nur einmal noch. Cergorn hatte jegliche telepathische Verbindung zwischen Amaurn und den anderen Mitgliedern unterbunden. Aber sicherlich würde nicht einmal der Archimandrit es einem zum Tode Verurteilten versagen, der Frau, die seine Seelenverwandte geworden war, ein letztes Lebewohl zu sagen? Er wartete, angespannt und sehnsüchtig – doch als sie schließlich kam, war sie im Raum, ohne dass er das leiseste Anzeichen ihres Kommens bemerkt hatte.

Als Hüterin des Wissens war sie dazu ausgebildet, völlig unbemerkt vorgehen zu können. Wie aus dem Nichts kam das sachte Klicken des Riegels, und es war, als ob der schwere grüne Vorhang sich nur durch einen Luftzug bewegt hätte. Dann glitt Aveole geschmeidig und lautlos wie eine Katze hinter dem Vorhang hervor. Amaurn blickte von den Resten seines Mahls auf. Sie war da. Bleich und stumm wie ein Gespenst erschien sie ihm. Einen zeitlosen Augenblick lang schauten sie sich an, dann sprang er auf, und sie hielten sich in den Armen, ehe sie sich einer Bewegung bewusst geworden waren.

So standen sie, ohne etwas zu sagen, und pressten sich aneinander, als wollten sie zu einer Person verschmelzen. Doch ihren Geist schirmten sie gegeneinander ab. Wie ähnlich wir uns doch sind, dachte Amaurn. Keiner will seinen Schmerz dem anderen aufbürden. Still genoss er, wie die sehnigen starken Arme ihn festhielten, genoss den Wohlgeruch ihrer Haare, die Berührung ihrer seidigen Haut, auf der ein paar raue Narben zu spüren waren.

Eine Zeit lang saugten sie einander auf, schwelgten in Erinnerungen, dann, wie auf ein Zeichen, traten sie auseinander. Aveole drehte sich hastig von ihm fort, und Amaurn glaubte ein Glitzern auf ihren Wangen zu bemerken. Sie ging ans Fenster und schaute auf das dunkler werdende Tal hinaus. Ein einzelner Gedanke verließ ihren Schutzschild. *Das ist meine Zukunft, nichts als Dunkelheit.*

Amaurn betrachtete mit wachsendem Stolz, wie sie sich beherrschte, gerade als er selbst seine Gefühle bezwang, die ihn zu überwältigen drohten. Einen Augenblick später hob sie den Kopf und straffte die Schultern. Als sie sich zu ihm umdrehte, waren ihre Augen trocken. »Sie lassen mich nicht allzu lange bleiben«, sagte sie leise. »Zuerst habe ich geglaubt, sie würden mir überhaupt nicht gestatten, dich noch einmal zu sehen.«

Amaurn gelang ein Lächeln. »Wenn es auf einen Willenskampf ankommt, würde ich jederzeit alles auf dich setzen.«

»Davon bist du überzeugt? Warum konnte ich dann den wichtigsten aller Kämpfe nicht gewinnen und sie dazu bringen, dein Leben zu verschonen?« Aveole ballte verstohlen die Fäuste. Sie begann zu zittern. »Wenn diese Nacht vorbei ist, werde ich dich nie mehr wiedersehen.«

Sie war kaum kleiner als er und wirkte doch zierlich und verletzlich, wie sie so vor ihm stand. Man hatte ihr die Lederkluft der Wissenshüter genommen und sie in ein formloses, weißes Hemd aus einem dünnen Stoff gesteckt, das in dieser feuchtkalten Herbstnacht keinesfalls wärmte. An den Füßen trug sie nur leichte Pantoffeln, die auf nassem, steinigem Boden im Nu zerschlissen wären. Vermutlich sollte diese Bekleidung sie an der Flucht hindern. Das harte Weiß nahm ihrem Gesicht das letzte bisschen Farbe und ließ es hager erscheinen. Sie wirkte verhärmt, und das lose Gewand gab ihr das Aussehen eines zur Opferung hergerichteten Menschen. Amaurn liebte sie, seit er sie zum ersten Mal gesehen hatte. Aber ihm war niemals bewusst gewesen, wie stark seine Liebe war – bis jetzt, wo sein Tod bevorstand. Er fühlte sich wie mit einem warmen, klaren Licht erfüllt, das seinen Segen über alle seine Taten ausgoß. Nun, da es zu spät war, bedauerte er die Konfrontation mit dem Archimandriten. Wären nicht sein Stolz und seine Torheit gewesen, er und Aveole hätten eine Zukunft miteinander haben können! Er wünschte sich sehnlich, mit ihr fliehen zu können, irgendwohin, wo sie zusammen sein und in Sicherheit leben könnten.

Sie musste ihm seine Gefühle angesehen haben, denn gerade, als er einen Schritt auf sie zu machte, eilte Aveole ihm quer durch den Raum entgegen, mit der Behändigkeit und Anmut der geborenen Schwertfechterin. Sie umarmten und küssten sich mit atemloser Leidenschaft, die sie taumelig machte. Dann zerrten sie sich die Kleider vom Leib und paarten sich wie zwei Rasende, verzweifelt und traurig, voller Lust und Zorn.

Als sie schließlich die Ruhe der Erfüllung gefunden hatten, schmiegten sie sich auf dem Sofa aneinander, besänftigt, satt und schläfrig. Aveole nahm sein Gesicht in ihre schwieligen Hände und zeichnete seine Linien nach, prägte sie sich ins Gedächtnis.

»In meinem Herzen«, flüsterte sie, »werden wir immer so wie jetzt zusammen sein.« So lagen sie und genossen jeden kostbaren Moment, bis die Wachen Aveole abführten.

Sie war tapfer gewesen bis zum Ende, lehnte es ab zu schluchzen oder sich an ihn zu klammern, und hielt in Gegenwart der Wachen, die einst ihre Gefährten im Schattenbund gewesen waren, auf ihre Würde und die Würde ihres Geliebten. Er hatte ihr seinen Mantel geben wollen, aber sie wies ihn entschieden zurück. Später kannte er den Grund. Sie hatte gewusst, dass er ihn selbst brauchen würde. Stattdessen hatte er ihr seinen Ring geschenkt – ein Erbstück seines Geschlechts. Er war aus dem Gold der Magier geschmiedet, das mit einem inneren Feuer glüht, als sei Leben darin. In dem Ring schlummerten Kräfte, die nur jemandem seines Geblüts dienen würden; Aveole konnte sie weder entdecken noch nutzen. Doch darauf kam es nicht an. Sie sollte etwas besitzen, was sie an ihn erinnern würde.

Auf der Treppe drehte sie sich noch einmal um, streckte die Hand aus, an der das Gold des Rings wie eine Flamme loderte. Ihre grauen Augen glänzten von Tränen, die das Einzige waren, was er ihr sonst noch hinterlassen hatte.

Das war seine letzte Erinnerung an Aveole. Er hatte sie niemals wiedergesehen – bis zu dieser Nacht, wo er als kaltherziger Fremder in das süße Antlitz seiner Liebsten geblickt hatte, das sich in dem narbigen Gesicht einer anderen Frau verbarg, die aus dem Nirgendwo gekommen und im Sturm wieder verschwunden war.

Kapitel 22

Die Zehnthöhlen

»Warum habe ich mir nur eingebildet, dass es eine gute Idee sein könnte, hier heraufzukommen? Ich muss verrückt gewesen sein.« Toulac hatte den Fehler begangen, über die Schulter zurückzublicken, und die klaftertiefe Leere gesehen, die hinter ihr lag. Ihr zog sich der Magen zusammen.

Irgendwo da unten befand sich ihr Haus und erschien ihr nun verlockender, als sie es je für möglich gehalten hätte. Sehnsüchtig dachte sie an ihr Bett, an den Kamin, den Krug Whiskey …

Sei nicht so töricht! Gestern warst du noch ganz wild auf ein Abenteuer, schon vergessen? Die alte Kriegerin drückte die Knie fester an den Drachenrücken und sah entschlossen nach vorn. Sie bewegte ein wenig die schmerzenden Arme, zwischen denen sie die zusammengesunkene Veldan festhielt. »Nicht mehr weit«, keuchte Kazairl. Nur noch dreihundert Schritt über bröckelndes Gestein, dann hatten sie den Kamm erreicht.

Toulac wusste, dass sie sich nicht schuldig zu fühlen brauchte, und kämpfte doch gegen ein schlechtes Gewissen an. Schließlich war es der arme Feuerdrache, nicht seine Reiter, der den ganzen Aufstieg gemacht hatte. Seine Flanken bewegten sich mit jedem rasselnden Atemzug, und Toulac rang mit ihm gemeinsam nach Atem, freilich mehr aus Mitgefühl als aus eigener Anstrengung. Vergeblich versuchte sie, die Umgebung zu erkennen.

»Lass mich dir helfen«, sagte der Feuerdrache, »jedenfalls funktioniert es bei Veldan …«

»Myrial sei mir gnädig!« Plötzlich erstand die Landschaft klar und deutlich in Toulacs Kopf.

»Du siehst, was ich sehe«, erläuterte Kaz selbstgefällig.

»Myrial in der Jauchegrube! Jetzt habe ich alles gesehen!«

»Bleib bei mir, und es wird wahr werden«, kicherte der Drache.

Toulac rieb sich das Eis aus den Wimpern und versuchte, sich zu orientieren. Der Bergrücken, den sie erklommen hatten, war ein Ausläufer des Chaikar. Sein Gipfel bildete einen stumpfen Kegel, der rechts vor ihnen aufragte. Sie zitterte. Hier oben wehte unaufhörlich ein bitterkalter Wind, der den Schnee nahezu waagerecht vor sich her trieb und der wie mit eisigen Fingern in alle Öffnungen und zwischen alle Lagen ihrer abgenutzten Kleider griff. Auch der Schaffellmantel konnte ihn nicht abhalten. Die Kälte zehrte an ihren Kräften. Was musste es erst für die arme Veldan bedeuten! »Hast du dich genug ausgeruht?«, fragte Toulac. »Wir sollten hier oben nicht herumtrödeln.«

»Ich bin fertig. Wie geht es Veldan?«

»Sie kann es noch aushalten, glaube ich, aber je eher wir aus der Kälte herauskommen, desto besser.« Während sie das sagte, spürte sie schon, wie Kaz sich bereitmachte. »Halt dich fest«, befahl er, »es geht weiter!«

Toulac flog der Kopf in den Nacken, als der Drache plötzlich voranpreschte. Seine langen Greifpfoten mit den scharfen Krallen schmiegten sich um jede Unebenheit und gaben ihm Halt. Schwungvoll wie ein Gecko lief er den steilen Felshang hinauf, während unter ihm die Steine knirschten und zu Tal polterten. Auf einem Felssims verschnaufte er noch einmal kurz und war, bevor Toulac sich gesammelt hatte, um etwas zu sagen, schon wieder auf und davon, um sie in einer letzten Anstrengung schließlich auf den Kamm zu bringen.

»Geschafft! Wir sind oben!« Der Drache brauchte eine Rast. Toulac hielt Veldan mit beiden Armen fest und rutschte von seinem Rücken. Sie war froh, endlich festen und ebenen Grund unter den Stiefeln zu spüren. Sie hielt Veldan so gut es ging aufrecht und verweigerte ihren eigenen weichen Knien die Aufmerksamkeit. Veldan stöhnte. Entweder war sie beim Absteigen zu sich gekommen, oder der Wind, der nahe dem Gipfel so unerbittlich über den Kamm blies und wie ein Schwall kaltes Wasser wirkte, hatte sie halb aufgeweckt.

Kaz schwankte. »Luft, Luft – ich brauche Luft …«, keuchte er Mitleid heischend und ein wenig zu dramatisch. Toulac machte einen Satz und schaffte es, Veldan rechtzeitig zur Seite zu ziehen. dann streckte der Drache alle Viere von sich und ließ sich mit voller Wucht auf den Bauch plumpsen, dass Toulac die Erschütterung in den Beinen spürte.

Als der Drache zu Boden ging, war Veldan schlagartig wach. »Kaz, was ist passiert?« Sie befreite sich aus Toulacs Armen und taumelte auf ihren Partner zu. Der hob den Kopf und schirmte sie ein wenig gegen den Wind ab, indem er sich aufrichtete und sie mit seinem langen Hals umfing. »Es geht mir gut, Schätzchen. Bin nur außer Atem, weil ich zwei Mädchen diesen verflixten Steinhaufen hinaufgeschleppt habe. Aber wie geht es dir?«

Veldan fühlte sich zittrig und schwach. Alles tat ihr weh, und besonders in ihrem Schädel hämmerte es wie wild. Aber sie bemühte sich, ihre körperlichen Qualen vor ihm zu verbergen. »Ich habe mich schon besser gefühlt, aber ich werde es überleben. Wo sind wir eigentlich?«

»Wir befinden uns knapp unterhalb des Gipfels. Deine Freundin behauptet, in dieser Gegend ein gutes Plätzchen zu kennen, wo wir uns unterstellen können – aber sie hat natürlich vergessen zu erwähnen, wie schwer es ist, dahin zu gelangen.«

»Stimmt. Ich wollte dich nicht abschrecken«, rief Toulac gegen den heulenden Wind. »Und es wird noch viel schwerer werden, wenn wir erst auf der anderen Seite wieder hinunter müssen. Also sollten wir jetzt lieber aufbrechen.«

Etwas war merkwürdig … Veldan runzelte die Stirn und versuchte bei den pochenden Kopfschmerzen einen Gedanken zu fassen. »Toulac? Mir scheint, als ob du Kaz verstanden hättest.«

Die alte Frau strahlte sie an. »Hab ich! Na, was sagst du nun, mein Mädchen? Nachdem du aus den Latschen gekippt bist, mussten Kaz und ich uns schließlich allein unterhalten.«

Veldan starrte sie nur verblüfft an, während Toulac einfach weitersprach. »Komm, Veldan. Wir können nicht noch länger hier herumstehen. Wir müssen ins Warme. Du hältst dich zwar tapfer, aber ich weiß genau, wie schlecht es dir geht. Kaz? Bist du bereit, wieder aufzubrechen?«

»Je eher, desto besser.«

»Komm her, Mädchen, lass dir hinaufhelfen«, sagte Toulac und schob sie ächzend auf Kazairls Rücken. Dann kletterte sie selbst steifbeinig hinauf. Veldan biss beschämt die Zähne zusammen und schwor sich, so bald wie möglich wieder zu Kräften zu kommen. »Wenigstens geht es jetzt nur noch bergab«, meinte Toulac. »Allerdings nahezu senkrecht.«

Toulacs Vorbehalt war wohlbegründet. Der Abstieg erwies sich als viel gefährlicher als der Aufstieg. Wenn es mal nicht so steil bergab ging, mussten sie durch tiefen Schnee, und der Drache war gezwungen, sich seitlich im Zickzack voranzutasten. Auf der Nordseite des Chaikar waren sie der vollen Wut der schneebeladenen Nordwinde ausgesetzt. Die Kletterei brachte Toulac ein paar graue Haare mehr ein, und das letzte Wegstück war am schlimmsten.

Mittlerweile stand auch Kaz am Ende seiner Kräfte, und Veldan verlor wieder das Bewusstsein. Toulac be-merkte, dass Veldan zu zittern aufgehört hatte, ein sicheres Anzeichen, dass sie langsam der Kälte erlag. Sie schlug ihr hart auf den Rücken, sodass sie sich ruckartig aufrichtete. »Bleib wach«, brüllte Toulac ihr ins Ohr. »Es dauert nicht mehr lange.« Jedenfalls hoffe ich das, fügte sie in Gedanken hinzu. Denn sonst schaffen wir es gar nicht mehr.

Irgendwann gelang es ihnen, einen Weg auf die Ostseite zu finden, und sie trafen auf einen schmalen Pfad, der in die Richtung zu führen schien, die Toulac anstrebte. Schließlich konnte sie wieder hoffen, dass das Ende der Reise in Sicht käme. Sie hatten den Wind nun im Rücken, und die Umgebung kam ihr irgendwie vertraut vor.

Doch dann wurden sie bitter enttäuscht, als der Pfad sich gänzlich verlor und sie vor einer glatten Felswand standen.

Veldan hob den Kopf, sah sich um und fluchte. »Das war's«, stellte Kaz trocken fest. »Wir können nicht mehr weiter.« Doch dann ließ er ein langes wütendes Knurren hören.

»Himmel, Arsch und Zwirn!«, murmelte Toulac, die begriff, dass der Drache allmählich jede Hoffnung verlor. Sie dachte einen Moment scharf nach. »Kaz, kannst du ein kleines Stück rückwärts gehen?«

»Hoffentlich!«, schnaubte er. »Oder ich muss mir Flügel wachsen lassen.« Langsam und vorsichtig bewegte er sich auf dem Felsvorsprung zurück.

»Ich weiß genau, dass es hier irgendwo ist«, brummte Toulac. Ihr war, als ob die Kälte ihr Denken verlangsamte. Sie hoffte nur, dass der Drache sich lebendiger fühlte als sie. Hier durfte man sich keinen Fehler erlauben. Unterdessen leuchtete sie mit Veldans Lampe die Felswand ab.

Und dann entdeckte sie, wonach sie suchte: einen dunklen Flecken, der kein Schatten sein konnte. »Da ist es«, rief sie aus – gerade als der Drache mit einer Pranke vom Sims abrutschte und die Felskante unter ihm abbröckelte.

Er hing mit den Hinterläufen über die Abbruchkante und suchte scharrend nach einem Halt. Die Frauen kreischten, Toulac hielt Veldan von hinten fest, die sich wiederum so krampfartig an ihr festklammerte, dass Toulac mit einem Bluterguss rechnete. Kaz nahm allen Mut zusammen, stieß ein lautes Gebrüll aus und machte einen verzweifelten Ruck nach vorn. Toulac fiel die Lampe aus der Hand, sodass sie auf den Felsen zerschmetterte und erlosch. Ein paar Herzschläge lang hingen sie bewegungslos über dem Abgrund, dann zog sich der Drache mit letzter Kraft den Sims hinauf. Als er das Gleichgewicht wiedererlangt hatte, herrschte tiefes Schweigen. Niemand rührte sich, doch sie alle zitterten am ganzen Leib.

Es war Veldan, die als Erste sprach. »Da ist *was?*«, fragte sie mit bebender Stimme, und Toulac schüttelte den Schreck über den beinahe fatalen Ausrutscher ab. »Ich hab's gesehen! Den Eingang in die Höhlen! Gerade, als Kaz den Halt verlor.« Sie spähte angestrengt ins Dunkle. »Ach, verdammter Mist! Hätte ich bloß das Licht nicht fallen gelassen.«

»Lass mich Ausschau halten«, schlug Kaz vor. »Wo soll ich suchen, und wie sieht es aus?«

»An der Felswand. Da ist eine dunklere Stelle, wie ein senkrechter schmaler Schatten, wo eine Spalte in den Felsen hineinführt. Es sieht aus, als habe der Fels dort eine Falte geschlagen …«

»Ich glaube, ich sehe es.« Der Drache reckte seinen langen Hals vor, um die Stelle mit der Nase zu ertasten, und stieß tatsächlich ins Leere.

»Endlich!«, rief Toulac erleichtert aus. »Myrial sei Dank! Ich hatte schon befürchtet, die Stelle verfehlt zu haben.«

»Wurde auch Zeit!«, schnaubte Kaz. Er quetschte sich

vorsichtig durch den Eingang, wobei die Frauen die Beine anziehen mussten. Der Gang durch den Felsen war zweimal so lang wie Kazairl, und natürlich war es stockfinster darin, doch der Feuerdrache sah am Ende die Umrisse eines Eingangs.

»Wirst du hindurch passen?« fragte Veldan ängstlich.

»Wehe, wenn nicht! Diesmal lasst ihr mich nicht zurück, Boss. Ist mir egal, wenn's zu eng ist. Auf keinen Fall machen wir *das* noch einmal durch!« Dann waren sie am Ende des Ganges angekommen, und er stellte erstaunt fest: »Da ist ein richtiges Tor. Ein großes eisernes Tor. Ich habe mir gerade die Nase an dem blöden Ding gestoßen!«

»Tschuldigung«, bat Toulac. »Ich hätte dich warnen können. Halte still und lass mich vorbei.« Sie kletterte unbeholfen über Veldan hinweg und rutschte von Kazairls Schulter. Mit klammen Fingern kramte sie in einer Hemdtasche und angelte einen Schlüssel heraus, dann tastete sie über das eiskalte Metall, bis sie das Schloss fand. Es dauerte noch eine Weile, bis sie den Schlüssel im Loch hatte, und dann ließ er sich nicht drehen. Sie fluchte. »Was sagt man dazu! Das verdammte Ding ist zugefroren.«

»Vielleicht kann ich Abhilfe schaffen«, sagte Kaz. Er senkte den Kopf und blies auf das Schloss, zuerst sacht, dann ein wenig fester. Eine Flamme schlug ihm aus dem Maul und loderte gegen das Tor. Toulac sprang erschrocken rückwärts und drückte sich flach an die Wand. »Tut mir Leid«, sagte Kaz kleinlaut. Das Eisen kühlte rasch ab und knackte dabei in einem fort.

»Pass bloß auf, du unbeholfener Klotz! Du kennst deine eigenen Kräfte nicht«, schimpfte Toulac. »Ein Glück, dass du nicht gleich das ganze Schloss eingeschmolzen hast. Was täten wir dann?«

»Ich bin *niemals* unbeholfen mit meinem Feuer!«, erwiderte Kaz gekränkt. »Typisch! Es gibt keine Dankbarkeit unter den Menschen …«, brummte er vor sich hin, während Toulac den Schlüssel ins Schloss steckte und herumdrehte. Die Angeln kreischten wie gequälte Seelen, als sie das Tor öffnete.

Dann tastete sie über Kopfhöhe nach einer Nische, von der sie wusste, dass dort eine Zunderbüchse und eine Öllampe bereitstanden. Schließlich zündete sie mit zitternder Hand die Lampe an, wobei sie sich mit dem Rücken gegen die Zugluft stellte. Das flackernde Licht erleuchtete einen langen Tunnel, dessen Wände an einigen Stellen glattgehauen waren.

Kaz wartete vor dem Eingang mit Veldan, die in eine Decke gewickelt auf seinem Rücken kauerte. Toulac stellte die Lampe für einen Moment in die Nische und half Veldan beim Absteigen. »Komm, mein Mädchen. Wir sind endlich im Trockenen.« Vollkommen erschöpft und durchgefroren wankten die beiden Frauen den Gang entlang. Hinter ihnen kroch vorsichtig der Drache in geduckter Haltung, den Bauch dicht über dem Boden. Etwa ein Dutzend Schritte hinter dem Tor fand sich rechter Hand, wie Toulac sich richtig erinnert hatte, ein offener Bogendurchgang. »Hier hinein«, sagte sie und musste sich zwingen, nicht zu flüstern. »Das ist der Wachraum.«

Sie ließen Kaz draußen und stolperten auf tauben Füßen in den Raum. Der schwankende Lichtkreis der Lampe beleuchtete einen Tisch mit Stühlen, vier Kojen mit zerschlissenen Vorhängen und eine große Herdstelle. »Da wären wir endlich«, seufzte Toulac, stellte die Lampe auf den Tisch und verfrachtete Veldan in die nächste Koje, wo sie sich zitternd zusammenrollte und die Augen schloss. »Nur einen Augenblick«, murmelte sie, »ich ruhe mich nur kurz aus.«

Toulac deckte sie mit einer Decke aus einer anderen Koje zu und widerstand dem Drang, einfach mit unter die Decke zu kriechen. Ihr war übel vor Hunger und schwindlig dazu, ihre Muskeln waren wie Pudding, und sie fühlte sich auf seltsame Weise von der Welt losgelöst, als ob sie ihre Umgebung nur durch einen grauen Dunstschleier wahrnähme. Energisch wandte sie sich von der Koje ab. »Mach schon!«, befahl sie sich. »Du musst nur noch ein bisschen durchhalten. Bis das Feuer angezündet ist.«

Neben dem Kamin befand sich ein Kohlenkasten, dazu Anmachholz und Torf. Toulac schichtete einiges davon ungeschickt in der Feuerstelle auf und rang sich die Erinnerung ab, wie man ein Feuer anzündet. Dann dachte sie angestrengt nach, in welche Tasche sie die Zunderbüchse gesteckt hatte, und als sie sie endlich gefunden hatte, brauchte sie fünf oder sechs Versuche, um eine Flamme hervorzubringen. Ihre Finger waren noch immer gefühllos, und die Flamme griff nicht auf den schlecht aufgeschichteten Stoß über, sondern erstarb in der Zugluft des Kaminschachts. Toulac wurde immer ungeduldiger und heftiger in ihren Bewegungen, bis ihr schließlich Feuerstein und Stahl aus der Hand fielen und in eine dunkle Ecke kollerten. Toulac machte ihrem Zorn mit einem Schrei Luft, doch vor Enttäuschung stiegen ihr die Tränen in die Augen. Ich geb's auf, dachte sie verzweifelt. Ich bringe es nicht zustande. Vielleicht bin ich wirklich schon zu alt für so ein abenteuerliches Leben …

Sie hatte den Feuerdrachen vollkommen vergessen. Plötzlich hörte sie hinter sich ein paar donnernde Schläge, dann krachte und polterte es. Kazairl, der nicht durch den Eingang gepasst hatte, war auf seine eigene unnachahmliche Weise mit diesem Problem fertig geworden. Er war neben dem Durchgang seitlich in Stellung gegangen, hatte über die Schulter blickend gezielt und ein paar kräftige Stöße mit dem Schwanz ausgeteilt.

Toulac sah durch eine Staubwolke hindurch seinen langen Körper rückwärts an der Öffnung vorbeikriechen, dann stieß sein Kopf durch den neuen drachengroßen Eingang. »Was beim stinkenden Pfuhl der Hölle fällt dir denn ein?«, fragte sie.

Kaz quetschte sich zur Hälfte in den Raum hinein, wobei er Tisch und Stühle beiseite schob. Unter halb gesenkten Lidern blickte er sie drohend an. »Du hast mir ein Feuer versprochen. Glaubst du etwa, nur weil ich kein Mensch bin, dass ich auf dem zugigen Korridor sitzen bleibe und mir den Hintern abfriere?« Er warf einen besorgten Blick auf Veldan, die tief und fest in ihrer Koje schlief. »Außerdem sagte ich es bereits: Ich lasse mich nicht von meinem Partner trennen – und schon gar nicht in einer verfluchten Höhle! Das eine Mal war schon einmal zu viel.«

Bevor Toulac sich darüber wundern konnte, was da passiert sein mochte, sah Kaz auf den dunklen Kamin, dann auf die Tränenspuren in ihrem Gesicht. »Schwierigkeiten?«, fragte er kichernd. »Erlaubst du?« Er duckte die Schnauze vor den Kamin und blies einen Feuerstrahl in den Haufen Brennstoff, bis der in Brand geriet. Das Feuer schlug knisternd in den Rauchabzug, und Toulac fühlte dankbar die Wärme auf Gesicht und Händen. Sie musste auch eingestehen, dass der Drache sich dahingehend nützlich machte, dass er die Zugluft vom Eingang abhielt. Der Raum würde im Nu warm sein.

»Nicht schlecht für einen unbeholfenen Klotz, wie?«, meinte der Drache mit einem breiten Grinsen.

»Danke«, antwortete sie ernst. »Es tut mir Leid, dass ich dein inneres Feuer beleidigt habe, und ich werde es nie wieder tun.«

Toulac legte noch ein wenig Torf nach und blieb ein Weilchen am Kamin hocken, genoss die Hitze und starrte auf den einschläfernden Tanz der Flammen. Wie erschöpft sie sich fühlte! Und in der warmen Luft wurden ihr die Glieder immer schwerer. Ich darf noch nicht schlafen, nein. Jetzt noch nicht … Mit diesem Gedanken fiel sie vornüber. Die Kamineinfassung war ein hartes Kissen, doch sie nahm keine Notiz von dieser Unbequemlichkeit. Ich darf nicht, hörte sie sich von Ferne sagen. Wir brauchen Essen. Muss wach bleiben … Dann war sie endgültig eingeschlafen.

Ivar wagte nicht zu schlafen. Für eine Nacht im Freien war er nicht warm genug angezogen, und er hatte den ganzen Tag nichts gegessen. Er hatte geglaubt, dass sein Hass ihn aufrecht halten würde, doch während die Stunden verstrichen, fühlte er seine Kraft aufgezehrt von der gnadenlosen Kälte dahinschwinden. Vielleicht würde die Nacht aber eine glückliche Fügung des Schicksals bringen.

Eines der Küchenmädchen stahl sich mit einem Korb aus dem Haus und ging in Richtung der Unterstadt davon. Umso besser für Ivar. Sein ursprünglicher Plan war es gewesen, durch den Kohlenschacht in den Keller einzudringen, aber ein Versuch hatte ergeben, dass das Gitter verschlossen war. Während er um das Haus herum geschlichen war und nach einem anderen Eingang gesucht hatte, wäre er fast in die Haushälterin hineingerannt, die aus der Küchentür nach draußen trat. Sie zog die Tür hinter sich zu, doch das Schloss rastete nicht ein.

Ivar, der in den Schatten zurückgewichen war, hätte seine Erleichterung fast laut hinausgerufen. Als die Schritte der Dienerin verklungen waren, stahl er sich über den Hof zur Hintertür, wartete einen Moment, das Ohr an das Holz gedrückt, und lauschte angestrengt. Kein Laut kam aus der Küche. Kurze Zeit vorher war das Haus noch erleuchtet gewesen, und in der Küche gab es allerhand Bewegung. Von seinem Posten unter dem Fenster hatte er die Köchin gehört, die müde und mit ihrem Los sehr unzufrieden darüber klagte, dass sie zu so später Stunde Haferbrei zubereiten sollte.

Doch jetzt war alles still, und schon seit einiger Zeit. Ivar beschloss, die Gelegenheit zu nutzen. Er drückte die Tür auf und schlich hinein, nicht ohne sich vorher sorgfältig den Schnee von den Schuhen zu wischen, damit er keine verräterischen Fußtritte hinterließ.

In der Küche war es sehr dunkel, die Feuer in Herd und Öfen erloschen. Ivar tastete sich voran. Er stieß gegen den langen Tisch, was auf den Steinfliesen einen durchdringenden Lärm verursachte, wie ein Kreischen und ein tiefes Stöhnen zugleich. In der nächtlichen Stille erschien es dem Eindringling, als müsste es im ganzen Haus zu hören sein.

Ivar hielt inne wie ein gehetzter Wolf, der nicht weiß, ob er fliehen oder angreifen soll. Doch er war bereit, bei dem ersten Geräusch im Haus aufzuspringen. Nach einem langen Moment der Anspannung wagte er wieder zu atmen. Er dankte der Vorsehung, dass die Häuser der Reichen so solide gebaut waren, mit ihren hohen Decken und dicken Wänden. Er hatte das Haus viele Stunden beobachtet und die Menschen gezählt, die an den Fenstern vorbeigingen. Er wusste, wie viele es waren und wo sie schliefen. Es gab vier Dienerinnen – drei, seit das dumme Mädchen mit dem Korb das Haus verlassen hatte – und die Köchin. Sie alle schliefen in den Dachkammern, die erleuchtet gewesen waren und wo er die Schatten hinter den Läden sehen konnte. Der Hausdiener und die alte Schlampe selbst schliefen in der Etage darunter. Das hatte er leicht herausfinden können. Nur eine Sache machte ihm Sorgen. In einem Zimmer hielt sich jemand auf, wo schon den ganzen Abend ein schwaches Licht brannte, und dort hatte es so um die Zeit herum, als die Köchin so spät in der Küche war, einen Tumult gegeben und lautes Türenschlagen. Das beunruhigte ihn. Wer konnte dieser Bewohner sein? Ein Kranker? Ein Kind? Aber das alte Miststück hatte keine Kinder und war gewiss zu hartherzig, um sich um einen Kranken zu kümmern. Doch das war jetzt unwichtig, wenn es vielleicht auch seine Pläne für den nächsten Tag stören mochte.

Im Haus war es so still, dass Ivar überlegte, ob er es wagen sollte, eine Kerze anzuzünden. Davon würde wohl kaum jemand wach werden; wenn er hingegen noch einmal solchen Lärm veranstaltete, dann wäre sehr wahrscheinlich alles verdorben. Auf dem Tisch fand er einen Kerzenstumpf, der so kurz war, dass ihm gleich nach dem Anzünden das heiße Wachs über die Finger lief. Doch er reichte lange genug, um herauszufinden, wo die Köchin den Hausrat aufbewahrte. Dort zündete er eine neue Kerze an und steckte sich eine weitere in die Tasche, dann setzte er die Erkundung der Küche fort.

Eine fette getigerte Katze, die zweifellos dazu da war, die Nager und Käfer zu vertilgen, von deren Leibesumfang man aber eher darauf schließen konnte, dass sie ein verwöhntes Schoßtier war, blinzelte ihn von ihrem warmen Plätzchen auf dem Kaminvorleger an. Einen Topf mit zähem Haferbrei, in dem die Schöpfkelle aufrecht steckte, hatte man auf dem Herd stehen gelassen. Der Brei war noch lauwarm, und Ivar löffelte ihn begierig gleich aus dem Topf, schlang ihn hastig in sich hinein wie ein verhungerndes Tier. Er aß nicht ganz die Hälfte und war zuversichtlich, dass der Verlust am nächsten Morgen nicht auffallen würde. Dann ging er in die Speisekammer, wo er sich Brot nahm und zornig feststellte, dass Seriema im Gegensatz zu seinesgleichen noch immer mit Mehl versorgt war. Zusätzlich bediente er sich mit einer Scheibe Ziegenkäse, der das Einzige war, was man inzwischen noch bekommen konnte, und mit einem Stück Fleischpastete.

Er verstaute seine Beute in einem kleineren Suppenkessel, um sie besser tragen zu können, und nahm sich aus dem Wasservorrat am Herd einen Krug voll. Dann öffnete er eine Tür neben der Vorratskammer und fand den Weg in den Kohlenkeller. Vorsichtig schlich er die steile Stiege hinab und suchte sich die Stelle, die am weitesten vom Kohlenschacht entfernt und daher die trockenste war. Deswegen hatte man dort das Feuerholz aufgestapelt, und dort machte er es sich bequem, um eine Weile zu ruhen. Und zu warten.

Nun, da er sicher ins Haus gelangt war, hatte er genügend Zeit für ein Schläfchen. Seinen ersten Plan, bei Nacht einzubrechen und die Schlampe schnell in aller Stille zu erledigen, hatte er geändert, nachdem das Große Opfer angekündigt worden war. Die ganze Stadt würde daran teilnehmen, und es würde sehr lange dauern, bis sie alle durch den engen Tunnel hindurch wären, zumal er der einzige Zugang zum Heiligen Bezirk war. Seriemas Personal würde, da es zum gemeinen Volk gehörte, das Haus lange vor ihr verlassen müssen. Dann würde er zuschlagen. Und ihm würde mehr Zeit als genug bleiben, um alles wahr zu machen, was er sich für sie ausgedacht hatte.

Mit der Sorgfalt des Schlachters befühlte die beiden Messer, die sein Werkzeug sein würden: das große schwere, mit dem man das Fleisch schnitt, und das schmale biegsame, das man zum Häuten brauchte. Sie waren beide gut gewetzt. Doch er prüfte sie noch einmal mit erfahrenem Griff. Wie lange kann ein Mensch wohl noch leben, nachdem er gehäutet wurde?, überlegte er träge. Könnte vielleicht ganz reizvoll werden, es herauszufinden. Ein einfacher Knebel wird das Geschrei schon ausreichend dämpfen. Und bevor man sie vermisst, ist die Sache erledigt, und ich bin hier längst weg.

Ivar lächelte im Dunkeln vor sich hin. In den Schlachthäusern hatten sie immer gesagt, er sei ein Meister seiner Kunst.

Kapitel 23

Neue Hoffnung

Ich frage mich, was mit Veldan und Kazairl geschehen ist. Ach, vermutlich schlafen sie schon seit Stunden, und das ist alles, überlegte Thirishri, während sie sich auf dem Rückflug von Tiarond der Sägemühle näherte. Die Mühle stand abseits vom Weg und ein wenig versteckt am Hang eines schmalen Tales, das in ein Waldstück unterhalb der Geröllfelder und Steilwände hinaufführte. Die Gebäude konnte sie nicht sehen, aber sie hatte einen ungehinderten Blick auf ein gutes Stück des Weges. Bislang hatte sie ihm wenig Aufmerksamkeit geschenkt, denn wer sollte schon in dieser Nacht hier unterwegs sein.

Die Menschen waren eine seltsame und wenig vernunftbegabte Art, aber … Aber anscheinend waren sie noch unvernünftiger als gedacht, denn dort bewegte sich etwas – kämpfte sich mit tödlicher Langsamkeit gegen den Sturm bergan.

Thirishris Hoffnung, die restliche Nacht ohne irgendwelche Schwierigkeiten zu verbringen, war damit verpufft. *Was nun?*, fragte sie sich. Eigentlich hatte sie zurück zur Hütte gewollt, um die gute Nachricht zu verkünden … Sie flog ein wenig tiefer, um den oder die Wanderer näher in Augenschein nehmen zu können. *Beim großen Äolus! Die sehen ja aus wie Tormons Pferde!* Sie kamen ihr entschieden vertraut vor. Während der Händler seine Geschichte erzählt hatte, war sein Kummer so heftig gewesen, dass sie immer wieder die Vorstellungen seiner Fantasie empfangen hatte, Bilder von ungewöhnlicher Klarheit, obgleich er bestimmt kein Telepath war. Sie war sicher, die schwarzen Riesen richtig erkannt zu haben, doch es war der Esel, der alle Zweifel ausräumte. Gescheckte Esel waren schon ungewöhnlich genug, und wie viele gescheckte kleine Esel durfte man in dieser Gegend und in solcher Gesellschaft wohl erwarten? Gut, dachte sie, das ist ja mal eine schöne Überraschung! Aber wie kommen sie hierher?

Einen freudigen Augenblick lang hoffte sie, sich in der Zitadelle geirrt zu haben – festzustellen, dass man die vermisste Gefährtin mitnichten ermordet hatte; glaubte, dass Kanella durch ein Wunder entkommen sein könnte und nun auf der Suche nach ihrem Mann war. Thirishri stand schon im Begriff, Elion einen Ruf zu senden, doch die Vorsicht veranlasste sie, noch einmal näher hinzusehen. An der schlaksigen Gestalt, die sich neben dem Esel voranmühte, war etwas Seltsames; der Anblick wollte nicht recht zu dem Bild der Frau passen, die sie aus Tormons Gedanken kannte. Thirishri wollte sich daher lieber Gewissheit verschaffen, um in Tormon keinesfalls falsche Hoffnungen zu wecken. Außerdem – Kanella hätte doch sicher nicht ihr Kind zurückgelassen?

Beim Näherkommen sah Thirishri sofort, dass sie sich geirrt hatte. Sie dankte der Vorsehung, dass sie ihren ersten Eindruck nicht gleich hinausposaunt hatte. Der arme Tormon würde niedergeschmettert sein, weil die Tiere ohne seine Familie zu ihm zurückkämen. Doch abgesehen von der Enttäuschung, blieb noch ein Rätsel übrig: Wer war dieser Junge? Tormon hatte niemals einen Jungen erwähnt, und ganz gewiss hatte sie auch kein Bild von ihm empfangen. Thirishri kannte sich mit Menschen aus, und dieser hier war, soweit sie es beurteilen konnte, kaum fähig, mit so mächtigen Tieren umzugehen. Warum also war ausgerechnet er mit ihnen in dieser schlimmen Nacht unterwegs? Er geht zur Sägemühle, stellte sie fest.

Ob das nun seine ursprüngliche Absicht gewesen war oder nicht, jedenfalls wäre die Mühle seine einzige Hoffnung auf Überleben. Die Sägemühle aber war in der Hand der Schergen des Hierarchen. Gehörte dieser Knabe zu ihnen? Und wenn nicht, was tat er hier in Äolus' Namen mit eines anderen Menschen Vieh? Eines war auf jeden Fall sicher: Er musste von seinem angestrebten Ziel abgebracht werden …

Nun denn, junger Mann, flüsterte sie. *Du weißt es vielleicht noch nicht, aber du wirst dich einem geänderten Plan unterziehen.*

Sie sandte eine schnelle Nachricht an ihren Weggefährten. *Elion? Bereite dich auf einen Neuankömmling vor. Du kannst schon mal anfangen, die Hütte zu vergrößern …*

Nachdem sie ihren Partner gehörig in Erstaunen versetzt hatte und mit dem Problem zurückließ, wie er es dem Händler beibringen sollte, zumal er ihm kaum Thirishris Existenz erklären konnte, erwog sie ihre Möglichkeiten. Der Junge hatte die Mühle fast erreicht und würde gleich die erleuchteten Fenster sehen. Eine rasche Ablenkung war vonnöten. Mit dem Jungen konnte sie kaum etwas anstellen, doch ihr fiel der Trick ein, den sie bei Elions Fuchsstute angewandt hatte. Sie beschwor das lebendige Bild von Tormons Frau herauf und drang damit in den Geist der drei Tiere ein.

Die Sefrianer stellten plötzlich die Ohren auf, und der müde kleine Esel, der eben noch den Kopf hatte hängen lassen, wurde munter. Sie hörten die vertrauten Pfiffe und Rufe ihrer Herrin, die ein Stück weiter oben auf dem Weg stand. Die Tiere schienen im Nu ihre Erschöpfung abzuschütteln. Sie galoppierten los, rissen den verblüfften Jungen von den Füßen, der sofort die Zügel fahren ließ, und hielten auf die zurückweichende Erscheinung zu. Ihr neuer Möchtegernherr lag derweil zu Boden gestreckt im Schnee und stieß ein verzweifeltes Geheul aus. Dann nahm er stolpernd und rutschend die Verfolgung auf.

Thirishri kicherte vergnügt. *Das sollte genügen*, sagte sie sich. *Ich werde ihnen nur noch ein wenig den Weg frei blasen, damit sie besser laufen können.*

Scall war mit seiner Geduld am Ende. Sich mit den Pferden ins Gebirge hinaufzuschleppen hatte ihn grausame Mühen gekostet. Kaum dass er aus der Stadt heraus war, ging es los: Zuerst begegnete er einem Karren, der mit Leichen voll beladen war. Seit der Friedhof überfüllt war, versuchten die Totengräber, ohne viel Erfolg, die Toten auf freiem Feld zwischen der Stadtmauer und dem Fluss zu verbrennen. Doch weil alles durchnässt war, gab es nur Schwelbrände, die einen erstickenden schmierigen Rauch und Verwesungsgestank verbreiteten.

Er brütete über der Tatsache, dass er soeben noch Agellas Lehrling gewesen war, und achtete dabei wenig auf seine Schützlinge. Vorsichtshalber hatte er sich die Zügel an den Gürtel gebunden, aber seit sie die Stadt hinter sich hatten, waren die Tiere vollkommen ruhig, trotteten fügsam hinter dem Esel her und schleuderten bei jedem Tritt ihrer riesigen Hufe eine Schlammfontäne auf. Doch die Spritzer, die er abbekam, bekümmerten ihn nicht. Dieser trostlose Sumpf und die rauchenden Leichenhaufen waren der passende Hintergrund für seine Gedanken. Während er an der Stadt vorbei ritt, hatte er sich seiner Mutlosigkeit überlassen, und sein Verstand versank in Zweifeln und Ängsten. Was soll nur aus mir werden? Nur weil der Hengst zu mir gekommen ist, heißt das noch lange nicht, dass ich beim Abrichten von Pferden irgendwie von Nutzen sein kann. Was, wenn Meisterin Toulac mich gar nicht haben will? Wenn sie einen Lehrling haben wollte, dann hätte sie sicherlich schon einen. Es hat sie überhaupt niemand gefragt. Sie wollten mich einfach loswerden wie einen unbrauchbaren Lumpen, und nun hoffen sie auf das Beste. Schon lange hat Agella nach einer guten Entschuldigung gesucht, um mich loszuwerden, und heute hat sie endlich Glück gehabt. Das ist alles. Weil sie meine Tante ist, konnte sie mich nicht gut nach Hause zurückschicken – meine Mutter will mich ja sowieso nicht haben. Da musste er weinen und fühlte sich jämmerlich allein. Überhaupt niemand will mich haben, weil ich zu nichts tauge. Meisterin Toulac wird mich genauso wenig wollen. Wenn mir die Pferde nicht gehorchen, muss sie mich ja rauswerfen – und wo soll ich dann noch hin?

Als er mit seinen Gedanken an diesem Punkt angekommen war, wurde ihm noch einmal richtig gezeigt, wie schlecht er tatsächlich im Umgang mit Pferden war. Während sie sich den Scheiterhaufen näherten, waren die Tiere immer unruhiger geworden, was man ihnen wahrhaftig nicht vorwerfen konnte. Sobald der Wind ihnen den stinkenden Rauch zutrug, begann der Esel zu schnauben. Er bockte und trat aus, und Scall wurde zum ersten, doch keineswegs zum letzten Mal auf dieser elenden Reise im hohen Bogen abgeworfen und landete mit dem Gesicht nach unten im Morast, und zwar genau vor den mächtigen Hufen der Sefrianer. Der Schreck fuhr ihm in die Eingeweide, und für einen Augenblick hatte er geglaubt, zertrampelt zu werden. Die beiden Pferde jedoch schienen sein plötzliches Auftauchen als den Gipfel der Verhöhnung zu betrachten. Sie schnaubten und gingen einfach durch, wobei sie ihn hinter sich her zogen, da die Zügel an seinem Gürtel festgebunden waren.

Er pflügte mit dem Gesicht voran den morastigen Boden, warf zu beiden Seiten eine Welle flüssigen Dreck auf, konnte vor lauter Schlamm nichts mehr sehen und war vollkommen hilflos. Er würgte und spuckte und rang nach Atem. Scharfkantige Steine und Schlaglöcher verbargen sich unter dem Morast, sodass er sich die Glieder aufschürfte. Zu allem Übel traf ihn ein Stein am Mund und brach ihm einen Zahn ab.

Die Pferde hielten erst an, als sie an den Fluss erreichten. Dort tranken sie sich satt, während sie ihre

Umgebung misstrauisch beäugten. Ihr schwarzes Fell dampfte in der kalten Luft. Mühsam und zittrig stand Scall wieder auf und spuckte blutigen Schlick aus. Als Erstes löste er dann die Zügel von seinem Gürtel; genauer gesagt musste er sie mit dem Messer zerschneiden, denn die Knoten hatten sich zu fest zugezogen. Die Mäuler tief ins kalte Wasser getaucht, nahmen die Pferde keine Notiz von ihm. In diesem Augenblick war es ihm völlig gleichgültig, ob diese missratenen Brocken Hundefutter noch einmal weglaufen würden oder nicht. Er kniete sich ans Ufer und wusch sich mit dem eisigen Wasser das Blut und den Schlamm ab, obwohl er gegen den Schlamm nichts weiter einzuwenden hatte. Er wusste nur allzu gut, was geschehen wäre, wenn sie ihn über trockenen Boden geschleift hätten.

Dann schickte ihn ein harter Stoß in den Rücken kopfüber in den Fluss. Der Esel war zu seinen Stallgenossen zurückgekehrt. Scall hatte nicht gewusst, ob ihn das freute oder ob es ihm Leid tat. Er konnte kaum bleiben, wo er war, und immerhin war es besser, zu reiten, als den ganzen Weg zu laufen. Er suchte in den Westentaschen nach den kleinen harten Honigbonbons, in der Hoffnung, die Laune der Tiere damit bessern zu können. Schließlich nahm er mit einem Stoßgebet zu Myrial die Zügel wieder auf und hievte seine schmerzenden Glieder rittlings auf den Eselsrücken. Schließlich hatte er den Weg, der zum Schlangenpass hinaufführte, noch nicht ganz erreicht, als es anfing zu schneien.

Schon bald begriff Scall, dass es mit den Schwierigkeiten noch lange kein Ende hätte. Als der Weg steiler anstieg, beschloss die Eselin, dass sie nicht länger bereit sei, ihn zu tragen. Nachdem sie ihn ein Dutzend Mal abgeworfen, getreten und gebissen hatte und er um ein Haar zertrampelt worden wäre, entschied Scall nun seinerseits, der Eselin ihren Willen lassen. Doch im Schnee lief es sich zunehmend schwerer, und er kam immer langsamer voran.

Es wurde dunkel, obwohl er noch weit von seinem Ziel entfernt war, und der Weg ließ sich kaum erkennen. Inzwischen wütete der Schneesturm mit voller Kraft. Scall fror, war erschöpft und verzweifelt, aber er durfte nicht anhalten. Da er aus einer Stadt am Fuß eines Gebirges stammte, kannte er die schrecklichen Geschichten von Leuten, die im Schnee Halt gemacht und sich nie wieder bewegt hatten. Darum setzte er einen Fuß vor den anderen und betete, er möge die Mühle erreichen, bevor es zu spät wäre.

Ich kann nicht glauben, dass das alles wahr sein soll, dachte er. Als ich heute Morgen aufgewacht bin, war es ein ganz gewöhnlicher Tag. Wie ist es nur dahin gekommen, dass ich im Schneesturm ins Gebirge hinauf muss, ganz allein mit zwei mörderischen Biestern und einem hinterhältigen Esel, nur damit ich bei einer verrückten Alten, die ich noch nie zuvor gesehen habe, ein ganz neues Leben beginne? Das ist so ungerecht! Er hasste sie alle – die alte Hexe in der Mühle, die verdammten Mistviecher, überhaupt seine Mutter, weil sie ihn in die Lehre gegeben hatte, und am meisten von allen hasste er seine Tante Agella, die ihn auf so herzlose Weise hatte los sein wollen. Scall ersann einen schmerzreichen Schicksalsschlag nach dem anderen, die er ihnen wünschte, um sich Genugtuung zu verschaffen. Plötzlich und ohne jede Warnung rasten die Tiere den Weg hinauf, und er landete der Länge nach im Schnee, wobei, wie um das Maß voll zu machen, der Esel über ihn hinwegtrampelte. Doch dann begriff sein eingefrorener Verstand langsam das wahre Unglück: Die Pferde waren auf und davon! Warum sollte Meisterin Toulac ihn überhaupt aufnehmen, wenn er mit leeren Händen kam? In wilder Hast sprang er auf und eilte den Tieren hinterher.

»Deine Pferde kommen«, sagte Elion zu Tormon. *Und bitte, bitte frag mich nicht noch einmal, woher ich das weiß!* »Geh besser raus, damit du sie einfangen kannst – sie kommen gerade den Weg herauf.«

Tormon starrte ihn an. »Wie kannst du das wissen?«

Dem Wissenshüter sank das Herz. Er spürte bereits, wie ein schrecklicher Zorn in dem Händler aufkeimte und stetig wuchs, und er schaffte es nicht, ihm in die Augen zu sehen.

»Elion, du hast mir das Leben gerettet«, knurrte Tormon, »und allein aus diesem Grund verschone ich nun deines. Wie kannst du dich nur so erniedrigen und dir einen Scherz –« Die Fuchsstute begann laut zu wiehern. Sie hob den Kopf, stellte die Ohren auf und lauschte. Dann hörte Tormon es selbst – gedämpften Hufschlag. Wie der Blitz war er draußen und kletterte durch den hüfthohen Schnee den Hang hinauf. Elion folgte ihm mit einem Glimmer. Zwar hatte der Händler dadurch seinen Schatten vor sich, aber das war immer noch besser, als völlig im Dunkeln zu tappen.

Die Sefrianer tauchten aus der Dunkelheit auf, und Tormon rief sie zu sich. Im Lichtschein sah Elion in sein erstauntes Gesicht, das beileibe nicht das einzige war. »Ach, du großer hüpfender Kugelblitz!«, stieß Elion hervor. »Ich wusste gar nicht, dass Pferde so groß werden können! Wo sollen wir sie unterbringen?«

»Diese Rasse ist zäh und robust«, rief Tormon ihm durch den heulenden Wind zu. »Es ist nicht das erste Mal, dass sie bei Schnee draußen bleiben müssen. Ein Stück weiter unten gibt es einen Felsüberhang, da sind sie ausreichend vor dem Schnee geschützt. Vielleicht können wir ein bisschen Reisig als Windschutz aufstapeln. Wenn du zwei Hand voll Getreide für sie übrig hast, halten sie bis zum Morgen aus.«

Elion fühlte sich versucht zu sagen, er solle sich selbst um sein verdammtes Vieh kümmern, doch dann fügte er sich klaglos der Notwendigkeit, zusätzliche Arbeit in der

Kälte verrichten zu müssen. Mitgefühl und Kameradschaft verboten ihm, anders zu handeln. »Dann sollten wir uns beeilen«, rief er; »je eher wir damit fertig werden, desto besser. Wir frieren uns sonst noch den –« Er brach ab, als ein kleiner weiß-brauner Esel angetrabt kam und ihn beinahe über den Haufen rannte. Tormon stieß einen Freudenschrei aus, griff nach den Zügeln und machte ein großes Aufhebens um das kleine Tier. »Sie ist Kanellas Liebling«, begann er zu erläutern – dann überfiel ihn die Wirklichkeit mit voller Wucht. Elion zog sich vor Mitleid das Herz zusammen. Er kannte dieses Gefühl. Für eine kleine Weile vergisst man, dann kommt der Schmerz wie aus dem Nichts zurück und sticht wie ein Messer in der Brust. »Komm, lass uns den Platz für deine Tiere da einrichten«, sagte er mit rauer Stimme, »den Kleinen werden wir wohl noch bei uns unterbringen.«

Elion hatte schon wieder vergessen, dass mit den Tieren ein Begleiter gekommen war. Er konzentrierte sich vollständig darauf, diesen dummen Windschutz zu bauen, damit er selbst möglichst schnell wieder unter ein Dach käme, und half Tormon, einen gespaltenen Kiefernstamm als Stütze aufzurichten, als Thirishri ihn rief. *Elion? Schnell! Der Junge ist gerade an euch vorbeigegangen!*

Pferde, Esel, Jungen ... Nahm das denn kein Ende? Elion fluchte leise und ließ den verwirrten Tormon allein im Dunkeln umhertasten. Er hielt den Glimmer in die Höhe und begab sich den Weg hinauf. Eine neue Fußspur führte im Schnee bergauf. »Die Pest soll ihn holen!«, knurrte Elion.

Er ist noch nicht weit weg, versicherte Thirishri. *Und er ist sehr erschöpft.*

Elion folgte der ausgetretenen Furche. Klar, der rätselhafte Pferdedieb war vor Erschöpfung wohl nicht mehr ganz bei sich, sonst wäre ihm aufgefallen, dass die Hufspur, die er verfolgt hatte, vom Weg abgewichen war. Elion holte ihn rasch ein. Der Junge war in der Tat erschöpft, bewegte sich nur stumpfsinnig vorwärts und ging fast auf allen Vieren. Gut für dich, Kamerad!, dachte Elion. Du würdest niemals aufgeben.

Er packte ihn beim Kragen, duckte sich und warf ihn sich über die Schulter. Zum Glück hatte er es nicht weit, und der Junge war nur Haut und Knochen, außerdem ging es bergab. In der Hütte legte er ihn auf den Boden und deckte ihn mit zwei Decken zu, dann flößte er ihm etwas Honigwasser ein. Die Flasche mit dem Rest drückte er ihm in die Hand und sagte: »Nimm ab und zu einen kleinen Schluck. Ich komme gleich zurück. Mach dir keine Sorgen – du bist jetzt in Sicherheit.« Das hoffe ich zumindest, dachte er, während er zu Tormon zurückeilte. Wenn er keine gute Erklärung parat haben würde, wie er zu diesen Tieren gekommen war, dann dürfte er sich bald wünschen, er wäre im Sturm erfroren.

Als Scall erwachte, war er vollkommen verwirrt. Er zitterte am ganzen Leib, doch es war sicherlich lange her, dass er draußen im Schneesturm gebibbert hatte. Zuerst hatte er starke Schmerzen gehabt, dann war völlige Gefühllosigkeit gefogt – dann nichts mehr. Er bemerkte, dass das Geheul des Windes nur gedämpft zu hören war, dann spürte er das angenehme Gewicht einer Decke auf seinem Körper. Vermutlich habe ich doch die Mühle erreicht – aber gäbe es da nicht mehr Decken und ein weicheres Bett? Und würde es dort so streng nach Pferd riechen? Sehen konnte er nichts, aber er hatte überhaupt nicht den Eindruck, in einem Haus zu sein. Na gut, wen kümmerte das? Kein Wind und kein Schnee, das war die Hauptsache. Es gab Decken und etwas Belebendes zu trinken. Und Myrial sei Dank, es waren keine mörderischen Biester mehr in der Nähe, auf die er aufzupassen hätte, keine störrischen Esel mit flinken Zähnen und kleinen harten Hufen. Es ist mir egal, wo ich bin, dachte er. Ich bin damit zufrieden.

Scall schlief eine Weile ein. Als er wieder wach wurde, zitterte er schon nicht mehr so sehr. Er hörte Stimmen, und es gab Licht, und um ihn herum schien alles aus einem Durcheinander von Ästen und Zweigen zu bestehen. Er hatte wieder Gefühl in Händen und Füßen und spürte auch seine Ohren wieder; eigentlich spürte er dort höllische Schmerzen, aber er hieß sie dankbar willkommen. Alles besser, als wenn sie ihm erfroren wären.

Zwei Männer kamen gerade in den Unterschlupf. Der ältere der beiden war mit einem dicken fellgefütterten Mantel aus schwarz gefärbtem Leder bekleidet, wie ihn die Leute in den östlichen Hügellanden trugen, und er machte ein mürrisches Gesicht. Alle seine Bewegungen waren ruckartig und energisch, so als ob er eine rasende Wut im Zaum hielte. Scall erschrak, als er in ihm den Händler wiedererkannte, den er am Morgen im Bezirk gesehen hatte, den eigentlichen Besitzer der schwarzen Pferde und dieses teuflischen Esels. Den anderen Mann, der sich gerade den Schnee aus seinem langen dunklen Umhang klopfte, hatte Scall noch nie gesehen.

Wo bin ich? Warum sind diese Leute hier? Er drehte den schmerzenden Kopf ein wenig zur Seite und entdeckte, dass die beiden schwarzen Ungeheuer sich in eine schlanke Fuchsstute verwandelt hatten. Dem Esel war es jedoch gelungen, in diese Höhle hineinzukommen. Scall sank der Mut. Glücklicherweise waren die Männer so sehr damit beschäftigt, ihre Kleider auszuschütteln und den Esel neben dem Fuchs unterzubringen, dass sie noch nicht bemerkt hatten, wie er sie beobachtete. Aus Angst vor dem angestauten Zorn des Händlers schloss er schnell die Augen. Er rief sich die oberste Lehrlingsregel ins Gedächtnis: *Wenn jemand wütend ist, dann deinetwegen.* Auf jeden Fall würden sie ein Erklärung verlangen. Solange er sich schlafend stellte, hätte er noch Zeit, sich eine Ausrede zu überlegen. Doch bei seiner Erschöpfung brauchte er sich nicht lange zu verstellen und war im Nu wieder fest eingeschlafen.

Er wurde wach, weil ihn jemand ins Gesicht schlug, wieder und wieder, mit einer großen harten Hand. Sein Entsetzen darüber tat noch ein Übriges, um ihn aus der Benommenheit zu reißen, die der lange Aufenthalt in der Kälte verursacht hatte. Er blinzelte aus tränennassen Augen und sah den Händler über sich gebeugt, den wahren Besitzer der schwarzen Ungeheuer, den Mann, dessen Lebensgefährtin man – Scall entfuhr ein lautes Stöhnen.

»Woher hast du diese Weste?« Der Händler unterstrich jedes Wort mit einem brennenden Schlag. »Antworte! Woher – hast – du – diese – Weste?«, wiederholte er, und seine Schläge wurden heftiger.

Scall durchlebte ein paar Augenblicke nackter Angst. Sie waren allein, der andere Mann verschwunden, sofern es ihn überhaupt gab. Niemand da, der ihm helfen könnte, keiner, der ihn vor dem Zorn seines Bedrängers retten würde. Er blickte in dessen verzerrtes Gesicht, sah die Wut, den Schmerz, und das Bild mit dem langen Bündel aus Sackleinen im Hof der Zitadelle schoss ihm durch den Kopf. Der Mann hatte die Wahrheit erraten, aber er sah aus, als wollte er dem Überbringer der schrecklichen Nachricht die Schuld geben. *Wie soll ich es ihm nur sagen?* Scall wimmerte, und nicht nur weil ihm das Gesicht von den Schlägen brannte. Wenn er doch nur mal aufhören würde und ihn nachdenken ließe!

In diesem Moment hörte er den anderen Mann zurückkehren. »Meiner Seel«, sagte der, »in so einer Nacht muss man schon tapfer sein, wenn man nur sein Wasser abschlagen will!« Dann brach der muntere Ton abrupt ab. »He, he! Sachte, Tormon, sachte! Er kann dir kaum antworten, wenn du ihm den Kopf von Schultern schlägst.«

Doch der Angesprochene heftete den Blick mit furchtbarer Anspannung auf Scalls geschundenes Gesicht. »Du kümmere dich um deine eigenen Dinge«, entgegnete er scharf und holte zum nächsten Schlag aus.

Eine magere braune Hand griff über seine Schulter

hinweg und packte ihn beim Handgelenk. »Tormon, ich verstehe, was du durchmachst, und das weißt du. Aber erinnere dich, dass es der Hierarch war, der dich in den Hinterhalt gelockt hat. Diese junge Vogelscheuche hier scheint mir nicht einmal fähig zu sein, ein gekochtes Ei aufzuschlagen, geschweige denn –«

»– meine Frau und mein Kind zu ermorden.« Der Satz endete in stockendem Flüstern. Der Händler ließ die Schultern sinken, und alles Ungestüme an ihm war verschwunden.

»Lass mich die Fragen stellen«, bat der andere ruhig. »Du solltest dir das nicht abzwingen, Tormon. Ich werde die Wahrheit aus ihm herausbekommen, das verspreche ich.«

Es folgte eine lange Stille. Scall hielt den Atem an. Dann schüttelte der Händler die Hand des anderen ab und zog sich zurück. Bei den Tieren ließ er sich nieder. »Also gut, Elion. Bring ihn zum Reden, wenn du kannst. Ich kann nicht einmal seinen Anblick ertragen. Aber lass ihn als erstes Kanellas Weste ausziehen«, bat er mit tränenerstickter Stimme. »Nimm sie ihm weg.«

»Das mache ich.« Ein neues Gesicht tauchte über Scall auf, ein jüngerer Mann, bärtig und dunkelhaarig. Scall schrak zurück, in Erwartung dessen, was ihm nun angetan würde. Ihm war schwindelig, seine Wangen brannten, die Lippen waren aufgeplatzt, die Nase blutete und Blut lief ihm die Kehle hinab. Er wusste auch, dass er schniefte wie ein Kind, aber er konnte nicht damit aufhören. Plötzlich schlugen die Schrecken des Tages über ihm zusammen, und er brach in lautes Schluchzen aus.

»Ach du große dampfende Jauchegrube!«, gab der Mann mit einem langen Seufzer von sich. »Das hat uns noch gefehlt!« Und eine feste, freundliche Hand wischte mit einem feuchten Lappen über Scalls Gesicht. »Wie schmutzig du bist«, sagte der Mann leise, »Erde, Blut, Rotz und Tränen. Alles, was recht ist, junger Mann, deine eigene Mutter würde dich so nicht wiedererkennen.«

Dann schob er einen Arm unter seine Schultern und richtete ihn auf, dass er zu sitzen kam. »Das hätten wir. So ist es besser. Mit Nasenbluten darfst du nicht flach liegen bleiben, daran kann man ersticken.«

»Wenn man Glück hat«, warf der Händler in hartem Ton ein. »Ich dachte, du wolltest die Wahrheit aus ihm herausbringen.«

»Alles zu seiner Zeit«, war die Antwort, und geschickte Hände knöpften Scall die verwünschte Weste auf – die ihn überhaupt erst in diese Schwierigkeiten gebracht hatte – und zogen ihm das feuchte, schmutzstarrende Ding vom Leib. Scall freute sich inbrünstig, es endlich loszuwerden, aber sofort begann er wieder zu zittern. Eine Decke wurde ihm um die Schultern gelegt, und er schmiegte sich dankbar in die warme Wolle. Er schnäuzte sich die Nase am Hemdsärmel und versuchte ruhig und tief zu atmen. Am Ende erlangte er die Beherrschung wieder und konnte mit dem beschämenden Weinen aufhören.

Dann verließ sein Retter ohne ein Wort die Höhle und ließ ihn mit dem furchtbaren Händler allein. Scall spürte die Klauen der Angst. Doch ein paar Augenblicke später kam der Mann zurück, mit einem Bündel voll Schnee, das er Scall in die Hand drückte. »Hier. Drück ihn dir ans Gesicht, bis er geschmolzen ist – aber mach dich dabei nicht nass. Die Kälte stillt das Nasenbluten und lässt die Schwellungen abklingen.«

Er lehnte sich zurück, anscheinend gewillt, mit dem Verhör zu warten, bis es Scall besser ginge. Der kalte Schnee dämpfte auch die Schmerzen, und Scall vermochte ein wenig nachzudenken. Aber was sollte er sagen? Dem jüngeren Mann die unrühmliche Geschichte zu erklären fiel ihm leichter; wie man mit Trauer und Tod umging, darin besaß er keine Erfahrung. Scall fürchtete sich davor, was der Händler mit ihm anstellen würde, wenn er erfuhr, dass er, Scall, aus dem Tod seiner Lebensgefährtin einen Vorteil gezogen hatte, indem er ihre Weste bekam. Und noch schlimmer: Wie sagte man einem Mann, dass man die Leiche seiner Frau gesehen hatte?

Auf keinen Fall wollte er, dass der Mann weiter aus ihm herausprügelte, was er wissen wollte. Das ist Myrials Strafe, dachte er mit Schaudern. Er hatte sich auf einen Handel eingelassen, von dem er wusste, wie falsch und unrecht er war, nur um das Eigentum einer Toten zu erlangen, auf das er keinen Anspruch besaß. Nun musste er dafür bezahlen. Dieser Verantwortung konnte Scall sich nicht entziehen – und wenn er es versuchte, würde es sehr schmerzvoll für ihn werden. Immerhin hatte er dem Mann die Pferde zurückgebracht. Das musste etwas zählen, wenn es so weit war, die Hiebe zu bemessen?

Elion betrachtete den Jungen, während er darauf wartete, dass die Schneepackung auftaute. Ein magerer, schmutziger Junge, der vor Kälte und Angst zitterte und dessen Gesicht grün und blau geschlagen war: Der Wissenshüter konnte sich des Mitleids kaum erwehren.

Mach dich nicht lächerlich. Der Bursche ist bestenfalls ein Dieb. Wie anders könnte es sein, wenn er in Kanellas Weste aus Tiarond wegläuft?

Elion fuhr zusammen. »Thirishri, lass das sein! Sich an andere Leute heranzuschleichen ...«

Luftgeister schleichen nicht, unterbrach sie beleidigt.

»Du weißt, was ich meine. Aber egal, ich bin froh, dass du hier bist. Ich möchte dich um einen Gefallen bitten.«

Welcher Art?, fragte sie misstrauisch.

Obwohl Elion nur im Geiste mit ihr sprach, holte er vor seiner Antwort tief Luft. »Ich will nicht, dass du Cergorn etwas erzählst.«

Was hast du getan?

Ein Windstoß fuhr in den Unterschlupf, dass Tormon erschrocken aufsprang. »Was war das?«, fragte er.

»Nur eine verirrte Böe, vermutlich«, sagte Elion laut

und tat sein Bestes, um unschuldig auszusehen. »Thirishri! Beruhige dich! Du wirst uns die Hütte noch um die Ohren blasen! Ich habe noch gar nichts getan – aber ich will in den Geist dieses Jungen eindringen und herausfinden, was mit Tormons Frau passiert ist.«

Aber Elion, du weißt, dass uns so etwas verboten ist!

»Das ist genau der Grund, warum ich nicht will, dass Cergorn davon erfährt. Er würde mir die Haut abziehen und an den Turm der Kundschafter nageln.«

In der Tat – und zwar, nachdem er dich vorher aus dem Schattenbund ausgeschlossen hätte. Wie kannst du nur so etwas in Erwägung ziehen? Dir den Weg in den Geist eines Nichttelepathen zu erzwingen und darin herumzuwühlen! Das ist gemein und pervers.

»Aber hör mir doch mal zu, Thirishri«, flehte Elion. »Der Händler muss erfahren, wie es seiner Familie ergangen ist. Und wir müssen wissen, was in der Stadt vorgeht. Je eher wir die Wahrheit kennen, desto besser. Nach dem, wie Tormon den Jungen behandelt hat, ist er viel zu verängstigt und verstört, um zu sprechen. Bitte, lass es mich versuchen«, fuhr er mit seinem Überredungsversuch fort, »ich weiß, dass es ihm unangenehm sein wird, aber –«

Warte!, unterbrach Thirishri. *Es besteht überhaupt nicht die Notwendigkeit. Ich kann dir das meiste, was du wissen willst, sagen. Zumindest das Wichtigste. Ich konnte die Spur der Familie in Tiarond aufnehmen. Leider ist seine Frau tatsächlich tot, aber, Elion – seine Tochter lebt! Sie –*

»Herr?« Die Stimme des Jungen unterbrach Elions Gedanken. »Herr – ich habe die Pferde nicht gestohlen, ehrlich nicht. Und die Weste habe ich auch nicht gestohlen. Ich weiß, es war falsch, sie anzunehmen, und das tut mir Leid. Bitte, ich will nicht mehr geschlagen werden!«

Elion hörte den Luftgeist lachen. *Schon gut, schon gut. Hier sind keine Schläge mehr nötig, mein Freund. Du scheinst dein Ziel durch Freundlichkeit erreicht zu haben.*

Elion war fast ein wenig enttäuscht. Für einen Telepathen lauerte die Versuchung, in einen ungeschützten Geist einzudringen, immer im Hintergrund. Darum war dergleichen streng verboten. Eben noch hatte er einen nahezu rechtmäßigen Grund gehabt, doch bei näherer Betrachtung, hielt er es doch für besser, dass er an der Ausführung seines Plans gehindert wurde. Wenn diese Tat jemals ans Licht gekommen wäre, hätte Cergorn ihn mit Bestimmtheit aus dem Schattenbund hinausgeworfen.

Nun wusste Elion immerhin, dass Tormons Tochter noch lebte. Das wenigstens war eine gute Nachricht. Konnte der Junge überhaupt etwas über den Tod der Mutter wissen?. Wenn man sich darauf verlassen könnte, dass der Bengel die Wahrheit sagte, wäre alles gleich viel einfacher gewesen. Doch trotz aller Bedenken bemühte Elion sich um ein beruhigendes Lächeln und fragte: »Wie heißt du, Junge?«

»S-Scall«, antwortete der kleine Kerl mit zittriger Stimme. Wegen der geschwollenen Lippen klang er undeutlich.

»Hab keine Angst, Scall. Mein Name ist Elion, und ich werde dir nichts tun.« Er reichte dem Jungen die Wasserflasche, damit er sich das Blut aus dem Mund spülen konnte. »Und jetzt erzähl mir, wie du zu den Pferden gekommen bist, und vor allem, was du über die Frau des Händlers weißt.«

Scall holte tief Luft. Er fühlte sich sehr erleichtert, dass er es dem jungen Mann und nicht dem anderen würde gestehen müssen. Ich werd's ihm sagen, dann kann er es seinem Freund beibringen. Wahrscheinlich ist es besser, wenn die schlimme Geschichte von einem Dritten etwas abgeschwächt wird. Selbst wenn der Alte jetzt lauscht, ist das noch besser, als wenn er es von mir zu hören kriegt. Scall sah zu ihm hinüber. Der Händler hatte sich zusammengekauert und wirkte todunglücklich. Es ist grausam, ihn im Ungewissen zu lassen, dachte Scall, und dann traf ihn die Erkenntnis wie ein Schlag: Das einzig Anständige ist, wenn ich es ihm selbst sage.

Er kroch zu dem Mann hinüber und kniete sich vor ihn hin. »Herr?« Oh, lieber Myrial, hilf mir, das zu tun! Mit stammelnden Worten beschrieb er, wie er die Tote gesehen hatte und wie Barsil ihm die Weste verkauft und bestätigt hatte, wer die Tote gewesen war.

Tormon schrie qualvoll auf und barg das Gesicht in den Händen. Nach einer Weile schaute er auf, von Trauer schwer gezeichnet. »Und Annas?«, fragte er heiser. »Was ist mit meinem kleinen Mädchen?«

Scall schüttelte den Kopf. »Nein, Herr. Von einem Kind habe ich wirklich gar nichts gesehen oder gehört. Aber da lag ganz bestimmt nur eine Leiche.«

»Hast du das gehört, Elion?«, rief Tormon erregt aus. »Das bedeutet, dass es noch Hoffnung gibt. Annas könnte noch am Leben sein!«

»Ja, sie lebt, Tormon«, bekannte Elion lächelnd, »und bitte, frag mich nicht, woher ich das weiß. Nimm einfach an, ich käme aus einer Familie mit dem zweiten Gesicht, und belass es dabei. Überdies kann ich dir genau sagen, wo sie ist, nämlich sicher und wohlbehalten im Haus der Dame Seriema.«

»Wirklich? Meine Annas lebt?« Tormon brach in wilden Jubel aus und wollte schon aufspringen. Doch Elion hielt ihn zurück. »Halt ein, Mann – wohin willst du denn gehen?«

»Zurück nach Tiarond – sofort!« antwortete der Händler energisch und versuchte sich dem Griff seines Begleiters zu entziehen.

»Moment mal, schön langsam«, sagte Elion ruhig, aber bestimmt. »Nicht in diesem Sturm, auf keinen Fall. Außerdem wirst du jetzt in Tiarond gesucht. Du willst doch aus deinem Kind keine Waise machen? Wir denken uns einen Plan aus und gehen morgen früh, um sie zu holen. Das verspreche ich.«

Es dauert nicht mehr lang bis zum Morgen, mischte Thirishri sich ein. *Ihr Menschen solltet noch ein wenig schlafen. Das wäre ausnahmsweise einmal vernünftig. Wir müssen für morgen planen, denn diese Soldaten dürfen nicht mit dem Hierarchen nach Tiarond zurückkehren. Bedenke, wie schwierig es wäre, Aethon aus der Stadt zu retten. Wir müssen eine Möglichkeit finden, wie wir sie auf dem Pfad überfallen können –*

»Was? Zwei Dutzend Soldaten?«, jaulte Elion auf. »Was glaubst du denn, wer ich bin?«

Ich bin zuversichtlich, dass ich mit den meisten allein fertig werde, versicherte sie. *Es wäre nur problematisch, solange der Hierarch in der Nähe ist, denn ich hätte gute Lust, ihn ebenfalls umzubringen. Wenn ich die entsprechende Kraft anwende, kann ich mir nicht Einzelne herauspicken. Wir müssen sie also voneinander trennen. Sieh zu, dass dir irgendeine Art Ablenkung einfällt, während ich fort bin. Ich werde zur Sägemühle fliegen und nachsehen, was dort geschieht. Ich will mit Veldan sprechen, vielleicht hat sie einen Vorschlag. Außerdem wird uns der Feuerdrache von Nutzen sein.*

»Also gut«, lenkte Elion ein, »aber sei vorsichtig und bring dich nicht in Schwierigkeiten.«

Luftgeister bringen sich nie in Schwierigkeiten, zischte sie. Allerdings kannte sie nicht den Aberglauben der Menschen, dass man etwas herbeireden könne …

Kapitel 24

Amaurns Erbe

Kaz war unruhig. Im Raum wurde es zwar langsam warm, aber die beiden Frauen hätten nicht einschlafen dürfen, ohne ihre körperlichen Kraftreserven wieder aufgefüllt zu haben. Ich sollte Toulac wecken, dachte er. Solange sie schlief, konnte sie ihn geistig nicht hören Er stieß sie hart mit der Schnauze an. Nichts geschah. Sie rührte sich überhaupt nicht. Und Veldan? Ihretwegen machte er sich die größten Sorgen. In dem engen Raum verrenkte er sich fast den Hals, aber er untersuchte seine Partnerin mit großer Sorgfalt. Ihr Atem ging gleichmäßig, aber flach, und sie fühlte sich eiskalt an. Sie muss etwas essen, dachte er. Am besten etwas Heißes, egal was. Aber wo soll ich etwas Heißes hernehmen? Dann fielen ihm Toulacs Worte wieder ein. *Wo wir viel zu essen bekommen – das verspreche ich,* hatte sie gesagt. Der Drache verschwendete keinen Augenblick und bewegte sich sehr vorsichtig rückwärts aus dem Raum hinaus. Wenn es hier etwas zu fressen gab, dann würde er es finden.

Während er den Tunnel hinunterkroch, überlegte er, ob er eine Nachricht an Thirishri über ihren Aufenthaltsort senden sollte. Er entschied sich dagegen. Wer brauchte schon einen neugierigen Luftgeist und eine nörgelnde Plage namens Elion, damit sie ihre Nase in Veldans und seine Angelegenheiten steckten? Sie können uns sowieso nicht helfen. Dieser elende Mensch käme ohne meine

Hilfe nicht einmal hier herauf, und was kann ein dummer Luftgeist, was ich nicht könnte?

Es dauerte nicht lange, bis seine Nase ihm sagte, dass er auf dem richtigen Weg war. Speck!, sprang es ihm durch den Kopf. Fleisch und Käse … Wo bei allen Wundern dieser Welt sind wir hier eigentlich? Nach einer Weile gabelte sich der Gang, die rechte Abzweigung führte aufwärts, die linke abwärts. Von unten kamen durchweg gute Gerüche: Kräuter, Gewürze, Käse, Wurzelgemüse und Früchte. Aber was aus dem oberen Tunnel herauswehte, ließ ihm das Wasser im Maul zusammenfließen: eine Vielfalt an Fleischdüften. Er musste sehr viel Selbstbeherrschung aufbringen, um sich von dem Festmahl abzuwenden und den anderen Weg zu wählen. Doch er war für Veldan auf die Jagd gegangen, und das Letzte, was seine Partnerin jetzt brauchte, war rohes Fleisch.

Nach ein paar hundert Schritten öffnete sich der Gang zu einer Höhle. Sie war immens groß und höher, als Kazairls nächtliche Sehkraft reichte. Doch was kümmerte ihn die Höhlendecke? Einen Augenblick stockte er vor Verblüffung, dann brach er in fiebernde Hast aus. Nahrung stapelte sich, wohin er auch blickte. Krüge mit Butter und Honig, Fässer voll Mehl, säckeweise Gemüse, Kisten mit runzligen Äpfeln, große gelbe Käseräder und noch viel mehr, sehr viel mehr. In einer Ecke fand er einen Sack mit getrockneten Kräutern, die so rochen wie der schwarze Tee, den Toulac gern kochte, und beschloss, ihn ebenfalls mitzunehmen. Er war sehr zufrieden mit sich. Warte nur, bis die alte Streitaxt *das* gesehen hat, dachte er. Er wählte außerdem einen Beutel Rosinen, einen Krug Honig und einen großen Käse aus, alles was einem Menschen schnell seine Kraft zurückgibt. Dann hielt er inne und kam sich reichlich dumm vor. Er fragte sich, wie er die ganze Beute zu Veldan schaffen sollte. Ihm fehlten diese nützlichen Daumen, wie die Menschen sie hatten.

Kazairl sah sich um in der Hoffnung auf eine Inspiration. »Na komm schon«, murmelte er, »steh hier nicht rum und verschwende kostbare Zeit. Veldan braucht ihr Futter jetzt!« Er dachte einen Moment scharf nach, dann fiel ihm die Lösung ein. Er suchte sich ein Mehlfass aus, schob seine Krallen darunter, bis es sich anheben ließ, nahm es ungelenk in die Klaue, kippte das Mehl aus – und machte einen Satz rückwärts, explodierte in mehrere gewaltige Nieser, die ein paar ungezielte Feuerstöße mit sich brachten, mit denen er mehrere Käse schmolz sowie zwei Haufen Möhren und einen Sack Bohnen zu Asche verbrannte. »Na, so eine dampfende Zentaurenscheiße!«, fluchte er. »So ein blöder pulverisierter Grassamen! Nur Menschen kann es einfallen, etwas so Lächerliches zu fressen!«

Der Drache verbrachte eine nervenaufreibende Weile damit, das erbeutete Futter mit Klauen und Zähnen in das Fass zu jonglieren, es gelang ihm sogar, dabei keinen weiteren Schaden anzurichten, wenn man über die Zahnabdrücke im Käse einmal hinwegsieht. Im letzten Moment entdeckte er ein Regal mit staubigen Flaschen. Wein? Er wusste, dass die Menschen, einschließlich Veldan, dieses scheußliche Zeug mochten. Also fügte er seinen Vorräten eine Flasche hinzu. Er nahm das Fass fein zwischen die Zähne und trat den Rückweg an.

Veldan erwachte, als eine harte Schnauze sich in ihre Schulter bohrte und ihr einen heißen, stinkenden Atem ins Gesicht blies. »Kaz! Igitt!«, protestierte sie schläfrig. »Das ist ja widerlich. Was hast du gefressen?«

Der Drache sah sie mit großen Augen unschuldig an. »Ach das. Äh – ich hab noch einen Happen zu mir genommen, vorhin in Toulacs Haus. Heheh.«

In Veldans Kopf entstand langsam ein Bild von zwei Soldaten im Schneegestöber, die vom Weg weggeschnappt und in einen dunklen Wald geschleift werden. »Oh, Kaz! Also wirklich!«, schimpfte sie. »Wie oft haben wir schon darüber gesprochen? Ich weiß nicht, was Cergorn sagen wird, wenn er es jemals herausfindet. Schon der Verdacht, dass du Menschen frisst, würde genügen, und wir wären in ernsten Schwierigkeiten!«

Kaz neigte den Kopf zur Seite, leckte sich das Maul und zeigte ein spöttisches Drachengrinsen. »Och, Boss. So schlimm ist das nicht. Fleisch ist Fleisch, wenn man's recht bedenkt – und du weißt, dass ich niemals unsere Freunde fressen würde. *Das* wäre tatsächlich eine widerliche Angewohnheit! Außerdem war es ein Notfall. Wir befanden uns in einer gefährlichen Lage, und ich musste mit allem fertig werden können. Das geht aber nicht, wenn ich vor Hunger schwach und schwächer werde. Was glaubst du eigentlich, woher ich die Kraft nahm, die Damen den ganzen Weg über das riesengroße Gebirge zu schleppen?« Er neigte den Kopf auf die andere Seite und ließ die Zunge heraushängen. »Ach, ich wünschte, ich hätte dir nicht versprochen, nur feindliche Krieger zu fressen. Es so *lästig*, sie aus dem Kettenhemd zu schälen.« Er öffnete sein gewaltiges Maul. »Ich habe mir doch keinen Zahn angeschlagen, oder?«, fragte er in besorgtem Ton.

Die Hüterin des Wissens brach in ein heiseres Lachen aus und schnaufte. »Oh, du! Du bist unverbesserlich, weißt du das?«

»Wie wahr – aber immer charmant. Dazu unglaublich gut aussehend, und ein guter Ernährer obendrein. Schau, Schätzchen, was ich dir mitgebracht habe. Das lässt sich auch viel bequemer essen als feindliche Krieger.«

Veldan streckte die Beine aus der Koje und richtete sich mühsam auf. Sie spürte die Kälte noch immer schmerzhaft in allen Gliedern, und plötzlich merkte sie, wie ausgehungert sie war. »Wenn ich ehrlich bin«, sagte sie reuig, »ich könnte glatt selbst einen feindlichen Krieger essen und noch einen Nachschlag nehmen.«

»Jetzt erkenne ich dich wieder«, meinte Kazairl vergnügt. »Wir machen schon noch einen Feuerdrachen aus dir.« Er schob mit der Schnauze das Fass zu ihr hin, das bemerkenswerte Zahnabdrücke und glänzende Speichelspuren trug. Veldan zog die Nase kraus.

»Du kannst es ruhig nehmen. Ich war sehr darauf bedacht, nicht *in* das Fass zu sabbern.«

»Schon gut, Kaz. Solange was zu essen drin ist, mache ich mich nicht verrückt wegen so einem bisschen Geifer.« Sie tauchte den Arm bis zum Ellbogen hinein und holte die eine Leckereien nach der anderen heraus. Das war schöner als jeder Geburtstag und mindestens so aufregend, aber Veldan war viel zu beschäftigt, um ihr Glück zu preisen. Während sie Rosinen und Käse händeweise in sich hineinstopfte, meinte sie in Gedanken zu ihm: »Kaz – du bist der beste Freund, den ein Mädchen haben kann.«

Kazairl war über sich selbst entzückt. »Das ist noch nicht alles, Schätzchen. Warte nur, bis du gesehen hast, was ich noch gefunden haben. Ich konnte nur eben nicht alles auf einmal herbringen. Wie würde dir gebratener Speck schmecken?«

Ein enormes Grinsen breitete sich über Veldans Gesicht aus. »Ich glaub, ich träume! Kaz, wenn du Speck beschaffen kannst, werde ich mein Leben lang dein Sklave sein – und du darfst so viele feindliche Krieger fressen, wie du willst.«

»Danke für das Angebot, Boss, aber wenn es dir nichts ausmacht, dann nehme ich auch lieber etwas Speck.«

Während der Drache sich auf einen neuen Streifzug begab, wickelte sich Veldan eine Decke um die Schultern und stand von ihrem Bett auf. Sie legte so viel Holz, wie es eben ging aufs Feuer nach, und fragte sich dabei, ob sie Toulac wecken sollte, die den Kopf auf die Kamineinfassung gebettet hatte und fest schlief. Sie entschied sich dagegen. Ich warte damit, bis es etwas Warmes zu essen gibt, dachte sie. Sie wird beim Aufwachen einen steifen Nacken haben, wie es aussieht. Man kann es also kaum noch schlimmer machen.

Zu allererst galt es, einen guten heißen Tee aufzubrühen. Veldan sah sich um. In einer Zisterne fand sie sauberes, kaltes Wasser, und auf einem Bord eingestaubtes Geschirr. Bald stand der Topf mit Wasser am Rand des Feuers. Während sie auf Kaz' Rückkehr wartete, beschloss sie, mit Thirishri Kontakt aufzunehmen. Sie musste ihr sagen, dass Aethon überlebt hatte – zumindest sein Geist und seine Persönlichkeit. Unglücklicherweise war er an einen unwilligen Menschen geraten, der sich ebenfalls in einer ernsten Notlage befand. Sie musste an die kalte Schroffheit denken, mit der Blank dessen Schicksal angekündigt hatte: *Nun ist er nur noch das geistlose Wrack eines menschlichen Wesens. Unsere Aufgabe besteht darin, ihn am Leben zu erhalten und nach Tiarond zurückzubringen, bevor der morgige Abend anbricht. Er muss seine ihm zuletzt zugedachte Rolle erfüllen, indem er Myrial geopfert wird.*

Wenn die Hüter des Wissens nicht rasch etwas unternahmen, war der Seher endgültig verloren. Zwar hatte er sich aus seinem eigenen Körper transportieren können, doch wäre er niemals in der Lage, sich vom Körper eines Nichttelepathen zu lösen. Soweit Veldan es beurteilen konnte, bestand seine einzige Hoffnung darin, dass man ihn und seinen menschlichen Wirt zurück in das Land des Drachenvolkes brachte. Aethons Artgenossen würden wissen, was zu tun war.

Veldan seufzte. Warum konnte es nicht wenigstens diesmal eine einfache Mission sein? Nur dieses eine Mal? In Anbetracht des nahezu hysterischen Zustands, in dem sich Aethons Mensch befand, stand den Wissenshütern eine schwierige Aufgabe und eine ereignisreiche Zeit bevor. Vorausgesetzt, wir können ihn überhaupt retten, dachte sie beklommen. Wenn der Seher sich doch nur eher zu erkennen gegeben hätte! Dann wäre die Flucht unnötig gewesen, und wir hätten heute Abend versuchen können, ihn zu befreien

Veldan riss sich zusammen. Ob einfach oder nicht, es musste etwas unternommen werden, und zwar schnell.

Sie setzte sich im Schneidersitz neben Toulac ans Feuer und streckte ihre Gedanken nach dem Luftgeist aus. »Thirishri? Hörst du mich?«

Veldan? Geht es dir gut? Ich bin auf dem Weg zur Sägemühle. Was ist los bei euch?

»Thirishri, ich weiß kaum, wie ich es dir beibringen soll, aber wir sind nicht mehr dort. In den vergangenen Stunden ist so viel passiert ...«

So knapp wie möglich berichtete sie, was in Toulacs Haus geschehen war, warum sie vor Blank und seinen Soldaten hatten fliehen müssen und wie sie im letzten Moment entdeckt hatte, dass Aethons Seele überlebt hatte und im Körper eines Nichttelepathen festsaß, welcher wiederum der Gefangene anderer war. Als sie mit der Geschichte fertig war, hörte sie lange nichts von dem Luftgeist, doch dann sagte Thirishri sehr ruhig:

Veldan, du wirst vorerst bleiben, wo du bist. Du hast dort zu essen und bist geschützt, der ideale Platz also. Ich werde Elion sagen, was passiert ist, und untersuche die Lage bei der Sägemühle, dann werde ich zu dir kommen.

»Wirst du uns bei diesem Sturm denn finden können?« fragte Veldan skeptisch.

Mach dir keine Gedanken. Der Sturm legt sich schon. Die Spur, die ihr bei eurer wilden Flucht hinterlassen habt, wird noch tagelang zu sehen sein. Ich bin also schon bald bei euch, und dann überlegen wir uns, wie wir den Hierarchen retten können – oder vielmehr den armen Aethon.

Ich bewundere deine Zuversichtlichkeit, Thirishri, dachte Veldan. Hoffentlich behältst du damit recht.

Blank hatte noch kein Auge zugetan, als der Sergeant ihn weckte. Zwar entschuldigte sich der Mann überschwänglich, doch Blank war über dieses Eindringen in seine Privatsphäre in gewisser Weise erleichtert. Seine Gedanken waren keine guten Bettgenossen gewesen, und die Nacht schien Jahre gedauert zu haben. »Schon gut, ich habe nicht geschlafen«, unterbrach er ihn. »Nun bist du hier, was willst du? Läuft etwas verkehrt?«

»Nicht verkehrt, Herr. Das nicht. Ich kam, um zu sagen, dass der Sturm sich gelegt hat. Es dauert zwar noch eine Weile, bis es Tag wird, aber ich habe mir gedacht, dass du vielleicht früh aufbrechen willst. Der Sturm hat nachgelassen, und es wäre klug, sich das zunutze zu machen, um so schnell wie möglich aus dem Gebirge herauszukommen.«

Blank sprang aus dem Bett, in dem er die ganze Nacht gefroren hatte, obwohl er es aus gutem Grund vorgezogen hatte, die Kleidung bis auf die Stiefel anzubehalten. »Sehr gut, Sergeant«, sagte er laut. »Befiehl unverzüglichen Aufbruch, aber schicke zwei Männer den Weg hinauf zur Stelle des Erdrutsches. Sie sollen den Händler suchen. Ich lasse nicht gern eine angefangene Arbeit liegen. Obwohl ich bezweifle, dass ein Verwundeter die vergangene Nacht überleben konnte, würde ich mich besser fühlen, wenn wir eine Leiche fänden.«

»Herr«, begann der Sergeant zögerlich, »was sollen wir mit Meisterin Toulacs Pferd machen? Sollen wir es mitnehmen? Ist ein gutes Schlachtross, Herr, und noch nicht zu alt. Es wäre eine Schande, es hier verhungern zu lassen. Wenn es was gibt, was Meisterin Toulac über Pferde nicht weiß, dann ist es auch nicht wissenswert, und sie scheint – schien – von dem Tier sehr viel zu halten.«

Blank sah seinen Untergebenen scharf an. »Sehr gut, Sergeant. Sie hat in der Tat viel von dem Tier gehalten, sogar so viel, dass sie es in die Küche gelassen hat. Ich frage mich, ob es ihr so viel wert ist, dass sie seinetwegen zurückkehrt.«

»Aber Herr, sie müsste verrückt sein, wenn sie –«

»Nun, die tatterige alte Närrin ist schon halb vergreist, und da könnte es durchaus sein, dass das Tier genügt, um sie hierher zurückzulocken. Sergeant, wähle zwei

Männer aus, damit sie hier bleiben – nein, besser vier. Sie sollen außer Sicht bleiben und Acht geben, ob Toulac und ihre Komplizen zurückkehren. Die Kreatur, die sie bei sich haben, muss erschossen werden – es gibt keine sichere Möglichkeit, um ein Tier dieser Größe und Kraft einzufangen –, aber die beiden Frauen sollen mir lebend gebracht werden. Sorge dafür, dass dieser Befehl befolgt wird.«

»Ja, Herr«, antwortete der Sergeant ohne Begeisterung. »Ich werde sofort dafür sorgen.«

»Gut.« Blank war schon auf dem Weg zur Tür, als er sich noch einmal umdrehte. »Verliere keine Zeit. Ich will so schnell wie möglich in die Stadt zurück. Gib Bescheid, wenn alles zum Aufbruch bereit ist. Ich werde mit dem Hierarchen sprechen.«

Der Seher des Drachenvolkes war mit seiner Geduld am Ende, nachdem er die ganze Nacht versucht hatte, vernünftig mit dem eigentlichen Besitzer seines neuen Körpers zu sprechen. Dieser Zavahl – dieser erbärmliche Mensch – benahm sich unglaublich dumm! Aethon verfluchte sein Unglück. Er konnte seinen Wirt nicht dazu bringen, ihm zuzuhören; der Mann redete ständig irre, er sei verrückt geworden oder von Dämonen besessen. Was dieser Mensch als seinen Geist ansehen mochte, war ein Morast aus primitiven Ängsten und Aberglauben, ein Sumpf aus Schuldgefühlen und Selbstzweifeln. Doch damit nicht genug, er, Aethon, war überdies ein Gefangener des schlimmsten Feindes des Schattenbundes und dazu verdammt, am nächsten Tag zu sterben. Wenn ich die ganze Welt nach jemandem abgesucht hätte, auf den ich mein Wesen übertragen kann, ich hätte keine schlechtere Wahl treffen können. Ach, warum nur musste gerade dieser Narr derjenige sein, der ihm nahe genug gekommen war!

Warum nur? Zu seinem Unglück konnte Aethon nicht

nur dessen Verstand nicht beeinflussen, er konnte nicht einmal sich selbst vor dem Unbehagen und den Qualen dieses empfindlichen Menschenkörpers bewahren. Überdeutlich spürte er die Müdigkeit, den Durst und Hunger dieses Menschen und auch dessen Schmerzen, weil er wegen der Fesseln die ganze Nacht in derselben Haltung liegen musste. Zu keiner Zeit seines Drachendaseins hatte er sich so elend gefühlt. Wieder kam ihm der Gedanke, ob der Tod nicht besser gewesen wäre. Doch, da er nun einmal weiterlebte, musste er auf eine Gelegenheit hoffen, aus dieser Zwangslage zu entkommen – so dachte er zumindest, bis sich die Tür öffnete und Aethon den Mann eintreten sah, der sich jetzt Blank nannte.

Dieser zog seinen Gefangenen hoch und lehnte ihn gegen das obere Bettende. Dann zog er eine Taschenflasche hervor und hielt sie ihm an die Lippen. Zavahl schluckte bereitwillig die ersehnte Flüssigkeit, während Aethon, der ebenso spürte, wie der Wein wärmend in den leeren Magen floss, die Klugheit dieser Handlung anzweifelte. Der Gefangene fühlte sich ohnehin schwindelig vor Müdigkeit und Hunger, und der Wein würde seinen Zustand verschlechtern. Jemand, dessen Fortleben so ungewiss war, sollte nicht so achtlos und vorschnell handeln.

Als Zavahl aufgehört hatte zu trinken, setzte sich Blank auf die Bettkante. »Dieses Mädchen«, begann er unvermittelt, »die junge Frau mit dem Narbengesicht, die in der Nacht bei dir war – was hat sie zu dir gesagt?«

Zavahl zögerte. Aethon spürte seine Angst, das Falsche zu antworten. Der Hauptmann lehnte sich über ihn. »Rede!«

Eine Woge des Schmerzes überflutete Aethons Sinne, als Zavahl einen Faustschlag in die Rippen erhielt. Er krümmte sich und rang nach Luft, aber Blank griff ihn bei den Haaren und zwang ihn, ihm in die Augen zu sehen. »Willst du, dass ich dir beim nächsten Sonnenuntergang zeige, wie lange das Sterben eines Menschen dauern kann?«, sagte er leise.

»Ich …« Zavahl keuchte. Irgendwie kam er in seiner Angst so weit zu Atem, dass er sprechen konnte. »Sie befahl mir, ruhig zu bleiben«, brachte er hastig heraus. »Sie sagte, sie würde mich befreien, wenn ich ihre Fragen beantworte.«

»*Oh, du verdammter Feigling!*«, schrie Aethon. »*Du elender Narr! Schweig! Du verrätst sie an dieses Ungeheuer!*«

Blank sah den Hierarchen an, als wolle er ihn durchbohren, und sein Ton wurde scharf. »Welche Fragen? Wonach hat sie dich gefragt?«

»*Sag ihm nichts!*«

»Nur eines«, antwortete Zavahl. »Die Zeit war zu knapp. Sie fragte, was auf dem Pass geschehen ist, als ich den Drachen sah. Sie wusste über den Dämon in mir Bescheid …«

»*Oh, du Narr! Du erbärmlicher Narr! Sprich nicht über den Dämon! Alles, nur das nicht!*«

Blank nickte bedächtig. »Erzähl mir mehr über diesen Dämon, Zavahl. Spricht er mit dir?«

Der Hierarch nickte. »Er nennt mich einen Narren. Er will nicht, dass ich mit dir spreche. In der Nacht sagte er, ich solle der Frau vertrauen.«

Ein kaltes Lächeln breitete sich über Blanks Gesicht aus. »Gut, gut. Wer hätte das für möglich gehalten! Das also ist mit dir geschehen, Drache. Du kannst dich, wenn nötig, in einen Menschen übertragen. So habe ich also zwei Gefangene zu dem Preis von einem.«

Aethon selbst hatte Amaurn nie gesehen, aber er trug die Erinnerungen der Seherin Chahala in sich, die seine Vorgängerin gewesen war und am Prozess gegen den Abtrünnigen teilgenommen hatte. Doch zu seiner Überraschung zeichnete diese Erinnerung Amaurn nicht als den finsteren Schurken, den der Schattenbund in ihm sah, sondern als einen auf traurige Weise fehlgeleiteten, ungestümen jungen Mann, dessen Hinrichtung, wenngleich notwendig, einen tragischen Verlust bedeutete.

Plötzliche Schmerzen rissen den Seher aus seinen Gedanken, denn Blank ergriff mit einer Hand Zavahls Gesicht und grub die Finger tief ein. Er blickte ihm in die Augen und sagte: »Ich will mit deinem Dämon sprechen, Zavahl. Jetzt. Ich werde ein paar Fragen stellen, und du wirst mir sagen, was er antwortet. Hast du verstanden?«

»Nein! Ich werde nicht mit ihm sprechen! Sag ihm das!«

Aethon spürte Zavahls Angst, als er die Botschaft weitergab. Blanks Gesicht wurde vollkommen ausdruckslos, und die beiden Wesen, die so unterschiedlich waren und denselben Körper teilten, empfanden dieselbe kalte Furcht.

Als der Hauptmann wieder zu sprechen anfing, war seine Stimme sehr sanft. »Du scheinst mir völlig vergessen zu haben, Drache, dass du nun ebenfalls in diesem Körper wohnst. Wenn Zavahl Schmerzen erleidet, dann auch du – und ich vermute, dass diese schwache menschliche Daseinsform dir eine Erklärung dieses Wortes mit all ihren Konsequenzen beschert. Ich möchte dich außerdem daran erinnern, dass du dich aus dieser Lage nicht befreien kannst. Wenn dieser Körper stirbt, vergehst du mit ihm. Du musst doch einige Bedeutung im Drachenvolk haben, dass du mit einem Hüter des Wissens auf Reisen bist. Sicherlich resultiert daraus auch die Verantwortung, so weit wie möglich am Leben zu bleiben?«

»Hältst du mich für einen Narren? Ich weiß, dass du diesen Menschen bei Sonnenuntergang töten wirst, ganz gleich ob ich dir antworte oder nicht!«

»Nein!«, schrie der Hierarch. »Das kann ich ihm nicht sagen! Der Dämon will dir nicht antworten, Blank. Er will nicht.«

Blank ließ Zavahl los und griff nach der Kerze, die neben dem Bett stand. Er hielt sie ihm so nah vor das Gesicht, dass der Rauch Zavahl in die Augen stieg und die Hitze ihm die Haut rötete. »Um deinetwillen sollte er sich eines Besseren besinnen«, erwiderte Blank kalt. »Bevor ich Schritte zu seiner Sinnesänderung unternehme.«

Thirishri war Blank in den Raum gefolgt und lauschte dem Gespräch mit wachsendem Entsetzen. Sie hatte zuerst die Soldaten in der Mühle gezählt und dann eine Luke im Dach des Hauses gefunden, wo zwei Schindeln fehlten – und als sie dann den Bewohner des Dachbodens erkannte, war sie so entsetzt gewesen, dass sie sich beinahe verraten hätte.

Amaurn! Nach all den Jahren stellte sich heraus, dass der Abtrünnige, der am Vorabend seiner Hinrichtung auf rätselhafte Weise verschwunden war, sich direkt vor Gendivals Haustür versteckt hatte. Kein Wunder, dass in diesem Land alles auseinander bricht, dachte sie bitter. Dieses Ungeheuer verbreitet Unglück und Zwietracht, wo immer es auftaucht. Ihr erster Gedanke war, Cergorn zu benachrichtigen. Doch auf diese Entfernung wäre sie gezwungen gewesen, eine sehr starke telepathische Verbindung herzustellen, bei der es unmöglich war, die Gedanken abzuschirmen – und dadurch hätte sie Amaurn ihre Gegenwart offenbart. Das aber war das Letzte, was sie wollte. Wenn man es mit einem skrupellosen Schurken wie ihm zu tun hatte, war auch der geringste Vorteil von größter Bedeutung.

Sie hatte das Gespräch zwischen ihm und dem Sergeanten belauscht, wonach zwei Soldaten nach Tormons Leiche suchen sollten. Daraufhin hatte sie Elion vorgeschlagen, er und der Händler sollten deren Uniformen als Verkleidung benutzen, um in Tiarond nicht erkannt zu werden und eine längere Diskussion ausgelöst. Warum mussten Menschen bei allem immer nur das Schlechte sehen? Sie hatte heftig werden müssen, um Elion von ihrem Plan zu überzeugen, aber am Ende hatte sie gewonnen. Dann war sie Amaurn die Treppe hinunter gefolgt, um einen Blick auf sein Opfer werfen zu können, und war erschrocken.

Der arme Mensch sah äußerst mitgenommenen aus. War dieses hinfällige Wrack die einzige körperliche Hülle, die Aethon für seinen Zweck hatte finden können? Ob er den nächsten Abend überhaupt noch erleben würde? Andererseits – wenn Amaurn den Hierarchen beim nächsten Sonnenuntergang als Opfer brauchte, um seine Intrigen voranzutreiben, dann würde er mit Gewissheit dafür sorgen, dass der Mann bis dahin am Leben blieb, und wenn er das eigene Blut dafür hergeben müsste. Thirishri tröstete sich mit diesem Gedanken.

Es ist wirklich ein Jammer, dass Amaurn dermaßen fehlgeleitet ist. Er hätte ein sehr guter Archimandrit werden können! Thirishri erschrak bis ins Innerste. Was in Äolus' Namen ist nur über mich gekommen? Halte ich es etwa für gut, wenn ein unberechenbarer und gerissener Mann, der zudem eine so bezwingende Ausstrahlungskraft besitzt, im Schattenbund das Sagen hat? Habe ich denn den Verstand verloren? Und doch war für einen Augenblick die Vorstellung sehr verlockend gewesen. Sie war froh, als sie ihre Aufmerksamkeit wieder dem Renegaten und seinem Opfer zuwenden musste.

Doch sogleich begriff sie bestürzt, dass Amaurn die Anwesenheit des Drachen schon erraten hatte. Verflixt und zugenäht! Das bedeutet, dass er seinen Gefangenen umso sorgfältiger bewachen wird – und sofern er vermutet, dass der Drache ihn erkannt hat, ist er erst recht gezwungen, Zavahl zu töten.

Einen Augenblick lang war sie in wilder Panik bereit, ihn auf der Stelle zu töten – aber damit hätte sie auch den Gefangenen getötet und mit ihm Aethon. Ihr Verstand begann wie rasend zu arbeiten. Wäre es möglich, ein Ablenkungsmanöver zu inszenieren, ohne dass sie sich selbst preisgab?

Zu ihrer großen Erleichterung wurde die Situation von einem anderen Menschen gerettet. Der Sergeant betrat den Raum. »Herr? Du hast befohlen, dir Bescheid zu geben, sobald wir aufbrechen können.«

Der Hauptmann beachtete ihn kaum. »Ja, ja – gleich«, sagte er ungeduldig.

Der Sergeant schluckte und blieb beharrlich. »Ich bitte um Verzeihung, Herr. Wir wissen nicht, wie lange es windstill bleibt. Wenn du rechtzeitig zurück sein willst, um das Große Opfer vorzubereiten, dann wäre es ratsam, sofort zu gehen.«

Thirishri sah in Amaurns Augen den Ärger aufflammen und wappnete sich gegen einen Wutausbruch – aber dann antwortete er ganz ruhig: »Gut, Sergeant. Es wäre unvernünftig, den Rat eines Mannes zu missachten, der in den Bergen geboren wurde. Wir werden also den Rückweg antreten, solange es noch geht.«

Gegen ihren Willen sah sie sich beeindruckt. Er musste ein guter Anführer sein, da er die Erfahrungen seiner Männer berücksichtigen und einen Rat von ihnen annehmen konnte – besonders wenn dieser seinen Wünschen zuwiderlief. Aber als der Sergeant den Raum verlassen hatte, machte Amaurn ihre Anerkennung sogleich zunichte. »Also gut, Drache«, sagte er, »für diesmal bist du verschont. Aber denke daran, während wir zur Stadt zurückreisen: Die Befragung ist nur aufgehoben. Mir steht der ganze Tag bis zum Sonnenuntergang zur Verfügung, um die Antworten, die ich haben will, aus dir herauszupressen.« Er blickte mit einem unfrohen Lächeln auf den Gefangenen herab. »Steh auf, Hierarch. Du kannst ebenso gut mit mir kooperieren. Dein Opfer wird nicht vergebens sein, denn wenn ich erst einmal deinen Platz als Herrscher von Callisiora eingenommen habe – als die Macht hinter der Hierarchin Gilarra, versteht sich, obgleich auch das sich ändern kann –, wird das Reich viel besser gedeihen, als es unter deiner Herrschaft je der Fall gewesen ist. Hier habe ich etwas, das für unser bedrängtes Land ganz entscheidend sein wird …«

Thirishri hätte jetzt die Ohren gespitzt, wenn sie welche

gehabt hätte. Was hatte Amaurn in der Hand? Über seine Klugheit und Durchtriebenheit konnte kein Zweifel bestehen. Hatte er etwa die Ursache für den Zerfall der Schleierwand herausgefunden? Ratlos und äußerst gespannt, schwebte Thirishri näher heran.

Er zog einen flachen, glänzenden Gegenstand aus der Tasche, der gerade in seine Handfläche passte. Der Luftgeist verspürte eine drängende Neugier. Etwas, das ganz entscheidend sein wird, hatte er gesagt. Der Renegat war so schlau und listig wie eine alte Ratte – aber wie könnte er Erfolg haben, wo der Schattenbund versagte?

Amaurn entfaltete den winzigen Gegenstand, der größer und größer wurde. Thirishri war vollkommen gebannt. Was konnte das sein? Vollständig ausgebreitet, schien das rätselhafte Ding nichts anderes zu sein als ein großer Sack aus einem weichen, silbrig glänzenden Stoff, der schlüpfrig glatt aussah und keine Nähte oder Gewebefäden erkennen ließ. Thirishri sank noch tiefer herab, und langsam wurde sie zornig. Dieses Ding stammte nie und nimmer aus Callisiora. Es musste sich um eine Errungenschaft der Alten handeln, die er zweifellos in Gendival gestohlen hatte!

Amaurn legte den Sack neben sich auf das Bett und wandte sich dem Hierarchen zu. »Sieh es dir an. Hübsch, nicht wahr? Auf dem Grund dieses Beutels, mein Lieber, liegt die Erlösung für ganz Callisiora –«

Unterdessen, da seine Aufmerksamkeit abgelenkt war, schlüpfte Thirishri in den Sack hinein. Nur einen kurzen Blick –

Plötzlich wurde der Sack ergriffen, und eine tiefe Dunkelheit umgab den Luftgeist, als sich die Öffnung schloss. In Panik versuchte sie, sich zu befreien, und es war ihr ganz gleich, ob sie ihm dabei ihre Anwesenheit verriet. Das Ausmaß ihrer Dummheit enthüllte sich ihr, als sie begriff, dass er schon die ganze Zeit über von ihrer Anwesenheit gewusst hatte – und sie mit ihrer Neugier hübsch in die Falle gelockt hatte.

Was war das nur für ein verflixtes Ding, in dem sie fest saß? Das konnte kein gewöhnlicher Sack sein, schon gar nicht von innen betrachtet. Sie befand sich an einem Ort, wo es nicht einfach nur dunkler war als anderswo; hier existierte kein Licht und kein Laut, und sie stieß an keinerlei Wände. Sie fühlte nur noch nackte Angst. Noch nie war sie in einer solchen Lage gewesen. Mit der stattlichen Anzahl ihrer Sinne hatte sie immer das eine oder andere Mittel gefunden, um sich anzupassen. Doch hier gab es nichts – überhaupt nichts. Wohin waren die Sackwände verschwunden? Sie trieb einfach im grenzenlosen Nichts.

Ganz schwach hörte sie etwas: eine Stimme, leise und verschwommen, aus weiter, weiter Ferne. Ihre hungernden Sinne klammerten sich dankbar an jeden Laut, doch die Worte waren wenig erfreulich.

»Nun, Luftgeist? Wie gefällt dir dein Gefängnis? Es macht mir Mut, zu sehen, dass Cergorns Kundschafter so unbeholfen und leichtgläubig sind wie eh und je. Du bist nun in einem Gegenstand *meiner* Heimat gefangen – einer Hinterlassenschaft meiner Vorfahren. Geschickt, nicht wahr? Wir benutzten sie, um sperrige oder schwere Lasten zu transportieren. Dieser silberne Stoff errichtet ein Feld, das seinen Inhalt ganz sacht aus der Wirklichkeit, in der wir leben, herausbewegt, sozusagen nur einen Schritt weit entfernt. Dadurch hat die Last kein Gewicht und keine Ausdehnung in der physischen Welt, bis der Beutel wieder geöffnet wird. Ich dachte mir, du würdest das vielleicht gerne wissen, da du nun einige Zeit darin verbringen wirst. Die absehbare Zukunft, genauer gesagt. Ach, übrigens, deine Gedanken können die Barriere zwischen den Sphären nicht durchdringen. Es nützt dir also nichts, wenn du ein telepathisches Geheul um Hilfe anstimmst. Deine kleinen Schattenbundfreunde können dich nicht hören. Aber natürlich darfst du es trotzdem gern versuchen, wenn du magst. Schließlich wirst du auch keinen anderen Zeitvertreib haben.«

Thirishri entfachte einen wütenden Sturm, der unter

normalen Umständen ein Dorf dem Erdboden gleichgemacht hätte. Doch in dem finsteren Nichts, das sie umgab, zeigte er keinerlei Wirkung. Es gab keinen Ausweg. Sie war vollkommen hilflos, jetzt, wo ihre Gefährten sie am meisten brauchten. Sie schäumte vor Wut – auf Amaurn, der sie so geschickt eingefangen hatte, aber hauptsächlich auf sich selbst, weil sie ihm so leicht in die Falle getappt war.

Kapitel 25

Eine Änderung des Plans

»Wach auf, Toulac. *Aufwachen!*«

Toulac stöhnte. Obwohl es wunderbar nach gebratenem Speck duftete, obwohl sie jemand an der Schulter rüttelte und ihr Nacken fürchterlich wehtat, konnte sie kaum die Augen öffnen. Sie wehrte die aufdringliche Hand ab. »Pissdich«, murmelte sie durch die Zähne. »Schlafnoch!«

»*Toulac!*« Man stieß sie hart in die Rippen.

»*Wassislos?*« Langsam wurde sie ärgerlich. Sie öffnete die Augen und sah Veldan, die sich über sie beugte. Toulac fuhr in die Höhe, und es gab ein lautes Knacken, als sie mit dem Schädel aneinander stießen. »Schlaf gefälligst selbst!«

»Ich habe ausgeschlafen«, teilte Veldan ihr mit einer jämmerlichen Grimasse mit und rieb sich die Stirn. »Mir geht's gut – jedenfalls sofern du mich nicht wieder halb bewusstlos schlägst. Kaz hat mich geweckt, weil er es bei dir nicht geschafft hat. Er war deswegen besorgt. Wie geht es dir?«

Toulac rieb sich den Nacken und verwünschte sich für ihre Dummheit, mit dem Kopf auf der Kamineinfassung zu schlafen. »Mir fehlt nichts, was ein Krug Whiskey und ein zwanzigjähriger Kerl nicht kurieren könnten«, antwortete sie mit einem anzüglichen Grinsen, und sie brachen in Gelächter aus.

»Das ist allerdings eine Medizin, die ich schon lange nicht mehr eingenommen habe …«, meinte Veldan, und ihr Lachen erstarb.

Toulac starrte sie an. »Man muss wahrlich kein Gedankenleser sein, um zu wissen, dass du schon wieder an diese verdammte Narbe denkst, du dummes Mädel! Ich habe es dir schon einmal gesagt – *obwohl es überhaupt nichts ausmacht* –, und um es dir zu beweisen, werde ich dich in die Stadt bringen, wenn dieser ganze Mist hier vorbei ist, und dann sorge ich dafür, dass es dir einer anständig besorgt!«

»Wenn dir das gelingt, ohne einen dafür bezahlen zu müssen!«, erwiderte Veldan voll Bitterkeit. »Dann allerdings bin ich bereit zu verzeihen, dass du deine alte Nase in meine Angelegenheiten gesteckt hast.«

»Lass gefälligst das ›alt‹ weg, wenn du über meine Nase redest«, antwortete Toulac und zeigte mit dem Finger auf sie. »Und eines Tages, mein Mädchen, werde ich dir deine Worte noch zu fressen geben.«

Veldan machte eine unanständige Geste. »Und in der Zwischenzeit friss das hier.« Damit zog sie sich den Hemdsärmel bis über die Finger und nahm die Pfanne mit dem Speck vom Feuer.

Toulac spießte eine Scheibe mit ihrem Messer auf und balancierte sie so lange, bis sie genügend abgekühlt war. »Wie ich sehe, hast du die Lebensmittel schon gefunden«, meinte sie grinsend.

»Kaz hat sie gefunden«, berichtigte Veldan mit vollem Mund. »Danach hat er mich geweckt. Er hat sich daran erinnert, dass du irgendetwas erwähnt hast, hier oben gebe es in rauen Mengen zu essen, also ging er auf Erkundung.« Ihr Gesicht hellte sich ein wenig auf. »Toulac, es ist wundervoll! Er hat Höhlen mit so vielen Esswaren gefunden, dass man davon ein paar Dörfer ernähren könnte! Hier« – sie drückte Toulac einen Becher mit starkem, schwarzem Tee in die Hand – »der wird dir schmecken.«

»Das heißt also, unser großer Freund befindet sich gerade in den oberen Höhlen«, merkte Toulac trocken an.

»Wie hast du das nur erraten?« Veldan gluckste. »Er lässt sich Zeit und sucht sich nur die besten Fleischstücke aus. Er sagt, da oben sei alles gefroren – ist das wahr?«

Toulac nickte. »Deshalb lagern sie es so weit oben. Die Höhlen liegen das ganze Jahr über oberhalb der Schneegrenze, und da drinnen ist es immer mächtig kalt. Auch sehr trocken. Sie können das Fleisch erstaunlich lange frisch halten.«

Veldan nickte. »Kaz hat irgendwas gebrummt, von wegen er habe sein Feuer zum ersten Mal dazu benützt, um sich sein Abendessen aufzutauen. Jedenfalls habe ich ihm gesagt, er soll fressen, bevor er zu uns zurückkommt. Feuerdrachen neigen nämlich dazu, ganz unordentlich zu fressen.«

Toulac zog sich eine weitere Speckscheibe aus der Pfanne. »Da ist er heute nicht der Einzige«, sagte sie und wischte sich mit dem Hemdzipfel das Fett vom Kinn.

»Wie hast du diese Höhlen eigentlich gefunden?«, fragte Veldan.

»Nun ja … außer der Größe des Hierarchenpimmels sind diese Höhlen das bestgehütete Geheimnis in Tiarond – und der Grund dafür, dass der Hierarch und die Seinen im Vergleich zum gemeinen Volk so wohlgenährt aussehen. Der Heilige Bezirk lebt nämlich von den Vorräten in den Höhlen, während alle anderen hungern. Jedes Jahr – außer in diesem – zahlen alle Bauern, Jäger und Fischer in Callisiora an den Hierarchen den Zehnten, und nie scheint sich einer zu wundern, wohin das ganze Essenszeug geht, und ich selbst habe auch nie darüber nachgedacht. Aber vor Jahren war ich Soldatin bei den Schwertern Gottes. Als ich etwa in deinem Alter war, wurde ich zu den Wachen der Zehnthöhlen befördert. Sie sind nur wenige, und sie tun nichts anderes, als Wache schieben, eine wirklich leichte Arbeit. Sie müssen aber ausgefeilte Eide der Geheimhaltung schwören. Man hat die Wachen nicht darüber im Zweifel gelassen, dass sie – und ihre Familien – verschiedene Teile ihrer Anatomie verlieren würden, wenn auch nur ein Wort über die Existenz der Höhlen herauskäme. Das hier ist übrigens nicht der Haupteingang. Von den unteren Höhlen führt ein Gang direkt in den rückwärtigen Teil des Tempels, und dort befinden sich die meisten Wachen. Im Winter kommen sie kaum hier herauf. Der Eingang liegt versteckt, ist schwierig zu erreichen und, wie du gesehen hast, mit einem verdammt dicken Eisentor verschlossen. Nur Blank und der Hierarch haben einen Schlüssel.«

»Wie kommt es dann, dass du einen besitzt?«

Toulac zuckte die Achseln. »Tja, ich war ein glücklicher und treuer kleiner Krieger Myrials, bis zu dem Tag, als dieser Hurensohn Blank die Führung übernahm und aus irgendeinem Grund beschloss, alle Frauen loswerden zu wollen. Ich war die einzige Frau unter den Wachen der Zehnthöhlen, und ich begriff, woher der Wind wehte. Der Bastard konnte eine ehemalige Soldatin, die einen Groll auf ihn haben würde und von einem Geheimnis solcher Bedeutung wusste, wohl kaum frei herumlaufen lassen, oder? Mit war jedenfalls klar, dass ich keinesfalls abwarten durfte, bis die weiblichen Soldaten offiziell entlassen wurden, sondern dass ich vorher ganz still zu verschwinden hätte. Also entließ ich mich stattdessen selbst. Danach habe ich Tiarond gemieden und jahrelang als Söldnerin bei den Berglandsippen gelebt …«

»Ja, aber wie war das mit dem Schlüssel?«, fragte Veldan dazwischen.

»Was? Ach so. Ich habe Blanks Schlüssel gestohlen, ihn von einem Schmied nachmachen lassen und das Original wieder zurückgelegt. Blank hat nichts gemerkt, und ich wusste, dass mir der Nachschlüssel eines Tages von Nutzen sein würde.«

»Wie ist es dir gelungen, ihn zu stehlen? Er muss ihn doch sehr sorgfältig bewacht haben.«

Toulac blickte sie durchdringend an. »Also, wenn du es unbedingt wissen willst, ich habe mich als eine der Putzfrauen verkleidet, die die Zitadelle schrubben. Es hat Tage gedauert, bis ich herausfand, wo er ihn aufbewahrte, und noch viel länger, bis ich überhaupt daran denken konnte, ihn an mich zu bringen. Nun endlich macht sich die harte Arbeit und Selbstaufopferung diesen Winter bezahlt – und die ganzen Jahre über konnte ich vergnügt daran denken, dass ich dem selbstgefälligen Bastard eins ausgewischt habe.«

Scall schlotterten die Knie. Er wartete mit den Pferden und dem Esel auf dem Weg oberhalb des Hangs. Wenn Elion Recht hatte – obwohl Myrial allein wusste, wie er an diese Nachricht gekommen war –, dann würden gleich zwei Soldaten der Gottesschwerter den Weg heraufkommen. Er schaute beunruhigt hinter sich, wo der steife Körper eines Ungeheuers lag, das Elion und Tormon zum Teil vom Schnee befreit hatten. Ein Schauder lief ihm den Rücken hinunter, was keineswegs mit der Kälte zu tun hatte. Er *wusste* natürlich, dass es tot war, aber es war so furchtbar groß. Und warum sah es so aus, als würde es sich im nächsten Moment bewegen?

Fast war er erleichtert, als die Soldaten in der Wegbiegung auftauchten. Scall holte tief Luft und schrie. »Hilfe!« *Oh Myrial – bitte lass sie mich nicht fragen, was ich hier oben tue!* »Ihr Herren – helft. Es lebt noch! Es ist nicht tot! Ich kann es atmen sehen! Kommt schnell!«

Die Soldaten wechselten rasch einen Blick; sie waren offensichtlich erstaunt, dann runzelten sie die Stirn – ob aus Angst oder Zweifel, konnte Scall ihnen nicht ansehen. Schließlich stiegen sie zugleich vom Pferd und rannten herbei.

»Schnell, ihr Herren – seht nur! Seht!«, rief Scall und zeigte auf den Drachen. »Es blinzelt!«

Ein Soldat beugte sich schon über den steifen

Drachenkörper, was so weit gut und schön und ganz nach Plan war, aber der andere griff Scall beim Arm und riss ihn herum. »Wer zum Teufel bist du?«, herrschte er ihn an. »Woher kommst du? Und was tust du mit Hauptmann Blanks Pferden? Antworte!«

»Der Stallmeister hat mich geschickt –« Scall hielt die Luft an: Eine unerbittliche Hand kniff ihn ins Ohr. »Lüg mich nicht an, Junge!« Der Soldat hob die Hand zum Schlag. Doch eine Gestalt brach aus einem Reisighaufen am Wegrand hervor und schlug dem Wachmann mit einem Astknüppel sehr kräftig von hinten auf den Helm. Der Mann fiel in sich zusammen. Der zweite Soldat erhielt soeben die gleiche Behandlung von Elion. Tormon beugte sich über den Bewusstlosen, griff ihm mit beiden Händen um den Hals und drückte zu. Der Mann schlug einmal kurz um sich und lag dann still. Tormon sah leidenschaftslos auf ihn hinunter.

Scall starrte den Toten einen Augenblick lang an, dann drehte er sich hastig weg, doch nur um zu sehen, dass Elion mit dem anderen das Gleiche tat. Er rannte ein Stück den Weg hinauf und übergab sich heftig. Als es vorüber war, spürte er eine Hand auf der Schulter. Tormon stand da und bot ihm ein feuchtes Tuch an. »Hier – wisch dir das Gesicht sauber.«

Scall nahm das Tuch, doch er fand keine Worte. Und sein leerer Magen fühlte sich an, als wollte er sich noch weiter entleeren.

Der Händler sah ihn an und zuckte die Schultern. »Nein, Bursche – ich weiß auch nicht, wie ich das tun konnte. Ich hätte niemals geglaubt, einen Menschen auf diese Weise töten zu können, so kaltblütig. Annas und Kanella wären eigentlich Grund genug, aber da verspürte ich immer noch ein kurzes Zögern, den Anflug eines Zweifels. Doch als er dich schlagen wollte, ohne jeden Grund – nun, das hat den Ausschlag gegeben. Danach war es ein bisschen, als ob ich eine Wespe zerquetschen würde.«

Er klopfte Scall auf die Schulter. »Ich vermute, ich hab's als so schlimm empfunden, weil ich mich in ihm wiedererkannt habe. Er hat dich behandelt wie ich. Es tut mir Leid, mein Sohn, wirklich sehr Leid. Ich war in der vergangenen Nacht nicht ganz bei Trost, und das ist meine einzige Entschuldigung. Wenn ich einen Weg finden kann, um es wieder gutzumachen, dann will ich es tun. Das verspreche ich.«

»Ich – danke dir.« Scall wusste immer noch nichts zu sagen. Er dachte daran, wie viel Angst er vor dem gequälten Mann gehabt hatte, wie wahnsinnig war er ihm erschienen. Jetzt blickte er in ein ganz gewöhnliches, zerfurchtes Gesicht, das er plötzlich als tröstlich empfand. Und er sah einen gutherzigen, ehrlichen Menschen, der in etwas hineingeraten war, das er nicht beeinflussen konnte. Gerade so, wie wenn die schwarzen Pferde mit mir durchgehen, dachte Scall. Er kannte diese Gefühle, die Hilflosigkeit, die Angst, die Not. Plötzlich fiel ihm auf, dass er und der Händler sich in der gleichen Lage befanden. Sie waren beide in einen rasenden Strudel von Ereignissen gerissen worden, hatten alles verloren, was ihnen vertraut und lieb gewesen war, und kämpften darum, über Wasser zu bleiben und zu überleben.

Einem plötzlichen Drang folgend, streckte er die Hand aus und sagte: »Ich will dir helfen, deine kleine Tochter wiederzufinden. So gut ich halt kann.«

Elion fragte sich, was wohl aus Thirishri geworden war. Sie hatte auskundschaften wollen, was sich bei der Sägemühle ereignete, aber seitdem war viel Zeit vergangen. Inzwischen hatten die drei von der Wegzehrung gefrühstückt und die Tiere versorgt, einschließlich der beiden Sefrianer, die in der Nacht anscheinend nichts Schlimmeres durchzustehen hatten als ein wenig Steifheit in den Gliedern und einen Bärenhunger, weil die Getreideration aus Elions Satteltaschen so klein gewesen war.

Thirishri hatte nur einmal Verbindung aufgenommen, als ihr die wilde Idee mit dem Überfall auf die Soldaten gekommen war. Nach einer heftigen Auseinandersetzung hatte sie ihren Willen bekommen, und zu seiner Verblüffung hatte es funktioniert – so weit. Aber jetzt standen sie da, er und Tormon, verkleidet mit Kettenhemd, Helm und schwarzem Umhang. Wie erwartet, passten ihnen die Hosen der Soldaten überhaupt nicht, aber da ihre eigene Kleidung dunkel gefärbt war, bestand die Möglichkeit, damit durch das Stadttor zu kommen – falls niemand so genau hinsähe. Nun hatte er dem Luftgeist mitteilen wollen, dass der Plan Erfolg gehabt hatte, und wollte sich mit ihr über den bevorstehenden Überfall auf die Truppe des Hierarchen, sobald diese auf dem Rückweg wären, beraten. Doch er erhielt keine Antwort, wie sehr er sich auch bemühte. Und was noch schlimmer war, er konnte, wenn er gedanklich nach ihr tastete, ihre Gegenwart nicht mehr spüren. Es war, als ob sie tot wäre – oder nie existiert hätte.

Überaus widerwillig beschloss er, sich an Veldan zu wenden. Vielleicht wusste sie mehr als er.

Veldan war gerade dabei, sich so gründlich zu waschen, wie dies mit einer Schüssel warmem Wasser möglich ist, wenn man gleichzeitig vor lauter Lachen keine Kraft hat, weil eine alte Kriegerin eine saftige Anckdote nach der anderen erzählt. Toulac ist doch immer wieder eine Überraschung für mich, dachte sie, während sie sich mit einem alten Handtuch abtrocknete und sich wieder anzog. Wäre sie doch nur entdeckt worden, als sie noch jünger war. Was für eine wundervolle Schattenbundagentin hätte sie sein können! Na schön, vielleicht war es noch nicht zu spät. Die jüngeren Wissenshüter würden von ihrer Klugheit und Erfahrung profitieren können – und ich werde den Archimandriten so lange quälen, bis er ihr einen Platz zugesteht.

»Veldan? Hast du den Verstand verloren? Du willst tatsächlich einen Uneingeweihten – einen tatterigen, alten *Menschen* – mit nach Gendival bringen?«

Veldan erstarrte. »Halt den Mund, Elion – wer hat dich um deine Meinung gebeten? Aber ich finde, es ist typisch für dich, dass du meine persönlichen Gedanken belauschst, ungehobelter Fiesling, der du bist! Ich übernehme dafür die volle Verantwortung – nicht, dass du dazu überhaupt in Betracht kämest. Was hast du plötzlich an Menschen auszusetzen? Du bist selbst einer – oder zumindest warst du einer, als ich dich zuletzt gesehen habe, und deine Partnerin ebenfalls –«

»Wage es keinesfalls, Melnyth hineinzuziehen!«

»Dann mach du meine Freunde nicht schlecht! Toulac *ist* meine Freundin, und sie ist nicht im Mindesten tatterig, das kannst du mir glauben. Ich täusche mich nicht in ihr, das weiß ich genau. Sie verdient es, nach Gendival gebracht zu werden. Sie ist eine empfangende Telepathin, und, wenn sie auch noch nicht gelernt hat zu senden, so kommt sie dennoch als Mitglied in Frage. Sie hat mir das Leben gerettet. Und ich schwöre, dass man ihr unser Geheimnis anvertrauen kann. Sie ist empfindsam und klug und im Kriegshandwerk erfahren. Sie kennt die Lage hier viel besser als wir. Sie hat uns aufgenommen und beschützt und verdient es nicht, belogen zu werden. Außerdem hat sie Kaz längst gesehen. Sie wird also schon herausgefunden haben, dass wir nicht aus dieser Gegend kommen! Es ist für uns sicherer, wenn wir sie einweihen – und außerdem schulde ihr ich das und noch viel mehr.«

»Veldan hat Recht«, mischte Kaz sich ein, der gerade vom Fressen zurückgekehrt war und nun das Loch ausfüllte, wo vorher die Tür gewesen war. »Sie ist vielleicht nicht mehr die Jüngste, aber sie wird einen wunderbaren Wissenshüter abgeben. Jedenfalls eher als ein paar feige Jammerlappen, die ich so kenne«, knurrte er. »Wann bist du eigentlich gekommen?«

»Gerade eben. Gerade rechtzeitig, um Veldan bei ein paar Gedanken zu ertappen, die sowohl unvorsichtig als auch unklug sind.«

Veldan ballte die Fäuste. »Das geht nur mich etwas an!« fauchte sie. »Was willst du überhaupt?«

Elion bemühte sich um einen versöhnlichen Tonfall. »Ist Thirishri bei euch?«

»Nein. Sie wollte hierher kommen, sobald sie die Sägemühle ausgekundschaftet hat, aber sie ist bisher nicht aufgetaucht.«

»Würdet ihr versuchen, Kontakt mit ihr aufzunehmen? Ich kann sie anscheinend nicht erreichen, egal, was ich tue, und das macht mir Sorgen.«

»Ach, ich würde mir um Thirishri keine Gedanken machen. Ich meine, was kann einem Luftgeist schon geschehen? Sie müssen so etwas wie unzerstörbar sein. Wahrscheinlich ist sie nur mit etwas beschäftigt.«

»Aber wir wollten diesen Blank aus dem Hinterhalt überfallen und –«

»Ihr wolltet *was?*« Veldan war, als habe er sie mit der Schaufel geschlagen. »Einen Hinterhalt? Auf dem Bergpfad? Mit anderen Worten, ohne mich und Kaz?«

»Also – ja.« Elion klang mit einemmal misstrauisch.

Das bittere Gefühl des Verrats wallte in Veldan auf, das rasch in heißen Zorn überging. »Du traust mir also nichts mehr zu, hab ich recht?« fuhr sie ihn an. »Du denkst, ich tauge zu nichts, stimmt's? Dass ich wieder versage! Du Bastard! Wie kannst du es wagen! Du kommst einfach daher stolziert, eignest dir meine Mission an, und dann willst du mich auch noch von allem ausschließen …«

»Nein, das ist nicht wahr«, entgegnete Elion hastig. »Nimm doch Vernunft an, Veldan! Du bist auf der anderen Seite dieses verdammten Gebirges, und Blank will gerade, mit seinem Gefangenen die Sägemühle verlassen – wie könntest du überhaupt rechtzeitig hier sein? Das hat nichts mit einem Versagen deinerseits zu tun, das schwöre ich. Und es wird noch andere Missionen für dich geben.«

»Aber Thirishri hat mir *gesagt*, ich soll hier bleiben!«, schrie Veldan. »Wenn sie mir stattdessen davon erzählt hätte, hätte ich es vielleicht noch schaffen können –«

»Lass gut sein, Mädchen«, fuhr Toulac laut dazwischen und unterbrach Veldans gedankliche Tiraden. Sie hatte der Auseinandersetzung also zugehört. »Du weißt, dass er Recht hat. Selbst mit Kazairls Geschwindigkeit wäre es eine undankbare Aufgabe, den ganzen Weg rechtzeitig zurückzulegen. Und selbst wenn ihr es schaffen würdet, wäret ihr bei eurer Ankunft zu erschöpft, um noch kampftüchtig zu sein. Vielleicht hat diese Thirishri, wer immer sie auch ist, euch einen Gefallen getan. Nun gib dir selbst eine Chance, Dickkopf! Gerade mal vor zwei Tagen hast du es noch mit einem Erdrutsch aufgenommen! Nun lass zur Abwechslung mal einen anderen die Arbeit tun!«

Veldan atmete einmal tief durch und zwang sich zur Ruhe. Widerwillig musste sie eingestehen, dass Toulac Recht hatte. Außerdem stand es um diese Mission auch ohne Rangeleien zwischen den Wissenshütern schon schlecht genug. »Also gut, Elion«, sagte sie schließlich, »ich verstehe deinen Standpunkt – auf den Ratschlag eines uneingeweihten Menschen hin, den du eben noch schlecht gemacht hast.«

»*Wie bitte?* Willst du damit sagen, dass sie die ganze Zeit zugehört hat?«

»Ich sagte dir bereits, dass sie eine empfangende Telepathin ist. Du solltest vorsichtiger damit sein, was du hinter dem Rücken anderer Leute sagst.«

»Sie hat gehört, wie ich sie eine Uneingeweihte genannt habe, und einen –«

»– tatterigen alten Menschen«, ergänzte Toulac grimmig. »Und ob ich das gehört habe! Und ich werde es auch nicht so schnell vergessen, das kannst du ihm sagen. Ich kann es kaum erwarten, diesen hochnäsigen jungen Spund persönlich vor mir zu haben. Kein Wunder, dass du ihn nicht ausstehen kannst.«

»Sie hat dich gehört, Elion«, sagte Veldan. »Und du kannst dir nun selbst ausmalen, wie entzückt sie ist.«

»Gut, ich entschuldige mich also, aber das ist jetzt unwichtig. Veldan, ich bin sicher, dass etwas passiert ist. Thirishri kann nicht gänzlich unerreichbar sein.«

Veldan runzelte die Stirn. »Ich dachte zuerst, dass du übertreibst, aber wenn ich darüber nachdenke, hast du wohl Recht. Das hört sich gar nicht nach Thirishri an.«

»Was wollen wir also tun? Und was wird aus Aethon? Ich kann diesen Überfall nicht allein machen. Der erste Teil von Thirishris Plan ist erledigt. Sie wollte, dass Tormon und ich die beiden Soldaten überfallen, die man zurückgeschickt hat, um seine Leiche zu finden, und wir sollten uns ihre Kluft anziehen, damit wir an Blanks Truppe heran können, ohne Verdacht zu erregen. Das hätten wir also, Panzerhemd und so weiter, aber ohne Thirishri kann ich nicht wissen, wann sie aus der Sägemühle fortgehen. Wahrscheinlich sind sie mittlerweile schon aufgebrochen. Außerdem sind wir ohne Thirishri hoffnungslos unterlegen. Ich hätte entweder ihre oder eure Hilfe gebraucht, und jetzt habe ich gar keine.«

»Dürfte vielleicht eine überaus tatterige Alte einen Vorschlag machen?«, ließ Toulac sich in beißendem Ton vernehmen.

»Tu das bitte«, sagte Veldan. »Lass mich nur vorher ein Wort an Elion richten, danach übermittle ich ihm den Rest, wenn du einverstanden bist.«

»Ich bin inzwischen so verzagt, dass ich mir schon von jedem einen Vorschlag anhören würde«, entgegnete er verdrossen.

»Da wird doch der Hund in der Pfanne verrückt!« murmelte Toulac mit finsterem Gesicht. »Den werde ich mir vorknöpfen, diesen selbstherrlichen Angeber. Wird mir ein Vergnügen sein, ihm ein paar Manieren einzubläuen!«

Veldan grinste. »Soll ich ihm das weitersagen?«

Toulac kicherte in sich hinein. »Nein, bemüh dich nicht. Es macht mehr Spaß, wenn ich ihn damit überrasche.« Doch dann wurde sie ernst. »Gut – sehen wir uns die Sache mal näher an. Bei meinem Plan hätten wir etwas mehr Zeit, bevor wir in das Geschehen eingreifen, aber wir brauchen eben auch länger, bis wir an Ort und Stelle sind, und wir haben nicht den ganzen Tag Zeit.« Sie holte tief Luft. »Elion, eure Verkleidung kommt am Ende doch noch zum Einsatz. Veldan, erinnerst du dich, dass ich gesagt habe, die unteren Tunnel führen zum Tempel? Also, hier ist mein Plan …«

Elion saß scheinbar in sich gekehrt in der Hütte und lauschte den Einzelheiten von Toulacs Vorschlag. »Ihr müsst verrückt sein!«, sagte er am Ende. »Alle beide! Ein Rettungsversuch mitten aus der Festung des Feindes? Wir gehen alle zusammen in die Falle!«

»Es wird keine Falle geben«, hielt Veldan dagegen. »denn wir haben die Überraschung auf unserer Seite. Blank würde niemals vermuten, dass ihm der Feind aus dem Tempel entgegen kommt. Wenn du nur ein Ablenkungsmanöver durchführen könntest, damit Kaz und ich genügend Zeit erhalten, um den Hierarchen zu ergreifen und hinauf in die Höhlen zu bringen. Du weißt, wie schnell Kaz sein kann, wenn er erst mal in Schwung ist –«

»Schneller als ein Armbrustbolzen?«

Veldan ging darüber hinweg und fuhr fort: »Ich weiß zwar, dass er nur einen Feuerstoß parat hat, aber der wird jeden lehren, zurückzubleiben. Wenn wir dann am anderen Ende der Höhlen herauskommen –«

»*Falls*, willst du wohl sagen!«

»Wenn wir dann am anderen Ende herauskommen, können wir über das Gebirge fliehen, wo sie uns nicht verfolgen können, und den Weg über den Pass nach Gendival nehmen.«

»Prima. Dann bleibe also nur ich der Gnade des Hauptmanns, des neuen Hierarchen und einer heulenden Volksmenge ausgeliefert. Nett, dass du auch an mich denkst. Ich brauche also nur noch aus der Stadt zu verschwinden, ohne dass man mich ergreift und köpft, klettere dann den Berg hinauf, ohne mich noch um irgendwen zu kümmern, und bin schon zu Hause im Warmen. Wie wär's damit, dass ich übers Gebirge fliehe und ihr den Weg durch die verdammte Stadt nehmt?«

»Nur in deinen Träumen, Schweinebacke«, knurrte Kazairl.

Auch Veldan konnte ihren Zorn nur noch schwer zurückhalten. »Gut, wir alle hier warten voller Spannung auf deinen Gegenvorschlag«, schnurrte sie zuckersüß.

Elion ballte die Fäuste, biss die Zähne zusammen und fluchte heimlich. Wenn ich nur mit einer Hand an dieses dürre Miststück herankäme …

»Ich habe keinen besseren Vorschlag«, gab er schließlich zu. »Das wisst ihr genau. Schön, ihr habt gewonnen. Ich werde Tormon sagen, was geschieht, und dann werden wir uns langsam auf den Weg machen. Wir wollen Blank und seiner Truppe nicht in die Arme laufen. Lass es mich sofort wissen, wenn du etwas von Thirishri hörst, ja? Wenn sie wieder auftaucht, fällt ihr vielleicht etwas ein, wie wir diesem Wahnsinn entgehen können.«

»Das werde ich tun – ich bin selbst auch nicht begeistert über diesen Plan, aber er ist nun mal der Beste, mit dem wir aufwarten können … Elion?«

»Ja«, antwortete er misstrauisch.

»Toulac fragt mich gerade, wer Thirishri ist. Ich werde es ihr sagen. Ich werde ihr jetzt alles sagen.«

»*Veldan!* Zum Teufel, nein!«, rief Elion aufgeregt. »Das geht nicht! Du weißt, dass das vollkommen gegen das Schattenbundgesetz …« Er stockte, als ihm plötzlich eine kürzlich geführte Unterhaltung einfiel, die ganz ähnlich verlaufen war. *Ist das nun schlimmer?*, fragte ihn eine innere Stimme. *Eigentlich nicht … Ganz im Gegenteil. Es kommt mir gar nicht so schlecht vor.*

»Also gut«, sagte er dann. »Erzähl ihr alles, wenn du

glaubst, dass es etwas nützt. Ich habe nicht die Zeit, ständig mit dir zu streiten. Es ist Cergorns Aufgabe, dich zu disziplinieren, nicht meine.«

»Ich werde ihn schon überreden – hoffe ich! Aber bis es so weit ist, wird sich vieles vereinfacht haben, das wirst du schon sehen«, sagte sie.

»Ich melde mich also später wieder, wenn wir den Abstieg geschafft haben.« Elion konnte es kaum erwarten, die Verbindung zu beenden. Doch bevor ihm das gelang, empfing er, was Veldan der alten Frau gleich darauf laut sagen würde.

»Siehst du, Toulac, die Grenzen von Callisiora – die wir die Schleierwand nennen – sind in Wirklichkeit nicht das Ende der Welt. Jenseits davon gibt es andere Reiche, eine ganze Menge, die von allerlei fremdartigen Wesen bevölkert werden, und einige davon würden selbst Kaz sehr gewöhnlich erscheinen lassen. Wir sind der Auffassung, dass die Welt vor langer Zeit von einem alten Volk erschaffen wurde, das ein gewaltiges Wissen besaß und über enorme Kräfte verfügte, die unseren Verstand übersteigen ...«

Elion konnte seine Empörung nicht unterdrücken und brach den Kontakt ab. Wie konnte sie das tun? Verriet das kostbarste Geheimnis des Schattenbundes an ein einfaches, leichtgläubiges altes Weib aus diesem verfluchten Land des finstersten Aberglaubens! Vor lauter Abscheu stand er abrupt auf und wollte nach draußen gehen, aber eine leichte mentale Berührung ließ ihn anhalten. Er hörte Veldans Gelächter. Sie gab sich keine Mühe, ihren Geist abzuschirmen, und er spürte ihr Entzücken über Toulacs Reaktion auf die Existenz von Luftgeistern. Plötzlich merkte Elion, wie er die Zähne vor Wut zusammenbiss.

Veldan. Ich hasse diese Frau. Welches Recht hat sie, dazusitzen und mich mit einer Fremden auszulachen? Welches Recht hat sie, etwas so Schreckliches wie einen Erdrutsch zu überleben? Wie hat sie das geschafft?

Das ist nicht gerecht! Welches Recht hat sie zu leben, während Melnyth tot ist? Ich hasse sie dafür, dass sie lebt.

Elion sank in die Knie und war entsetzt über die Heftigkeit seiner Gefühle. Zum ersten Mal seit Melnyths Tod streifte ihn die Erkenntnis, was für ein jähzorniger, verbitterter, schrecklicher Mensch aus ihm geworden war. Die Enthüllung dieses seelischen Sumpfes ließ ihn schaudern. Er saß allein im Dunkeln, und die Tränen über den Verlust seiner Partnerin rannen ihm über das Gesicht. Nach einer Weile kroch er zum Ausgang und nahm ein paar tiefe Züge der eisigen Luft, als ob er die Finsternis seiner Seele damit vertreiben könnte. Als er sich beruhigt hatte, ging er entschlossen zu einer Selbstbetrachtung über. Bedaure ich wirklich, dass Veldan den Erdrutsch überlebt hat, weil Melnyth im Labyrinth der Ak'Zahar ums Leben gekommen ist?, fragte er sich. Würde es mir tatsächlich besser gehen, wenn jetzt beide tot wären? Nein. Verdammt noch mal – natürlich nicht! Veldan hat an diesem furchtbaren Tag genug Leid erfahren. Wir alle.

Elion war überrascht, dass er wahrhaftig Mitleid mit ihr hatte. Heute hatte er zum ersten Mal wieder mit ihr gesprochen, seit Kaz sie damals irgendwie aus den Höhlen der Ak'Zahar heraus und zurück nach Hause gebracht hatte. Eine alptraumhafte Reise, von der er nur sehr wenig in Erinnerung hatte. Heute hatte er einen verstohlenen Blick durch die Augen des Feuerdrachen gewagt und war über ihr blasses Gesicht und ihren eingefallenen Körper erschrocken, ganz zu schweigen von den neuen Schürfwunden und Blutergüssen, die sie bei dem Erdrutsch davongetragen hatte. Aber er begriff nun auch, dass sein Mitleid überhaupt nichts änderte.

Wenn Veldans Tod mir Melnyth zurückbringen könnte – wenn dies das Mittel wäre, um die eine gegen die andere auszutauschen – ich würde Veldan mit meinen eigenen Händen das Leben nehmen.

»Ruhe in Frieden, kleine Derla«, flüsterte Rochalla. »Wenn ich mein Leben für deines geben könnte, du weißt, ich würde es tun. Vielleicht geht es dir dort ja besser und du brauchst nicht mehr hungern und frieren …«

»Tut mir Leid, Mädchen, aber mehr kann ich nicht tun.« Der Totengräber unterbrach sie in ihren Gedanken. »Du siehst selbst, wie es ist. Wir sind zu nah am Ufer – der Boden ist nass und läuft gleich voll Wasser …«

Rochalla wandte sich von dem flachen Grab ab, das wie eine schlammige Wunde im unberührten Schnee klaffte. Das tote Kind war in ein zerlumptes Laken gehüllt und wirkte darin jämmerlich klein. Es wog fast nichts in ihren Armen. Sie drückte ihre kleine Schwester an sich. Der Gedanke, sie in dem kalten, schlammigen Loch zurückzulassen, war ihr unerträglich. »Es muss genügen«, sagte sie dumpf und holte tief Luft. Sie schloss die Augen, als sie den kleinen Körper in das Grab legte, und erschrak bei der Berührung mit dem kalten Wasser. »Auf Wiedersehen, Derla«, flüsterte sie.

Sie wischte sich die Hände am Rock ab, drehte sich zu dem Tatgräber um und gab ihm eine reichliche Hand voll Münzen. Das war alles Geld, das Presvel ihr in der vergangenen Nacht gegeben hatte. »Hab Dank. Ich weiß, du hast dein Bestes getan. Das nasse Grab ist besser als die stinkenden Scheiterhaufen. Ich hätte es nicht ertragen können, sie dort zu wissen.«

Der Totengräber nickte. »Bleib gesund, Mädchen«, sagte er leise.

»Wer kann schon gesund bleiben heutzutage?«, antwortete Rochalla kopfschüttelnd. Mit tränennassem Gesicht wandte sie sich ab und ging. Sie zwang sich, nicht zurückzublicken.

Der Rückweg von der Begräbnisstätte erschien ihr sehr lang. Sie hatte ihre Geschwister, einen nach dem anderen, auf diesem trostlosen Friedhof vor der Stadt begraben. Nun war sie wirklich allein. Ich bin die Letzte, dachte sie. Wenn die Reihe an mich kommt, wird niemand da sein, der mich begraben kann ... Sie versuchte, die grausige Vorstellung wegzuschieben – es war lange her, dass sie sich in ihrem harten Leben die Schwäche des Selbstmitleids hatte erlauben können. Während sie durch den Morast stapfte, der alles war, was von der Straße zur Stadt noch übrig geblieben war, fühlte sie sich wie ein Kind, das man im Dunkeln allein gelassen hat. Immer fort ging ihr die Frage durch den Kopf: Was soll ich nun anfangen?

Hab Vertrauen, hätte ihre Mutter geantwortet. Vertraue auf Myrial, er wird für dich sorgen. Nun, sie hatte auf Ihn vertraut. Wenn Er sie nun verlassen hatte, weil sie eine Hure geworden war, so würde Er doch nicht die unschuldigen Geschwister dafür bestrafen? Von ihren wenigen Kupferstücken hatte sie einige für Weihrauch und Opferungen im Tempel hergegeben. Hatte mit wachsender Inbrunst gebetet, die ganze Zeit hindurch, während die Kinder krank gewesen waren. Und wie viel Gutes hatte ihr das eingebracht: Myrial hatte den Regen nicht enden lassen, und Myrial hatte ihr auch das Letzte ihrer Geschwister genommen.

Die Verehrung dieses so genannten Gottes beruhte auf einem Lügengespinst, auf Heuchelei und grausamer Täuschung. Rochalla wusste es jetzt. Nachdem ihre Eltern gestorben waren, war sie gezwungen gewesen, ihre Unschuld zu opfern, um überleben zu können. Heute jedoch hatte sie etwas verloren, was viel tiefer ins Herz schnitt: ihren Glauben.

Verhärmt und hungrig, erschöpft von den Tagen, die sie mit Krankenpflege zugebracht hatte, und von den kalten, nassen Nächten auf der Straße, so schleppte sie sich vorwärts, während das Elend ihr die Sinne vernebelte – bis sie plötzlich mit einem Fuß in ein tiefes Schlagloch geriet. Sie stolperte und fiel in den schmutzigen Schneematsch, und damit verlor sie den letzten Rest ihrer Selbstbeherrschung.

Sie stand auf, wischte sich über das Gesicht, und der Zorn, der so lange schon in ihr schwelte, kam endlich zum Ausbruch. Myrial hatte sie allesamt trotzdem sterben lassen. Rochalla reckte die Faust zum Himmel, während ihr die Tränen über die schmutzigen Wangen liefen, und schrie: »Ich glaube nicht an dich, Myrial! Einen so grausamen Gott kann es nicht geben! Ich *will* nicht mehr an dich glauben! Ich verfluche deinen Namen für den Rest meines Lebens!« Einen atemlosen, hoffnungsvollen Augenblick lang wartete sie darauf, dass der Gott sie niederschlagen würde. »Hörst du mich, Myrial?«, schrie sie. »Ich glaube nicht an dich!«

»Aber vielleicht glaubt er an *dich*.«

Rochalla blinzelte die Tränen fort und sah eine feine, sauber gepflegte Hand, die ihr hilfreich angeboten wurde. Da stand der Kunde der vergangenen Nacht, den sie mit kalten Worten fortgeschickt und dem sie ein Wiedersehen verweigert hatte. »Herr?« Sie versuchte, sich ihren Ärger nicht anmerken zu lassen. Er sollte nicht sehen, wie tief sie gesunken war. Er hat meinen Körper besessen, dachte sie in wildem Zorn. Muss er mir nun den letzten Rest Stolz und Selbstachtung nehmen?

Der Mann lächelte sie zaghaft und unsicher an, ganz anders als der selbstsichere reiche Kunde, der er in der Nacht gewesen war. »Ich heiße Presvel«, sagte er leise. »Ich arbeite für die Dame Seriema.«

Rochalla verschlug es den Atem. Ein Kunde nennt *niemals* seinen Namen! Weiß dieser Narr, wie tief er sich in meine Gewalt gebracht hat? Doch darüber konnte sie sich jetzt kaum Gedanken machen. »Was willst du?«, fragte sie ungeduldig. »Ich sagte dir bereits, dass ich das Huren aufgegeben habe. Und ich habe gerade meine kleine Schwester begraben, ich bin also nicht in der Stimmung, um –« Das weitere ging in Schluchzen unter.

»Ich weiß, ich weiß«, erwiderte er und stützte sie sanft und zurückhaltend mit einer Hand unter dem Ellbogen. Von irgendwoher erschien ein sauberes, gesticktes Taschentuch und wurde ihr in die Hand gedrückt. Sie wagte nicht, es zu benutzen. Es erschien ihr gänzlich unberührbar. »Ich wünschte sagen zu können, wie tief ich deinen Verlust bedaure«, begann der Kunde, »und es tut mir Leid, dich gerade jetzt zu stören. Doch du hast mir gesagt, dass du am Morgen hierher kommst, und anders hätte ich dich niemals wieder gefunden.«

»Warum wolltest du mich finden? Warum kannst du mich nicht einfach in Ruhe lassen?«

»Weil ich dir helfen kann. Nein – sag nichts! Hör mich nur an, bitte.«

Rochalla zuckte die Schultern. »Tu, was du willst. Ich gehe jetzt nach Hause.« Sie gab ihm das Taschentuch zurück. »Du kannst mich begleiten, wenn du unbedingt willst. Ich nehme nicht an, dass ich dich daran hindern kann.«

Presvels zaghaftes Lächeln kehrte zurück. »Rochalla, ich habe eine Anstellung für dich. Bevor ich dir sage, um was es sich handelt, muss ich betonen, dass ich keine Gegenleistung verlange. Ich bin nicht auf eine Mätresse aus, und als dein Geliebter – nun, falls du irgendwann in der Zukunft mich zu deinem Geliebten machen willst, dann würde ich nichts dagegen haben, aber fürs Erste lass uns Freunde sein und abwarten, wie wir damit zurecht kommen.«

»Ich dachte, du wolltest mir eine Arbeitsstelle anbieten«, sagte Rochalla und biss sich auf die Lippen. Sie hätte sich ohrfeigen mögen, dass sie ihn zu weiteren Erklärungen ermutigte.

»In der Tat.« Mit einemmal war Presvels Selbstsicherheit wieder da. »Nach allem, was du erleben musstest, ist es vielleicht herzlos, dich zu fragen, ob du dich um ein kleines Mädchen kümmern möchtest. Aber Frau Seriema hat soeben eine Erbin an Kindes statt angenommen und braucht dringend ein Kindermädchen. Es handelt sich um eine schreckliche Geschichte – das arme Kind hat gerade seine Eltern verloren, es sah seine Mutter sterben, ermordet in seinem Beisein. Aber das hast du weder von mir noch von jemand anderem gehört, und du wirst es vor niemandem wiederholen, falls du weißt, was für dich gut ist. Das kleine Ding ist etwa vier Jahre alt. Seit die Kleine mit ansah, wie ihre Mutter ermordet wurde, hat sie kein Wort gesprochen. Man muss sich sehr liebevoll und freundlich um sie kümmern. Frau Seriema hat keinerlei Erfahrung mit Kindern und kann sie insbesondere auch nicht leiden.« Er nahm noch einmal Rochallas Hand. »Bitte – willst du nicht helfen? Du würdest im größten Haus am Platz wohnen, bekämest Kleidung, Essen und ein warmes Zimmer und wärst in Sicherheit. Das Kind wäre umsorgt von einer warmherzigen Frau, die sich mit kleinen Kindern auskennt. Siehst du – jeder würde dabei gewinnen. Bitte«, bettelte er. »Bitte, sag ja.«

Rochalla sah ihn kalt an. »Und du? Was würdest du dabei gewinnen?«

Presvel schüttelte den Kopf. »Nein«, antwortete er bedächtig. »In einer Hinsicht verliere ich dabei, denn ich liebe dich von Herzen und wünsche mir, du könntest mein sein. Aber du musst verstehen, dass ich eine besondere Beziehung zur Dame Seriema pflege. Obwohl ich nur der erste Diener bin und niemals ihr Geliebter war – dank Myrial hat sie das nie von mir verlangt –, fordert sie meine völlige Hingabe. Sie würde mich töten, wenn sie je vermuten würde, dass ich eine Geliebte habe, oder zumindest würde sie mich auf die Straße setzen. Siehst du, welche Macht du über mich hast? Siehst du, welches Vertrauen ich in dich setzte? Ich werde dich als Tochter eines alten Bekannten der Familie einführen, wofür wir dir zunächst bessere Kleidung verschaffen müssen, und du musst dir den Schmutz abwaschen. Aber wir werden einträchtig zusammen arbeiten, du und ich – und hoffentlich Freunde sein. Das ist alles.«

Rochalla runzelte die Stirn. Sie war noch unsicher. »Du hast gesagt, dass du in einer Hinsicht dabei verlierst.«

Presvel lächelte sie an. »Und in anderer Hinsicht wäre ich siegreich. Ich sagte dir schon, dass ich dich von Herzen liebe. Am meisten wünsche ich mir, dass du versorgt und in Sicherheit bist und dass dir die Last harter Arbeit von den Schultern genommen wird. Das ist wichtiger als meine Träume. Bitte, Rochalla – lass diesen glücklichen Zufall nicht ungenutzt.«

Irgendwie, trotz aller Trauer und Schwäche, brachte sie ein Lächeln zustande. »Also gut«, sagte sie. »Ich werde es versuchen.« Dann plötzlich stürmten Zweifel und Ängste auf sie ein. »Aber dass an einem Tag aus einer Hure ein Kindermädchen werden soll – bist du sicher, dass das möglich ist?«

Presvel drückte ihre Hand. »Ich bin überzeugt, dass man alles kann, wozu man sich entschließt – andererseits bin ich natürlich voreingenommen.«

Kapitel 26

Vor Sonnenuntergang

Elion war noch nie in Tiarond gewesen. Obwohl die Stadt geographisch gesehen so nah bei Gendival lag, hatte es sich immer ergeben, dass ihn seine Missionen mit Melnyth in die südlichen, am Meer gelegenen Gegenden Callisioras geführt hatten, oder aber in andere Reiche. Wie die meisten Wissenshüter schätzte er es, neue Gegenden zu sehen und sich dort umzutun. Er konnte seine Neugier kaum verbergen, während er mit Tormon und Scall den verschneiten Weg hinunterritt, und besonders, als sie um den Fuß des Berges herum und in die weite Ebene kamen, die sich vor der Stadt ausbreitet.

Sie waren mit den Pferden einem Pfad gefolgt, der tief durch ein enges Tal schnitt, wenngleich Tormon verständlicherweise seine kostbaren Tiere nur widerstrebend noch einmal in die Stadt mitnahm. Sie führten die Sefrianer am Zügel und ritten auf den Pferden der Soldaten, deren Umhänge sie trugen. Scall war vom Reiter eines Esels zum Reiter einer Fuchsstute befördert worden – nicht ohne Bedenken von Elions Seite, der sich lebhaft ausgemalt hatte, wie er den Jungen aus jeder Schneewehe am Wegrand herausklauben würde. Umso größer war sein Verdruss, als er feststellen musste, dass sich die hitzige kleine Stute bei dem Jungen wie ein wahres Lamm benahm.

Den Wachen am Stadttor – wenn sie denn die Stadt

irgendwann erreichten – wollten sie eine Abart der Wahrheit erzählen: Meisterin Toulac stünde nicht mehr zur Verfügung, um die neuen Pferde Hauptmann Blanks abzurichten, sodass Scall sie zum Stallmeister in den Heiligen Bezirk zurückbringen müsse. Der Hauptmann habe zwei Soldaten dazu abgestellt, die kostbaren Tiere zu eskortieren. Elion hoffte und betete, dass die Sefrianer genügend Ablenkung boten, damit die Wachen nicht bemerkten, dass die zwei zurückkehrenden Soldaten nicht dieselben waren, die am Vortag ausgeritten waren.

Zu ihrer Rechten lag nun der Fluss, der zu einem reißenden, braunen Strom angeschwollen war, und der zerklüftete Ausläufer des Chaikar ragte zu ihrer Linken auf, wobei die oberen Hänge sich in den Wolken verloren. Vor ihnen erstreckte sich die verschneite Ebene im breiten Schoß des Gebirges. Im Westen jenseits des Flusses stieg das gerodete Land sanft und in künstlichen Terassen an. Oberhalb der fruchtbaren Terrassen sah man die bewaldeten Hänge der angrenzenden Berge. Im Osten führte die Ebene um die Stadt herum, verschmälerte sich und ging laut Tormon schließlich in ein undurchdringliches Labyrinth aus Felsen und Schluchten über, das Gebirge im Nordosten.

Außerhalb der Stadt erstreckte sich die Ebene etwa drei Meilen nach Süden und verschwand plötzlich und völlig geradlinig außer Sicht. Über die Ländereien verstreut lagen einige Gehöfte, niedrige Steinhäuser, die sich gegen den allgegenwärtigen Wind duckten und von kargen Feldern umgeben waren. Der dünne Boden, der nur widerwillig etwas hergab, lag nun unter der Schneedecke begraben.

Elion blickte mit leichtem Missfallen über die windgepeitschte Landschaft. »Weißt du, ich habe niemals verstanden, warum die Bewohner von Callisiora ihre Hauptstadt an diesem verwünschten Ort erbaut haben. Sicher wäre es sinnvoller gewesen, sie mehr in der Mitte des Landes anzulegen oder in der Nähe des südlichen

Ozeans, wo es größere Reichtümer gibt, ganz zu schweigen vom Seehandel und den bequemen Straßen an der Küste.« Er zog sich den Umhang enger um die Schultern und zitterte vor Kälte. »Das Wetter dort wäre verdammt noch mal auch viel besser. Warum also ziehen die Herrscher dieses Reiches es vor, sich in einer unwirtlichen Einöde am Ende der Welt den Hintern abzufrieren?«

Tormon zuckte die Achseln. »Da bin ich überfragt. Aber ich bin schließlich im Gegensatz zu den meisten Menschen in Callisiora nicht religiös. Da unser Herrscher auch der oberste Priester ist, muss wohl die Hauptstadt auch dort liegen, wo sich das Heiligtum befindet – und das ist eben hier.«

An diesem Morgen waren nur wenige Menschen auf der schlammigen Straße unterwegs. Das ist kaum überraschend, dachte Elion. Es gab nichts zu ernten, und auf den Märkten stand nichts zum Verkauf. Welchen Sinn hätte es also, seine Kraft zu vergeuden und zu frieren? Die meisten Menschen saßen jetzt wohl zusammengekauert in ihren Häusern und beteten um bessere Zeiten.

Sie ritten noch eine Meile am Fluss entlang bis zu der dreibögigen Steinbrücke, die etwa einen Bogenschuss von der Stadtmauer entfernt hinüberführte. Nach einer weiteren Meile unterhalb der Brücke mündete der Fluss in einen anderen, wilderen Strom, der von Osten um die Stadt herum kam. Sie bildeten vor dem großen Südtor einen turbulenten Zusammenfluss und wälzten sich dann als ein breiter Strom nach Süden.

Tormon, dessen Gedanken einzig darauf gerichtet waren, seine Tochter zu finden, war angespannt und zügelte kaum seine Erregung. Elion machte sich Sorgen, dass das nervöse Benehmen des Händlers sie an die Wachen beim Tor verraten könnte. »Wohin fließt der Fluss?«, fragte er, um den Gefährten ein wenig abzulenken.

»Durch die Ebene und schließlich über die Kante«, antwortete Tormon. »Das solltest du dir eines Tages ansehen – das ist ein Riesending von einem Wasserfall. Die Ebene endet an einer Schlucht, die ein paar tausend Fuß tief ist. Es sieht aus, als sei mit einem gewaltigen Axthieb ein Stück vom Gebirge abgeschlagen worden.«

»Wie im Namen alles Lebendigen schafft es dann jemand, hier hinauf zu gelangen?«, fragte Elion. Er war sich noch immer nicht ganz im Klaren über diesen mürrischen, scharfsinnigen Händler, und halb rechnete er damit, dass er sich nur eine Geschichte ausdachte.

»Nein, Elion, es ist wahr. Ehrlich«, schaltete Scall sich ein, sehr bemüht, den alten Mann in Schutz zu nehmen. Elion hatte schon bemerkt, dass der Junge, seit Tormon am Morgen den Soldaten getötet hatte, ihm nicht mehr von der Seite wich und auf jedes seiner Worte achtete. Derselbe Mann, der anderntags noch die Wahrheit aus ihm hatte herausprügeln wollen, war plötzlich sein Held geworden. Wer will diese Menschen begreifen?, dachte Elion.

»Ein Stück vom Wasserfall entfernt gibt es eine Bergfalte«, erzählte Scall, »und dort führt eine kurvige Straße hinab. Manchmal verläuft sie am Abhang entlang und manchmal durch den Felsen hindurch.«

»Es stimmt, was der Junge sagt«, sagte Tormon. »Das ist eine mörderische Strecke, viel anstrengender als der Umweg über den Schlangenpass. Man braucht gehörige Fähigkeiten, um dort einen Wagen zu lenken, ganz gleich, in welcher Richtung, und verdammt starke Zugtiere. Darum können Händler, die bis nach Tiarond kommen, so hohe Preise verlangen.«

Elion schüttelte den Kopf. »Wie ich schon sagte, das ist ein lächerlicher Platz für eine Hauptstadt.«

»Darüber brauchst du mit mir nicht zu streiten«, antwortete Tormon. »Andererseits«, fügte er dann hinzu, »macht diese Lage Tiarond natürlich uneinnehmbar – es sei denn, dein Heer kann fliegen.« Und er gluckste belustigt über diesen Einfall.

Elion traten sofort die Ak'Zahar vor Augen, und ihm wurde kalt.

Das neue Kleid war ein Wunder der Schneiderkunst. Es war vor ein paar Tagen fertig geworden, und Seriema betrachtete sich im Spiegel. Sie bewunderte den feinen Schnitt, die Stickerei und den prächtigen Stoff. So etwas, da war sie sicher, hatte man in Tiarond noch nicht gesehen.

Das alles ist an mir verschwendet.

Und der Anblick des Kleides verschwamm, weil sich ihre Augen mit Tränen füllten. Das ist nicht gerecht! Ihre heimliche innere Stimme, das unbeholfene linkische Mädchen, das sie einst gewesen war, erhob sich aus den Tiefen ihrer Seele, wo sie sie für gewöhnlich eingeschlossen hielt. Das ist nicht gerecht!, heulte sie wieder. Es war das verzweifelte Weinen eines Mädchens ohne Anmut oder Schönheit, das verständig genug war, um zu wissen, dass die jungen Burschen Hölzer zogen und Münzen warfen, um den auszulosen, der mit ihr tanzen muss. Ebenso hatte sie immer begriffen, dass die plumpen Annäherungen der pickeligen Kaufmannssöhne von den gierigen Eltern angestiftet waren, die es nur zum Vermögen ihres Vaters drängte. *Das ist ungerecht! Warum bin ich nicht hübsch geworden?*

Wie bitte?, ließ sich die spöttische Stimme der erwachsenen Seriema verlauten. Seriema, die unbeugsame, hartherzige Handelsfrau, Kopf des Bergbaukonsortiums, die alle Fäden in der Hand hält. Wie? Du willst auch noch hübsch sein? Es genügt dir nicht, die reichste Frau zu sein, die es in Callisiora je gegeben hat, der niemand in Tiarond zu widersprechen wagt und die jedem Mann in der Stadt Angst einjagt?

Allen außer einem. Allen, nur ihm nicht.

Sei nicht kindisch, Seriema, sagte sie zu sich selbst. Der Hauptmann der Schwerter Gottes ist nicht anders als die anderen. Er ist nur ein Mann – sie sind alle gleich. Wenn du das noch nicht begriffen hast, bist du ein hoffnungsloser Fall. Er macht dir nur den Hof, weil er eine Absicht verfolgt – und nicht wegen deiner unwiderstehlichen Weiblichkeit, glaub mir. Wahrscheinlich will er deine Unterstützung gegen den Hierarchen bei irgendeiner hinterhältigen Intrige …

Das Spiegelbild wurde starr. *Das ist nicht wahr. Das kann nicht sein!*

Seriema schenkte der jammernden Stimme keine Beachtung mehr. Die Ereignisse der vergangenen Monate waren plötzlich von dem Wirrwarr ängstlicher, zaghafter Gefühle befreit, die sie fortwährend begleitet hatten, und ordneten sich zu einem schlichten Muster. Sie erkannte mit grausamer Klarheit, wie Blank sie gelenkt und überredet, wie er sie umschmeichelt und verzaubert hatte, damit sie für ihn die schmutzige Arbeit tat: die Anstiftung des Großen Opfers.

Und ich bin geradewegs darauf hereingefallen.

Seriema ballte die Fäuste. Wären ihre Fingernägel nicht so hässlich abgekaut gewesen, sie hätten ihr in die Handfläche geschnitten. Ein allumfassender, bitterer Zorn stieg in ihr auf, doch noch war er gegen sie selbst gerichtet, gegen ihr törichtes, leichtgläubiges Herz und nicht gegen das rechtmäßige Ziel. Auch jetzt, da sie sich als erbärmliche liebeskranke Närrin erkannt hatte, war es ihr nicht möglich, ihn zu hassen.

Seriema betrachtete noch einmal das neue Kleid, das kunstvoll gearbeitete Mieder, den gebauschten, steifen Rock. Der kostbare Goldbrokat besaß ein Webmuster aus echten Goldfäden und war mit glänzenden großen Rubinen reich verziert, die aus ihrer eigenen Mine stammten. Der Schneider, das wusste sie, hatte diesen Zuschnitt gewählt, um ihrer flachbrüstigen Figur eine schmeichelndere Linie abzugewinnen. Der Versuch war missglückt. Die Gemmen, die den Blick von der Unzulänglichkeit ihres Körpers ablenken sollten, wiesen geradezu darauf hin. Das verdammte Ding hat so viel gekostet, dass ich davon ein ganzes Dorf ein Jahr lang ernähren könnte, dachte sie verbittert, und dafür sieht es an mir aus wie ein billiger Fummel.

Ihr riss die Geduld. »Marutha!«, rief sie herrisch. »Marutha! Komm hierher!« Sie zog so heftig, wie Zorn und Enttäuschung es ihr eingaben, an der Klingelschnur, dass die Schnur samt Quaste abriss und herunterfiel.

»Was ist *jetzt* los, um Myrials willen?« Die alte Frau blieb keuchend in der Tür stehen und schlug sich theatralisch ans Herz. »Du wirst mich noch umbringen, jawohl. Lässt mich in meinem Alter so die Treppe heraufrennen!«

Plötzlich stockte sie in ihrer Schimpftirade. Seriema durchmaß mit drei Schritten den Raum und versetzte ihr einen so harten Schlag ins Gesicht, dass er auf der runzligen Wange einen roten Abdruck hinterließ.

»Wenn du zu alt bist, um die Treppe zu schaffen«, fauchte Seriema in die Stille hinein, »dann kannst du dein Bündel schnüren und das Haus verlassen. Und wenn ich noch eine einzige Anmaßung von dir höre, dann lasse ich dich in den Hof schleifen und vor der Dienerschaft verprügeln. Hast du verstanden?«

Marutha nickte. Zum ersten Mal war sie vollkommen still. Sie drückte sich die Hand auf die brennende Wange, und ihre Unterlippe zitterte. Sie schaute wie ein geprügelter Hund, und Seriema befiel ein starkes Schuldgefühl. Sie wusste genau, dass sie diesen Blick bis ans Ende ihrer Tage nicht vergessen und sich für ihre Tat verachten würde.

Hastig drehte Seriema der alten Haushälterin den Rücken zu. »Löse mir das Mieder und hol mich aus dieser verdammten juwelenverkrusteten Monstrosität heraus – und bring mir das schwarze Wollkleid.«

»*Was?*«, entsetzte sich Marutha. »Du wirst doch wohl zur Zeremonie nicht in dem alten schwarzen Ding gehen? Du wirst darin aussehen wie eine Küchenmagd!« Wie zu erwarten, hatte sich die gescholtene Frau rasch erholt. Und in einem Ausbruch neuer Aufsässigkeit fügte sie hinzu: »Und die übrige Dienerschaft ist schon zum Bezirk gegangen, bis auf Presvel. Du wirst deine liebe Not damit haben, wenn du mich vor ihnen verprügeln willst. Das soll man sich mal vorstellen …«

Seriema bemerkte jedoch, dass die Alte, obschon sie in einem fort murrte, mit ungewohnter Schnelligkeit gehorchte. Schon hatte sie das Kleid aufgehakt und ging auf den großen Schrank zu, wo sie unnötig heftig mit den Kleiderbügeln klapperte. Seriema riss sich das verhasste Kleid von den Schultern und stieg aus dem Rock. Sie knüllte das teure Gewebe zu einem Stoffballen zusammen und schleuderte ihn in die Ecke.

»*Seriema!*« Mit der schieren Macht der Gewohnheit kam die Schelte über Maruthas Lippen. »Das ist keine Art, ein teures Kleid zu behandeln. Und übrigens«, sagte sie schnell, bevor ihre Herrin zu einer bezwingenden Antwort kommen konnte, »ich kann das schwarze Wollkleid nicht finden. Wahrscheinlich wird es gerade gewaschen.«

Der listige Blick der Alten war Seriema nicht entgangen. Ohne ein Wort zu erwidern, ging sie aus dem Zimmer und lehnte sich über das Treppengeländer. »Presvel? Presvel!«

Von oben waren eilige Schritte zu hören, dann erschien ihr Diener – doch nicht in der Halle, wo sie ihn erwartet hatte, sondern auf dem oberen Treppenabsatz, der zu den Zimmern der Dienstmädchen führte.

»Was tust du dort oben?«, fragte sie überrascht.

»Oh – äh – in der Küche ist gestern Abend etwas abhanden gekommen, und ich wollte die Gelegenheit nutzen und die Räume der Mädchen durchsuchen, solange sie fort sind.«

An jedem anderen Tag hätte Seriema seine kluge Handlungsweise bewundert. Aber nun, nachdem sie entdeckt hatte, dass sie von Blank grob übertölpelt worden war, machte seine Erklärung sie misstrauisch. Nein, dachte sie müde, dem kann ich jetzt nicht nachgehen. Das wage ich nicht. Wenn sie ihn mit einem Dienstmädchen ertappte, müsste sie beide entlassen, und sie konnte sich der Möglichkeit, ohne ihn leben zu müssen, nicht stellen. Presvel war doch ihre rechte Hand!

»Herrin?« Seine Stimme, höflich und hilfsbereit wie immer, brachte sie in die Wirklichkeit zurück. »Herrin, du hattest eine Aufgabe für mich?«

»Oh, ja.« Seriema, wohl gewahr, dass Marutha neugierig um die Türkante linste, holte tief Luft und befahl: »Lauf hinunter und bring mir die Gerte, die wir zur Bestrafung der Dienstmädchen benutzen.«

»*Was* soll ich holen?« Presvel riss die Augen auf.

»Fang nicht an, sie zu verteidigen«, sagte Seriema bestimmt. »Es kümmert mich nicht, wie alt Marutha ist – man muss ihr eine Lehre erteilen. Ich habe sie gewarnt, was geschehen würde, wenn sie sich mir weiterhin widersetzt.«

»Ach, Marutha willst du strafen. Sehr gut, Herrin. Ich gehe sofort.« Als Seriema ihn die Treppe hinuntereilen hörte, runzelte sie verwirrt die Stirn. Was ist denn heute in ihn gefahren? Wo ist sein flinkes, wohl bedachtes Auftreten geblieben? Ist denn heute jeder in diesem schrecklichen Haushalt darauf aus, mich zu ärgern?

Derweil ging sie in ihr Schlafzimmer und entdeckte, dass ihre List schon Erfolg gehabt hatte. Das schwarze Wollkleid war ordentlich auf dem Bett bereitgelegt.

»Na gut«, sagte Marutha grollend, »du hast gewonnen. Freue dich. Geh zur wichtigsten Zeremonie des Jahres wie eine Vogelscheuche – *mich* kümmert's nicht. Aber du kannst dir von diesem kriecherischen Presvel das Kleid zuhaken lassen, denn ich werde es nicht tun – da kannst du mir drohen, bis du blau anläufst.« Und damit stampfte sie aus dem Zimmer, zufrieden, dass sie wie immer das letzte Wort hatte.

Gerade als Seriema sich das Kleid über den Kopf zog, kam Presvel mit der Gerte herein. »Brauchst du sie noch, Herrin?«

»Nein«, antwortete sie mit einem schiefen Lächeln. »Sie hat ihren Zweck bereits erfüllt. Lass sie nur hier. Du kannst mir das Kleid zuhaken, Presvel, wenn es dir nichts ausmacht, und dann kannst du zu Ende bringen, was immer du zuletzt getan hast.« Während sie das sagte, beobachtete sie wachsam sein Gesicht, ob darin der Anflug einer Schuld zu entdecken wäre. Doch er war so unerschütterlich und gewandt wie immer.

»Selbstverständlich, Herrin. Es macht mir stets Vergnügen, dir zur Hand zu gehen. Übrigens habe ich nach dem Kind gesehen, es schläft friedlich, sodass kein Grund zur Sorge besteht.«

Sie spürte, dass er soeben den Spieß umdrehte und sie für ihren Mangel an Interesse tadelte. »Gut, freut mich zu hören.« Mit Absicht versuchte sie nicht ärgerlich zu klingen. »Hast du schon etwas wegen eines Kindermädchens unternommen?«

»Ich glaube, jemanden gefunden zu haben, Herrin. Ich dachte nicht, dass du dich am Tag des Großen Opfers damit befassen wolltest, und darum habe ich sie für morgen früh herbestellt. Sie ist die Tochter eines alten Freundes der Familie – vielleicht ein wenig jung für meinen Geschmack, aber sie hat schon für eine ganze Geschwisterschar gesorgt, sodass sie sehr viel Erfahrung besitzt. Ich glaube, sie wird dir gefallen, Herrin. Sie ist sehr scheu und zurückhaltend, aber sie scheint mir tüchtig zu sein.«

Seriema nickte ruhig, obwohl das Wort jung in ihr die Alarmglocke schrillen ließ. »Sehr gut. Danke, Presvel. Ich werde sie sofort morgen früh in Augenschein nehmen. Es ist wichtig, dass wir so schnell wie möglich jemanden bekommen.«

Tiaronds Straßen hatten sich schon geleert. Die Soldaten ließen das herbeiströmende Volk in Gruppen auf der Esplanade warten, bis sie an der Reihe waren, um durch den Tunnel in den Heiligen Bezirk eingelassen zu werden. Die meisten Menschen hatten sich schon früh eingefunden, sobald die Nachricht von der Rückkehr des Hierarchen sich verbreitete. Bei dieser Menschenmenge war es schwierig, einen guten Platz zu bekommen, und jeder wollte der Erste sein. Früher wurde die Zeremonie auf dem Berg abgehalten. Auf dem flachen Gipfel gab es eine große Senke, die der Krater eines alten Vulkans war. In deren Mitte stand Myrials Hochaltar, und rings auf den Steinterrassen konnte das Volk sitzen. Selbst kleine Kinder erhielten einen guten Ausblick auf das Geschehen. Wegen des Sturms konnte man den Altar in diesem Jahr nicht benutzen, und der Krater war zugeschneit. Eiligst hatte man die Vorkehrungen getroffen, um die Opferung im Heiligen Bezirk auf dem großen Vorhof zum Tempel abzuhalten. Obwohl in der Menge viele Beschwerden gemurmelt wurden, waren die meisten doch zufrieden damit, sich irgendwie hineinzuzwängen und einen möglichst guten Platz zu ergattern. In Wahrheit war niemandem daran gelegen, auf dem Gipfel frierend auf den Sonnenuntergang zu warten, der wahrscheinlich, wie die Dinge nun schon seit Monaten standen, gar nicht zu sehen sein würde.

Angesichts der leeren Straßen war Tormon erleichtert, und zugleich befand er sich im Hinblick auf seine Tochter in angespannter Erwartung.

Die Sefrianer waren an Menschenmengen gewöhnt, denn die Pferde eines Händlers wurden häufig von lärmenden Leuten umringt, doch heute lag etwas in der Luft, was die Tiere unruhig und unberechenbar machte: Verzweiflung und eine kaum verhohlene Gewaltbereitschaft.

Elion war natürlich eher deswegen erleichtert, dass sie die Wachen am Tor unbehelligt passiert hatten. »Weißt du, ich hätte nie geglaubt, dass sie wirklich darauf hereinfallen würden«, meinte er und riss Tormon aus seinen Gedanken.

»Ich nehme an, sie waren viel zu aufgeregt wegen des Großen Opfers«, hielt er ihm entgegen und ließ seinen Abscheu deutlich merken. »Es ist zutiefst grausam, wenn du mich fragst. Einem Menschen aufgrund eines Aberglaubens das Leben zu nehmen!«

Elion sah ihn verwundert an. »Aber ich dachte, dass auch du ihn töten willst für das, was er Kanella angetan hat. In der Nacht hast du noch gesagt, du würdest ihm das Herz bei lebendigem Leibe herausreißen!«

»Ja, zweifellos«, sagte Tormon kalt, »und ich bin ganz fuchtig, dass sie den Bastard brennen lassen, bevor ich die Gelegenheit dazu bekomme. Aber es wäre doch etwas anderes, wenn ich ihn umbringen würde: Dann wäre sein Tod die Strafe für seine Untaten. Er würde nicht deshalb sterben, weil ein paar fehlgeleitete, elende Narren glauben, dass es aufhört zu regnen, wenn sie an einem bestimmten Tag einen Mann ermorden.«

Elion zuckte die Schultern. »Meiner Meinung nach ist dieses ganze Land ein stinkender Pfuhl der Barbarei und des Aberglaubens.«

Tormon sah ihn scharf von der Seite an. Der junge Mann hatte schon ein paar Mal durchblicken lassen, dass er nicht aus Callisiora stammte. Tormon war auf seinen jährlichen Rundreisen schon in allen Winkeln entlang der Schleierwand gewesen, und er hatte es immer für unwahrscheinlich gehalten, dass sie den Rand der Welt darstellte. Er hielt sich bei dieser faszinierenden Vorstellung auf, um nicht an Annas denken zu müssen. Es war wichtig, als leidenschaftsloser, erfahrener Krieger Myrials zu erscheinen, der seine Pflicht tut. Auf keinen Fall durfte er sich seine Trauer oder seine Hoffnung anmerken lassen. Deshalb hörte er Elion aufmerksam zu und war begierig, weitere Hinweise auf seine Herkunft zu erhalten, aber der kehrte soeben zu ihrer Erfahrung mit den Wachen zurück.

»Sie schienen einigermaßen überzeugt zu sein«, meinte er gerade, »bis auf diesen mageren Kerl mit dem misstrauischen Blick. Bei dem war ich mir gar nicht sicher.«

»Mach dir wegen Barsil keine Sorgen«, mischte Scall sich von hinten ein. »Er guckt verschlagen, nicht misstrauisch, und so sieht er immer aus. Er sollte mich gestern eigentlich in die Berge begleiten, aber stattdessen machte er sich zum Würfelspiel davon. Er dürfte zu große Angst haben, dass ich ihn verrate, als dass er uns Schwierigkeiten macht.«

Elion sah sich verdutzt um, als er den Jungen mit solcher Sicherheit sprechen hörte. Tormon dagegen lächelte still. Er war froh zu sehen, dass der junge Bursche endlich ein wenig Selbstvertrauen gewann.

Als sie zur Esplanade kamen, stand der große Platz voller Menschen, die alle unterschiedlich geduldig darauf warteten, in den Tunnel zu gelangen. »Gnädige Vorsehung!« keuchte Elion entsetzt. »Wie sollen wir jemals hindurch kommen?«

»Warum willst du denn durch den Tunnel?«, fragte Tormon überrascht. »Hier drüben steht Seriemas Haus.« Er zeigte auf die linke Seite des Platzes. »Das größte, mit der hohen Mauer. Wir können in den Hof gehen und die Pferde ums Haus führen. Sie ist jetzt sicher schon fort. Wenn aber nicht, dann wird sie nichts dagegen haben, wenn wir es ihr erklären. Im Gegensatz zu den meisten Leuten bin ich mit Seriema immer gut zurecht gekommen, und wenn sie sich an meiner statt um Annas gekümmert hat, dann nehme ich nicht an, dass sie mit dem Hierarchen unter einer Decke steckt. Sie hat ihn nie leiden können, sodass wir nun auch darin übereinstimmen. Wir gehen rasch hinein, nehmen Annas mit und machen, dass wir aus Tiarond rauskommen, solange sie den Hierarchen opfern. Wo siehst du Schwierigkeiten?«

Elion öffnete den Mund und schloss ihn gleich wieder. Jetzt erst fiel ihm auf, welches Missverständnis schon die ganze Zeit über zwischen ihnen bestand und dass er selbst es verursacht hatte. Natürlich, der Händler wusste rein gar nichts über die Kopplung des Drachen mit dem Hierarchen. Elion war sehr darauf bedacht gewesen, sich als einfachen Reisenden auszugeben, den nur der Sturm vom Weg abgebracht hatte. Und wenngleich er von Melnyth und ihrem tragischen Tod erzählt hatte, so doch kein Wort über den Schattenbund, Gendival oder die laufende Mission. Tormon wusste nichts von der Existenz der anderen Wissenshüter, und im Gegensatz zu Toulac, die in diese Sache gegen Elions Rat und Willen hineingezogen worden war, wusste der Händler auch nicht, warum der fremde Reisende ihn in die Stadt begleitet hatte, denn er war in den Plan nicht eingeweiht.

Meine Güte! Er nimmt an, dass ich den ganzen Weg mitgekommen bin, um ihm bei der Rettung seiner Tochter zu helfen!, stellte Elion erschrocken fest. Was wird er sagen, wenn ich eingestehen muss, dass ich den Mann retten will, der seine Lebensgefährtin ermorden ließ? Und wie soll ich erklären, dass mir dabei zwei Frauen und ein Feuerdrache zu Hilfe kommen werden?

Er hatte wenig Zeit. Schon begannen die Leute in der Menge sich neugierig nach der sonderbaren Gruppe umzusehen, die aus zwei Soldaten der Gottesschwerter, einem mageren Jungen und einem zusammengewürfelten Haufen Pferdefleisch bestand. Elion holte tief Luft. »Tormon, würdest du mir vertrauen? Ich weiß, dass ich kein Recht darauf habe, weil ich eine Menge wichtiger Dinge vor dir geheim gehalten habe –«

Tormon war auf einmal ganz ruhig. »Das habe ich bereits erraten«, sagte er.

Elion geriet, bestürzt über diese Enthüllung, einen Augenblick lang ins Stocken. »Das war nicht meine Entscheidung«, log er. »Ich bin an einen Schwur gebunden und darf meine wahre Herkunft nicht preisgeben, und ebenso wenig eine Menge anderer Dinge. Aber da sind Entwicklungen im Gange, sehr wichtige –«

»Jenseits der Schleierwand?« Dem Ton nach zu urteilen, was das für Tormon nicht mehr fraglich.

Verdammt! Wie konnte er das erraten? »Genau«, antwortete er hastig. »Ja, das stimmt – aber, bitte, frag mich jetzt nichts weiter. Wir haben ohnehin keine Zeit. Hör zu: Ich kann nicht zulassen, dass der Hierarch geopfert wird. Das Leben eines Freundes hängt von ihm ab.«

Zum ersten Mal während dieses Gesprächs zeigte sich eine Regung auf Tormons Gesicht. »Willst du damit sagen, dass du diesen Bastard *retten* wirst?«, fragte er zornig.

»Es tut mir Leid, Tormon. Ich muss es tun. Aber es ist nicht so verrückt, wie es sich anhört. Ich habe einen Plan, und zwar –«

»Und du hast mich die ganze Zeit in dem Glauben gelassen, du kämest aus Freundschaft mit mir und würdest mir helfen, meine Tochter zu holen.« Der Händler wandte sich ab. »Gut, wenn die Dinge so stehen, will ich mit dir und deinem verdammten Plan nichts mehr zu tun haben. Ich hole Annas, dann verlassen wir diesen Ort so schnell wie möglich, und zwar für immer. Nie wieder setze ich auch nur einen Fuß in diese Stadt.« Er trieb sein Pferd an, doch dann kam er noch einmal zurück. »Eines will ich dir noch sagen. Eigentlich braucht es mich nicht zu kümmern, ob dein verrückter Plan gelingt. Aber wenn du die nächsten Stunden überlebst – denn obwohl ich von dir enttäuscht bin, Elion, wünsche ich dir nichts Schlechtes – sei auf der Hut vor Zavahl. Der Mann ist eine boshafte Schlange. Es wird ihm nicht das Geringste bedeuten, dass du ihm sein erbärmliches Leben gerettet hast. Wenn er kann, wird er dich benutzen, und wenn es ihm nützt, stößt er dir ein Messer auch in den Rücken. Sei also vorsichtig.«

»Warte!«, rief Elion. Noch einmal hielt Tormon die Zügel an. »Willst du mein Pferd mitnehmen? Bitte. Lass mir nur das Reittier des Soldaten zurück – der Junge mag die Stute behalten, wenn er will. Aber wenn hier ein Pferd im Versteck bereit steht, dann kann das für mich den Unterschied zwischen Leben und Tod bedeuten.«

Der Händler nickte. »Also gut. Sitz ab und gib Scall die Zügel –« Plötzlich hielt er inne. »Was wird aus dem Jungen?«

»Das überlasse ich dir. Er sollte jedenfalls nicht mit mir gehen«, antwortete Elion. Damit stieg er vom Pferd und verschwand in der Menge, ohne sich noch einmal umzudrehen. Er wollte sich Tormons Abscheu, die ihm sicherlich anzusehen war, jetzt nicht stellen. Er war im Augenblick nicht besonders stolz auf sich, aber ganz gewiss nicht auf die gute Meinung eines anderen angewiesen.

Zavahl träumte. Das Auge Myrials war so kalt und grau wie ein längst erloschenes Feuer. Die Stimme bewahrte Schweigen, und es blieb eine brütende Stille. In der vollkommenen Dunkelheit des Allerheiligsten schimmerte schwach der gewaltige Kreis des Auges, matt und grau wie Blei, als wäre er aus dem Himmel über Tiarond herausgeschnitten und zum Hohn des Hierarchen in den Tempel gebracht worden.

Zavahl ertrank in Elend und Verzweiflung. Er hielt die Augen geschlossen, um den schrecklichen Anblick nicht sehen zu müssen. »Warum willst du mir nicht antworten?«, rief er mit krächzender Stimme. »Ich brachte dir die Botschaft vom Großen Opfer, das heute dir zu Ehren dargebracht wird. O großer Myrial, daran wirst du doch Gefallen finden?«

Er wartete, aber es kam keine Antwort. Der Hierarch ballte eine Faust und schlug auf den Sockel. »Liegt es an mir?«, rief er. »Habe ich irgendwo gefehlt? Wird nichts, was ich zu deiner Besänftigung tue, je genügen?« Tief in seinem Innern fürchtete er die Antwort. Wenn die Opferung des Drachen *nicht* genügt, um den Gott zu besänftigen, konnte das nur eines bedeuten: Zavahls Tod war es, den Myrial forderte.

Habe ich mich am Ende getäuscht? dachte er. Habe ich mir nur eingeredet, Myrial habe den Drachen als Zeichen seiner neuerlichen Gunst gesandt? Wenn ich die ganze Zeit über im Irrtum gewesen bin und der Mord an dem Händler und seiner Familie umsonst war, was dann? Und wenn nun die Opferung ebenfalls ein Irrtum ist?

Der Hierarch zog die Hand mit dem Ring, dessen purpurnes Juwel in die Vertiefung des Steins passte, zurück. Sofort verlosch der blasse Schein im Kreis des großen Auges, als habe jemand eine Kerze ausgeblasen …

Und Zavahl erwachte in der wirklichen Dunkelheit.

Die Wirklichkeit war noch schlimmer als der Traum. Verloren und ohne Hoffnung blickte der Hierarch der bitteren Wahrheit des erwachenden Tages ins Auge. Er befand sich nicht im Allerheiligsten, sondern in einer Zelle unter der uneinnehmbaren Festung. Sie hatten ihm die Fesseln abgenommen, doch er war in einem bewachten Grab aus Stahl und Stein eingeschlossen. Niemand konnte ihm noch helfen. Es war nicht der Drache, der geopfert werden sollte. Er selbst würde bei Sonnenuntergang an seine Stelle treten. Gilarra würde die juwelenbesetzte Robe des Hierarchen anlegen und der großen Zeremonie vor den Augen der versammelten Stadt präsidieren. Sobald es dunkel werden würde, würde sie sein Leben auslöschen.

In gewisser Weise konnte er ihr das nicht übel nehmen. Er hatte für Callisiora als das Reich gesorgt, und Friede und Wohlstand waren sein Hauptanliegen gewesen. Aber wie er wusste, sorgte sich die Suffraganin mehr um das Volk, um die einzelnen Menschen und ihr unbedeutendes, trauriges, stumpfsinniges Leben – um die namenlosen, gewöhnlichen Arbeitssklaven. Doch aufgrund des Versagens und der Unzulänglichkeit des Hierarchen litt das ganze Land unter Hunger und Krankheit. Und wenn er so vollkommen versagt hatte, war es Gilarras Recht, ja sogar ihre Pflicht, seinen Platz einzunehmen und zu tun, was sie für notwendig erachtete.

Vielleicht ist Myrial mit ihr zufriedener, dachte er. Vielleicht wird das Auge wieder erwachen und zu ihr sprechen. Vielleicht wird der Regen aufhören, werden die Wolken aufbrechen und die Sonne hervorkommen. Dann hat mein Tod am Ende wenigstens einen Sinn gehabt. Vielleicht gibt es tatsächlich so etwas wie Wunder.

Vielleicht gibt es sie, Zavahl. Und wenn du nur auf mich hören würdest, könnten wir selbst ein Wunder wirken.

Zavahl erstarrte. Er hatte diese Stimme schon so lange nicht mehr gehört, dass er sich eingeredet hatte, sie sei nur eine Ausgeburt seines verwirrten, gequälten Geistes gewesen. Wieder einmal erwies sich die Wirklichkeit als schlimmer. Der Dämon war wieder da.

Während des langen, unbequemen Rückwegs von der Sägemühle waren sie auf dem knochigen Rücken eines Tieres festgebunden gewesen und durchgeschüttelt worden, und Aethon hatte sich still verhalten und den Hierarchen in Frieden gelassen. Er war ebenso niedergeschlagen und mutlos wie sein Wirt gewesen und hatte sich seiner Verzweiflung hingegeben. Erst als sie in der unheilvollen Zitadelle angekommen und Zavahl in den tiefen Schlaf der Erschöpfung gefallen war, hatte Aethon sich schließlich ausgestreckt und den Geist Zavahls erkundet, sein finsteres Gefängnis.

Die Hoffnung keimte an unerwarteter Stelle. Zavahl begann zu träumen – und löste in Unwissenheit und Unschuld eine Frage, die dem Schattenbund seit unzähligen Generationen Rätsel aufgab und aus ferner Vergangenheit stammte.

Im Schattenbund herrschte die allgemeine Überzeugung, dass sich irgendwo tief im Innern Myrials die komplexe – anorganische und künstliche – Intelligenz befand, von der die wundersame Komposition dieser Welt aufrechterhalten wurde. Man munkelte ferner, dass es ein verborgenes und längst vergessenes Portal gebe, das den Zugang in das wirkliche Herz Myrials ermögliche.

Aethon fühlte sich beschwingt vor Begeisterung. Dieser Ort war hier! Hier war das Portal immer gewesen, verborgen in diesem Sumpf des Aberglaubens. Zugleich war er empört. Dieser Narrenpriester nannte ihn Auge Myrials und glaubte, mit einem primitiven Gott zu kommunizieren. Stattdessen hatte er die ganze Zeit über Zugang gehabt zu dem Ort, den der Schattenbund seit seiner Entstehung so verzweifelt suchte – dem Ort, an dem allein der Zusammenbruch des lebenswichtigen Systems dieser zerbrechlichen Welt aufgehalten werden konnte.

Dann holte ihn die Wirklichkeit ein. Aethon verlor jeden Mut. Er hatte keine Möglichkeit, diese Erkenntnis weiterzugeben, denn es war ihm unmöglich, telepathisch einen Wissenshüter zu erreichen, der diese lebenswichtige Neuigkeit hätte weiterleiten können. Noch einmal, doch mit wenig Hoffnung, tastete er nach dem Geist des Hierarchen. Irgendwie musste er den Narren dazu bringen, ihm zuzuhören! Wenn er keinen Weg fand, diesen erbärmlichen, unglückseligen Menschen bei Sonnenuntergang zu retten, dann würden sie das Geheimnis von Myrials Herz gemeinsam mit ins Grab nehmen.

Kapitel 27

Der Schlachter

Toulac, Veldan und Kazairl waren durch die unteren Zehnthöhlen in den Tunnel vorgedrungen, der sich als viel steiler erwies, als Veldan sich vorgestellt hatte und das, obwohl der Weg in Serpentinen durch den Fels hinabführte und dadurch ein noch schlimmeres Gefälle vermied. Veldan war wegen der engen Kehren des Tunnels sehr besorgt. »Kaz wird dadurch nicht so schnell sein können«, flüsterte sie. »Sie werden uns bei der Flucht behindern.«

Toulac sah sie von der Seite an und zwinkerte. »Diese Kehren sind ein Geschenk Gottes, denn man wird mit der Armbrust auf uns schießen«, erwiderte sie. »Du musst lernen, immer das Erfreuliche zu sehen, Mädelchen! In jedem Kampf gibt es etwas, das man zu seinem Vorteil nutzen kann. Du musst es nur erkennen.«

Sie gingen eine Weile still weiter. Im schwachen Schein von Veldans Glimmer tasteten sie sich voran. Die Wissenshüterin spürte einen Klumpen in der Magengrube und einen Druck im Hals, als ob sie sich gleich übergeben müsse. Seit ihrer Verwundung durch die Ak'Zahar hätte sie sich nun zum ersten Mal wieder einem Kampf zu stellen. Sie erinnerte sich an die Schmerzen, als die gezackte Klinge sie im Gesicht getroffen hatte, an die Schreie – ihre eigenen oder Melnyths? –, die von weit her zu kommen schienen.

»Das war etwas anderes, Boss«, sagte Kaz behutsam. »Diesmal kämpfen wir nur gegen Menschen. Mit diesem Haufen können wir es im Schlaf aufnehmen! Außerdem«, fügte er mit einem Blick auf Toulac hinzu, »steht dir jetzt ein Mensch zur Seite, der Mut und Verstand besitzt – jemand, auf den du dich verlassen kannst.«

»Glaubst du nicht, dass sie ein bisschen alt ist für solche Dinge?« Sie schirmten ihr Gespräch sorgfältig gegen Zuhörer ab, und Veldan brachte nun endlich vor, was auf dem ganzen Weg durch die Höhlen an ihr genagt hatte.

»Ich würde mich wegen Toulac nicht verrückt machen«, meinte der Drache. »Wenn sie in Bezug aufs Kämpfen etwas verlernt hat, dann sicher weniger als wir je gewusst haben.«

Ihre Unterhaltung wurde beendet, als Toulac die Hand hob und stehen blieb. »Das ist die Stelle«, sagte sie leise. »Der Wachraum ist um die Ecke am Ende des Korridors. Ich werde mich anschleichen und auskundschaften, dann können wir weitersehen. Einverstanden?«

»Vielleicht sollte ich gehen«, schlug Veldan vor.

Toulac schüttelte den Kopf. »Ich kenne mich hier aus. Es dauert nur einen Augenblick – will bloß nachsehen, wie viele Wachen sich da aufhalten.« Sie wandte sich zum Gehen, dann zögerte sie plötzlich. »Veldan? Du kennst doch unseren Fluchtplan?«

Veldan nickte verwundert.

»Nun, falls wir es schaffen können, ohne uns in allzu große Gefahr zu bringen, würde es dir etwas ausmachen, wenn wir zurückgehen und Mazal holen? Nur, wenn es sich ergibt, natürlich«, fügte sie noch ein bisschen zu schnell hinzu. »Keine Heldentaten für ein Pferd, das verspreche ich.«

Veldan lächelte. Sie hatte das große graue Schlachtross völlig vergessen. »Selbstverständlich werden wir ihn holen«, versicherte sie. »Wahrscheinlich werden wir ihn sogar brauchen. Kaz wird der Weg ganz schön lang werden, wenn er uns beide tragen soll.«

Auf Toulacs Gesicht machte sich ein freudiges Grinsen breit. »Danke, Mädelchen. Das bedeutet mir eine Menge.« Und im nächsten Moment schlich sie schon den Gang hinunter und bog um die Ecke.

Veldan hatte kaum Zeit, um sich darüber Gedanken zu machen, da kam Toulac schon wieder zurück. »Nur vier«, flüsterte sie. »Ansonsten ist da unten alles ruhig. Jetzt hört mir zu. Man könnte denken, dass die nächste Tür, die zu den Gängen hinter dem Tempel führt, derjenigen gegenüberliegt, durch die wir kommen werden. Das stimmt aber nicht – sie ist an der linken Wand, wenn man reinkommt. Dieser Wachraum ist doppelt so groß wie der obere, also haben wir mehr Platz zum Manövrieren. Jetzt aufgepasst, ihr beide: Tötet sie schnell und leise. Wir wollen nicht, dass im Tempel jemand unsere Ankunft bemerkt. Kazairl, du gehst voran, und ich will, dass du geradewegs auf die andere Tür zuhältst, vorzugsweise über so viele Wachen hinweg, wie du schaffen kannst.« Dann grinste sie breit und fuhr fort: »Dann kommt deine wichtigste Aufgabe: Du musst den Durchgang versperren, sodass niemand in den Tempel gelangen und Alarm geben kann. Das restliche Unternehmen wird leicht sein. Wir werden sie uns einen nach dem anderen vornehmen. Aber denke daran, Kaz: egal, was in dem Raum passiert, du darfst dich nicht von der Tür weg bewegen. Veldan und ich kommen sehr gut allein zurecht.«

Sie tatschelte Veldan den Arm. »Zweifle nicht an dir, Mädchen. Offensichtlich hat dich jemand vor nicht allzu langer Zeit ganz hübsch aufgeschlitzt. Aber keine Sorge. Du musst nur wieder in Schwung kommen.«

Veldan machte ein erstauntes Gesicht. Wie konnte Toulac das wissen?

»Dazu musste ich keine Gedanken lesen«, erklärte die Alte. »Ich habe die Narben gesehen – frische Narben –, als du in meinem Haus geschlafen hast. Ich habe zu meiner Zeit ein paar wirklich schlimme Verwundungen davongetragen, und ich weiß, wie sehr so etwas das

Selbstvertrauen beeinträchtigen kann. Aber glaub mir, Mädchen – du wirst dich ausgezeichnet schlagen. Denk an die Kämpfe, die du hinter dich gebracht hast, ohne einen Kratzer abzubekommen. Du wirst jetzt darüber hinwegkommen und deine Kaltblütigkeit wiedererlangen, und zwar rechtzeitig vor dem großen Kampf, den wir da draußen bestehen werden.« Dann fügte sie hinzu: »Sei unbesorgt, ich halte dir den Rücken frei.«

»Danke, Toulac«, sagte Veldan und drückte ihr die Hand.

»Braves Mädchen. Also, dann wollen wir mal. Jeder bereit?« Toulac schaute von einem zum anderen. »Dann los!«

Im Wachraum saßen die Soldaten am Kaminfeuer beim Würfelspiel. Sie rissen die Augen auf und sprangen auf die Füße, als der Feuerdrache durch die Tür brach. Kaz hielt wie befohlen sofort auf den Ausgang zu, um ihn zu besetzen. Dabei verfehlte er Veldan knapp mit dem Schwanz, als er sich in dem engen Raum umdrehte, doch mit der Geschicklichkeit langer Übung warf sie sich rechtzeitig in eine Ecke, und der Schwanz ging auf den ersten Soldaten nieder, der die Tür zu erreichen versuchte. Der Drache zog seinen Schwanz aus dem Weg, und Veldan drang mit einer Behändigkeit auf den zweiten Soldaten ein, die den erschrockenen Mann bis ans Feuer zurückweichen ließ. Die Aufmerksamkeit der Wachleute wurde von dem furchterregenden Ungeheuer in Anspruch genommen, und keiner von ihnen hatte die beiden Frauen als gefährliche Gegner wahrgenommen. Wenngleich Veldan sich noch ein wenig schwach fühlte, so war es doch nicht der Schwertarm gewesen, wo sie zuletzt verwundet worden war, und sie erlangte in der Hitze des Gefechts recht bald ihre früheren Fähigkeiten wieder. Ihr Gegner versuchte gleichzeitig den Drachen im Auge zu behalten, was ihn gehörig ablenkte, und in seiner Verteidigung taten sich Lücken auf, die groß genug waren, um ein Pferd mit Wagen hindurchzulassen. Veldan konnte ihm mit Leichtigkeit das Schwert zwischen die Rippen stoßen, wo es mit tödlicher Genauigkeit geradewegs ins Herz drang. Es war ein schneller, nüchterner Kampf, der schon vorbei war, bevor Veldan es richtig begriffen hatte. Sie drehte sich nach Toulac um, die soeben ihr Schwert am Hemd eines Gefallenen abwischte, und Kaz leckte sich mit roter Zunge das Blut von den Lefzen.

»Na siehst du, Mädchen, was habe ich dir gesagt? War überhaupt keine Schwierigkeit«, meinte Toulac munter und schlug Veldan auf die Schulter. »So. Wenn ihr beide jetzt mal die Leichen beiseite zieht, damit wir auf dem Rückweg nicht über sie fallen, dann gehe ich inzwischen kurz in den Tempel und sehe nach, was da los ist.«

»Toulac, vielleicht sollte ich das tun«, begann Veldan wieder. »Ich fühle mich wirklich nicht mehr unsicher. Ich kann im Kampf allein zurechtkommen – das habe ich jetzt bewiesen. Es ist nicht nötig, dass du dauernd auf mich aufpasst.«

»Unsinn. Das hat damit nichts zu tun. Ich kenne hier jeden Winkel, weißt du, jede Ritze und jedes Versteck. Hab in diesem Bau zwei Jahre lang Dienst getan. Ich könnte tagelang da drinnen herumschleichen, ohne dass sie mich finden würden. Also hör auf, dir Gedanken zu machen, und habt keine Angst, wenn ihr eine Weile nichts von mir hört. Solange nichts passiert, komme ich nicht zurück. Habt ein Auge auf die Tür und lasst euch nicht sehen, besonders unser großer Freund hier. Veldan würde ja noch als Pilgerin durchgehen, die sich verlaufen hat – zumindest wenn niemand die Leichen entdeckt –, aber es dürfte schwierig werden, für Kaz eine Erklärung zu finden. Also, wenn jemand kommt –«

»Toulac, das weiß ich alles von selbst», fiel Veldan ihr plötzlich verärgert ins Wort. »Um Himmels willen, ich habe acht Jahre Kampferfahrung auf dem Buckel. Wenn du jetzt gehen willst, dann geh, und verschwende keine Zeit damit, mich zu belehren, als wäre ich noch nicht trocken hinter den Ohren.«

Toulac zuckte die Achseln. »Schon gut. Ich habe den Wink verstanden. Sei nur vorsichtig, das ist alles.« Dann verschwand sie.

Kaz stieß seufzend die Luft aus. »Wie kommt es nur, dass alte Leute immer das letzte Wort haben müssen?«

Veldan schüttelte den Kopf. »Ich weiß es nicht. Frag mich das, wenn ich alt bin. Und wenn man sich nach Toulac richten kann, dann wirst du mehr Antworten von mir bekommen als dir lieb ist.«

Nun, da die Köchin das Haus verlassen hatte, war es für Marutha einigermaßen sicher, das eifersüchtig bewachte Reich des alten Drachen zu betreten. Die beiden Frauen hatten einander nicht mehr Auge in Auge gegenübergestanden, seit sich der unglückliche Vorfall mit dem Kräutertrank von Maruthas Großmutter ereignet hatte, jenem übel riechenden, grünen Gebräu, von welchem die Haushälterin beschloss, dass er genau das Richtige wäre, um Seriemas Husten zu kurieren.

»Woher hätte ich wissen sollen, dass das ihr bester Topf war?« brummte Marutha, während sie sich in das sauber aufgeräumte Lager der Köchin schlich. »Und es stimmt auch nicht, was sie über meine Großmutter gesagt hat. Sie war keine alte Hexe. Und es stimmt auch nicht, dass die Küche einen Monat lang gestunken hat! Einen oder zwei Tage vielleicht, aber die dumme Schnepfe hatte keinen Grund, solch ein Theater zu veranstalten ...«

Marutha hatte die ganze Zeit über das Gefühl, beobachtet zu werden. Doch als sie sich umschaute, war da nur die alte Katze der Köchin, die von ihrem gewohnten Platz auf der Wolldecke vor dem Feuer zu ihr herüber sah. »Kümmere dich um deine eigenen Sachen, du stinkender, schäbiger Sack Flöhe«, sagte sie. »Du bist mir zu neugierig – wie gut, dass du nicht reden kannst.« Mit der Katze stand sie auf Kriegsfuß seit dem ebenso unglücklichen Vorfall mit der toten Ratte in Seriemas Bett.

Leise und verstohlen zog sie einen Hocker unter dem Tisch hervor und trug ihn in die Speisekammer. Schwerfällig stieg sie hinauf, hielt sich am Regal fest und kramte auf dem obersten Brett, wo die Tontöpfe mit eingemachtem Obst und Gemüse standen, die in besseren Zeiten gehortet und jetzt sparsam verbraucht wurden. Sie umfasste eine schlanke Flasche und seufzte. Da war er also! Der geheime Branntweinvorrat der Köchin, den sie für Puddings und Saucen brauchte und von dem sie sich jeden Abend, wie Marutha unterstellte, etwas in die heiße Milch tat. Mit der Flasche in der Hand kletterte sie äußerst vorsichtig wieder herunter. Wie weit eine anständige Frau doch heutzutage gehen musste, um an einen guten Schluck zu kommen! Seriema kennzeichnete mittlerweile die Karaffen in den Zimmern, nachdem eine Reihe sehr unangenehmer Fragen – an Marutha –, dazu geführt hatten, dass das Hausmädchen entlassen wurde. Seitdem hatte die Haushälterin sehr vorsichtig sein müssen – und sehr solide –, aber heute hatte sie um Gottes willen einen Schluck nötig!

Mit der Flasche und einem Becher setzte sich Marutha an den Küchentisch und goss sich mit zitternder Hand eine großzügige Menge Weinbrand ein. Sie konnte es immer noch nicht fassen, dass Seriema tatsächlich die Hand gegen sie erhoben hatte. »Undankbare kleine Göre!« knurrte sie und unterstrich jedes ihrer Worte mit einem Schluck von dem billigen, scharfen Zeug. »Immer habe ich mich nur um sie gekümmert – und irgendjemand muss es doch tun! Dieses Mädchen hat den Verstand eines Sperlings! Es ist dieser verdammte hinterhältige Presvel, der mir das Wasser abgräbt, jawohl. Nichts ist mehr beim Alten, seit der hier ist – und zweifellos steckt er mit der Köchin unter einer Decke! Und mir damit zu drohen, mich vor der Dienerschaft prügeln zu lassen! Das ist nun der Dank für all die Jahre der Aufopferung und Treue ...«

Maruthas Augen füllten sich mit Tränen. Ich sollte

mich auf und davon machen, dachte sie. Dann werden sie ja sehen! Aber wo soll ich denn hin? Mein ganzes Leben habe ich in dieser Familie verbracht. Habe auf die Kleine aufgepasst, seit sie zur Welt gekommen ist. Was hätte sie ohne mich angefangen?

Es war seltsam, aber noch immer hatte sie das Gefühl, als beobachte sie jemand. Sie blickte sich nach der Katze um, doch dann fiel ihr ein, dass sie vor einer Weile durch das Küchenfenster verschwunden war, das einen Spalt offen stand. Vielleicht war es nur ein Luftzug. Sie bemerkte, dass die Tür zum Kohlenkeller nicht verschlossen war, aber sie konnte sich nicht aufraffen, das zu ändern. Sie zuckte die Achseln und goss sich noch einen Becher voll ein. Der Weinbrand machte sie unbesonnen. Wenn die Köchin und Seriema das Trinken nicht leiden können, müssen sie es mir ja nicht nachmachen!

Ivar spähte durch den engen Spalt an der Kellertür. Verdammte alte Hexe, dachte er. Will sie denn gar nicht mehr verschwinden? Er hatte gehofft, das Haus leer vorzufinden. Die Alte musste als Einzige dageblieben sein – außer der Schlampe natürlich. *Sie* würde durch die Vordertür gehen, und er würde ihre Schritte in der Halle hören.

Ivar begann unruhig zu werden. Die Zeit wurde knapp. Es war schon eine ganze Weile vergangen, seit die Köchin und die Mädchen in Sonntagskleidern hinausgeströmt waren. Nach dem Aufruhr, bei dem der Diener wegen der Gerte in die Küche gekommen war, hatte er keine Geräusche mehr von oben gehört. Wenn die Schlampe jemanden hatte verprügeln wollen, dann musste sie ihre Meinung geändert haben. Wie dem auch sei, nach dem heutigen Tage würde sie niemanden mehr schlagen.

Ivar warf wieder einen Blick auf die alte Dienerin. Das Licht, das durch den Türspalt drang, fing sich in der scharfen Klinge seines großen Messers. »Nein, meine

Schöne«, hauchte er und strich zärtlich über den beinernen Griff, »sie wird dich nicht kriegen.« Die Messer waren einzig für Seriema bestimmt. Keines anderen Blut sollten sie benetzen – aber er musste etwas unternehmen.

Die alte Säuferin war schon beim zweiten Becher angelangt. Ivar durfte nicht noch länger warten. Kurz entschlossen schlich er wieder in den Keller hinunter. Im Dämmerlicht des Gitterfensters suchte er sich aus dem Haufen Feuerholz einen schönen kräftigen Knüppel aus. Er eilte die kurze steile Steintreppe hinauf, schob die Tür ein wenig weiter auf und schlüpfte hindurch.

Die Alte saß noch immer schluchzend und murmelnd über den Becher gebeugt. In zwei Sätzen war Ivar bei ihr. Er hob den Arm – und zögerte. Die Hand mit dem Knüppel begann zu zittern. Was tue ich da? dachte er. Was ist über mich gekommen, dass ich mich an einem harmlosen alten Weib vergreife? Ich bin immer ein anständiger Mensch gewesen, bis heute. Ich bin nur hierher gekommen, um an der Einen Rache zu nehmen. Nach dem, was ihre Schinder meiner Felyss getan haben, kann es ihr gar nicht schlimm genug ergehen.

Plötzlich fuhr die alte Frau herum und sah ihn aus rot geränderten Augen genau an. »Wer bist du?«, fauchte sie und setzte zu einem Hilfeschrei an.

Ivar geriet in Panik. Sein Arm sauste nieder, schmetterte der Alten den Prügel über den Kopf. Sie sackte in sich zusammen und rutschte seitwärts vom Hocker auf den Boden, eine Hand lockerte ihren nutzlosen Griff um die Tischkante und fiel leblos auf den Körper. Ein anklagendes Rinnsal, dunkel und glänzend, sickerte unter dem Kopf hervor und breitete sich auf dem Steinboden aus.

Ivar erstickte das aufsteigende Schuldgefühl, und das Bedauern, das ihn von seinem eingeschlagenen Weg abzubringen drohte. Sie hat der Schlampe gedient, sagte er sich energisch. Sie hat bekommen, was sie verdiente. Er blickte auf den Knüppel. Das obere Ende war dunkel gefärbt und feucht, es klebten ein paar graue Haare daran.

Er beschloss, ihn zu behalten, für den Fall, dass noch jemand im Haus herumlungerte. Ihm kam zu Bewusstsein, dass er weder gesehen noch gehört hatte, wie der Diener das Haus verließ.

In der anderen Hand hielt er das glänzende große Schlachtermesser, es war noch rein und unbesudelt, doch es dürstete nach dem Blut der Einen. »Nicht mehr lange, meine Schöne«, sprach Ivar zu ihm, »nicht mehr lange.« Er ließ die Tote liegen, verließ die Küche und machte sich auf den Weg ins obere Stockwerk.

Seriema wusste sehr genau, dass sie es hinauszögerte, und verachtete sich dafür. Längst sollte sie auf dem Weg zum Tempel sein. Man würde ihr selbstverständlich einen Weg durch den Pöbel bahnen, – etwas anderes wäre gar nicht denkbar gewesen – aber wer weiß, wie lange das dauern würde. Sie wusste auch, dass sie sich, sollte sie das große Opfer versäumen, die Feindschaft sowohl Hauptmann Blanks als auch der neuen Hierarchin zuziehen würde, indem sie den Eindruck erweckte, Zavahls Absetzung nicht anzuerkennen. Aber wie sollte sie Blank gegenübertreten, jetzt, da sie wusste, wie er sie benutzt hatte?

Wie immer, wenn ihr etwas Sorge bereitete, ging sie gedankenverloren zum Fenster und schaute hinaus. Die Menschenmenge auf der Esplanade war schon kleiner geworden. Lange würde es nicht mehr dauern. Die Häuser warfen schon lange Schatten über den Platz. Ich sollte jetzt wirklich gehen, dachte Seriema. Was ist nur los mit mir? Wenn es das ist, was Männer bei mir anrichten, dann würde ich die ganze Bande bereitwillig dem finstersten Pfuhl der Hölle übergeben … O Gott! Was kann das gewesen sein?

Während sie ihren Gedanken nachgehangen hatte, war ihr Blick unbeabsichtigt zum Eingangstunnel und der Felsmauer gewandert, die den Heiligen Bezirk von der

Stadt trennte. Seit es zu schneien aufgehört und der Sturm nachgelassen hatte, hatten sich die Wolken ein wenig gelichtet, doch nun senkten sie sich schon wieder herab. Es war im Laufe des Tages etwas wärmer geworden, und der unerbittliche Nieselregen hatte wieder eingesetzt. Der Schnee taute bereits. Die Gipfel der Felsen waren in Nebel eingehüllt. Seriema spähte in die Dämmerung. Sie könnte schwören, etwas gesehen zu haben, das sich dort bewegte. Einen dunklen Schattenriss mit Flügeln …

Es gab keine Vorwarnung. Eine plumpe, stinkende Hand griff ihr von hinten über ihre Schulter und hielt ihr Mund und Nase zu, der Arm quetschte ihre Brust. Seriema wehrte sich gegen das Ersticken, ihr Verstand war nur noch ein einziger endloser Schreckensschrei, dann wurde sie vom Fenster fortgerissen und auf den Boden geschleudert. Dort rang sie nach Luft, kroch auf allen Vieren. Plötzlich brach sie vor Schmerzen zusammen, und der Atem wurde ihr ausgetrieben, als der Unbekannte ihr in die Seite trat. Wimmernd rollte sie sich ein, um sich zu schützen, aber unbarmherzige Hände ergriffen sie und warfen sie auf den Rücken. Jemand kniete über ihr, spreizte ihre Arme und hielt sie am Boden fest.

Seriema blickte in das breite Gesicht eines jungen Mannes, der von harter Arbeit und Entbehrung gealtert war. Er hatte schlimme Prellungen im Gesicht. Seine raue Arbeiterkleidung war zerschlissen und schmutzig, mit alten Blutflecken darauf, dazwischen sah sie voller Grauen helle, glänzende Blutspritzer. Er hatte kalte Augen wie eine Schlange, und sie blickten hart und hasserfüllt. Das nahm sie alles auf einmal wahr. Dann wurde ihre Aufmerksamkeit von dem breiten glänzenden Messer in seiner Hand angezogen. Sie hielt den Blick darauf geheftet und sah nicht die andere Hand, die zum Schlag ausholte. Nur eine schnelle Bewegung sah sie aus den Augenwinkeln, dann traf sie ein wuchtiger Schlag, dass ihr die Sinne vergingen, und das Letzte, was sie sah, war die grausam glänzende Messerklinge.

Im halbbewussten Dämmer hörte Seriema das Reißen von Stoff. Sie kämpfte darum, die tränenden Augen zu öffnen, und als es ihr endlich gelang, sah sie ein dunkles Stoffknäuel auf sich zukommen, das ihr schmutzige Finger in den Mund stopfen wollten. Die Finger zwangen sie, den Mund zu öffnen, und Seriema biss zu, so fest sie konnte. Die Hände wurden unter Geheul zurückgerissen und hinterließen den Geschmack von Blut. Sie hatte gerade so viel Zeit, um einen ordentlich lauten Schrei auszustoßen, dann schlug der Unbekannte sie wieder, doch vielleicht hatte sie laut genug geschrien. Diesmal schmeckte sie ihr eigenes Blut, und ein paar Zähne fühlten sich lose an. Als ihr der Knebel wieder in den Mund gestoßen wurde, verlor sie einen Zahn. Wenn doch nur jemand ihren Schrei gehört hätte und käme! Bitte, Presvel, komm doch! Dann fielen ihr die frischen Blutspritzer ein, und ihr wurde kalt. War Presvel vielleicht schon tot?

Es war, als ob der Mann ihre Gedanken läse. »Das war ein Fehler«, sagte er, während er den Knebel mit einem Tuch festband. »Du hast dir nichts als Ärger mit deinem Schrei eingebracht. Es ist niemand da, der dir helfen kann. Ich habe in alle Zimmer gesehen, bevor ich zu dir gekommen bin. Der Mann ist fort. Ein Glück für ihn, wie?«

Seriema versuchte sich aufzurichten und schlug mit den Fäusten um sich, dann erstarrte sie. Sie spürte den kalten Stahl an ihrer Kehle.

»Das war der nächste Fehler«, sagte der Mann, »aber ich will dir das nicht vorwerfen. Schließlich gibt es einen Grund, warum ich dich nicht fessele. Ich will, dass du kämpfst, wie meine Frau es tun musste, und dich wehrst wie sie, und dass du irgendwann keine Kraft mehr hast, so wie sie, als deine Männer über sie herfielen.« Er zuckte die Achseln. »Ein Jammer nur, dass ich es ohne deine Schreie tun muss, aber daran kann ich nichts ändern.«

Er hockte sich auf die Fersen, balancierte über ihr, während er ihr das Messer an die Kehle drückte, und blickte auf sie herab, als wäre sie ein Insekt, das er im nächsten Moment zertreten wollte. »Ich werde dir erzählen, Seriema, was gestern meiner Frau zugestoßen ist, als deine Schinder kamen, um uns aus unserem Haus zu werfen. Ich will, dass du jede Einzelheit darüber erfährst, was sie gelitten hat, damit du genau weißt, was ich dir antun werde. Du wirst erleiden, was sie erlitten hat – die Demütigung, die Angst, die Schmerzen. Du wirst fühlen, was sie fühlen musste – und noch mehr. Lass mich zuerst erzählen, wie sie sie geschlagen haben –« Er schlug ihr hart ins Gesicht, dann noch einmal und ein drittes Mal.

Als das Klingeln in den Ohren nachließ, hörte Seriema ihn sagen: »Sie schnitten ihr das Kleid mit einem Messer vom Leib …« Die Klinge bewegte sich von ihrem Hals weg, und sie spürte den kalten Stahl auf der Haut, als er in ihr Mieder schnitt. »Ich würde an deiner Stelle sehr still liegen«, sagte er, »das tat Felyss auch. Sie hatte Angst, das Messer könnte sie schneiden – so wie du jetzt. Wie du dir sicher denken kannst, haben sie sie danach geschändet. Sie waren zu zweit, doch ich bin allein, sodass ich mir Gedanken über ein oder zwei kleine Besonderheiten machen muss, nur um des gerechten Ausgleichs willen.«

»Wird sie dich nicht bald suchen kommen?«, fragte Rochalla. Sie schuldete Presvel so viel und wollte daher nicht undankbar erscheinen. Aber ihr Leben hatte sich gerade gewaltig gewandelt, und außer völliger Erschöpfung verspürte sie auch den dringenden Wunsch, in dieser stillen kleinen Dachkammer allein zu sein, um sich an die plötzliche Veränderung zu gewöhnen.

Presvel verhielt sich zögerlich. »Nein. Ich habe die Tür zum Dachgeschoss hinter mir verschlossen. Außerdem wird sie annehmen, dass ich längst gegangen bin. Das hätte ich eigentlich tun müssen. Du wirst das Zimmer in Kürze für dich allein haben, sobald die Herrin ausgegangen ist. Dann kannst du dich ausruhen.«

Rochalla strich über den dicken, wärmenden Stoff des braunen Kleides, das sie jetzt trug, und dankte ihrem guten Stern, dass das entlassene Hausmädchen ihre Statur gehabt hatte. »Tatsächlich werde ich aber nicht allein sein«, hielt sie ihm entgegen. »Wer bleibt denn im Haus, um nach dem Kind zu sehen?«

»Nach dem *Kind*? Du liebe Güte – daran habe ich überhaupt nicht gedacht!«, rief Presvel aus. »Seriema hat mir die ganze Angelegenheit übertragen, aber ich kenne mich mit Kindern gar nicht aus. Eines der Mädchen hat ab und zu bei ihr ins Zimmer geschaut, aber die Kleine hat immer fest geschlafen. Wenigstens tat sie so. Ich dachte, das läge an der Erschütterung über den Verlust der Eltern, und beschloss, sie lieber allein zu lassen, damit sie von selbst da herauskäme. Sie ist ein so stilles kleines Ding, dass ich sie tatsächlich vergessen habe.«

Rochalla zog missbilligend die Mundwinkel herab. »Lieber Myrial, das ist schändlich! Das arme Würmchen tut mir wirklich Leid. Bei all dem Reichtum gibt es wohl niemanden in diesem Haushalt, der einen Funken Verstand besitzt!« Plötzlich erschrak sie, weil ihr bewusst wurde, dass sie soeben ihren Wohltäter beschimpfte, und mäßigte sich. »Nun, du brauchst dir deswegen keine Sorgen zu machen. Du gehst zu der Zeremonie, und ich werde von Zeit zu Zeit hinunterschlüpfen und ein Auge auf sie haben. Ich werde auch darauf horchen, ob jemand zurückkehrt, und mich dann in mein kleines Nest zurückziehen.«

»Meine Liebe, du bist ein Schatz!« Presvel machte Anstalten, sie zu umarmen, doch sie wich zurück. Er rief sich sofort zur Ordnung und schaute weg. »Es tut mir Leid, Rochalla. Ich hatte versprochen, so etwas nicht zu tun.«

Sie mühte sich um eine Antwort – als ein schriller

Angstschrei aus dem unteren Stockwerk sie davon entband.

Rochalla, der die nächtlichen Streifzüge auf Tiaronds Straßen eine katzenhafte Behändigkeit eingebracht hatten, bewegte sich als Erste. Wenn eine Frau einen solchen Schrei ausstieß, dann gab es dafür nur einen Grund. Ohne Zögern nahm sie den schweren Messingleuchter vom Nachtkästchen und war schon auf der Treppe, bevor Presvel nur einmal Luft geholt hatte. Sie drehte den Schlüssel in der Tür, schlüpfte hinaus und stob auf leisen Sohlen den Korridor hinunter. Zuerst wollte sie nachsehen, was geschehen war, bevor sie etwas unternähme. Seit dem Schrei herrschte eine unheimliche Stille, und sie wollte keinesfalls einem Mörder in die Arme laufen. Hinter sich hörte sie Presvels Schritte auf der Holztreppe. Sei doch leise, du Narr – ach, bitte, sei doch leise!, dachte sie verzweifelt. Die Überraschung ist vielleicht unser einziger Vorteil.

Als Presvel sie zuvor auf Zehenspitzen in die Dachkammer führte, hatte er ihr auch das Zimmer der Herrin bezeichnet. Die Tür mit den kostbaren Schnitzereien war nun angelehnt, und von drinnen hörte man das tiefe raue Gemurmel einer Männerstimme und dann das scharfe Klatschen von Schlägen. Rochalla zuckte zusammen. Eine leichte Berührung an der Schulter ließ sie zusätzlich erschrecken.

»Pst!«, machte Presvel. Er war schneeweiß. Das Entsetzen stand ihm im Gesicht, und seine Hände zitterten. »Bleib hier stehen – geh nicht hinein. Ich gehe nach unten und hole eine Waffe.«

»Beeil dich«, flüsterte Rochalla. Bei aller Herzlosigkeit, die Seriema nachgesagt wurde – die Dame in einer solchen Lage zu wissen war ihr entsetzlich.

Es kam sie hart an, zu warten und nicht zu wissen, was hinter der Tür geschah. Sie hielt den Atem an, rückte ein Stückchen vor und spähte um die Türkante. Der Eindringling kehrte der Tür den Rücken zu und verdeckte das Geschehen, doch Rochalla konnte in einem großen Standspiegel sehen, was er tat. Ihr zog sich der Magen zusammen. Der Mann kniete über Seriema, die einen Knebel aus dem Stoff ihres Kleides im Mund hatte. Rochalla sah das Messer blitzen, das vor Begierde zu zittern schien, während es über den Hals abwärts strich.

Ohne Vorwarnung schnitt er der Frau in die Brust. Also Mord und Verstümmelung, nicht Schändung! Ohne weiter nachzudenken, schoss Rochalla ins Zimmer und schmetterte dem Mörder den schweren Leuchter auf den Kopf. Der Unhold brach stöhnend über seinem Opfer zusammen, das sich unter ihm wand.

Doch Rochalla hatte in den Händen nicht die Kraft eines Schlachters, und die gleiche Wucht, die ihren Gegner in Erstaunen versetzte, schlug ihr auch den Leuchter aus der Hand. Plötzlich war der Mann wieder auf den Beinen. Aus einer Kopfwunde lief ihm das Blut über das Gesicht, und er sah sie aus glasigen Augen an. Er stieß einen wilden Schrei aus und hieb mit dem Messer durch die Luft, das es zischte. Es war blank, kein Blut war darauf zu sehen. Rochalla begriff ihren Irrtum. Der Mann hatte in den Stoff, nicht in die Haut geschnitten. Er hatte sein Opfer also doch schänden wollen. Hätte sie sich nur herausgehalten und auf Presvel gewartet.

Rochalla wich zurück, versuchte sich zu erinnern, wo sie die Möbel hatte stehen sehen – den Sessel, den Spiegel, das Bett –, während sie den Blick nicht von der hin und her zischenden Klinge nahm. Ich darf nicht in Panik geraten, befahl sie sich, und weder schreien noch rennen. Sonst bringt er mich um. Sie wusste, dass er sich gleich auf sie stürzen würde, also würde sie sich bereithalten, würde schnell und beweglich sein müssen, um ihm auszuweichen –

Er ging auf sie los, aber nicht unbedacht, wie sie es erwartet hatte, sondern in einem großen geschmeidigen Sprung, dabei schwang er das Messer über seinem Kopf und ließ es mit wilder Kraft im Bogen niedersausen.

Rochalla warf sich auf die Seite und fiel gegen den Spiegel. Das Messer zischte an ihrem Kopf vorbei, verfing sich in ihrem Ärmel, den es arg zurichtete, bevor sie ausweichen konnte. Durch ihre Angst hindurch verspürte sie einen ärgerlichen Stich, dass sie sich das erste gute Kleid, das sie seit Jahren besaß, ruiniert hatte, und kaum einen Herzschlag später überkam sie das kalte Entsetzen und ein brennender Schmerz. Dann rann ihr das Blut am Arm herunter.

Sie glaubte sterben zu müssen. Doch aus den Augenwinkeln sah sie die Klinge blitzen. An ihrer Schulter spürte sie den Spiegel und warf sich dahinter. Das kostbare Glas zersplitterte, als das Messer den Spiegel traf. Die untere Hälfte kam daraufhin mit Schwung nach oben und traf den Mörder an den Knien, der vor Schmerzen und Wut aufheulte.

Rochalla merkte, dass er sie in die Enge trieb und sie sich immer weiter von der Tür entfernte. Wenn sie jetzt, wo er abgelenkt war, keinen Ausbruch wagte, dann würde es zu spät sein. Sie nahm all ihren Mut zusammen und versuchte an ihm vorbeizukommen, doch da war zu wenig Platz. Er drehte sich um und warf sich auf sie. Das Messer schnitt über ihrem Kopf durch die Luft. Fast hätte sie ihren wahren Feind vergessen, die kalte glänzende Klinge, die ein Eigenleben zu haben schien.

Sie konnte nicht weiter ausweichen. In der Ecke war sie gefangen, über ihr das Messer, das darauf wartete, zuzustechen, vor ihr das blutige, wilde Gesicht ihres Mörders, der sie wie eine wütende Bestie anstarrte, weil sie seine Pläne durchkreuzt hatte. Sein Blick durchbohrte sie – doch plötzlich trat ein Ausdruck des Erstaunens in seine Augen. Das Messer fiel, streifte Rochallas ausgestreckte Hand und schlug auf den Boden. Ihr war gerade genug Verstand geblieben, dass sie aus der Ecke huschte, bevor der Mann auf sie fallen konnte.

In seinem Rücken steckte ein Schwert, und Presvel stand hinter ihm. Er zitterte am ganzen Körper und starrte wie gebannt auf den Toten. Mit einem erlösenden Schrei streckte er die Arme nach Rochalla aus, half ihr auf die Beine und umarmte sie innig. Erschüttert wie sie war, dankbar und begierig nach Trost, wich sie diesmal nicht vor ihm zurück.

Dann brach eine Stimme in ihre Zweisamkeit ein. »Presvel?« Wenngleich der Name undeutlich gesprochen war, wegen der aufgeplatzten und geschwollenen Lippen, so war doch die Boshaftigkeit im Tonfall umso deutlicher. Seriema stand da, schwankend wie ein Rohr im Wind, doch auf den Füßen, und hielt fest, was von ihrem Mieder noch übrig war, als sei dies der letzte Rest ihrer Würde. Ihr Gesicht war voller Blutergüsse und glich einem Gewitterhimmel, ihre Augen schleuderten Blitze zwischen den geschwollenen Lidern hervor. »Wie kannst du es wagen!«, fauchte sie. »Wirf diese Schlampe aus meinem Haus.«

Presvel starrte sie mit offenem Mund an. »Aber, Herrin …«, begann er und stockte.

Großer Gott! Frau, ich habe dir gerade das Leben gerettet!, dachte Rochalla. So eine verdammte Undankbarkeit! Die Angst, die ihr noch in den Gliedern steckte, verwandelte sich in Zorn – doch ihre wütende Erwiderung wurde von lauten Schritten auf der Treppe verhindert.

Sie erschraken. Von Seriema schien der Ärger abzufallen wie ein Mantel, sie rannte schutzsuchend hinter Presvel, der nach dem Schwert griff.

»Hallo?«, rief eine Männerstimme. »Ist da jemand?«

Das hört sich gar nicht nach einem hinterhältigen Mörder an, dachte Rochalla und atmete ein wenig auf.

Dann streckte derjenige den Kopf zur Tür herein – ein dunkelhaariger Mann mit besorgtem Gesichtsausdruck. Er schien weder den Zustand Seriemas noch die umgeworfenen Möbel oder den zerbrochenen Spiegel zu bemerken, und auch nicht den Toten auf dem Fußboden. »Bitte … ist meine Tochter hier?«, fragte er.

Presvel war so sehr verblüfft, dass er leise antwortete: »Im Zimmer am Ende des Korridors.«

Ein Strahlen ging über das Gesicht des Mannes, als sei soeben die Sonne aufgegangen. »Danke. Habt vielen Dank!« Dann war er schon wieder verschwunden.

Kapitel 28

Aus dem Feuer

Klopfenden Herzens rannte Tormon in ein rosa geblümtes Schlafzimmer. Von seiner Tochter sah er nur ihre ordentlich gefalteten Kleidungsstücke auf einem Stuhl. Dann entdeckte er einen kleinen Höcker unter einem Haufen Decken und ein braunes Haarbüschel auf dem Kissen. »Annas«, rief er aus. »Annas!«

Kein Laut kam aus dem Himmelbett. In dem Haufen Bettzeug gab es nicht die leiseste Bewegung. Eine entsetzliche Angst griff nach seinem Herzen. Er stürmte durch den Raum und zog die Decken zur Seite, voller Furcht, was er dort finden mochte, doch das kleine Mädchen schien nur zu schlafen: Ihre Wangen waren leicht gerötet, ihr Atem ging gleichmäßig. Warum hatte sie ihn nicht rufen hören? Warum wachte sie nicht auf?

»Annas?«, rief er wieder und schüttelte sie sacht an der Schulter. »Annas, Liebchen, ich bin's – Papi ist hier. Jetzt wird alles wieder gut. Ich bin gekommen, dich zu holen.«

Einen Augenblick lang geschah nichts, dann schlug das Kind die Augen auf. Wimmernd schlang sie die Arme um seinen Hals und begann heftig zu schluchzen.

Im Hof hinter der Küche wartete Scall bei den Pferden. Er war unruhig, weil er bezweifelte, sich dort aufhalten zu dürfen. Zudem fühlte er sich von der Pracht des Hauses und seiner stattlichen Größe eingeschüchtert. Die unzähligen Fenster schienen ihn alle anzusehen wie eine Vielzahl anklagender Augen, und im nächsten Moment, da war er sicher, würde sich die Hintertür öffnen, und die ärgerliche Dienerschaft käme heraus, um ihn auf die Straße zu werfen.

Außerdem war ihm unbehaglich zumute, weil es dämmerte, und in den Hofecken an der hohen Mauer war es schon recht dunkel. Es hatte wieder angefangen zu nieseln, doch das machte ihm nichts aus. Etwas anderes, bedrückte ihn so sehr – ein unheimliches, verstörendes Gefühl, wie ein unbestimmbares Kribbeln im Rücken: das Gefühl, nicht allein zu sein. Den Pferden, ganz zu schweigen von dem unduldsamen Esel, schien es hier noch weniger zu gefallen, denn sie schnaubten in einem fort und scharrten mit den Hufen, schüttelten ihre Mähne und tänzelten hin und her.

Scall wurde immer unruhiger. Seriemas Pferde standen in den Ställen des Heiligen Bezirks, also gab es hier keine Box, wo er die Tiere hätte einpferchen können. Er hatte sie nur an den Mauerringen angebunden, die zu diesem Zweck da waren, und trotzdem alle Hände voll damit zu tun, seine Schützlinge ruhig und in seiner Gewalt zu halten. Es waren zu viele Pferde, die beiden Tiere der Soldaten, der Esel, zwei Sefrianer und die hübsche kleine Fuchsstute, die er schon als sein Eigentum betrachtete. Falls sie sich losrissen und in Panik gerieten, wäre er hilflos.

Der Junge ließ den Blick über den Hof schweifen. Da gab es wenig zu sehen: einen Wäscheplatz, zwei eingetopfte Sträucher neben der Küchentür, eine Pumpe mit einem langen, gebogenen Schwengel und ein schmales Eisentor, das, wie Scall bereits herausgefunden hatte, zu einem kleinen Garten führte, wo in der Mitte ein Wasserbecken stand. »Na also«, sagte er zu sich, »nichts Ungewöhnliches.« Warum war dann aber den Pferden so unheimlich?

Ein leises Rauschen in der Luft veranlasste ihn, sich

zum Haus hin umzudrehen. Aber auch dort war nichts zu sehen. Nur die große eindrucksvolle Villa in der Dämmerung, die tiefhängenden Wolken und ein paar Nebelschwaden, die an dem hässlichen Wasserspeier auf dem Dach vorbeizogen.

Scall stieß einen Schrei aus, als dieser Wasserspeier die Flügel spannte und sich in die Luft erhob.

Tormon wiegte seine weinende Tochter in den Armen. Auch sein Gesicht war tränennass. Lieber Myrial, betete er, nach allem, was sie durchgemacht hat, mach, dass sie gesund ist. Bitte, hilf, dass sie mir verzeihen kann, dass ich sie allein gelassen habe und ihre Mutter deswegen getötet wurde. Kanellas Gesicht schwebte wie ein anklagender Geist vor seinen Augen. Wie sehr er sich auch bemühte, er konnte es einfach nicht fassen, dass sie wirklich nicht mehr war und dass er das Kind nun allein würde großziehen müssen. Dieser Gedanke ermahnte ihn aufzubrechen. Er hatte beschlossen, die Zeit zu nutzen, wenn alle Welt am Großen Opfer teilnahm. Dann würden sie am sichersten aus Tiarond hinausgelangen. Und wie er Elion gesagt hatte, würde er niemals zurückkehren. Vielleicht könnte er noch ein paar Vorräte aus Seriemas Küche mitnehmen. Da sie so freundlich gewesen war, sein Kind in Obhut zu nehmen, würde sie Annas sicher nicht das bisschen Essen neiden …

Plötzlich stieg ihm zu Bewusstsein, was eigentlich er vorhin beobachtet hatte: Seriema mit blaugeschlagenem Gesicht und zerrissenem Kleid, dieser Diener und das Hausmädchen, der das Blut den Arm hinunterlief, ein Toter mit einem Schwert im Rücken …

»Was zum Teufel …?«, murmelte Tormon. Behutsam löste er die Arme des Kindes von seinem Hals. »Komm, Liebes. Wir wollen dich jetzt anziehen –« In diesem Moment polterten Schritte die Treppe hinauf, und Scall schrie um Hilfe.

Annas klammerte sich verängstigt an ihren Vater und vergrub das Gesicht an seiner Schulter. Mit dem Kind auf dem Arm rannte der Händler zur Tür und sah Scall auf dem Treppenabsatz ankommen. »Tormon«, rief er atemlos und schluchzend vor Angst, »da sind – schreckliche Wesen – überall!«

Tormon packte den Jungen an der Schulter und rüttelte ihn. »Lass den Unsinn!«, brüllte er. »Du jagst Annas Angst ein!«

Scall zeigte unter heftigem Kopfschütteln in das Schlafzimmer. »Schau nach – bitte! Guck doch aus dem Fenster!«

Tormon ging quer durch das Zimmer ans Fenster und zog einen Vorhang beiseite. Er schaute auf die Esplanade hinunter und zu den hohen Felsen hinauf, die den Heiligen Bezirk einschlossen. Dort oben … Tormon hielt den Atem an. Über der Schlucht kreiste eine dunkle Schar großer schwarzer Vögel, und sie stießen, manchmal einzeln, manchmal zu zweit auf die Menschenmenge hinab – und gleichzeitig begannen die Schreie. Tormon erbleichte. Diese Vögel griffen das Volk im Heiligen Bezirk an! »Großer Myrial!«, rief er aus. »Komm, Scall, wir müssen hier weg!«

Scall war schon an der Tür und hielt eine Decke und einen voll gestopften Kissenbezug in die Höhe. »Ich habe dic Sachen der Kleinen«, sagte er, und Tormon segnete ihn in Gedanken für seine Geistesgegenwart. Der Händler packte im Vorübergehen die Decke und wickelte Annas darin ein, während er dicht gefolgt von Scall den Korridor hinunterhastete.

Ihm blieb nun keine Zeit mehr, um herauszufinden, was sich in Seriemas Zimmer ereignet hatte. Der Diener – Presvel hieß er, wie Tormon sich plötzlich entsann – zerrte die Leiche auf den Flur, und Seriema saß frisch angezogen auf dem Bett. Das blonde Mädchen wusch ihr das zerschundene Gesicht und sprach beruhigend auf sie ein.

»Schnell!«, fuhr Tormon dazwischen. »Wir müssen hier raus!«

Anstatt ihm Folge zu leisten, sprangen sie auf ihn zu, verlangten Erklärungen und redeten wild durcheinander. Dafür habe ich wahrlich keine Zeit, dachte er, ich muss meine Tochter in Sicherheit bringen. »Dann seht hinaus, verdammt!«, schrie er und ging mit energischen Schritten zum Fenster. Entsetzt fuhr er zurück. Eines dieser unheimlichen Wesen war soeben am Haus vorbei geflogen. Er hatte es aus der Nähe gesehen, die groteske Ähnlichkeit mit einem Menschen, den knochigen Schädel, die leichengraue Haut. Durch seine rasche Bewegung indes hatte Tormon den Blick des Ungeheuers auf sich gezogen. Es flog eine Kehre und hielt direkt auf ihn zu. In einem Splitterregen durchbrach es die Fensterscheibe.

Die Stimmung der riesigen Menschenmenge, die die Not des Landes auf dem Tempelvorplatz versammelt hatte, hallte von den Felsen wider und schlug Gilarra, die aus der Basilika trat, mit unvermuteter Heftigkeit entgegen. Die lange Robe aus violetter Seide und der schwere ärmellose Überwurf, der dicht mit Silberfäden bestickt und mit Edelsteinen besetzt war, zerrten wie ein Gewicht an Gilarras Schultern, als wäre dies die Bürde ihres Amtes. Auch die kunstvoll mit Juwelen verzierte Kopfbedeckung aus Silber drückte schwer.

Priester nahmen zu beiden Seiten Aufstellung, um sie zu flankieren. Das Große Opfer aber durfte nur ein einziger Myrialspriester persönlich vornehmen: der Suffragan. Die anderen waren nicht berufen, an der Tötung ihres Obersten Priesters teilzunehmen. Stattdessen wurde Gilarra von Gottesschwertern begleitet: links von ihr Galveron in skeptischer, ablehnender Haltung und zu ihrer Rechten die auffallende Erscheinung des höhnischen und allzeit wachsamen Hauptmann Blank. Doch Gilarra hatte für beide keine Augen. Vor ihr befand sich der mannshohe und doppelt so breite Scheiterhaufen. Er verkörperte ihre ganze Welt. Aus der Mitte ragte der Pfahl, an den der alte Hierarch festgebunden war, bekleidet mit dem langen weißen Opfergewand.

Priester und Soldaten hatten vor dem Tempeleingang ein Podest errichtet, sodass die Hierarchin hoch über der Menge erscheinen konnte, wo das große Feuer sie weder in den Schatten stellen noch verbergen konnte. Gilarra musste nun die wackligen Stufen hinaufsteigen, doch sie sah sich zittern und zögern. Ihr Mund war staubtrocken. Ungeduldig winkte sie Galveron an ihre Seite. »Wein«, flüsterte sie. Der junge Leutnant reichte ihr eine Taschenflasche, aus der sie einen Schluck trank. Wie flüssiges Feuer rann es ihr die Kehle hinab und stärkte ihren Mut. Wortlos gab sie die Flasche zurück, dann nahm sie sich zusammen und tat den ersten unwiderruflichen Schritt auf die unterste Stufe zum Podest.

Plötzlich streckte Blank die Hand aus und hielt sie auf. »Hier«, sagte er, »das hätte ich fast vergessen.« Er reichte ihr den Ring des Hierarchen mit dem großen roten Stein. »Ich habe ihn Zavahl abgenommen«, erklärte er. »Du sollst ihn nun tragen.«

»Danke«, sagte Gilarra und schob sich den Ring über den Finger, der an ihrer kleinen Hand viel zu locker saß. Nun, sie würde ihn später ändern lassen. Sie nickte dem Hauptmann zu, raffte ihre Schleppe und schritt die Stufen hinauf.

Als sie auf der dünnen Plattform in Erscheinung trat, war sie innerlich auf eine heftige Reaktion der Menge gefasst, auf lauten Jubel, Feindseligkeit oder gar Spott. Stattdessen empfing sie eine tiefe Stille, die sie verunsicherte. Wie ein Dunst lag die Stimmung über dem beengten Schauplatz, wie ein Gespenst, das sich aus den Sumpfnebeln erhebt, schien sie über der Menge zu schweben. Und als wären dies die giftigen Ausdünstungen der östlichen Marschen, so hätte es hier nur eines Funkens bedurft, um ganz Tiarond in Brand zu stecken.

Wie ein Abbild dieser Stimmung drohte schon der nächste Sturm. Noch war es windstill und drückend, die Luft prickelte, und eine finstere Wolkenbank, schwarzviolett wie ein Bluterguss, türmte sich immer höher über der Basilika und dem Berggipfel auf.

Die Tiarondianer standen dicht gedrängt und nah – gefährlich nah – um den Scheiterhaufen. Ganz vorne hatte man einige Stühle für die wichtigsten Persönlichkeiten der Stadt – zumeist Kaufleute – aufgestellt, und dort saßen sie in warme Mäntel gehüllt und wirkten feindselig und selbstgerecht. In ihrer Mitte bemerkte die Suffraganin einen freien Stuhl, und sie fragte sich, was Seriema nun wieder damit bezweckte, dass sie sich gegen eine Teilnahme entschloss und das Tempeledikt missachtete.

Dann blickte Gilarra auf Zavahl, und alle Gedanken an Seriema waren beiseite gewischt. Er stand so unbewegt und bleich wie ein Marmorblock, sein Blick leer und ohne Begreifen, als ob er überhaupt nicht begriffe, wie ihm geschah – oder als sei es ihm gelungen, sich der Wirklichkeit zu entziehen. Bei seinem Anblick ging ein Schauder durch ihren Körper. Wenn sich die Dinge nicht bald ändern, dann könnte ich im nächsten Jahr leicht in dieselbe Lage kommen, dachte sie.

Sie wünschte sich sehr, es genau zu wissen, wann die Sonne untergehen würde. Die blassen, erhobenen Gesichter der Menge wurden schon undeutlich, und Gilarra fragte sich besorgt, ob sie etwa schon zu lange gewartet hatte.

Unter sich hörte sie ein unablässiges Flüstern. Dann stieß Blank ihr den Ellbogen in die Seite und riss sie aus ihrer Träumerei. »Bei Myrial, fang endlich an«, murmelte er mit zusammengebissenen Zähnen und reichte ihr die brennende Fackel, damit sie das Feuer anzünde.

Gilarra atmete tief ein. »Großer Myrial – erhöre unser Gebet!«, rief sie und spürte, wie die Menschen die Luft anhielten, als sie die Fackel hob. Mit eigens geübter Stimme, die bis zu den hintersten Reihen zu hören war, intonierte sie die flehentliche Bitte um die Gnade des Gottes:

»O Großer Myrial, der du die Welt aus deinem Fleisch, Blut und Gebein geschaffen hast,
O Großer Myrial, wende dich zu uns,
Wir sind deine Kinder, dein Eigentum und deine Ernte. Du säst unsere Seelen auf die Welt und erntest zu deiner Zeit und nach deinem Willen,
O Großer Myrial, wende dich zu uns,
Großer Myrial, schütze uns,
Großer Myrial, vergib uns unsere Verfehlungen und Fehler, nimm unsere Buße und unser Opfer an,
Großer Myrial, wende dich noch einmal zu uns hin,
Großer Myrial, steh uns bei und tröste uns und tauche uns in den Glanz deiner Liebe.«

Gilarras Stimme erhob sich zu einem Crescendo über den Köpfen der versammelten Gemeinde. »*Großer Myrial – erhöre unser Gebet!*«

Der raunende Chor der Tiarondianer wiederholte ihre letzten Worte, dann warf die Suffraganin die Fackel in den Scheiterhaufen. Nichts geschah. Die süß riechenden Öle, die man auf das Holz gegossen hatte, fingen Feuer, aber die Scheite begannen nur zögerlich zu glimmen. Kurz darauf erloschen die Flämmchen zischend auf dem feuchten Holz, und weiße Dampfwölkchen kräuselten sich darüber. Gilarras Herz klopfte wie wild. *Es geht aus! Oh, Myrial, nein!* Flehend hob sie die Augen zum Himmel – und erblickte große fremdartige Vögel, die über den Felsen kreisten. *Im Namen alles Lebendigen, was –*

Plötzlich hörte sie hinter sich den markerschütternden Schrei eines riesigen Tieres. Gilarra wurde umgerissen, und das wacklige Podest brach zusammen. Sie schlug hart auf dem Boden auf, und etwas Scharfes traf sie an der Stirn und riss ihr die Haut auf. Unwillkürlich griff sie sich an den Kopf; sehen konnte sie nichts, weil ihr das

Blut ins Gesicht rann und die Kopfbedeckung immer wieder über die Augen rutschte. Sie schob sie hastig zurecht und rieb sich die Augen, bis sie verschwommen etwas erkennen konnte – und sah in dem Moment, wie auf dem Scheiterhaufen eine lodernde Flamme aufschoss.

Als die Kreatur durch das Fenster brach, war Tormon schon halb aus dem Zimmer. Die anderen, als sie begriffen, was über sie kam, drängten hinterdrein, bis auf Scall, der wie angewurzelt in der Tür stand und auf die Leiche starrte. Tormon zog ihn mit sich fort; der Junge kam durch den Ruck zu sich und bewegte schließlich von selbst die Beine. Als sie alle auf dem Korridor waren, riss Presvel den Schlüssel heraus, der noch innen im Schloss steckte, schlug die schwere Tür zu und schloss sie von außen ab. Ein schriller Schrei ertönte, dann ein Fauchen und das Kratzen kräftiger Krallen auf Holz.

»Weiter!«, schrie Tormon und rannte mit Annas im Arm die Treppe hinab. Scall folgte ihm auf dem Fuße. »Großer Myrial«, keuchte er, »ich hoffe, dass die verdammten Ungeheuer sich nicht die Pferde geholt haben!«

Die fünf Menschen hasteten den hinteren Gang entlang und in die Küche, die auf den Hof hinausführte. Allein auf das Gelingen der Flucht konzentriert, bemerkte niemand die Tote, bis Seriema einen jammervollen Schrei ausstieß. »Marutha! Oh, Marutha!« Tormon sah aus den Augenwinkeln, wie Presvel seine Herrin weiterzerrte, und schenkte der Sache keine weitere Beachtung. Ihm war allein wichtig, wie er Annas aus dieser verfluchten Stadt retten könnte.

Zu seiner großen Erleichterung standen die Pferde noch im Hof angebunden. Sie waren schweißnass vor Angst. Er versuchte gleichzeitig den grauen Himmel im Auge zu behalten, aber die Ungeheuer schienen alle im Heiligen Bezirk zu sein. Nach einem Augenblick des Durcheinanders nahm Scall den Esel beim Zügel und bestieg den Fuchs, Presvel und Rochalla, die offensichtlich noch nie in ihrem Leben geritten waren, wurden zusammen auf ein Pferd der Gottesschwerter gesetzt, so blieben das andere für Seriema und die Sefrianer für Tormon – doch er hatte versprochen, ein Pferd für Elion dazulassen …

Seriema sah ihn an. »Ich kann hervorragend reiten«, sagte sie und klang weder stolz noch bescheiden. Ohne seine Antwort abzuwarten, nahm sie ihm das Halfter des großen Wallachs aus der Hand, knotete das Seil zu einem Zügel und stieg mit Hilfe des Steigblocks auf Avrios breiten Rücken.

»Hier«, drängte Scall, der plötzlich wieder an Tormons Seite war. »Du sitzt auf, und ich hebe Annas zu dir hinauf.«

Der Händler band sich ebenfalls die Leine zu einem Zügel, stieg auf den Hengst und nahm Annas vor sich. »Fertig – los geht's!« Die Reiter verließen den Hof, wobei sie unentwegt ängstlich zum Abendhimmel aufblickten.

Die große Esplanade glich einer Alptraumszene. Die Menschen strömten aus dem Tunnel, rannten und schrien und glitten auf dem nassen Boden aus. Geflügelte Schatten stießen auf sie nieder und töteten, doch die meisten machten ihre Beute in der dicht gedrängten Menge vor dem Tempel. Ganz Tiarond ist dort, dachte Tormon schaudernd. So viele Menschen … Angstvoll drückte er Annas an sich und spornte den Hengst an. Die anderen ritten so schnell, sie es wagten, hinter ihm her. Tiarond war bereits eine sterbende Stadt.

Sobald die Suffraganin und Blank den Tempel verlassen hatten, um mit der Zeremonie zu beginnen, schlichen sich die drei Gefährten hinter die geöffneten Flügel des Portals. Veldan sandte einen Ruf aus: »Elion? Bist du hier?«

»An Ort und Stelle«, kam die Antwort. »Am Fuß des

Scheiterhaufens, als Soldat verkleidet. Ich bin bereit, einzuschreiten, wenn etwas schief geht. Wir treffen uns später auf der anderen Seite des Passes, sofern ich mich fortschleichen kann.«

Veldan bekam eine raue Kehle vor Aufregung, nur Kaz war selbstgefällig wie immer. »Hast du den Plan im Kopf?«, fragte sie zum hundertsten Mal. »Bist du sicher?«

»Keine Angst, Boss. Ich weiß Bescheid. Sieh mal – es geht los.«

Kaum lag die Fackel auf den Scheiterhaufen, als Kaz brüllend durch das Portal und auf das Podest sprang, das unter seinem Gewicht zusammenbrach. Blank, die neue Hierarchin und ein paar Zuschauer gingen inmitten berstender Holzbalken zu Boden.

»Lass mich«, hörte Veldan den Drachen sagen.

»Kaz – nein!«, schrie sie, aber es vergeblich. Der Drache atmete einmal kräftig aus, eine Flamme loderte aus seinem Maul und entfachte außer Angst und Verwirrung auch den Scheiterhaufen. Auf dem Tempelvorplatz schrien die Menschen durcheinander. Schon wurden Menschen gequetscht und niedergetrampelt, weil die Menge vor dem Feuer speienden Ungeheuer zurückwich.

Kazairls Feuerstrahl war heiß genug gewesen, um das nasse Holz zum Brennen zu bringen, und ringsum quoll dicker, grauer Rauch aus dem Scheiterhaufen. Der aufkommende Wind verteilte ihn in Schwaden über den Platz und vereitelte alle Zielversuche der Bogenschützen, die zu beiden Seiten aufgestellt waren. Langsam breitete sich das Feuer aus, und das Opfer begann zu kreischen, als die Flammen um den Pfahl herum aufloderten und an seine Füße leckten. Kaz, der gegen sein eigenes Feuer unempfindlich war, reckte den langen Hals und pflückte den Pfahl, an den Zavahl noch immer fest angebunden war, wie eine Blume aus dem brennenden Holzstoß und riss ihn durch eine schnelle Seitwärtsbewegung des Kopfes durch die Flammen. Mit dem Pfahlende im Maul drehte er sich um und floh mit einem Satz zurück in den

Tempel – aber nicht ohne mit dem Schwanz einen kurzen Schlag gegen den heiligen Holzhaufen zu führen und die brennenden Scheite quer über den Platz zu fegen.

Toulac und Veldan schlossen hinter ihm die Flügel der schweren Bronzetür, und Kaz legte sich in voller Länge dagegen. Sofort hörten sie wütende Schreie und Schläge gegen die Tür und dazwischen immer wieder das panische Geschrei der Menge. Veldan und Toulac beeilten sich damit, Zavahl vom Pfahl loszuschneiden, und schlugen auf die schwelenden Stellen seiner ramponierten Opferrobe ein, bis sie gelöscht waren. Veldan war ein wenig besorgt, da er das Bewusstsein verloren hatte, doch Toulac blieb unbeeindruckt. »Ohnmächtig geworden. Vermutlich wegen Kaz«, sagte sie kurzangebunden. »Er atmet. Hat ein bisschen was abbekommen, aber nichts Schlimmes.« Sie warf Kaz einen bösen Blick zu. »Du hast keinen Dank verdient, du blöder Wichtigtuer. Das Feuer war keinesfalls eingeplant!«

»Aber es war doch eine gute Ablenkung, oder?«, erwiderte Kaz und freute sich ganz unschuldig.

»Los, ihr beiden!« drängte Toulac. »Machen wir, dass wir hier fort kommen!«

Mit vereinten Kräften legten sie Zavahl quer über Kazairls Rücken und stiegen dann hinter ihm auf, wobei Toulac auch die Vorratssäcke nahm. Kaz murrte ein wenig wegen des zusätzlichen Passagiers. »Wie gut, dass keiner von euch viel gegessen hat in letzter Zeit«, meinte er. »Festhalten, Mädchen – es geht los!«

Mit einem Satz sprang er vom Portal weg, und sie flohen durch die dunklen Hallen. Sogleich prasselte hinter ihnen der erste Pfeilhagel, denn ein Haufen Gottesschwerter war in den Tempel gestürmt. »Verdammt angenehm, dass es hier so duster ist«, murmelte Toulac. »Sie müssen schießen, ohne was zu sehen.« In den leeren, breiten Gängen im hinteren Teil des Tempels legte der Drache an Tempo zu und brachte die Verfolger außer Sicht. Zu Veldans Erleichterung durchquerten sie wie der

Blitz den unteren Wachraum und befanden sich schon im nächsten Augenblick im Felsentunnel.

Blank lag auf dem Rücken unter einer der Podeststützen eingeklemmt, die sich mit anderen Brettern verkeilt hatte. Hilflos musste er mitansehen, wie der Feuerdrache durch die Trümmer preschte und Zavahl aus dem Feuer rettete, und er brüllte vor Zorn. Seit er mit dem Gefangenen in die Zitadelle zurückgekehrt war, hatte er Zavahl wegen der fremden Präsenz in seinem Geist wiederholt befragt, aber weder Mensch noch Drache hatten ihm eine sinnvolle Antwort gegeben – und nun entkamen sie ihm! Verflixt! Gerade jetzt mussten sich diese Frau und ihr Feuerdrache einmischen!

Ungestüm versuchte Blank sich zu befreien. Die Stützen waren nicht schwer genug, um viel Schaden anzurichten, aber sie staken fest, und er konnte sie nicht bewegen. Der Drachen floh in den Tempel, und die Türflügel schlossen sich hinter ihm. Soldaten sammelten sich, einige drängten und hämmerten schon gegen das Portal, das offensichtlich nicht nachgab. Blank schlug wütend und verzweifelt mit den Fäusten auf das Holz ein. Er war dazu verurteilt, die Rolle eines Zuschauers einzunehmen. »Jemand soll das hier wegräumen!«, bellte er.

Galveron war es, der ihn hörte. Er löste sich aus der Gruppe am Portal und eilte mit einer Hand voll Soldaten dem Hauptmann zu Hilfe. Auf halbem Weg blieben sie stehen. Sie blickten zum dunklen Himmel hinauf, Augen und Mund vor Entsetzen weit aufgerissen. Bevor Blank ihrem Blick noch ganz gefolgt war, begann die Menge zu kreischen. Eine Schar schwarzer geflügelter Dämonen stieß auf den bevölkerten Platz nieder. Die Menschen wurden angefallen, bluteten, starben, wurden wahllos herausgegriffen, mit Klauen und Zähnen zerrissen.

»Steht nicht einfach da, verdammt!«, brüllte Blank. »Holt mich hier raus!«

Galveron riss sich von dem Anblick los und erteilte seinen Männern Befehle. Während sie Blank befreiten, beobachtete er, wie eine Gruppe Soldaten endlich das Portal öffnete und in den Tempel eindrang. Er überdachte diesen Verfolgungsweg. Um von hinten in den Tempel einzudringen, musste man durch die Zehnthöhlen kommen. Anstatt den Drachen bergauf zu jagen, wäre es besser, auf ein paar schnelle Pferde zu steigen und ihn auf dem Schlangenpass abzufangen.

Während er blitzschnell seine Möglichkeiten erwog, wurde die Podeststütze freigelegt, und Blank kam auf die Beine. Galveron hielt ihn am Arm fest. »Was sind das für Bestien?«, fragte er entsetzt.

»Das weiß ich nicht.« Nur eins wusste der Hauptmann: dass es unmöglich wäre, eine solche Vielzahl geflügelter Feinde auf offenem Feld zu schlagen. Der Heilige Bezirk glich inzwischen einem Schlachtfeld. Überall Blut und Leichen und schreiende Menschen, während die Menge hierhin und dorthin stob, wie eine Herde verängstigter Schafe, die einem Rudel Wölfe zu entkommen versucht.

»Bringt die Leute in den Tempel«, wies Blank seinen Stellvertreter an, »und verbarrikadiert euch. Wo ist Gilarra?« Er sah suchend über den Platz und entdeckte sie in der Nähe am Boden, wie sie sich immer wieder vergeblich das Blut von den Augen wischte, das aus ihrer Kopfwunde floss. »Hilf ihr –«, wollte er sagen, da zog ein Lichtblitz seinen Blick an. Der Ring – der Ring des Hierarchen – war ihr vom Finger gefallen und lag auf dem Boden. Blank fluchte. Gerade erst hatte er die Ringe wieder vertauscht, wenigstens vorläufig, damit Gilarra zunächst in der Lage wäre, das Auge Myrials zu benutzen. Dies war der echte Ring – der eine kostbare und unersetzliche Ring –, der dort blutrot im Feuerschein glänzte.

Blank schoss darauf zu, aber im selben Augenblick fiel ein Schatten auf ihn, er hörte einen rauschenden Flügelschlag und wurde umgerissen. Eine der Schreckensgestalten stürzte sich auf den Ring und trug ihn mit sich fort. Blank schrie seinen verzweifelten Zorn hinaus. Der Ring war verloren!

Im nächsten Moment war der Räuber im Schwarm der anderen verschwunden, die über der Heiligen Stadt kreisten. Blank konnte nichts unternehmen, das wusste er. Es gab keine Möglichkeit, das Desaster rückgängig zu machen. Unter furchtbaren Flüchen wandte er sich ab. Dann sammelte er eine Schar Männer, die den Feuerdrachen und seine geheimnisvolle Gefährtin auf dem Pass stellen sollten.

Wütend und ungläubig sah Galveron zu, wie Blank mit einem Trupp Reiter den Bezirk verließ, um sich auf die Jagd nach dem Hierarchen zu machen, und die Tiarondianer ihrem Schicksal überantwortete. Der Leutnant hatte jedoch keine Zeit, um sich über diese unverfrorene Fahnenflucht Gedanken zu machen. Die Heilige Stadt war ein Schlachthof, die Schlächter allgegenwärtig. Sie rauschten von den Felsgipfeln herab oder stürzten wie die Falken aus dem dunklen Himmel. Immer mehr kamen, eine schier endlose Zahl.

Gilarra blickte in wildem Entsetzen auf das Geschehen. Ihr Verstand war wie betäubt, sie begriff kaum, wie ihr Volk vor ihren Augen abgeschlachtet werden konnte. Galveron, der sich einen Weg zu ihr gebahnt hatte, ergriff sie beim Arm und riss sie aus ihrer Erstarrung. »Hierarchin!«, schrie er und versuchte die panischen Schreie der Menschen zu übertönen. »Wir müssen die Leute in den Tempel bringen –«

»Ich werde dabei helfen! Wo ist Blank?«, fragte Gilarra, die plötzlich wieder denken konnte.

»Er ist hinter Zavahl her«, antwortete Galveron über die Schulter und lief, um die restlichen Soldaten zu befehligen.

Das Volk wälzte sich die niedrigen Stufen zum Tempel hinauf und drängte unaufhaltsam hinein. Gilarra und vier Soldaten schleusten die Menge stetig durch die Enge in den Tempel, wobei es zu verhindern galt, dass die Vordersten niedergetrampelt würden. Die übrigen Soldaten verschossen ihre Armbrustbolzen auf die Ungeheuer.

Währenddessen bahnte sich Galveron noch einmal einen Weg über den Platz, um den armen Seelen zu helfen, die den Angriffen wehrlos ausgesetzt waren, doch für viele Tiarondianer kam schon jede Hilfe zu spät. Zahllose Tote lagen mit zerrissener Kehle und aufgeschlitztem Bauch da. Der Boden war glitschig. Die Bestien hatten wahllos Alt und Jung, Mann und Frau getötet.

Galveron übermannte ein rasender Zorn. Mit dem Schwert in der Hand suchte er den Feind, erschlug jeden, der sich auf seiner Beute niedergelassen hatte, fällte sie einen nach dem anderen, dass sich ihr stinkendes schwarzes Blut dampfend mit dem ihrer Opfer mischte. Doch allzu bald sah er sich einem neuen Schwarm gegenüber, der vom Himmel herabregnete, und er war gezwungen, sich zurückzuziehen. Der Platz leerte sich langsam. Viele hatten inzwischen im Tempel Schutz gefunden, aber noch mehr Menschen waren umgekommen. Galveron musste nun mit ein paar Soldaten gegen eine Übermacht das Rückzugsgefecht erledigen.

Plötzlich hörte er Agellas Stimme aus der Menge heraus. Ruhig und bestimmt, laut und klar setzte sie sich gegen Gezeter und Geschrei durch. »Du da, hör auf zu stoßen! Du wirst dadurch nicht schneller hineingelangen, du Dummkopf. Kannst du nicht begreifen, dass da vorne alles verstopft ist? Bleibt zusammen, Leute – es sind vereinzelte Nachzügler, die sie sich jetzt holen …«

Galveron reckte den Kopf über die Menge und entdeckte die Schmiedin, die mit dem Schwert kampfbereit am Rand stand, und bei ihr befand sich, zu seiner Überraschung, die Familie, die er vor Seriemas Schindertrupp gerettet hatte. Warum hatten sie die Stadt nicht verlassen, wie sie gesagt hatten? Dann fiel ihm ein, dass die Frau Agellas Schwester war. Also hatten sie das Gesetz missachtet und waren zur Schwester gegangen – nachdem sie ihm und seinen Soldaten ausgewichen waren. Nun standen sie unter den letzten Schutzsuchenden. Die Eltern stützten die Tochter, die vor Entsetzen starr war, und zogen sie mit sich, so gut es ging, während Agella ihnen den Rücken deckte und mit dem Schwert plumpe, aber kräftige Streiche versetzte.

Eine der scheußlichen Bestien stürzte mit gebleckten, bluttriefenden Fängen auf Galveron herab, die langen Klauen nach ihm ausgestreckt. Blitzschnell schlug das Biest zu, und Galveron entfuhr ein Schmerzensschrei, als es ihm das Gesicht aufriss und dabei nur knapp die Augen verfehlte. Dann stieß er sein Schwert in das Flugungeheuer hinein und blickte nach dem nächsten Angreifer aus. *Bei Myrial, das Viech war schnell!* Er hatte üble Schnitte an Armen und Schultern, wo die Krallen sein Kettenhemd durchdrungen hatten. Sie waren nicht tief, aber sie brannten wie Feuer, und ihm kam langsam die Befürchtung, dass die Krallen irgendein Gift absonderten.

Auch die letzten Unglücklichen, die es noch nicht geschafft hatten, sich in den Tempel zu drängen, wurden fortwährend angegriffen. Die Ungeheuer hatten bereits einem bestialischen Gemetzel gefrönt, und trotzdem verfielen sie immer noch mehr in Raserei, als sie ihre letzten Opfer in die Sicherheit entkommen sahen.

Nur eine Hand voll Überlebender stand noch draußen vor der Tür, und Galveron tötete soeben eine Bestie, als Agella um Hilfe schrie. Galveron sprang herzu, doch zu spät. Ihre Schwester lag tot auf den Stufen. Die Schmiedin kämpfte um das Leben von Nichte und Schwager, doch als Ulias seine Lebensgefährtin tot sah, stieß er einen verzweifelten Schrei aus und, bevor Galveron es verhindern konnte, warf er sich den Klauen der Angreifer entgegen, um die anderen zu retten.

Galveron ergriff die Tochter und schob Agella vor sich her in den Tempel. Er war der Letzte, und die Bronzetüren schlossen sich bereits, da fühlte er noch Krallen an seiner

Schulter reißen, und er warf sich vorwärts durch den enger werdenden Türspalt und landete fast in Gilarras Armen, die mit Bevron und dem verängstigten Aukil dort ausgeharrt hatte.

Mit lautem Dröhnen schloss sich das Portal. Die Überlebenden – die Einzigen der Stadt – befanden sich nun im Belagerungszustand.

Die schmalen Gänge bremsten Kazairls Geschwindigkeit. Er kam nur langsam um die engen Kurven und war gezwungen, in geduckter Haltung zu rennen. Nach einer Weile hörten sie ihre Verfolger aufholen. »Wie weit noch?«,fragte Veldan.

»Nicht mehr weit – hoffentlich!«, antwortete Toulac. Der bewusstlose Zavahl kam langsam zu sich und begann zu stöhnen. Veldan hielt ihn fest und verhinderte, dass er den Kopf hob. »Noch nicht«, flehte sie. »Bitte noch nicht aufwachen!«

Plötzlich hörte sie Elions Stimme. »Veldan – sie sind hier! Sie greifen die Menschen vor dem Tempel an! *Die Ak'Zahar sind hier!*«

Der kalte Schreck fuhr Veldan in die Eingeweide. *Hier? Die Vampire?* »Elion? Bist du verletzt? Was geschieht dort?«

»Mir ist nichts passiert. Blank hat begriffen, dass er dir durch den Berg nicht folgen kann, und hat beschlossen, mit einem Trupp den Pass hinaufzureiten. Also trödle nicht. Ich reite mit ihnen und werde später entwischen.« Veldan beschlich die Angst, und trotz seiner beruhigenden Worte hatte sie sehr wohl bemerkt, dass auch Elion von Furcht befallen war. »Oh, verdammt! Das ist furchtbar! Sie jagen im Tempelbezirk. Da haben sie leichte Beute. Die armen Teufel stehen so dicht gedrängt, dass sie nicht fliehen können. Das gibt ein grauenhaftes Gemetzel.«

Kaz erreichte die große untere Höhle. Er raste quer hindurch und gewann ein paar kostbare Augenblicke. Kurz bevor sie am anderen Ausgang ankamen, hörten sie hinter sich die Bolzen einschlagen, aber keiner traf sie. Die letzte Tunnelstrecke verlief ziemlich gerade, und Kaz konnte mehr Zeit herausholen.

»Wir haben den Heiligen Bezirk verlassen und reiten jetzt durch die Stadt«, gab Elion bekannt. »Hier sollten wir ungehindert durchkommen. Ich hoffe ... dass die Ak' Zahar sich auf den Tempelbezirk konzentrieren.« Wie immer hat er Schwierigkeiten mit seinem Pferd, dachte Veldan, als seine Stimme schwächer wurde. »Gib auf dich acht, Elion«, rief sie ihm noch zu.

Sie spürte einen Augenblick des Zögerns, dann antwortete er: »Danke, Veldan. Pass du auch auf dich auf.«

Inzwischen waren sie oben angekommen, rasten durch den Ausgang des Wachraums – und gelangten ins Freie.

»Um die Ecke auf den Sims, raus aus der Schusslinie!« rief Toulac und sprang ohne Erklärung von Kaz' Rücken.

»Was tust du da?«, schrie Veldan.

»Das Tor schließen, alberne Gans! Jetzt bewegt euch! Ich komme sofort nach!«

Veldan und Kaz waren kaum um die Ecke gebogen und in Sicherheit, als sie Rufe hörten, und die Einschläge von Bolzen, dann einen Fluch. Und dann war alles still. Die beiden sahen einander an. »Ich werde nachsehen«, sagte Veldan entschlossen.

»Nichts da, Schätzchen«, zischte der Drache und setzte sich behäbig in Bewegung. »Ich will nicht, dass ihr beide getötet werdet.«

»Verdammt, Kaz – wir können sie nicht einfach zurücklassen ...«

»He – wartet, ihr Dummköpfe!«

Veldan drehte sich um und sah die atemlose Toulac um die Ecke biegen und den Felssims entlang schlittern. Ein Armbrustpfeil steckte in ihrem Schaffellmantel, und ein kleiner Blutfleck war zu sehen, ernstlich verwundet schien sie nicht, denn sie fluchte lästerlich und äußerst einfallsreich.

Veldan streckte ihr eine Hand entgegen, damit sie aufsitzen konnte. Toulac war völlig außer Atem, aber es reichte noch für eine Beschwerde. »Seht her! Seht euch das an! Mein bester Mantel! Diese verdammten Bastarde! Trage ihn seit Jahrzehnten, und jetzt …«

Veldan und Kaz tauschten einen Blick und brachen in Gelächter aus. Nach einem finsteren Blick stimmte Toulac mit ein, und trotz Verfolgung und Gefahr gewann die Heiterkeit die Oberhand. So traten sie den steinigen, aber sicheren Rückweg über den Höhenzug an.

Kapitel 29

Der Archimandrit

Wie an jedem Morgen seit Thirishris Abschied war der Archimandrit schon vor Sonnenaufgang auf den Beinen. Als die rote Sonne die Uferwiese zum Glühen brachte, ging er sorgenvoll zwischen dem Kundschafterturm und dem See auf und ab.

Was war mit seinen Agenten in Callisiora geschehen? Warum hatte Thirishri nicht Bericht erstattet? Was war fehlgeschlagen? In seiner Fantasie entstand eine Schreckensvision nach der anderen, eine besorgniserregender als die vorige.

Cergorn war am einen Ende des Trampelpfades angelangt und blickte auf den unteren See, als ein Ruf vom Turm ihn im Galopp umkehren ließ. Veldan hatte sich endlich gemeldet! Ihre telepathische Stimme, verstärkt durch die Horcher im Turm, klang so kräftig und heiter wie seit Monaten nicht mehr. Doch das wunderte ihn. Denn als er kurz das Wichtigste erfuhr, sank ihm mit jedem Wort das Herz ein Stück tiefer. Der Drache tot? Sein Geist – der Geist von Aethon dem Seher, dessen unermesslicher Hort an Wissen und Weisheit so dringend benötigt wurde – gefangen im Körper eines widerspenstigen und verängstigten Menschen? Kazairl in ganz Tiarond bekannt, der Heilige Bezirk in Aufruhr, und die Hüter des Wissens verfolgt von Myrialskriegern? Cergorn barg stöhnend das Gesicht in den Händen – aber es sollte noch schlimmer kommen. Die Nachricht, dass Thirishri verschollen war, traf ihn ins Herz.

Energisch schob er seine Furcht beiseite; er durfte ihr jetzt nicht nachgeben. »Komm nach Hause«, sagte er. »Und du auch, Elion. So schnell ihr könnt. Wenn ihr alle wieder sicher in Gendival seid, werden wir eine Möglichkeit finden, die Dinge wieder in Ordnung zu bringen.«

»Gut«, sagte Veldan, »ich bin bald da – ich bringe noch jemanden mit. Ich habe einen neuen Wissenshüter gefunden, glaube ich.«

»*Wie bitte?*«

»Wir kommen so schnell wie möglich«, sagte sie hastig. »Sind schon fast auf dem Rückweg. Wir müssen nur erst noch ein Pferd retten.«

»Ein *Pferd?*« Cergorn konnte es nicht glauben. »Was zum Teufel fällt dir ein, Mädchen! Du kommst sofort zurück! Veldan? Veldan!«

Keine Antwort. Mit einem raschen Blick vergewisserte er sich, dass ihn niemand beobachtete. Dann versetzte der Archimandrit dem Turm einen Huftritt und fluchte.

ENDE

Vor langer, langer Zeit existierten vier magische Waffen, die nur das Maguschvolk zu beherrschen verstand. Doch in einem fürchterlichen Krieg ging das Wissen um diese Waffen und die Geschichte des Maguschvolks verloren.

Aurian, die Tochter zweier Magier, lebt nach dem mysteriösen Tode ihres Vaters wie in Gefangenschaft, bis sie nach Nexis geschickt wird, um an der Akademie zu einer vollen Magierin ausgebildet zu werden. Dort gerät sie unter den Einfluß des ehrgeizigen Magusch Miathan, der es sich zum Ziel gesetzt hat, die vier magischen Artefakte zu finden, um die Welt zu beherrschen. Nur Aurian und eine Handvoll treuer Gefährten wagen es, sich gegen ihn zu stellen. Ein unvergleichliches Abenteuer beginnt . . .

ISBN 3-404-20254-6

BASTEI
LÜBBE

Personen, Schauplätze, Begriffe, Hintergründe:
das fundierteste Lexikon zur Fantasy-Welt
von J.R.R. Tolkien,
bearbeitet und ergänzt von Helmut W. Pesch

Das Standardwerk zur Welt des »Herrn der Ringe«, des »Hobbit« und des »Silmarillion«. Mit genauen Worterklärungen aller Namen und Bezeichnungen. Sachkundig bearbeitet und auf den neuesten Stand gebracht von einem der führenden Tolkien-Experten Deutschlands, unter Verwendung von Tolkiens bislang nicht auf Deutsch erschienenen Manuskripten und Studien zu Mittelerde.
Mit ausführlichen Textverweisen auf die deutschen Ausgaben von Tolkiens Werken.

ISBN 3-404-20453-0

BASTEI
LÜBBE

›Nach dem HERRN DER RINGE war die Welt der Fantasy nicht mehr dieselbe‹, hieß es auf dem Klappentext zum Vorgängerband dieser Anthologie: DIE ERBEN DES RINGS herausgegeben von Martin H. Greenberg (Bastei Lübbe Band 13 803). In jenem Band verbeugten sich anglo-amerikanische Autoren vor dem großen Erzähler.

Doch nicht nur im englischsprachigen Raum hat Tolkien seine Spuren hinterlassen, auch eine junge Generation von deutschen Schriftstellern wird auf die ein oder andere Art von ihm beeinflusst. In dieser Anthologie sind neue Geschichten gesammelt, die Tolkien zu Ehren geschrieben wurden, oft mit einem Augenzwinkern, aber stets voller Respekt.

ISBN 3-404-20421-2

BASTEI LÜBBE

Illustrierte Neuauflage des Meisterwerks von Lloyd Alexander

Taran träumt von Abenteuern, doch das Leben eines Hilfsschweinehirten ist eher selten aufregend – bis eines Tages Hen Wen, das Schwein des Zauberers Dalben, davonläuft und Taran es einfangen will. Die Jagd durch die Wälder führt ihn weit von zu Hause fort und hinein in große Gefahr. Denn im Lande Prydain erwacht das lang vergessene Böse aus seinem Schlaf. Plötzlich findet Taran sich an der Seite einer ganz ungewöhnlichen Schar von Gefährten wieder, mitten im Kampf gegen einen diabolischen Gegner …

ISBN 3-404-20470-0

BASTEI
LÜBBE

Abgeschieden von der übrigen Welt, umschlossen von Meer und Bergen, liegt Elderland, die Heimat des friedfertigen Ffolks. Das Ffolk ist stolz auf seine Geschichte und hortet im großen Museum zu Aldswick viele seltsame und kuriose Dinge aus der Vergangenheit. Doch als die düsteren Schatten dieser Vergangenheit sich auf das Land legen und eine Gefahr heraufzieht, die alle schon längst gebannt geglaubt, treten Geheimnisse zutage, von denen niemand etwas ahnte. Nun muß sich das Ffolk bewähren. Das Schicksal des ganzen Imperiums lastet auf einer kleinen Gruppe treuer Freunde, die zu einer abenteuerlichen Reise aufbrechen, welche sie an die Grenzen der Welt führen wird, zum Anfang und zum Ende der Zeit …

ISBN 3–404-20333–X

BASTEI LÜBBE